Kungen av Europa

Jan Kjærstad

KUNGEN AV EUROPA

Roman

Översättning Inge Knutsson

ATLANTIS

TIDIGARE UTGIVNING

Speglar 1983
Homo Falsus 1985
Rand 1991
Förföraren 1997
Erövraren 1998
Upptäckaren 2001
Tecken till kärlek 2003

Boken är översatt med stöd från
Nordiska Ministerrådet (Nordbok)

Atlantis, Stockholm
Originalets titel: Kongen av Europa

Omslag: Creuna Design, Norge 2006
Grafisk form: Christer Jonson
Papper: Lessebo bokpapper
Typografi: Indigo Antiqua
Tryckt hos Printing Malmö AB, Malmö 2006
Inbunden hos Förlagshuset Nordens Grafiska, Malmö 2006
ISBN 10: 91-7353-087-5
ISBN 13: 978-91-7353-087-3
www.atlantisbok.se

I. SAKNADEN

00.00.00

ALF VEBER bestämde sig för att högtidlighålla ingången av år 2000 på ett annat sätt än han först hade planerat. Han begav sig till en nedsnöad stuga i Jotunheimen, inte långt från Eidsbugården vid Bygdin. Stugan användes sällan och tillhörde en ungdomskamrats farbror. Alf hade hållit kontakten med honom och hyrde stället då och då, gillade strapatserna det innebar att ta sig dit, vesslefärden från Tyinkorsningen, gillade det kolossala stenhuvud som väntade vid målet, Aasmund Olavsson Vinje, med snö ända upp till de överseende ögonen. Först nu, ensam på nyårsafton, i en timmerstuga till hälften begravd i snödrivor, förstod han hur riktigt detta var, att beslutet måste ha legat i det undermedvetna länge. Ingen Prince på högsta volym för honom, inte något tonight we're gonna party like it's nineteen ninety-nine. Inte i år. Efter mörkrets inbrott packade han ryggsäcken, tog fram pannlampa, karta och kompass. Han ville möta det nya årtusendet på toppen av Utsikten, en höjd alldeles nedanför Skinneggji. Målet låg bara fyra kilometer sydost om stugan och kunde omöjligen ställa till problem. Han kände visserligen inte terrängen men var fjällvan. Var norrman.

Vid tiotiden på kvällen spände han på sig skidorna. Han räknade med att turen skulle ta drygt en timme. Tanken föreföll mer och mer lockande. Tolvslaget på en utvald topp i Jotunheimen. En symbolisk markering. Där skulle han kontemplera över en kvinna. Och över en betydelsefull upplevelse på just dessa kvadratmeter för tjugofem år sedan. The Kinks och »Tired of Waiting for You«, The Searchers och »Needles and Pins«, kroppen full av längtan och erotiska nålar.

Vädret kunde ha varit bättre. Jämnmulet, svag vind, några snöflingor i luften. Fem sex grader kallt. Skidspåren märktes inte ut förrän i februari, så det fanns inga käppar att gå efter. För säkerhets skull tog han ut kursen med kompassen. Han hade alltid tyckt om orientering, vann till och med kompanimästerskapet i det militära. En gång stötte han på två flickor långt inne i Nordmarka. De var ute och plockade blåbär och hade gått vilse. Grät. Han tittade på kartan och ledde dem till en vägkorsning som de kände igen. Så tacksamma de blev. Så stolt han hade känt sig. Så lätt det hade varit.

Ljuset från pannlampan svepte över jungfrulig snö. Det tog på krafterna att vara tvungen att spåra. Fy fan vilken usel form han var i. Det ger inte mycket träning att sitta framför en datorskärm, trots allt surfande. Trampa ner skidorna ordentligt i snön. Undvika allt mödosamt saxande. Han kom ändå på sig själv med att njuta av ansträngningen, svetten. Jotunheimen. Det var jätte man skulle ha varit. Han hade aldrig varit vän med gudarna, tillhörde Lokes släkt. Eller Prometheus. En dyrkare av eld. Ljus. Under större delen av sitt fyrtiosexåriga liv hade han försökt vara en kulturspridare. Försökt var rätta ordet.

Inte ge upp. Terrängen var lätt och han kunde fortfarande skymta ljusen från stugbyn. Och från Fondsbu; i snövesslan hade han haft sällskap med ett gäng från Turistföreningen som skulle fira nyår där. Han vände civilisationen ryggen och tog spjärn med skidorna, tog sig vidare uppåt steg för steg. Minnet lyfte fram en historia om Kristian Birkeland, norrskensforskaren, om hur han i början av sin karriär hade kämpat sig upp på en öde topp i Finnmarken, ett hundgöra i tjugo minusgrader, för att utföra vetenskapligt pionjärarbete. De var besläktade, han, Alf Veber, och Kristian Birkeland som fann en metod att utvinna kväve ur luften och därmed lade grunden till en ny norsk industri, AB Välstånd. Två stycken Prometheus. Två stycken kulturspridare. Två människor som ville skapa värden av luft, vind, ingenting.

Alf åkte i en yra av tankar, sköt automatiskt ifrån med skidorna, hörde fragment av »Needles and Pins« djupt nere i medvetandet, förvånades över fenomenet att han plötsligt, här, i mörkret, mitt i Jotunheimen, kunde höra en låt av The Searchers, en melodi han inte hade hört på flera decennier, och i all sin klangfullhet, med gitarrkompet och den flerstämmiga sången, hela soundet, i stereo till på köpet. Det kunde knappast tillskrivas de nålar av is som började träffa honom i ansiktet. Måste snarare ha något att göra med att han snart skulle stå på Utsikten, toppen som

Anna Fleischer kallade K2, det näst högsta fjället, toppen där hon hade kysst honom och därmed skapat en längtan hos honom som han aldrig hade fått uppfylld. K2. Kärleksfjället. K gånger två. Tanken slank in på ett nytt spår: Y2K. Alla skriverier de senaste veckorna. Ett helt klots fruktan. Vad skulle hända med datorerna sekunderna kring midnatt? De värsta katastrofer skulle kanske inträffa, flygplan falla ner från himlen, strömmen gå, allt läggas i mörker. Han kom på att han hade glömt att ta säkerhetskopior. Skit samma. Inget mentalt säkerhetsnät i natt.

Försjunken i grubbel. Som snön han åkte på. Flera lager, av olika beskaffenhet. Reflektioner överst, anfäktelser nederst. Fara för tankeskred. Stavtag, stavtag. Skidorna förde honom uppåt, efter hand längre bort. Gled av sig själva. När han vände huvudet mot Eidsbugården och Vinjes Buddhahuvud såg han inte längre något ljus. Är jag på villospår? Borde terrängen inte luta mer uppför mot Utsikten? Pannlampans kägla sökte över snöhavet, men det var omöjligt att urskilja några tydliga konturer. Kartan. Han höll den i ljuset. Toppen låg otvivelaktigt rakt fram, bara att staka vidare. Slappna av, Alf, det här går bra. *Viljestyrkan hos en man som Denis Diderot. Måste ju vara formidabel. Redaktör för 28 band av den monumentala franska Encyclopédie (17 volymer med text, 11 med planscher). Motsvarar 28 bestigningar av Mount Everest. Minst. (Ta reda på mer om detta. Motståndet, förbuden, den hemliga distributionen.) Innehöll Encyclopédie någon artikel som hette Viljestyrka?*

För varje stavtag kom hennes ansikte närmare. Anna. En vägkorsning där han valde fel. Fatalt fel. Tappade sorgligt nog orienteringen. Anna. Tankarna började dela sig, följa olika riktningar, diverse förklaringar till varför det hade blivit så, Anna fram- och baklänges, han kom inte överens med sig själv, märkte också att något, kanske en lärdom, gled undan. Han måste skaffa sig överblick, hade desperat behov av att sitta på Utsikten. Skidorna förde honom lätt framåt, ljusstrålen dansade över landskapet. Förbannat också. Jag har åkt för långt. Har ingen aning om var jag är. Vilken amatörmässig underskattning av mörkrets inverkan! Han sänkte huvudet igen och lät cyklopögat lysa på kartan, försökte orientera sig, fick inte någonting att stämma.

Jämnmulet. Ingen hjälp av Jupiters månar. Ingen hjälp av Netscape

Navigator. Klockan tolv, vid övergången mellan 1999 och 2000, stod Alf Veber i det norska urlandskapet och visste att han hade gått vilse. I själva verket var han överraskad över sitt lugn, måste i en vrå av hjärnan beundra hur han målmedvetet gled omkring tills han fann en sluttning, en lämplig snödriva, där han krängde av sig ryggsäcken och tog fram raketen som han i ett anfall av vördnad för traditionerna hade tagit med sig. Sidofickan på ryggsäcken fick tjäna som ställ. Han tände stubinen. Ett gnistregn, en glödande strimma mot himlen. Han väntade med ett slags begär på att den röda blomman skulle slå ut. Hjälp, jag är norrman! Jag är ensam mitt ute i ödemarken. Kom och rädda mig. Men lyssatsen visade sig vara blå. Han hade lyckats med konststycket att få med sig en med fel färg. Strunt i det. Joni Mitchell skulle ha gillat det. Anna också. Den blå stjärnan dalade i några sekunder och slocknade. Blue, here is a song for you. Ingraverad i hjärnbarken.

Han grävde ner sig. Utan dramatik. Indoktrinerat fjällvett. Lampan dog. Satans batterier. Long life, my ass. Men under dessa timmar i mörkret, i en kall snögrotta, utan att sova, utan att äta något annat än en liten bit Norge, tänkte Alf i banor som han annars försökte undvika, banor som alltför ofta snuddade vid samma insikt: hans himmelsskriande okunnighet. Utan att han kunde förklara det var det som om han satt vid avgrundens rand, kände en pust från själva Det bottenlösa, ett slags andhämtning som gav en isande känsla i ryggen. Han hade ägnat många år åt att söka Europa, söka civilisationen. En dröm om eld. Ljus. Och så hamnade han här, satt i mörkret och frös. Mitt ute i ödemarken, i en trång snögrotta. Han hade lyckats villa bort sig i det enklaste landskap, i ett väder som inte var särskilt dåligt. Han var oduglig som homo sapiens, till och med som norrman. Om han kröp ut och försvann, om han aldrig återfanns, skulle man i alla fall, med hjälp av denna grotta, kunna rekonstruera fenomenet Alf Veber: ett tomrum med mänsklig form, omgivet av köld. Han visste inte hur det gick med världen utanför, med alla datorer, om kraftstationer slogs ut, om flygplan föll ner, trafikljus slutade fungera, men för honom stannade tiden på 00.00.00. I Alfs inre var allting nollställt.

När det ljusnade kröp han ut och såg sig kisande och nyfiket omkring.

Bara för att rycka till. En pust. Från något verkligt den här gången. Han befann sig tio meter ifrån ett stup. Eller åtminstone en farligt brant sluttning ner mot Bygdin. Peer Gynts bockritt bara en sjö borta. En läxa i livslögn. Han befann sig mycket längre norrut än han hade trott. Måste ha svängt åt vänster som man ofta gör när man går i blindo. Med en underlig darrning i kroppen, en känsla som påminde om raseri, spände han på sig skidorna och åkte så snabbt han kunde i motsatt riktning, tills han nådde punkten där landskapet började slutta och det bar utför tillbaka till Eidsbugården och stugan. Barndomens Stegspel. Den förfärliga känslan, strax före mål, när tärningen landade på det sättet att brickan gled nerför den katastrofalt långa diagonala trappan och man måste börja om. Alf Veber var mitt i en utförsåkning, på väg ner från en topp han aldrig nådde. Gå tillbaka till Start. Han kände ingen besvikelse. Återtåget var en ny möjlighet.

De närmaste dagarna efter nyår låg Alf på soffan hemma i Oslo med blicken fäst i taket, en karta bestående av ett enda enerverande vitt fält. Därefter fattade han ett beslut. Han sade upp sig och sålde alla sina aktier. De stod högt i kurs. Ännu högre än när han senast undersökte saken. På kontot hade han plötsligt ett belopp han kunde leva furstligt av tills han blev hundra. Men i motsats till vad de flesta skulle ha känt skämdes han över vinsten. Kapitalet som han hade satt in hade nu fördubblats oanständigt många gånger. Vad för slags samhälle tillät sådana saker att hända?

Reaktionen var spontan, inte något han gjorde för att lätta sitt samvete. Han bestämde sig för att använda åtminstone två miljoner av sin nya förmögenhet på gåvor. Eller rättare sagt: han ville investera dem i framtiden. Alf köpte tvåhundra uppsättningar av lexikonet Store Norske och träffade ett avtal med Kunnskapsforlaget: varje enskild uppsättning skulle skickas till den adress han uppgav. Alf ville skänka bort detta dyrbara uppslagsverk, men inte till vem som helst. I alla fall inte till norrmän som skulle byta ut dem mot kokböcker så snart han vände ryggen till. Tack vare ett uppsatsämne i ungdomen önskade han placera praktverken i Det okända Norge. Store Norske i Mindre Asien så att säga.

Under de följande veckorna arbetade Alf på heltid med att få första eller andra generationens invandrare, särskilt från Pakistan, och främst kvinnor, att ta emot en uppsättning av praktlexikonet i sexton band. Han ville ge ett tillväxtbidrag till sin ännu inte hundraåriga nation. Och han skydde inga medel, gick till och med personligen omkring på gatorna på Tøyen och Grønland i Oslo, ursäkta mig, frun, hejdade vuxna med tydlig invandrarbakgrund, trugade dem, visade dem en broschyr om detta gedigna uppslagsverk. Ett slags hemlig distribution, inspirerad av de gamla encyklopedisterna. Fridtjof Nansen åkte skidor över Grönland, Alf Veber delade ut lexikon på Grønland. Han var en ny Hans Egede, Grönlands apostel. Missionerade för en snart utdöd norsk religion, en tro vars heliga skrifter var tjocka lexikaliska band. Enligt vad Alf hade erfarit stod de vanligtvis oöppnade runtom i de tusen hem. På samma sätt som biblarna. Kanske skulle dessa nya norrmän kunna använda kunskapen på ett sätt som den infödda befolkningen inte förmådde. Ung måste världen ännu vara! Tänk om en av mottagarna dessutom blev en ny Spinoza – Spinoza kom ju från en familj som hade invandrat till Holland – och vann lika mycket ära åt ett sönderslitet bergsland som den store filosofen hade skördat åt ett låglänt, sydligare område. Men hur mycket Alf än ansträngde sig, log, argumenterade – se på det här fantastiska uppslaget om grundämnet kol! – lyckades han inte skänka bort alla uppsättningarna. Av lätt begripliga skäl var folk skeptiska till en man som erbjöd ståtliga uppslagsverk gratis. Det måste ligga något bakom. Åtaganden. Å andra sidan ska det också sägas: tack vare Alf Veber fick plötsligt mer än etthundrasextio familjer, de flesta på Tøyen och Grønland, tillgång till ett kvalitetslexikon i sitt eget hem. Alf gillade tanken. Koranen och Store Norske i samma hylla. I överensstämmelse med filosofin vid Akbars hov.

Trots detta ville tungsinnet inte släppa taget och det nådde en bottennivå en morgon tidigt i mars. Han stod barbent vid sovrumsfönstret. Det var fortfarande inte ljust utanför, men han kunde ändå urskilja Schweiz bergsområden i ögonhöjd. Flyttade han blicken upptäckte han Paris, därefter Kanalen, sedan Londons röda fält ännu längre västerut. På sistone hade blicken ofta sökt sig till London. Tanken på Anna. Han hade fått rullgardinen i present av sina kolleger den gången de arbetade som hårdast med euroway, en karta över Europa som man skulle ha mellan sig och näten. Fingrarna ryckte till i knoppen längst ner. Han hade alltid uppskattat detta, ända sedan han var liten och pappan väckte honom, avtäckte dagen genom att låta rullgardinen hastigt fara upp. Vakna genom att ljus flödade in, vakna till en plötslig utsikt. Doften av frukost. Allting oproblematiskt. Naturen utanför, Johanne som väntade.

Han slet till men ingenting hände. Han drog på nytt. Något var fel.
Han ryckte till så att hela rasket föll ner, Europa hopskrynklat på golvet. Allting på tok. Allting trilskades. En plötslig ingivelse sa åt honom att krossa rutan. Handen stannade bara någon centimeter ifrån. Började det gå snett nu? Utanför var allting tröstlöst grått. När han tittade ner blänkte det om Londons fält, som från en röd juvel. En gnista. Den försvunna diamanten. Anna.

Mitt i natten en vecka senare satt han bakom ratten i en Ford Transit på väg uppför Holmenkollåsen. Pappkartongerna låg tätt som lecablock i lastutrymmet, i ett hörn stod två dunkar med bensin. Om man inte visste bättre kunde man tro att han planerade en terrorhandling. Han upplevde det nästan likadant själv. I förlängningen av körriktningen stod Tryvannstornet, den viktiga kommunikationsmasten.

I stället tog han av åt vänster efter att ha passerat hoppbacken, följde den smala, krokiga Voksenkollveien vidare uppåt tills han kom till Kragstatyn, en liten öppen plats som också tillät honom att parkera den stora skåpbilen. En ny Utsikten. Men han kom inte för att njuta av vyn, en glittrande stad för hans fötter. Han började lyfta ut lådor, de trettiosex uppsättningar av Store Norske som han inte hade kunnat skänka bort, närmare bestämt etthundrafyrtiofyra pappkartonger med fyra band i varje. Kompakt kunskap. Norska konserver av yppersta märke. Han staplade dem så att de bildade två pelare, en basyta av sex kartonger och elva på höjden. Så småningom var han tvungen att använda en trappstege. Till sist lade han fyra tjocka plankor överst, från den ena pelaren till den andra. På dessa placerade han två lager kartonger, sex i varje. Han klättrade upp med bensindunkarna, dränkte in hela portalen av bokkartonger med den starkt luktande vätskan.

Klockan hade passerat tre. Han gick in i vargtimmen, den tid på dygnet då visst de flesta människor dog. För många år sedan hade han stått på precis samma ställe. I vargtimmen då också. Det var den natten han slocknade, glöden försvann. Han måste tända en eld igen. Fiat lux. Hitta tillbaka till den han en gång var, ett bättre jag än det som härskade över honom nu.

Han kastade en tändsticka på boklådorna. Vad sa Marlowes Faust på slutet? I'll burn my books! Var det inte något sådant? Ett lärorikt öde. Inom loppet av några sekunder stod alltihop i ljusan låga. Äntligen. Kunskap som orsakade brand. Dagens upplysning åstadkom i regel ingenting. Fullständigt ofarlig. En miljon fakta, ingen visdom. Han stod och stirrade in i det mäktiga bålet, lågorna verkade blåare än vanligt, ett tecken på hög temperatur, mycket energi i materialet som förtärdes. *Den stora eldsvådan i London 1666. En katastrof. Ändå beredde den mark för talangen Christopher Wren, arkitekten. Är det förutsättningen för varje upplysningstid – att gamla saker bränns upp?* En ovanlig syn. Kunde säkert ses från centrala Oslo och från området vid Bogstad. Vad trodde folk, de som var vakna? Att någon försökte återuppliva seden med krigsvårdkasar?

En kort stund kunde han betrakta alltihop utifrån. En vanvettig handling. Vad var det för fel på honom? Varför detta evinnerliga vingleri mellan ytterligheter? I den ena stunden ge bort, i den andra bränna upp?

Han förbannade sin benägenhet för överdrifter men skred trots det med dröjande steg närmare portalen, nu övertänd, med öppningen dold av lågor. Vår eld ska flamma starkast i Norge. Vågade han gå igenom? Den verkliga Norgeportalen.

Nästan sexhundra bokband i ljusan låga framför honom. Ett inferno. Store Norske förvandlat till ett faktahelvete. Hettan blev snart outhärdlig. Han tog sikte på det han visste var öppningen, en dörr, tog sats, hoppade, kastade sig igenom, fire walk with me, en dask av en glödhet handduk, innan han tog mark på andra sidan, rullade runt. Lukten av något bränt. Svett hår, svedda ögonbryn, svedda ögonfransar. Men en ny blick. Han var en annan. Det rådde inget tvivel: han var en annan. Och denna människa som var Alf I. Veber, som likväl var en annan, bestämde sig genast för att resa till London. Han kunde fortfarande göra något med allt sitt vetande. Han behövde bara en partner. Han behövde

Anna. På sätt och vis var det som om han hoppade genom portalen och med ens befann sig i London. Man gick in i Oslo, in genom en brinnande dörr, och steg ut i London.

ALF STOD PÅ en orientalisk matta i den norske ambassadörens residens i London. Han väntade på en kvinna, en kvinna han hade väntat på halva livet. För ett ögonblick bekymrade han sig över de senaste månadernas lika oförutsägbara som händelserika begivenheter. Gick det oroväckande fort i svängarna? Han lät glasets fot rotera mellan fingrarna medan han lyssnade till sorlet av röster runt sig. Skulle det börja lösas upp nu? Han sköt undan det, placerade i alla fall fötterna en bit ifrån varandra. Stod bredbent. Beredd på styv kuling. Tack, gärna. Han bytte ett tomt mot ett fullt glas vitt vin. Det fjärde. Femte? Kväll, april. År nollnoll. Ett splitternytt årtusende. Möjligheterna som en röd matta framför honom. Det brann i öppna spisen både här och ute i hallen. Det enda som fattades var en prinsessa, en munvig kvinna som kunde utmana med hettan hos glödhögen. Sjuttio åttio personer befann sig runtomkring honom i den gula salongen. De flesta finklädda, inte uppsträckta, men finklädda. Bara han var mer informellt klädd i kavaj men utan slips, skjortkragen öppen. Han smuttade på glaset. Drack oavsiktligt upp halva innehållet. Kände ingen. Outsider. The Man Who Fell to Earth. God afton, Alf Veber, diamantslipare från Jupiter. Hade hälsat flyktigt på ambassadören vid ankomsten. En högrest typ. Professionell, spår av en miljon handslag i handen. Hans hustru likaså. En behaglig varelse. Ville en bara väl. Alf hade också nickat åt Mikael som han upptäckte i en klunga. Elegant, Savile Row, lädret i skorna som polerad mahogny. Alf höjde glaset: Rule Britannia, sa han. Mikael lyfte en snitt mot Alf: Vive la France!

De gamla motsättningarna. Paradoxen, Mikael som alltid hade velat till Paris men som hamnade här i London, efter flera mellanlandningar i det vidsträckta gamla brittiska imperiet.

Var blev Anna av?

Alf hade varit förväntansfull när han kom promenerande det sista stycket uppför Palace Green, nynnade ofrivilligt på You Really Got Me, The Kinks, en lyckomelodi, en öppning in till de bästa timmarna i hans liv, ett sound som förde upp Anna till medvetandets yta. Nervös också, naturligtvis. Han var irriterande spänd då han kom fram till residenset, ett edvardianskt herrskapshus med historiskt sus. Den norska regeringen hade suttit här under andra världskriget. Redan när han stegade in genom smidesjärnsporten anade Alf att han stod inför en avgörande vändning. Att han skulle hålla tal som kung Haakon hade gjort under de där bistra tiderna. *Trettioåriga kriget. Har aldrig fäst avseende vid detta lapptäcke av stupida konflikter. Omvärdera? Kriget som industri. Våldsverkan som normaltillstånd. Måste eventuellt ta tag i ett fragment av detta komplicerade kaos, något som åskådliggör vanvettet.* (*Något från slaget vid Breitenfeld 1631? Eller någon av Jacques Callots raderingar?*) *Korsande gräshoppssvärmar som ödelägger allting. Tidernas krig? 1600-talet i ett nötskal. En enda hejdundrande överdrift.*

En nick till några som trodde att de kände honom. Konsten att höja ett glas och inget säga. Eller prata utan att säga något. Han hade trott att det skulle bli så men var överraskad av sin egen sällskaplighet. Kanske för att han var spänd. Målinriktat förväntansfull. Avfyrade åsikter så fort han fick tillfälle. Inte så oävna heller. Han drogs in i samtal som intresserade honom. Torskbeståndet. De bästa fotvandringarna i Lake District. De senaste konspirationsteorierna om prinsessan Dianas död. Engelsk fotboll. Fråga mig. Jag kan rabbla upp alla målvakterna på 60-talet. Mottagningen berodde visserligen på en norsk författare, en av dessa inte särskilt framstående romanförfattare som till slut, på något obegripligt sätt, hade fått en inte särskilt bra bok översatt till engelska, en tilldragelse som man därmed fann det vara på sin plats att uppmärksamma med en tillställning i ambassadens regi, också därför att det kunde betraktas som ett led i det högt prioriterade arbete man kallade Norgeprofilering. Han stod minsann och sa profilering. Ett försök att skapa publicitet åt norsk talanglöshet. Man hade slagit på stora trumman, skickat ut ett pressmeddelande med adjektiv värdiga en nobelpriskandidat, bjudit in precis alla potentiellt intresserade i det brittiska kulturlivet: journalister och redaktörer på viktiga tidningar och tidskrifter, folk från TV, inköpschefer i bokhandelskedjorna, bibliotekarier, akademiker. Alf hörde ingen i närheten tala om litteratur. Begripligt nog. Ja tack, jag tar gärna en snitt till.

Ypperliga råvaror. *Man kunde kanske säga att 1900-talets trettioåriga krig varade i trettio sekunder. Nagasaki och Hiroshima.*

Ambassadören hade gjort så gott han hade kunnat. Över förmåga. Alf var faktiskt stolt på nationens vägnar när värden höll ett kort men charmerande välkomsttal, i vilket han rutinerat flätade in en presentation av huset man befann sig i, konsten på väggarna, till och med en liten Gude, varefter det engelska förlaget framförde den väntade reklamen, eller det kommersiella lockbetet, genom att påstå något om denne norske författares exceptionella duglighet och om romanens fantastiska kvaliteter i synnerhet, man citerade till och med den omslagstext som man hade lurat en välrenommerad engelsk författare – gud vet hur – att skriva. Det borde ha slutat där, men den norske författaren måste naturligtvis stiga fram under takkronorna från Hadeland och förstöra alltihop genom att säga något hopplöst vidlyftigt, på skamligt dålig engelska dessutom. Pinsamt, pinsamt, pinsamt. Alf var tvungen att skölja ner vämjelsen med ett par extra glas vitt vin. De norska gästerna log hänfört; de engelska stod artigt lyssnande, eller snarare ironiskt avvaktande. De ville kanske läsa boken innan de lät sig ryckas med.

Efteråt upplöstes församlingen åter i samtalande grupper. Författaren cirkulerade, blev presenterad till höger och vänster, medan han stirrade underdånigt i golvet när folk refererade till hans roman med fel titel. Alf kände sig i allt bättre form. Som på ungdomens förfester, tanken på kvinnor, utsikterna till vad som kunde hända efteråt. God kväll, Alf Veber, barockforskare och ordförande i Trädens vänner. Han hasplade ur sig snitsiga repliker under rundvandringen i salongen, Ja, visst fan är prins Charles syn på arkitektur en skandal, Ursäkta att jag inte håller med, men är det möjligt att säga något elakt om Tony Blair efter att ha levt med Margaret Thatcher i elva år? Nej, vet ni vad, att jämföra Oasis och Blur med Stones och Beatles är som att jämföra möss med dinosaurier. Samtidigt försåg han sig oanständigt ofta med snittar från silverbrickorna som svävade mellan grupperna, burna av ivriga asiatiska servitörer som såg det som sin uppgift att bli av med bitarna med lax och räkor snarast möjligt. De få ansatserna till replikväxlingar om litteratur efter talen hade helt förstummats. Gud ske lov. Han hade ingen aning om norsk diktkonst, visste inte ett dyft om de publicitetshungriga samtidsförfattarna, de såg nästan identiskt lika ut i hans ögon. Anna däremot. Var höll hon hus? Han rekognoscerade samtidigt som han deltog alltmer belevat i konversationen om nya restauranger, TV-program, utställningar, resor. Ja, jag har hört talas om Asia de Cuba, skulle gärna vilja pröva crossovermaten där. Tate Modern verkar kunna bli spännande, öppnar i maj, eller hur? Smack The Pony tar ju priset bara, något av det bästa jag har sett i humorväg, speciellt hon den ena ljusa är ju ett verkligt fynd. Håller med, Tasmanien är underskattat som resmål. Han var plötsligt en gudabenådad konversationstalang på vandring över de gigantiska mattorna i den gula salongen. Kände nästan inte igen sitt eget blossande ansikte i den stora spegeln som hängde ovanför öppna spisen. Berodde det på att han hade varit ensam så länge, utan något socialt liv? Eller för att han såg fram emot att träffa Anna? Anna med sin hesa röst. Anna med sina Grace Kelly-ögon. Men Anna syntes inte till någonstans.

Det började serveras drinkar. Alf försåg sig. Oj, starka saker. Han ställde sig vid flygeln, en räddningsflotte om det skulle gå hög sjö. Nej, vi har inte hälsat. Alf Veber, arkeolog med Delfi som specialitet. Fråga mig och du ska få ett orakelsvar. Han blev inte kvitt nervositeten, pratade med mat i munnen, scampi fritti, köttbullar med tillhörande dipsås. Faten flöt framför ögonen på honom, dolde de kortväxta servitörerna. Romare med skölden över huvudet. Han stjälpte i sig fler drinkar, alltför snabbt. Tack gode Gud för Plymouth Gin. Han stod mitt i sorlet, hörde sig själv prata – kläckte han ur sig något om cricket? – kände sig alltmer utanför. Glaset vägde plötsligt flera kilo, skorna klämde som tortyrinstrument, allt det ovana småpratandet fick det att göra ont i käkarna.

Så – hela kroppen signalerade. I feel the earth move under my feet. Ett nytt element befann sig i rummet. En barometer skulle ha avslöjat en oförklarlig tryckförändring. Hans blick sökte och fann Anna, strax innanför dörren. Äldre. Trots det omisskännligen Anna. Som på den gamla goda tiden. Hon kunde stå alldeles stilla – och ändå framkalla oro i en församling. Tre gråklädda herrar ilade till, mal kring en lampa, innan hon gick, *skred*, några meter in i salongen. Gestalten fördubblades av rokokospegeln på väggen bakom. Vilken närvaro. En filmstjärna, en president.

Ingen annan i sällskapet hade denna egenskap, inte ens ambassadören. Alf tänkte inte företa sig något. Bara stå stilla. En hand på flygeln. Hålla sig fast. Hon måste ju märka att han var där. Med en gång. Anna beundrade Marguerite Duras, en författare som skrev om hur ett enda ögonkast kunde förändra allt. Och om modet, den vilja som fanns hos alla att fullfölja en förtärande passion. Jag behöver bara stå här, stadig som en korintisk pelare, låta hjärtat slå, och allt kommer att ske.

Det tog lång tid, längre än han hade hoppats. Rummet gick lite i böljor. I'm so tired, tired of waiting. Så upptäckte hon något. Hennes ögon mötte hans. Samma blick. En blick som om hon visste att man hade gjort något fel och funderade på när man skulle berätta det. Hon sa något urskuldande till herrarna i grått, började långsamt snedda mot honom. Han släppte flygeln, lade diskret ifrån sig en halväten köttbulle på ett av borden i empirstil innan han, lite för hektiskt, började manövrera mot henne. Det var trångt och han råkade stöta till en korpulent kvinna hårt på axeln och hon gav honom en lömsk blick. Sluta sjåpa dig, din kossa. Han var på väg mot Anna. Hade glömt att möten med kvinnor kunde vara en brutal historia.

TRÄDKOJAN: HIMMELSFÄRD

Alf Veber betraktade sig själv som en människa med allvarliga brister. Det berodde på olika saker men också på en flicka. Hon dök upp i hans liv en dag i början av 1960-talet när han stod på startlinjen med sin smäckra Caravelle III. Alf visste inte varför han uppkallade sina bilar efter flygplanstyper – kanske för att byggandet av dem bara var ett led i arbetet på att förverkliga en större och luftigare dröm. Nu satt han ensam mitt på vägen, inga andra vågade anmäla sig. Han fick nöja sig med ett rekordförsök.

Alf ställde sig skeptisk till föreställningen om ett »första minne«, han var böjd för att anse att sådana saker konstruerades av efterkloka människor som ville ha något lämpligt att berätta för sin psykolog – eller kanske bättre: för sina barn. Som liten påstod han i alla fall att han hade en tydlig minnesbild från de år man vanligtvis inte kommer ihåg något från. Han hade suttit i en barnvagn och hållit i snöret till en röd ballong. Den var stor och blank och fyllde honom med upphetsning. Antagligen stod det också något på den, tecken utom hans fattningsförmåga. Han kom bara ihåg bindgarnet om fingret och förbindelsen med det svävande röda klotet.

Började det redan här? En längtan efter fjärran planeter?

Alf hade tidigt en luftig, om än mer jordnära, dröm. Han tyckte om att klättra i träd. Mer än andra. Han kände sig särskilt attraherad av höga lövträd. Det var något med utsikten, vinden som kom närmare, barken mot handflatan, lukterna som blev annorlunda ju högre upp han kom. För Alf var alla träd besläktade med *Boswellia sacra*. Det växte i Oman och man utvann gummiharts ur det, råmaterialet till den ursprungliga rökelsen, en av de gåvor som barnet i Betlehem fick. Och när han satt i trädet, inte högst uppe, utan så nära mitten som möjligt, med ryggen mot stammen vid en kraftig förgreningspunkt, greps han av en önskan att kunna bo där, i solglittret, omgiven av rörliga gröna medaljonger. Han andades aldrig lättare än i ett träd. Lungorna fick hjälp av en mycket större lunga. Alf skulle senare läsa om en ung kvinna i norra Kalifornien som bodde högt uppe i ett gigantiskt mammutträd i två år och riskerade livet för att hindra att det fälldes. Det kunde han själv ha gjort. När han var barn var detta hans största entreprenöraktiga dröm: att kunna bygga den vackrast tänkbara koja i ett mäktigt träd. Han gjorde ofta utkast till hur byggnaden skulle se ut. Den förändrades oavbrutet, men alla skisser hade något gemensamt: kojan skulle byggas av många olika material.

Det började emellertid med något annat och mer genomförbart, i alla fall i större skala än en leksak. Alf fick känningar av klaustrofobi av Matchbox-bilar, inte ens Corgi Toys-bilarna höll måttet. Han hade aldrig haft förståelse för småplock, såg med förvåning på den ett och ett halvt år yngre brodern som använde alla sparpengar på byggsatser; hade sjösatt hela den engelska och tyska flottan från andra världskriget på hyllan, satt med vidöppna ögon och bröt loss plastbitar innan han konsulterade den invecklade arbetsritningen och klistrade ihop delarna med en guldsmeds noggrannhet och med tungan i mungipan. Alf blev yr av att betrakta detta filigranarbete. Han kunde inte förstå varför brodern önskade sig Meccano och Lego till jul och på födelsedagar. Först när Alf ställde brödburken på två pallar trädde inbillningskraften i funktion. Han stod i en skötbåt på Vestfjorden i styv vind under Lofotfisket; noten var full av blänkande sill och båten krängde hotfullt. Alfs fantasi behövde större saker, äkta klossar och bjälkar. Därför började det med en lådbil, med racerlopp där barnen i Alunåsen tävlade mot varandra. Detta hände också på den tid då Monte Carlo-rallyt var på allas läppar, inte minst sedan norrmän vid flera tillfällen hade vunnit där.

Lyckligtvis låg det en soptipp i närheten, och inte av det stinkande och rykande slaget. Alf förstod det aldrig, men dit kom lastbilar inifrån staden och tippade lass efter lass av saker, antagligen från hus, bostäder och kontor, som revs inne i centrum. För de vuxna var det ett kaos av oanvändbart skräp. För Alf var det möjligheter, bitar som kunde sättas ihop till något nytt, till exempel ett fordon av imponerande dimensioner.

Det måste sägas: Alfs lådbilar var en syn. De bar namn som Spitfire II och Boeing IV och bestod av så många och förvånansvärda delar att de fick karaktär av att vara en rullande uppfinning. Även om de såg olika ut var fundamentet detsamma: en stor och en mindre skiva fästa vid en bred planka, barnvagnshjul, en genomgående bult så att den främre skivan kunde svängas med hjälp av en styranordning. Förutom detta använde Alf allt han kunde hitta på skrothögen. Kluvna plaströr kunde tjäna som stötfångare, metallskyltar blev nummerplåtar, och han spikade bitar av lådor från Fellesmeieriet på sidorna, som om han var sponsrad av något betydligt hälsosammare än de cigarrettmärken man kunde se på racerbilarna. En del hade ett ändamål, som tutor eller klockor, men det mesta tjänade bara till prydnad, knoppar han hade hittat på kasserade radioapparater, innanmätet från två högtalare, en spinnrulle utan rev, lyktor och körriktningsvisare som inte fungerade trots motorcykelbatteriet som var fastbundet vid den främre plattan. Ratten kunde vara ett stort lock eller komma från en kälke. Det tilltalade honom att åkdonet bestod av så olika fragment, att delarna så att säga tillhörde diverse historier. Betraktat på avstånd kunde det vara allt möjligt. Något som kunde navigeras genom luften, på land, i vatten. Alf fick en stark känsla av återseende när han senare läste om farkosten i Jules Vernes roman »Världens herre«. Hade man haft några fler, det vill säga vuxna, med Alfs uppfinningsförmåga och skickliga designtalang på 1950-talet, skulle försöket att få i gång en norsk bilproduktion kanske inte ha blivit så misslyckat som det blev.

I sin senaste kärrmodell satt Alf, snart tio år, vid startlinjen. Bredvid stod brodern och Syver Karma plus den vanliga skocken av skådelystna

småungar. I lådbilarnas värld var banan något så enkelt som en lång svag och kurvig backe, en föga trafikerad gata från högsta punkten i Alunåsen ner till slätten där huvudleden gick vidare till Ammerud. Bara någon enstaka gång hade Alf allvarlig konkurrens, inte sällan åkte han uteslutande för att slå sitt eget rekord. Som den här onsdagen före Kristi himmelsfärdsdag – några timmar tidigare hade Alf fått ovett i skolan för att han lämnade in en teckning av Jesus på väg ut i rymden ridande på en sputnik. Brodern såg till att ta tiden med stoppur; de kunde se punkten där backen mötte riksvägen och man stannade genom att rulla ut i gräset.

Men någon måste ha fått nys om rekordförsöket, för plötsligt kom en okänd person dragande med en lådbil av helt annat slag än Alfs. Den verkade sakna allt utom det absolut nödvändiga. En konsthistoriker skulle ha använt ord som funktionalistisk eller minimalistisk. Och minst lika förvirrande: den främmande konkurrenten var en flicka. I Alfs ögon hade hon alltför stora byxor, för stora kläder över huvud taget – om det inte bara såg så ut för att hon var spinkig. Och hon ställde upp med en störthjälm av läder, en sådan som backhopparna använde eller som piloter hade på huvudet i gamla krigsfilmer där man satt i öppna sittbrunnar. Hennes åkdon gav också ett luftigt intryck, särskilt på grund av de stora, smala hjulen. Hon kastade en granskande blick på Alf, som å sin sida gav brodern order om att smörja hjulen på nytt. Därefter studerade hon med tydlig skepsis allt krimskrams på Alfs Caravelle III, virrvarret av koppartråd, småspik, vimplar, blankputsade mässings- och kopparbitar, saker som bara skulle vara dekor, en fröjd för ögat. Detta kan bli farligt, tänkte han omedelbart. Han syftade inte på att ingen av dem hade broms – vad skulle man med broms till – utan på att han kunde förlora. Och förlora mot en tjej.

Alf kunde omöjligt förlora. Han granskade sin egen bil. Stoltheten var

Tempomärket som satt fäst framtill, ett märke som härstammade från en riktig moped och som föregrep både den tecknade serie som snart skulle börja publiceras, kallad Tempo, med racerföraren Mark Breton i en av huvudrollerna, och ett fordon av ännu mer uppseendeväckande karaktär än Alfs, nämligen Il Tempo Gigante. Startskottet gick – Syver Karma hade tagit med sig en knallpulverpistol – och båda fick en kraftig puff bakifrån. Alf satt på en kudde med ett snyggt brokadöverdrag, bara skämt av ett par obetydliga fläckar. Kudden kom också från soptippen, passade perfekt i förarsätet. Alf kände sig majestätisk och oslagbar. Han var kungen av Alunåsen, favoriten i varje lokalt Monte Carlo-rally.

Men det var jämnt. Obegripligt jämnt. De låg jämsides nerför. Han sneglade på föraren i den andra bilen när de kom susande genom kurvan. Var kom hon ifrån? Hon verkade sammanbiten, koncentrerad, styrde framplattan med hjälp av ett rep på samma sätt som man styrde en häst med tömmarna. Hon gick ifrån honom något nerför en raksträcka, men han kom upp jämsides med henne genom att välja en bättre linje in i kurvan. Den dumma tjejen var ju ny, för tusan, kunde omöjligt vinna. Han kände den här backen, vartenda gupp, varenda krävande dosering, hade dessutom den tuffaste bilen. En blick på instrumentbrädan vid rattstången bekräftade detta: en gammal väckarklocka, två söndriga fickur och en uttjänt transformator till ett elektriskt tåg. Alltihop antydde navigeringsförmåga, att han kunde styra med största precision, hålla sig från trottoarkanter, undvika brunnslock, lägga sig i rätt position inför varje kurva. Bakom sätet hade han fäst en dammsugare, ungefär som en jetmotor, så att den avkapade slangen föreställde avgasrör. Synd bara att han inte kunde få ljud i den; det skulle ha haft god effekt, kanske skrämt den där fräcka tjejen som kom i för stora kläder och utmanade honom.

De låg fortfarande jämsides, också efter de följande svaga krökarna. Alf kunde höra de andra komma rusande bakom och ta sig förbi kurvorna via genvägar genom buskage och snår, uppfattade hejaropen. Då, i den nedersta kurvan, stötte den främmande tjejens hjul mot Alfs. Han visste inte om det var avsiktligt, men han hörde ett gnisslande och krasande ljud som från två kugghjul som absolut inte passade in i varandra, två världar som inte lät sig förenas. Vera, mycket äldre än han, hade just sett filmen

»Ben Hur« och Alf kom plötsligt ihåg en detalj från hästkapplöpningsscenen som hon hade beskrivit så levande för honom: ett hjul med knivblad som kapade av ekrarna i motståndarens hjul så att vagnarna skenade rakt in i läktarskranket och krossades till tändved.

För hans del blev resultatet i alla fall att kärran, detta dollargrin till lådbil, produkten av flera veckors mekande, olyckligt nog körde av vägen.

Eftersom det varken fanns trottoarkanter eller läktarskrank här fortsatte han rakt mot en kulle, rena svikthoppet, så att åkdonet svävade fritt i luften i några sekunder – Alf hade också det intrycket att det bar i väg uppåt, att han faktiskt satt ombord på ett Caravelleplan – och mot skogsbrynet där han drämde in i en björk. Tack vare brodern, som var en överdängare i andra världskrigets historia och hade läst om kung Haakon och flykten från Norge, kom trädet att för all framtid heta Kungabjörken.

Alf kände sig eländig. Såg omväxlande rött, gult, grönt. Runt honom låg bitar från bilen, ett kattöga, en krökt antenn, ett paraplyhandtag som hade föreställt växelspak. Den främmande flickan kom bort till honom när han viljelöst gled ut ur förarsätet. Kudden hade fallit av vid kollisionen, låg i riset. Ett förlorat kungarike. Bland det sista han kom ihåg tydligt var att hon tog av sig läderhjälmen. Hennes hår. Ganska kort. Rufsigt och rött. Lockar som stod rakt upp. Ett hår som brann. Hela hon stod och brann. »Har du gjort dig illa?« frågade hon. »Du ser blek ut.«

Han orkade inte svara. Måste ha knäckt ett revben. Alla revbenen. Rattstången hade träffat honom rakt i magen. Han hade en bäck i sitt inre. En porlande känsla. Han kastade upp. Skymtade något på marken med beslöjad blick. En bit korv? Säkert inte så farligt, han hade bara fått sig en tryckare, som pappan sa. Men det kändes snarare som att ha stött ihop med en truck. Det hjälpte knappast med bara en Globoid. Han svettades. Det var något fel på magen. Hjärtat slog fortare. Slog hans namn. Upprepade gånger. Eller var det någon som ropade hans namn?

Allt var grönt. Allt var fladdrande solgrönt. Lukt av träd. Lukt av jord. En värld full av förgreningar. Och ambulanssirener.

Därefter rött. Allting. Rött.

Det första minnet. Han satt i barnvagnen med en stor ballong svävande över sig. Det röda klotet fyllde hela himlen. Sedan hade han tappat taget om snöret och ballongen började stiga. Han grät inte. Han var snarare nyfiken. Upphetsad. Ballongen hade blivit mindre och mindre, något rött som krympte ihop, bara en prick mot molnen innan den försvann.

Han grät inte. Men han hade känt det för första gången: saknad.

När han vaknade upp många timmar efter kollisionen var allting plötsligt vitt. Han befann sig i en vit säng, i ett vitt rum, i ett vitt sjukhus. Med samma känsla: saknad. Något fattades. En läkare talade med föräldrarna men vred på huvudet när Alf rörde på sig. »Utmärkt, Formel 1-föraren har vaknat«, sa han och gjorde tummen upp som om han var mekaniker och ville visa att motorn var som den skulle.

Pappan skrattade åt de första orden Alf yttrade och återgav dem till stor muntration för arbetskamraterna nästa dag: »Var det ett virus?« Egentligen var Alf bara rädd för en enda sak: virus. Det hade sina orsaker.

»Du har fått en spricka i mjälten«, sa mamman när hon kom bort till sängen, med lättnad i blicken.

Han kände inte till ordet. Lät som ett litet svart djur. Eller ett namn. Senare i livet skulle han studera den mjältsjuke Milton med glupande intresse. Förlusten av ett paradis.

»Mjälten sprack«, sa pappan. Som om detta var mer begripligt. »De måste ta bort den. *In toto.*« Han tyckte om att upprepa det latinska uttryck som läkaren hade använt.

Under de följande veckorna skulle Alf ofta få höra hur bekymrade föräldrarna hade varit. Läkarna visste inte vad det var för fel på honom när han i chock lades in på operationsbordet och fick narkos. Kirurgen hade varit tvungen att öppna honom längs mitten för att kunna undersöka största möjliga område. De kom snart underfund med att mjälten inte kunde räddas och tog försiktigt ut den, »som om den var ett ruttet ägg«, enligt läkaren. Det var därför inte utan orsak som Alf under de kommande åren skaffade sig avsevärda kunskaper om mjälten och om den brist han nu hade fått i sitt immunförsvar. Men han hade tur som kom till sjukhuset i tid. Med en sådan inre blödning kunde han ha mist livet.

»Man kan leva utan mjälte«, sa läkaren och lade en lugnande hand på Alfs axel. »Bra att det inte var själen«, sa han och log.

Men om nu själen satt i mjälten, tänkte Alf. Från och med då skulle han i alla fall betrakta sig själv som en människa med allvarliga brister. Ett ärr från bröstbenet och neråt, tjugofem stygn, gav honom en daglig påminnelse. Resten av livet gick han omkring med en känsla av att ha ett tomrum i sitt inre, ett gapande hål. Av att vara tvungen att leta efter något som han kunde fylla det med.

26 SOM ANNA. Mest av allt var det en sådan som Anna han saknade. Så när han kom till Heathrow sex timmar före mottagningen i Palace Green tog han en av de där svarta taxibilarna, Londons svar på Venedigs gondoler, direkt till ambassaden. Den ljusa känslan var intakt, optimismen han kände redan då han gick igenom kontrollen på Gardermoen och lyfte blicken mot den väldiga tavlan under taket, full av skrift som bekräftade de talrika valmöjligheter han stod inför. I'm leaving on a jet plane, don't know when I'll be back again. I taxin in till London kände han sig lika upplyft och vaken som när han kom ut en morgon, äntligen frisk efter en allvarlig virussjukdom. Taxin stannade i ett hörn av det eleganta Belgrave Square, fyrkanten omgiven av vitmålade, välhållna byggnader i klassicistisk stil och med en liten privat park i mitten, smala gångstigar där de boende tassade omkring och rastade sina hundar. Från en fasad vajade den norska flaggan. I ett par sekunder såg han en hägring. Romantikens flagga. Rött, gult och grönt.

Mikael kom och mötte honom innanför de tjocka glasdörrarna i säkerhetsslussen och ledsagade honom upp till andra våningen, in i sitt tjänsterum. Han lät dörren stå öppen som om han räknade med att visiten skulle bli kort. Verkade vara besvärad över att behöva göra något som inte angick tjänsten. De växlade några meningar. Växlade var ordet. Som torr valuta från hand till hand. Ett par upplysningar grundade på att de bodde i var sitt land. Prassel, prassel. Alf lade märke till att arbetsrummet var rymligt. Smakfull inredning. Tecken på status. Ambassadråd för press och kultur. Taket bildade till och med en liten kupol. Ett rum för diplomatins heliga ritualer. Detta är ett Sällskap Non Plus Ultra. Spiritus sanctus. Drick detta till minne av Norge.

Jag hade nästan väntat mig att få se några stulna skulpturer från Angkor här, sa Alf och nickade mot skrivbordet.

Gör dig inte lustig, sa Mikael, vred på sig i alla fall. Fortfarande ett ungdomligt yttre. Det lockiga håret bara kortare.

Du kunde åtminstone haft en liten harpun till beskådan, fortsatte Alf.

Mikael ansträngde sig för att hålla masken. Du har en poäng, sa han. Det har inte varit roligt att arbeta med den saken. Inte med sälarna heller. Engelsmännen betraktar oss fortfarande som blodtörstiga barbarer.

Vad är problemet? Det stämmer ju. I allt väsentligt är vi ett ociviliserat land.

Vi gör också saker som du säkert inte är medveten om, parerade Mikael, pekade på ett bord, en mapp. Alf tog upp den. Innehållet visade sig vara en cd-rom samt instruktioner. Något som lärare i secondary school kunde använda när de undervisade om Norge. En succé, sa Mikael, gungade självbelåtet i den högryggade kontorsstolen bakom det ljusa skrivbordet. Isn't it good Norwegian wood. Det stora problemet är inte valarna och vargarna, Sellafield och allt det där, utan att engelsmän varken bryr sig om eller vet något om vårt land.

Medan Alf ögnade igenom ett annat häfte, dröjde lite vid kapitlet Close ties between the Royal Families, nämnde Mikael något om att Alf naturligtvis kunde bo hos honom. Eller sa han dem? Alf grubblade över detta senare. Mig eller oss? Mikael var skild. Alf föreställde sig Mikael med en ny flickvän, en ung älskarinna. Fasta lår, smidig fitta. Varför sa man smidig fitta? Man menade kanske muskulös fitta. Oanvänd fitta. *Människan som slav under sexualdriften. En slutuppgörelse. Ta kål på sektledare som Freud och Reich. Visa att libidons primat är en dogm jämförbar med jungfrufödseln. Många män strävar lika mycket efter kvinnor med smidiga hjärnor, vältränade hjärnmuskler. Även på det området måste jag kunna belysa upplysningstidens credo. Sätta in en stöt mot det senaste århundradets försök att dra ner oss i djurriket, urslammet. Människans adelsmärke: ömhet. Att bli smekt, inte gniden. Absolut inte onani.* (*Eller använd inte för mycket utrymme åt det. Räcker med en fotnot.*) Mikael såg bra ut, bättre än senast. Bara fyra månader sedan? Inte mycket tid på tu man hand vid det tillfället. Han visste rätt lite om Mikaels liv de senaste åren. Efter skilsmässan. Efter Harare. Eller var det Ottawa? De talade aldrig med varandra. Inte ens ett telefonsamtal. Inte ett mejl.

Han tackade i alla fall nej till att bo hemma hos Mikael, för tusan hakar, även om det säkert skulle vara bekvämt. En förlängning av detta storslagna tjänsterum. En kupol hemma också. Över sängen. Smidig ... Utsikterna till tröga samtal, försöksvis smorda med ett glas konjak, frestade inte. Hellre hotellrummets neutralitet då, en välsignad ensamhet på Tottenham Court Road. Det vill säga om jag inte genast kommer i kontakt med Anna. Genast får ...

Alf hade tittat in hos Mikael, det var åtminstone vad han inbillade sig, för att be om hjälp. Mikael visste kanske var Anna bodde. Trots det kunde Alf inte förmå sig till att fråga, var också lite generad över sitt ärende, sin avsikt. Redan på flygplatsen försökte han ringa till Anna, hade en adress, ett telefonnummer. Flera år gammalt. En röst: abonnemanget hade upphört. Anna var gift med en engelsman. Eller hade varit det. Alf visste att äktenskapet var upplöst. Det var ännu inte för sent. Gaia och Uranos. Borde han ha undersökt allt detta i Norge? Hennes föräldrar var bortresta, pensionärer på världsomsegling. Han kastade sig lika gärna på ett plan, reds av en intuition som sa att det gällde att handla utan säkerhetsnät. Nästan skrock. Tveka inte. Just do it.

Just när Alf bestämde sig för att gå sänkte Mikael blicken mot en bunt visitkort och sa att Alf givetvis fick komma på mottagningen ambassaden händelsevis skulle ha samma kväll. Anna skulle nämligen dit. Alf trodde att han hade hört fel. Mikael upprepade det, kanske för att han såg Alfs misstrogna ansiktsuttryck. Anna kommer, sa han. Du kommer väl ihåg Anna?

Om han kom ihåg Anna? Han var här för att rädda Anna. Bar en blänkande rustning under kläderna. Kunde döda drakar med blotta händerna. Mikael drog ut en låda, letade fram en inbjudan. Här har du adressen, sa han. Ambassadörens residens. Mikael reste sig, gav signal om att visiten var över, kliade sig i skrevet. En ovana. Människan i ett nötskal, tänkte Alf. Diplomat och djur. *Kanske mer än en fotnot i alla fall. För hur är det med Thomas Hobbes? Synen på självbevarelsedriften gör honom inte precis till en optimist på den mänskliga naturens vägnar.* (*Kan jag kringgå alltihop genom att säga att han inte tillhör upplysningstidevarvet?*)

De sa adjö utanför säkerhetsslussen där två stora fotografier av kungen och drottningen hälsade alla besökare välkomna. Är du inte republikan? Alf kunde inte låta bli. Mikael log bara, öppnade ytterdörren och släppte ut honom. Så lite kontakt. Så lite känslor. Så lite glädje över återseendet. Alf stod på trottoaren utanför ambassaden med resväskan i handen. Börja om. Jag. Jag och Anna. Han vände ryggen åt den norska flaggan som vajande stack ut från den vita väggen bakom honom. Som ur en kalkad grav.

På hotellet hade han gått runt runt på mattan, försökt piska tiden att gå. Vilken tur. Att få se Anna redan första kvällen. En kvinna jag har förlorat. Som jag nu ... Hjärnan hotade med kortslutning. Två huvudvärkstabletter. För sin inre blick såg han barndomens Globoidask. Två stående lejon på vardera sidan om de sammanflätade bokstäverna N och C, Nyegaard & Co. Pappan. Alltid så. Pappan och tabletter hörde ihop.

Sedan, äntligen, mottagningen där de – efter att han kanske hade tagit några drinkar för mycket – kom glidande mot varandra. Två perifera punkter plötsligt på väg mot ett gemensamt centrum. Ödesmättat, tänkte han. Ingenting i världen kunde stoppa dem nu. Minst av allt sammanstötningen med en bister kvinna, säkert en norsk förlagsmänniska, trött på alla de falska lovprisningar hon hade tvingats ösa över sin författarprotegé. De möttes mitt i det gula eleganta rummet, mitt på en av de imponerande orientaliska mattorna, som om de hade kommit från var sin ände av en tidskrävande och beklagligt komplicerad labyrint och plötsligt stött på varandra längst in, rakt under en gedigen takkrona, försedd med ljus.

De blev stående och betraktade varandra. Var han lite ostadig? Måste vara på grund av hennes ögon. Hon hade ett glas juice i handen. Anna, jag, Anna, sa hon. Log. Det dröjde innan han kände igen det gamla sättet att presentera sig på, ett test för att skilja idioter från möjliga kandidater. Alf? Vad i all sin dar gör du här? Har du gått aspirantkursen? Tonen var nykter, avslöjade ingen överraskning. Hesheten, den sexiga rösten precis som förut.

Räddningsaktion, sa han.

Hennes blick flackade en aning. Vem är den ... jag vet inte om jag ska säga lyckliga eller olyckliga?

Du, sa han. Klänningen var enkel, blå. Avslöjade att hennes felfria figur var intakt. Fanns det någon färg som hette drottningblå?

Blue, here is a song for you.

En antydan till förvirring. Därefter brast hon i skratt. Det hjärtliga skratt han så väl kom ihåg. En skeppardotters skratt. Roligt, sa hon. Jag hade glömt ditt sinne för humor.

De mätte varandra med blicken. Vilka ögon. Akvamarin påspädd med diamanter. Drottningblå.

Vad sysslar du med nu för tiden, frågade hon. Därhemma?

Jag har just hoppat av en lovande karriär som portvakt. Han tyckte inte om att hon bytte ämne, hade ändå gott om tid nu när han hade återfunnit henne till sist. Han kände sig trygg, full av självförtroende. Något berusad men på offensiven.

Just det. Det där känner jag ju till.

Alf förstod inte hur hon kunde göra det men ville inte fortsätta på det temat. Du då? sa han i stället. Jag hörde att du var på ett universitet, undervisade i litteraturvetenskap, någonting med feminism. Det gamla franska köret? Eller har du kommit till Siouxie Sioux? Hon stod bara och skakade lätt på huvudet. Men log. Som förut. Nu då? Han ansträngde sig för att komma ihåg vad han hade tänkt i snögrottan. Meningarna han hade finslipat på planet. Måste vinna tid. Är du här på grund av boken? sa han, nickade menande åt människorna runtomkring. Den överskattade norske författaren stod bara en liten bit ifrån dem, letade efter engelska ord i samtalet med några som kunde vara tre kritiker som förhoppningsvis snart, med utsökt elegans och utan pardon, skulle slakta hans slätstrukna roman i olika medier. *Den engelska 1700-talslitteraturen. Bör kunna göra något med den. Jonathan Swift. Tobias Smollett. Eller bättre: Samuel Richardson, föregångaren till alltihop, 1800-talets triumferande romankonst.* (*Eventuellt Henry Fielding, redan han en förnyelse av Richardson.*) *Vilken kvalitet! Och vilken kvalitet i jämförelse med dagens litteratur, i jämförelse med norsk litteratur. Böcker som skapade en genre. Rev skrankor. Ge mig hellre Pamela eller Tom Jones än den samlade norska bokhösten! Tänk om jag kunde hitta det textstycke, det avsnitt i en av dessa romaner, som innehöll allt, ett nätverk av tjugo meningar som fångade tidsandan på samma sätt som en håv höll fast en fjäril!*

Han låtsades inte om att Annas svar uteblev, stod och beundrade henne. En ny skönhet med åldern. På en valnötsbyrå vid väggen upptäckte han en vas med långskaftade vita blommor i. Han tänkte på sitt förhållande till kvinnor, att det inte bara var kollision, att det var beundran också. Rembrandts modeller, det blyga, kärleksfulla. Vera och hennes teckningstalanger.

VAKTEN: ROMANTIKENS FLAGGA ÄR RÖD, GUL OCH GRÖN

Hellre än att vara tillsammans med den yngre brodern som Alf betraktade som en skitunge trots den ringa åldersskillnaden – i alla fall så länge de var små och brodern var en snorig, efterhängsen varelse som bara förtjänade stryk – sökte sig Alf till en tjej, hela sju år äldre, som bodde på våningen ovanför. Hennes föräldrar var nära vänner till Alfs föräldrar, och Vera hade suttit barnvakt så långt tillbaka som han kunde minnas. Han tyckte om Vera. Det var något med lukten, med hennes fingrar när hon rörde vid honom, det att sitta i hennes rum och spela skivor, The Searchers speciellt. Kemin stämmer mellan oss, tänkte han alltid, lånade uttrycket av pappan.

Det verkade inte heller som om Vera hade något emot Alfs sällskap. När han blev äldre tog hon honom ofta med på bio, både den lokala biografen där hon kände vaktmästarna och Alf fick komma in även på barnförbjudna filmer, och på biografer inne i stan. På vägen dit kunde hon fortfarande få för sig att hålla honom i handen som när han var barn. Äldre killar kastade avundsjuka blickar på Alf, ännu inte tonåring, hand i hand med Vera i snäva långbyxor eller kortkort. Eftersom det var på 1960-talet sa folk att hon liknade Audrey Hepburn, senare att hon påminde om modellen Twiggy. Hon var tunn. En kvist. Hade kort hår och sidbena. Smink som fick ögonen att verka magiskt stora, ögonfransarna onaturligt långa. Alf njöt av detta, att sitta bredvid den snygga granntjejen som hela tiden böjde sig ner mot örat på honom och förklarade något som hon trodde att han inte förstod, njöt av att känna hennes viskande röst i örat, lukten bedövande nära. Av alla filmer de såg tillsammans de åren – däribland storfilmer som »Lawrence av Arabien«, »Spartacus«, »My Fair Lady« – tyckte han bäst om Hitchcocks »Vertigo«, särskilt sekvenserna som framställde huvudpersonens yrsel. Det var nästan så Alf kom ihåg alla dessa timmar med Vera i biomörkret, som ett långt, sugande svindelanfall.

Veras favoritfilm var »The Searchers«, John Fords västern med John Wayne i huvudrollen och Natalie Wood i en av birollerna. Det var bara logiskt att hennes älsklingsgrupp hade tagit sitt namn efter den filmen. När de såg den för andra gången, män som red och red genom Monument Valley, knuffade hon Alf i sidan: »Det handlar om oss, vi är också sökare«, sa hon. De slöt en tyst pakt i mörkret. Hon vaktade honom. Han vaktade henne.

Alf var inte säker på om han var en sökare. Hans pappa var en sökare. En tunnhårig tänkare. I hemmet fanns bara två »mediciner«, i gengäld påstod pappan att de hjälpte mot allt. En oval ask Globoid-tabletter och en liten flaska Nyco Fruktsalt. Det hade sin naturliga förklaring. Harald Veber arbetade på Nyegaard & Co., företaget på Storo, på en gata med det passande namnet Nycoveien. Alf hade flera gånger blivit visad omkring i laboratorierna av en stolt pappa. Och pappan hade all orsak att vara stolt. Nyegaard & Co. var något så sällsynt som en framgångsrik norsk läkemedelskoncern, del av en industri som skulle bli allt viktigare – för att inte tala om lönsammare – i västvärlden. Tack vare pappan visste Alf tidigt att en genomsnittsmänniska använde tusentals mediciner under loppet av ett liv – då inte inberäknat vitaminpiller och liknande. Det var en atmosfär av framtidsvision över Nycos vackra funkisbyggnad. Harald Veber talade ofta och varmt om människans förmåga att kämpa mot naturens nedbrytande krafter, bakterierna till exempel, genom att man forskade sig fram till mediciner som kunde stoppa sjukdomens härjningar. »Insikten i de kemiska mysterierna är en av våra största bragder«, upprepade han ständigt. Alf var mottaglig för sådana upplysningar. Sedan han hade fått mjälten borttagen måste han med jämna mellanrum ta ett vaccin för att stärka sitt immunförsvar. Speciellt en typ av bakterier, kallade pneumokocker, kunde vara farliga. Jag är en sårbar människa, tänkte han ibland. Jag måste vara försiktig.

Det fanns emellertid en sak som kunde få pappans ansikte att lägga sig i dystra veck: ordet virus. »Ställda inför dessa djävulska partiklar står människorna ännu rådlösa«, sa han, och detta var väl att märka långt innan någon hade hört talas om skräckinjagande fenomen som ebola och sars. En av pappans älsklingshistorier handlade om Latinamerika på 1500-talet, om den underskattade orsaken till att ett fåtal spanjorer så lätt kunde erövra dessa väldiga landområden. För det var inte hästar och svärd, utan osynliga motståndare, en koppepidemi, som tog livet av ett oräkneligt antal indianer.

»Det hjälper varken med Nyco fruktsalt eller med Globoid?« frågade Alf.

»Ingenting hjälper«, sa pappan bedrövad. På grund av alla rynkor och veck i ansiktet påminde pappans utseende lite om en hund av den gamla kinesiska rasen shar pei; Alf tänkte att pappan bar hjärnan synlig i anletsdragen. »Ett virus är en dödligare fiende än män med gevär«, suckade pappan.

Alf hade ändå det intrycket att pappan oupphörligen letade efter försvarsvapen, för han satt ständigt böjd över böcker, särskilt över en tjock uppslagsbok. Läpparna rörde sig som om han memorerade innehållet. Alf såg honom ofta sent på kvällen under läslampan i vardagsrummet, Professor Tanke-huvudet svävande över ett uppslaget lexikon i knät. Ansiktsuttrycket var ivrigt, som om hela hans medvetande ropade »Det bränns!«. Samtidigt verkade han lycklig. »Kom ihåg att vi är vävare«, sa han en gång till Alf. »Vi väver med trådar spunna av kunskap. Glöm aldrig att du heter Veber. Du fattas bara en liten vinkel, ett V, för att vara en riktig Weber.«

Pappan tycktes veta allt, jonglerade med en miljon fakta i huvudet. Under ett besök på fabriken hade ett av laboratoriebiträdena knuffat Alf i sidan: »Din pappa är ett universalgeni!« Alf kunde inte förstå det. Själv avskydde han läxor, avskydde ännu mer att vara tvungen att plugga, antingen det var multiplikationstabeller eller namn på huvudstäder. Han var nyfiken men inte på sådana saker. Få saker tråkade ut honom mer än skolan. Sökte han något fann han det knappast där.

Vera var en sökare på andra områden. En samlare. Alf upptäckte den sidan hos henne en dag då hon kramade honom på ett sätt han inte hade upplevt förut. Som av tacksamhet. Det hände strax före midsommarafton. Alf, Syver Karma och ett par andra hade fått i uppgift att tömma ett förråd, kasta allt brännbart på bålet. Källarförrådet tillhörde en familj som hade flyttat utan att röja ur det. Liksom vid vanliga insamlingar skulle man naturligtvis först se efter om det fanns något av värde bland skräpet. De andra snokade omkring i förrådet, knuffade undan varandra för att hinna före och öppna en låda. Syver Karma höll upp ett buckligt askfat som om han hade vunnit tidernas pott i något spel. Alf var alltid överraskad över att folk nöjde sig med billigt tingeltangel när det kunde ligga en skatt gömd bakom detta. Man var som infödingarna i pojkböckerna, lät sig förföras av koppartråd och glaspärlor. Saker som blänkte. Killarna sprang hem med obegripliga troféer i händerna, en krossad spegel, ett par söndriga ljusstakar, smutsiga julgransprydnader, ett sprucket glasfat, bara Alf stannade kvar, fortsatte leta. Han kände ofta att hans saknad fungerade som en geigermätare. Att den i vissa situationer varslade om en möjlighet mitt för näsan på honom.

Så var det också när han hittade den stora boken, utan skyddsomslag, under en hög gamla tidningar. Med en sprakande känsla i bröstet öppnade han den. Första intrycket var ljus, att blicken mötte en ljuskälla. Det glödde om bilder med fängslande motiv. En man som fick ögat utstucket med kniv. En förskrämd kung framför eldskriften på en vägg. En naken kvinna med ett brev i handen. Män som korsade svärdsklingor, upplysta underifrån. Eller inifrån. Sidor som brann. Gnistrade. Även om det bara var en bok förstod Alf att den representerade något sällsynt, kom ihåg Aladdin som i sagans grotta måste gå förbi allt det skenbart dyrbara, guldet och ädelstenarna, för att hämta ut det minst spännande, en vanlig oljelampa. Han tog boken under armen och sprang hem. I trappuppgången mötte han Vera. »Kan du ta hand om den här tills jag är klar?« sa han.

Efteråt bar de upp resten av skräpet och placerade det vid midsommarbålet på gräsmattan. Bland det som definierades som bränsle – det stod några vuxna där och gick igenom sakerna – fanns också flera papplådor med romaner i, alltså böcker utan bilder. Ingen önskade ta med sig romaner hem, än mindre när inte en enda av författarna tillhörde de senaste årens bästsäljare. Möjligen var det en engångsföreteelse, men den här sommaren kastades utan betänkligheter berättelser av till exempel Olav Duun, Arthur Omre och Nini Roll Anker på bålet. Alf fick tidigt ett avspänt förhållande till att bränna böcker. I mitt land, tänkte han senare, bränner man inte böcker för att de är farliga eller förbjudna, utan för att ingen orkar läsa dem.

När han ringde på hos Vera fick han komma in i hennes rum, denna lya som var så präglad av eggande dofter. Han kunde se att hon hade bläddrat i konstboken, den låg uppslagen vid en bild som visade huvudet av en man med en blänkande hjälm. Hennes ögon glödde på ett ovanligt sätt, som om allt det gyllene i boken hade färgat av sig. »Så fantastiskt«, sa hon, tryckte honom mot sina bröst. En doft av vanilj. »Jag har alltid drömt om att äga en bok som den här.«

»Vad är det?«

»Reproduktioner av Rembrandts målningar«, sa hon lycklig. »Får jag låna den av dig?«

»Självklart«, sa Alf, stolt över att ha hittat något viktigt. Var det också här som intresset för Nederländerna väcktes? Detta var före Hadrianus villa, före Johanne.

Vera sa att hon ville bli konstnär, gick till och med en kurs där de satt och kopierade tavlor i salarna på Nasjonalgalleriet. Efter händelsen med Rembrandtboken smygtittade Alf på akvarellerna som låg i högar i hennes rum. Ibland kunde han känna igen ett motiv från Rembrandtboken. Men de flesta av hennes bilder var abstrakta, trots det med tydliga former och mönster. Och färgrika. Ofta kunde han urskilja tre huvudelement främst och en antydan till tre bakom, tre rum som samtidigt verkade luftiga. Av någon orsak tänkte han på en fladdrande stjärna. Andra gånger ledde akvarellerna, med sina läppaktiga former, in hans tankar på andra banor, gjorde honom en smula varm, orolig.

Vera tecknade ett porträtt av honom. Han satt inför hennes granskande ögon och kände sig avklädd, genomskådad. På ett kittlande, skönt sätt. När han fick se resultatet kom han att tänka på röntgen, att Vera måste längta efter detsamma som Harald Veber, att människans allra innersta skulle låta sig avslöjas.

Pappan var något av en förebild. Varje morgon kom han in i pojkarnas sovrum och drog upp rullgardinen med följande utrop: »Varde ljus!« Och kanske var pappan något som närmade sig en gud för Alf. Särskilt när han i vit rock guidade runt Alf och brodern i Nycos byggnader. En man på jakt efter insikt. En man som ville låta ljuset tränga genom kroppen. Och i synnerhet hjärnan. Barndomshemmet präglades över huvud taget av en viss spänning mellan hjärnan och hjärtat, mellan en far i vetenskapens och en mor i skönlitteraturens värld. »I framtiden kan vi kanske leva med ett grishjärta«, sa pappan syrligt vid middagsbordet en gång, »men ingenting kan ersätta människans hjärna.« Mamman, som hade börjat duka av bordet, gav honom bara en överseende blick medan hon knappt hörbart nynnade på en vers ur »Tulpaner från Amsterdam«, som om det, på ett eller annat sätt, var ett motargument. Alf drog sin egen slutsats: hellre vara hjärtlös än hjärnlös. Många kvinnor skulle förvåna sig över en man med sådana tankar. »Du har vänt upp och ner på världen«, fick Alf höra en gång.

Pappans jobb fick en del av skulden för överbetoningen av det cerebrala. Ett av Nyegaard & Co:s specialområden var nämligen att utveckla en produkt, en så kallad kontrastvätska, som gjorde det möjligt för läkare att ta röntgenbilder av bland annat hjärnan. När vätskan flöt ihop med blodet framträdde plötsligt nätet av blodådror på bilderna av hjärnan. »Som om en matt glödlampa plötsligt får klart glas och man ser glödtrådarna inuti«, sa pappan. Vid ett av besöken på Nycoveien fick Alf titta på sådana röntgenfotografier, se hur den injicerade vätskan framhävde kroppens kärlsystem och hålrum. Man gjorde ständiga framsteg, berättade pappan, men det medel som man nu använde löstes inte upp på ett tillfredsställande sätt, var både smärtsamt och direkt skadligt för patienterna. Målet var ett icke-joniskt kontrastmedel. »Vi är på jakt efter en substans, med andra ord en ny molekyl«, sa Harald Veber med en blick som om han nyss hade sett en skymt av ett V. För sin del höll Alf upp en bild framför sig. Var detta hjärnan? Det liknade något från en främmande planet. Ett fotografi av de kanaler som påstods finnas på Mars.

Alf förstod naturligtvis inte så mycket av detta men lät sig ryckas med när pappan visade honom uppslag i sina medicinska verk där ett plastat ark kunde vikas ut och nya ark under det i sin tur – mer spännande än någon adventskalender – så att kroppens labyrint av gångar och schakt, matstrupe, tarmar, blodådror, förutom hjärnans uppbyggnad och beståndsdelar, blottlades. Alf misstänkte att pappan önskade att hela världen skulle vara som öronmaneten: genomskinlig.

Genom att studera hjärnan, kanalerna och förbindelselederna, inte minst corpus callosum, balken mellan halvorna, kom pappan fram till att det måste finnas passager i hjärnan som man ännu inte kände till. Harald Veber drömde om att finna ett medikament som kunde öppna dem och därigenom ge oss tillträde till ett nytt sätt att tänka på. »Är det inte svindlande, Alf? Kanske väntar väldiga områden av medvetandet på att tas i bruk? Du vet, vår utveckling bygger på ett ständigt sökande efter nya genomgångar. Inte bara i geografin utan i oss själva. Sanna mina ord: hjärnans nordvästpassage är ännu inte upptäckt! Tänk dig att medvetandet i dag är som världen vid mitten av 1400-talet. Vilka perspektiv! En hel kontinent, Amerika, ligger alldeles om hörnet. Medvetandets Amerika. Hur skulle detta påverka oss?« För ett ögonblick liknade pappan James Stewart när han fick ett av sina yrselanfall.

Alf fantiserade om att pappan också led av en saknad, något han inte kunde uttrycka med ord. Vid söndagsfrukostarna, när de åt ägg och bacon, gjorde han det till en ritual att utbrista: »Kom ihåg vad Bacon sa: Kunskap är makt!« Kanske var det därför han gav barnen alla baconskivorna, eller för att han ville illustrera att han satte kunskapshungern högre än aptiten på mat.

Alf fick alltid dåligt samvete när pappan mässade sitt »Kunskap är makt«. Han var fullständigt på det klara med att han kunde för lite. Om det mesta. I alla fall om saker som andra, också jämnåriga, förstod sig på. Inte heller om Veras intressen visste han något speciellt. En försommar – han hade just fyllt tolv och väntade bara på att lovet skulle börja – stod Alf och betraktade en akvarell som Vera ramade in och hängde upp på väggen. Blicken vandrade mellan filmstjärnorna, porträtt av Marlon Brando, Paul Newman, Jean-Paul Belmondo, och de obegripliga, nästan erotiskt upphetsande figurer som hennes pensel hade format. »Visst är de spännande?« sa hon. »De är lika innehållsrika som en film.«

»Men ... men vad *är* det?« vågade han fråga.

»Ska du göra något i morgon? Det är ju lovdag?«

Det var också ett sätt att svara på. Han skakade på huvudet.

Nästa förmiddag stod han därför på Voksenkollen station, efter att först ha tagit den nya t-banan till stan och sedan, från Nationaltheatret, en spårvagn med vagnar som på den tiden liknade små stugor som drogs efter varandra på skenorna. Vera pratade om allt möjligt med undantag av vart de skulle. Strax efteråt stannade de framför något som Alf först tog för en raket, klar till uppskjutning. Han visste en del om rymdfart tack vare Johanne. Så mycket förstod han att det måste vara självaste Tryvannstornet, den nya TV-sändaren.

»Vackrare än Monoliten«, mumlade Vera. »En obelisk som skickar ut tecken i stället för att ha dem på sig.«

»Ska vi upp i tornet?«

»Vi ska göra något som är mycket viktigare«, sa hon. »Vad är det för speciellt med killar och torn«, mumlade hon.

Snart kom de in på vägen som slingrade sig brant ner mot Tryvannet, en svart spegel på bottnen. Vera nynnade på en Searchers-låt. Dagen var lätt mulen, varm, disig. I en kurva stannade hon och tog fram sitt lilla akvarellskrin, fyra färger, pensel och en liten vattenflaska. Hela Nordmarka låg framför dem, skog så långt ögat kunde nå. Ett av Oslos särdrag. En spårvagnsresa uppåt från centrum och vips stod man med tio mil vildmark framför sig. Härifrån till nordpolen var det liksom bara skog. Vera blandade färger. Måste vara besläktat med det som pappan kallade kemi, tänkte Alf. Penseln dansade över papperet. En snabbskiss. Åsar bakom varandra. Gröna i förgrunden, sedan blågröna, därefter blågrå. Hon höll upp det, nästan förvirrad. »Inte helt olikt en kinesisk landskapsbild«, sa hon och log.

Alf studerade henne medan hon packade ihop. Denna nu vuxna flicka från våningen ovanför, som från en våning ovanför i livet. Hon var annorlunda. Svag och stark på en gång. Det var därför han tyckte om henne så mycket. Och för att hon sökte efter något, även om han inte visste vad det var. Ofta satt hon med ett stickarbete i knät. Alf förstod aldrig hur hon lyckades hålla ordning på de olika garnnystanen, hur hon med hjälp av små maskor skapade de mest intrikata och häpnadsväckande mönster. Alf funderade på om dessa färggranna tröjor kunde vara något som Vera tog på sig när hon ville locka till sig killar. Tillsammans med de parfymdroppar hon alltid fuktade huden bakom öronen med. Hon hade ständigt nya pojkvänner. Alf lade märke till strömmen av killar som besökte hennes rum, killar hon betraktade, använde, förkastade. De gick förhoppningsfulla uppför trappan och kom slokörade ner igen. Han kom ihåg hennes ögon när hon målade av honom. Hon hade en blick som genomskådade män, trodde han. Just vid den tiden reste hon påfallande ofta ner till Tøyen. Alf antog att hon äntligen hade fått en ordentlig pojkvän, en som var bra nog.

När Tryvannsstugan låg bakom dem gav Alf uttryck åt att det började bli lite tråkigt. Ärligt talat. Vad skulle de göra? Var det långt kvar? Han gillade inte att vara ute och vandra. Bortsett från när han var tillsammans med Johanne. Han höll sig konsekvent hemma när de andra i familjen lydde den norska dogmen om fridagar och friluftsliv.

»Du är precis likadan som när du var liten«, sa Vera och skrattade, »när jag passade dig och vi skulle gå en vända till bondgården.« Därefter tog hon fram en Kvikk Lunsj. Hon hade ofta varit tvungen att ta till det knepet för att få honom att fortsätta, locka honom genom att hålla upp en bit av chokladen, säga att han skulle få den när de hade kommit till slutet av åkern, när de kom upp på toppen av backen.

»Tänk bara på att du ska få se något som du aldrig har sett förut.«

Detta, mer än chokladbiten, fick Alf att fortsätta. Han blev också gladare till sinnes när de passerade en välta nyfällt timmer. Varför hade ingen tänkt på att tillverka en parfym som luktade så? Vid korsningen rakt nedanför Nordmarkskapellet valde Vera oväntat att gå vidare i vinterspåret, följde den blöta stigen mellan rödmärkta trädstammar ner mot sänkan norr om Slakteren. Hon berättade om svåra fall där på vintrarna. En gång hade hon åkt på en kille, så häftigt och tilltrasslat att hon kände att hon inte hade något annat val än att bli tillsammans med honom. Det höll i en vecka. Alf trodde inte att Vera hade stått ut med någon kille i mer än en vecka. Om hon inte hade hittat en extraordinär typ nu, nere på Tøyen.

Stigen blev allt blötare. De vandrade mellan höga ormbunkar. Insektssurret ökade också i styrka, som för att förstärka intrycket av något tropiskt. Det blev mörkare. Mörkare och grönare samtidigt. Skumt grönt, skumt frodigt, skumt vått. Vad letade hon efter på ett sådant ställe? De kom till en myr, måste ta sig fram längs kanten. »Akta dig så att du inte plumsar i.« Barnvaktsrösten. Order och omsorg. Alf gillade inte stämningen. En bottenlös myr, tänkte han. Farlig, tänkte han.

Då – inte plötsligt utan långsamt – böjde sig Vera ner. Stirrade på något. Alf krökte också ihop sig. Hennes fingrar pekade på en blomma som nästan försökte dölja sig bland de gröna växterna runtomkring. »Jungfru Marie nycklar«, sa Vera andäktigt, lade armen om honom. Hon vände sig mot Alf. En speciell glans i ögonen. Rembrandtglans. Ett uttryck som sa: Begriper du nu?

Alf tänkte genast plocka blomman, men Vera slog honom på handen. »Det är en orkidé«, sa hon som för att förklara vilket helgerån han kunde ha gjort sig skyldig till. Orkidé ... det lät onorskt. Han hade hört ordet men visste inte att det fanns orkidéer i Norge. Vera låg på alla fyra. En slav som önskade underkasta sig denna skönhet. Han följde hennes exempel, kände en svag men säregen och god doft. Växten var ganska oansenlig men överraskande vacker när han böjde sig tätt intill. De små ljusvioletta blommorna satt i en klase överst på stängeln. Vid närmare påseende upptäckte han att blommorna hade mörkare violetta ådror, teckningar som kunde påminna om tigerränder. Fantasin satte sig i rörelse. På grund av två spetsiga blad bakom dem såg blommorna ut som små änglar i violetta klänningar. Det stämde med alltihop, med Vera och honom. Hon hade inte bara passat honom som liten, hon hade vaktat honom. På den tiden hängde det fortfarande en bild från söndagsskolan vid hans säng, en ängel som höll sina händer över ett litet barn som plockade blommor vid ett stup. Någon vakade över oss. Var det så? När mamman gick omkring i huset med dammtrasan och sjöng på en av favoriterna, »Someone to Watch over Me«, tänkte han alltid på Vera.

De reste sig och gick försiktigt vidare, upptäckte fler blommor av samma art, dessutom något som Vera kallade sumpnycklar. Hon berättade om en sällsynt orkidé i England. Tänk, det fanns nu bara några få exemplar kvar av den i naturen. Platsen där de växte hölls hemlig och vaktades dygnet runt.

Framför en rank Jungfru Marie nycklar lade hon sig på knä och tog upp sina redskap ur ryggsäcken, små askar som liknade smyckeskrin. Hon ritade först av orkidén väldigt exakt på ett pappersark och därefter, i ett annat block, målade hon en akvarell, mycket abstraktare, eller som om hon bara framställde en detalj. Detta senare var mycket mer likt. Återgav på sätt och vis orkidéns essens. Alf förstod nu vad det var som hängde på Veras vägg. Bilderna föreställde blommor, fragment av orkidéer.

Vera påminde om hans mamma. Hon var lika svärmisk och verklighetsfrämmande. Men nu, tack vare den precisa avbildningen av bladkransarnas egendomliga form, blommans karaktär av att vara ett organ, fick Alf för sig att hon hade mer gemensamt med pappan.

Vera tittade plötsligt upp. »Det är ändå inte den här jag letar efter«, sa hon. »Det är en gul orkidé jag försöker hitta.« Hon bläddrade fram en tidigare skiss, detaljerad och färglagd. Det liknade en miniatyrtoffel på stjälk. »En guckusko«, sa Vera. »Sällsyntare än Jungfru Marie nycklar. Fridlyst. Kan du försöka hitta den åt mig?« Hennes irisar såg plötsligt ut att lysa, att vara ett målarskrin av färger. »Den ska stå där nere i sluttningen någonstans.« De befann sig i närheten av en udde bara ett stenkast från Blankvann. Mot söder bar terrängen brant uppför.

Uppgiften eggade Alf. Han hoppade från tuva till tuva mellan två myrar och skuttade uppåt i landskapet. Urskog. Inga stigar, bara att klättra. Han ville gärna upptäcka denna blomma åt Vera, bli tryckt mot hennes bröst i tacksamhet. Det måste betyda mycket för henne. En liten blomma och ändå något viktigt. Ordlöst viktigt. Han rådfrågade skissen som om det var en karta han skulle orientera efter. Så tjusig. Det ena bladet i det inre blomhyllet – enligt Vera hette det labellum – var format som en behållare, något man kunde ha fina saker i.

Tät vegetation, mossa, dunkelt. Det knakade och prasslade runt honom i underskogen när han kröp genom låga portar bildade av kullfallna träd. På ett ställe ringlade en huggorm ner från en flat sten och försvann i bärriset. Han ryste. Allt brantare sluttning, hinder. Måste upp, måste upp. Folk dog, gjorde de inte det, föll utför stup när de skulle plocka edelweiss på smala klipphyllor? Han hade plötsligt inte svårt för att förstå det, ivern, att man var villig att ta en risk. Där? Hjärtklappning vid varje skymt av gult. Alltid andra, helt vanliga vilda blommor. Han hade letat länge, måste vända om, kastade en sista blick uppåt sluttningen när han hittade den. Fem sex plantor i en klunga. Ett inre ljus. Ett konstverk jämförbart med Rembrandt, med »Lasarus uppståndelse«. Var det möjligt att bli så hänförd vid åsynen av en blomma? Läppkronbladet liknade inte bara en påse utan ett gyllene hjärta. Han stod och hoppade, hojtade, skrek som man måste ha skrikit förr i tiden när man fann guld.

Vera kom kravlande, andfådd, böjde sig ner. Sedan reste hon sig och omfamnade honom. En lukt mer överväldigande än själva den frodiga naturens. »Tack«, sa hon, »tack.« Hon var ännu gladare än när han hade hittat konstboken.

Vera gjorde färdigt sina skisser, målade också en skimrande akvarell, innan de hittade vägen ut ur urskogen. Medan de åt matsäcken vid det nyfällda timret nedanför Nordmarkskapellet berättade Vera mer om sin kärlek till orkidéer. Hon använde det ordet, kärlek. En amerikansk målarinna, Georgia O'Keefe, hade väckt hennes intresse för blommors sensuella former. Alf fick också veta varför hon så ofta begav sig ner till Tøyen; det hade ingenting med pojkvänner att göra. Hon besökte Victoriahuset i Botaniska trädgården, flygeln som kallades Orkidéhuset. Där hade hon blivit bekant med en anställd, en äldre man, och det var han som hade berättat för henne var hon möjligen kunde hitta guckuskon ute i naturen – Veras skiss var gjord i stenpartiet på Tøyen och visade den kanadensiska varianten av arten. Senare fick Alf följa med henne till Botaniska trädgården, till det ganska lilla och dåligt underhållna växthuset som innehöll några av de talrika tropiska orkidéerna. Särskilt plantorna av släktet Paphiopedium fängslade honom. De såg ut att komma från en annan värld. Men ännu mer betagen blev han i epifyterna, orkidéer som växte på andra plantor och som kunde beundras längst upp på de konstgjorda trädstammar som man hade placerat i den varma, fuktiga lokalen. Alf tyckte om det. Blommor med rötter som kunde ta upp fuktighet från luften. Blommor som växte högt uppe i grenklykor, inte synliga från marken. Det fanns med andra ord massor av orkidéer som man hittills inte hade upptäckt eftersom man inte hade varit uppe i alla trädtoppar. Alf fantiserade om det när han klättrade i träd. Kanske skulle han hitta en sällsynt orkidé längst uppe.

På vägen tillbaka till staden delade de den sista Kvikk Lunsjen och efter denna utflykt kunde Alf aldrig se ett Kvikk Lunsj-papper utan att
tänka på att de tre färgfälten bildade en romantikens flagga. Rött för slitet som gav blodsmak i munnen, gult för blomman de letade efter, och grönt för skog. Senare upptäckte han likheten med Bolivias flagga, utan att det förstörde fantasin. En sak var i alla fall klar: romantikens blomma var gul, inte blå. Och detta, att ligga på knä framför en växt, utan att riktigt förstå varför, och med Veras arm om livet, var en form av kunskap han inte fann i pappans uppslagsverk.

HAN VAR SNABBT borta vid vasen på bordet, valde ut en av de vita liljorna. Ambassadörens hustru stirrade tillrättavisande på honom men han gjorde en urskuldande åtbörd och pekade på Anna – kunde man låta bli att ge en långstjälkig blomma till en sådan kvinna?

Annas uppenbarelse var enastående. Som om hon bar kamouflage. En kvinna med kolsvart hår förklädd till blondin. Koronan av ljust hår, de blå ögonen, gav inga signaler om ett häftigt temperament. Att man skulle få en örfil som sved om man försökte komma med lustigheter som Anna Lovinda. En man kom långsamt och tuppaktigt stegande mot henne med blicken fäst vid den enkla klänningens generösa urringning. Alf skyndade sig tillbaka och lyckades samtidigt knuffa till mannen, så att denne ofrivilligt måste ändra kurs. Elementär fysik. Alf överlämnade blomman till Anna som tveksamt tog emot den. Nu har jag läst Mandarinerna, sa han.

Hon tog ingen notis om det. Du sa att du ville rädda mig? Menar du *frälsa*? Har du gått med i någon sekt?

Nu kom det. Han hade tränat. Slagit i sig hela meningar. Men när han sa det, började säga det, lät det hopplöst banalt, skrattretande enkelt. Något om att han skulle rädda henne från det etablerade, betydelselösa.

Tillbaka till idéerna, visionerna. Se på oss, sa han, vi var begåvade unga människor som nu har reducerats till ordinära medelålders skattebetalare. Vad har hänt?

Tala för dig själv. En replik sagd med blicken. Plötsligt en hinna av is över allt det blå.

Förbaskat också. Han fann inte de rätta orden. Hur ska man säga något som alla vet men ändå förtränger. För att det är en livsnödvändighet att undertrycka det. Att man vid en viss tidpunkt parkerar och släcker lyset. Somnar. Att man behöver bli väckt. Dras upp. Hitta tillbaka till hungern. Nyfikenheten. Oron. Förelägga sig själv nya, storslagna uppgifter. Det kom ofta an på att träffa en ny människa. Eller möta någon man inte hade sett på länge. Han ville kort sagt uppmuntra henne att hoppa av, som om hon var en medborgare från en järnhård diktatur och här, tillsammans med honom, hade möjligheten att fly, börja ett nytt liv i frihet. Du har väl inte gett upp din storartade idé om en Alternativ litteraturhistoria, sa han. Kommer du ihåg när vi satt i Frederikke, den kvällen du sa att de norska kultursidorna var lika sorgliga som sidorna med dödsannonser? Att bli recenserad där var detsamma som att bli dödförklarad?

Jag har det bra, tack för omtanken, sa hon. Trots det en skymt av ängslan. Som om han hade rört vid något. Satt ner nålen på en skiva hon hade glömt, Needles and Pins.

För han vägrade att tro det. Ett tryggt lärosäte. Feminism för bortskämda flickungar som inte kunde stava till Irigaray och trodde att Cixous var en indianstam. Vad gav det henne? Tänk på allt det fantastiska vi kunde spinna ihop tillsammans, sa han. Var ärlig! Det enda vi behöver är att återfinna de trådar vi släppte. Jag har en plan. Ett uppslag för två outsider. Och jag behöver en litterat person som partner. Han lät ordet partner hänga i luften, tvetydigt.

Jag är skild, sa hon. Samtidigt bytte jag jobb.

Det förra visste han, inte det senare. Har du några barn?

Ett. En flicka. Flyttade hemifrån i fjol. Hennes fingrar höll om liljan som om den var något obehagligt, en köttätande växt.

Han frågade inte något om hennes arbete, var redan inne i nya funderingar på hur han skulle uttrycka sig så att hon förstod hans bevekelsegrunder. Isbitarna i drinken klirrade mot varandra som för att varna för en förestående Titanichändelse av mikroformat.

Sedan kom det, den egentliga orsaken till att han bestämde sig för att resa hit, sätta allt på ett kort. Han hade suttit i en snögrotta, på Norges tak, senare gått genom eld och plötsligt fått en klargörande tanke. Eller något som mer liknade en uppenbarelse. Han hade bara haft en enda upplevelse som förtjänade att benämnas med ordet kärlek, och det hade varit med Anna. Han hade förnekat det. Flytt till något annat.

Han sa, försökte säga något om detta, avslutade med några tafatta, utnötta formuleringar om att de aldrig hade gett spänningen mellan dem en chans. Fast det var tillräckligt med volt till en hel stad. Säg inte att det är för sent. I bakhuvudet kvävde han ansatsen till en pessimistisk refräng: It's too late, baby, it's too late.

Hennes ansiktsuttryck? Omöjligt att läsa. Hon bar ett ovanligt halssmycke. Påminde om en sydamerikansk quipu. I kedjan hängde trådknippen, trådknippen fulla med knutar, som för att ge en vink om att hon representerade ett räknesätt han inte förstod.

Jag är smickrad, Alf. Verkligen. Jag vet inte om du skojar ... jag hoppas du gör det. Men jag känner mig smickrad i alla fall. Skrattet igen, ett skratt som framkallade en härskara av minnen, ett skratt som kunde göra en galen av åtrå. Eller faktiskt inte åtrå. Mer en längtan efter att få bo inom samma väggar som denna kvinna. Höra detta skratt ofta.

Jag menar det, sa Alf. Om han hade varit osäker förut, så tvivlade han inte längre. Att stå ansikte mot ansikte med henne var ännu starkare än han hade föreställt sig att det skulle vara.

Du menar det inte.

Kommer du ihåg hur mycket du pratade om Marguerite Duras, sa han. Den hämningslösa förälskelsen. Ögonblicken som kan vända upp och ner på ett liv. Vi har båda upplevt det ögonblicket.

Du menar inte vad du säger, upprepade hon. Och blanda för all del inte in Marguerite Duras i det här. Hon lade ifrån sig liljan på ett av silverfaten som gled förbi, ett försmått visitkort. För en sekund kändes det som en spark i skrevet. Ett nej tack till sex. *Blommor måste kunna användas som en något oväntad infallsvinkel*, skrev han senare i anteckningsboken.

Eller själva knölen. Orkidén har sitt namn från knölarnas likhet med testiklar. Erotik på rotnivå. Kunde också stå som en symbol för vetande, för den kärna av vetande som man letar efter. Tulpanens lök. Mer värd än guld. Vansinnet som rådde i Nederländerna på 1600-talet. Du får mitt hus om du ger mig din lök. Eller är det ett argument mot hela upplysningstanken? (Jag offrar allt, bränner mina uppslagsböcker, bara du håller din hand om mina testiklar.)

46 Menade han det inte? Jag ska visa henne. Han knäböjde på golvet, teatraliskt, men föll på knä i alla fall. De sista drinkarna hade inte bara gjort detta möjligt, utan till det enda riktiga. Han kunde inte se ett enda skäl till att han inte, mitt bland hundra personer, inklusive en obetydlig norsk författare och dennes lismande förläggare, samt ett dussin skoningslösa brittiska kritiker, skulle knäböja där. Även den magnifika orientaliska mattan inbjöd till detta. De kringstående gästerna såg leende på honom, uppfattade det naturligtvis som ett skämt, ett led i något slags ironiskt samtal. Ett practical joke.

Bli tillsammans med mig, sa han. Gift dig med mig. På knä, med böjt huvud. Som om han väntade på att dubbas till riddare med blomman som hon inte längre höll i handen. Where have all the flowers gone?

Käre Alf … Hon sa inte mer. Hon förstod antagligen att det inte var ett skämt. Alf Veber tillhörde verkligen inte den ironiska generationen. Hon såg sig ändå förstulet omkring, som för att försöka upptäcka kameror, avslöja ett bedrägeri. Men han skymtade något i hennes blick. Han tolkade det som tvivel. Att det hade gått så lång tid. Att de inte kände varandra längre. Men hur kunde de någonsin undgå att veta nästan allting om varandra. Tio år i samma glödande miljö. Tio år vid Akbars hov.

Hör på, Anna, gift dig med mig, sa han. Högre denna gång. Insisterande. Om hon hade bett honom att ta av sig kläderna för att bevisa sitt allvar, så hade han gjort det. Flera än förra gången vände sig om. Uttryckslösa ansikten. Gick det snett nu?

Ta dig samman, Alf. Har du läst för många riddarromaner? Var är väderkvarnarna? Hon försökte få rösten att låta sträng. Ambassadörens fru kastade en blick på honom igen. En ängslig blick denna gång.

Det finns ett enkelt skäl till att jag inte kan gifta mig med dig. Hon lyckades fortfarande inte hålla sig helt allvarlig.

Var hon sjuk?

Hon såg länge på honom. Jag förstår ingenting, sa hon. Vet du inte om det?

Det var hans tur att svara med en förvirrad blick.

Jag är tillsammans med en annan, sa hon. Lågt. Ville tydligen inte ställa till en scen.

Ett streck i räkningen. Men bara ett litet streck. Hon måste förstå att detta var något annat. Att detta var det oförklarligt stora, luttrat av is och eld. Att hon bara skulle släppa allt vad hon hade i händerna, inklusive andra män. Han var övertygad om att det bara skulle ta ett par sekunder innan hon själv insåg att en man, en sambo, aldrig kunde vara något hinder dem emellan.

Jag ... Hon tvekade, såg sig omkring, som efter hjälp. Varför i helvete denna plötsliga hänsyn till etiketten? Var fanns den Anna Fleischer han kände?

Han låg fortfarande på knä. Det gjorde honom ingenting. Titta inte hit, din skitförfattare! Mattan var mjuk. Han kunde knäböja hela kvällen.

UPPLYSNINGEN: AMYGDALA

Ståndaktigheten. Alf Veber var inte en person som gav sig utan vidare. Särskilt inte när det gällde tjejer. Vad kallade man det? Att vara enveten? På finska skulle det kanske heta sisu. En höstdag strax efter att han hade börjat på gymnasiet stötte han på Charlie utanför butiken ovanför t-banestationen på Ammerud. Charlie tuggade på en glasstrut, började slicka överdrivet, som om det inte var en glass han slickade på. Alf skrattade inte förrän Charlie fick grädde i vrångstrupen och måste arbeta sig igenom en hostattack. »Vad kan vi lära av detta?« sa han, härmade den nye modersmålsläraren.

De gjorde sällskap längs de låga hyreshusen i Selvaag. Pratade om allt och ingenting. Fotboll, ett Premier-trumset som Charlie hade prövat, skitbra tom-tom, vad ansåg Alf om att klippa sig som Keith Moon? Då strök en tjej förbi dem. Man blev ofta passerad på det sättet, mycket nära, av flickor också, men Alf kände genast det extraordinära denna gång. Det sprakade. Som om båda var laddade med statisk elektricitet. Hon måste vara i deras ålder, kanske något äldre. Han började gå fortare, ville ligga i hennes kölvatten, ett stråk av svag svett, eller möjligen nyfällt timmer.

Till och med bakifrån kände han igen gestalten, hade lagt märke till henne på t-banan, så som man ibland lägger märke till medpassagerare, diktar upp historier om dem, ger dem en bakgrund, ett yrke. Han tänkte att hon extraknäckte som servitris, hade ingen aning om varför, hade aldrig vågat tilltala henne, men skulle gärna ha suttit vid ett bord med vit duk och blivit serverad, medan hon sa ett par ord om rätterna. Håret långt, svart, vilt. Hon verkade lite farlig. Otillgänglig.

Sedan förändrades allting. Hon vred plötsligt på huvudet och gav honom en blick. Kort. Men den där glimten, sekunderna när deras ögon möttes, fick hans hjärtklaffar att fladdra. Han tänkte på det senare. Det var kortvarigt tvärdrag i hjärtats fyra kammare. Snubblade han inte till också? Tankar spratt upp. Flera tankar. Därefter ett kaos av tankar. Liksom första gången han gjorde popcorn tillsammans med Johanne. Pop-pop-pop. En blick som träffade saknaden i hans inre. Han hade ett tomrum i sitt inre och hon kunde fylla det.

Han knuffade Charlie i sidan, nickade mot ryggen framför dem, figuren som drog ifrån dem för varje steg. Tjejen hade kjol. Även det en lite ovanlig syn. Svart kjol och svart tröja. Underbenen såg seniga ut, som om hon var van vid att göra långa fjällvandringar. »Hon är inte något för dig«, sa Charlie, gick över till att sjunga: »Pictures of Lily, Lily, oh Lily.« Glassen som en mikrofon framför munnen. Alf försökte sätta krokben för honom. »Sjysta bananer!« sa Charlie. »Du har inte minsta chans.« Som om det var ett avgörande argument pekade han på hennes skinnryggsäck. På locket kunde de läsa Led Zeppelin. Avancerade, skuggade bokstäver. »Led Zeppelin, wow«, sa Charlie med samma tonfall som när han kommenterade en 750-kubikare. Inte många kände till Led Zeppelin; Alf hade bara hört ett par snuttar i radio, »Good Times Bad Times«, »Dazed and Confused«. På hans pennfodral av skinn strålade namnet

The Kinks, skrivet med kulspetspenna och tredimensionella versaler. Ursprungligen hade det varit The Searchers, men Ray Davies grupp gjorde omedelbart intryck på honom, tog över redan efter den första singeln. En musik för outsider-kungar. I Alfs öron var de senaste albumen, »Face to Face«, »Something else« och »The Kinks Are the Village Green Preservation Society«, uppenbarelser av samma outgrundliga karaktär som den heliga treenigheten. För tillfället luktade han också på Cream, supertrion som redan hade upplösts; lyssnade förvirrad på den av skivorna av dubbel-LP-n där de spelade live, Claptons gitarrsolo på »Crossroads« som fick håren att resa sig. Det var väl inte så långt från Kinks och Cream till Led Zeppelin, eller hur? Han gillade inte Charlies kategoriska tonfall, förstod inte varför kamraten lät sig skrämmas. You really got me. Dazed and confused. Samma problematik.

Men det var inte bara därför som han med blicken höll fast den spänstiga figuren framför sig, en servitris som gillade Led Zeppelin. Han hade blivit spådd. Många år tidigare. I Grorud-centret. Som vanligt drev han omkring med Johanne. De stötte på en kvinna vid ett campingbord. Hon spådde en i handen för en krona. Stramt huckle, ögon som fick en att tänka på Transsylvanien. De kom aldrig underfund med om hon var zigenerska, dagen efter var hon försvunnen. Johanne knuffade fram Alf, lade en enkrona, en blank häst som stegrade sig, på det lilla bordet. Damen tog utan vidare tag i Alfs arm och granskade hans handflata. Länge. Som om det var en stjärnhimmel, tänkte Alf sedan. Hon var kanske en förklädd husmor, men Alf kände ett slags kraft i hennes fingrar. »Du ska uppleva kärlek tre gånger«, sa hon allvarlig och släppte hans hand. Alf väntade på fortsättningen men hon sa inte mer.

Minnet väcktes till liv av personen framför dem. Dags att sätta i gång. Få det undanstökat. Medan han växelvis stirrade på de ännu sommarbruna vaderna och på skinnryggsäcken med Led Zeppelins oroväckande namn, greps Alf av en tung, samtidigt lätt känsla av att detta, denna okända tjej, skulle bli hans första kärleksupplevelse.

I samma ögonblick vek hon av, snabbt, som för att skaka av sig förföljare, och stegade i väg ner mot höghusen på Ammerud, den gången Norges högsta, fjorton våningar, sex uppgångar i varje. Monolitiska bostadsfabriker. Några kallade det arkitektonisk brutalism. Hur som helst de rätta omgivningarna för betongrock à la Led Zeppelin. Charlie förstod vad som höll på att ske, vände upp och ner på glasstruten, som för att erbjuda Alf en narrmössa. »Vi får se om du har rätt«, sa Alf och tog av åt höger som ett jaktplan som bröt sig ur en formation; han småsprang efter tjejen som försvann in på sidovägen mot det första huset, hörde Charlie ropa något, kanske varnande, men det var för sent. Romantikens flagga var röd, gul och grön, ett trafikljus där samtliga signaler lyste på en gång, allt var tillåtet. Han skulle klara det. Time, time, time is on my side. Människan hade just landat på månen. På ett gärde i USA förvrängde en neger nationalsången till en musik som från Jerikos trumpeter. Och i Amsterdam hade John och Yoko demonstrerat underbart för fred genom att tillbringa en hel vecka i hotellsängen.

Den gången då zigenerskan hade spått honom gick han omkring och grubblade: Ska jag bara uppleva kärlek tre gånger? Han nämnde det för Johanne. Hon sa: »Du har tur. De flesta får ju aldrig uppleva det.«

Alf hann precis se att hon försvann in i en av de mellersta portarna. Han skyndade sig nervöst efter. En guldklimp dansade framför honom i luften. Sedan upptäckte han att det var en skalbagge. Han tog det som ett gott omen, öppnade porten och klev över tröskeln. En Neil Armstrong-känsla av att landstiga på en främmande planet.

Tillsammans med andra killar i området hade han lekt i dessa mastodonter när de höll på att byggas, medan de ännu bara var som en jättes sättkaster ställda på högkant, ett skelett av betong, utan innanmäte, utan fönster och dörrar. På grund av öppenheten kunde man göra sig en föreställning om hela den enorma byggnadens mönster av vertikala och horisontella gångar och korridorer, inklusive lägenheternas planlösning. Alf hade alltid, inspirerad av pappans arbete på Nycoveien, forskningen om kontrastvätskorna som man använde vid röntgen, längtat efter att kunna se »genom« saker. Varje gång han hälsade på Johanne blev han till exempel stående länge och beundrade en klocka, en kub av plexiglas med fri insyn i själva urverket. Vid ett tillfälle, då pappan visade honom ett fotografi där systemet av blodådror i hjärnan framträdde, tänkte han: Så konstigt. Det finns ett helt tunnelsystem inne i huvudet. Därför hade han varit besviken när byggnaden stod helt färdig, plötsligt stängd även för fantasins utforskning.

Innanför höghusets port, lite ängslig för att hon skulle stå och vänta på hissen, kom han ihåg hur han brukade bläddra i pappans anatomiska atlas där hjärnan var genomskuren på olika sätt, ungefär som när han själv delade ett blomkålshuvud. Det låg en hel värld innanför hjärnskålen, med hemisfärer och poler. Alf såg plötsligt en parallell till höghuset som han nu var inne i – det var också ett slags grå massa. En organism, fullproppad med nervceller som producerade tankar, lika många fantasier som det fanns invånare. Pappan hade berättat – Alf visste inte om det stämde – att de flesta människor blev motiverade, drevs till att sträva efter vissa mål, av impulser från ett område i hjärnans mitt som kallades *amygdala*. »Ordet betyder mandel. På grekiska och latin.« Pappan pekade ner på atlasen med ett ansiktsuttryck som var både hänfört och bekymrat. Där, i hjärnans mitt, hade man funnit ett säte för beteenden som var känslomässigt betingade, särskilt rädsla, men också viljan att ha sexuellt umgänge, sa han, och minen blev plötsligt mer bekymrad än hänförd.

Alf fick ett nytt förhållande till mandlar efter detta, men höll sig till en avvikande, närmast privat teori. När han drevs till sådant, som att följa efter en okänd flicka, trodde han att det berodde på ett annat fenomen. Av allt det spännande i de halvfärdiga höghus de hade smugit sig in i på kvällarna var det aldrig något som förhäxade Alf mer än tomheten. Att gå i trappor utan räcken, passera lägenheter som öppna modulsystem. Och allra mest, högst uppe: hisschaktet. Bara ett svart gap, livsfarligt. Fjorton våningar rakt ner. Lockande. På samma sätt lät han sig fascineras av hjärnans rum, ventriklarna. Dessa öppna kanaler mitt i all grå och vit hjärnsubstans. Upptäckten gav honom en svindlande känsla. Ett tomrum mitt i centrala nervsystemet. Han fick en stark känsla av att detta kunde förklara några av hans mest gåtfulla handlingar. Att dessa schakt var det viktigaste i hans inre.

Ingen vid hissen. Han granskade den gröna väggen av små postlådor. Tretton av de fjorton våningarna rymde bostäder. Drygt fyrtio postlådor, fyrtio lägenheter. Han synade namnen i sömmarna. Ett av dem verkade italienskt. Han fick för sig att hon var italienska. Kanske hade pappan en restaurang och där serverade hon några kvällar i veckan. En minestronesoppa, tack. I samma ögonblick kom en man ner med hissen, kikade misstänksamt på Alf innan han hasade sig ut. Det förstörde möjligheten att se var hissen hade stannat. Såvida hon inte bodde på en av de nedersta våningarna och tog trappan.

Alf var inte villig att ge upp, var inte främmande för tanken att pröva alla dörrarna. Fyrtio möjligheter. Vad hände i huvudet på honom, var det livlig aktivitet i amygdala? Han gick en trappa upp, ringde på den första dörren. Ingen öppnade. På sätt och vis kände han sig lättad. Han försökte med en ny dörr. En dam öppnade. »Ursäkta, har ni en dotter«, kom han på att han skulle säga. Hon skakade på huvudet men log liksom initierat innan hon stängde dörren. Tredje ringklockan. En ung man öppnade. Såg härjad ut. Brynjan hängde runt överkroppen som ett smutsigt nät. Alf antydde att han måste ha gått fel. Mannen lät undslippa sig ett hånfullt skratt innan han stängde dörren. Detta var kanske inte bara ett vågstycke, utan rentav riskabelt. Några år senare skulle Dagbladet göra ett reportage om Ammerud och höghusen sedan en man hade blivit ihjälsparkad av ungdomar utanför en av trappuppgångarna där. Under bilden av det hus som Alf nu befann sig i kunde man läsa följande: »En stenöken, ett socialdemokratiskt helvete, en förbrytarskola?«

Upp en våning. Nya dörrar. Det började påminna om något. En berättelse i »Tusen och en natt«, en man som förs till ett palats med fyrtio dörrar; han får lov att öppna alla utom en. Naturligtvis öppnar han den också. Och förstör alltihop. Plus sitt öga. Men det här var omvänt. Framför honom fanns en rad dörrar där han inte borde ringa på, men bakom en av dem väntade en svartklädd belöning. God dag, jag är kungen av Amygdala, jag har gått vilse. Han kom till dörrskylten med det italienska namnet. Nerver. Han ringde på. Buona sera. En gammal man öppnade. Han såg inte italiensk ut. Någon dotter? Tyvärr, han bodde ensam. Ålesundsdialekt. När han skulle stänga dörren sa han något oväntat, som om han förstod allt: »Ge inte upp!«

Alf skyndade vidare, otålig. Han förstod inte var han fick modet ifrån. Fräckheten. Han kände sig som en zeppelinare, lätt, överdimensionerad. En luftens blåval. De flesta var lyckligtvis inte hemma. Till dem som

öppnade hittade han på olika saker att säga, ursäkter, halva lögner, prövande frågor, fick det ena infallet efter det andra. På flera ställen blev han i alla fall utskälld efter noter, hotad. Till slut kom han på att han kunde ta fram NME, New Musical Express, ur ryggsäcken, en engelsk musiktidning han köpte varje vecka, det vill säga han köpte Melody Maker också, men han tyckte bäst om NME, därför valde han den. Han kunde ju låtsas som om han trodde att hon hade tappat den. Hon var ju helt
klart också intresserad av musik. Han stod utanför dörrarna i ett höghus på Ammerud med tidningen i handen, som en försäljare. Några tittade lömskt på honom. Andra tackade vänligt nej innan han hann öppna munnen. En del flinade bara, som om de förstod att han ljög.

Så, en dörr på sjätte våningen. En liten bild uppklistrad bredvid namnskylten. Alf kände igen det nya Apple-varumärket, ett grönt, kluvet äpple som fanns på etiketten på de senaste Beatlesplattorna. Minnet av guldklimpen utanför, den flygande skalbaggen, stärkte honom i tron. Kunskapens frukt. Edens lustgård innanför. Här bodde hon. Hans första kärlek. Banne mig. Han tryckte in knappen, trodde att han också måste ha aktiverat en knapp, mandeln, inne i huvudet. Plötsligt vällde något upp från urgamla djup. Fruktan. Ängslan för det okända. En storvuxen man öppnade. Rummet innanför låg i halvmörker, omöjligt att urskilja något. Inga toner av Lennon/McCartney. Alf höll upp den engelska musiktidningen, en förevändning, ändrade sedan taktiken: »Ursäkta, jag måste ha gått fel.« Utan förvarning tog mannen tag i Alf, lyfte upp honom och kastade honom i korridorväggen. Brutalt. »Vad snokar du efter? Är du en tjuv? Ser jag dig här igen ska jag spöa skiten ur dig.« Han böjde sig ner och gav Alf ett rejält knytnävsslag på näsan innan han smällde igen dörren. Alf satt omtumlad på korridorgolvet, tog upp en näsduk för att stoppa blodet från näsan.

Det var en av dörrarna han inte borde ha ringt på. Tur att det inte var ögat, tänkte han. En tröst.

Han tvingade sig till att traska vidare uppåt i huset. Mer bly i benen nu, zeppelinarkänslan hade avtagit betydligt. Han tittade på namnskyltar medan han höll näsduken mot näsan. Skulle han lyckas gissa sig till var hon bodde? Kunde inte enbart intuitionen leda honom till rätt lägenhet? På ett ställe lade han örat som ett stetoskop mot dörren. Inga ljud innanför. Han började bli övertygad om att hon bodde allra överst, var en sådan där orkidé som växte uppe i trädkronorna.

På elfte våningen stannade han. En gyllene skylt. Här bor. Och tredje namnet, som måste vara dottern: Isabelle. Det stämde. Från Italien. Eller Spanien. Bara att byta ut det sista e-et mot ett a. Hörde han inte också ljudet av en sologitarr, tung bas? Måste vara hon.

Återigen: Vad drev honom? En elektrisk ström i ventriklarnas vätska? Amygdala, mandeln i gröten? Han ringde på. Långa sekunder. Sedan gled dörren upp. Det var sent på eftermiddagen och solskenet flödade in genom fönstren i rummet innanför entrén. Ljuset hindrade honom nästan från att se gestalten i dörröppningen. Men det var hon. Isabelle. Tjejen han hade följt efter. Hon måste vara ensam hemma, för det han kom ihåg bäst efteråt var musiken som ljöd högt inifrån lägenheten, »Communication Breakdown«. Låten blev odödlig, påminde honom för alltid om detta ögonblick, detta ljus, denna vanvettsliknande förälskelse, skapad av en enda sidoblick.

»Du tappade något«, sa han, höll fram New Musical Express mot henne. En utsträckt hand. Rädda mig.

Hon tittade på hans näsa, blodet som hade stelnat. Han var rädd för att något katastrofalt skulle hända. Något à la luftskeppet Hindenburg. Ett par hundratusen kubikmeter vätgas. Och sedan: en explosion. Hade hon lyft handen? Var något på väg mot honom? Nej. Hon stod där bara med sina ögon. Sydländska. Håret åt alla håll.

»Tack«, sa hon oväntat och tog tidningen, tittade intresserat på förstasidan. »Fint att du hittade den, jag förstod att den måste ha trillat ut genom locket på ryggsäcken«, sa hon. Naturligtvis på ren norska.

Hon tappade tidningen på golvet. Med vilja. Var det ett prov? Han böjde på knäna, knäböjde nästan, och tog upp den. Gav den till henne igen. Hon tog emot med en liten nigning, som om han bugade sig för henne på höviskt sätt. Friade.

Han kunde inte förstå denna fräckhet, eller vad det var. »Ditt skosnöre har gått upp«, sa hon skrattlysten, som om det handlade om gylfen. Han blev så perplex att han inte lyckades säga mer innan hon stängde dörren – så snabbt att han fick en mental smäll, förutom en redan illa tilltygad näsa. Musiken plötsligt bara något oigenkännligt och dämpat.

Han tog omtumlad hissen ner. Utanför stod han kvar och stirrade upp mot elfte våningen. Något slank i väg. En röd ballong, ett möjligt klot, försvann i luften och syntes inte mer. En känsla av tomhet. Han sjönk långsamt ner på knä och knöt skosnöret. Bemödade sig, gjorde en dubbelknut.

HAN LÅG KVAR på knä. Studerade skospetsarna. Långtifrån blankputsade. Absolut inte representativa i diplomatiska kretsar. Han kände sig ändå inte skamsen. Inte heller över det faktum att han låg framför en kvinna och på den pråligaste mattan i den norske ambassadörens residens. Detta var en mottagning, eller hur. Ta emot mig då! Glöm den andre, vem det än är. En förlåtlig villfarelse. Han väntade tålmodigt på ett ja som han visste måste komma. Under tiden kunde han granska mönsterdetaljer på den orientaliska mattan, förbereda sig för det stora äventyret. Anna var naturligtvis förvirrad, men det kunde bara vara fråga om sekunder innan det uppenbart riktiga gick upp för henne.

Har du verkligen inte hört det? sa hon.

Hört vad då? Han väntade tålmodigt. Kunde vänta hela kvällen. Han upptäckte en ny vacker detalj i myllret av mattknutar.

Jag är tillsammans med Mikael.

Han föll ner i en luftgrop. Är du tillsammans med ... Ett våldsamt sug i magen. Flygresan till London hade varit misstänkt behaglig. Först nu kom turbulensen.

Vi flyttade ihop för två månader sedan.

Mikael? Har du ett förhållande med den ... Han famlade efter något i sin fulaste vokabulär. Ett ord, en grymtning, från ödlestadiet.

Alf, slappna av, vad är det med dig? Snälla du, res dig upp.

... den skitstöveln till fittjägare. Den inskränkte, intelligensbefriade opportunisten. Hur kan du över huvud taget ...

Han fick svårt för att andas, låg på knä och drack glaset i botten, som om han trodde att det skulle hjälpa. I stället för att resa sig hade han lust att sjunka ner, krypa ihop i fosterställning på golvet, försvinna i mattans mönster. Han förstod plötsligt hur mycket han hade satsat på detta. Hur mycket framtiden var beroende av Anna Fleischer.

Hon skakade på huvudet och försvann ut i hallen, tittade åt alla håll, letade efter någon. Säkert Mikael. Den giftgrodan. Den oaptitlige, slipsbärande pungkliaren. Joakim von Anka-lärjungen till en Judas-jävel. Han började krypa. Var det detta man kallade att gå till Canossa? Han reste sig mödosamt när någon ville hjälpa honom upp. Ta det lugnt, jag är inte full. Stå inte där och glo! Jag har skrivit saker som *verkligen* hade förtjänat att bli översatta.

Han hann ikapp Anna. Hon stod mitt i hallen, tydligen beredd att gå. Kvinnans evinnerliga lilla väska i handen. En tunn kappa över armen. Mikael syntes inte till. Ett sista försök. Ingenting att förlora. Han hade nått botten. Befann sig vid nollpunkten. I en ny snögrotta. Full koncentration. En blå nödraket. Jag utmanar dig, sa han högt till Anna. Glöm det förflutna, glöm allt. Släpp det du har och gå tillsammans med mig. Kom! Du kommer aldrig att ångra dig. Jag garanterar det.

På väggarna, på den stilfulla mörka ekpanelen, hängde porträtt av tre kungar. Haakon, Olav, Harald. 7, 5, 5. De två förstnämnda målningar, Harald bara avbildad på ett fotografi. För ett ögonblick blev han indignerad. På Haralds vägnar. Varför i helvete kunde de inte kosta på sig en målning av den nuvarande kungen också. Var han mindre betydande? Alf tyckte att de tre majestäterna betraktade honom. Gillande, väl att märka. I deras ögon var han en kung, en modig man. En man värdig en målning.

Jag utmanar dig, Anna, sa han högre. Kanske ropade han. Alla, även de inne i det stora gula mottagningsrummet, följde med nu, stirrade undrande på dem. Ett pausinslag? En teatertrupp? Men det var Alf Veber, Alf Veber på väg att göra bort sig totalt. Det fattades bara att han skulle slita itu skjortbröstet och haspla ur sig ett par repliker ur Romeo och Julia. Dessutom felaktigt.

Anna såg konstigt på honom. Medlidande? Bekymmer? Kärlek? Han upptäckte plötsligt att veden i den gedigna öppna spisen i Portland-sten inte var äkta. Det var gaslågor runt konstgjorda vedkubbar. Vilket hån. Det var droppen. Han blev ännu mer förargad. Kände sig lurad. På hela norska folkets vägnar. En falsk brasa. Det passade sig för helvete inte.

Mikael kom nedför trappan i sällskap med ambassadören och författaren – de måste ha visat runt den överskattade intelligenssnobben i de övre gemaken. Kung Olavs gamla sovrum och andra sådana norska kulturskatter värda att bevara. Mikael stirrade intresserad på scenen framför sig.

Alf skulle just säga något om brasan och den bristande respekten för kung Harald men bestämde sig för att utnyttja tiden för att vinna Anna: Du är för fin för att nöja dig med de näst högsta topparna, sa han, insiste-
rade han, bönföll han – vände sig återigen till gestalten som lyste i blått framför honom. Mer tuaregblått nu. Tyget fick plötsligt ett skimmer av något metalliskt, avvisande. Dumpa Mikael. Dumpa den medelmåttiga skitstöveln. Marschera ut ur det här dårhuset tillsammans med mig! Jag vet att du vågar! Han sträckte ut armen mot henne. Det fick bära eller brista. Kom ihåg dina lovprisningar av Nora. De upproriska kvinnorna. Medea. Lysistrate.

Han tog ett steg bort från henne, började långsamt gå över parketten mot ytterdörren. Hon stod kvar. Ansiktsuttrycket mer aggressivt.

Innerst inne trodde han fortfarande att hon skulle följa efter.

Så förstod han att hon inte skulle komma. Att han hade kalkylerat tragiskt fel. Hjärtat spann några långa sekunder, ett hjul som inte fick fäste, innan det liksom fick kontakt igen och dunkade vidare. Kan man stå upprätt fast allting går snett?

Han gick ut ensam. Kung Haakons blick i ryggen. Ett minne av Kungabjörken. En fantastisk lådbil reducerad till vrak.

Inte heller nu kände han sig skamsen. Bara förvirrad. Igen. Förvirrad. Hans livs återkommande tillstånd. Saknaden av ett pålitligt navigationsinstrument.

Utanför. Andas in djupt. Flytta fötterna. Lägga porten bakom sig. Han lyfte blicken och såg rakt in i Kensington Palace. Diana. Prinsessan av Wales skulle ha levt. En sängfösare där. Säg mig, prinsessa, vad är kärlek? Har ni också trott er ha funnit Graal, bara för att upptäcka att det är en giftbägare? Klockan. Ännu inte så sent, men det var redan mörkt. The thrill is gone. En seg blues fyllde kroppen. Blå nödraketer i inälvorna. Han promenerade ner mot Kensington High Street, aprilluften en påse is mot pannan. I korsningen vid Royal Garden Hotel sa armen Heil Hitler och en taxi stannade ögonblickligen. Han skulle just stiga in när någon kom springande. Mikael. Jag följer dig till hotellet, sa han. Läkare-till-patient-röst.

Jag behöver inte någon eskort, snäste Alf. Vreden återkom. Alkoholens verkan. Böjelsen att göra obehärskade saker.

Jag följer dig, upprepade Mikael, lugnt, far-till-barn.

Mikael sa något medan taxin, denna likbil som någon hade pumpat upp till en bubbla, gled i väg på Kensington Road. Alf lyssnade inte. Taxin krympte, gav honom klaustrofobi. *Star Wars, scenen i det lilla soprummet där väggarna pressas samman. Star Wars, en film för vår tid. Jediriddarna som det nya idealet. Det är medeltiden, inte upplysningstiden vi längtar efter. Sagor, vidskepelse och mörka nätter. Jag är sorgligt vilsen. En kompass, mitt kungarike för en kompass.* Alldeles framför dem, på höger sida, dök en känd byggnad upp. Stopp! kommenderade han. Vrålade han. Chauffören ryckte till men hann inte lyda förrän vid vägen som ledde in mellan Kensington Gardens och Hyde Park. Alf hoppade ut och betalade, orkade inte vänta på växeln. Rör inte dricksen, ditt rövhål! ropade han bakåt. Mikael kom efter, irriterad. Jag måste gå, jag har akut behov av syre, sa Alf när taxin försvann. Han pekade på den kända röda, runda byggnaden som de just hade passerat. Kommer du ihåg, sa Alf. Du retade mig alltid, sa att jag aldrig skulle komma till Royal Albert Hall. Men nu är jag här. Han började skråla på Åge Aleksandersens gamla slagdänga, sjöng med trönderns hesa röst, hade inte glömt sin imitationsförmåga. Det lät storartat. Mikael hyssjade åt honom.

Utan att tveka svängde Alf in i Hyde Park, kände ett behov av att släppa ut, komma i kontakt med sitt mörka jag, sin Mr Hyde. Parken hade knappast något med det namnet att göra. Det var kanske avlett av det engelska verbet *hide*, ett område att gömma sig i.

Vad var det du höll på med nyss? Mikael kom äntligen till saken.

Vad såg det ut som?

Det verkade nästan som om du friade. Skrattet bubblade strax under ytan i Mikaels röst. Alltid något att det skenheliga ollonet inte började svamla om att det var pinsamt för honom, eller för ambassadören. Eller för Norge.

Det gjorde jag kanske också.

Och vad sa hon?

Att hon var upptagen. Att hon var tillsammans med en piral. En orm utspökad i kläder från Savile Row.

Kostymen är från Berwick Street, parerade Mikael. Savile Row är ute. Du hänger inte med. Retsam. Sedan allvarlig: Försök uppträda en smula civiliserat.

Alf stegade i väg tills de kom till Rotten Row, gångvägen som gick genom hela parken. Serpentine Gallery bakom honom till vänster någonstans. Fan också. Hade planerat att gå dit med Anna. En arketyp. Ett nyförälskat par på konstutställning. Fan, fan, fan.

Du är barnslig, sa Mikael.

Ja, jag är barnslig. Barnsligare än alla andra. Det är min svaghet. Kanske min styrka också.

De gick och gick. Gick nästan ikapp. Kungens gamla väg, från Whitehall till Kensington Palace. Lukt av häst från den parallella ridstigen, dold av mörkret. Alf började ångra sitt val. Parken var stor. Kolossal. Ett helt Nordmarka mitt i metropolen. Det fanns säkert också ett ställe som kallades Slakteren. I alla fall gav de gammaldags smidesjärnslyktorna en Jack the Ripper-stämning.

Hurdan är du då? fann han på att säga. Motangrepp. Vem är du som kastar den första stenen? En gång ville du höja en fackla, allt du gör nu är att höja cocktailglaset. Föda en svältande värld med hors d'œuvre på silverfat.

Jag har väl blivit vuxen, sa Mikael.

Du har alltid varit vuxen, det är det som är felet med dig. Du hoppade bock över den tid en människa behöver för att fantasin ska få växa sig stark. Dessutom kortslöt du säkert hjärnan med alla medel du proppade i dig. Här har du i alla fall hittat det perfekta knarket: diplomatin. Ett evigt lyckorus. Konstigt att du inte rider till ambassaden som Nansen gjorde på sin tid.

In med taggarna, sa Mikael. Jag har trots allt fått lite makt. I motsats till dig.

Makt? Var det inte *kraft* vi törstade efter.

Jag uträttar faktiskt en del.

Som att lansera andraklassförfattare? Komma med skrotjärn till folk som är vana vid guld. Väldigt viktigt. För att inte tala om julgransarrangemanget. England hade väl sjunkit i havet om engelsmännen inte hade fått julgranen från oss. Jag tippar att Nelson står på pelaren och skrattar så att han pissar i bronsbyxorna vartenda år.

Det är färre sådana arrangemang än du tror, sa Mikael, ändrade strategi, talade lugnt igen, pedagogiskt. Vi arbetar annorlunda nu. Skapar kontakter. Public diplomacy kallas det. Hellre än att vi ska skryta om vår förträfflighet här i England får vi engelska journalister att resa till Norge. Då kan de själva uppleva det spännande som händer där. En artikel i The Independent är mer värd än tio galamiddagar här i London i ambassadens regi.

Ursäkta, men jag måste ha nickat till på lektionen. Händer det något spännande i Norge?

Ta jazzen till exempel. Mikael lät plötsligt ivrig. Man pratar om ett nytt sound. Norska grupper anses vara ledande internationellt, blir jämt inbjudna att spela i England.

Ett nytt sound? fnyste Alf. Sampling av grötslevar som slås mot koskällor?

Gångvägen verkade oändlig. Snörrät. Goodbye, yellow brick road. Fan ta dig, Anna. En damm dök upp på vänster sida. En hel insjö, tänkte Alf. Blankvann. Minus orkidéerna. Liggstolar i staplar på gräsmattan. Kunde sätta sig här, sova här, han och änderna. And. Anna.

Förlåt att jag frågar, sa Mikael, men vad gör du i London egentligen? Förutom att göra bort dig kapitalt?

Jag letar efter något jag har förlorat. Och jag tänker inte ge mig.

Den försvunna diamanten, mumlade Mikael.

Stämmer. Han kunde fortfarande sluta ögonen och se pappbitarna med diamanter som glänste mot honom. Ett spel han älskade men aldrig vann. I barndomen. Men nu. Han ville inte ge upp Anna. Även om det såg omöjligt ut. Mikael som gick här bredvid honom på den skumma gången. Omöjligt? Ett nackslag och han skulle vara ur leken. Han var så irriterad på Mikael att han med lätthet kunde ha fällt honom död i marken. Hennes ansikte. Återseendet med hennes ansikte hade talat om för honom att han aldrig skulle släppa henne igen.

FÖRVANDLINGEN: ALF FÖR DAMERNA

Alf och ansikten. Ett ansikte som fick en att knacka på samtliga dörrar i ett höghus. Ansikten som sög åt sig all uppmärksamhet och stannade kvar i minnet. Inte lämnade en i fred.

Första gången han träffade Anna satt han i Frederikke på Blindern, den största självserveringen för studenterna vid universitetet i Oslo, ett matställe där man måste ha motorsåg för att kunna dela potatisarna, och korvarna kunde bjuda sådant motstånd att de vid gaffelns hugg mot skinnet flög mellan väggarna, för att inte tala om en kålstuvning som fick en att tänka på hur det måste vara i Sovjetunionen. Kvaliteten på maten betydde ändå ingenting. Samtalen var allt, hetsiga meningsutbyten där de vanligaste argumenten var skällsord, salvelsefulla utrop, skratt, halva meningar, en rapning, interjektioner, en kroppsfint. Alf skulle längta efter dessa måltider när han senare i livet satt tillsammans med blaserade vänner, före detta studenter, på matställen som Bagatelle och Le Canard, anbefallda av Guide Michelin, och förvånade sig över att de inte hade något väsentligt att tala om och lade ner så mycket av sin energi på att kommentera svagheter hos gourmeträtterna.

Detta var på kvällen och de satt med var sin öl vid ett av fönsterborden, tittade ut på ljusfyrkanterna i det hålkortsliknande Matematikhuset och på de skarpa reflexerna från Haukelands stålskulptur »Air« på den öppna platsen utanför. De var mitt i en diskussion om något de hade grälat om många gånger denna höst – Sista tangon i Paris, Bernardo Bertoluccis kontroversiella film med Marlon Brando och Maria Schneider i huvudrollerna. Det var Alf, Johanne, Merlin och Mikael, en kvartett som träffades regelbundet. I synnerhet Merlin skrattade åt Alfs upphettade utläggningar om genialiteten i den filmen och sa emot bara för att han skulle komma upp i varv ordentligt.

Mitt under en av hans mest glödande lovprisningar – det gällde tugggummit som Brando så absurt koncentrerad tryckte fast på undersidan av balkongräcket när han höll på att dö – kom en för Alf obekant flicka bortskridande till deras bord med en öl i handen. Fast hon hade ljust hår var det något Modesty Blaise-aktigt över henne, vilket gav en antydan om många fasetter, många hemligheter, många färdigheter. Hon kramade om Johanne och viskade något i örat på henne innan hon slog sig ner på stolen bredvid och riktade blicken mot de andra runt bordet. »Anna Fleischer«, sa hon med lite hes röst. »Jag känner Johanne.« Alf tänkte genast att Anna var en fridstörare, en kvinna med anlag för att krossa mäns hjärtan, men låtsades inte om henne, nickade bara kort åt henne och fortsatte med sin entusiastiska uttolkning av filmen. Tjejen lyssnade först intresserad, sedan mer och mer irriterad, tills hon utan förvarning kastade innehållet i sitt ölglas rakt i synen på Alf. »Det där var nog det dummaste och mest kvinnoförtryckande jag har hört i hela mitt liv«, sa hon.

Det var så han träffade Anna. En lika blond som barock skönhet med oregerligt temperament, en avlägsen släkting till Carl Gustav Fleischer, som trots sitt germanska namn var den förste general som vann över tyskarna och väl också en av de få norska militära hjältarna det svåra året 1940. Liksom sin släkting gick Anna alltid till anfall.

Dagen efter berättade Johanne mer om henne. Medan Alf gick ut gymnasiet på Bredtvet i Groruddalen, gick Johanne i en av skolorna i centrum, där hon blev god vän med Anna, en skeppardotter som hade vuxit upp i Øksfjord och Alta innan hon flyttade söderut efter nian. Det fanns knappt några spår av dialekt i hennes språk efter åren i huvudstaden, bortsett från när hon blev arg eller full. Vilket hon ofta blev. Anna präglades annars av en form av frivol radikalism som Alf ställde sig skeptisk till, kanske för att det gjorde honom ängslig. Enligt Johanne hade Anna spelat naken i skolteaterns uppsättning av Shakespeares »En midsommarnattsdröm«. Och som fast bidragsgivare till skoltidningen hade hon förlöjligat Gabriel García Márquez »Hundra år av ensamhet«, en roman som på den tiden fick en halv värld att gapa av beundran. Inte nog med det, hon hade retat upp skolans rockexpertis genom att hudflänga The Beatles mest kända LP-skiva »Sgt. Pepper's Lonely Hearts Club

Band«. Anna tvekade aldrig att säga vad hon ansåg, var inte rädd för något. Inte heller för att hälla ett glas öl över huvudet på en ung man som uttalade sig några snäpp för kategoriskt om en i hennes ögon kvinnokränkande film.

Alf å sin sida tog det som en man. Efter att tyst och långsamt ha räknat till tio lyckades han le och räcka Anna handen. Från och med den kvällen var vänkvartetten utvidgad till en kvintett, en grupp med i stort sett bara en gemensam nämnare: viljan att kämpa emot den norska trångsyntheten. På så sätt var de barn av 70-talets idealism, tron på att man kunde förändra världen. Eller lite mer anspråkslöst, förvandla sin nation. Tack vare Anna blev det mer fart på diskussionerna och – viktigare – Alf började se att han slösade med den dyrbara studietiden.

Alf hade sett fram emot – mer än andra, trodde han – att få börja på universitetet. En av de första dagarna kom han gående nedifrån Majorstua. Varje steg uppför backen och gången mot den palatsliknande Fysiska institutionen, som reste sig hög mellan de låga kemibyggnaderna, gav honom en känsla av att stiga. Längst upp i grönområdet vände han sig om och betraktade landskapet nedanför sig, staden med fjorden. Samtidigt kände han, nästan kroppsligt, det meningsfulla i axeln han stod mitt i, uttänkt av den inflytelserike stadsarkitekten Sverre Pedersen, en axel som sträckte sig ner mot Vigelandsparken och Frognerkilen och som i motsatt riktning fortsatte bakom fysikbyggnaden, med institutionerna regelbundet placerade på vardera sidan, ett symmetrielement från den barock som med tiden skulle få ett så starkt grepp om honom.

Fem gånger i livet hade Alf en tydlig känsla av att stå framför eller vandra igenom en zon som markerade övergången från ett tillstånd till ett annat. Han kallade det portalupplevelser och en av dessa upplevelser var just förbunden med denna epokgörande dag i studentlivet då han förhoppningsfull och ambitiös kom vandrande upp mot Blindern från Majorstua, på gångvägen som leder rakt igenom fysikbyggnaden. Den röda tegelfasaden framför honom var en gigantisk port, nästan med assyriska proportioner, och när han öppnade glasdörren och skulle gå genom vestibulen till utgången på andra sidan och längre in på universitetsområdet, det man i dag kallar ett campus, blev han varse att han befann sig i något mer än en vestibul. Han stod i en port som gav en antydan om de sagolika möjligheterna att skaffa sig vetande. Intrycket blev inte svagare när han lyfte blicken och den mötte Per Krohgs tio meter höga utsmyckningar, fresker och glasmålningar, som illustrerade vetenskapens vittutgrenade områden. Alf kunde knappt komma ihåg att han hade upplevt större optimism för sitt eget vidkommande än där, i portgången till universitetet i Oslo.

Alf Veber saknade intellektuell barlast, och han visste att han där ute, bakom den andra dörren, skulle få sitt livs chans att rätta till sin brist. Alf var döpt till Alf I. Veber. Man hör ofta talas om personer som skäms för sitt mellannamn, som under alla år försöker dölja det. Så var det inte med Alf. Mamman hade velat att han skulle heta Isak efter någon förfader, men pappan vägrade bestämt, pojken skulle inte ha något mellannamn, inte Isak i alla fall. Visste inte mamman att namnet betydde »skratt«? Ville hon ha en son som därmed kanske frestades att göra bort sig? Mamman gav inte upp. Till slut hade hon insisterat på bara det där I-et. Pappan tillät det. Också för att han hade ett nära förhållande till bokstaven från kemin – I stod för grundämnet jod, och inte bara det: jod hade sedan länge använts i kontrastmedel vid röntgen. Därmed fick Alf ett lodrätt streck mellan för- och efternamn. Mamman väntade med att berätta detta tills han hade blivit större, men Alf fann genast historien trösterik. En öppen möjlighet. Han kunde själv fylla i I-et under livets gång. I för Identitet. Han hörde senare talas om den amerikanske presidenten Ulysses S. Grant. Även han skulle ha påstått att bokstaven i mitten inte stod för någonting. Jag och Ulysses, tänkte Alf.

Därför hade han dåligt samvete nu, ett år senare. Vad fyllde han tiden med? Just det: I för Ingenting. Han hade visserligen krånglat sig igenom grundkursen och med tur – om det rådde det inget tvivel – klarat slutprovet. Men bortsett från det stod det illa till med föresatserna från den gången då han högstämd kom skridande genom universitetsporten och bildligt talat sträckte upp händerna mot frukterna som hängde på träden i parken framför honom.

En del skulle kanske säga att han ändå befann sig i en Edens lustgård, eller snarare: något som kunde leda tankarna till vissa föreställningar om muslimernas paradis. Faktum var att Alf i mer än ett år, och i förvånansvärt många timmar av det året, hade legat med ansiktet mellan olika kvinnors särade lår.

På sätt och vis var detta Bertoluccis skuld, eller rättare sagt »Sista tangon i Paris«, en tidig scen från den tomma lägenhet där Brando och Schneider går omkring och sneglar på varandra. Alf var full av frustrationer och odefinierbar längtan den kväll han satte sig i biomörkret på Klingenberg och upplevde att filmen gav honom en vink om ett möjligt sätt att existera vidare på. Strax därefter fick han, genom en av Johannes äldre vänner som skulle bli utrikeskorrespondent för NRK, erbjudande om att hyra en våning på Uranienborg terrasse, fem minuters promenad från Kungliga slottet. Alf slog till; kostnaderna var också rimliga i förhållande till storleken. Det enda Alf gjorde när han flyttade in var att bre vita lakan över samtliga möbler, med undantag av en stor madrass i sovrummet. När han gled från rum till rum i halvmörkret, betraktade intrycket av det kala rummet, tänkte han att detta speglade hur han kände sig: som en gäst på en främmande plats, där saker och ting var förborgade.

Därefter bjöd han så ofta han kunde hem kvinnor, de allra flesta från universitetet, tjejer han träffade i matsalen, på Chateau Neuf, i bokhandeln, i läsesalen, på restaurangerna nere på Majorstua. Han följde samma ritual varje gång. När de ringde på förde han dem genom rum där det var högt i tak och de få möblerna stod dolda under vita lakan, och tunna gardiner var fördragna så att de, åtminstone på sommaren, fladdrade i draget från de öppna fönstren. Om kvinnan påbörjade en mening lade han ett finger på munnen som tecken på att de inte skulle prata med varandra. Han citerade efter filmen: »Jag vill inte veta vad du heter. Varken du eller jag har något namn.« Alf uppskattade detta; kvinnan visste lite eller ingenting om honom, han visste lite eller ingenting om henne. Tidlöst, rumlöst, namnlöst. De stod i ett tomrum och kände den sexuella spänningen byggas upp. Det slutade alltid med att de förenades på king size-madrassen i sovrummet.

När det gällde vidareutbildningen var Alfs valmöjligheter begränsade efter gymnasiet – han sa alltid att Led Zeppelin och »Stairway to Heaven« hade förstört hans studentbetyg och drömmen om att bli läkare.

Framför allt hjärnforskare. Han började läsa sociologi, men motivet blev allt dunklare för varje dag han tillbringade i läsesalen, som på bottnen av en skuggig kanjon, med höga väggar av böcker på alla sidor. Antagligen hade han föreställt sig att det ämnet borde vara den bästa infallsvinkeln, det V som pappan hade bett honom leta efter, om han ville förstå mer av »Det okända Norge«, en problematik som härrörde från ett gammalt

uppsatsämne och som han aldrig blev färdig med. På ett sätt kunde han försvara sina liderliga sysslor med att de tillhörde studierna: han utforskade den norska kvinnan, närmare bestämt den akademiska varianten.

Med tiden märkte Alf att vissa tjejer han mötte på gångvägen mellan institutionen och Frederikke sneglade nyfiket på honom. En dag avslöjade en manlig medstudent orsaken: Alf hade fått rykte om sig att vara den i stort sett perfekte älskaren. När han passerade studentskorna på sina vandringar mellan Blinderns byggnader var det flera som tänkte: Där går en man som vet hur han ska behandla en kvinna. Utan att han hade en aning om det blev han uppkallad efter en veckotidning, »Alf för damerna«. Några tjejer på biologiska institutionen började till och med prata om honom som Alfadjuret.

Detta hade en förklaring som ytterst få kunde föreställa sig. På grund av en tragisk händelse i ungdomen började Alf plötsligt följa med bättre i skolan, speciellt när de kom till den antika grekiska kulturen. Därför glömde han aldrig avsnitten som berättade om oraklet i Delfi, prästinnan man kunde be om spådomar. Kungar uppsökte platsen som man ansåg vara jordens medelpunkt, och oraklet gav sina dunkla svar, till exempel att ett stort rike skulle gå under om man korsade den och den floden. De mest kända av dessa tvetydiga råd var knappast historiskt autentiska, men ingen ville besvära elever med sådana bagateller.

Alfs fantasi kittlades mest av att denna kvinna skulle ha utslungat de lösryckta orden i ett rus, eftersom hon satt över en spricka varigenom bedövande eller stimulerande ångor steg upp från underjorden. Att flera forskare tvivlade även på detta uppmärksammades inte av Alf. Han hade alltid, kanske på grund av den plågsamma känslan av saknad, längtat efter att kunna komma i ett sådant tillstånd, nå en nivå där det föll kloka och outgrundliga svar ur munnen på honom. Inte mindre när han blev

vuxen och kände en prekär brist på resonerande kraft. Han hade försökt med alkohol, utan särskilt lovande resultat, och hade säkert gått vidare till starkare saker om han inte genom en tillfällighet, under den första älskogsakten i den tomma lägenheten på Uranienborg, hade upptäckt en oanad möjlighet. Det förlösande tillståndet inträdde när han låg med ansiktet mellan kvinnans lår och masserade klitoris och blygdläpparna med tungan, samtidigt som han lapade i sig de safter som sipprade fram.
Plötsligt nådde medvetandet en klarhet, en vigör, som han aldrig hade upplevt förut. Inte genom att läsa böcker. Inte i studierna. Tankarna gled in på okända och svindlande banor. Knutar löstes upp. Och viktigast: tomhetskänslan försvann. Han var övertygad om att det måste bero på dunsterna som strömmade upp från springan han låg över. En form av könsgas som bara han hade kommit på spåren och som hade en verkan ingen hade utforskat. Kanske var han speciellt mottaglig. Ergo stannade han kvar där nere, möjligen också med illusionen att befinna sig i Delfi, vid världens medelpunkt, med resultatet att både den kvinnan och alla de kvinnor som skulle komma att ligga på madrassen senare missförstod allt-ihop. De trodde att de hade hittat världens tålmodigaste man, en älskare som inte ville sluta förrän de fick orgasm. Å andra sidan blev Alf besviken när kvinnorna drog honom i håret och lyfte bort hans huvud från deras kön därför att det då och då också kunde bli för mycket av det goda.

På detta sätt försvann mer än ett år av Alf Vebers liv i en springa som inte var helt olik det I han bar mitt i sitt namn. Tillvaron begränsades till att gå tyst över en knarrande parkett i en tom lägenhet i sällskap med en tyst kvinna, för att sedan ligga mellan låren på henne medan tankarna tog de härligaste och mest lindrande banor. Alldeles i närheten låg det iögonfallande hus – med kupol och torn – som i folkmun kallades Uranienborgslottet. Ibland, medan han begärligt inhalerade dunsterna från en kvinnas kropp, tänkte han att Johanne och Vera trots allt skulle få rätt: han var en kung.

Alf antog att den latinska beteckningen för hans favoritsyssla, cunnilingus, måste ha något med tunga och språk att göra på grund av det latinska ordet för det sistnämnda, lingua. Studerar du franska? Nej, jag ska ta fyrtio poäng i cunnilingus. I tankarna uppnådde han en språkfärdighet han aldrig tidigare hade haft, hela medvetandet hade en berusat tungomålstalande slagsida. Även långt efter akten kunde han märka en tendens att prata virrigt varenda gång han öppnade munnen. Till sist kom han underfund med, något besviken, att cunnilingus kom av ett alternativt latinskt ord för vulva, cunnus, och av ordet för att slicka, lingere. Det verkade ändå inte så ologiskt. Han kom ihåg njutningen det gav att slicka på de stora, platta slickepinnarna i barndomen, den berusande insulinchocken som spred sig i kroppen när han lät tungan följa det röda och vita mönstret. Hur det än förhöll sig med det formligen dyrkade Alf den fabuleringsförmåga som en kvinna kunde väcka hos honom. Helt naturligt låg han därför också framför dessa sprickor som i bedjande ställning på en bönematta, eller på samma sätt som Vera hade lärt honom att falla på knä framför Jungfru Marie nycklar i Nordmarka. Han tyckte också att de två upplevelserna påminde om varandra, att de båda utgjorde en språngbräda för de mest gränssprängande associationer.

I en tid då många av de så kallade intellektuella i Norge raglade omkring i ett rött rus kallat maoism, vinglade Alf hit och dit i sitt – absolut inte mindre komiska – könsframkallade rus. Någonstans i bakhuvudet skapade han sig ett alibi, en tanke om att livet i sin tur handlade om att finna den rätta dörren, att han måste öppna minst fyrtio dörrar, fyrtio fittor, innan han fann den rätta. Sanningen var den att Delfiupplevelsen blev en drog. Han lät sig slavbindas av dessa köttiga och doftande bladkransar, kvinnors vulvor. Han var inte ett orakel, full av visdom, han var bedövad. Och det mest betänkliga: i stället för att vidga hans horisont ledde denna syssla till att han blev trångsynt; han började nästan skela.

Allt detta fick ett plötsligt slut med Anna. En varmblodig fresterska förklädd till avmätt blondin. Eller bättre: en Simone de Beauvoir med ljus peruk. För Anna älskade allt som var franskt. Rökte Gitanes och Gauloises och hade alltid en Le Monde uppstickande ur fickan. Men det var också något lömskt över henne. En av de många historier han snappade upp berättade att hon som liten skulle ha gått ut med en lång metallstång i händerna en gång när det åskade. Hon ville att blixten skulle slå ner i henne. Alf visste inte varför. Om hon ville dö eller om hon trodde hon var odödlig.

Som vuxen hade hon i alla fall ordning på de intellektuella ambitionerna. I kvintetten intog Anna Fleischer genast positionen som förstaviolinist. Paradoxalt nog var det Mikael som trivdes minst med detta. Mikael som sällan hade något att bidra med, som helst upprepade vad de andra sa. För Alf avslöjade särskilt en episod det mesta om Mikael: en kväll då de liksom skulle fira Annas upptagande i kretsen unnade de sig en middag, det vill säga en tallrik löksoppa, på Casino på Stortingsgaten – enligt Anna var det nästan som att återuppleva de gamla Hallarna i Paris. Servicen var ovanligt nog oklanderlig och de ville för skams skull ge lite dricks. Till och med Merlin, den som hade sämst råd, bidrog med några extra kronor. När de skulle gå ut lade Alf märke till att Mikael dröjde, och när Alf vände sig om hann han precis se hur Mikael sopade ner drickspengarna från bordet och stoppade mynten i egen ficka. En sådan snålhet, om det inte var snikenhet, hade Alf svårt för att glömma. Också i diskussionerna på Blindern var Mikael sådan: memorerade andras poänger och utgav dem sedan för att vara hans egna.

För sin del hade Alf ingenting emot Annas dominans. Det tillbringades mindre tid i den skumma lägenheten på Uranienborg och mer tid tillsammans med general Fleischers stolta släkting.

Anna studerade litteraturvetenskap, presenterade sig alltid som »Anna, jag, Anna« efter Klaus Rifbjergs eminenta roman, undersökte sedan reaktionen hos dem hon hälsade på, skilde agnarna från vetet. Alf förhöll sig klokt nog tyst, hade läst mycket i ungdomen, men lite de senaste åren. Vid ett tillfälle övertalade Anna honom att följa med på en föreläsning om Laurence Sternes märkliga roman »Tristram Shandy«. Det var svåra saker och Alf förstod inte mycket, men han njöt av att sitta bredvid henne i det lilla auditoriet, och efter föreläsningen hade han till och med en åsikt när hon frågade honom om romanen: En bra idé.

Fröet var sått. Efter några veckor, och uppmuntrad av Anna, släppte han sociologin och började i stället på idé- och lärdomshistoria. Tiden var mogen för att bli Alf Intellektuell.

Var han förälskad? I alla fall mycket förtjust. För även om hon gjorde honom orolig, osäker, ville han vara i närheten av henne så mycket som möjligt. Han fruktade att det skulle vara ett misstag att bjuda med henne hem till Uranienborg terrasse, utföra Delfiexperiment på henne, men föll för frestelsen, särskilt sedan hon hade fått nys om hans utsvävande liv och började utmana honom. Vid Akbars hov, som de skulle komma att kalla sin kvintett, betydde det inte mycket att vara Kungen av Uranienborg, i alla fall om ens kungarike inte hade högre toppar än ett venusberg.

»Vilken tomhet!« utbrast hon när hon gick genom lägenheten första gången. »Som att komma ut på ett blankt ark. Var är de olikfärgade häftstiften?« Hon hade roligt, förlöjligade hela situationen. Han begrep att det inte tjänade någonting till att gå omkring tyst i rummen med henne, i alla fall inte sedan hon hade ryckt lakanet av en soffa och svept in sig i det, ropade att han levde i en spökvärld. Hennes gapskratt hade redan förstört varje antydan till erotisk spänning; han skulle aldrig får ner henne i Delfiställning, avslöja hennes delta. Han hämtade en flaska vitt vin från kylskåpet i stället, hittade två glas och satte sig i soffan utan lakan tillsammans med henne.

Som för att hjälpa honom ur förlägenheten smakade hon glupskt på vinet och berättade om en period i ungdomen. Redan då tilltalades hon av det franska, och i nian hade hon insisterat på att bli kallad Anaïs i stället för Anna. »Jag betraktade mig inte bara som pricken utan som två prickar över i«, sa hon med ett avväpnande flin. »De två prickarna tilltalade min böjelse för att vara originell.«

Alf läppjade på vinet och ett svagt hopp tändes. Han var ju inne i en Henry Miller-period och skulle inte ha något emot att träffa en Anaïs Nin.

Men Anna hade börjat skratta igen. »Det tog många år innan jag fick reda på att Anaïs Nin var amerikanska och inte fransyska«, sa hon. »Det är inte svårt att dikta upp sin egen värld.«

Det sista var riktat mot honom. Hon såg sig omkring, på de fördragna gardinerna. Av någon orsak tänkte han att det också fanns ett Delfi, eller Delphi, i USA.

Vilken var hans favoritroman, ville hon veta, som om det var nyckeln till allt detta.

Han nämnde titeln.

Hon föreföll mer besviken än överraskad. En typisk pojkbok, sa hon. Varför föll män alltid för så enkla historier?

Sedan började hon utan vidare att tala entusiastiskt om »Mandarinerna« av Simone de Beauvoir, sträckte fram glaset för att han skulle slå upp mer vin. Hon bredde ut sig om innehållet, den franska intelligentian under tiden efter andra världskriget, berättade att hon hade läst boken varje år sedan första ringen i gymnasiet.

Alf kände sig provocerad och sa emot, mest på trots. Var det inte något om uppblåsta fransmän i snövita skjortor, en långtråkig roman där man sa ni till varandra och skrev ledare till sina tidskrifter med pistolen i skrivbordslådan? Var det möjligt att läsa om människor som ville omvärdera den klassiska psykoanalysen i marxistisk belysning? För så pass mycket visste Alf, trots sin bristfälliga akademiska pondus, att båda dessa teorier var stendöda – även om halva Blindern sprang omkring och förfäktade motsatsen. Eller just därför.

Anna hade ett misstroget uttryck i ansiktet. Alf såg att hon lyckligtvis hade ställt ifrån sig glaset. Hade han läst den, frågade hon.

Han visste att han inte kunde ljuga, skakade på huvudet. Hans kännedom om boken härrörde från en sekundär källa.

Anna hade redan rest sig från soffan och var på väg till entrén. »Jag kunde kanske i nödfall – i nödfall! – ha inlett ett förhållande med någon som tycker att 'Mandarinerna' är en tråkig roman«, sa hon, »men aldrig – aldrig i livet! – med en man som inte har läst den.« Smällen från ytterdörren satte punkt.

Ratad på grund av en bok. Vägd och befunnen för lätt. Kanske var det så: om han hade läst en bok – den riktiga boken – skulle han ha haft tillräckligt med barlast.

Det hände inte mer, men en dag i april nästa vår satt han tillsammans med henne på en topp kallad Utsikten, med den högre Skinneggji i ryggen. Hon hade bjudit med honom till Jotunheimen, bara honom, och de åkte i hennes bil till Tyin ackompanjerade av The Kinks och The Searchers, ett band han hade spelat in till Annas ära, »Set Me Free«, »Till the End of the Day«, »Needles and Pins«, »Sweets for My Sweet«, låtar som han med henne som mellanled liksom hörde på ett nytt sätt och som därför fästes med elektrisk-kemiska spikar i minnet. En bandtraktor transporterade dem det sista stycket in till Eidsbugården, till farbroderns

stuga där de hade diskuterat fransk film – han hade försökt sätta sig in i ämnet – men utan att det slutade med omfamningar av något slag. De hade tagit sig till Utsikten och Alf frågade om de inte lika gärna kunde vandra upp på Skinneggji. Hon sa att det var en pojkgrej. De näst högsta topparna räckte för henne. Hon kallade Utsikten för K2. I grund och botten uppskattade Alf den inställningen, sammankopplade den med
 hennes självförtroende, sättet hon drog på sig anoraken och behärskade kung Vinter på, minst lika bra som en inuit.

De satt på Norges tak, dessutom en av de dagar då allting stämde, före, väderlek, innehållet i matsäcken. De hade utsikt mot Falketind, Uranostind med Langeskavlen framför, Mjølkedalstind, Snøhullstind och Galdebergstind. Och i ringen utanför dem skymtade de i sin tur Hurrungane, Memurutindane och Besshø, ett helt praktverk av förnäma toppar. Alf fäste blicken vid Uranostind, tänkte att han var på väg in i Uranienborgslottet till sist. Anna filosoferade å sin sida högt över det första äktenskapet i grekisk mytologi: Gaia som parade sig med Uranos, släktet av gudar som därmed föddes. Hon kastade en förstulen blick på honom, ett listigt leende spelade kring hennes läppar. Dagen, utsikten, var som skapta för högtflygande tankar. Och medan han satt så, med ögonen mot tinnarna och tankarna i höga sfärer, vände hon kroppen mot honom, och det var just denna oväntade och därför desto mer glädjande vridrörelse som representerade skiljelinjen för Alf och som dök upp så tydligt i minnet en dag i november 1999 och fick honom att vilja fira millennieskiftet på samma topp, Utsikten. Hon hade fullständigt överrumplande vänt på huvudet och kysst honom. Länge. Men det hade legat något i den kyssen, även om han inte kom underfund med det så länge de satt på Utsikten. Kolossala löften. En flyktig blick in i något fantastiskt, något han aldrig hade varit i närheten av, inte ens i de mest givande av könsklyftorna han hade legat över. För en sekund var det som om hon ryckte lätt i en flik av hans själ. Just det, hans själ, något han trodde han inte hade. Något dyrbart och plötsligt upptäckt. Annas läppar gav honom en vink om att han kunde förlora den, som läkaren hade sagt på skämt efter mjältoperationen. En kyss. Några sekunder. Sedan var det över. Öppningen slöt sig. Anna vände sig bort och stirrade ut över fjällvärlden, allvarlig. Hon skalade en apelsin, konstfärdigt, så att skalet bildade ett elefanthuvud. Hon höll det framför ansiktet och skrattade, matade honom med ett par klyftor. Till och med genom smaken av apelsin kunde han känna hennes saliv, en saft som smakade ännu bättre.

Det blev inte något mer än denna enda kyss och händelsen gled ut i periferin av Alfs minne där den lade sig som en allt gåtfullare och overkligare hågkomst. Trots det inbillade han sig alltid att det var på grund av Anna som han valde att skriva en så ambitiös 60-poängsuppsats. Att kyssen också hade långtidsverkan. Att det hade hänt något extraordinärt stimulerande där uppe på toppen, att han verkligen hade mottagit en livets kyss, den beteckning andra språk hade för mun-mot-mun-metoden. Oavsett vad det var eller inte var mellan dem ville han visa henne att han gick i land med något svårt. En kyss och du springer ett maratonlopp, skriver en stor, övermäktig uppsats. Lyfter en elefant. På grund av den kyssen tillbringade han nyårsaftonen mellan två sekler i en snögrotta. Kom underfund med att han måste resa till London, uppsöka kyssens källa.

TILLSAMMANS MED MIKAEL närmade han sig andra sidan av Hyde Park, änden som låg vid Apsley House. Frodigare vegetation. Och tätare närmast stigen. Fuckin' in the Bushes. Nu fick det vara nog med kringsnacket. Han måste avtvinga Mikael en förklaring, konfrontera den svekfulle med sveket. Skymten av en låg halvmåne fick Mr Hyde-delen i honom att sätta sig i rörelse igen. Hur i helvete lyckades du få omkull Anna? frågade han. Var det magnetismen mellan era fisförnäma frankofila läggningar?

Av dunkla orsaker hade Mikael redan tidigt fattat intresse för Frankrike, inklusive den del av Belgien där man talar franska. Han var till exempel oförklarligt duktig i franska i skolan, läste Tintin och Asterix på originalspråket, slukade flera dussintals Maigretböcker, naturligtvis också stimulerad av ryktet om Simenons omättliga aptit på kvinnor. Tiotusen? Det kulminerade när han var stationerad i Bangkok och som en av de första fick tillfälle att resa in i Kambodja efter röda khmerernas mardrömstid. En av Mikaels få hjältar var den franske författaren André

Malraux och han följde denne i spåren på den resväg som beskrivs i La Voie royale, spår som förde honom ända in till Angkor och det makalöst dekorerade templet Banteay Srei, en bilderbok i sandsten. Här, inspirerad av Malraux, knyckte Mikael med sig en liten skulptur, bara för att bli ertappad och gripen innan han hann lämna området – återigen i likhet med sin franska förebild. Bara den diplomatiska immuniteten räddade Mikael. Du ska snacka om copycat. Du kunde för fan ha hamnat på Killing Fields, sa Alf till honom senare. Sanningen var den att han avundades Mikael immuniteten, kanske för att han på grund av mjälten kände sig så fysiskt sårbar själv. För övrigt trodde han att den djupare orsaken till tempelskändningen inte låg i Mikaels äventyrslusta, utan i hans makalösa girighet. Den omöjliga tanken på att vara tvungen att punga ut med pengar för något han lika gärna skulle kunna stjäla. Egentligen hade Alf en teori om att hela Mikaels diplomatiska karriär hade sin grund i önskan om att spara pengar – de skattemässiga fördelarna var ju formidabla – lyckan över att kunna köpa saker och ting billigt, bilar, möbler, alkohol, det mesta. Han hade sett travar av tjocka varukataloger på Mikaels tjänsterum, tänkte än en gång på den avskyvärda episoden då Mikael stal dricksen på restaurang Casino. Var det inte en bild av Norges förhållande till utlandet över huvud taget? Leva på andras givmildhet. Gå omkring osynlig och skrapa ihop drickspengarna på borden, stoppa dem i egen ficka.

De kom ut ur parken vid Hyde Park Corner. London Hilton Hotel reste sig borta på Park Lane. En sf-kuliss. Vertikala ljusband nedför fasaden, ett overkligt blåskimmer. Alf upptäckte en konstruktion på andra sidan korsningen, en triumfbåge som badade i strålkastarsken. Med en gång visste han att han måste dit. Den kallade på honom. En port.

En gångtunnel förde upp dem framför monumentet. Han betraktade bågen andäktigt. Wellington Arch, sa Mikael försiktigt, som om han inte tyckte om att röra i saken. Inte ville att Alf skulle veta något.

Men i Alfs huvud bubblade det redan hotfullt: ett minnesmärke över segern vid Waterloo. Då de djävla megalomaniska fransmännen äntligen fick vad de förtjänade. Även om det kostade fyrtiotusen man och tiotusen hästar livet.

De stod tysta under bågen. En minut. Allt det ouppgjorda. Jag går hem, sa Mikael.

Hem till Anna, tänkte Alf. Hem till världens flottaste fitta. Självaste Delfi. Han ställde sig mitt i öppningen, sträckte ut armarna åt sidorna och böjde på knäna, som om bågen var ett mål och han till varje pris måste vakta det. Höll allting på att lösas upp nu?

Mikael försökte ta sig förbi. Alf klippte till honom, slog honom hårt med öppen hand i ansiktet. Smack. Han gjorde det igen, nästan innan Mikael hann märka det. Smack. Det enda rätta. Örfilar så att det sjöng mellan väggarna i triumfbågen. Han visste inte om Mikael skulle slå tillbaka. De stod orörliga, blickarna fasthakade i varandra. Mikael hade varit känd för sin vrede. Föregrep i ungdomen John McEnroe, liknade honom till utseendet också, håret högt och lockigt, något tättsittande ögon. Till och med frottéhårband gick han omkring med ett slag, alltså långt före den verklige McEnroe. En dålig förlorare. Kastade racketar och ishockeyklubbor och bollträn i garageväggar och murar, protesterade mot allt, överöste medspelare och vuxna åskådare med de värsta skällsord, fast alla visste att han hade fel. Saknade självbehärskning. Mikael hade anlag för rent raseri. Vad gjorde han nu?

Vilket tarvligt uppförande, sa Mikael äntligen. För ett ögonblick trodde Alf att han hade förändrats, skulle använda diplomati. Men då slog han till med knuten hand, träffade Alf på sidan av kinden. Smärtan brände till i ansiktet. Alf slog tillbaka. Träffade den andre i bröstet. Fick ta emot två hårda slag på axeln innan han lyckades gå i clinch och bryskt trycka upp Mikael mot stenväggen.

Kämpade de om en kvinna? Om en sak? Det spelade ingen roll. Det var två gamla fiender som slogs. Två bröder. Mikaels groteska handlande hade plötsligt gått upp för Alf. Mikael, av alla, hans köttslige bror. En livslång konkurrent. En knappt två år yngre skitstövel till bror som hade varit honom i hasorna sedan han föddes, ända upp till universitetet. Han hade kunnat leva med det. I nödfall. Tjuvlån av lådbilarna. Av Kinksplattorna. Och så det där med dricksen. Men nu stal brodern Anna mitt för näsan på honom. Inte ett värdefullt stycke khmerkonst, utan Anna. Inte fan skulle någon immunitet rädda honom nu.

Bilar med tända lyktor cirkulerade runt dem utan att någon förare observerade att två män löpte amok i mitten. Han befann sig på en stor karusell, allting snurrade, hela livet var en enda djävla cirkel, utan möjligheter att hoppa av, börja om, vidta förändringar. Snorig, slemmig, blodet rann. En spark träffade brodern mitt på skenbenet, han kände glädjen över en ren träff, kom i en tiondels sekund ihåg samma härliga känsla

från fotbollen, utsparkarna från målet. Ta den, din djävla Matchbox-älskare, din petimäter till stoppursfantast. Slagen och stönandena ekade inne i bågen. Han visste vad det var: hämnd. Hämnd för ett helt livs irritation över broderns outhärdliga självsäkerhet. Belåtenheten med sin medelmåttighet. Han harklade sig, spottade, slog, tog emot slag, knuffar, sparkar, kände ett bärsärkaliknande raseri, svingade, träffade än luft, än en näsa, kött. Hämnd. I matsalen på Blindern hade han alltid argumenterat bestämt mot broderns osjälvständiga beundran av fransmannen Louis-Ferdinand Céline. Alf avskydde Céline. Hade till och med tvingat sig igenom de första två romanerna. Och nu står jag här och visar, med nävarna, med mitt blod, att den svartmålande franske läkarfan till författare har rätt. Att vi är fördömda, att allting går åt helvete. Det är för djävligt helt enkelt.

En plötslig stank av lort. Hade han gjort i byxorna? Måste komma från något djur. Gardister till häst. De passerade ofta förbi här. Människan var ett djur, i stånd till allt möjligt djävulskap. Varför inte ansluta sig till Célines grundläggande avsky för civilisationen och människan? Ondskan ligger ju alltid på lur, väntar bara på omständigheterna. Alf, en vanligtvis fredlig man, vrålade, drämde till Mikael med all kraft han kunde uppbåda, kände något krasa skönt när han träffade, förhoppningsvis en tand. Céline hade rätt. Alf motbevisade med varje slag sin kärlek till upplysningstiden, tron på att människans ädla anlag var starkare än de lumpna. Han kom ihåg en barndomsdag i skogen när Veras pappa, galant och piprökande, en historielärare med vistelse i koncentrationsläger bakom sig, hade skakat på huvudet och sagt: »Det är en deprimerande kort promenad från Weimar, Goethes stad, till Buchenwald.«

Inne i bågen var lyktor placerade nere i marken. Mikaels ansikte fick samma groteska karaktär av en kuslig mask som då de höll en ficklampa under hakan och gjorde grimaser när de var små. Han stirrade brodern i ögonen. Samma hat som Mikael säkert såg i hans. Stå och slåss på en scen, Kain och Abel om igen. Liam och Noel. Bring It on Down. Bilar tutade på avstånd. Trafikljusen vid ingången till Green Park gick från grönt till rött. Varnande fyrlyktor. Romantikens flagga är röd, röd och röd. Det blödde ur munnen på Mikael. Båda var trötta. Alf förlorade för ett ögonblick brodern ur sikte och såg in i den brittiska vapenskölden i den gröna smidesjärnsgrinden som var insvängd mot väggen. Ett lejon och en enhörning. Brodern och han. Ett rovdjur och en drömmare. Enhörningen. Ett tecken. Allt det han trodde på. Hans ambition. Den första boken. Drömmen om att skapa en port, en triumfbåge med en outsläcklig eld. Han drog skam över alla sina teser, skam över monumentet. Han stod här, han låg snart här, och fick stryk av brodern. Det var England som förlorade mot Frankrike, även om triumfbågen påminde om motsatsen, Englands seger över ett franskt folk plågat av vanvett under Napoleon. *Hur i helvete kunde det hända*, skrev han i anteckningsboken. *Hur kunde allt det som filosoferna uträttade i 1700-talets Frankrike vändas i krig och dyrkan av en maktlysten dvärg? Hur kunde upplysningstidens idéer trampas ner så eftertryckligt i gyttjan vid Waterloo?*

Varför kommer ingen och räddar mig? tänkte Alf. Han var en som ville rädda, men ingen ville rädda honom. En röd tvåvåningsbuss körde förbi. England, John Lockes hemland, rädda mig!

Det sista, fällande slaget från Mikael satte punkt för en lång hopplös tankekedja, en utveckling som hade fört honom hit, till ett fall mitt i en triumfbåge. Nerslagen av sin talanglöse, framgångsrike bror. Utslagen på knockout av en konventionell, borgerlig, idéfattig men högt uppskattad fan till bror. Vilken ömklig förödmjukelse. Han föll till marken med ett mjukt ljud, var borta i några sekunder.

Svagt ljus. En stjärna. Till och med mitt i storstaden. Två stjärnor. Venus? Anaïs? Anna? Brodern var försvunnen. Huvudet vilade mot något mjukt. Han måste ha kravlat en bit halvt om halvt omtöcknad, låg på rygg tio tolv meter från Wellington Arch, såg upp under buken på de fyra hästar som stegrade sig högst upp på monumentet. Bukarna röda av ljuset, som om de blödde. Samtidigt kände han en frän lukt, märkte att han vilade huvudet mot en hög färsk hästlort. Det passade. Allting var bara skit.

Det gick åt pipan. Blod rann ut som en lång, tunn, röd tråd. Något gjorde djävulskt ont, huvudet, kroppen. Alf tog sig paniskt för sidan som om han hade förlorat något, som om ett organ hade slitits ur honom så som man kunde se magiker, trollkarlar, sticka in handen i kroppen på folk och slita hjärtat ur dem i fantasifulla B-filmer. Han hade upplevt det förut, en hård stöt och blod som forsade invändigt. Good night, sweet prince. Lika bra det. Vad hade han att leva för? Bara att gå genom den sista porten.

När Alf I. Veber hade dött stod bland annat följande nekrolog i tidningen:

Det är med sorg och bestörtning vi mottar meddelandet om att vår vän och före detta kollega Alf Veber har avlidit, endast 47 år gammal.

Alf Veber var i ungdomen en lovande orienterare och återupptog det intresset i universitetsmiljön på Blindern, om än i överförd, sökande bemärkelse. Efter att ha orienterat sig genom flera tjänster, olika ämnen, gick han i mål som en pionjär på sitt område. Utan hans entusiasm och förmåga att tända en gnista hos andra skulle firman Compendium AB aldrig ha sett dagens ljus. Många kommer fortfarande ihåg euroway, denna banbrytande produkt som i allt väsentligt var Alfs verk. Vad inte många vet är att Alf också var den förste i världen som använde ordet »portal« om en sådan tjänst.

Alf älskade att kombinera sina idéer med symboliska handlingar. Under startfasen av eurowayprojektet bjöd han med oss till Island, närmare bestämt till Snæfellsjökull på västkusten. På toppen av detta Fujiyamaliknande berg berättade han att det var just där, i kratern dold av glaciären, som man i en roman av Jules Verne finner ett hål och därmed utgångspunkten för att kunna företa en resa till jordens inre. Genom att ta oss med dit, visa oss ett landskap som nästan strålade av kraft, ville Alf få oss att tro att även vi kunde skapa sådana passager för fantasin.

Alf var hela livet intresserad av passager. Som liten lär han verkligen ha försökt gräva ett hål till Kina. När jag själv träffade Alf första gången var han en begåvad hacker – utan att så många fick reda på det. Han använde emellertid inte sina kunskaper negativt, utan som virusexpert och som ett led i arbetet att förbättra datasäkerheten. Utmaningen för en hacker är just att finna de hemliga dörrarna in i ett system. Enligt Alf var inga system osårbara, det fanns alltid en öppning någonstans.

Alf Veber var inte bara en globetrotter, han var också väl berest på andra områden. Han skrev bland annat en liten läsvärd bok om »upplysningsmänniskan« Kristian Birkeland och dennes dust med norrskenet. Annars var Alfs informella föredrag på arbetsplatsen alltid inspirerande. När vi kämpade med att föreställa oss en 3D-modell av eurowayportalen höll han en spontan föreläsning med utgångspunkt i sina kunskaper i kemi. Han bad oss tänka på hur proteinerna veckade sig. För proteinet blev inte ett funktionellt protein, biologiskt aktivt, förrän den linjära kedjan av aminosyror vecklade ihop sig till sin tredimensionella form. Medan han pratade skisserade han några av de enklaste av proteinernas rumsliga strukturer och framhöll dem som idéer för en stimulerande webbarkitektur. Allt vecklas ihop, sa han och hänvisade till sin älsklingsidé från barocken.

Alf Veber har vecklat ihop sig. Det är särskilt dystert att det hände just nu när Kulturdepartementet stod i begrepp att ge honom ett ärofullt erbjudande att leda arbetet med att bygga upp Jubileumsportalen i samband med firandet år 2005. Alla hoppades att han skulle tacka ja. Om någon skulle ha lyckats omvärdera vår självbild, så vore det han.

Alf Veber lämnar tung saknad efter sig. Ett hål.

Gro Brox

GROTTAN:
FEL KLOT

En augustimorgon vid mitten av 1980-talet dröjde sig Alf kvar så länge i badrummet att han visste att Charlotte skulle ha lämnat lägenheten när han hade klätt på sig. Han gick genast ner till kiosken på Drammensveien och köpte tidningarna. Sprang rättare sagt. Lovande väder. Blått, varmt.

En dag för ett besök i Dronningparken. På en bänk med ansiktet mot himlen. Solkungen. För tillfället satt han andfådd hemma på Inkognitogaten med klåda i fingrarna. Sanningens efterlängtade ögonblick. Boken recenserades i Dagbladet och Aftenposten. Någon hade tipsat honom. Inte om vad det stod. Bara att recensionerna skulle komma den dagen. Han hade försökt verka lugn när de vaknade, Charlotte märkte ingenting, pratade om något som rörde galleriet. Så var hans upptagna och soignerade hustru borta. En tjurrusning ner till kiosken. Han hade inte vågat öppna tidningarna på vägen. Frukost och tidningar, en favoritstund. Förhoppningsvis nu också. Frukost och bra recensioner. Ett perfekt kokt ägg och lysande kritik. Det hade varit tyst länge. I nervösa ögonblick trodde han att ingenting skulle hända. Men något måste hända. Det var omöjligt att en sådan bok, ett sådant bravurnummer till kulturanalys, skulle gå obemärkt förbi. Blicken gled ut genom fönstret och gjorde halt vid den flotta villan på Inkognitogaten 16. Han sände norrskensforskaren Kristian Birkeland en tanke, han hade bott där, en broder, samma andas barn.

I flera år hade Alf Veber nästan betraktats som en guru på grund av sina täta kontakter med en krets unga arkitekter och en litterär miljö där tidens hetaste meningsriktning, den så kallade postmodernismen, diskuterades häftigt – för övrigt i samma andetag som det fenomen som kallas dekonstruktion. Metanivån. Den dubbla koden. Tvivlet på De stora sanningarna. Ett lekfullt närmande som löste upp cementerade föreställningar. Man fann den rätta detaljen och vred på den, och *voilà*, ett helt fält måste omvärdera sina teorier. Alf Veber var en av de första i Norge som talade och skrev om dessa saker, i föreläsningar och välplacerade artiklar. Speciellt en lång essä om Hadrianus villa vid Tivoli i närheten av Rom – om vad byggnaden hade att säga oss i dag – hade översatts till flera språk och gett honom en biljett till prestigetunga seminarier. Han hade plöjt igenom terminologityngda böcker av teoretiker som Jean-François Lyotard och Ihab Hassan – också träffat båda – studerat avancerade romaner av John Barth och John Fowles, sett märkliga filmer av de unga regissörerna Jean-Jacques Beineix och Wim Wenders, inte minst rest och beskådat omdebatterade byggnader ritade av arkitekter som Charles Moore och Arata Isozaki. Jag har ta mig fan personligen introducerat postmodernismen i Norge, tänkte Alf när han satt vid frukostbordet och kände att han längtat efter ett ägg, ett perfekt kokt ägg och några saltkorn. Men först recensionerna.

Idén till boken, själva grunden, hade funnits där hela tiden, men det var Anna Fleischer som kom med förslaget att skriva, även om det skulle ta många år innan han satte i gång. De hade suttit i bilen på väg hem från Jotunheimen, den resa som Alf aldrig skulle få ut ur sitt system på grund av ögonblicket på toppen mellan Bygdin och Tyin, hela fjällvärlden som en nationalromantisk kuliss för en omvälvande kyss. Längst upp i Hallingdal, efter en kort visit hos en moster i Gol, började snön vräka ner. Alf kände sig skyddad, fullkomligt lycklig, innanför framrutan; det var bara han och Anna, liksom inne i en av de där glasklockorna med kringsvävande flingor i. Han hade hela tiden bubblat över av infall och utläggningar, associerat i alla möjliga riktningar, ställt frågor och själv besvarat dem, svängt sig med referenser och fraser han hade snappat upp, saker som få andra visste något om. Fanns det till exempel några likheter i designen mellan Caravalleflygplanet och de första portugisiska karavellerna, båtarna som gjorde det möjligt att segla till Indien? Det måste vara Anna, hennes kompakta närvaro, hennes kyss – hennes oförglömliga kyss – som hade lett in honom på dessa tankebanor. Anna satt tyst bakom ratten i sin Citroën, naturligtvis en »padda« och köpt för att Roland Barthes skrev om modellen i »Mytologier«, men strax efter en av Alfs långa spekulationer över The Searchers vokalharmonier i »Love Potion No. 9« som just hördes i bilstereon, från bandet han så omsorgsfullt hade sammanställt speciellt för den här resan, vände sig Anna plötsligt mot honom och sa, halvt imponerad, halvt irriterad: »Hur vet du allt detta?«

Han svarade sanningsenligt, och nästan urskuldande, att han inte alls visste så mycket, bara en del. I stort sett konstiga detaljer. Och varför han hade lagt just de upplysningarna på minnet hade han ingen aning om. De hade väl bara fastnat av sig själva.

Då ställde hon den fråga som skulle följa honom resten av livet: »Vad ska du göra med allt du vet?«

Han hade först skrattat, pekat förtjust på det skumma björnhuvudet i snödrevet, skylten som markerade att de nu befann sig i Flå kommun, skulle just säga något vitsigt om Ursa Major, när allvaret drabbade honom. Utmaningen, frågans räckvidd. Och strax efter att The Searchers hade sjungit färdigt den optimistiska »Someday We're Gonna Love Again« – Rickenbackersoundet och handklappningarna fortfarande som ett eko i kupén – och tätorten Flå dök upp framför dem, sa han, och det föll honom bara in: »Jag ska kasta upp det i luften och sätta ihop det på ett överraskande sätt. Skapa ett nytt klot.«

Som sagt, det tog lång tid. Efter den sista examen på universitetet började han arbeta på en avhandling. Han ville göra något med anknytning till uppsatsen i idé- och lärdomshistoria, försöka tränga in till upplysningstidens kärna, klyva den, röja hemligheten, så att säga finna dess kvarkar och leptoner. Varenda dag promenerade han, den blivande dr Alf I. Veber, den korta vägen från Inkognitogaten till Universitetsbiblioteket, där han hade fått sig tilldelad en plats i det myrstacksliknande studiemagasinet – ett kunskapernas Steen & Strøm – under den stora läsesalen, en liten skrubb som kallades för cell. Här satt han med all världens källor inom räckhåll och skrev medan blodboken i parken mitt emot huvudentrén fällde sina blad och fick nya blad, fällde bladen och fick nya igen. Än en gång stod han inför ett källarförråd, ett gigantiskt stökigt rum, i hopp om att hitta dolda skatter i en hög ytligt tingeltangel.

Efter några år och något som började likna missbruk av stipendiet från forskningsrådet frestade utsikten att åstadkomma en vetenskapligt underbyggd, och därmed tung och otillgänglig, avhandling allt mindre. Han var långt borta från den lätta, infallsrika stämningen i Annas Citroën, lyckokänslan framkallad av The Searchers-bandet och associationer som trotsade tyngdkraften på samma sätt som de dansande snöflingorna utanför framrutan. Bara metoddiskussionen skulle kunna fylla femtio sidor. Han satt och ugglade i sin cell, förlorade sig i fotnoter som oavbrutet ledde honom till andra böcker och nya fotnoter, ett ständigt växande arbete, helheter som splittrades i ett myller av detaljer. Det förlösande beslutet att ändra planerna kom när han minst väntade det.

På nytt satt Alf i en bil, den här gången i sin egen, och på ringvägen i

Oslo, efter ett besök hos modern i Alunåsen. Kväll och inte mycket trafik. Innan han begav sig hemåt skulle han lämna några videoband till en kollega ovanför Sogn Studentby, inspelade filmer, »8½«, »Nashville«. Medan han satt och blev irriterad över något han inte fick riktigt grepp om gick han ut i ytterfilen för att köra om en Saab. Någonstans i hjärnvindlingarna låg en tanke och gäckades med honom. Ullevål stadion dök upp till vänster och han höll redan på att byta körfält igen, gå in – kikade
i backspegeln, ingen bakom – då en bil tutade infernaliskt och livsfarligt tätt intill. Han vred huvudet skrämt åt höger och upptäckte Saaben som måste ha kommit snabbt bakifrån och därmed befann sig i den döda vinkeln när han tittade i spegeln. Centimeter från en kollision. Han svängde instinktivt ut. Hjärtat. Hela kroppen reducerad till ett bultande hjärta. Han missade avfarten. Men upplevelsen var impulsen han behövde. Han kunde föreställa sig olyckan, hur hans marinblå bil nu kunde ha legat som en öppnad blåmussla vid vägräcket bakom honom. Något hade i alla fall öppnats, något som länge hade funnits i en dold zon. Plötsligt låg det där bara, framtaget och glänsande: en ofullkomlig pärla. Barocken. Han skulle tillämpa barockens djärva perspektiv. Betrakta samtiden från sidan. Ta en intrikat värld på allvar. Ifrågasätta alla konventioner.

Alf ratade avhandlingen, en snårskog där han helt och hållet hade förlorat orienteringsförmågan. Han ville hellre skriva en mer populärvetenskaplig bok som samtidigt gav uttryck åt några av de idéer han hade kommit på spåren. Grundligt men ändå med en personlig touche. Entusiasmen från Annas Citroënkupé återvände, ett tankemönster besläktat med det som uppstod ur stjärnformiga snöflingor och The Searchers. Han hade länge beundrat oväntade, förvånande intellektuella svep som Elias Canettis »Masse und Macht«, Nobert Elias »Über den Prozess der Zivilisation« och R. B. Onians »The Origins of European Thought«, viljestarka författare som vågade tränga in i ett till synes oöverkomligt material och som kom ut med personliga, delvis vilt spekulativa men inte desto mindre fruktbara kartskisser till glädje även för andra, verk som förmådde fläta samman intressanta moment från ämnesområden som låg långt ifrån varandra. Alf hade kommit något viktigt på spåren, något som det brådskade med att förmedla. Samtiden som en ny barock.

Där låg det, rakt framför honom. Ett grottsystem värdigt att utforska, lysa upp. Och inte barock i ordets negativa bemärkelse. Barock som något öppnande. Vad man mest behövde. Upptäcka saker och ting som låg i en dold zon. Alldeles i närheten. Fanns det inte likheter mellan postmodernismen och barocken? Båda sa att alla sanningar är konstruerade. Båda var först och främst stilriktningar men omspände också ideologier. Bara på några timmar hade han skrivit ihop en disposition. Han ville lägga fram en tes om att barocken som idé innehöll upplysningstidens sanna anda: att vilja skapa något nytt av det gamla. Utvidga. Utveckla. Herregud, han hann nästan inte kasta ner infallen tillräckligt snabbt. Barocken omfattade – i några sekunder såg han det välsignat klart – både det som kom före och det som kom efter: renässans, manierism, motreformation, upplysningstid och romantik – allt detta i ett. Pluralism. Optimism. Boken skulle ge tillfälle att slå ett slag mot allt det puritanska, den renhetshysteri, den allvarstyngda uniformitet han föraktade mest hos Norge. Fram för de sneda pärlornas tid. Ett annorlunda medvetande. Spår ingen hade kört i. Han lade ifrån sig pennan, märkte att han darrade.

Ett minne. En vintersöndag i barndomen. Nysnö och bästa skidföre. Han stod med skidor på fötterna vid ett gärde som många personer hade korsat. Skidspåren började alldeles ovanför flerfamiljshusen och gick tätt intill varandra, bildade nästan en hårdtrampad väg mot Linnerudkollen. Och rakt över gärdet. Han hade stakat sig bort från detta masspår och gjort sitt eget i den glittrande nysnön, en löpa som gick ända ute vid åkerns kant. Han vände sig om och betraktade spåret. En tjusig båge, skuggad med blått. En vacker vintersöndag i Norge. Hela nationen var ute och trampade i samma spår. Bara han hade åkt här.

Han kände samma lycka – ja, lycka – vid tanken på verket han skulle skriva. En bok som framkallade svindel. Tung och lätt på en gång. Led och Zeppelin. En konsekvens av hela livet så långt. Ända från barnsben hade han känt sig sned, utan att veta att det var ett ord som homosexuella också använde. En gång råkade han höra ett samtal mellan modern och grannen, Veras far. Herr Linnér hade kallat Alf ett »barockt« barn. Alf tyckte genast om adjektivet, tyckte om ljudet, tyckte om känslan av något främmande. Han slog upp det i pappans lexikon. Av flera möjliga betydelser föll han för denna: oregelbundet formad, en sned pärla. En pärla som var annorlunda. Under uppväxten lade han mer eller mindre omedvetet allt på minnet som han hörde eller läste om barocken och märkte att han kände allt större sympati för denna något diffusa och absolut inte särskilt populära stilriktning. Att kalla något barockt var ofta liktydigt med att stämpla det som föga åtråvärt. Ändå förekom det att han träffade personer som han gärna kallade »barocka«, individer som just på grund av sin säregenhet och bisarra inbillningskraft, sin benägenhet att spela över, förefoll verkligare än andra »normala« människor. Framför allt Johanne, en flicka som inte ville bli flygvärdinna utan pilot, och som utan att blinka demonstrativt marscherade i otakt bredvid pojkarnas blåsorkester den 17 maj.

Efter att ha lagt doktorsavhandlingen på is – ett ställe där han visste att den skulle förbli, en mammut infrusen i en jökel – skrev han ihärdigt på den nya boken i flera år, märkte att arbetet stillade en stark saknad, samtidigt som det stimulerade hela hans medvetandes flöde. Alf kom plötsligt ihåg bilderna som pappan hade visat honom av den rynkiga storhjärnan. Just vecket, veckningarna, var ett kärnbegrepp i barocken, betoningen av det kurviga framför det platta och rätlinjiga. Jag har själva *cerebrum* på min sida, tänkte Alf triumferande. Till och med vår hjärnas utseende är barockt!

Han arbetade ännu helst på UB, i sin lilla cell, med en blodbok inte långt borta, en långsam klocka, en visare som räknade år i stället för minuter. Men han skrev också hemma, för att han då kunde ha musik på i bakgrunden, en vana han hade skaffat sig redan under skoltiden. Han blev inte störd, snarare inspirerad via kanaler som bara musiken kunde nå. Inte minst afrikansk musik fungerade bra. Eller Händel. Händel var en ypperlig representant för barocken, speciellt kompositionerna i stor skala, verken skrivna för orkestrar som satt på flottar ute i floden, eller för överdimensionerade körer, en sång som i vissa partier erinrade om orgiastiska utbrott. Men Alf lyssnade samtidigt på populärmusik, på den tiden särskilt på band som kategoriserades som »new romantics«, Japan, Spandau Ballet, Human League, Cabaret Voltaire. Gitarrer ersatta av keyboards. I Alfs öron blev det, trots sin ytlighet, ett slags ba-rock. Också modet korresponderade med trenden. Män kunde plötsligt gå klädda i rosa, ha högt hår med gel i, uppvikta ärmar, axelvaddar. Alfs favorit var ändå Prince, en osannolik figur klädd i sammetsjackor och med sidenkravatter om halsen; hans musik blandade stilar på ett uppfriskande sätt, var ett sensuellt, purpurfärgat regn som försatte Alf i den rätta stämningen eller avledde uppmärksamheten på ett förvirrande och fruktbart sätt, förde in honom på andra tankebanor.

Arbetet gav honom extra energi, också till att delta i offentliga debatter, oftast om arkitektur, vilket i sin tur ledde till att han blev intervjuad i tidskrifter och magasin, porträtterad i damtidningar med text och teatraliska fotografier; han poserade som en fransk nyfilosof med uppknäppt vit skjorta framför byggnader ritade av Jan & Jon. Håret var också klädsamt långt på den tiden, tjockt, mörkt och vågigt. Ambitionerna växte, producerade formuleringar han kunde komma med i intervjuer när verket slog igenom med dunder och brak i den pissljumma och gråa norska offentligheten. »Jag ville skriva en bok lika vacker och överraskande, lika osedd, som en ännu inte upptäckt orkidé. Något som ligger och väntar på oss uppe i trädtopparna.« På kvällarna låg han och fantiserade om hur hans idéer skulle mottas med ovationer. »Jubel« var ett ord som ständigt dök upp. Detta *måste* hälsas med jubel. När hade någon senast betraktat samtidens litteratur, film, musik, arkitektur, konst i ett så häpnadsväckande och fruktbart perspektiv?

Ett billarm gick i gång på gatan utanför när han äntligen vågade slå upp tidningarna. Han brydde sig inte om det genomträngande ljudet. Innerst inne visste han att boken var alltför originell, för *virtuos* helt enkelt, för att få ett dåligt mottagande. En guckusko bland smörblommor. Detta skulle bli Alf Vebers höst. Alf Veber i alla kanaler. Betalningen för otaliga ensamma kvällar i en trång cell. Sirenljudet upphörde. Han skulle nog ha kokt ett ägg, måste bara ta en snabbtitt först. Föreställde sig en promenad ner till Dronningparken efteråt. En bänk. Ta med tidningarna, sola sig i glansen. Egentligen var han inte hungrig, kände ett hålrum i magen som behövde något annat än mat. Han bläddrade och bläddrade. Aftenposten. Där. Första skymten. En beskyllning för att boken var pretentiös. Det stack honom. Som att öppna en dörr och få sig en hurril i stället för att möta ett efterlängtat ansikte. Alf visste att »pretentiös« var ett ord man inte borde få kastat efter sig i en offentlig debatt. Man kunde vara mycket konstigt i Norge men gud nåde den som verkade vara pretentiös.

Trots den kväljande desillusion som spred sig i kroppen lyckades han läsa igenom texten, till och med uppfatta konklusionen: »Det är en paradox att en bok med sådana pretentioner, så överlastad med detaljer, så full av konstlade utbroderingar, har blivit en bok med så stora brister.« Dagbladets rubrik löd »Grotesk desinformation«. Ett karikerat referat som förlöjligade hela projektet utmynnade i domen »lösryckta fakta utan sammanhang«.

Såg han en skugga? Något rött, klotformigt som försvann upp i luften?

Det värsta väntade honom. Den lilla veckotidningen Ny Tid. Han köpte den därför att den ibland framförde den politiska vänstersidans åsikter, också om kultur. Anmälan var skriven av en A. Smith. Obekant för honom, om det nu inte var en pseudonym. Titeln avslöjade tyvärr allt: »Luft, vind, ingenting.« En av de spydigaste recensioner Alf hade läst. Extra illa därför att anmälaren inte verkade ha förstått avsikten med boken. Han skrev, formuleringarna var smärtsamt eleganta, att Alf Veber hade velat bygga något av avfall, en lådbil – Alf studsade, bilden fick det att smärta i sidan på honom – men det var ett fordon som vägrade att rulla, som föll isär när någon satte sig på sätet. »Detta är en bok som önskar vara en teori om det mesta«, löd avslutningen, »men som slutar med att vara ett bud om ingenting.«

Minuter då han satt som förlamad. Eller befann sig i en tidsficka. Utan att veta om han hade någon framtid. Som att vara biten av en orm och ännu inte veta om det var en giftorm, ett dödligt hugg, tillräckligt djävligt för att kunna ta livet av en noshörning, eller om det var ett ofarligt kräldjur. Bara tiden kunde ge svar. Tick, tick, tick. Han grep tag om ett hörn av köksbordet, som för att klamra sig fast vid en verklighet som hotade att försvinna. Tick, tick, tick. Naturligtvis skulle han överleva. Men vilket ras. Vilket märgtappande nederlag. Vad var det han hade tänkt på för en stund sedan? Ett ägg? Så komiskt. En oval. Barockens omhuldade form.

Han höll sig inomhus i flera dagar. Svarade inte i telefon. Och när han till sist tvingades ut kände han blickarna när han kom smygande på gångarna på universitetsområdet. Det var inte inbillning. Folk såg på honom, stirrade på honom, och inte med förakt utan med nyfikenhet och medlidande. Samma kolleger och studenter som tidigare hade lyssnat så vetgirigt under hans föreläsningar. Hade de läst boken var domen densamma som tidningarnas. Alf kände sig annorlunda. Ännu mer annorlunda. Var det därför ingen kände igen sig i hans tolkning av tiden? Han stod långt utanför flertalets, kanske allas, uppfattning av världen och Norge. Skapa ett nytt klot? Jaha. Men vad hände när inga andra ville bo där?

När han bara en månad tidigare granskade de likadana böckerna i lådan med friexemplar tänkte han att manuset hade kopierat sig självt, som biologiska livsformer. Och att idén nu, på samma sätt, skulle spridas vidare till många huvuden. Han var stolt. Vår egen tid gjord transparent. Barocken använd som kontrastmedel. Dörr efter dörr hade öppnats, ljus som flödade ut. Vilket självbedrägeri. Vilken naiv dröm. Länge trodde Alf att någon skulle dyka upp, protestera. Men ingen dök upp. Inte ett jota i tidningarna. Han gled in i ett tillstånd av självmedlidande. Insåg att det var ovärdigt men förmådde inte rycka upp sig. Man står där högst uppe på plattformen, beredd att tända den olympiska elden. Och så slocknar facklan. Han låg i soffan och flörtade med melankolin, lät sig motståndslöst sjunka ner i djupet. Alf I. Veber. Alf Inkognito. Två gånger lyckades han masa sig upp och promenera in till Øvre Blanksjø med tung packning, stannade där i dagar. Bara en halvtimmes vandring från Sognsvann, trots det en tjärn som få kände till. Satt där och stirrade ut över vattenspegeln. Tänkte på Johanne. Saknade henne.

Alfs omedelbara reaktion efter recensionerna denna plågsamma augustimorgon som skulle förbli utan ett kokt ägg, utan saltkorn, roade honom ofta senare i livet. Förtrytsam letade han fram det enda exemplar av boken han hade behållit hemma, och stegade ut på balkongen där han med en av de mest lyckade utsparkarna i karriären skickade i väg boken skyhögt och i en vid båge innan den landade på gatan där den studsade, studsade som om den verkligen var full med luft, flera gånger innan den lade sig till ro på trottoaren. Han kände den härliga urladdningen, tänkte att detta, den precisa sparken, var en talang han skulle ha använt mer. Samtidigt var han irriterad över att ingen tog emot. Han borde ha kommit ihåg det från ungdomen. Lyckades man med ett perfekt utspel var det sällan någon som utnyttjade det.

De flesta vill ha räta linjer. Få har sinne för bågar.

De närmaste dagarna tillbringade han i soffan. Han låg och stirrade på ingenting. Några barn lekte ibland utanför det öppna fönstret. Han kom på sig själv med att längta tillbaka till en förlorad tid, fasen innan de abstrakta teorierna vällde in över livet, dagar då det att slå en spik genom locket på en kakburk, fästa det vid en planka, var något oomtvistligt fint, något som hela kroppen bejakade. Alf surade, vägrade att gå ut, låg och väntade på att bitterheten skulle sjunka undan. Han var mer sårbar än andra. Immunförsvaret var försvagat. De tre kritikernas namn roterade i medvetandet. Vilka var de? Genier såvitt han visste. Eller oduglingar. Gamar. Hans närmaste bekantskap med sådana fåglar, asätare, måste ha varit de gånger han som liten bodde i huset vid havet, när farmodern ännu levde. Hon rensade ofta fisk, tog ur innanmätet. Han hade stått bredvid, överväldigad av den fräna lukten, fascinerad av hur hon drog ur inälvorna med ett enda handgrepp. Sedan lade hon dem på en tidning, en sten i vartdera hörnet, ute på klippan. Inte en fågel syntes till. Men efter bara några sekunder var måsarna där. Det myllrade runt papperet, högen med fiskrester försvann på ett ögonblick. En uppvisning i girighet och målinriktade näbbar. Kvar låg en nedsmutsad tidning, full av revor, texten täckt av blod och slem. Som hans bok.

Och innerst inne, det värsta av allt, ett motvilligt erkännande: det var ju sant. Hur kunde en man som han, med så stora brister, över huvud taget skapa någonting?

Även ett annat slags kritik fick han tåla. Samma kväll kom Charlotte, hustrun, hem med hans bok under armen. Hon måste ha hittat den nere på trottoaren. Den hade legat där i åtskilliga timmar, de som gått förbi hade inte ens orkat ta upp den, bära den med sig hem. De måste ha lagt en av kritikernas ord på minnet: »Ta denna bok för vad den är, goda råvaror som har förvandlats till ren dynga.« Ena hörnet var smutsigt och fult hoptryckt. Hans aldrig öppnade verk höll redan på att bli ruin, avfall.

Charlotte, klädd i en av sina oklanderliga dräkter, yttrade inte ett ord, men han kunde se på hennes ansikte att hon visste. Att hon hade läst tidningarna på galleriet. Hon hade hela tiden ställt sig tvivlande till hans projekt, kallat det en simulerad orgasm. »En barock idé är och förblir en överspänd idé.« Nu skyndade hon raka vägen till kylskåpet och slog upp en stor vodka martini. Utan martini. Därmed slapp hon valet mellan att skaka och att röra. Hon behövde tydligen en drink. Genom hennes ansiktsuttryck slöt han sig till att han skulle förlora henne. Kunde man förlora en hustru på grund av dåliga recensioner? Ja. Åtminstone om det var tal om en kvinna som Charlotte Land. De skulle kanske vara gifta i några år till, men äktenskapet var i realiteten slut. När han sedan beklagade sig över det för Mikael skrattade denne och kallade Alf ett nöt. Prata inte så om en kvinna som tycker om dig, sa han. Men Alf hade för länge sedan upptäckt att kärleken – om det någonsin hade varit kärlek – var död och att han fann nåd inför hennes ögon uteslutande för att han fortfarande kunde fungera fördelaktigt för hennes affärsverksamhet. Och nu, med den här boken, dög han inte längre. Han förstod det redan på en replik hon kom med samma kväll, efter den andra vodka martinin: »Jag förstår inte varför du alltid måste överdriva så vansinnigt, Alf. Jag begriper det verkligen inte.« Hon spanade redan efter någon som kunde ta över.

Han låg i soffan, vände sig mot väggen, oberörd av hennes ord. Det som plågade honom var en känsla av att ha gått vilse. Att sakna ett pålitligt navigationsinstrument. Och under alltihop: saknaden som gnagde i honom.

II. MÖNSTRET

OCH SÅ, helt oväntat, nytt hopp. Saker och ting kunde ändra sig snabbt. Från dynga till möjlighet. Från avslag och ömma knän till lunch med Anna Fleischer i Oxo Tower. Han lämnade Radisson Grafton redan en timme efter frukost. Måste dämpa nervositeten. Snart tre dygn sedan han såg henne. Anna påstod att hon inte kunde förr, även om han insisterade i telefonen. Tiggde och bad. Han hade ljugit skamlöst för att få numret av en sekreterare på ambassaden. Vad var hon annars upptagen med? Att knulla med Mikael, den där tjuvfan? Ett par fingertoppar gled ofrivilligt över ena kindbenet. Fortfarande djävligt ömt. Borde ha sett till att få Mikael gripen för vållande av grov kroppsskada. Men den slyngeln hade ju diplomatisk immunitet. Bra att åtminstone en i familjen är osårbar.

Tre dygn bara borta. Det föresvävade honom något med Hanway Street, något med Charlotte Street, ett par minuter från hotellet, något med restauranger, att han hade försökt få tiden att gå. En bok han hade försökt läsa. Hade han gråtit? Hade han helt enkelt brutit samman och lipat för att han plötsligt hörde en av mammans gamla slagdängor medan han satt och petade i pastan, stelnad i en seg härva, längst in i en italiensk restaurang? When I fall in love, it will be for ever. Nat King Coles mjuka röst.

Sängen. Mycket tid på rygg i sängen. Tankarna på högsta växel. Kroppen på sparlåga.

Hon måste ha hunnit tänka sig för nu. Kommit över scenen på mottagningen. En bagatell. Efter studiet av så många skönlitterära böcker borde hon veta mycket om psykets irrgångar. Han struntade i alla fall i vilket. Var närmast stolt. När såg man senast en man falla på knä för en kvinna, riskera sitt goda namn och rykte? Använda ord från läkarromaner? Hon skulle fatta att han, Alf, var en överlägset bättre livspartner än parasiten Mikael. Det måste ju ha kommit plötsligt för henne. Hon var bosatt utomlands, kunde omöjligt ana att Alf hade suttit i en mörk snögrotta på nyårsafton och insett något som borde ha gått upp för honom, dem, för länge sedan.

Timmar tills de skulle träffas. En dag som gjord för att flanera. Jag väljer april. Hur var det med Mikael? Slagsmålet? Också det måste kunna ses i ett annat ljus. Mer som en omfamning. En hårdhänt kommunikation. Ett förvirrat bevis på kärleken mellan två bröder. Ett ollon men i alla fall en bror.

Han korsade Tottenham Court Road och vandrade långsamt genom kvarteren mot British Museum, njöt av atmosfären av imperium, seklers civilisation. Underligt att tänka på. Promenera här i hjärtat av ett litet örike som en gång kontrollerade ett område 125 gånger så stort som det själv var. Han gick på Great Russell Street med känslan av att befinna sig mitt i något mäktigt, denna dag också. Självförtroendet växte, tron på att han var på rätt ställe i rätt tid. Att han skulle gå i land med att lägga beslag på denna kvinna. Jag måste bara få prata lite mer med henne. Öppna de riktiga dörrarna.

Han stannade utanför museet, vid porten, kikade in på det väldiga ingångspartiet. *Är det möjligt att välja ut ett enda föremål från British Museum – den grundsten som gav tiden idén till detta utopiska företag?* (*Måste vara något ur grundaren sir Hans Sloanes samling. Något som illustrerar hela denna ohejdbara strävan efter att veta.*) Vilket sus av kultur. Dessa gator över huvud taget. Bloomsbury. Nostalgin inträdde i medvetandet. Akbars hov. De oändliga nätterna i Annas lägenhet. Drömmen om att de en gång skulle bli vad Bloomsburykretsen var för England. Göra sig bemärkt, få något uträttat, på var sitt område.

Han slet sig därifrån, gick Museum Street fram, planerade var han skulle korsa Themsen. Måste bli Waterloo Bridge, stå där och kisa mot Hungerford Bridge, stå på skådeplatsen för en av The Kinks eller rättare sagt Ray Davies mest folkkära och odödliga poplåtar, Waterloo Sunset – som för övrigt aldrig hade låtit bättre, någonstans på jorden, än i en Citroën på väg till Jotunheimen, med Anna Fleischer vid ratten.

Men först något annat. Orsaken till att han hade tagit god tid på sig.

Något som kunde distrahera. *De kinesiska sigillen?* kom han på och klottrade snabbt ner det i anteckningsboken samtidigt som han fortsatte gå på trottoaren. *Kanske bättre: de islamiska amuletterna med ingraverade citat från Koranen, texter som Hans Sloane sedan lät översätta till latin i sin förteckning. Alltså: detta behov att förstå!* (*Eller är det själva museiidén som är revolutionerande: att isolera detaljer för att skapa klarhet?*) Vid Lincoln's Field Inn, den gamla avrättningsplatsen, gick han uppför trappan och in genom dörren i något som utifrån föreföll vara en engelsk normalbostad. Han strosade omkring i rummen, lade huvudet skeptiskt bakåt, studerade väggar och tak. Minsta lilla yta var fylld för att arkitekt John Soanes samling av antika marmorfragment skulle få plats, en uppsjö av huggna ornament. Rum överlastade med byggnadsdelar, trånga kyffen som bågnade av statyer och torsoer och byster, korkmodeller av tempel och etruskiska gravar, och i källaren – var det möjligt? – en egyptisk sarkofag i alabaster. I ett förhållandevis litet rum hade Soane lyckats pressa in mer än hundra bilder genom att fästa målningar, akvareller och teckningar på träskivor som var upphängda på ett sådant sätt att de kunde öppnas i flera skikt inåt. För några minuter glömde han Anna Fleischer, vandrade i stället storögd genom smala korridorer, pyttesmå rum, nedför trappor, in i kryptor och – såg han rätt? – en munks cell. Av någon orsak gick tankarna till ett litet studierum under läsesalen på universitetsbiblioteket, år med böjd nacke, ett djärvt arbete belönat med en narrmössa.

Alla dessa föremål. Tusentals. Varenda kvadratcentimeter utnyttjad. Och ändå ett slags helhet. Små labyrinter i en större labyrint. En hjärna. Ett höghus fullt med idéer. Var örats struktur en miniatyrbild av hjärnans struktur? Hade hjärnan också en »labyrint« någonstans? Dold i amygdala? Han beundrade falska öppningar till andra rum, skapade av speglar. Kände sig hänförd. Nästan på ett farligt sätt. Fantasier om att bli fången här. Och samtidigt påminde det om boken han hade skrivit, Den nya barocken, en handräckning till samtidens perplexa – som visade sig vara ytterst få. *Kan inte själva impulsen till att samla karakteriseras som barock?* kastade han ner i anteckningsboken. *Blir inte hundra lösryckta fragment från klassicismen tillsammans något barockt? Är kanske hela barocken ett kuriosakabinett? En världsbild som just genom sin säregenhet avslöjar hur konstruerad varje världsbild är?* Han vacklade vidare. Omtumlad, samtidigt undergörande stimulerad. En darrning i kroppen. Hur ska man kunna pressa in så mycket på så liten plats? Detta hade varit sir John Soanes hjärna, förlåt, hem. Så bodde han i början av 1800-talet. Till glädje för sina studenter och vänner. Nu var det omgjort till museum. *Jag kunde, i något sammanhang, använda den alltför lite kände Robert Hooke* – han slet upp anteckningsboken igen, idéerna strömmade till – *hans Micrographia från 1665, där han redogör för sina iakttagelser i mikroskopet. En av de många fina illustrationerna. Den av flugans öga! Eller den som visar ett tunt snitt av korkplantan, vaxkakans struktur som fick honom att uppfinna ordet »cell« om de små fack han såg, därför att de påminde honom om munkarnas celler. Just det! Om man granskar en av dem i ett ännu bättre mikroskop kommer man troligtvis att få se Hooke eller Soane själv sitta där inne, böjd över sitt arbete.*

Suset av tankar. Och trots det gled allting bort som förtvivlat irrelevant i samma ögonblick som han öppnade ytterdörren och mötte vårluften. Återigen Anna i hela medvetandet, bara Anna, varenda vinkel och vrå, varenda kvadratmillimeter. Hur som helst. Ett lyft. Får inte glömma det. Nere på trottoaren vände han sig om och betraktade de oansenliga fasaderna. Han hade upplevt detta förut. Besöka hus med ett inre som man inte kunde gissa sig till av utsidan.

TRÄDKOJAN: HADRIANUS VILLA

Det fanns ögonblick då Alf Veber tänkte att han bara hade haft en uppriktig önskan i livet: att kunna få bygga ett underverk till koja i ett träd. Han anade också vad som var en av inspirationskällorna för den drömmen.

I barndomens Alunåsen låg det en ståtlig, rödmålad villa i schweizerstil på en höjd vid gränsen mot skog och mark, en byggnad av det slag som man kallade »kråkslott«, en bostad så förvriden och ostyrig att den eggade Alfs fantasi, inte minst den praktfulla verandan som vette ner mot flerfamiljshusen där Alf bodde. Trähuset sades vara byggt någon gång före första världskriget av en grosshandlare som fick den i egna ögon geniala idén att importera keramikplattor från Portugal, plattor som folk kunde använda både inne i och utanpå sina hus. För hälften av banklånet lät han bygga villan, inspirerad av turisthotell han hade sett på Vestlandet, och för resten köpte han färgglada plattor av den typ han hade beundrat under en vistelse i Lissabon. Det gick inte bra. Några kakelplattor skulle komma att pryda väggarna i fisk- och viltbutiker i centrum, men det var långtifrån tillräckligt. Mannen undgick nätt och jämnt konkurs och sålde villan till en köpmansfamilj på Ammerud. När Alf var mycket liten bodde det visserligen en gammal man ensam i huset, men så långt som Alf kunde minnas tillbaka i tiden hade villan stått tom. När rullgardinen flög upp i hans rum mötte blicken alltid fasaden med verandan på kullen ovanför, ett trevligt rött jätteansikte mot en bakgrund av granar.

Flera gånger hade Alf ensam företagit expeditioner upp till huset, öppnat den tunga grinden med figurer av smidesjärn som liknade dem vid ingången till Vigelandsparken, och smugit sig in på den öde tomten, full av torra grenar och ogräs, vildvin som var på väg att erövra betydligt större väggytor än det var tänkt att det skulle göra. Han brukade gå i cirkel runt byggnaden, beundra den gedigna panelen, de utsågade ornamenten. Fönstren på första våningen satt för högt upp för att han skulle kunna titta in genom dem. Bara när han klev upp på verandan och stod framför dörren som hade glasmosaiker på båda sidor kunde han se in i ett rum som måste vara ett vardagsrum, även om det var svårt att urskilja något inne bland skuggorna. Alf kände en obändig längtan att få utforska detta träslott, föreställde sig ett virrvarr av små rum, smala trappor och hemliga korridorer dolda i väggarna, fantiserade om en grosshandlare som kanske hade haft någon ljusskygg verksamhet vid sidan om, något betydligt mer spännande än portugisiska keramikplattor, och därför måste arrangera möjliga flyktvägar och gömställen för illegala pengar. En gång kände han prövande på handtaget både i dörren på verandan och i huvuddörren på baksidan. Försökte dessutom med en hemgjord dyrk, men det var inte så lätt som det lät i radioteaterns pjäser. Det måste finnas en passage in. Han hittade den bara inte.

I skymningen skiftade villan karaktär och fick något mystiskt över sig.

När han som äldre såg »Psycho« tänkte han att Kråkslottet påminde om huset uppe på höjden i filmen.

Efter olyckan med lådbilen gick han och drev en dag utanför staketet runt schweizervillan, skulle just öppna den tunga grinden när han ryckte till. Trädgården var uppröjd. Och på verandan innanför stod en flicka. Med en stor lotsmössa på huvudet och öronlapparna nere fast det var

juni. Och i en för stor flanellskjorta, vida byxor som korvade sig på skorna. Han såg vem det var. Tjejen som hade förorsakat kollisionen med lådbilen. Läderhjälmen hade bara ersatts av en lotsmössa. Han hade hört att de andra killarna bestraffade henne obarmhärtigt efteråt, höll fast henne medan de hällde in klipulver under bluskragen och ner på hennes rygg. Klipulvret bestod av innanmätet i nypon, de håriga fröna. Mikael låg bakom det, hade samlat i en glasburk hösten innan. Syver Karma berättade att de måste betala tio öre var innan de fick välja ur en hel arsenal, med etiketter som »Hemligt vapen, extra starkt«, »För tortyr av spioner«. För Mikael var världen redan full av fiender och han var absolut inte öppen för diplomatiska lösningar.

De blev stående och betraktade varandra. Sedan kom hon långsamt nedför uppfarten och öppnade grinden, tog helt enkelt hans hand och ledde honom med in. Under alla andra omständigheter skulle Alf ha protesterat häftigt om en tjej fattade hans hand, men just nu lät han sig villigt ledas upp till den stiliga verandan. Konstigt, tänkte han senare. Man står utanför ett igenbommat palats, en byggnad man gärna vill in i. Så kommer det ut en flicka och leder en in. Den bästa passagen är en levande människa.

Tjejen öppnade dörren till rummet, gjorde en inbjudande gest. Han klev över tröskeln, blev stående innanför och beundrade rummet, takhöjden, alla detaljer som plötsligt framträdde. Han visste inte vad han såg, bara att det mesta verkade främmande, att många av föremålen tydligen kom från andra länder. Långtifrån Norge. Detta hände tio år innan varenda människa plötsligt placerade etiopiska silverkors på hyllorna och lyssnade på sufimusik medan de låg i mexikanska hängmattor. Alf tittade på alla dörrarna, korridorerna som ledde vidare. Här finns det många kanonbra gömställen, tänkte han. Massor av grejer att leka med.

Alf Veber påstod att han hade haft fem portalupplevelser i livet och han kom ihåg den första bäst. Han var sju år när familjen besökte Köpenhamn. De hade promenerat på tråkiga gator och över oändliga torg när de plötsligt befann sig framför en solid, högtidlig stenbåge med pelare, rikt dekorerad och smyckad med skulpturer av små barn som spelade på instrument. Pappan ordnade med något i en lucka, därefter var det bara att kila in. In i en värld som Alf inte hade föreställt sig möjligheten av. Med bergochdalbana. Spöktåg. Veteranbilar på räls. Spegelsal. Kinesiskt torn. Flygande kappsäckar. Karuseller. Pantomimteater. Kiosker med godis som man inte hade sett förut. Några steg genom en port, en triumfbåge – och man var på Tivoli. Tillräckligt med nöjen för flera veckor.

Detta påminde om det. Den här villan var också en port, ingav förhoppningar om att vara en egen zon, full av spänning, långvarig underhållning. Flickan fattade hans hand igen och drog honom med en våning upp. Vid ett skrivbord i ett arbetsrum satt en kvinna. »Min mamma«, sa tjejen. »Hon är socialantropolog.« Ordet uttalades med stolthet. Alf hade ingen aning om vad det betydde. Kanske något som liknade meteorolog. Mamman verkade mycket äldre än Alfs mamma. Hon reste sig och tog honom i handen när hon hälsade, som om Alf skulle vara en känd person och sammanträffandet var en glad överraskning, berättade att hon kände den gamle mannen som hade bott i huset tidigare. Hon talade konstig norska. »Jag är från Nederländerna«, sa hon. »Ungefär som Norge, bara utan fjäll.«

I arbetsrummet hängde underliga bilder. Mamman följde hans blick. »Fina, va? Det är illustrationer till sagor om en hjälte vid namn Hamza«, förklarade hon. »De kom ursprungligen från Iran men spred sig över hela den muslimska världen. Mogulhärskaren Akbar önskade få Hamzaberättelserna illustrerade. 1400 stora bilder blev det. Det du ser här är bara några reproduktioner. Jag får kanske berätta för dig om Hamza någon gång?«

Alf nickade bara, eller han bugade sig kanske, som för något högtidligt, löftesrikt. Det var första gången han hörde namnet Akbar. Och Hamza. Mogul. Muslim. Det sista lät som namnet på ett tyg. De lämnade arbetsrummet. Han såg sig hela tiden omkring medan flickan drog honom vidare. Fanns det några lönngångar i huset, frågade han.

Inte vad hon kände till, sa hon. Tvetydigt. Ett flyktigt leende. Redan då, efter bara några minuter, kände Alf en dragning åt varelsen bredvid sig, en släktskap han inte kände med någon i sin egen familj. Det var också något med villan, atmosfären, och speciellt modern, något hemligt, vårdslöst, labyrintiskt, som fick Alf att tänka på sin egen bostad, sin egen mor, som något betänkligt överskådligt. Hemma hos honom var allt öppet, rummen spartanskt möblerade. Pappan städade och höll lägenheten oklanderligt ren, tog med sig drömmen om genomskinlighet hem från jobbet. Längre bort från ett kråkslott kom man inte.

Alfs mamma var »kontorist«, men inte av den försagda och underdåniga typen. Hon arbetade på Gyldendals förlag inne i stan, var sekreterare åt chefen på avdelningen för norsk skönlitteratur. Hon hette Erna och sa alltid, med en anspelning på statsministerns hustru, att hon bara saknade ett W för att vara landets första dam – modern verkade också införstådd med ett projekt som gick ut på att leta efter förlorade vinklar. Hon var i alla fall förlagets första dam, regerade med fast hand i ett öppet rum som alla måste gå igenom. Alltid välfriserad. Alltid välorienterad. Alltid med en replik som fick folk att dra på smilbandet.

Under gymnasietiden upptäckte Alf något som överraskade honom. Modern var inte bara högt respekterad för sitt kontorsarbete och för sin förmåga att få bordsplaceringarnas skenbart omöjliga patienser att gå ut, hon räknades också som en litterär kapacitet. Författarna beundrade henne. Förlagscheferna frågade henne artigt till råds. Detta var ett mysterium, för Alf såg henne aldrig öppna en bok. Hon blev överöst med böcker från förlaget men ställde dem bara rakt in i hyllan. När Alf var liten och modern kom för att säga god natt frågade han upprepade gånger om hon inte kunde berätta en historia för Mikael och honom. Hon svarade alltid samma sak: »Jag kan ingen.« »Men alla böckerna då«, sa han, pekade förhoppningsfullt in i vardagsrummet. »Jag har inte läst dem«, svarade hon, nästan argt. Alf tänkte att de böcker som modern fick med sig hem från Gyldendal gick ett lika oblitt öde till mötes som böckerna han och de andra hittade i källare och kastade på bålet: de blev stående olästa på en hylla.

I Alfs ögon – eller rättare sagt öron – var modern först och främst en

kapacitet på schlagrar. Han trodde att hon kunde alla sånger som fanns i världen, i alla fall de med norsk eller engelsk text. Även om hon inte läste hade hon åtminstone sjungit mycket för dem. Hon hade en vacker, varm röst, och i barndomen somnade Alf och Mikael ofta in till vaggvisor som var lågmälda versioner av bröderna Gershwins ömma och oemotståndliga kärlekssånger, »But Not for Me«, »Do What You Do!«, och inte minst den sövande vackra »Someone to Watch over Me«. Kanske ingen
dålig ersättning för bröderna Grimm.

Eftersom modern gick omkring och nynnade så mycket fastnade dessa populära refränger i Alfs minne för alltid. Men han visste aldrig om modern sjöng för att hon var lycklig eller olycklig, eller bägge delar på en gång. Det var kanske ett slags olja som höll hennes maskineri i gång, ja, som till och med fick henne att glädja sig över småsaker, vardagliga ritualer som han och andra var blinda för. Hade Erna Veber blivit tillfrågad om hon hade något credo, skulle hon, i alla fall mot slutet av det decenniet, högst sannolikt ha börjat sjunga: »Jag tror, jag tror på sommaren; jag tror, jag tror på sol igen.«

En knapp vecka innan han fick komma in i Kråkslottet hade Alf haft födelsedag, och en söndagskväll före själva pojkkalaset firades han av familjen. Modern, som avskydde att laga mat, hade sträckt sig till spagetti med köttfärssås, eftersom Alf efter olyckan med lådbilen var vad fadern kallade en rekonvalescent och behövde uppmuntrande föda. Presenterna hade varit typiska. Av Mikael fick han tre slitna Texastidningar, funna vid någon pappersinsamling. Alf hade inte läst dem, så han avstod från att säga något spydigt om broderns snålhet. Fadern överraskade med ett litet mikroskop för att Alf »tidigt skulle kunna inleda sin karriär som forskare«, och från modern vankades det en LP med Frank Sinatra. Hon förstod inte att Frank Sinatra låg långt utanför hans värld; hon trodde uppriktigt att en pojke på tio år skulle bli överlycklig över att kunna få lyssna på denne makalöse crooner.

Alf hade en teori om varför modern beundrade Frank Sinatra. Hon liknade Ava Gardner. Det var Vera som gjorde honom uppmärksam på detta en gång när de satt och bläddrade i veckotidningar i hennes rum. »Titta, samma vackra mörka hår som din mamma. Och exakt likadana ögonbryn och ögon. Lite farliga.« Alf tyckte visserligen att mamman var söt, men studsade när han läste bildtexten som berättade om Ava Gardners »magnetiska och tigeraktiga sensualitet«, påstod att hon var »det vackraste djuret i världen«. Men han trodde att mamman var medveten om likheten med Sinatras före detta fru, för hon pratade alltid om smörsångaren, lade till exempel en gång sin mjuka hand på pappans allt blankare hjässa och sa: »Äsch, Frank Sinatra har minsann också börjat tappa håret.« De var verkligen olika, Harald och Erna Veber. När Alf någon sällsynt gång såg mamman lägga armarna om halsen på pappan var det som att se en katt leka med en glödlampa.

Också den här söndagen gick mamman omkring och småsjöng, tävlade med radion som stod på ovanligt högt eftersom det var landskamp i fotboll, Norge mot Skottland på Brann stadion i Bergen. Jan Frydenlund kom visserligen inte i etern förrän när andra halvlek började, men det blev genast spännande och Alf slutade helt att bläddra i Texastidningarna när Norge utjämnade till 3–3, en smärre sensation mot ett lag med bland andra Denis Law, Manchester United-stjärnan som hade gjort alla gästernas mål. Så när Norge gick upp till 4–3 och vann matchen vrålade pappan så högt att man kunde tro att han hade funnit en kanal in till hjärnans reptilskikt. »Dubbla portioner glass till allihop!« ropade han. »Nu behöver vi något som kan kyla ner oss.« Även Alf, som spelade fotboll själv, tyckte det var fint att Norge vann så oväntat på hans födelsedag. Bara mamman, annars en känslomänniska, visade inga tecken till glädje över resultatet, men som för att bidra till jublet satte hon på LP-n som Alf hade fått som present, och sjöng med för full hals: »These foolish things remind me of you.«

Mamman berättade en gång hur hon hade träffat pappan. De hade båda väntat på ett anslutande tåg och när de passerade varandra på perrongen hade två hakar i deras koftor fastnat i varandra. Pappan började genast pladdra om organiska föreningar i kemin, hon tyckte bara det var romantiskt, eller bättre: ödet. En sann anslutning. Att mamman kunde åtnjuta så högt anseende på förlaget utan att öppna böcker blev över huvud taget ett korrektiv för Alf. Kanske var pappan, böjd över alla sina uppslagsböcker, på villospår. Alf funderade lite på vad det skulle bli av honom, med arvsanlag som kunde föra honom både till ett mikroskop och nästan en mikrofon.

Kontrasten till lägenheten hemma blev starkare ju högre upp i Kråkslottet de kom. Rummen var många, och trapporna branta och krokiga, precis som han hade föreställt sig. Överst, på vinden, hade tjejen sitt eget rum. Väggar fulla med bilder, raketuppskjutningar, Vostok 1, Friendship 7, närbilder av rymdkapslar. Planscher över solsystemet. En bild av en kille som hette Jurij Gagarin. John Glenn. Strax efteråt fick Alf veta att hon hette Tandberg i efternamn och trodde först att det hade något med de läckra radioapparaterna att göra, men hon var släkt med en institution som skulle ta in betydligt mer avlägsna stationer, nämligen Erik Tandberg, som nästan egenhändigt guidade norska folket in i rymdåldern via TV. »Mina föräldrar är skilda«, sa tjejen. »Pappa bor i utlandet på grund av jobbet.«

Hon tog av sig lotsmössan och kastade den på sängen. »Den har tillhört farfarsfar«, sa hon. »Han var lots.« Hennes hår var faktiskt lika rött som han kom ihåg det. Illrött, som man sa. Eldslågor. På nära håll såg han fräknarna också, mer på händerna än i ansiktet. »Jag heter Johanne«, sa hon. »Beklagar det där med kollisionen. Det var inte meningen. På hedersord.« Hon tittade skamsen på Alf. »Jag vet det«, sa han. »Det gör inget. Det som sker det sker«, sa han och log. Samtidigt var han betänksam över att han använde en av mammans refränger, att den plötsligt bara låg där som en användbar mening när man inte kom på något annat att säga. Tanken på att han skulle bli som mamman fyllde honom med skräck. Det var pappan han önskade brås på.

»Jag hade tänkt skicka den här till sjukhuset, men du kan få den nu«, sa Johanne. »Har du inte precis fyllt år också?« Hon överlämnade ett gåtfullt föremål. Det påminde om ett fickur men det hade många saker inne i sig. En kopia av ett astronomiskt kompendium från 1500-talet, förklarade Johanne. Sju navigationsinstrument i ett. Hon pekade, titta här, tidvattenstabell, kompass, evighetskalender, solur. Gångjärnsförsedda skivor, en liten cirkelformad bok av mässing. »Kanske kan du undvika att köra in i träd i framtiden«, sa hon. Alf lade märke till den svaga, mystiska glansen i metallen. Presenten var värdefullare än till och med de mest intrikata fickknivar, med alla sina redskap infällda i sig. Gav honom en känsla av att hålla kraft i handen. Något som kunde rädda liv. »Tack«, sa han. »Tusen tack.«

Det dröjde inte många dagar förrän Alf och Johanne var bästa kompisar. »Jag förlorade mjälten men vann en vän«, brukade han säga. Det var Johanne som skulle lära honom saker om de fyra månarna, visa honom

hur man gjorde upp eld, hjälpa honom med att tyda blindskriften på undersidan av ormbunksbladen, inte minst berätta om Indras nät för honom. Bästisar kan annars användas till så mycket, också när man gärna vill bli smittad med påssjuka.

Under de närmaste veckorna efter födelsedagen upptäckte Alf mycket konstigt under mikroskopet. Det dolda mönstret i vingarna på en trollslända. Fasetterna i ett sandkorn. Men det pappan kallade virus, dessa fruktansvärda partiklar som man inte kunde försvara sig mot, gick det över huvud taget inte att få syn på. »Osynliga livsformer«, sa pappan. Alf var om möjligt ännu mer rädd för virus nu, visste att han var mer sårbar utan mjälten i kroppen. Bakterier fanns det medikament mot. När han blev sjuk efter att ha ätit mjukglass var han aldrig ängslig; det rörde sig bara om kolibakterier. Virus däremot. Förökade sig i kroppen och orsakade de förfärligaste lidanden. Spanska sjukan, ve och fasa, krävde trettio miljoner liv. En lärare påstod att dinosaurierna dog ut på grund av ett virus. »Latin för gift«, sa pappan. Alf kom ihåg rädslan den gången pappan visade honom en brun flaska med en dödskalle på etiketten. Strax efteråt låg han till sängs med en svår influensa och började gråta när husläkaren sa något lugnande om att det »bara var ett virus«. Han trodde han skulle dö, att kroppen var full av gift, att han snart skulle reduceras till en dödskalle och två korslagda benknotor.

I motsats till ett vanligt influensavirus kunde emellertid påssjukeviruset vara farligt för vilken kille som helst, det vill säga om man fick det som vuxen. »Du kan bli *steril*«, sa Mikael, himlade med ögonen och kliade sig demonstrativt på pungen. Brodern hade haft påssjuka för länge sedan. Så när flera av Alfs kamrater fick sjukdomen bad modern honom att hälsa på hos dem. Detta var på hösten, samma år som han träffade Johanne. »Ibland är det inte så dumt att bli smittad«, sa pappan. »Tänk dig att du ska vara värd för ett virus. Den perfekte värden – som jag är när vi har fest.« Han skrattade. Men hur länge Alf än var tillsammans med de sjuka – han spelade Monopol en hel dag med Syver Karma som på grund av svullnaderna såg ut att ha en äpplekart gömd i vardera kinden – förblev Alf lika frisk.

Det verkade som om påssjukeepidemin i området ebbade ut. Alf blev förtvivlad, föreställde sig att han skulle bli smittad som ung man och därmed bli »tant«, som Mikael kallade det. »Om tjugo år kommer jag och mina barn för att hälsa på tant Alf, det ska bli trevligt!« Men då fick Johanne påssjuka och Alf såg en möjlighet att kunna gå mer drastiskt till väga.

Johannes mamma släppte in honom i Kråkslottet en dag i oktober. Det regnade ute och han hängde av sig i förstugan. I vardagsrummet blev han som vanligt sittande och stirrade på alla de museiliknande föremål som hängde eller stod runtomkring: bilder, textilier, spännande saker av mässing, trä och sten. »Jag kallar huset för Hadrianus villa«, sa mamman. »Efter Adrian, den gamle mannen som bodde här. Allt du ser här har jag samlat på mina resor.« Hon började på en utläggning om en samovar, men Alf var redan på väg uppför de knarrande trappstegen.

»Ursäkta«, sa han när han steg in i Johannes rum och utan vidare klättrade upp i sängen och lade sig tätt intill henne. »Det här är sista chansen att bli sjuk. På hedersord.« När hon log med de svullna körtlarna såg hon så komisk ut att Alf måste skratta.

Mamman kom med te och citron till dem. »Kan du inte berätta några Hamzahistorier«, frågade Alf. Sedan den gången han såg de inramade illustrationerna på väggen i hennes arbetsrum hade Johannes mamma vid flera tillfällen återberättat några av dessa händelserika och inte sällan blodiga historier för barnen, om Amir Hamza och hans trofaste följeslagare Umar, den bästa spionen av dem alla, och Mihr-Nigar som Hamza gifter sig med till slut, för att inte glömma motståndaren Zumurrud Shah, alltid avbildad som en fruktansvärd gigant. Mamman försvann och kom tillbaka med en tjock bok, ett tyskt verk som bland annat innehöll många av de indiska illustrationer som kom till stånd tack vare kejsar Akbar. Alf kunde aldrig se sig mätt på dessa bilder, tyckte särskilt mycket om de fjärilsfläckiga drakarna och leopardmönstrade demonerna. Mogulmåleriets speciella stil gav honom förkärlek för ett annat slags bilder än dem han vanligtvis såg runtomkring sig. Som Rembrandt, bara ur en österländsk synvinkel, tänkte han sedan. Nästan barock. Ordet hade redan tagit sin boning i honom.

Mamman slog upp boken och lade den i sängen mellan barnen, och

med utgångspunkt i den häpnadsväckande målning som var avbildad, överflödet av detaljer, berättade hon historien om den gång då en av Hamzas bundsförvanter lyfte en elefant högt upp i luften för att skrämma den fientliga här de stod inför. Berättelsen tog andan från Alf, skulle följa honom hela livet. Fantasin ansträngde sig för att fånga själva bragden: lyfta en elefant! Men han såg det med egna ögon på bilden. Alf hoppades att Johannes mamma skulle sitta där och berätta hela kvällen, men till slut reste hon sig och gick. »Nu får du se till att bli sjuk«, sa hon till Alf innan hon stängde dörren.

Ute ösregnade det, vattendroppar smattrade mot fönsterrutan. »Vill du höra min nya skiva?« frågade Johanne, ögonen matta av feber. Utan att vänta på svar satte hon på den lilla grammofon som stod på nattduksbordet. En mäktig melodi, sjungen tvåstämmigt, fyllde rummet, lämnade efter sig en melankolisk stämning som passade vädret utanför. Vad var det? frågade Alf. »Crying in the Rain«, sa hon. »Kom med posten från en moster i Nederländerna. Everly Brothers.« De spelade den många gånger.

»Kan du några Hamzahistorier«, sa Alf under en paus. Johanne kände bara till dem som mamman hade bidragit med. »Men jag kan en annan saga«, sa hon. Om Askeladden. Och så berättade hon den. Alf låg bredvid henne, tryckte sig så tätt intill flickkroppen han vågade, hörde Johannes röst berätta om hjälten som var på väg till en prinsessa och som på vägen hittade en död skatunge, ett vidjeband, en skålskärva, två krokiga bockhorn, en kil, en trasig skosula – saker som Alf inte riktigt förstod vad de var, bortsett från att det var skräp, till synes oanvändbara saker som det måste verka löjeväckande att ta vara på. Därför blev han överraskad när Johanne berättade hur Askeladden med hjälp av dessa föremål lyckades med det som ingen av de andra friarna hade klarat, nämligen att göra prinsessan svarslös och därmed vinna henne. Alf låg kvar och tänkte. Vad

var svårast? Det som Askeladden gjorde eller att lyfta en elefant? »Sover du?« frågade Johanne till slut. Han vände huvudet mot henne. Även när hon var sjuk luktade hon gott. Hon satte på »Crying in the Rain« för gud vet vilken gång i ordningen. »Tror du att du är smittad nu?« frågade hon medan låten ljöd i bakgrunden. Han visste inte. »För att vara på den säkra sidan kan du kyssa mig«, sa hon och tittade upp i taket. Han låg också på rygg, stilla. I taket hängde ett nät och vid många av knutpunk-
terna hade hon fäst småsaker, några suvenirer, ett par sötsaker i cellofan, en liten bok, några vykort, stenar, en karta över Nederländerna, en medaljong, fågelfjädrar, snäckor. Som om hon hade kastat ut ett garn i livet och dragit upp denna fångst. »Fint nät«, sa Alf för att avleda uppmärksamheten från hennes erbjudande. »Det är inte ett nät, det är en säkerhetsåtgärd«, sa hon. »Jag kallar det för Indras nät.« Han skulle få förklaringen senare. När han sträckte upp handen och rörde vid det enda föremål som hängde långt ner, en silverstjärna i en tråd, rörde också allt det andra i nätet på sig. »Du får gärna kyssa mig«, upprepade hon. Han vände sig om och rörde vid hennes mun, kände samtidigt att Johanne lade handen över bakhuvudet på honom och pressade ner honom mot hennes läppar som plötsligt var öppna och mjuka och våta och varma. »Så där«, sa hon efter något som kunde vara ganska många sekunder. »Det tror jag gjorde susen. Där tror jag att vi hittade en hemlig korridor.« Oavsiktligt hade hans fingrar sökt sig till hennes röda lockar. De kändes verkligen varma, varmare än andra människors hår.

Efter ett par veckor blev han sjuk, fick påssjuka i en sådan omfattning att Mikael gick över till att kalla honom Grodprinsen. Men han tillfrisknade så småningom, trots sitt något reducerade immunförsvar. Däremot var han smittad av något han aldrig fick ur kroppen: Everly Brothers enkla poplåt »Crying in the Rain«. Också sagan om »Prinsessan som ingen kunde göra svarslös« hade fastnat i minnet för alltid. När han på morgonen riktade blicken upp mot Hadrianus villa såg han nu en lockande kungsgård. Tänk om det också finns andra former av virus än de som pappa är så intresserad av, tänkte Alf redan då, medan hans kinder var på väg att återfå sina normala proportioner.

OXO TOWER. In i hissen. The Clash. Elevator! Going Up! Farväl markkontakt. Tänk om förälskelsen också kunde betraktas som ett virus? Anta att han helt enkelt var sjuk? En man i hans ålder, sanslöst förälskad. Han hade inget minne av vägen från sir John Soanes museum. Om han verkligen stod på Waterloo Bridge och nynnade. Tankarna på annat håll. Vid andra broar. Han var på väg till en prinsessa, ett möjligt kungarike.
 Skulle han lyckas göra henne svarslös, Anna Fleischer, en kvinna som hade så välsmort munläder?

Uppåt i ett torn. De mest sällsynta orkidéerna växte på stammarna, högst upp, omöjliga att se från marken. *Uppstigning. Är det inte synonymt med upplysningstid? Eller är perioden kanske snarare en nedstigning? En epok när människan, tack vare vetenskapens landvinningar, äntligen lyckas befria sig från religionens strupgrepp. Skilja jorden från himlen. Finn i så fall en typisk representant för den tendensen. Eller bättre: en upptäckt.* Uppåt i ett torn. Skapa sig ett namn. Han var på hugget. Sir John Soane hade inspirerat honom. Vilken helgalen man! Vilket minnesmärke! Alf var redo för ett babelsprojekt, visste inte riktigt vad det skulle bli, bara att anteckningar hopades i hans svarta bok, idéer till ett annorlunda storverk, något litet som likväl innehöll något väsentligt. Jag behöver bara en medarbetare, en musa, en ledsagare. Anna. *Kommer en babelsentreprenör i dag snarare att bygga horisontalt än vertikalt?*

Pling. Hissdörren gled upp, högtidligt, en ridå. Elva våningar i ett höghus. Kungen av Amygdala. Han tog sig samman och tumlade ut i smakfulla interiörer, hittade vägen om hörnet och in i brasseriet. En aptitretande lukt av grill. Han hade blivit bestört över valet av mötesplats. Föreslog själv en pub i närheten av hotellet, vid Fitzrovia Square, Woolfland, men hon ville träffas här. Oxo. Var det inte ett slags buljongtärning? Oxokuben. Det föresvävade honom att firman på sin tid hade kringgått förbudet mot neonreklam på byggnader genom att forma fönstren i tornet som ett o ovanför ett x ovanför ett o. På kvällen, med belysningen tänd innanför, blev det en skylt så god som någon. Återigen: upplysning. Ett lovande tecken. Oxo. Skulle hon säga något mustigt, ett extrakt av komplicerade funderingar? Det är nog dags att »få perspektiv på saker och ting«, sa hon i telefon – vad hon nu menade med det. Två öppningar och ett okänt x i mitten.

Hon satt där redan. Fönsterbord naturligtvis. Med en hel vägg av glas bakom sig. Perspektiv de luxe. Ansiktet var lite mer härjat än han kom ihåg. Mörkblå jacka med kritstrecksränder, dito byxor. Elegant men affärsmässig. En illavarslande signal? Hon hälsade, tog honom i handen. Inte något bra tecken. Höll sig på distans. Väldigt hyggligt av dig, sa han, alltför servilt. Jag vill bara att vi reder ut vissa missförstånd, avbröt hon. Blicken var riktad mot menyn, inte honom. En servitör ilade till. Hon beställde innan han fick fram blocket. Grillad svärdfisk i tomat- och saffranssås, färsk potatis med vitlök och persilja. Alltid snabb att fatta beslut. Hon frågade med en ögonbrynsrörelse om han skulle ha detsamma. I helvete heller. Inte svärd. Detta var inte någon duell. Han pekade i blindo, bad servitören välja ett vin. Hon dolde ett leende, frågade om hans öga, blåtiran. Han svarade undvikande. Mikael måste gå till tandläkaren, sa hon, visste det alltså. Han har tillräckligt med guldtänder nu, eller hur?

Han roffade åt sig initiativet och pratade om Virginia Woolf igen, att det måste vara fint för Anna att leva här, knalla omkring som Mrs. Dalloway, Victoria Street, Birdcage Walk. Ett helt litet föredrag om det litterära London. Han infann sig väl förberedd. En önskan att briljera, visa att han fortfarande följde med. Prata, fantisera på bara. Rave on. The inarticulate speech of the heart. Hon verkade ointresserad. Den kyliga blonda fernissan dolde den mörka lidelse han visste låg under.

Som jag sa på mottagningen är jag på ett annat ställe nu, avbröt hon. Vad gäller yrke alltså. Jag tröttnade på att umgås med studenter som trodde att Zola var en fotbollsspelare och inte en författare.

Sokrates spelade också fotboll, sa han. Hon förstod inte skämtet, berättade i stället, oväntat öppenhjärtigt och länge, med detaljer som gjorde honom förlägen, att hon hade fått ett sammanbrott efter en lång akademisk karriär, först i USA, pionjärarbetet om Zora Neale Hurston, därefter i Storbritannien. Efteråt omvärderade hon allting. Hon plockade på den blå blomsteruppsatsen mellan dem. Naglar målade i en diskret färg. Blicken nedslagen.

Han tyckte om det. Omvärdera allting. Lovade gott. Och Anna, ett sammanbrott? Han hade svårt för att föreställa sig det, men tyckte om det. Något av strängheten försvann och han kände igen hur något i honom formligen drogs mot henne. God only knows what I feel about you. En loop inne i huvudet. Från de andra borden snappade han upp brottstycken av samtal på olika världsspråk. Hörseln skärptes liksom. Och han förstod vad de sa. Babels torn. Skapa sig ett namn, tillsammans.

Maten redan framför dem. Han upptäckte att han hade valt sprödstekt, saltad och pepprad bläckfisk med yuzumajonnäs. Hon var redan i gång med svärdfisken, använde kniven på ett kirurgiskt sätt. Själv satt han bara och petade i sin rätt. Men bläckfisken kastade upp något i tankeslammet. *Alla fynden av fossil*, antecknade han i minnet, lycklig över att ha kommit på vad han letade efter i hissen, *fick folk under upplysningstiden att ifrågasätta kyrkans syn på jordens ålder. Fossilen tydde ju på en lång utveckling. Att organismer till och med kunde dö ut. Ett av de fossil man samlade in var ammoniter, ett utdött, nära bläckfiskarna stående blötdjur. Klipporna vid Lyme Bay, Dorset.* (*Undersök närmare.*) *Det spiralvridna kalkskalet visar släktskapen med dagens nautilusbläckfisk.* (*Tänk om man redan här var livets hemlighet på spåren, DNA-helixen?*)

Han hade varit så bländad av henne att han först nu upptäckte utsikten. Halva metropolen, från City och nedåt, i vidfilm på andra sidan floden. En babelsstad. Många olika länder på samma plats.

Vad jobbar du med nu då? Han tog upp flaskan ur ishinken och slog upp mer vin åt henne.

Turism. Norges Turistråd här i London. En blå blick som inte flackade.

Han trodde han hade hört fel. Tog några stora bitar bläckfisk för att vinna tid. Lägga band på sig, inte förstöra stämningen. Han lyckades på något sätt, lugnt, att ställa frågor, få henne att prata om sitt nya yrke, turism – snart den största av alla branscher, som hon sa. Större än läkemedelsindustrin till och med. Din far arbetade på Nyco, eller hur? En förutseende man. Synd att du inte har ärvt mer efter honom.

Du försöker alltså få engelsmän att resa till Norge? sa han, förmådde bara med ett nödrop att dölja chocken. Samtidigt irriterade det honom att hon nämnde fadern. Ursäkta att jag frågar, men vad har vi att komma med. Fjordar och Jarlsbergost? På grund av floden nedanför hade han plötsligt ett intryck av att vara ombord på en båt, sitta på ett av de övre däcken på s/s Norway, på väg mot ett heart of darkness.

Var inte så nedlåtande, Alf. Vi utför ett viktigt arbete. Titta på de nya

EU-kartorna. Norge är borta. Turistrådet visar att vi existerar. Arbetar dessutom för att motbevisa det som engelsmännen påstår om Norge: att det är kallt, dyrt och tråkigt. Se här. Hon stack ner handen i väskan, tog upp något som tydligen var skisser till annonser som skulle in i engelska tidningar. Klichévackra norska landskap och texter som »Think of leaving every stress and strain behind« och »A pure escape«. Den senare under bilden av en Hurtigrutenbåt. Alf lät det sjunka in. Norge som en flyktmöjlighet. En plats där man kunde lägga ifrån sig alla bekymmer. Skulle han gråta eller skratta? Var detta Anna? Var detta kvinnan som hade kastat öl i synen på honom på Frederikke? Var detta den Anna Fleischer som hade kallat norsk litteratur skamligt provinsiell? Kom hon inte ihåg deras desperata nattliga Kulturbefruktning? Raka motsatsen. Norge var ett land som saknade saker och ting – hur kunde hon då presentera det som en skattkista, något attraktivt?

Du glömmer att jag växte upp i Øksfjord, sa hon, såg tvivlet i hans ansikte. Jag har ett förhållande till Nordnorge. Naturen. Min pappa var skeppare på Hurtigruten.

De engelsmän som flydde 1940, trots din hjältemodige släkting general Fleischer, ser du alltså till att få tillbaka nu.

Spara på spydigheterna. Svärd i rösten. Tidigare skämdes jag halvt om halvt för att vara från Finnmark. Nu är jag stolt. Vet du – under den mörka tiden, när solen är borta, har man känslan av att det vilar ett blått sken över allting. Det är detta blå ljus som jag nu har hittat tillbaka till. Jag önskar att fler ska få se det.

Tankar på en blå nödraket. Tankar på en snögrotta. Tankar på tankar om Anna.

Förresten har vi haft stor glädje av din Norgeportal, fortsatte hon. Du ska ha tack för det.

Han våndades över att höra det sistnämnda. Jag har sagt upp mig, bränt alla broar, sa han rasande. Hör nu på, sa han, bestämde sig för en annan strategi. Var har rebellerna i oss blivit av? En gång ville du och Mikael föra hem tankar, och så slutar ni i London och gör lakejtjänst åt en tam eller icke-existerande norsk kultur. Jag fick också höra hur superivrig och underdånig Mikael var när kungaparet besökte ambassaden.

Mikael! Som en gång fick oss att ropa att de enda kungar vi kunde acceptera var dem i kortleken! Skulle vi inte göra uppror? Nu sitter du här i mörkblått, pratar som en ärkekonservativ samhällets stöttepelare. Var har tjejen som gick ut i åskvädret med en metallstång blivit av?

Något sådant har jag aldrig gjort, sa hon, himlade med ögonen. Var har du fått det ifrån? Sluta fantisera. Och med vilken rätt kritiserar du

mig? Du dyker upp här och tror att du ska rädda mig. Ser du inte att du har kommit hit för att rädda dig själv? Jag kan förstå det. För vad har du själv uträttat? Din bok var ju rent nonsens. Allt det där virriga pratet om likheten mellan barocken och vår tid.

Vad vet du om den boken? Han stirrade på hennes överläpp. En amorbåge kapabel att skjuta i väg de mest fatala pilar.

Eftersom det är så länge sedan kan jag avslöja för dig att jag studerade den samvetsgrant. För att jag skulle recensera den. I en liten norsk tidning. Du läste det säkert inte ens. Dessutom var jag gift Smith, skrev under det namnet.

Hon kunde lika gärna ha kastat vinglaset i ansiktet på honom. Illustrationen till en av Hamzahistorierna flöt upp ur minnet, en bild av en motståndare som delas mitt itu, uppifrån och ner, av ett våldsamt svärdshugg. Blodet som sprutar. Han placerade instinktivt en hand nedanför hjärtat, där mjälten skulle ha varit. Naturligtvis. Fleischer. Slaktare. Vilken paradox. Han hade ju skrivit den boken, gapat så högt, mycket tack vare henne. En bilresa. Dansande snöflingor. I stället för harm kände han medlidande. Hon var hjärntvättad. Måste botas. Han vred på huvudet, skådade ut över London, hela den värld som låg och väntade på ett överraskande verk, något de skapade gemensamt, två personer med talanger utöver det vanliga. De stod på en bergstopp, Utsikten, och han tänkte fresta henne genom att säga: Allt detta ger jag dig. I stället kom det andra ord: Anna, jag älskar dig.

Hon gjorde inget försök att behärska sig, skrattade hjärtligt. Vad han kallade en skeppardotters skratt. Som gick över i huvudskakningar och ett leende. Du förväxlar mig med någon annan, sa hon, viftade avvärjande med fingrarna. Älskar? Fortfarande? Jag trodde att kärleksförmågan var som Aralsjön, något som torkade ut.

Han fattade inte att hon kunde prata på det viset. Så ... cyniskt! Varför denna flykt undan något som var självklart. Han började känna sig som en bläckfisk, tio armar sträckta mot henne. Ser du inte att vi är bestämda för varandra, sa han. Som Simone de Beauvoir och Jean-Paul Sartre.

Hon tittade konstigt på honom. Han visste att han hade gått för långt. Miltals för långt. Hon avslutade en lång, resignerad tystnad med att säga: Du är ett mysterium, Alf. Hur kan en person med så mycket kunskap veta så lite?

Hon tillkallade kyparen och betalade för båda innan han hann protestera. Som om det var en självklarhet. Som om han var en stackare.

Han stirrade ut, tyckte marken kom närmare. Ett torn som rasade. Människor som inte längre förstod varandras språk.

Vi måste prata mer om detta, Anna. Uppriktigt sagt. Vi måste träffas igen.

Hon kom med en brutal upplysning: Detta var deras sista vecka i London. De skulle ha en kort semester i Norge innan de reste till Tokyo. Mikael hade fått en ny tjänst vid ambassaden där. Hon hade också fått nytt jobb. Det fanns en enorm marknad i Japan för turism till Norge. Bara norrskenet var värt miljarder.

Hon tittade på klockan, mumlade något, sköt tillbaka stolen, reste sig. Tydligen var allt tillräckligt klarlagt. De lämnade brasseriet tillsammans. Han var yr. Tung. Förstenad. I hissen ner kom han på sig med att hoppas att vajern skulle brista, att de fick dö tillsammans. *En paleontolog till en annan paleontolog någon gång i en avlägsen framtid: Vad är den här spiralvridna grejen för något? Kärleken. Ett fossil. Utdöd för två miljoner år sedan.*

Utanför sa hon snabbt adjö, skulle åt motsatta hållet.

Communication Breakdown. Ljudet av två hjul som skar in i varandra.

På hotellet upptäckte han att han hade tappat nyckelkortet, eller glömt det på rummet. Återigen utanför en dörr. Utan att hitta nyckeln. Vilken virrpanna. Jag kan inte ens hålla reda på en liten nyckel. Han fick en ny. Rummet verkade brutalt sterilt, ett stort tomrum fast möblemanget stod kvar. Han gick bort till fönstret, tittade ut. Han hade inte känt en sådan tomhet, ett sådant sug från det stora intet, sedan Vera.

VAKTEN: I DE DJUPA SKOGARNA

Sedan Alf hade träffat Johanne var han mindre tillsammans med Vera. Det hade självklart också något med åldersskillnaden att göra och att hon inte satt barnvakt längre. Men det hände fortfarande att han och Mikael, eller han ensam, följde med Vera och hennes föräldrar till ett hus de hade nordost om Kongsvinger – efter vad Alf kunde förstå var det herr Linnérs barndomshem, numera bara ett fritidshus. Fastigheten var ödsligt belägen, långt inne i skogen vid en gammal väg som i stort sett bara användes av timmerbilar; närmaste bebyggda hus låg fyra kilometer bort. På ett flygfoto av stället skymtade huset nätt och jämnt mellan höga granar, som en vit livbåt i ett mäktigt grönt hav.

Han promenerade ofta i sällskap med Vera på vägarna i området, och eftersom de verkade så övergivna och granarna så höga fattade han instinktivt hennes hand. Han höll sällan mamman eller pappan i handen, inte ens när han var liten kunde han komma ihåg att han hade gått hand i hand med föräldrarna. Vera däremot. En person han avgudade. I snäva långbyxor eller kortkort, en Twiggy, en tunn kvist. Ibland såg han en glimt av någonting hos Vera, något som talade om att hon var lika skör, lika sårbar som han. En sökare och en samlare. De hade fortfarande en outtalad överenskommelse: Hon vaktade honom. Han vaktade henne. En sommar, på en äng, hade hon flätat en blomsterkrans och satt den på hans huvud, kallat honom sin lille älvkung. Han gillade det.

Huset var speciellt, hade en hög källarvåning i sten, liknade ett hus placerat ovanpå en fästning. I norr låg en röd byggnad, ett skjul med redskap och trädgårdsmöbler, och från husknuten till skjulet gick det en utvändig vägg, närmast bara som prydnad, med ett smalt tak som hölls uppe av ett par konstfärdiga pelare. På somrarna täcktes spaljéerna där av klängrosor, och konstruktionen bildade en vacker ingång till trädgården på västra sidan om huset. Vera stod bakom denna frodiga anläggning, något överraskande uppodlad mitt i en mörk granskog. Driven av sitt botaniska intresse hade hon med hjälp av raka grusgångar och små buskar planterade i smala rektanglar skapat något som kunde påminna om en labyrint. Alf tyckte alltid om att komma åkande till denna gudsförgätna plats djupt inne i skogen, för att sedan springa runt till husets baksida och finna en fantastisk liten trädgård.

Det var också på detta ställe Alf första gången upptäckte Veras kärlek till dans. Det vill säga han visste att hon dansade, att hon gick på Det norske Operas balettskola ett tag, men det var nu han fick se det med egna ögon, på gräsbacken bakom huset. Och hon dansade inte så som han hade sett ballerinor dansa på TV, hon dansade barbent i det doftande gräset och med helt andra rörelser, något som fick honom att tänka på frihet, något som fick honom att tro att hon måste ha hittat på dansen själv. Hon var ofta klädd i svarta tights och svart höghalsad tröja, så att han på grund av de mjuka rörelserna kom att tänka på en katt, kanske till och med en panter. Samma överlägsna smidighet. Då och då dansade hon i en lång kjol som blev en klocka när hon virvlade runt. När Alf senare i livet stötte på teorin om att människan kunde vara i besittning av flera olika former av intelligens, däribland den som hade med kroppsbehärskning att göra, tänkte han genast på Vera, hennes svarta gestalt som gjorde gåtfulla figurer eller virvlade omkring som i ett rus på gräsbacken. Hon försvann från honom, från världen, förlorade sig i dessa steg, dessa positioner. Vera var över huvud taget en person med en egen förmåga att förlora sig.

Det var en av de sista helgerna på sommarlovet, bara några månader efter att hon hade visat honom orkidéerna i Nordmarka, och Alf hade ensam följt med Vera och pappan till huset inne vid svenska gränsen. På fredagsmorgonen fick emellertid herr Linnér ett telefonsamtal och måste ge sig i väg till Oslo. Han skulle vara tillbaka till kvällen dagen därpå. Herr Linnér undervisade i historia vid en av lärarhögskolorna i huvudstaden och försökte outtröttligt smyga in mer om antiken än det lilla som stod i kursplanen. Det forntida Grekland var nämligen hans passion. Han brukade ta Alf och Vera med sig till en sjö i närheten, där de också kunde bada. Sista biten gick stigen mellan höga furor och gav en speciell utsikt över vattnet som blänkte framför dem. Då tog pappan alltid pipan ur munnen och sa att detta landskap, pinjer framför en blå sjö, hade något grekiskt över sig, att det var därför han hade behållit stället. Vera knuffade Alf i sidan och log, liksom för att urskulda fadern. Men Alf gillade herr

Linnér, och det var fortfarande många timmar tills han skulle förbanna sig själv för att han inte hade lyssnat mer koncentrerat när Veras pappa berättade om det gamla Grekland.

Alf var inte rädd, fast huset låg för sig själv mitt i De djupa skogarna som han tyckte om att kalla det, med ett uttryck från den tecknade serien Fantomen. Vera och han hade varit där ensamma förut. Dessutom blev

det inte så mörkt på sommaren. En natt hade Vera visat honom en äng där det växte nattvioler. De hade tagit med sig sovsäckar och övernattade där ute, i det höga gräset. De låg i sovsäckar tätt intill varandra, omgivna av den starka doften. Hon sa ingenting, behövde inte säga någonting alls.

Den här helgen var ändå annorlunda, för Vera hade fått en pojkvän till sist, och förhållandet hade varat i två månader. Alf märkte veckorna innan att hon var glad; hon hade letat länge, prövat många, men nu hade hon äntligen hittat någon som verkade hålla måttet. Hon hade slutat spela sina Searchersplattor, verkade plötsligt trött på dem; en dag kom hon ner och ringde på, gav dem till Alf. »Du behöver dem bättre än jag«, sa hon.

Den utvalde var några år äldre än hon och kom från en välbärgad familj på andra sidan av staden, han skulle till och med vara son till en av kungens närmaste vänner. Symboliskt nog hade de träffats på Kongen i Frognerkilen, där ett mystiskt uteställe vid namn Club 7 fanns. Vera visade Alf ett porträtt hon hade målat av pojkvännen. Alf tyckte inte om vad han såg. Ansiktet gav intryck av opålitlighet. Hade Vera verkligen inte upptäckt det själv? Var hon så förälskad att hennes konstnärliga förmåga att genomskåda saker och ting, hennes röntgentalang, inte fungerade längre?

Något måste ha hänt dagarna innan de begav sig till huset i skogen. Vera betedde sig nervöst, gick uppenbarligen bara omkring och väntade, väntade på något, ett meddelande, ett avgörande. Ett besök. Kanske var det därför som hennes far sa något på skämt – det lät högtidligt i alla fall – innan han körde i väg: »Håll ett öga på henne, Alf. Jag litar på dig.«

Alf föreslog en tur ner till sjön, ett dopp. Han njöt i hemlighet av att se henne i baddräkt, än mer när den blev våt och på sätt och vis genomskinlig trots att den var svart. Men hon ville inte, verkade vara ur form, moloken. Inte ens fint väder hindrade henne från att sätta sig inne i vardagsrummet och sticka. Han begrep att hon höll på att sticka en tröja till honom, pojkvännen, hon trollade fram ett av de mest komplicerade mönster han hade sett henne välja – en skymt av mönstret, myllret av rutor och kors, fick honom att tänka på en labyrintisk trädgård. Det skulle säkert vara en present. Hon ville imponera på pojkvännen, satt i länstolen med benen uppdragna under sig, höll utan problem styr på alla garnnystanen medan hon rörde stickorna som om detta också var en form av dans.

Var inte rädd, tänkte han. Jag håller ett öga på dig.

Vera lade maska till maska. Anhopningen av pyttesmå konststycken blev till något överväldigande vackert. Själv var han kanske mest fascinerad av garnet. I barndomen tog Vera med honom till Bygdøy, till Folkemuseet, där de fick demonstrerat för sig hur man gjorde garn, från det att fåret blev klippt och ullen kardad tills man satt vid spinnrocken och spann fram en tråd. Alf såg nyfiket på hur bitar, fibrer, spanns ihop till en lång tråd. Han var mottaglig när pappan lite senare visade honom något i den anatomiska atlasen och sa: »Hjärnan är en spinnrock som spinner om allt strunt vi har i våra hjärnor till klara tanketrådar. Att omskapa nonsens till sensmoral – det är människans adelsmärke.«

Vera fortsatte att sticka, satt stum medan stickorna gav ifrån sig ett jämnt ljud som från en maskin. Han gick ut ensam, släntrade omkring på tomten, spelade badminton med sig själv, kastade i väg några dartpilar, kickade med fotbollen, innan han kom på att han kunde klättra i träd. Det mulnade på, drog ihop sig till regn. Han valde ut en perfekt gran, en sådan de kunde skicka som julgran till London, ändå lätt att komma högt till väders i. Härifrån hade han suverän utsikt, också in genom fönstren i huset, där han kunde se Vera sitta i stolen på den högt belägna bottenvåningen. Han kunde nätt och jämnt uppfatta att telefonen ringde, iakttog hur Vera försiktigt lade ifrån sig stickningen innan hon reste sig och lyfte luren. Han satt högt uppe i trädet, gömd bland grenarna. Satt i ett sus från tusen granar. Vera pratade och lyssnade, mest det senare, medan hon fick ett alltmer sårat uttryck i ansiktet. Sedan kunde han se, som på stumfilm, att hon skrek in i telefonen, att hon började gråta medan hon skrek. Hon stod kvar med luren i handen, länge, innan hon lade på.

Han klättrade ner, sprang in. På nytt satt hon med stickningen i händerna, såg inte upp. Klirr, klirr som från två knivar mot varandra. Plötsligt kastade hon stickorna och garnnystanen ifrån sig, svor högt, fult, som om hon hade stickat fel, förbisett något viktigt i mönstret. Pojkfrisyren fick henne plötsligt att se yngre ut, ännu mer sårbar. Han gick bort mot henne, ville hålla om henne, men hon stötte undan honom. Han frågade

vem det var som hade ringt. Ingen hade ringt, sa hon. Han sa att han hade hört att det ringde. Försvinn, sa hon, ovanligt bryskt för att vara hon.

Han hämtade något i väskan uppe på rummet. Något Johanne hade gjort till honom. En dag när han kom in i hennes rum längst uppe i Hadrianus villa satt hon med en bruksanvisning framför sig och klistrade upp tre avlånga bitar spegelglas på papp, som hon sedan tejpade ihop med ett glasstycke i den ena änden, ett titthål i den andra. »Håll det mot ljuset«, sa hon och räckte fram det till honom. Han kikade, såg att det låg några plastbitar där inne, men det var bara det att dessa plastbitar reflekterades så att de bildade en symmetrisk stjärna, och när han skakade på behållaren uppstod genast andra mönster, lika vackra som på vilken tröja som helst. »Ett kalejdoskop«, sa Johanne. »Du kan få det. Världen kan förändras på samma sätt. Du skakar den bara. Stampar i marken.« Hon skrattade, höll redan på med något annat.

Han ville visa Vera detta, sprang ner och lade det i händerna på henne. Hon tittade ointresserad i hålet. »Skaka det«, sa han, som om han egentligen sa att hon skulle skaka på sig själv, få ut telefonsamtalet ur kroppen, tänka på andra saker, de här stiliga stjärnformationerna till exempel.

»Var det din pojkvän?« Hon svarade inte. »Var det din pojkvän? Sa han något elakt?« Hon slängde kalejdoskopet i golvet så att glasskivan krossades och plastbitarna gled ut.

»Han förtjänar dig inte«, sa Alf. »Han är en skit.«

Hon klippte till honom. Han såg att hon ångrade sig men hon sa inte förlåt.

»Du ska passa mig!« skrek han.

»Passa dig själv. Du är stor nu.«

Han rusade ut, klättrade upp i trädet igen. Han var spion. Umar, Amir Hamzas vän. Det sved i kinden. En myra kravlade över handen på honom. Vad fan gjorde en myra så högt upp? Han mosade den med tummen mot barken. Inne i huset satte sig Vera i stolen, dolde ansiktet i händerna. Verkade spädare än någonsin. En kvist. En samlare som var en famlare. Så tog hon upp stickningen. I trädet blev Alf vittne till hur hon började repa upp tröjan, långsamt, drog ut maskorna, varv efter varv, Alf satt i en grenklyka och såg hur mönstret, det stiliga mönstret, blev luft; Vera drog och drog, en omvänd skapargärning, reducerade något som var en halvfärdig tröja, trots det ett mästerverk, till en härva av garn på golvet.

Sedan satt hon stilla kvar i stolen. Satt stilla medan hon grät. Han borde klättra ner, gå in, trösta henne. Men han stannade kvar. Tänkte bygga en trädkoja. Bo här resten av livet. Det sved ännu i kinden. Han fick återigen en känsla av att se en film, att fönstret var en duk och att det som hände innanför var lika spännande som en Hitchcockfilm, kanske till och med »Vertigo«. Kände han sig inte också lite yr?

Inne i huset gick Vera ut i köket och fyllde ett glas med vatten. Alltså var hon på bättringsvägen. Ett glas vatten. Ute från kärlekens öken. Tillbaka till normaliteten. Lite Nyco fruktsalt skulle inte heller ha varit fel. Hon försvann. Alf stirrade in i den tomma bottenvåningen. Hon måste ha gått upp på sitt rum, kanske lagt sig. Han skulle just klättra ner när hon dök upp igen, mjuka rörelser. Någonting i handen. En pillerask. Alf hade reda på sådant. En pappa på Nyegaard & Co., Norges ledande läkemedelsföretag. Piller som kunde bota sjukdomar. Alf kände sig nästan stolt. Kunde piller läka kärlekssorg? Eller var kärlekssorg att betrakta som ett virus? Sedan anade han oråd. Där inne hällde Vera ut många piller i handen, stirrade på dem innan hon tryckte in dem i munnen, tog ett par stora klunkar ur glaset, höll på att kräkas men fick ner alltihop. Alf märkte att en melodislinga sedan länge hade spelats i hans inre, The Searchers och »Love Potion No. 9«. Handlingen upprepades, nya grabbnävar av tabletter, nya klunkar vatten. Var hon så sjuk? Hon kastade den tomma asken på golvet, lade sig på soffan. Något blankt i ansiktet. Tårar? Vatten? Hon låg orörlig på soffan. Det hade slutat svida i kinden. Han kunde inte lura sig själv längre, gled akrobatiskt ner från gren till gren, sprang allt vad han orkade till ingången, uppför den massiva stentrappan, ryckte i handtaget. Det var låst inifrån. Han ropade: »Vera! Vera! Öppna! Du måste öppna!«

Inte ett ljud.

»Vera! Jag är rädd!«

Han slog på dörren, bankade med knytnäven som om han visste att hon sov, sov djupt, och att han måste se till att väcka henne, få henne på andra tankar. Sömnen löste inga problem. »För fan, Vera. Det är ju bara en bagatell. Som att sticka en maska fel. Ingenting att bli ledsen för. Vera. Vera?« Inte ett ljud. »Snälla du, kan du inte komma ut och dansa på gräsmattan!« Inte ett knyst. Hon höll på att gå förlorad igen men på ett annat sätt. Hela skogen runtomkring var en enda tryckande tystnad. Varenda liten fågel teg. Någonting höll på att brista. Telefonen. Enda hoppet nu. Se till att ringa. En ambulans.

Han funderade på att krossa en fönsterruta, hoppa in, det var bara det att fönstren var utom räckhåll, också de två på vardera sidan om trappan vid ingången. Huset verkade ointagligt på grund av den höga källarvåningen som nästan var som en bottenvåning. Han sprang målmedvetet runt. Inte en djävla stege syntes till. Fan, fan, fan. Måste vara ett virus. Han hittade en sten och slog in en ruta i fönstret bredvid dörren för säkerhets skull, ifall det skulle kunna väcka henne, få henne att själv kravla bort till telefonen. Komma på bättre tankar. Glömma känslorna. Fan ta alla känslor. »Vera!« skrek han. »Herregud, Vera. Ta dig samman! Ring efter ambulans!«

Inte ett ljud.

Nyckeln. »Du kommer ihåg var nyckeln ligger, ifall ni måste låsa?« hade pappan sagt till Vera strax innan han gav sig i väg. »Ja då, *mitt på hypotenusan mellan Korint och Big Ben*«, sa hon trött, som om hon upprepade en ramsa hon hade hört hundratals gånger. Föräldrarna var inte för inte lärare. Det låg alltså en reservnyckel någonstans. Men var? Ordet hypotenusa lät bekant, han kom bara inte ihåg på vilket sätt, det var kanske något med ett djur, flodhäst? Knappast. Men Korint och Big Ben. Korint var för honom något med små russin. Och någonting med Bibeln, med brev, Korintierbrevet. Var det inte något där som kallades kärlekens Höga visa. Det passade inte så bra nu. Förbaskat också. Big Ben lät som namnet på en person. Grannen kanske. Men nyckeln kunde inte ligga någonstans utefter en fyra kilometer lång vägsträcka. Han hade läst cowboyböcker i Bill och Ben-serien, rusade bort till den röda sidobyggnaden, kikade efter en sadel eller hästsko eller lasso på väggen. Förgäves. Big Ben. Lille John, kom han ihåg. Historien om Robin Hood. Tänk om det var en figur – en figur som var liten och ironiskt nog kallades för Big Ben. Inga små skulpturer i den välskötta trädgården. Inga små tomtar. Fan också. Inte ge upp. Söka. Söka som John Wayne. Han var torr i munnen. Tankarna kilade sig in mellan varandra, stod stilla. Inga idéer. Han for omkring på tomten, letade vid källarlämmen, runt trappan, under mattan, stirrade längtansfullt på dörren, upptäckte plötsligt hur gedigen den var, att fodret hade vackra utskärningar, som för att visa att den var viktig, var en inbjudan, öppna mig, lås upp mig; han sprang hit och dit, planlöst, lyfte på saker i trädgården, insåg att det var meningslöst. De lekte ofta Kalle på burken om de var flera. Alf kom ihåg hur härligt det var att springa in från gömstället när alla de andra var fångade, sparka till konservcylindern och vråla »Kalle på burken!«. Vara räddaren.

Han hade på känn – ett knivstick av skam – att han borde klara detta, att de flesta i hans ålder skulle ha lyckats lösa gåtan »mitt på hypotenusan mellan Korint och Big Ben«. Göra om nonsens till sensmoral, något förnuftigt. Johanne skulle ha skämts för honom. Han saknade kunskaper. Elementärt vetande. En gång lyckades han dra sig ur en knipa därför att han kände till något oviktigt om Louis Armstrong, men han hade inte lärt sig ett dyft av den erfarenheten. Han borde ha tagit skolan på större allvar. Låtit sig inspireras betydligt mer av sin pappa. Han hade trott för mycket på mammans taktik, att man kunde komma långt utan att veta något. Att problem kunde lösas bara med en sång. Some day my prince will come. Han hade fått en förvarning föregående sommar. Varenda vecka måste han gå och köpa veckotidningar åt mamman. I en av dem fanns en frågesportstävling som hette »Vet Ni detta?«. På hemvägen kikade han på svaren längst bak. När sedan pappan, kanske samma kväll, fick syn på tidningen lät han gärna familjen tävla i »Vet Ni detta?«. Alf såg till att inte klara allt men fick nästan alltid högst poängsumma. Pappan verkade väldigt belåten med honom, och stolt, pladdrade på under baconfrukostarna om att de snart skulle leva i ett samhälle där det inte längre gällde att vara rik på pengar utan på informationer, som han kallade det. I slutet av sommaren fick pappan besök av en kollega, och för att imponera på denne tog han fram den nyaste veckotidningen och krävde att Alf skulle svara på »Vet Ni detta?«-frågorna, ungefär som när andra tvingades spela piano för en gäst. »Hans verkliga namn är Alf Intelli-

gent«, skröt pappan. Problemet var bara det att den unge Alf I. Veber denna vecka hade glömt att tjuvtitta i facit i förväg. Han klarade inte ens de enklaste uppgifterna, saker som till och med ett litet barn måste veta, i alla fall en grabb i femte klass. Pappans kollega skrattade åt honom, trodde att han skojade, särskilt som han inte klarade en lätt fråga om den norska regentlängden. Pappan förstod ingenting, försökte skratta med, men var generad över sonen.

Vad gör vi med allt vi vet? Fuskar bort det?

Alf snubblade ut ur den lilla labyrintiska trädgården. Allting löstes upp. Maska för maska. Som ett sista försök började han ringa med den lilla bronsklockan som hängde i takbjälken i prydnadsväggen mellan huset och sidobyggnaden. De använde den när det var mat. Alf pinglade desperat, som för att varna för brand. För en fara. Klockan klingade ut, ljudet fördes långt i väg, men han insåg att det var meningslöst. Det lät som begravningsklockor. Inne i huset låg Vera. Hon hade repat upp tröjan. Nu löstes hennes liv upp. Allt löstes upp. Det började regna. En sista möjlighet. Springa. Springa till närmaste hus, fyra fruktansvärda kilometer bort. Han sprang, försökte spara på krafterna men visste att varenda sekund kunde vara avgörande, tog ut sig alltför snart, var utpumpad redan efter tre kilometer, kände huvudet bli för stort, lungorna för små, kände musklerna stelna till träkubbar. Regnet slog mot ansiktet på honom. All my sorrow and pain. Inte gråta. Så fan heller att han skulle gråta. Ett par år senare skulle han minnas denna smärtsamma löpning, fiaskot, när han såg en av sina friidrottshjältar, Ron Clarke, bli utburen från stadion under Mexiko-OS sedan syret hade tagit slut för honom.

Det störtregnade när han kom fram till grannen. Mannen var bortrest men kvinnan ringde genast efter ambulans. Hon visste dessutom var nyckeln låg. I prydnadsväggen. Bakom alla klängrosorna i spaljéerna, i en liten kruka fäst vid den diagonala planka som gick från foten av den ena pelaren till bronsklockan Alf hade ringt med. Saker och ting började gå upp för honom, till och med något om korintiska pelare.

Han stod i vägkanten, alldeles intill trappan. Hela landskapet löstes upp framför honom, blev luft, ingenting. Han hade åkt med ambulansen tillbaka och letat fram nyckeln så att de kunde öppna dörren och storma in i vardagsrummet. Det var tyst länge. Han bara stod där på grusvägen i regnet. Men han visste. Och det han visste bekräftades när de kom med henne på båren. En lukt som från nyss exploderade kamerablixtar. Hon var död. Hon ville dö och hon lyckades med det. Han stod ensam i vägkanten, våt inpå bara kroppen, fortfarande med nyckeln i handen. Vera var borta. Det var så han upplevde det. Inte att hon var död, utan att hon var borta. Kvar fanns ett gap. Ett tomrum. Och mitt bland de motstridiga känslor som fyllde honom och tvingade honom ner på knä i gruset – mitt i skammen, vissheten om anklagelserna som skulle komma – anade han att pappan, att alla hade fel. Hur mycket de än sökte föll samtliga förklaringar till marken. Inte ens kunskap skulle ha hjälpt.

VID FÖNSTRET I hotellrummet på Tottenham Court Road. Blanka rutor i fasaden mitt emot. Blank. Annas anklagande ord. Vissheten om att vara en ovetande. Vara fylld av ingenting. Ett levande tomrum. Höll allting på att lösas upp nu? Var det inte en av Virginia Woolfs gestalter, den stackars Septimus Warren Smith, som kastade sig ut genom ett fönster alldeles i närheten av Tottenham Court Road?

Sängen. På rygg. Förekomma den stora Svindeln. Ligga stilla. Andas försiktigt. Inte låta det repas upp mer än ett par varv. Begränsa skadan. En timme. Drömde han om uppslagsverk som brann, en port man kunde gå igenom? Två timmar. Lindra nederlaget. Annas rygg som försvann. Sista scenen i en dålig film. Så, fötterna i golvet, beslutet att möta vardagen vertikalt. Nästan förvånad märkte han att han kunde stå. En rejäl styrketår och allting skulle vara som normalt. Kallt vatten i synen, något kallt i strupen. Soho.

På vägen dit slank han in på en grekisk restaurang på Charlotte Street, kände sig märkligt nog hungrig trots missmodet, hade inte fått ner så många bitar uppe i Oxo Tower, i eldgivningen från Annas ögon. Hade befunnit sig långt borta från Delfi, för att använda ett milt uttryck. Lika långt borta som bläckfiskarna är från delfinerna. Efter att ha gett innehavaren för mycket dricks i förhållande till kvaliteten på maten, släntrade han på måfå in på Sohos gator och hamnade på puben Coach and Horses, ett stökigt och smutsigt ställe med klibbig golvmatta och rökfylld luft, omöjligt att hitta någon plats att sitta. Han ställde sig vid baren och beställde en dubbel Bowmore Voyage, favoritmaltwhiskyn, med en anstrykning av något sött på grund av slutlagringen på gamla portvinsekfat. Cheers! Innehållet i glaset var som putsad koppar i den dunkla belysningen. Oooo. Ett varmt sting ner genom matstrupen till magsäcken. Tankarna gick till Merlin och studietiden, vännens trevande försök att beskriva smaken. Vågstänk, träkol och druvor, något sådant. Vad mer kunde gommen begära? Han började genast trivas bättre. Han här. En pub som i någon engelsk TV-serie. Han och bohemen, garvade drinkare. Eller var det teaterfolk? Han snappade upp något om Les Miserables. Ordet gav plötsligt de gyllene dropparna en melankolisk bismak. En tanke, snabb som stjärten på en huggorm när den försvinner in i ett stenröse: Gå hem till hotellet, stjälpa i sig en hel burk sömntabletter.

I stället hittade han ett nytt ställe ett kvarter längre bort, The French House. Poussez/Tirez på dörren. Ett stick. Påminde om Anna. Allt franskt påminde om Anna. Brun lokal. Väggarna helt täckta med fotografier. Säkert berömda personer. En ny dubbel malt. Springbank, tack. Ja, gärna femton år gammal. I motsats till bröllopet i Kana det bästa först. Som Merlin sa: Whisky ska bara vara en liten guldkant på tillvaron. Skål! Varför inte försöka göra den kanten lite bredare, förgylla hela sig! Mmm. Ett mirakel, käre bartender. Tänk att kunna känna en antydan till fikon, marsipan och vanilj i en whisky! Han behövde det nu. Något upplyftande efter en mental dansk skalle. Efter att ha blivit nedknuffad från ett torn av en iskall blå blick. Han slog sig i slang med någon. Fick höra att Chaplin hade druckit här. Och de Gaulle. Beckett. Han blev genast på bättre humör av att höra namnet på den sistnämnde, själve mästaren i konsten att misslyckas bättre. På ett fotografi var målarna Francis Bacon och Lucian Freud avbildade tillsammans. Alf började bli sig själv. Han var definitivt på rätt ställe. Konstnärernas ställe. God dag, mitt namn är Krapp. Kan jag få låna en bandspelare medan jag väntar på Bardot. Han växlade några ord med ett ungt par, men blev aggressiv när det visade sig att de faktiskt var fransmän. Jag är inte som min väninna, sa han, känd som Slaktaren från Alta, som pissar på sig av tacksamhet varenda gång hon hör någon prata franska, om det så bara är Michelle, ma belle, sont les mots qui vont très bien ensemble.

Han lyckades gå innan han började gräla. Poussez / Tirez. Kunde se Annas ögon, den kyliga juvelaktiga blicken. *Vad gör jag med Ludvig XIV, denne sprätt med diamanter för en oanad förmögenhet insydda i kläderna? Detta motbjudande självförhärligande. En sängkammare i Versailles upphöjd till världens medelpunkt. Hela aristokratin på tå runtomkring. Släppa Solkonungen helt? Ja! Ingenting att hämta där. I så fall bara idén om fransk tillgjordhet. Och despoti. Eller den bristfälliga förmågan att ta hänsyn till en framväxande offentlig sektor. Med andra ord underskattningen av kulturens makt.* (*Eller avskyr jag allt franskt – La Fontaine, Racine, Molière, hela surven – bara på grund av Anna?*) Ett hastigt besök på Bar Italia. En afton för de internationella förbindelserna. Två koppar dubbel espresso. Två sandsäckar för att hindra ballongen att gå alltför snabbt till väders. En röd ballong? Nej, en blå ballong. Han blev hungrig av att se skinkorna i snören ner från taket, pekade och fick ett par skivor rostat bröd med parmaskinka på som han tryckte i sig medan han tittade på en italiensk fotbollsmatch på skärmen längst inne i den långsträckta, smala lokalen, en varm stöt av glädje när målvakten gjorde en prakträddning. Det starka kaffet lugnade inte humöret. Keep on running! Han funderade på att bege sig ner till Regent Street, ställa sig utanför ingången till Turistrådets kontor i Charles House. Anna jobbade säkert sent, satt och finputsade på kampanjen Think of leaving every worry and woe behind. Han kunde preja henne när hon kom ut, lämna några tips om marknadsföringen av Norge som A Pure Escape. Han hade en genial idé. En utflykt för japaner med renar upp till Halddetoppen där Birkeland såg norrskenet. De kunde kanske också få träffa kungafamiljen inne i stenstugan. Den optimala turistupplevelsen. Norge i ett nötskal.

Ute på Dean Street smög han sig efter ett sällskap in på baren i The Groucho Club som bara var avsedd för medlemmar. En ny dubbel malt.

Double trouble. Ja, vad har ni? Inte illa. Då tar jag en Caol Ila Dun Bheagan. Aaah, det river gott. Formen steg. Skål för bröderna Marx, inklusive lillebror Karl! Han kom till baren de hade inrättat hemma i Annas lägenhet, en institution de kallade Ak-Bar och som uteslutande innehöll maltwhisky. De lyckades köpa flaskorna till ett rimligt pris av ett par nykteristvänner vilkas arbete förde dem till Skottland flera gånger om året – lyckligtvis också till trakter där inte kyrkan utan ett vitt bränneri låg mitt i stan. I Ak-Bar serverades det maltwhisky som man var tvungen att vricka tungan eller harkla sig för att kunna uttala namnet på, ungefär som vägskyltarna i Wales, fulla med konsonanter. Ju vildare, desto bättre. Laphroaig, naturligtvis, kunde bli rena rama lejonvrålet under kvällens lopp. Whisky hade sitt eget ABC: Auchroisk, Bruichladdich, Craigellachie. För Ak-Bar, mina vänner! För Norges bästa bar som tyvärr också hade Norges vackraste innehaverska! Han tinade upp mer och mer, kastade sig in i en diskussion med ett par tjejer i andra änden av den väl använda Chesterfieldsoffan, ville diskutera litteratur, om någon av dagens författare kunde jämföras med Daniel Defoe. Nej, nej, nej, inte Willem Dafoe. Tittar ni bara på film? Första gången jag söp mig full var på rom och cola, på grund av Robinson Crusoe och rommen där. Var nyfiken på vad det var. Trodde det var som fiskrom. Ursäkta mig, vaktmästaren, serverar ni anksoppa här?

Några vänliga själar bjöd med honom vidare. De gick ett stycke – korsade de Oxford Street? – eller var det något med en taxi, han kom inte ihåg, de skred i alla fall plötsligt in i vestibulen till ett smäckert hotell, kanske Sanderson, där han bara med nöd och näppe motstod frestelsen att göra obscena saker med en läppformad röd soffa innan de hittade in i något som han uppfattade som The Long Bar. Genomskinliga vita gardiner böljande utmed båda långsidorna, en rektangulär milslång bar i stål med barocka kandelabrar i mitten. Han äntrade en hög stol vid bardisken i onyx, som dessutom var trolskt upplyst inifrån. En tron! En plats för Alf Veber, the Kink of London! Ursäkta, Ray Davies, men du har abdikerat! Jäktade bartendrar, mycket skakande, mycket virtuost hällande av vätskor från huvudhöjd och ner i glas. Han bad om en dubbel Bunnahabhain. Nej, det är inte någon festivallåt från Israel. Va? Har ni inte en av världens yppersta whiskysorter, bättre än honung för halsen. Försök inte fresta mig med pisset som står här i listan. Naranjas, Black Bison, drinkar för småungar. Okej, ge mig en Royal Lochnagar då, jag får nöja mig med något medelmåttigt. Men håll käften om monarkin. Det löstes upp nu. Långsamt. Behövde ett elixir. Guld, flytande guld. *Du har lurat oss, Isaac Newton, din listige fan, fått oss att tro att du lade grunden till nästan hela den moderna vetenskapen, fast du var minst lika intresserad av alkemi, av att göra guld. Måste komma ihåg det, alkemin som nyckel till upplysningsköret. Hela den industriella revolutionen som en ren slumpträff! En tursam bieffekt av utopiska försök inledda av halvgalna män som var något på spåren som de trodde var själva livselixiret.* Han försökte göra samma sak nu, dricka guld, få evigt liv. Han kom otydligt ihåg repliker, han kom ihåg att han ägde stället, var i kanonform, stod vid The Long Bar och sjöng The Long and Winding Road med en inlevelse som McCartney skulle ha avundats honom. Han kom ihåg en lovprisning av England, britternas fördomsfrihet, avståndet mellan denna framtidsbar till de jurister som fortfarande gick omkring i komiska peruker. Förekom det applåder? Det förekom i alla fall kvinnor, omfamningar, arm i arm med någon och en ny promenad och ett suddigt minne av något som hette Alphabet Bar, ett slitet trägolv och härlig gammaldags zinkdisk längst in. Och han hade inte sett i syne. Där stod en flaska Knockando. En dubbel, tack. Knockando, knock and die, doobie dobbie doo, min mamma, en panter som gifte sig med ett ägg, var en fan av Ol' Blue Eyes. Tack vare sin näsa för de mest hårresande banala schlagrar blev hon direktör för Gyldendal. Nej, det är inte en norsk läkemedelsfirma. Världsledande på antidepressiva. En röst intill örat på honom frågade om han visste att The Tuesday Club hade börjat här? Att han befann sig på en IT-historisk plats? Jag har sålt alla mina aktier, sa han. De förstod ingenting. Engelskan började också halta. Ord försvann. Bokstäver försvann. Det konstiga a-et hängde som en Betlehemsstjärna över baren. Ett löfte. Ingav honom förhoppningar om att befinna sig vid en ny start i livet, tillbaka i första klass. Allting kunde börja om. Ge mig ett A! Ge mig Anna.

I stället gick det utför. Omgivningarna svajade. Dogmafilm. Bärbar kamera. Han befann sig plötsligt på ett gammalt bilsäte på bottenvåningen och med skorna på en jättestor golvkarta över Soho. Jag uppskattar att ni känner till min förkärlek för kartor. Spelade han Pac-Man? Eller var det ett gräl. En hetsig diskussion om kärlek, om huruvida romanen Anna Karenina egentligen sa så mycket mer än Just Like a Woman, väl att märka när Bob himself sjöng den och inte Manfred Mann. För övrigt vill jag påstå att The Basement Tapes är ett större konstverk än Anteckningar från källarhålet av fucking Dostojevskij. Kan jag få bjuda alla här? Hej, bartender,

dubbla Knockout till alla. Kära vänner, är det okej att jag står på bordet och sjunger Innerst i själen, en norsk psalm? Det löstes långsamt upp, maska för maska. Livstråden i en enda stor härva. Var det nu tanken på hämnd dök upp? Något med virus. Ge hela världen påssjuka. Eller kom idén utanför, lutad tätt intill en vägg. Pissade han? Uppe i det förbannade Oxotornet hade han en fantastisk utsikt men ingen insikt. Här, alldeles invid muren, var utsikten lika med noll men insikten växte för varje sekund. Jag pissar på ditt minne, Anna Fleischer, jag ska göra en bragd på egen hand, lägga grunden till något som lyfter världen av gångjärnen. Vänta bara! Han började likna Hitler, tänkte han under de tiondels sekunder då dimman lättade något. Först när krigslyckan vände sig på allvar och allting gick åt helvete antog storhetsvansinnet patologiska dimensioner.

Han kom ihåg fötter som traskade, fötter mot asfalt, och ännu otydligare en tanke på att det var hans fötter, att han borde studera dem närmare, till exempel genom att sätta sig ner, eller helt enkelt lägga sig på asfalten, mjuk som dun. Allting löstes upp nu, obarmhärtigt och logiskt, livets vackra mönster obönhörligen reducerat till en rak tråd, som när den där bergskedjeliknande kurvan i sjukhusens apparater planade ut och blev en vågrät linje, en signal om död, om att allting var räddningslöst förlorat. Klar för det stora blå. Ett evigt flyt.

Under Alf I. Vebers jordfästning i Østre Krematorium, Lille kapell, höll Anna Fleischer ett minnestal vid kistan:

Nu när Mikael har sagt det mesta om Alf utan att avslöja något om de eviga skärmytslingarna mellan honom och brodern – en fejd som alltid roade oss andra – vill jag gärna framhålla ett par sidor hos Alf som inte alltför många känner till.

Alf var simmare. Han karakteriserade sig själv som långdistanssimmare. På den tiden då han var gift och bodde på Inkognitogaten simmade han nästan dagligen i Vestkantbadet. Han påstod att han tränade för att förverkliga sitt livs dröm: att kunna simma över Engelska kanalen. Hans förkärlek för det våta elementet hade emellertid också en annan förklaring: »Att simma löser upp föreställningar som har stelnat«, sa han, »inklusive synen på vem man är.« Alf avskydde löpning, sa att det fick
allting att lossna i fogarna, berövade honom varje reflexion, medan simningen, känslan av att han sträckte händerna mot något imaginärt, liksom rakt framför sig, såg till att flera tankespår dök upp bredvid varandra. Knepet var att simma så länge att de olika tanketrådarna började flyta ihop, bilda ett mönster. Enligt Alf själv hade han trots det inte simmat sig till sin mest väsentliga idé i Vestkantbadet utan i Venedig, en idé han därför omtalade som Canal Grande. »Jag simmade ända in i Markuskyrkan«, sa han på sitt vanliga kryptiska sätt.

Detta för mig till något annat, men det har också med Alf som sökare att göra. Även om jag inte är expert på populärmusik var jag full av beundran för den insats Alf gjorde som fast recensent i Otakt, det minsta av de norska musikmagasinen, och särskilt för hans entusiastiska förmedling av plattor utgivna på små, fristående bolag. Allra mest fascinerad var jag ändå av de ofta ansträngande *resor* Alf företog på grund av sitt intresse. Omkring 1980 begav han sig flera gånger till Nigeria, Mali och Elfenbenskusten. Såvitt jag har förstått introducerade han egenhändigt den nya afrikanska musiken för norska lyssnare. Det var i Alfs artiklar man första gången kunde läsa beteckningar som *high-life*, *afrobeat*, *juju*- och *malinke*-musik. Under vistelserna i Afrika blev han både vän med och intervjuade förgrundsfigurer som Fela Ankikulapo Kuti, Sunny Adé och Salif Keita.

När hans jämnåriga förföll till musikalisk nostalgi fortsatte Alf med dessa nyfikna expeditioner, »resor i upplysningstidens anda«, som han sa. I slutet av 1980-talet bodde han flera månader i Seattle, vilket ledde till – och här måste jag citera vad andra har berättat för mig – »viktiga artiklar om den alternativa rocken med de första presentationerna av grungeband som Mudhoney, Alice in Chains och Soundgarden, förutom Nirvana naturligtvis«.

Till sist må det vara tillåtet att säga något om Alf som dansare. Det var en njutning att se honom dansa. Här, mer än på andra områden, visade han en förvånansvärd frihet och improvisationsförmåga, en begåvning som han bara alltför sällan fick användning för.

Alf Veber stod bara i offentlighetens ljus en kort period, men för oss som kände honom var han en outtröttlig inspiratör både före och efter dessa år. Jag kommer att sakna Alf Veber. Jag kommer att sakna allt, från hans animerade utläggningar om mattorna på Vermeers målningar, tolkade som labyrinter, till den lilla medryckande pamflett han gav ut om Grottspelets dragningskraft, inklusive utvikningar om såväl Platon som Lascauxgrottan. För att inte tala om något han aldrig ville erkänna: hans lidelsefulla kärlek till fransk film. Alfs analys av »Jules et Jim« är fortfarande den bästa jag har hört.

Det är få personer som brinner i Norge. Och nu är det en mindre.

HAN VAKNADE VID ingången till en gränd. En frän stank av urin. Han låg mellan två svarta sopsäckar, höll om dem som två gamla vänner. Måste vara morgon, väldigt tidigt. Ett blekt, gryende ljus. Taggtråd i huvudet. En invärtes törnekrans. Minnet strejkade. Han hade ingen aning om var han befann sig. Första tanken: Grønland, Oslo. Att han vaknade upp ur en långvarig dröm. Nej, absolut inte Oslo. Han begrep över huvud taget inte var han befann sig, i vilken stad i världen, Kairo, Hongkong, Edinburgh?

En mörkhyad man ställde ut sopsäckar längre upp på gatan.

Han var i främmande land. En karta. Ett kungarike för en karta.

Några tidningssidor flaxade runt honom på trottoaren. Han uppfattade att språket var engelska. Tankarna klarnade. Genom att vrida på huvudet uppfattade ögonen en gatuskylt som sa Wardour Street. Han kom ihåg The Jams låt innan han lyckades placera detta i London. Blicken vandrade vidare till några stora bokstäver över en ingång på andra sidan gatan. Zzz? Eller var det Zoo, det kunde stämma. Oxo? Tillbaka där allting började. Annas ansikte blixtrade förbi. Äntligen lyckades han stava sig fram till Mezzo, visste att det var ett restaurangkomplex som designkungen Terence Conran stod bakom. Mer väsentligt: uppfört där den berömda Marquee Club en gång låg. Upprorisk musik ersatt av hipp design. Han hade besökt Marquee under dess glansdagar, kom särskilt ihåg Annie Lennox, då okänd, i The Tourists, drömde själv om att få spela i den svarta lokalen. Hellre där än i Royal Albert Hall. Och nu låg han alldeles i närheten, ömkligen för sent, i mitten, mezzo, en medioker person.

Hämnd. Idén dök upp igen. Han avlade en ed, skulle ta knäcken på alla förbannade svärmare, idioter som trodde på den hopplösa kärleken. Måste bara se till att komma på benen, finna riktningen till hotellet, en Londonkarta i huvudet, memorerad någonstans mellan örats och hjärnans labyrinter.

UPPLYSNINGEN:
DET OKÄNDA NORGE

Alf hörde ofta folk, särskilt grannar, beskriva Vera med ett bestämt ord, ett substantiv som han därför fick kväljande aversioner mot: hon var en romantiker. Ordet i sig själv kunde tydligen förklara hennes sorgliga öde. Att vara en romantiker, förstod Alf, var att vara slav under känslorna, kastas in i en obrytbar orsakskedja som slutade med pilleraskar och död. Efter den olycksaliga helgen i skogen bestämde han sig för att satsa på det motsatta: förnuftet. Han halade ner romantikens flagga, ville inte dela Veras öde. Från och med den hösten blev han också mer skeptisk till modern, ett liv som bestod i att gå och driva halva dagen och nynna på schlagrar, samtidigt aldrig öppna en bok. Ännu mer än förut tog han nu parti för pappan, en person som bar hjärnan synlig i ansiktet och som ville genomlysa världen. Hundra gånger hellre Nyegaard & Co. än Gyldendal Norsk Forlag. Mikael, minst lika förtjust i Vera som Alf, måste tänka i samma banor; han reagerade på självmordet med att slita ner ängeln över sängen och klistra upp periodiska systemet, tabellen över grundämnena, en plansch som han på sin tid hade fått av pappan. »Bli som jag«, sa Harald Veber redan tidigt till pojkarna, »bli en encyklopedist.« Som liten trodde Alf att det betydde cyklist, att man kunde bli klok genom att cykla. Åtminstone att det hade något med motlut och uthållighet att göra.

Flera år senare, i gymnasiet, var det därför inte överraskande att Alf koncentrerade sig när de på historielektionerna kom fram till upplysningstiden, denna epok när mörk övertro på flera områden fick ge vika för mer rationella tankar. Något i lärarens genomgång fick honom att åter minnas en fas i barndomen då han brottades med kartritningens svåra konst. Varje år, på ett ark av det slag man kallade millimeterpapper, gjorde han en karta över Alunåsen, och han tyckte om att se hur dessa kartor för varje försök blev mer och mer detaljerade, som om de också var tillväxtdiagram över anlag han hade. I början undersökte han terrängen med hjälp av det astronomiska kompendium som Johanne hade gett honom, låtsades att de obegripliga navigationsinstrumenten – månfaser, breddgradstabell, stjärnkarta, en enkel teodolit – kunde vara till hjälp i arbetet, men så småningom lade han undan det och använde i stället vetenskapliga metoder han förstod bättre, använde kompass, stegade upp avstånd, tog pejlingar, försökte till och med föreställa sig trigonometriska punkter. Samtidigt, som om barndomens eggande astronomiska kompendium för alltid hade tagit sin boning i kroppen, fortsatte fantasikraften på ett sådant sätt att han alltid frestades att lägga in saker och detaljer som inte fanns i verkligheten men som ändå sa något om området kartan täckte. En gång ritade han en anatomisk karta över Lillomarka, tog bort ytskiktet och visade vad som fanns under – utan att det liknade en geologisk karta. Inspirerad av de stimulerande symbolerna för gruvor och ruiner och stenbrott – kors och prickar och liggande halvmånar – uppfann han mystiska tecken för saker som låg dolda i landskapet, skatter, ungdomskällor, näcken i sjön, dvärgarnas guldsmedsverkstad, orkidélokaler, älvornas små boningar, trollens festsal, och det mest fängslande av allt: de kamouflerade genvägarna mellan huvudstigarna och de hemliga underjordiska gångarna mellan gruvor som låg långt från varandra, till exempel de Gothalfske nordväst om Alnsjøen och de belgiska gruvorna i Ammerudskogen. I Røverkollen antydde han förekomsten av ett komplicerat grottsystem, hålor förbundna genom schakt och i flera våningar. Även om han ibland misstänkte att allt detta kartritande var ett försök att hitta den gömda vinkeln, V-et, som pappan påstod fattades för att han skulle bli en sann vävare, hade Alf lika ofta en känsla av att det faktiskt låg ett landskap under det han såg med ögonen, att ett dolt Norge pulserade bakom det Norge vi kände.

Kanske förklarade detta också något om varför han var så kräsen när det gällde flickor. Han ville gärna falla. Han längtade efter att falla, men han fann ingen att falla för. De flickor han genast attraherades av gjorde honom snart besviken genom att vara just sådana de såg ut att vara. De saknade en dimension, något gåtfullt, något han inte förstod. En liten mandel, amygdala. Därför glömde han inte Isabelle – han trodde i alla fall att hon hette Isabelle – den svarthåriga furie han hade följt efter in i höghuset och letat sig fram till, till priset av hånskratt, skällsord och näsblod, plus en dörr rakt i synen. Communication breakdown. Han hade bara sett henne korta stunder men kände sig övertygad om att just hon var den rätta, en tjej med djup. Och höjd. Bly och zeppelinare i skön förening. Det enda han inte såg var att detta kunde vara ett utslag av romantik.

En kväll, flera månader efter sitt första vågstycke, stod han åter utanför dörren i höghuset, metallskylten på elfte våningen. Han ringde på. Kontrollerade att skosnörena var knutna. En vuxen man öppnade. Måste vara pappan. Alf frågade efter Isabelle. »Hon har flyttat«, sa han, inte ovänligt. »Hon flyttade förra månaden.« Alf blev så perplex att han glömde att fråga vart hon hade flyttat. Eller också antog han automatiskt att det måste vara till en annan stad.

Annars hade han fullt upp att göra i skolan, även om musiktidningarna NME och Melody Maker fortfarande var en mer omtyckt lektyr än läxorna. På Bredtvet skulle modersmålsläraren ändå få en viss betydelse. Ibland har lärare bara en uppgift i relation till en elev: att peka på dennes största talang. Detta är kanske inte så uppenbart för eleven, medan just läraren i kraft av att vara utomstående lättare upptäcker det. Efter en lektion då Alf, närmast för att rädda sitt eget skinn, hade antytt något om att hitta strukturen i Sigurd Hoels ganska fiffigt uppbyggda roman »En dag i oktober« genom att använda ett slags röntgenkontrastvätska på hyreshuset i vilket handlingen tilldrar sig, kom modersmålsläraren bort till honom och kungjorde: »Din begåvning i livet är att kunna upptäcka mönster.« Lektorn hade för övrigt läst lite sociologi på universitetet, så han var inte främmande för uppgiften. Alf tog det omedelbart till sig, satte uttalandet i samband med sin böjelse för att kartlägga olika områden.

Antagligen var det bara en tillfällighet att modersmålsläraren just denna vårtermin gav dem ett ovanligt uppsatsämne: Skriv om »Det okända Norge«. Alf bestämde sig genast för att utgå från gamla Norgekartor, eftersom han en gång hade undersökt sådana och hittat så många konstiga eller felplacerade namn – Tellemarki på Mørekusten – samtidigt som landsdelarna var så komiskt oproportionella. Och på Ptolemaios världskarta, så som den återges i medeltida manuskript, fanns Norge bara i Oceanus Germanicus i form av ön Skandia, vilket forskarna ansåg måste stå för Skåne. Alf hade skrattat åt det. Norge som en del av Skåne. Det måste kunna kallas ett okänt Norge. En undangömd dal i Telemark där man fann barn med skånsk dialekt. Jag är en liden gåsapåg från Skåune.

Eller han skulle kanske skriva något om det väldiga Norge? För tack vare nederländaren Gerhardus Mercator och hans cylinderprojektion hade Norge i århundraden fått en orättvist väl synlig, ja, gigantisk plats på världskartan, i likhet med Grönland som plötsligt var lika stort som Afrika. Var det så att denna vanföreställning kunde förklara norrmäns benägenhet att överdriva sin betydelse? Allt detta gjorde Alf mer nyfiken på fenomenet projektion. Det tycktes honom som om det mesta avgjordes, även på andra områden, när man hade valt det mönster man försökte pressa in världen i, det plan som man så att säga slätade ut något tredimensionellt i. Plötsligt såg han till exempel att begreppet projektion kunde vara ett utmärkt sätt att förstå, och även uppskatta, mogultidens exotiska illustrationer av Hamzasagorna. Samma verklighet, bara en annan kartprojektion.

Han ville undersöka detta närmare och fann vägen till det lilla skolbiblioteket. Där hade de ingenting, men han behövde inte gå långt för att komma till Deichmans filial i medborgarhuset på Nordtvet. Samtidigt kunde han ta sig en titt på en ny ung bibliotekarie som många pratade om, en kvinna som visst kunde svara på vad som helst. Enligt Syver Karma hade hon varit med i skollaget i den frågetävling som sändes i radio, hade till och med nått finalen. »Dessutom är hon skitsnygg«, tillade han, gjorde flipperspelsrörelser med fingrarna.

Alf tänkte kalla uppsatsen »Labyrintens innersta rum« för att Norge hade varit så svårt att hitta för de första resenärerna från medelhavsländerna och eftersom han upplevde att Norge gömde något i sitt inre, en hemlighet, kanske till och med något skumt.

Han hade aldrig besökt Nordtvet bibliotek. När han stod innanför dörren kom han att tänka på sitt första intryck av Hadrianus villa, Johannes kråkslott. Trots sin saklighet hade lokalen något oöverskådligt över sig, den verkade stökig på ett intressant sätt, ett trivsamt sätt.

Han såg inte till någon bibliotekarie men upptäckte en dörr vid sidan om ett akvarium. »Endast personal«. Förbudsskyltar hade alltid attraherat honom. Alf närmade sig långsamt när dörren plötsligt gled upp och en kvinna visade sig, eller som han genast tänkte: *uppenbarade* sig. Utan att lyfta blicken tog hon plats bakom huvuddisken. Det var hon, Isabelle Mathiesen från höghuset på Ammerud, tjejen som han trodde hade flyttat till en annan stad. Samma svarta kläder. Isabelle. En orkan som nyligen hade härjat i Karibien hette också Isabelle. Det passade. Hennes hår var ett orkanhår. Långa svarta lockar i alla varianter. Hon var bibliotekarie. Inte servitris på någon italiensk restaurang. Och uppenbarligen äldre än han hade trott. Trots det inte avskräckande många år äldre än han, hon kunde inte vara mycket över tjugo. Hon hade kanske inte ens börjat på Bibliotekshögskolan. Han begrep ändå att Isabelle var den nya bibliotekarie som alla pratade om, hon som kunde svara på allt.

Han stegade fram till disken, bugade sig, visste inte varför han bugade sig, men bugade sig lätt. Hon tittade inte upp, skrev på några papper. »Information« stod det på skylten framför henne. Som liten hade Alf ringt nummerupplysningen och frågat om det fanns träd på Mars. Rösten i luren hade skrattat och förklarat att de bara kunde svara på frågor om telefonabonnemang. Han hade blivit så besviken att han grät. Men här: »Information«. Här kunde man få svar. Alf kunde nästan inte se sig mätt på skylten, fylldes av varm förväntan. Flickan framför honom var en informatör, en som kunde förmedla informationer och leda honom åt rätt håll. I det undermedvetna dök bilden av en annan, en äldre flicka upp: Vera. Och som en oskiljaktig följeslagare: självförebråelsen.

Han frågade, var tvungen att harkla sig först, om de hade någon bok om labyrinter. Hon tittade knappt upp, ansiktsuttrycket var irriterat, som om han störde henne i onödan. På fingrarna hade hon flera iögonfallande ringar. Vridna, mystiska. »Tyvärr«, sa hon, »så har vi inte det. Bara några rader i olika uppslagsverk.« Hon behövde inte ens se efter i katalogen, eller bland de där röntgenbildsliknande mikrokorten, verkade ha allting i huvudet. Återigen kände Alf en sprakande statisk elektricitet mellan dem. Såvida det inte var saknaden, hans inre geigermätare, som gav utslag för möjligheten mitt för näsan på honom. Då lyfte hon blicken, lade ifrån sig pennan. Ett leende spelade kring hennes läppar – läppar som skapta för kyssar, hann han tänka, trots det var han nervös för det som skulle komma över dem. »Har du hittat något som jag har tappat igen – som jag inte har tappat?« En retsam underton. Alf kände sig uppmuntrad av att hon kom ihåg honom. »Andra LP-n med Led Zeppelin är skitbra«, sa han innan han hann tänka sig för. »Särskilt Jimmy Page gillar jag, hans gitarrspel. Riffet i 'Heartbreaker' är genialt!«

Hon såg konstigt på honom, som om hon funderade på varför han pratade om detta, Led Zeppelin, på ett anständigt bibliotek, återvände till hans första fråga om labyrinter. Om han hade tid kunde hon berätta ett och annat för honom. Ett frågande ögonkast. Han hade tid. Han skulle möta Charlie men hade plötsligt all tid i världen. Ja, upplys mig! sjöng det i honom när de satte sig vid ett av borden och Isabelle började rita olika huvudtyper av labyrinter på ett papper, både sådana med en ingång och en enda väg och sådana med flera öppningar och gångar där man kunde gå vilse. Han blev hypnotiserad av det sätt på vilket hennes blyertspenna dansade över pappersarken, av hur hon ritade ett kors och några prickar och därefter fyllde papperet med ett både enkelt och invecklat mönster. Ett slags karta. På grund av silvret och guldet på hennes fingrar fick alltihop ett sken av att vara en skattkarta. Alf såg att de fyrkantiga labyrinterna påminde om höghusen på Ammerud medan dessa ännu var skelett. Också de runda hade han sett i en annan variant förut: när pappan visade honom bilder av hjärnbarkens vindlingar.

Isabelle avrundade det privata föredraget med kung Minos berömda labyrint på Kreta, skapad av Daidalos, en labyrint med monstret Minotaurus i mitten. Hon berättade också i korthet om hjälten Theseus som till sist lyckades döda odjuret. Alf kände till denna myt sedan tidigare men Isabelle gav honom två korrigerande tankar. Den första gällde Ariadne. Man hörde alltid talas om tråden hon gav Theseus, att den skulle hjälpa honom att finna vägen tillbaka genom irrgångarna. Men det fantastiska med tråden kom inte fram i slutet av historien, påstod Isabelle och borrade ögonen i honom, utan i början när tråden var ett garnnystan. Detta nystan kunde nämligen rulla ut sig av sig självt, det rullade dit där monstret befann sig. Och detta var samtidigt den andra korrigeringen: »Det svåra är ju inte att ta sig ut, för att uttrycka det så, särskilt inte när monstret är dött«, sa Isabelle, »utan att hitta vägen in. Hitta det man letar efter. Eller rättare sagt: hitta något att leta efter. Det är från det ögonblicket då man får höra att det finns en skatt, ett monster, en prinsessa, som en historia kan börja. Innan dess är allting ointressant.« Återigen ett frågande ögonkast, medan långfingret oavsiktligt lekte med en korkskruvslock som föll ner i pannan.

Alf njöt av situationen i fulla drag, njöt av att en så söt tjej satt och talade allvar med honom. Vägledde honom. Han både förstod och inte förstod vad hon menade. Att det gällde att hitta tråden, som man sa. Han hade tagit vara på den långa tråden, den garnhärva som låg på golvet sedan Vera hade påträffats död. Han tänkte att den kanske kunde hjälpa honom att finna vägen ut ur en mörk labyrint, men den hjälpte inte, gjorde honom bara mer melankolisk, fick honom att trassla in sig i oförståndiga och romantiska tankar.

När han berättade för Isabelle om uppsatsämnet, »Det okända Norge«, blev hon till hans glädje ivrig. Hon hade genast en idé. Varför tog han inte och läste norska tidningar från en och samma dag och såg efter om han hittade något spännande, ett gemensamt drag, en vink om något hittills okänt? »Kom tillbaka i morgon«, sa hon. En order. Guldet glimmade mot honom från hennes fingrar. Heavy metal.

På hemvägen hade han på nytt en luftskeppskänsla. Varför kom alla ihåg Hindenburg när det hade funnits lyckade luftskepp också. Graf Zeppelin till exempel flög jorden runt och transporterade otaliga människor i många år utan en enda olycka.

Efter skolan nästa dag satt han återigen på Nordtvet bibliotek. En CIA-agent på jakt efter ett hemligt budskap. Framför honom, utbredda på ett stort bord, låg tolv av Norges största tidningar. Han misstänkte att Isabelle hade köpt flera av dem för egna pengar. »Titta i de här«, sa hon. »Leta upp något som du tycker är viktigt, skapa en hierarki.« Det var första gången han hörde ordet hierarki, uppfattade det först som harakiri, ett ord förknippat med smärta. Han läste, satt med en röd tuschpenna i handen, beredd att ringa in rubriker eller artiklar han ansåg var viktiga. Allt i tidningen kunde inte vara lika viktigt. En del måste vara viktigare än annat. Något till och med viktigast. En guckusko i en urskog. Han bläddrade sig igenom den ena tidningen efter den andra, spanade efter ett möjligt mönster. Eller hans begåvning gällde kanske inte mönster. Han tänkte på favoritstunden i barndomen, att ligga kvar i mörkret på morgnarna. Och så: pappan som ryckte i snöret på rullgardinen så att den flög upp med en smäll. Solljuset som vällde in i rummet. Kanske var hans egentliga begåvning hungern efter att bli upplyst?

Hon kom bort till bordet en sväng, böjde sig framåt så att lockar i det långa svarta håret rörde vid hans ansikte, svepte in honom i dofter han inte visste fanns, tog tidningen i mitten, en av huvudstadstidningarna, bläddrade och gjorde en röd ring med tuschpennan runt en ganska liten notis. Han satt med hjärtklappning och märkte att Isabelle fann nåd inför hans kräsenhet. Äntligen någon att falla för. Hon hade minst lika många dimensioner som hon hade olika ringar på fingrarna.

Hon nagelfor en ny tidning men utan att använda pennan. I en tredje strök hon under en annan mindre artikel. »Det skulle kunna vara något«, sa hon bara och gick till disken, där hon lyfte telefonluren och slog ett nummer. En lila halsduk bröt för en gångs skull det enfärgade svarta. Han kikade på de två tidningarna. Båda notiserna påstod, nästan i bekymrade ordalag, att antalet arbetsinvandrare från Pakistan växte. Vad menade hon?

Han antecknade pliktskyldigast några huvudpunkter från spalterna. Det kunde omöjligt vara viktigt, några asiater som sökte jobb i Oslo, Norge. Han packade ner sina pinaler och lade tidningarna i en prydlig hög. På väg ut tog han en sväng bort till disken och frågade nonchalant om hon fortfarande bodde i höghuset på Ammerud. »Jag har flyttat ihop med några andra«, sa hon. »Ett kollektiv här i närheten.«

Alltså bodde hon kvar på Grorud, tänkte han samtidigt som han upptäckte att hon räckte honom något, ett litet rött garnnystan. Hon log innan hon vände sig till en frågvis sexåring vid andra änden av disken. Utanför biblioteket virade Alf upp tråden så att den kom att bilda en röd damm på trottoaren. Väntade sig halvt om halvt en nyckel. Hoppades på en nyckel. Längst in låg det en lapp med ett namn och en adress. Någonstans i centrum. Det gladde honom att hon bodde kvar på Grorud.

Samma eftermiddag steg han av på tunnelbanestationen på Grønland och hittade Motzfeldts gate, började promenera från ett vårligt Grønland torg upp mot Tøyen. Han befann sig i ett obekant område, nästan som i en labyrint. Dittills hade Grønland bara varit den underjordiska skivaffären vid stationen. Han gick och stirrade på de gamla smutsiga husen tills han kom till korsningen med Urtegata. Ett lovande namn. Växter. Orkidéer. Några steg in på gatan fann han byggnaden som stämde överens med adressen på Isabelles lapp. Ett portvalv, en trappa. Märkliga lukter. På andra våningen, dörren, namnet stämde. Han tittade på låset. En dörr till. Han ringde på och en mörkhyad person öppnade. Denne måste ha vetat att Alf skulle komma, för han log och hälsade honom välkommen, på engelska, som om Alf var en efterlängtad gäst. Isabelle hade antagligen en del kontakter, tänkte Alf, kanske genom bibliotekets nätverk. Mannen var i tjugoårsåldern och presenterade sig som Jamil Ahmad. Han bodde i trerumslägenheten tillsammans med fem andra män. De hade kommit med buss ända från Karachi förra sommaren, tältade på Ekeberg i flera månader innan de hittade någonstans att bo. Två av de andra var hemma, satt i ett hörn med ett brädspel mellan sig, *baran gat*, förklarade Jamil senare. De nickade artigt åt Alf, sa något på norska, de meningar de kunde, helt lösryckta saker som fick Alf att skratta. Jamil bad honom slå sig ner vid ett litet bord och serverade kex och sött te med mycket mjölk i. Det fanns inte många möbler i rummet. På väggen hängde ett tryck som visade den stora moskén i Mecka, och några tavlor med arabisk skrift, Alf gissade på citat från Koranen. Jamil var son till en hövding men diskade nu tallrikar på en restaurang, hade ingenting emot det. Han berättade vad de andra jobbade med. Alla försökte skicka hem pengar till familjen. Men ville han stanna här? frågade Alf. Jamil visste inte. Först hade han tänkt att det bara skulle vara för en kortare tid. Nu var han inte säker. Mer te?

Alf stannade inte så länge, kände sig generad och hade inte heller någon aning om vad han skulle prata om. Men på väg nerför Urtegata igen insåg han att han hade fått se en skymt av något viktigt. Här, i ett gammalt hus på öster, i en stadsdel med ett namn som förde tankarna till

ett kallt och ogästvänligt område av jordklotet, bodde en pakistansk hövdingason, nästan en ättling till Akbar, och han övervägde möjligheterna att kunna skapa sig en framtid i Norge. Det måste gå att använda uttrycket ett okänt Norge om detta. I alla fall för Alf, en amatörkartograf. Men till och med han skulle ha blivit förvånad om någon berättade för honom att detta okända Norge, denna folkgrupp, skulle öka starkt i antal och betydelse de närmaste åren och en dag bli en del av nationen på samma sätt som trönder och rogalänningar. Att detta Grønland skulle bli lika framträdande i Oslo som Grönland på en karta i Mercators projektion. Alf skulle ha förnekat att den skuggiga gata han gick på, Urtegata, en dag skulle göra skäl för sitt namn igen, vara full av blomstrande och doftande butiker som drevs av pakistanska invandrare, en slaktare, kryddor, kläder, att till och med en gammal lagerbyggnad skulle göras om till Norges första moské, där folk, norrmän, skulle gå in och böja sig ner i riktning mot Mecka. En sådan tanke översteg till och med Alfs förmåga att rita anatomiska kartor som visade vad man såg när ytskiktet skalades av. Det var lika tokigt eller omöjligt som att föreställa sig en norsk dal full med skåningar.

Senare tänkte Alf att denna korta stadsvandring stod för en av de få viktiga lärdomar han skaffade sig under skoltiden. Inte att det var pakistanier. Utan för att så oväntade saker kunde hända. Att folk flyttade, att kalejdoskop vändes om. Historieböckerna borde ha förberett honom, men det var något helt annat att se det ske mitt i hans egen verklighet, som vid den tidpunkten verkade orubbligt stabil tack vare en långvarig insats av Einar Gerhardsen och hans kamrater, Gerhardsen som ju förresten själv bodde på Tøyen, strax ovanför Grønland. Alf arbetade hårt med att formulera insikten i det skriftliga arbete han lämnade in. Också om vikten av att ta emot dessa människor med öppna armar. Eller hade vi redan glömt vad som hände under loppet av några årtionden av vårt eget nära förflutna – när en tredjedel av Norges befolkning utvandrade på grund av fattigdom? En tredjedel! Läraren, som annars var en vaken person, tyckte i alla fall att Alf gick långt från ämnet och belönade uppsatsen med en trea.

Alf blev trots det en flitig besökare på Nordtvet bibliotek, gjorde ofta läxorna där i stället för hemma, i alla fall de dagar han visste att Isabelle jobbade. Då fick han också tillfälle att betrakta henne i smyg. Se henne skriva på maskin. Se henne hjälpa särskilt småflickor att lära sig spela schack vid brädet som fanns på barnavdelningen. Då och då tog han mod till sig och bad henne om vägledning, var på vippen att be henne fatta honom vid handen. Han frågade bland annat om kartprojektioner. Ja, upplys mig, brusade det i honom som en refräng medan hon visade honom några av de mest kända. Mollweides ellipsformiga och Lamberts solfjädersformiga värld, Collignons trianglar, jorden som en diamant. Slog upp artiklar. Förklarade för honom hur man försökte lösa form- och ytproblemet genom att vika ut jordklotet som ett apelsinskal. För Alf handlade det inte bara om att få vara i närheten av henne, inom hennes upphetsande hårdofts räckvidd – det var också nyttigt. Han lärde sig en gång för alla att det fanns alternativa sätt att betrakta världen på. Man måste välja mellan att få korrekta konturer eller rätt areal. Man kunde aldrig få bäggedera. »Sådan är sanningen«, sa Isabelle. »I bästa fall får man bara hälften av den.« Kanske det, tänkte Alf. Men kom inte och tala om för mig att det förhåller sig likadant med kärleken också.

Han studerade henne, kastade hela tiden förstulna blickar bort mot disken, blev mer och mer betagen för varje besök. Samtidigt upptäckte han att hon absolut inte visste allt, att det var många frågor hon inte kunde svara på. Men hon lyckades ofta leta fram en källa som innehöll lösningen, även om den fick beställas från annat håll. Alf uppfattade inte heller det hon gav honom som kunskaper, utan som små ljus. En stig utmärkt med fladdrande lågor. Många år efter det nedslående telefonsamtalet i barndomen hade han funnit Upplysningen. Alf var förälskad, visste samtidigt att han inte hade den minsta chans. Hon var hygglig, inte något mer. Det var i alla fall skönt att sitta där, följa henne med blicken, följa med i hennes sysslor, fingrarna som gick igenom kort i de små kartotekslådorna. Alf var inget skolljus men var känd bland lärarna för sin vetgirighet. Efter hand som månaderna gick och Alf grubblade över hur han skulle lyckas fånga Isabelles uppmärksamhet, finna en nyckel till hennes inre, verkade det som om kunskapsbegäret långsamt kopplade ifrån första ledet och förvandlades till ett rent sinnligt, rödglödande begär. Under de rationella försöken att kartlägga ett landskap kände han trycket från romantikens lava. Han hade funnit något okänt hos sig själv, vacklade omkring som en berusad person.

PÅ ETT ELLER annat sätt – en autopilot, en inbyggd kartläsare – lyckades han släpa sig från Wardour Street till hotellet. Det undermedvetna såg till och med till att det kom en »Stör ej«-skylt på dörrhandtaget. Sängen. Kläderna på. Sömn. Men inte tillräckligt för att hindra en eftermiddag i huvudvärkens och illamåendets tecken. Rena tortyren bara att ändra ställning. All koncentration på att sköta om andningen. Medan medvetandet kastade upp surrealistiska glimtar från föregående kväll, bilder han inte förmådde dechiffrera. Och sedan: självföraktet. Såvida det inte var självömkan. Först när systemet kom in i ett normalare tillstånd steg beslutet, den avlagda eden, fram i all sin väldighet: han måste hämnas. På Anna. På Norge. På allt. Ja! Plötsligt en besatthet. Riva ner något. Mikael hade varit en mästare på detta, ramponerade flera gånger deras pojkrum i Alunåsen, slängde de mest eftertraktade saker i väggen, till och med ishockeyspelet försvann ut genom fönstret en gång.

På rygg. Takets vita vidd. En ny duk uppspänd. En ny fas. Som alltid övergick bakruset i ett tillstånd av glasklar överblick. Fyllan hade inte haft något med Anna att göra. Målet hade varit att komma fram till en alternativ plan. Frieriet hade avvisats. Vad händer nu, lille man? När han masade sig ur sängen och in i badrummet visste han plötsligt vad han skulle göra.

Hans dator hade en mapp med en snygg samling datavirus som han hade roat sig med att skapa en gång när Merlin invigde honom i konsten. Från den tiden då han var intresserad av datasäkerhet, av intrång, av möjligheten att kunna dyrka upp elektroniska lås. Mycket skickligt gjorda.

Små konstverk. Programfel omvandlade till vapen. En bricka med maskar mer imponerande än någon skalbaggssamling. *De häpnadsväckande teckningarna av insekter, liksom dissekerade, från tidigt 1700-tal*, antecknade han med ful handstil. *Helt främmande. Ungefär som Dürers noshörning. Nästan science fiction, någonting från en annan planet.* Det var förvånansvärt lätt att skapa ett datavirus. Små instruktioner som fick komplicerade följder, precis som mönstren som låg till grund för Veras intrikata stickningar. Han kom ihåg hur fascinerad pappan hade varit av biologiska virus, påståendet om att de var så enkla att man inte visste om de kunde kallas liv. Ändå trängde de sig in i cellerna, tog skoningslöst knäcken på en människa. Också datorer var chockerande sårbara. Saknade mjälte, för att uttrycka det milt. Man hade glömt hur bräckligt allting var i dag. Skrift i en sandlåda. Alf kom ihåg sina första möten med de stora, nu primitiva modellerna på Blindern, hur farligt enkelt det var att få en maskin att haverera, hur förtvivlad man blev över arbete som gick förlorat.

Han lät »Stör ej«-skylten hänga kvar och tog en öl i minibaren, arbetade kallt och målmedvetet med att vidareutveckla ett av de giftigaste virusen. Något enkelt som kunde åstadkomma stor skada. En svart mamba. En trojansk häst. En bomb. Den natten stämde klichén: han sov som ett barn. Han drömde också om Alunåsen, om när han kröp ner i Johannes säng för att bli smittad med påssjuka.

Efter frukost nästa morgon – aptiten hade varit oklanderlig – satte han sig återigen vid sin bärbara dator. Skarp som en japansk sushikniv i hjärnan. Fingertoppar som kunde öppna vilket kassaskåp som helst. Genom att använda sig av hotellets uppkopplingsmöjligheter mejlade han till samtliga anställda på travelwell.com. Adresslistan låg klar i en egen mapp. Snart det mest värdefulla av allt: adresslistor. Plus konsten att dölja sina spår. Han kände sig som en mästerpianist, som Svjatoslav Richter. Fingrarna dansade över tangentbordet. Han använde sig av ett knippe komprometterade datorer så att det blev mer än tjugo »hopp« mellan datorn han skrev på och den han faktiskt utnyttjade för att skicka mejlen, en dator någonstans i Asien. Ett skratt kluckade invärtes. Det jag inte vet om kartläggning av öppna bakdörrar och invecklade telenät är inte värt att veta. Om några, de skickligaste efterforskare, kom någonvart i spårandet skulle de tro att viruset härstammade från Filippinerna eller någonstans där borta. Det hade alltid roat honom att datasäkerheten låg så långt bakom hackarnas know-how. Inget nätverk, inga datorer var säkra i dag, allting hade hål och det var lätt att hitta dem. En man upptagen av sårbarhet visste sådant. Bristande immunitet var Alfs specialitet.

D-dag. Operation Overload. Viruset, eller för att vara tekniskt exakt:
 masken, var tidsinställt. En orm väntade på att få ta sig in i paradiset. Han kom till Carnaby Street i god tid, hörde sin favoritgrupp sjunga Dedicated Follower of Fashion i bakhuvudet när han kom inrusande på den korta gatstump som i sina glansdagar inspirerade en hel generations mode och var en ofrånkomlig beståndsdel av bilden av Swinging London. Tankarna hoppade som en kula i kinaschack. Till Twiggy. Till Vera. Samvetet gav ljud ifrån sig. Han slog bort det.

Carnaby Street. Hur kunde detta en gång så särpräglade och färgstarka område ha blivit så slätstruket? Påminde om Anna. Ett nytt stick. Slå bort det. Han fann husnumret, tittade upp på kontorsfönstren som tillhörde travelwell.com, firman som hade köpt portalen han en gång arbetade med. Nästan ägde. Travelwell var å sin sida bara en underavdelning till en koncern med högkvarter på Cannon Street i City. Ett bolag där jakten på profit fullständigt överskuggade önskan om att sprida kunskap. Det visionslösa travelwell.com irriterade honom ändå mest, deras digitala mord på hans ursprungliga kungstanke, deras globala förkunnelse av Norsk Turistråds credo: A Pure Escape. Därför ville han vara närvarande här, med egna ögon se resultatet när hämndens ängel, bestående av nollor och ettor, slog ner. Liksom Carnaby Street skulle den här firman också snart lära sig att den var ett mode, en dagslända som vilket litet virus som helst kunde ta kål på. Ödmjukhet, kära vänner, ödmjukhet är en glömd dygd. *Vi tror alltid att vi befinner oss på höjden*, skrev han i anteckningsboken på kvällen. *Ta bara upplysningstidens kartor. Komiskt usla. Men folk måste ju tro att detta var ett mirakel av exakthet. Att något bättre var otänkbart. Samma sak tror vi i dag. Vi glömmer att folk kommer att skratta åt våra kartor om tvåhundra år.*

Exakt klockan tolv stod han innanför dörren på den våning där de flesta anställda höll till. Självsäkra människor med hög lön och låg moral.

Ingen kände honom. Någon nickade, betraktade honom antagligen som en av många besökare. Branschens uppåtgående konjunkturer verkade inte ha något slut. Alla flög högt. Lekte Ikaros. Han såg fram emot att få bevittna skådespelet när viruset skulle smälta de fåniga vingarna. Han hörde redan ett rop från en arbetsplats inte långt borta. Från sin plats kunde han se flera skärmar, se hur text och bilder löstes upp och föll ner mot ytans botten som döda myror. Allt krackelerade. Eller bättre: löstes upp. Som om någon ryckte i en tråd och skärmbilden försvann centimeter för centimeter. Det låg ett gott stycke programmeringsarbete bakom. Babels torn rasade, sten för sten. Han iakttog de anställdas förtvivlade ansikten, hoppades att hans eget inte avslöjade skadeglädje. Folk stirrade misstroget framför sig, såg allting dunsta bort, bli luft, vind, ingenting, ett svart hål. Välkomna till Y2K, gott folk! Nyårsafton kom lite sent i år.

Han stod med pokerface och njöt av paniken som utbröt i lokalen. Inskränkta penningräknare i fritt fall. Ingen begrep vad som hände. Var och en av de anställda hade fått ett mejl med »I love you« skrivet i ämnesfältet. I meddelandet stod det bara: »Se bifogad fil.« Inte något misstänkt med typen av fil. Och folk klickade på den, självklart klickade de, trodde fortfarande att de levde på 1800-talet, att brev var något privat. Medvetandet led av jetlag, hade ännu inte hunnit ikapp verkligheten. Viruset bevisade hur inbilska, hur animaliska, hur lättlurade människorna var. Domedagen kamouflerad som ett kärleksbrev. Knack, knack, spanska sjukan. De anställda avslöjade att informationsåldern inte var en ny upplysningstid, utan ett nytt mörker. Ingen kunde stå emot frestelsen att öppna den bifogade filen. Därmed var det gjort. Världen löstes upp. Alla a-n försvann, sedan alla e-n, därefter allting.

Se och lär, idioter. Jag är de nya tidernas profet. En tid med ett akut behov av att rena sig själv från all information. Vi måste nollställa oss. Skatta er lyckliga över att vara kvitt allt nonsens ni har fyllt portalerna med.

Viruset skulle sprida sig, kopiera sig självt via adresslistorna. Smittan skulle först nå City, moderbolaget på Cannon Street. Snabbare än påssjuka, de behövde inte lägga sig i varandras sängar. I love you. Smack. Du är död. Han skulle gärna ha varit där men kunde tyvärr inte vara på två ställen samtidigt. Han unnade sig att övervara paniken några minuter till. Som om en verklig Dürernoshörning sprang omkring i detta skitföretags glasbutik. Ingen lade märke till honom när han gick baklänges ut genom dörren. Så löjligt lätt det var att påverka ett samhälle i dag. Mycket lättare än de hade trott, erfarit, när de fortfarande gick på universitetet. Som att stå inför en lång rad dominobrickor ställda på högkant. En liten knäpp. Några tangenttryck.

Väggen av skärmbilder som vittrade sönder öppnade samtidigt något. Han var fri från det förflutna. Dags att gå ut och leta efter något nytt. Nere på Carnaby Street ångrade han sig i alla fall lite. Sedan bestämde han sig för att inte ångra sig. Han köpte en tuff, ungdomlig T-tröja i surfarbutiken under kontoren. Forever young. När han skulle korsa nästa gata tittade han ner och upptäckte den vita texten på asfalten: Look Left. Just det. Man var väl radikal, för fan. Mn vr vl rdikl, för fen. Fr fn.

FÖRVANDLINGEN: AKBARS HOV

Ett radikalt projekt som Alf Veber ofta återvände till i tankarna var försöket att störta monarkin i Norge. Det hade varit hov mot hov, Akbars mot kung Olavs, det vill säga Akbars hov mot avskrapet.

Studietidens sociala krets bestod alltså först och främst av Johanne, Alf och brodern Mikael. Sedan kom Merlin med, Mikaels kamrat från grundkursen, och till sist Anna. Alf fann sig så småningom till rätta på institutionen för idé- och lärdomshistoria, Johanne studerade teologi, »eftersom det kommer att ge mig den bästa akademiska allmänbildningen«, och Anna läste litteraturvetenskap. Mikael hade velat gå i faderns fotspår ända sedan den dag då Vera dog och han plötsligt satte upp periodiska systemet vid sängen, som om han hade lämnat barndomen och från och med nu behövde en alternativ bruksanvisning för hur man klistrade ihop smådelar till ett örlogsfartyg. Mikael planerade att studera farmaci för att kunna forska fram ett lyckopiller som hindrade folk från att begå självmord. I stället valde han kemi men bytte snart till biologi, som om ämnena var byxor och han inte hittade rätt storlek.

På den tiden var det kamraten Merlin som var mest avvikande av de fem. Han hette egentligen Mervin Os och kom från Nord-Odal, men medstudenterna på matematiska institutionen hade för länge sedan gett honom namnet Merlin Oz därför att han var en sådan person som på nolltid vred en Rubiks kub på plats och gäspade medan han tog sig igenom de svåraste intelligenstester. Merlin klädde sig emellertid inte som de andra i hans omgivning, mambor och nördar med glasögon som täckte halva ansiktet, han infann sig i oklanderlig silvergrå kostym och smal svart slips. Detta var väl att märka på sjuttiotalet då folk hade längre hår än någonsin, kragsnibbarna var perverst stora och man gick omkring i byxor med utställda ben, till och med gick och sprätte i platåskor; på TV såg man fotbollsspelare i löjligt små kortbyxor och med polisonger som på den viktorianska tiden. Merlin tillhörde de ytterst få norska ungdomar som hade låtit sig inspireras av modsrörelsen i England, det vill säga på det sättet att han lät klippa håret kortare och i en speciell frisyr, gick omkring i kostymer med smala kavajslag och snäva byxor och körde en skoter som var utsmyckad med mycket krom och extralyktor. Merlin kom sålunda att representera begreppet *stil*. Å andra sidan kunde man säga att han bara hade behållit en klädsel som alla manliga studenter föredrog tio år tidigare, då man av fotografier från Blindern att döma skulle kunna tro att universitetstiden var en evig konfirmation. Alf visste inte varför Merlin uppträdde på det viset men hade hört rykten om en föga avundsvärd barndom, tråkiga uppväxtförhållanden. Det återspeglades kanske i sättet han bodde på, i trädgården hos en faster alldeles bakom universitetet. Hon var änka, hade ett litet hus fullt med barn, men lät Merlin flytta in i det sista mannen skaffade innan han dog: en husvagn. Det passade Merlin perfekt, eftersom den var av bästa sextiotalsdesign. Merlin utmärkte sig annars genom att ständigt komma med profetior om en ny era, då kablar skulle vara viktigare än motorvägar och tunnlar och då folk med informatikbakgrund skulle inta ledande positioner. De andra skrattade alltid hjärtligt åt detta, kallade det strunt, vaktmästaren, kom hit, en ny öl till den här stackarn, han pratar inte norska, han kan bara Simula, Cobol och Fortran.

Genom kretsen fick Alf erfara att goda vänner utbildar varandra; han var alltid av den åsikten att han lärde sig mer av att umgås med dessa fyra än att läsa vilket huvudämne som helst. Korsbefruktning kallade Anna det en kväll efter att hon så levande hade beskrivit innehållet i Jean-Paul Sartres »Orden« att till och med Merlin lovade att han skulle studera den innan han läste vidare i sin lärobok i Algol. Dessförinnan hade hon argumenterat länge mot Mikael, som efter en lång harang, för n-te gången, hamnade i ett slags trossats om att biologin nu hade tagit över efter fysiken som pådrivare av civilisationens framsteg, en mening han måste ha läst någonstans och nu utgav för att vara hans egen. Alf hade ännu inte blivit kvitt den spänning som uppstod i kroppen vid åsynen av Anna, särskilt inte när hon uttalade ett ord som »korsbefruktning«, och förargade sig över skaran av friare i hennes kölvatten. Det stack till i honom när hon kom inglidande på Frederikke, ett ståtligt passagerarfartyg, ett France, omgivet av ivriga små bogserbåtar. Hon hade haft ett par förhållanden med dummerjönsar från andra institutioner. Alf kunde inte fatta vad hon såg hos dem, fick mentalt tarmvred av att se henne lägga armen om den ene mer ovärdige kandidaten än den andre. Anna märkte irritationen, kommenterade med jämna mellanrum hans försök att stålsätta sig. »Ta av dig rustningen«, sa hon. »Var inte så rädd för att bli sårad. Det är inte nyttigt.« Han hade inte berättat för henne att han saknade ett organ, att han var skörare än andra.

Oftast träffades de i Annas lägenhet mellan Tøyen och Grønland, en gammal nedsliten stadsdel som vid den tidpunkten började få en ny prägel tack vare de icke-europeiska invandrare som bosatte sig där. För Alf var det tankeväckande att kampera i en lägenhet mitt i det som han bara fem sex år tidigare hade kallat Det okända Norge. Snart dök det upp grönsaksmarknader med ovanliga och frestande varor, och små märkligt doftande speceriaffärer där extraprisplakaten var skrivna på urdu och med ett och annat felstavat norskt ord här och där. De liksom orientaliska omgivningarna, karaktären av en marknadsplats full med meningsutbyten, var en av orsakerna till att Alf föreslog ett namn på deras krets: Akbars hov. Namnet speglade gruppens motsättningar, deras olika ämnesbakgrund och starkt divergerande åsikter. På grund av Johannes

mor kom Alf ihåg mogulhärskaren Akbar som drivkraften bakom önskan att få Hamzahistorierna så överdådigt illustrerade. Senare fick han reda på att den vidsynte Akbar i slutet av 1500-talet inte bara samlade målare, musiker och poeter vid sitt hov, utan också människor med olika trosåskådning. Hovet blev därmed ett kulturcentrum, präglat av stimulerande samtal tvärs över alla skrankor. Merlin menade att det föregrep miljön vid det institut som fysikern Niels Bohr fick till stånd i Köpenhamn efter
första världskriget, ett ställe där också forskare från olika länder och med växlande bakgrund möttes och satte epokgörande idéer i omlopp. »För tidsdiagonalen mellan Fatehpur Sikri och Köpenhamn!« utbrast Merlin och lyfte glaset.

Ingen sa det högt, men de visste också att deras lilla församling utgjorde ett korrektiv till den politiska väckelse som detta decennium svepte över landet och försvårade tankeutbyte utanför en ytterst begränsad dagordning. Akbars hov var verkligen ett litet stycke okänt Norge.

I flera år träffades de fem hemma hos Anna, skålade på att de skulle förvandla Norge, och eftersom Alf nu under långa perioder lyckades ta sig ur sitt delfiska rus mellan diverse kvinnors lår – inte olikt en opiummissbrukare under avvänjning – återupptäckte han universitetets rika möjligheter. Han infann sig oftare på institutionen för idé- och lärdomshistoria, både på föreläsningar och på diskussionerna i uppehållsrummet på fjärde våningen i byggnaden bredvid Chateau Neuf. Också Anna och litteraturvetenskap höll till där under de åren. Efter hand hittade Alf tillbaka till den period han hade utsett till sin redan på gymnasiet: upplysningen. Ett av de viktigaste omslagen i mänsklighetens historia. Förnuftets tid, vetenskapens tid, framstegets tid. Upproret mot auktoriteterna. Nytt liv i debatten om universella värden, jämlikhet, demokrati. Han jämförde lägenheten på Grønland med kaffehusen som hade varit så viktiga för tankeutbytet under den eran, bortsett från att de hemma hos Anna hellre njöt av ett betydligt starkare fluidum. Alf började lyssna mer koncentrerat på vad vännerna sa, deltog också aktivare i samtalen. Av de representanter – hinduer, kristna, parser, jainer, muslimer – som hade suttit på mattorna i Ibadatkhana, hallen som Akbar lät bygga särskilt för religiös diskussion, tyckte Alf om att föreställa sig att han själv var en parser, en som dyrkade elden. Kanske kunde man verkligen förvandla Norge. Vrida på kalejdoskopet, få bitarna att falla i andra mönster. Potentialen fanns där. Man behövde bara åstadkomma en mindre omskakning.

Ett tillfälle att uträtta något erbjöd sig en kväll då brodern andfådd av meddelelsebehov kom ut på takterrassen till det hus Anna bodde i, en plats de föredrog på sommaren, särskilt om kvällarna när de satt med ansiktena vända mot söder, mot Europa och den hamn de ansåg måste vara det perfekta läget för det operahus Norge skamligt nog ännu saknade, medan skenet från den låga solen gjorde alkemistiska experiment i deras whiskyglas. Johanne, denna termin mitt i Gamla testamentets rika fält, hade just invigt dem i sin privata teori om att Jahvisten, en av författarna bakom viktiga partier av Bibelns första böcker, absolut måste vara en kvinna. »Det bör ju folk se redan på originaliteten i formuleringarna!« Ett leende. Det var det första Alf hade lagt märke till hos Johanne redan i barndomen, hennes förföriskt vackra leende. Merlin stönade, tog tag i mössan som Johanne gick omkring med till och med på sommaren och drog ner den över ögonen på henne: »Jag säger med en variation på profeten Jesaja: Förr kommer himlen att rullas samman som en bokrulle« – Merlin kunde mer än att programmera en dator.

Mikael bad om en whisky med ett extra krångligt namn – han var förkyld, behövde medicin – och kastade en bok på det rangliga campingbordet. Hans lockar stod rakt upp i vädret, liksom ivriga. Han bad dem glömma Jahvisten ett ögonblick och höra på vad han hade att säga om en annan Genesis och Exodus. På Mikaels initiativ hade de redan flera gånger smågrälat om gener och geners betydelse med utgångspunkt i forskningens sjumilasteg inom mikrobiologin de senaste decennierna. Mikael hade faktiskt rätt: biologin tycktes bli allt viktigare, även för samhällsvetenskapen – på den tiden skapade exempelvis sociobiologin enorma debatter i universitetskretsar. Nu berättade Mikael att han hade upptäckt något annat. Spekulativt men spännande. Han utbredde sig om boken han nyss hade slängt på bordet som om den var ett trumfkort i tidens spel. Här kom, tro det eller ej, en kille och pratade om något man kunde betrakta som ett slags kulturella gener. Han hade dessutom skapat

ett nytt ord för dem: memer. Inte bara gener överfördes från släkte till släkte, utan också idéer och föreställningar, alltså kulturella fenomen. Men hur? frågade Merlin, tydligt skeptisk när han rättade till den smala slipsen och nervöst grep en flaska i Ak-Baren, som för detta tillfälle hade flyttats upp på taket. »Lyckade memer ser till att bli spridda, hoppar från hjärna till hjärna«, sa Mikael. »Ja men hur?« upprepade Merlin. »Som när du får för dig att spöka ut dig och gå omkring och se ut som en med-
lem av Small Faces för tio år sedan«, sa Mikael snabbt. Alla teg och han kunde fortsätta: »Hur? En mem sprids genom att folk blir ivriga och försöker hjälpa fram innehållet ... ungefär som ett förkylningsvirus innehåller den geniala bit som får en att nysa. Därmed överför man det till andra. När Alf plågar oss med sina förbannade Kinks-plattor säger han egentligen 'Jag memar att The Kinks är bäst!' »

Alf for upp, liksom beredd att slåss: »Finns det någon här som anser att The Kinks *inte* är bäst?«

Även om både Merlin och Alf blev förkylda under den kommande veckan tog det tid innan de begrep något av detta, för det var en märklig och vittomspännande tanke, men så småningom blev de lika entusiastiska som Mikael. För även om memerna enligt denne författare – Richard Dawkins hette han – levde sitt eget liv och hade som enda mål att kopiera sig själva, hindrade detta ju inte att man som samhällsengagerad person kunde vara med och stödja vissa memer och motarbeta andra. Man kunde bedriva memmanipulering precis som när genetikerna mixtrade med arvsanlagen.

Alf var snart den mest upphetsade av dem alla, han kom ihåg några figurer han hade ritat med krita på skolgården i fjärde klass, figurer som han senare plötsligt återsåg på väggar och murar runtomkring i stadsdelen, och han kom också ihåg hur han inte kunde få »Crying in the Rain« ur huvudet efter att ha legat till sängs tillsammans med Johanne. »Nämn några memer som kunde förtjäna att möta motstånd«, sa han som en idéhistoriens gerillaledare. Uppmaningen kom också en dag när de var och handlade i en av invandrarbutikerna på Grønland, och befann sig liksom i ett främmande land. »Freuds löjliga svammel«, sa Johanne snabbt. »Monarkin«, sa Mikael, mycket ivrigare, för att inte säga argare.

»Monarkin är ett exempel på en oerhört lyckad mem. Det finns ingen anledning att vi ska ha den kvar i dag men vi går alla omkring och tror att det är en lysande idé och att samtliga alternativ är sämre.« Mikael hade av indirekta orsaker ett inflammerat förhållande till det norska kungahuset. Alf glömde aldrig broderns reaktion på Veras död, ett klassiskt utslag av hans McEnroe-temperament, för att inte säga gammaltestamentliga vrede. När han fick reda på orsaken till självmordet, telefonsamtalet med pojkvännen, alltså sonen till en av kungens nära vänner, letade han med en privatdetektivs uppfinningsrikedom upp dennes adress i centrum. Därefter kastade han sig, röd i huvudet, på cykeln – han påstod att hastighetsmätaren gick i botten nerför backarna mot Simsenkorsningen – och stod utanför pojkvännens bostad i Homansbyen. När den intet ont anande unge mannen öppnade grep Mikael honom utan ett ord om strupen och drog omkull honom på marken. Det slutade naturligtvis med att Mikael själv fick ett rejält kok stryk. Och en guldtand. Kungens förtjänstmedalj i guld, sa han stolt med ett snett leende.

»Okej, då tar vi monarkin«, slog Alf fast, som om de genom enkel majoritet i denna grupp kunde avskaffa monarkin. Det verkade dessutom vara en sak värd att slåss för, det gällde att ta sig igenom en labyrint av romantiska dumheter och krossa vanetänkandets monster inne i mitten. Beslutet mognade under några veckor. Alf blev uppriktigt nyfiken. Var det, tänkte han uppeldad, möjligt för fem personer, ett alternativt hov, att sätta krokben för en urgammal konstitution, tvinga fram något nytt? Så att säga förändra Norgekartan? Han kunde föreställa sig rubrikerna: »Revolutionär kvintett störtar egenhändigt den norska monarkin.«

Den första tanken – koncipierad en sensommarkväll på taket, och på bottnen av en Lagavulin – var att hyra aulan, självaste Universitetets Aula på Karl Johans gate, och hålla en föreläsningsserie om monarkins bankrutt, återuppta en radikal tradition, till och med överträffa rabaldret under Arnulf Øverlands glansdagar. Studenterna skulle säkert strömma till, jämte de mest insiktsfulla av stadens medborgare. Munchs sol i ryggen. Upplysningstid. De spontana ovationerna. Hur man nästan i sluten trupp efter det sista föredraget marscherade upp till slottet och kastade ut kungafamiljen. Vilken härligt kittlande tanke.

Modet svek, kanske inte av en tillfällighet en kväll då Ak-Bars dryckesförråd sinade, och en alternativplan gjordes upp. Genom att skriva fem noga synkroniserade understreckare i Dagbladet, en tidning där Anna redan hade kontakter eftersom hon hade lämnat in flera halvt obegripliga artiklar om franska strukturalister, Dagbladet, en tidning känd för sina antirojalistiska åsikter, skulle de skapa en offentlig debatt, ett upprört men viktigt åsiktsutbyte – Alf föreställde sig att den skulle spridas, snabbt som ett förkylningsvirus, också till andra medier, särskilt TV – där så många förkrossande argument mot monarkin skulle framföras att inte ens en veckotidningsläsande medborgare med minnen från världskriget kunde annat än rodna och artigt men bestämt be om ett annat statsskick i Norge. Aldrig mer flaggning den 2 juli, på kungens födelsedag!

Under några intensiva höstmöten i Akbars hov lades strategin upp. Mikael fick i uppdrag att skriva om det hårresande i ärftlighetsprincipen, eftersom han var biolog. Det borde ju vara självklart att statsöverhuvudet i ett land skulle vara den person som var mest kompetent att vara statschef. Att landets högsta ämbete gick i arv – inte säkrades genom demokratiska val – betydde inte bara att norrmännen alltjämt accepterade att vissa människor, enbart på grund av födseln, stod högre än resten av folket, utan än värre: att man gjorde sig beroende av turen, av att tronföljaren var en någorlunda duglig person. Rena hasardspelet! nästan morrade Mikael så att guldtanden glimmade till.

Johanne, teologen bland dem, skulle skriva om det kvasireligiösa i samband med kungafamiljen. För även om det blå blodets magi var borta var det i alla fall nödvändigt att angripa den gudstro som dröjde sig kvar i de teatraliska ceremonierna, i processionerna, och inte minst i kulten kring kungafamiljen, den ohyggliga fokuseringen på fruktsamhet och död. »Ta bara de där signeriresorna«, sa Johanne. »Det verkar nästan som om folk ännu tror att skördar och lycka beror på kungen. Eller att man kan bli välsignad eller botad om man får ta kungen i hand.«

»Du rör inte sista skvätten i den där flaskan Glenfarcias«, avbröt Merlin. »Den är min. Alf, du har fått tillräckligt, du ser ju alldeles förgylld ut.«

Merlin, som inledningsvis ville skriva om de kungligas dåliga klädsmak, fick i stället uppgiften att påpeka det offentliga hyckleriet kring författningen: man levde i en monarki som i allt väsentligt var en republik. Kungen användes bara som dekoration, var inte stort mer än en festtalare, inte ens en särskilt god festtalare, och dörröppnare åt näringslivet, ett slags logo för AB Norge. Man blundade för att monarkin var en anakronism, en feodal institution, och höll envist fast vid oförenliga ståndpunkter. Kungen kunde härska men inte styra. Som att ha en karta med Mercators och Goodes projektioner samtidigt. »Vilken dubbelmoral«, stönade Merlin. »Man behöver inte vara matematiker för att se att man har en bugg i programmet här.«

Anna hade sitt inlägg klart på rekordtid; det var till och med fritt från den blytunga terminologi hon annars odlade så nitiskt. Hon skrev att kungafamiljen i dag var en del av underhållningsbranschen. Kungen var inte längre kung utan kändis, ett överhuvud helt och hållet beroende av popularitet för att överleva. Inte svärdet, utan opinionsmätningarna var framtida kungars vapen. I mediesamhället blev kungafamiljens göranden och låtanden en enda lång tvålopera där klänningar, frisyrer, vikt, pojk- och flickvänner alltid skulle vara oändligt intressantare än de viktigaste ståndpunkter man kunde inta. Anna koncentrerade sig på hur kolossalt fördummande, hur ovärdigt detta var. Om kungen var en symbol för nationen, behövde vi i dag andra symboler, skrev hon. Att köra fram en kung, skapad av en ordning som stred mot flera av artiklarna i deklarationen om mänskliga rättigheter, som landets främste representant, gjorde ett underligt intryck i en modern värld. »Då ger vi samtidigt signaler om att Norge är en oväsentlig nation, en bakåtsträvande nation, ett land där tänkesättet dröjer sig kvar i den medeltid vi lämnade ganska sent«, sa hon och beställde en ny Cosmopolitan.

För då och då, när de arbetade på fältet, som de sa, fick whiskyflaskorna i Ak-Bar stå i fred eftersom de kunde söka skydd vid riktiga bardiskar. Det ska inte förnekas att flera av Ak-Bars retoriska finesser i den serie av understreckare som snart skulle komma i tryck koncipierades och skrevs ner på fläckiga servetter medan man avverkade en ljusslinga av barer på väg hem från Blindern ner mot Grønland, en rutt de kallade för Nordvästpassagen på grund av all is som gick åt för att kyla ner drinkarna. De kunde träffas i baren på Norum hotell, för att sedan segla vidare ner till centrum, ofta med en snabbvisit på slottsbacken, där Johanne visade dem hur fasaden med slottets balkong påminde om en grekisk tempelgavel. »Det är därför så många norrmän inte betraktar familjen som kommer ut och ställer sig här den 17 maj som marsipanfigurer utan som ett slags gudar«, sa hon. »De har höjts upp, blivit transcendenta.«

Just där på den öppna platsen, lättare exalterad av ett par dry martini och av utsikten ner mot Karl Johans gates inbjudande stråk av ljus, fick Alf idén till sin egen artikel. Han skulle skriva om ett Norge som var på väg att bli ett land som präglades av flera kulturer – han tänkte hänvisa speciellt till invandrarna från Asien – att tanken på nationalstaten därför kanske skulle förvittra, samtidigt som behovet av monarkin. Men framför allt skulle han skriva om slottet, vilka möjligheter som låg i denna vackra byggnad, denna enastående tomt; han manade fram bilden av ett kulturhus som folk, turister också, skulle komma långväga ifrån för att se, ett ombyggt slott, ett palats taget i bruk av Oslos invånare, ett vitalt centrum jämförbart med det nya Kulturhuset i Stockholm, kanske i regi av arkitekten Sverre Fehn, som just hade skapat ett häpnadsväckande vackert museum av en ruin, en gammal biskopsgård, vid Hamar. Alf ville inget mindre än att omvandla den norska kungabostaden till ett nytt kringsynt Akbars hov. Ett verkligt kråkslott, tänkte han i all hemlighet. Men det skulle fortfarande ligga och bada i ljus på kvällarna, som för att tala om att vi alla nu levde i en demokrati där upplysningen härskade.

De fem vännerna tog alltid en sväng om baren på Continental och den klassiska men föga frekventerade Limelight på Grand, innan de avslutade på den underskattade baren på andra våningen i Stortorvets Gjestgiveri – det var för övrigt på den sistnämnda de kom underfund med att de inte skulle lägga ner tid och kraft på att påpeka det horribla i att man gick före kvinna när det gällde vem som var arvsberättigad till den norska tronen. Till och med Anna insåg att detta var så sjukt att man skulle komma att ändra det inom den närmaste framtiden, om inte annat så som en panikhandling av fega politiker som inte orkade tänka ut ett alternativ till monarkin, röstfiskare som skyllde på folks behov av identitet, bla bla bla, kontinuitet, bla bla bla, skyllde på att det var mindre illa att behålla monarkin än att avskaffa den.

Då och då hann Akbars hov med en sista drink i den gamla OS-baren på Viking Hotell. Vid den tidpunkten kände Alf alltid att även den nordvästpassage som pappan sa fanns i hjärnan hade öppnats. De märkligaste tankar slingrade sig om varandra, sälar och isbjörnar levde fredligt tillsammans, sida vid sida. Förutom dry martini beställdes det Manhattan, Gimlet och särskilt Cosmopolitan, Annas älsklingsdryck på grund av den

röda färgen. »Vi är trots allt upprorsmakare«, sa hon och höjde glaset till en skål. De övervann strapatserna i nordvästpassagen om och om igen. Alf tänkte senare att inte bara upproret, utan Mikaels framtida karriär som diplomat, hans sinne för cocktails, grundlades under promenaderna från Majorstua ner mot Grønland.

Artiklarna publicerades fem dagar i följd, fyllde tidningen mer eller mindre en hel vecka. Bara att vänta. De hade placerat sin torped under arken. Därmed fick Dagbladet anledning att lyfta fram artikelförfattarna i lördagstidningen, en stor intervju och tjusiga bilder – särskilt Anna och Johanne såg ut som blivande presidenter framför ryttarstatyn på Slottsplassen, en före detta fransk revolutionsgeneral, där de hade täckt över två bokstäver i »kjærlighed« på den ena sidan av sockeln, så att texten nu lydde: »Folkets ærlighed min belønning.«

Alf väntade otåligt på att bråket skulle börja. Han trodde verkligen att monarkin skulle falla, gick på Karl Johan och tänkte: Den här veckan har vi kungadöme, nästa vecka, nästa år, har vi republik. Men ingenting hände. Det kom ett par motinlägg, visserligen av tunga namn i norskt kulturliv, personer som Alf trodde var republikaner till hundra procent, men svaren var korta och hövliga, olämpliga att trappa upp en diskussion med. Torpeden åstadkom mindre oväsen än ett löst skott. Dagbladet inledde en ny debatt sedan arga feminister hade påvisat olaglig försäljning av pornografi. Alf insåg att Akbars hov inte hade bidragit till en viktig diskussion, utan till en trevlig sällskapslek. Folk tyckte kanske om att läsa att monarkin var föråldrad – att göra någonting åt det var något helt annat. I uppehållsrummet på institutionen för idé- och lärdomshistoria, som nu hade flyttat till Barack L på Blindern, gjorde någon Alf uppmärksam på att redan John Locke och Thomas Paine hade skrivit pamfletter mot monarkin. Efter flera hundra år studsade kulorna fortfarande tillbaka, understreckarna var inte skadligare för kungahuset än duvskiten på Karl Johan-statyn.

Ett omtöcknat Akbars hov samlades till en variant av tidens »sammanfattning och självkritik« i Annas lägenhet på Grønland. Medan hon med världens vackraste fingrar greppade sitt tredje glas tröstdryck påpekade värdinnan att kampen var hopplös. Folket hade blivit en massa. Och massan ville inte ha idéer och argument, den ville ha bilder. Vackra bilder. Kunde någon föreställa sig en överviktig kunglig brud? De borde ha lärt sig läxan redan när invånarna skockades framför TV-skärmarna under kronprinsbröllopet 1968 för att följa hur sagan blev till verklighet, hur en kvinnlig askunge fick sin prins. Den offentliga lystenheten på bilder blev ännu synligare vid prinsessans födelse några år senare. Akbars hov satt i höstmörkret med var sin Glendronach och insåg att redan fotografiet från den sommar då en triumferande kronprinsessa Sonja höll upp tronarvingen Haakon Magnus hade krossat deras kamp för republik. De skulle i alla fall vara glada för att de inte skrev de rebelliska understreckarna femton år senare, strax före kung Olavs död. Om inte förr gick det då upp för Alf att monarkin var en känslomässig säkerhetsventil för medborgarnas frustrationer. Landets styrande instanser, även regeringen, var helt enkelt för symbolfattiga, förkroppsligade inte de mest efterlängtade värdena. Eller annorlunda uttryckt: först den dag då Norge hade en sann demokrati, inklusive politiker man kunde respektera, skulle monarkin försvinna. Som det förhöll sig nu betydde kungen faktiskt mycket för folket, så mycket att norrmännens landssorg vid den älskade patriarkens död helt överskuggade oron för vad som skulle hända med världen när den bebådade invasionen av Irak, igångsatt av USA och dess allierade, inleddes samma dag. Hela Slottsplassen förvandlades till ett hav av små ljuslågor. Kanske, tänkte Alf då, och inte utan självförebråelse, hade också detta gamla statsskick något med upplysning att göra.

Alf hade känt en antydan till motsvarande tvivel, kanske till och med ånger, redan femton år tidigare, när han inte helt stadig på benen passerade slottet på väg hem efter det dystra mötet i Akbars hov. Det var något han inte hade förstått. Om människor, om det irrationella. Om folks tolerans, deras överseende, deras förmåga att hysa motsättningar.

Och om deras hjärtan. Han hade underskattat hjärtat. Inte muskeln, men allt det som dessa blodfyllda kammare symboliserade och som var ett mysterium och ett evigt korrektiv för förnuftet. Eller som modern sjöng då och då, i duett med Frank Sinatra: »It's love this time, it's love, my foolish heart!«

De andra nämnde aldrig mer teorin om memer, men trots motgången var Alf ännu inte villig att förkasta den trevande och ofärdiga tanken om kulturella gener, föreställningen om att även idéer kunde kopieras och spridas på de märkligaste sätt. Vem kunde veta om inte dessa understreckare, argumenten, skulle övervintra i huvudet på folk och dyka upp igen om tjugo år, om femtio år? Ungefär vid samma tidpunkt spred han nämligen själv ut ett rykte i form av en historia. För några medstudenter berättade han hur han en morgon hade sett filosofiprofessorn Arne Næss klättra upp nio våningar på utsidan av Niels Treschows hus, upp till ett öppet fönster där, eftersom han hade glömt nycklarna till sitt tjänsterum. Han måste bita sig i läppen för att inte skratta medan han bredde på ordentligt. Desto större var förvåningen när han efter ett halvår fick höra historien återberättas flera gånger av olika personer han råkade tala med. Så småningom snappade han upp att Arne Næss själv påstod att det var en sann historia. Alf trodde att filosofen måste ha genomskådat alltihop men tyckte det var roligt att vara med på skämtet. Arne Næss, bestigaren av Tirich Mir, var en man som trots sin ålder kunde ha gått rakt in som fullvärdig medlem av Akbars hov.

Även om det var en bagatellartad anekdot stärkte den Alfs tro på kraften i en god idé, att han hade valt rätt när han bestämde sig för att studera idé- och lärdomshistoria. Att idéer när allt kom omkring var ett lika viktigt element som gener i mänsklighetens utveckling.

VIDARE PÅ BEAK STREET. Planen var att äta på restaurangen Circus, på sin tid en känd träffpunkt för folk i dotcom-branschen. Fira. Tänka på den virtuosa virusspridningen, ett trapetsnummer med trippelsaltomortal, medan bitar av mör innerfilé stimulerade smaklökarna. Hämnd. Blod som flöt. Till skillnad från vad som var fallet under angreppet på den norska monarkin hade han nu äntligen lyckats påverka något. Förstöra.

Varför inte ta den engelska monarkin på samma gång. Knappast nödvändigt. Den satte krokben för sig själv, utan hjälp.

Han kom fram till hörnet där Circus låg, studerade menyn, rätter med namn skrivna med säregen handstil, sparris med parmesan och balsamvinäger, en thaicurry med grillat strutsbröst. Struts. Matlusten försvann. Huvudet i sanden. Känslan av triumf försvann också. Ersattes av ett svagt illamående. Han hade kommit till London för att rädda. Och stod här som en förgörare. En förbannad viking, en barbar som bara önskade riva ner, sätta fyr på saker och ting. Lindisfarne om igen. En enmansexpedition. Han kände sig plötsligt sjuk, svag. Några vetenskapsmän påstod att det fanns »maskhål« i världsrymden, hål som förband avlägsna platser med varandra. Tänk om han med sitt virus, sin mask, hade skapat ett sådant hål, inte längre befann sig i London utan i en stad som liknade den staden, i Andromedagalaxen? Den gamla skräcken för virus blossade upp. Kanske hade han själv drabbats. Ett datavirus mirakulöst muterat till ett livsfarligt organiskt virus. Han vacklade hem till hotellet, intog återigen en ställning han hade blivit van vid i London, horisontalläge på sängen. En globoid, två globoid.

Han läste om det i tidningen nästa morgon, verkningarna. Ett gissel som hade lagt ett helt kontorslandskap öde. Bugger, bugs! Följande dag kom det ännu fler reportage om viruset. Alla användare som hade smittats, alla företag, banker, departement, universitet, kundcenter, TV-stationer, förlag. Han hade öppnat dörrarna till ett smittat horhus och under loppet av ett dygn hade alla besökt det. En halv värld lamslagen på grund av några tangenttryckningar, längtan efter lite kärlek, I love you too. Virus. En dödskalle stämplad på den ena apparaten efter den andra. Skadorna han hade vållat, om än oavsiktligt, var enorma, man nämnde belopp som fick hans nackhår att resa sig av skepsis och förtvivlan.

Ett perfekt brott. Omöjligt att spåra tillbaka till honom. Trots det ett brott.

Bonjour tristesse. Han drev omkring på gatorna där han spanade in i butiker utan att se något, tittade på människor som plötsligt inte hade ansikten. Pappans ord om virus dök upp igen. Något så enkelt att man inte visste om det kunde kallas liv. Var han, Alf Veber, också sådan. Så enkel bakom sin inbillade komplexitet. Ett liv på gränsen till icke-liv. Som påssjuka, bara ett uppsvällt ego.

Det var mitt på dagen. Han strosade mellan gamla husfasader på Marylebone High Street. Huvudet i ett skruvstäd, tryck mot båda tinningarna. Han hade alltid tyckt om den gatan på grund av kaféerna och för att den hade bevarat en intim atmosfär i motsats till shoppinginfernot Oxford Street längre ner. Kanske för att han gick så planlöst upptäckte han en fasad han inte hade lagt märke till förut. Bara några steg in på en tvärgata. En stenkyrka inklämd mellan andra byggnader, som Frogner kyrka vid Bygdøy allé. En ingivelse fick honom att gå in genom portvalvet och dörren, han blev stående några sekunder i det höga rummet innan han satte sig längst ut i en av de mellersta stolsraderna. Ett halvmörkt kyrkskepp, glasmålningar, klungor av levande ljus, stillhet. My sweet Lord. Ett dussintal personer satt utspridda runtomkring. Han tänkte på Johanne. Han tänkte alltid på Johanne när han befann sig i kyrkor.

Runt honom hördes viskande röster, bön. Dessa människor betraktade Gud som en realitet. I really want to see you, I really want to be with you. Var han religiös? Han hade konfirmerats – under tvivel. Han uppskattade många psalmer, kanske för att modern alltid hade nynnat på dem, som om »O bli hos mig« var en schlager jämförbar med »Love Is Here to Stay«. Jo, han var kanske religiös. Tyckte också om att sitta här bland människor som mumlade fram sina böner, gick tyst och försiktigt fram och tände ett litet ljus. *Religion, kan den betraktas som en mem eller en memreservoar – om man tar hänsyn till alla världsreligioners olika föreställningar? (En anhopning av kulturella gener. Vidareförda från generation till generation.) Underskattade upplysningstidens skarpaste hjärnor hur svårt det skulle bli att torrlägga denna reservoar? Borde inte var och en som läste David Hume tänka att man har satt sin fot i en kyrka för sista gången?* Han lyfte blicken från anteckningsboken, såg rakt in i glasmålningarna. Tankar i korsform. Vertikala och horisontella. Kollisioner. Han skrev vidare: *Eller existerar det på detta område en tröghet som det är svårt att redogöra för?* Han måste ha hamnat i en av de få katolska kyrkorna i London. En dörr öppnades till vänster om honom och en äldre kvinna kom ut. Flera små rum var liksom infällda i väggen här. Brunt trävirke, gotiska linjer. Väldiga skåp man kunde gå in i. Narnia. Hon måste ha biktat sig, han hade kommit mitt under bikten. Bless me Father, for I have sinned. *Det kan förefalla som om den religiösa läggningen dröjer kvar, att man har en själ som fortfarande lever i en annan tidsålder än kroppen. Under alla omständigheter står sig Humes ord om religionen: The whole is a riddle, an enigma, an inexplicable mystery.* (*Var det härifrån Churchill knyckte sin formulering om Sovjet?*)

Ingen orsak att sitta hopsjunken. Ett oförutsett tillfälle hade materialiserat sig rakt framför honom. En öppen dörr. Utan att tveka gick han in i det lilla rummet, stängde dörren bakom sig. Ett oemotståndligt behov. Hacka sig in på ett ställe man inte hade tillträde till. Han knäböjde på en dyna. Det kändes genast skönt. Mjukare än ambassadörens matta. Knäböja. Inte för att fria. För att bli fri. Han kunde urskilja prästens ansikte genom ett galler. Det var ljust i dennes avbalkning, mörkt i hans.

Alf satt först stum. En biktstol. För honom antog den karaktären av att vara en vävstol, ett tillfälle att väva något helt igen. Hitta tillbaka till ett mönster. Före syndafallet. Före Vera. Anklagelserna mot sig själv. Prästen harklade sig. Alf började prata, sa helt enkelt att han hade syndat, smakade på det ordet, synd. Han sa något mer, hörde sin röst utifrån samtidigt som han *var* den rösten. Personen på andra sidan om den perforerade metalluckan frågade hur länge sedan det var Alf hade biktat sig. Alf studsade. Sedan mitt förra liv, höll han på att säga, erkände därefter att han inte var katolik men att han väldigt gärna ville tala med prästen i alla fall. Han *måste* få tala. Jag har bedrivit hor med kunskap. Mannen i det andra båset blev osäker, plockade på den violetta stolan, men nickade sedan. Tala bara, sa han, jag lyssnar.

Alf berättade, överraskad över lugnet i rösten, att han hade begått ett brott. Att han hade förstört för oskyldiga människor. Gjort sig skyldig till ren terror. Att han, en portalbyggare, hade rivit ner i stället för att bygga upp. Skapat avfall i stället för att göra något av avfall som han drömde om i barndomen. Dukat under för den mest primitiva av alla laster: hämnden. Jag har bedrivit den snuskigaste otukt, fader. Jag har skrivit I love you till hela världen.

Var det så enkelt? Han hade sagt I love you till Anna, men hon avvisade det. Nu hade han sagt I love you till hela världen, och den tog emot.

Prästen satt tyst, gav bara ifrån sig ett mmm då och då. Som för att säga att detta visste han, sådan var människan. En destruktiv varelse. Alf tänkte på Mikael som barn, det belåtna uttrycket i ansiktet på honom när han rev ner Legostäderna han hade lagt ner veckor på att bygga upp. Alf stod skeptisk och tittade på, hade aldrig erkänt den böjelsen hos sig själv. Prästen harklade sig, Alf sa plötsligt en hel massa, det var befriande skönt att prata, det påminde inte så lite om det första samlaget, om något som sprack, något som hade samlats och äntligen fick rinna ut. Väggarna i det lilla rummet var klädda med träskivor fulla av små hål som i en inspelningsstudio. Säkert för att hindra andra från att höra vad som sades. Eller för att all smuts skulle kunna rinna ut. Han talade om Vera, mycket om Vera, om sin ödesdigra okunnighet, om modern och fadern, om sitt misslyckade liv över huvud taget, Anna, inte minst, denna dumma idé att rädda någon som absolut inte behövde räddas. Jag är en drömmare, fader, en fantast utan fast mark under fötterna. Jag trivs bäst i träden.

Han var färdig. Tänkte på när han satt på toaletten som liten, ropade Färdig! så att modern kunde komma och torka honom. Skulle han göra det nu? Var det allt han behövde en präst till? Torka honom? Torka bort skiten? Eller han var inte färdig, han kunde sitta här hela dagen och bekänna. Repa upp sitt öde som om det var en ful ylletröja. Han slutade därför att han inte vågade ta upp mer av prästens tid. En antydan till anständighet mitt i fräckheten. Vad hände nu? Såg han skymten av ett leende i ansiktet bakom alla hålen? Ett ansikte som återgivet i raster. Är Guds ansikte sådant? Otydligt. Små punkter, ett svävande nätmönster, ändå ett ansikte. Ett svagt leende.

Har du mer på hjärtat? Prästens röst. Alf hörde sig själv mumla ett nej. Men hur var det med allt han hade på hjärnan? Var det möjligt att få förlåtelse för det också? Kaoset av tankar. Kollisioner obegripligare än de som inträffade i en protoncyklotron. Fader, jag har många oroväckande idéer. För sent. Prästen hade redan satt i gång att säga något högtidligt och betydelsefullt. Knappast något som tillhörde sakramentet men ändå något om att Alfs synder var förlåtna. Lät som en välsignelse. Gå i frid.

Han hade väntat sig en kännbar bot. Som den gången han blev stoppad av polisen efter att ha kört mot rött ljus. Omöjligt att slingra sig ifrån.

Men prästen var tydligen klar. Tack, sa Alf. Han borde kanske säga Amen men sa Tusen tack. Han stapplade ut ur biktstolen och stegade mot utgången. Hela lekamen lättare. Kyrkorummet fick honom att tänka på kroppen med just det ordet: lekamen. Sedan låg sinnesrörelse i bakhåll för honom och tvingade ner honom på bakersta stolsraden. Det var andra gången i livet han hade räddats av en kyrka.

GROTTAN:
CRO-MAGNON

Efter det fientliga mottagandet av »Den nya barocken« insåg Alf att det skulle dröja länge innan han åter försökte lysa upp ett grottsystem av sådana dimensioner. Om han någonsin kom att göra det. I alla fall: även om han var besviken var han aldrig skamsen, trots kritikerna, trots en bedrövlig försäljning, trots kollegernas hemliga skadeglädje, och han kände till åtminstone en som skulle ha uppskattat boken men som inte hade möjlighet att läsa den. I några ögonblick funderade Alf på om hans kärlek till barocken var ett kamouflerat hat mot klassicismen eller mot en grekisk, en ensam korintisk pelare.

Efter Veras död röjde föräldrarna ur hennes rum, kastade alla kläder och gosedjur och böcker och bioaffischer. De behöll bara några få saker. Sängen, skrivbordet, en tom hylla, ett litet bord med en skål på. Skivspelaren med sin tomma tallrik under plastlocket. De bodde kvar i Alunåsen, men Veras rum fick stå låst. Alf bad att få komma in i det vid två tillfällen senare i livet. Vid det sista besöket hade han med sig »Den nya barocken«. Dammlagret talade om att ingen hade varit där på länge. På väggen hängde fortfarande några av Veras blomsterbilder, färgrika stjärnor i botanikens universum, och ett fotografi av målaren Georgia O'Keefe: hon satt på en säng, liknade en japansk munk. Två andra fotografier bredvid, båda av dansaren Martha Graham, svartklädd och i ovanliga poser. Alf böjde sig ner och luktade på Veras säng. Var det möjligt? Fortfarande en doft som från henne. Vanilj. En växt som tillhörde orkidéfamiljen. Han ställde sin bok i den tomma hyllan, viskade: »Till slut har jag börjat ta kunskaper på allvar. Beklagar, jag vet att det är för sent.« Trots föremålen i rummet, skålen som var full med nycklar, var det som att befinna sig i ett tomrum.

Alfs äktenskap knakade i fogarna och även om fiaskot med barockboken kunde tillskrivas en del av skulden fanns det tillräckligt många andra orsaker. Alf kunde komma på sig själv med att sitta och minnas hur han hade träffat Charlotte, vid en tidpunkt då han nästan hade gett upp allt hopp om ett fast förhållande. För när han insåg att Anna Fleischer knappast lät sig erövras återupptog han sin sociologiska undersökning av den norska studentskan, det vill säga han återföll i sina opiumvanor, levde desillusionerad om än nyfiken i halvmörkret mellan olika kvinnors lår. Jag har förlorat markkontakten, tänkte han. Jag är som epifyterna, orkidéerna som suger näring ur blotta luften. En man utan förankring.

Medan han fortfarande arbetade med uppsatsen i idé- och lärdomshistoria hade han uppriktigt sagt ett intresse utöver enbart ruset: han önskade utvidga sin repertoar inom den erotiska sfären och spanade därför efter erfarna och smidiga kvinnor som han trodde skulle kunna lära honom ett och annat. Kanske hoppades han komma något barockt på spåren, en sprudlande älskog full av slingor, kroppar som förenades i de mest häpnadsväckande vinklar. Resultatet var nedslående. In i sitt Bertoluccicscenario, en labyrint med en king size-madrass i mitten, förde han tjejer med hög wowfaktor, till exempel studentskor med strama flamencofrisyrer, tjejer han förespeglade sig skulle galoppera som vildhästar när de slog ut håret, men de låg bara kvar och ropade ah-ah-ah-ah som i vilket mångårigt äktenskap som helst. Rödhåriga kvinnor, som han alltid hade hört skulle vara eldiga, klösa en på ryggen och slita in en i vulkaniska extaser, låg där som om de bjöd in till nekrofili – i själva verket påminde aktiviteten om att köra in korkskruven i en gnisslande kork. Besviken på samlagets ytliga natur, eventuellt norska studentskors bristande uppfinningsförmåga, renodlade han åter den delfiska upplevelse förspelet gav honom, och han påstod sedan att han hade fått idén till de flesta viktiga poängerna i uppsatsen medan han låg mellan en kvinnas lår och inhalerade de stimulerande odörer som strömmade ut ur könets klyfta.

Sedan träffade han Charlotte Land. Det hände i början av 1980-talet, just när han som stipendiat och timlärare på Institutionen för idé- och lärdomshistoria, som fortfarande höll till i Barack L på nedre Blindern, var på väg att bli en stigande stjärna, för att inte säga ett norrsken, på den intellektuella norska polarhimlen tack vare en entusiastisk presentation av huvudtankar inom de ismer som var i ropet just då. Charlotte, student på grundnivå, följde emellertid en annan, mindre populär föreläsningsserie. Om barocken. Hon skilde sig från mängden eftersom hon var tio år äldre än Alf och därför att hon hade en massa poäng i konsthistoria sedan tidigare – hon var av rik familj och fadern hade helt enkelt hjälpt henne med att starta ett galleri i centrum. Därmed kunde hon en hel del om barockmåleri, särskilt om Caravaggio, och sa frejdigt emot Alf på flera punkter. Första gången hon avbröt honom råkade de i högljutt gräl med varandra. Charlotte, kom han senare underfund med, hade sysslat lite med fäktning men praktiserade det numera bara i sin replikform, diskuterade gärna stående i gardställning medan hon gestikulerade aggressivt med högra handen. Det enda som fattades var att hon skulle markera ett dräpande argument med att säga »touché!«.

Samma kväll ringde hon och bjöd med honom ut. Inte till något av de vanliga billiga studentställena, inte Reiler vom heissen Stein på Tørtberg i Chateau Neuf eller ljumt öl i Den gamle majors nedgångna lokaler. Hon beordrade honom att ta kavaj på sig, hämtade honom i taxi till Øvre Slottsgate och stjärnrestaurangen D'Artagnan, en annan värld för Alf, där hon nickade familjärt till servitörerna och konverserade honom nästan på ett gammaldags sätt genom fem rätter och diverse viner – »Jag vill gärna få bjuda på denna middag« – innan de hamnade på ett för att vara i Oslo livligt och nattöppet uteställe på Pilestredet, där Charlotte presenterade honom för en grupp yngre konstnärer och författare han hade glömt namnen på nästa morgon. Trots en sällsynt grön nyans i hennes regnbågshinnor, ett drag som gav ögonen en förförisk intensitet, föll Alf inte helt förrän han i slutet av terminen följde med till Ulvøya och såg henne dyka från tornet där. Han blev förälskad, inte på grund av prestationen utan på grund av den underbara svanhoppsform som hennes kropp antog i luften, en oförglömlig liggande halvmåne. »Sträck dig aldrig efter månen«, sa mamman ofta, av orsaker som länge förblev dolda för Alf, men det var just det han gjorde. Trotsade rådet. Trotsade det –

kanske – dåliga oddset. Han fick annars en förklaring till Charlottes något affekterade tonfall när hon berättade att modern kom från den norska adelssläkten Wedel Jarlsberg. Vännerna vid Akbars hov, som tyckte att Alfs förnäma nya flamma var något av det mest exotiska de hade träffat, kallade henne bara Grevinnan. »Jaså, du har blivit rojalist igen«, skämtade de. Bara Merlin var allvarlig, dessutom pessimistisk: »Du kommer ihåg hur det gick när Arthur Miller trodde att han kunde vara tillsammans med Marilyn Monroe«, varnade han.

»Slappna av, hon är mycket äldre än Marilyn Monroe var«, replikerade Alf då.

Han kunde inte förstå varför denna mogna, eleganta och resursstarka kvinna föll för honom, nästan bara en pojkvasker. Men hon föll. För Alf såg det uppbyggligt nog ut som om hon attraherades av hans åsikter, sättet han uttryckte sig på, helt enkelt av idéerna han presenterade. Hennes ögon fick en särskild glans, hela uttrycket blev exalterat – Alf trodde först att hon spelade komedi, men det var äkta – när han berörde ett tema från ämnet hon just hade börjat studera. Det var hennes enda synliga svaga punkt, bristen på akademisk bildning, utöver den konsthistoriska alltså. Hon ville så gärna lära sig mer, men det stannade ofta vid föresatserna. Hon klippte ut varenda »tung« artikel ur tidningarna för att läsa den senare, men urklippen låg och samlade damm medan de gulnade i en hylla. På vintern, i mer sakliga stunder, använde hon dem att sätta eld med medan hon hellre fördjupade sig i bruksanvisningen till den nya espressomaskinen.

Ändå trivdes Alf med Charlotte, eller Lotte som vännerna kallade henne. Han var stolt när han väntade i Frederikke och fick syn på henne genom fönstret, såg hur hon kom skridande över den öppna platsen lika självmedvetet som en modell på catwalken. Hennes yttre hade verkligen något aristokratiskt över sig, hon var lång och slank och det kastanjefärgade håret var alltid uppsatt, även på vardagarna, som om Blindern var en balsal. Hon använde ofta sjal och dyrbara sjaletter, drog sig inte heller för att gå klädd i päls. Charlotte var kanske inte hedersmedlem i Mensa men var å andra sidan klok och varm, och hon hade en uppfriskande okonventionell smak. Hon gillade till exempel Ennio Morricones filmmusik, spelade den oavbrutet i bakgrunden. De gifte sig i Rom, utan festivitas; hennes bröllopsgåva var att visa honom Florens, rubb och stubb. Hemma igen lämnade Alf utan sorg lägenheten som han hade varit tvungen att skaffa sig sedan ägaren till Bertoluccilyan i Uranienborg terrasse hade återvänt hem. Från ett krypin med en atmosfär som avgångshallen på en liten nordnorsk flygplats, inklusive plaststolarna, flyttade han ner till hennes klirr av smycken och smakfulla inredningsdetaljer på Inkognitogaten. Mest av allt tyckte han om den inspirerande utsikten mot nummer 16, huset som stod och påminde om fysikern Kristian Birkeland. För Alf blev mötet med Lotte Land som att införas i ett Lottoland. I början var det som om han hade vunnit en jättevinst, blivit delaktig av en stor och oväntad rikedom.

Det skulle bara fattas att han inte hjälpte henne på galleriet, tog på sig de stiliga vita och pastellfärgade kostymer hon köpte till honom – innan de kom på modet genom TV-serien »Miami Vice« – och ställde upp på alla vernissager. Han var, som Harald Veber skulle ha sagt, den perfekte värden vid Charlottes sida, kunde till välbärgade kunder, som fann det värdefullt att få lite konstprat till på köpet, kläcka ur sig små pikanta föredrag om allt från Rembrandts sensuella »Batseba i badet« till nyanserna i Bonnards sinnliga målningar av sin hustru, Marthe, i färd med att tvätta sig eller bada. I motsats till Alf, i alla fall den Alf som började trivas som mediefavorit och rikstyckare om postmoderna fenomen som Odd Nerdrums bilder, tog inte Charlotte samtidens konst på allvar utan gav Alf menande blickar när hon samtalade med de självgoda målare som ställde ut på hennes galleri. Innerst inne beundrade han henne när hon på tu man hand hemma över en extra torr Vodka martini skrattade åt deras lättviktiga koncept.

Bara på ett enda ställe tog det emot för Alf: i sängen. Charlotte, denna annars så fina och delikata kvinna, förvandlades till en annan, betydligt mindre älskvärd varelse när hon älskade, fick en att föreställa sig att man befann sig i en träningsstudio, inte i en kärleksakt: hon red honom hårdhänt och med samma höga, utdragna stön som när hon i tennis slog sina tunga slag från baslinjen. Tröttsammast var hennes krav på orgasm, som inte kunde åstadkommas på vilket sätt som helst. Alf förstod aldrig vilken bakgrunden var, om det var en hemlig fantasi eller en vana hon hade lagt sig till med, men för att nå klimax måste hon stå högt i brygga, så att han tvingades upp på knä samtidigt som han måste hålla henne under höften med den ena handen och gnida den andra handens tumme mot klitoris – medan han fortsatte att stöta in i henne. Det kunde ta förvånansvärt lång tid och han blev oftast obehagligt stel och trött, gruvade sig nästan för varje nytt samlag eftersom han visste att det skulle sluta med detta, i brygga, i en omvänd svanhoppsform, en ansträngande, svettdrypande final som berövade honom de sista krafterna, en brygga som inte ledde någonstans. Han hade visserligen letat efter en smidig form av erotik, men detta var inte barock, det var brutalism. Det fanns varken tid för ömhet eller extra energi till någon extas. Emellanåt blev han så utmattad att han simulerade utlösning för att kunna lägga sig ner och äntligen få slappna av, åtminstone för en kort stund. Charlotte Land var inte en kvinna för en man med dåligt hjärta, för att uttrycka det så. När han hade varit på toaletten och kom tillbaka till sovrummet fick den genomträngande lukten av kön och kropp honom att tänka att sängen var ett ysteri, att av Wedel Jarlsberg, det adliga hos henne, återstod nu bara osten. Det var annars något han visste sedan tidigare: de få möjligheter till adel Norge hade var borta sedan länge.

Å andra sidan insåg Alf att han blev en allt mindre attraktiv partner i hennes ögon, särskilt sedan allmänheten hade ställt sig så föraktfullt avvisande till hans försök att introducera »Den nya barocken« som förklaringsmodell till samtiden. I själva verket var det paradoxalt eftersom hon hade varit en inspiratör under skrivprocessen; boken var inte minst en påfågelsstjärt utbredd för att imponera på henne. Han hade äntligen funnit någon som utgjorde det prinsesstest som tvingade honom att använda alla de skenbart lösryckta och oanvändbara kunskapsfragment han så länge hade samlat på. Därför sårade det honom att även Charlotte fnyste åt arbetet, bekräftade att barocken tycktes vara en mem som var helt försvunnen ur det mänskliga medvetandet, åtminstone i Norge. Under alla omständigheter förlorade han sin trovärdighet och var inte längre en koryfé som hon stolt kunde visa upp i sin krets eller på gallerijippona, här, har du hälsat på Alf Veber, ja, det stämmer, han var på TV förra veckan.

Då och då lägger sig en människas spelbrickor i ett annat mönster och denna metamorfos kan vara så tydlig att vederbörande själv märker den. Inte sällan sker det också vid en bestämd tidpunkt på dygnet, i vargtimmen, under de minuter då en lång natt går mot morgon. Alf hade börjat sova dåligt under åren efter den misslyckade boken, till och med efter ett energikrävande samlag som borde ha skickat honom rakt in i drömmarnas land. I stället för att ligga och vrida sig klädde han på sig och gick ut.
Han tog långa promenader på den tiden, ofta förbi Majorstua och uppåt, upp till Holmenkollen, som för att skaffa sig en ytterst välbehövlig överblick. Den lilla öppna platsen vid Kragstatyn var ett favoritställe. En natt stod han där som vanligt, stirrade ner på staden och alla ljusen utan att se dem, medan tankarna malde och malde. Man borde ha som mål att finna en idé av sådan beskaffenhet att man ville använda all sin tid på att förmedla den, all sin skaparkraft på att kämpa för den. Jo visst. Men vilken idé skulle det i så fall vara?

Han tycket särskilt mycket om timmen när det ljusnade, när landskapet trädde fram nedanför honom, men denna morgon kom i stället tjockan smygande, den förhatliga tjocka som hade förstört så många backhoppningstävlingar i Holmenkollen. Han såg det som ett förebud. Han var på villospår. Befann sig i dimmornas värld. Senare kunde han aldrig avgöra om det var genom en viljeakt eller om det berodde på andra faktorer, men den natten var det något som bytte plats hos honom och han insåg att han måste överge idé- och lärdomshistoria, finna en annan plattform. Före lanseringen av boken hade han tänkt ut en genial plan för avancemang på institutionen, som en biljardspelare vilken i ögonblicket innan kön träffar bollen har beräknat vinklar och sammanstötningar. Ingenting gick som planerat. Nu måste han fundera ut ett alternativ.

På sätt och vis hade Alf redan, utan att veta det, slagit in på ett annat spår som skulle föra honom till en annan institution. Som en av de första i den humanistiska miljön hade han luktat på datamaskiner och deras logik, deras tänkesätt så att säga. Det var medan man fortfarande använde ordet EDB, elektronisk databehandling. Alf hade dessutom, hjälpt på traven av Merlin, lärt sig ett par av de enklaste programmeringsspråken så att han kunde använda begrepp ur deras vokabulär och grammatik, förutom ord som flödesschema och algoritm, i undervisningen i idé- och lärdomshistoria. Han hänvisade ofta till Merlins påstående om att vi inte hade tillräckligt bra mjukvara för att kunna tillgodogöra oss den hårdvara vi förfogade över – och hoppades att studenterna skulle tolka uttalandet i överförd betydelse. Själv tänkte han på pappans spekulationer om att våra tankar inte dög riktigt till när det gällde att hantera de medvetandets kopplingsmöjligheter som låg latenta i våra hjärnor.

Eftersom han som idéhistoriker hade visat en viss nyfikenhet på det informationsteknologiska området fick Alf tidigt en överraskande förfrågan från dem som planerade den nya Institutionen för medier och kommunikation. Skulle han vara intresserad av en tjänst? De hade särskilt lagt märke till hans små artiklar om multimedia, om hypertext och interaktion. Han tackade nej men underhöll sina kontakter. Alf hade egentligen ingen större tro på datamaskinen. Men efter natten vid Kragstatyn, när bitar flyttade på sig i hans inre, ringde han några samtal och fick reda på att erbjudandet från den färska institutionen kvarstod och han slog till. Han kom ihåg Mikaels periodiska tabell över grundämnena, uppsatt ovanför sängen. Föga visste Alf då att han en dag skulle komma att dyrka ett av dessa grundämnen, silicium, den viktigaste byggstenen i mikroprocessorernas halvledare, att han en dag skulle bli en uttolkare av de nya mönster man skrev på sten, sand. Silicium, det nya Elysium.

Även om Alf Veber blev en del av staben i den nya tvärvetenskapliga miljön kring Institutionen för medier och kommunikation, upplevde han speciellt de första åren som frustrerande. Han fann inte det han letade efter, ett nytt, inbjudande grottsystem. En idé värd att viga sitt liv åt. Kanske lika bra det. Charlotte var för sitt vidkommande skeptisk, uppfattade datorer uteslutande som förvuxna räknemaskiner. »Längre bort från något kreativt kommer man inte«, sa hon alltid. Hon hade möjligen rätt. Problemet i samband med kartprojektioner förföljde honom. Varje gång han upptäckte ett fascinerande och skenbart tredimensionellt forskningsobjekt, blev det löjligt platt när han började undersöka det närmare, skriva, på samma sätt som en imponerande ballong blev en oansenlig liten sladdrig sak när man släppte ut luften ur den.

Trots att studenterna uppfattade honom som en framsynt lärare i de digitala medierna gjorde Alf sig inte offentligt bemärkt genom tjänsten på den nya institutionen, vacklade bara omkring som om han var inspärrad i både sig själv och i Blinderns, senare Forskningsparkens, labyrinter. Förhållandet med Charlotte var snart bara en formalitet. Förutom Morricone hade hon samtliga LP-skivor med James Last. »Ironi«, sa hon och gjorde citationstecken med fingrarna första gången Alf fick syn på dem och höll upp »Trumpet à gogo«. I grund och botten präglades hela äktenskapet av ironi, ett flitigt användande av citationstecknen. På klitoris också. Bortsett från att det erotiska absolut inte var något att skämta med. En gång när de älskade slog hon till honom för att han slutade innan det gick för henne. De kom från en fest, och under hennes stånkande och hänsynslösa ritt hade han blivit distraherad av att hennes öron- och halssmycken gnistrade och klirrade – som en kristallkrona i en stinkande djungel. Alf ställde in sig på att äktenskapet var slut.

Eller kanske inte. I början av seklets sista decennium bjöd Charlotte med honom till Venedig, till Europas hjärta, som hon sa. I hans ögon liknade det ett försök att återuppliva ett dött förhållande genom att ta honom med till det land de hade gift sig i. På planet ner pratade hon ivrigt om allt hon skulle visa honom, särskilt Carpaccios och Tintorettos målningar som hängde nästan överallt i lagunstaden. Alf gruvade sig, för hennes sätt att konsumera konst liknade hennes älskog, ett maraton, galleri efter galleri tills man segnade till marken på grund av syrebrist. Något vibrerade ändå i bröstet på Alf, i hans inre geigermätare, en föraning om att något kunde inträffa. Han var intresserad av de nya apparater som kunde ställas på stand by. Då och då låg han på soffan i vardagsrummet på Inkognitogaten, i mörker, omgiven av små röda lampor. Inte bara äktenskapet, hela livet, karriären, stod på stand by.

Eftersom de bodde på Danieli – bara det flottaste var gott nog åt Charlotte – passerade de Markuskyrkan första morgonen på väg till några av de museer och palats som Charlotte hade på sin långa lista, och när Alf föreslog att han lika gärna först som sist kunde avverka detta obligatoriska mål, gav hon lite otåligt med sig. Men Alf kom aldrig längre än dit, det vill säga inne i denna makalöst utsmyckade kyrka förmådde han inte ens spärra upp ögonen: Alf kom bara till golvet. Han hade inte blick för de gnistrande, religiösa bildmosaikerna uppe på väggarna och i taket; han såg uteslutande de abstrakta, nästan hypnotiserande mönstren under sina fötter, bildade av större bitar, sten bredvid sten, röd porfyr, grön serpentin, vit marmor och färgad marmor, också glas. Han sa senare att han hade en Damaskusupplevelse inne i Markuskyrkan, att han blev omkullslagen och åter blev omvänd till en tro på att det måste vara möjligt att uträtta något, tänka i ambitiösa banor. För här, trots att kyrkan betecknades som bysantinsk, såg han sin egen barockbok återspeglas i golvet, i stenform så att säga. Nästan lättad konstaterade han att denna mem, denna verklighetsuppfattning inte så lätt skulle låta sig utraderas som han var rädd för. Men han förstod också något mer: framför honom låg ett nytt fundament, en gedigen utmaning i form av ett tankemönster, som i sin tur bara var ett annat ord för inspiration.

Efter den första chocken insåg han hur otänkbart det var att stöta på ett sådant användande av sten i Norge. Inte bara för att vi var ett land i utkanten och därför hade ett, för att använda ett milt uttryck, magert kulturhistoriskt renommé, utan också för att en sådan kreativitet aldrig hade snuddat vid vårt land. Inte ens om man beaktade vårt enda storverk inom medeltidsarkitekturen, Nidarosdomen, en kopia av andra katedraler och med ett golv så föga anmärkningsvärt att man lade ett nytt till kyrkojubileet 1930, även detta blekt och alldagligt. På sätt och vis hade han stött på något som liknade Markuskyrkans golv, men på ett betydligt mer personligt och obetydligt plan: dessa stenplattor, mönstren, påminde honom om Veras stickning. Golvet var också en ansamling av pyttesmå saker, enkla konststycken, som tillsammans blev något överväldigande vackert.

Charlotte blev utled, tilltalade honom strängt, drog honom till och med i ärmen, men han brydde sig inte om henne, visste att han stod inför en karta, en genial projektion av någon outsägligt värdefull idé. Hon lämnade honom, vandrade ihärdigt och outtröttligt omkring i konstpalatsen, bara för att hamna på Harry's Bar, där hon inte drack Bellini, utan Vodka martini utan martini. Han stannade kvar, lät sig berusas av golvet i Markuskyrkan, stegade hit och dit på denna matta av sten, började kasta ner detaljer, olika figurer, i en liten anteckningsbok. Medan

Charlotte var i Scuola Grande dei Carmini och Scuola Grande di San Rocco och Scuola di San Giorgio degli Schiavoni, kröp Alf omkring på Markuskyrkans golv och studerade konstellationer skapade av små fyrkanter, parallellogram, cirklar, som omvandlades till ständigt nya mönster, precis som bitarna i ett kalejdoskop, försökte få in i huvudet att det var möjligt att skapa något som på ett så förebildligt sätt förenade hantverk och konst. Vid en frukost försökte Charlotte övertala honom att följa med till ett museum, jag ska träffa chefen för Peggy Guggenheim-museet, sa hon, ett privilegium, sa hon, jag ger fan i Peggy Guggenheim, sa han, visste att Peggy Guggenheim-chefen, vem det än var, skulle vara ett hån, en gäspning, i jämförelse med golvplattorna i Markuskyrkan. Hon slängde något i väggen, uppmanade skrikande en förvirrad servitör att slappna av, hon skulle betala. »Jag avskyr din mani på oväsentliga detaljer«, sa hon, stod med sidan mot honom, fäktade aggressivt med högerarmen, »ditt sjukliga försök att se saker bakifrån, vända på stenar.« Han lät henne gå i väg sur och ensam, han vägrade att slösa med tiden, ville använda varenda ledig sekund för att specialgranska de mönster som framträdde i tre dimensioner, obeskrivliga: en stjärna alldeles intill den ena ingången lyftes upp i luften, svävade. Sten i olika färger, huggen till små trekanter och fyrkanter, bildade levande figurer. Bara ett golv, trampat och nedslitet av människor i århundraden. Och ändå mer värt än alla norska byggnader tillsammans.

Varje morgon, medan Charlotte bistert promenerade i väg längs kanalerna mot nya berömda konstverk, rusade han raka vägen till kyrkan och stannade där till kvällen, stegade över det böljande golvet som faktiskt gav en svag känsla av att man surfade. Anna Fleischer berättade under ett symposium vid Akbars hov – efter att först ha påpekat att Venedig under sin storhetstid självfallet var republik – att en ojämnhet i golvet i Markuskyrkan, höjdskillnaden mellan två marmorplattor, spelade en central roll för huvudpersonens minne i Marcel Prousts romanverk »På spaning efter den tid som flytt«, och Alf kunde förstå det, att ett så omfattande litterärt universum kunde ha något med en sådan bagatell att göra, för summan av bagateller, de enskilda stenarna, i detta golv utgjorde ett helt kosmos, nästan en oändlighet, som han aldrig hade sett maken till.

En kväll kom Charlotte in i kyrkan och fann honom när han satt på huk och ritade av ett geometriskt mönster på ett A4-ark. Hon var tydligt berusad. Med en nedlåtande blick slet hon papperet ur händerna på honom och rev det i många små bitar, lät dem dråsa ner över honom, ett slags konfetti lämpligare att användas vid skilsmässor än på bröllop, innan hon lämnade honom igen. »Hon är sjuk«, mumlade han till folk i närheten. »Ursäkta, ursäkta så mycket, hon är sjuk.« Han gjorde en cirkel med fingret vid tinningen. Sa »matta«, det italienska ordet för galen. De skrattade. Han skrattade med dem. »Matta«, upprepade han, »matta, matta.« Alf I. Veber. Alf Innocentius.

En eftermiddag medan han undersökte om alla dessa golvmönster möjligen kunde ha en överordnad design, ett slags mästerplan – han fann aldrig någon punkt uppe på läktarna varifrån han kunde se hela ytan – förstod han att den idé han nu hade kommit på spåren på ett oklart sätt hängde ihop med vad han arbetade med inom medievetenskapen där hemma: datamaskinen. Återigen: vilken stimulans, vilken handräckning från oväntat håll.

Även om Alf både något motvilligt och något slumpmässigt hade glidit över till medievetenskap var det ingen tillfällighet att han på detta mångfasetterade område koncentrerade sig på fenomen i samband med datorn, föreläste och ledde seminarier och var handledare för studenter på ett fält som såg ut att växa i betydelse från den ena dagen till den andra. Tack vare Merlin, som också höll till i Forskningsparken, fick han gratis input från hardcorefronten så att säga. Merlin umgicks med de verkligt stora maskinerna på Blindern, universitetets elektroniska centrala nervsystem, och talade dessutom ett mer fundamentalt maskinkodspråk. Merlin var ogift, körde fortfarande skoter, men en dag hade han plötsligt hängt undan kostymerna och parkasarna från sextiotalet för gott och börjat klä sig i slitna jeans och svarta T-tröjor. Det hände ungefär samtidigt som han berättade för Alf om den lilla dator, kallad Macintosh, som just hade introducerats av en liten amerikansk firma vid namn Apple. »Glöm The Beatles skivbolag«, sa Merlin befallande, »detta är den sanna kunskapens frukt!« Därefter struntade han också i modsgrupperna som han så länge hade varit lojal mot och började i stället spela musik av

Captain Beefheart, Leonard Cohen, Velvet Underground och Lou Reed. Merlin hade en kolartro på att de stod på tröskeln till en ny tid som präglades av en stormande förälskelse mellan teknologi och kapital; den som insåg betydelsen av att världen gjordes om till serier av nollor och ettor skulle kunna tjäna stora pengar. »Vi ska bli rika, Alf«, sa han en gång då de satt hemma i hans husvagn, i fasterns äppelträdgård. »Stenrika.«

För sin egen del kunde Alf fastställa ett senare datum för beslutet att välja ut denna sfär, trots att han snart skaffade sig en Macintosh, inklusive det Hypercardprogram som alltså gav honom insikt i hypertext, det fenomen som han skulle dra så stora växlar på i senare föreläsningar. Det hände en vinterdag 1988. Han hade åkt skidor ensam i Østmarka och skulle ta tunnelbanan tillbaka till staden från Skullerud. I närheten av stationen fick han syn på en alldeles ny byggnad. Han gick närmare, hade alltid varit intresserad av arkitektur. Byggnaden var rena kyrkan, stora blänkande glaskonstruktioner och smäckra snedtak. Rena Ishavskatedralen. Han frågade en man som gick förbi och fick veta att det var Norsk Data. Naturligtvis. De höll till på Økern men hade flyttat hit nu. Norsk Data. Ett ambitiöst namn. Skulle man äntligen få ett bolag som var Norges ansikte utåt liksom Volvo var Sveriges? Alf visste att företaget dittills hade klarat sig uppseendeväckande bra, att man redan tidigt fick ett kontrakt på att leverera datamaskiner till forskningsinstitutionen CERN utanför Genève, där man gjorde banbrytande försök att ta reda på mer om tillvarons grundläggande beståndsdelar. Kontraktet undertecknades 1972, samma år som EG-omröstningen. Norge sa nej till Europa, men Europa sa ja till oss.

Alf satt i Markuskyrkan i Venedig och tänkte på detta. På datamaskiner. Därför att processerna i dem också, liksom i Veras stickning, byggde på principen att skapa mönster genom att lägga bit till bit – på samma sätt som man här hade placerat sten intill sten. När han stod uppe på läktaren och funderade på om golvet nedanför honom kunde vara en väldig labyrint, kom han att tänka på en av sina tidigaste erfarenheter av Blinderns datamaskiner: Grottspelet. Ungefär samtidigt som Merlin begravde sina modsreliker introducerade han Alf i denna förföriska underjordiska värld, och dessutom fick Alf tillgång till en maskin utan tidsbegränsningar. Han

var fast, satt under en period varenda kväll och försökte komma så långt som möjligt i detta spel som på engelska hette Adventure och var helt och hållet textbaserat. Somewhere nearby is Colossal Cave, where others have found fortunes in treasure and gold, though it is rumoured that some who enter are never seen again. Man kom in i rum med saker som man kunde ta upp, lampor, flaskor, mynt, nycklar – jag har det! jag har
 det! – och som sedan kunde användas i rum mycket längre in, där det bodde troll och monster. A huge green fierce dragon bars the way! Men där det också låg diamanter, skattkistor. Han blev besatt av detta, av att lyckas öppna så många dörrar, komma in i så många rum som möjligt. Han tänkte på Vera. Att han återigen var fången i ett slags kapplöpning med tiden. Och samtidigt var han förhäxad av den vackra mosaik han kunde ana bakom de eggande textsjok som dök upp på skärmen, som om vart och ett var ett löfte, lyft här, i den här fliken, och du kommer att kunna hala in ett gigantiskt nät. Han blev ofta utskälld av Charlotte under de månaderna, kom alltid för sent till middagar och möten för att han hade suttit och spelat. »Du är fortfarande en grottmänniska, en djävla Cro-Magnon-man«, hade hon skrikit. Han märkte något av detsamma nu, medan han studerade golvet i Markuskyrkan, att äktenskapet löstes upp i samma takt som han hann kartlägga stenformationerna inne i denna mäktiga bysantinska grotta.

Mot slutet av vistelsen i Venedig trodde Alf att han skulle bli sinnesförvirrad; sista dagen gick han vilse bland sina egna skisser av golvmosaiken, kunde inte hitta fält som han hade kopierat i anteckningsboken så sent som föregående dag. Vid en tidpunkt kände han sig fullständigt inspärrad i plattmönstret, kunde nästan inte flytta fötterna. Han började kravla omkring, känna med fingrarna på stenarna. Folk stannade villrådiga. Bara med en kraftansträngning lyckades han resa sig upp. Och medan han stod där och liksom skakade sig själv vaken, anade han, åtminstone i ett kort ögonblick, att han lika mycket som att bli stimulerad hade fått se en skymt av något osunt, farligt. Sedan var insikten borta. Han borstade av damm från knäna. Genom dörröppningen kunde han se Charlotte sitta och vänta på ett av kaféerna vid torget utanför, hon hade för länge sedan slutat att tjata, satt och pratade med en annan man innan hon släpade sig om hörnet och ner till Harry's Bar för att dricka Vodka martini utan martini. Ingen seger utan förlust.

För Alf kände för sitt vidkommande att Markuskyrkan hade räddat honom. Att han äntligen fann en utväg ur en existentiell labyrint och samtidigt blockeringen i yrkeslivet. När han lämnade kyrkan kastade han en blick över axeln och tänkte: Vi måste se till att utsätta oss för sådana impulser, för detta konstnärliga format, för det bästa i europeiska idéströmningar, även moderna. Han såg konturerna av ett nytt lockande grottsystem. En affärsidé faktiskt. Något om behovet av att bygga en bro, en brygga, en – vilket var nu ordet – portal som förmår ta emot, öppna för detta det nästan viktigaste av allt: möjligheten att bli inspirerad.

Efter denna resa var förhållandet mellan honom och Charlotte slut. De hankade sig igenom några veckor till innan hon sa det en morgon. Men hennes motivering överraskade honom. Han trodde att hon skulle gorma, säga att han hade ett hjärta av sten. Eller kalla honom en erotisk vekling eftersom han inte orkade hänga med i hennes krävande fysiska excesser, men hon kysste honom lidelsefullt, hon hade aldrig kysst honom så varmt, ömt, sköt honom därefter på armslängds avstånd och höll fast hans blick: »Om jag ska vara ärlig tror jag att du alltid har älskat någon annan«, sa hon. »Det är det ena. Men för det andra orkar jag inte leva ihop med någon som grubblar hela tiden. Som tar allting så förbannat allvarligt.« Hennes gröna regnbågshinnor, det kastanjefärgade håret. Plötsligt började han tvivla, visste att det var för sent. »Du påminner mig om en baby«, sa hon, »du har för stort huvud och för liten kropp.« Hon log, kanske till och med ironiskt, medan hon slog fingret lätt mot tinningen, mot skallbenet som dolde hjärnans vindlingar. »Matto«, sa hon lågt, fortsatte att le. »Matto, matto.«

III. MINNET

HAN HÖLL VANSINNET på avstånd genom att arbeta målmedvetet på hotellrummet vid Tottenham Court Road. Affärer. Eller avveckling av affärer. Ett radikalt beslut. Många telefonsamtal, många mejl, fax. Lägenheten som Charlotte generöst nog hade gett honom till skänks en gång i tiden var redan såld. Tack och lov. Skulle ha tagit månader. Alf hade tänkt att han inte fick komma seglande med lik i lasten, att han ju skulle bygga upp en ny tillvaro med Anna. Genom sin advokat gjorde han sig nu av med resten av sina tillgångar. Inte småpotatis precis. Det skulle vara mera praktiskt om du kom hem, sa den reserverade men väldigt duktige herre som sedan länge hade skött Alfs ekonomi. Jag har gått igenom en enkelriktad portal vid Kragstatyn, sa Alf. Det finns ingen återvändo. Du får komma hit. Han kunde höra hur advokaten suckade i den andra änden.

Mötet ägde rum på Heathrow. En hel eftermiddag. Underskrifter. Det gällde mer än att bli av med några stackars uppslagsverk nu. En bekymrad advokat. Alf som lugnade honom, talade om en ny, vitaliserande utmaning. Om att äntligen kunna utveckla sig. Pengarna skänkte han till olika institutioner och organisationer. Han lyckades inte känna minsta stolthet över detta. Han hade inte gjort sig förtjänt av förmögenheten. *Tvivlar på om Adam Smith ska med*, skrev han i anteckningsboken i tunnelbanevagnen på väg tillbaka till Londons centrum. *Lite sent under perioden. Men en viktig poäng att nationelekonomi ursprungligen var moralfilosofi. Fullständigt förträngt i vår tid. Adam Smith studerade ju bland annat teologi. Men även i dag styrs världsekonomin av dogmer. Matematiska mest. De eventuella etiska övervägandena försvinner bland uträkningarna. Obligationer har ersatt oblater.* (*Kan finansiell girighet betraktas som en mem? En smitta som sprider sig i allt vidare kretsar i affärslivet?*) Dessutom, nästan genom en ingivelse, satte han in tre miljoner på ett konto som tillhörde en vän som stod i begrepp att bilda ett bolag. Något visionärt. Stora risker. Behövde venturekapital. Personen i fråga ville inte höra talas om någon gåva, sa att han betraktade det som ett lån. Samme vän förvarade den enda ägodel Alf brydde sig om, överlämnad före avresan till London, nämligen det astronomiska kompendium han hade fått av Johanne. »Mitt livs talisman«, sa han. »Lägg det i ditt bankfack. Man vet aldrig. En dag måste jag ut och navigera igen.«

Sedan allt tråkigt pekuniärt var undanstökat strosade han ner till Themsen med den bärbara datorn under armen, nynnande som mamman. Inte Frank utan Bruce. That night we went down to the river, and into the river we'd dive, oh, down to the river we'd ride. Plötsligt fanns den bara i huvudet. Lika malplacerad som adekvat. Sen kväll. Förstöra bevis. Göra sig av med vapnet. En apparat med program mer destruktiva än nervgas. Borde ha tagit skyddsdräkt på. Under ett av telefonsamtalen berättade advokaten, utan att veta något om Alfs befattning med saken, att även Norgeportalen hade varit tvungen att stänga ett dygn på grund av virus. Alf gillade att höra det. Som om hela kungadömet Norge hade legat i ruiner en kort stund. För ett ögonblick ångrade han ingenting.

Tower Bridge. Måste bli Tower Bridge. Nära kronjuvelerna. Han stirrade ner i det svarta vattnet, tänkte på allt annat som hade kastats i här. En flodbädd full med dåligt samvete. De sju dödssynderna. Som Trojas sju lager. Man kunde säkert bygga ett museum för fynden på bottnen om vattnet plötsligt skulle försvinna helt och hållet. Eller en lådbil. Inga fotgängare inom synhåll. Datorn for åt sidan när han släppte den, som om allt den representerade var så lätt att den undgick gravitationen. Ett plask, en knappt synlig cirkel, satte punkt för datortiden, ett halvt liv. Därefter mobiltelefonen, ett nytt plums. SIM-kortet, en framtida Rosettesten. Lättnad. Men också en antydan till fantomsmärta där mjälten skulle ha suttit, som om också dessa hjälpmedel efter så lång tid hade blivit en del av hans kropp och nu lämnade ett tomrum efter sig.

Känslan försvann under nattens lopp. Morgonen kom med en beslutsamhet som han inte hade känt på många år – bortsett från i snögrottan. Och en känsla av frihet. Påminde om första vårdagen med lätta skor i barndomen. Kunde det ha något att göra med att Mikael hade slagit honom till marken? Han ryggade för tanken. Ska jag, som alltid har eftersträvat en förvandling genom intellektet, uppleva att ett fysiskt slag mot kroppen är mer verkningsfullt? Han visste i alla fall vad han skulle göra. Stanna här. Stanna i London och se vad som hände. Något väntade på honom, han visste bara inte vad. En oansenlig men helande gul blomma. En hemlig passage.

Han hade behållit en summa pengar. Tillräckligt för några månader.
Tillräckligt för flera månader om han levde sparsamt. Hade han inte funnit vad han sökte när pengarna tog slut kunde det göra detsamma. Han gick till en YHA Adventure-butik, tog god tid på sig, kollade ingående varje produkt, kom ihåg utfärderna i Lillomarka med Johanne, en erfarenhet som kunde komma väl till pass nu. Han köpte ryggsäck, tvåmanstält, sovsäck, liggunderlag, stormkök, lykta plus en del mindre men nyttiga saker. Dessutom fritidskläder, en stark vattentät jacka, fleecetröja, grova skor. I resväskan hade han också en del han kunde använda, packade ner alltihop i ryggsäcken.

Hotellpersonalen fick veta att han skulle ut och resa i England – han nämnde något om Lake District. Utmärkt, herr Veber. Vi kan naturligtvis förvara resväskan här. Fjorton dagar. Han insåg att han innan dess måste ha funnit en bättre lösning.

Allt föreföll plötsligt enkelt, självklart. Efter Anna, efter de pinsamma uppträdena, efter sina onda gärningar, kände han ett oemotståndligt behov av ensamhet. Samma behov hade inställt sig efter recensionerna av Den nya barocken. Høgåsen och Øvre Blanksjø den gången, en vattenspegel och en stjärnhimmel. Räddade livet på honom. Det slog honom som en lustighet: även nu hade han lidit nederlag på grund av något barockt, hans evinnerliga benägenhet att överdriva. Det idiotiska infallet på mottagningen, det överspända pratet uppe i Oxo Tower, en översvämning av ornament sända från den ena datorn till den andra. Vara mol allena. Enda botemedlet. Bli uteliggare. Inte på gatan. Han hade sett tillräckligt av dessa eländiga stackare runtom i trakten av The Strand, på andra ställen också, förkomna existenser på tidningar, med smutsig papp runt sig. *Nationalekonomi forts.: Bör det inte vara en accepterad idé att inget samhälle har det bättre ställt än sina sämst ställda medborgare?* Han hade lagt märke till en plats redan för många år sedan, vid ett tidigare besök. Det fanns ett Lillomarka i London också.

Tunnelbanan norrut till Highgatestationen. Sedan en rask promenad upp till Highgate Village, där han provianterade, och vidare därifrån ut på Hampstead Heath. Sen eftermiddag. Vår. Färger som glödde. Allt stämde med minnet, även den täta skogen som mötte honom i norra änden. Rena rama Sherwood Forest. Han gick in genom grinden, in på de smala stigarna med tät vegetation på båda sidor. Vardag. Få personer. Luften plötsligt med en kvalitet som fick honom att stanna upp, dra ner den i lungorna. Han tänkte inte gå till Kenwood House, mattorna av påskliljor, eller för att beskåda tavlor av Vermeer och Rembrandt som sist; han sökte sig in i själva skogen. Var det inte hinduismen som opererade med en tredje och näst sista fas i livet, en fas då man lämnade familjen för att uppsöka ensamheten? Hette det inte *vanaprastha* eller något sådant? Johanne talade mycket om det en gång under studietiden, verkade intresserad av idén. Man vandrade in i skogen för att skaffa sig djupare andlig visdom. Tanken spjärnade emot. Jag är absolut inte religiös på det sättet. Dessutom har jag inte någon familj. Bortsett från Mikael och han ger blanka tusan i mig.

Väl innanför stängslet som omgav den väldiga egendomen började han leta efter en lämplig plats. *Inkomst, förmögenhet, är bara en ytlig måttstock. Det är möjligheten att handla som karakteriserar en individs välfärd.* Det var mitt i april. Varmt. Bladen var nästan helt utslagna på de flesta av lövträden. Ett sådant ljus som man formligen sträckte händerna mot föll ner genom trädkronorna. Vårgrönt. Den mest läkande av alla färger. Han lade klockan i fickan, gick sakta på stigarna som slingrade genom den ovanligt täta och skyddade skogen. På en kulle, en slinga av stigen som tydligen få valde eftersom det bara var en omväg, klev han över det låga stängslet och banade sig väg genom buskaget, äkta urskog. Han visste plötsligt vad han gjorde; han hade gjort detta förut. Han letade fortfarande efter det perfekta trädet. Av alla saker var det det han behövde nu, mer än att ligga ute: träd. Vara i närheten av majestätiska träd.

TRÄDKOJAN:
EUROPA

Trädkojan förblev länge en dröm. Det tog inte bara tid att finna ett användbart träd – Alf saknade först och främst en vän av det slag som man bygger storslagna och hemliga saker med. Mötet med Johanne förändrade detta, Alf insåg snart att flickan i Hadrianus villa kunde bli en värdig partner. När han invigde henne i planen, till och med visade henne en arbetsritning, något som liknade ett avancerat kråkbo, svarade hon genast ja, även om hon inte verkade vara alltför imponerad av hans arkitektfärdigheter. »Ser ut som ett riktigt slott«, sa hon med ett underfundigt leende. Ett leende som liksom drog i honom, fick honom att böja sig närmare. »Klarar vi det?«

»Om en av Hamzas män lyckades lyfta en hel elefant, måste ju vi klara av att bygga ett slott i träden«, sa han.

»Ja, det finns för få luftslott«, sa hon lågt, liksom till sig själv.

Trots det sköts bygget upp länge, också därför att Johanne kom hem sent från skolan. Hon gick på S:ta Sunniva inne i centrum. Ingen av föräldrarna var katolik, men hon hade bott alldeles i närheten av skolan förut. »Det kan vara nyttigt att veta lite om Franciscus av Assisi om vi ska ut i skogen«, sa hon.

Det första året gick i stort sett åt till att hitta det rätta trädet. De ville inte bygga något för nära Alunåsen inom räckhåll för alla snorungar, för att inte tala om avundsjuka jämnåriga. Särskilt den obehaglige Floyd och hans gäng. De tänkte bygga något som inte var lätt att hitta, även om det betydde att de var tvungna att bära material och redskap ett långt stycke. I månader letade de efter ett användbart träd. Som dessutom skulle stå på en lämplig plats. Johanne visste mycket om träd, berättade för honom om en ek i Småland, Sverige, med en omkrets på drygt fjorton meter. Det fanns svartpopplar med grottor inuti sig och granar med sju toppar. Att vara tillsammans med Johanne betydde en rad omvägar, distraktioner och ständiga sidosprång.

Det var också tal om genvägar.

Som den dagen då de gick och strosade i landskapet väster om Steinbruvannet ovanför Grorud. Förevändningen var som vanligt att spana efter ett kojträd, men just då var de mer intresserade av att leka druider, keltiska trollkarlar, på väg in i en djup skog för att samla in allt det märkliga som de enligt Johanne behövde för att utöva sina helt häpnadsväckande konster – om hon talade sanning. Johanne såg nästan ut som en prästinna i sin vida jacka och stora lotsmössa. I tankarna kallade han henne ibland Sankta Johanne för att hon gick på S:ta Sunniva. En gång tog han mod till sig och frågade varför hon gick med mössa på sommaren; han trodde att hon möjligen skämdes för sitt röda hår. »För att hålla hjärnan varm, kanalerna öppna«, svarade hon som om det var något självklart. Alf tänkte på pappan. »Det kan lägga sig is på kanalerna, precis som i Nederländerna«, sa hon.

Varje gång Alf stötte på något användbart på marken härmade han älsklingssagans »Jag har hittat den«. Johanne skrattade, uppskattade att han var så läraktig. I kassen hade de kottar, ett par trasiga glasögonbågar, några växter som smakade lakrits och ett par stenar med kattguld på. De hade sett två ekorrar, en bofink och kopparorm. Mycket lovande tecken, sa Johanne.

Plötsligt stannade hon, vädrade och lade ansiktet i nyfikna veck. »Vi är alldeles intill en annan värld«, sa hon. Alf hörde ett brummande ljud men begrep ingenting. De stod framför ett långsträckt, tätt buskage. En vägg av höga enar. »Ibland kan man krypa igenom en passage och komma ut någon helt annanstans«, fortsatte hon. Alf var genast med på noterna, började redan fantisera.

Johanne tog några prövande steg med slutna ögon – samma koncentrerade ansiktsuttryck som när hon gick med en kvist för att hitta vatten – innan hon böjde sig ner och kröp in bland buskarna. Alf tvekade men följde sedan efter. Han befann sig i en trång gång, en tunnel som nästan verkade konstfärdig, men varken gjord av människor eller djur. Han låg stilla några sekunder mitt inne i den dunkla, hemlighetsfulla passagen och njöt av det skydd, den trygghet han plötsligt kände, omgiven av ett tätt galler av stammar och ett tak av doftande barr. Han skulle få en minnesskymt av den dagen varje gång han i framtiden åt vilträtter med enbär som ingrediens i såsen. Johanne ropade bakåt att han inte skulle söla.

Korridoren hade gjorts av en jätteorm. Öppningen kunde sluta sig när som helst. Alf började krypa framåt.

Det ljusnade och han kom ut. Johanne låg på magen i gräset intill ett stup. På randen till något som visade sig vara en väldig krater. Genom att vända sig om upptäckte Alf att de också hade ålat sig igenom hålet i ett högt ståltrådsstängsel, ett hål som var osynligt på grund av det täta buskaget på andra sidan. Nedanför dem, långt nedanför dem, myllrade det av liv. Små kryp i overall och hjälm, grå fordon med flak, bastanta gula maskiner som körde fram och tillbaka på små vägar uppe i sluttningen på motsatta sidan.

»Välkommen till Europa«, sa Johanne.

Alf såg frågande på henne.

»Välkommen till Europa, en av Jupiters månar«, sa hon, irriterad över att han hade så otroligt svårt för att fatta.

Alf förstod att de så att säga via en bakväg hade råkat komma till Krossverket, ett enormt brott som försåg många av Østlandets nya vägar med krossad sten. Men sett på detta avstånd, ur denna överraskande vinkel, måste han ge Johanne rätt: de kunde lika gärna, genom passagen, ha förflyttat sig till en av Jupiters månar. Johanne visste mycket om världsrymden. Hon satt ofta i sitt rum och pratade om en massa saker som Alf inte hade en aning om. En äkta Tandberg. Att han hade träffat en milt sagt annorlunda person började gå upp för honom en kväll när de låg på hennes säng och stirrade upp på nätet hon hade fäst i taket. Hon drog i stjärnan som hängde ner, fick hela nätet att dansa. »Vilken är din favoritmåne?« frågade hon sedan. »Månen«, sa han. »Ja, men vilken?« upprepade hon. »Finns det fler månar?« var han tvungen att fråga. Hon hade sett på honom som om hon inte fattade hans okunnighet. »Vilken är din?« frågade han mest för att blidka henne. »Triton«, sa hon nästan förnärmad. »Varför det?« tyckte han att han måste fråga. »Därför att den i jämförelse med de andra stora månarna i solsystemet kretsar åt motsatta hållet runt sin planet«, sa hon.

Medan Alf hade fullt upp med att stirra ner i kratern, på den liksom obegripliga verksamheten där, började Johanne berätta om vad de såg och om invånarna på Europa. Dessa varelser levde av något så ovanligt som diamanter: de åt dem. Maskinerna och robotarna som Alf såg långt där nere var konstruerade just för att ta ut diamanter ur berget. En form av yrsel fick Alf att lägga sig på rygg. Genom att blunda och ha Johannes röst alldeles intill örat såg han ännu klarare hur livet gestaltade sig på planeten Europa, för det var något som han för länge sedan hade lärt sig genom att umgås med sin nya vän: att fantasin var viktigare än ögonen. Efter att ha avslöjat denna okända planet skapade hon den färdigt, trollade hon fram en hel värld, bara med ord.

De hörde en genomträngande siren och kröp snabbt tillbaka genom öppningen i buskarna. En våldsam knall hördes, en detonation, samtidigt som marken under dem skakade.

»Bäst att vi ser till att komma hem innan de skickar upp fler rymdskepp och hittar oss«, sa Johanne. Inte ens en dynamitexplosion kunde få Johanne ur den verklighet hon skapade sig med hjälp av inbillningen.

På återvägen, utan att ha hittat ett passande träd den här gången heller, gick Alf och funderade på något som Johanne hade sagt, repeterade det tyst som en läxa, ett visdomsord yttrat av en druid: Vi kan öppna en dörr och plötsligt vara på Europa.

Upprepade gånger under de närmaste månaderna begav de sig till zonen där en okänd värld var inkilad i deras kända värld. De kravlade genom tunneln i buskarna, vilken Alf alltmer tänkte på som ett magiskt ormhål. När han tittade upp på grenarnas flätverk tyckte han till och med att han kunde se ett mönster som påminde om det man kunde iaktta på ett ormskinn. Efter vad hon kallade »intensiv forskning« visade Johanne honom en dag vad för slags skrift man använde på planeten Europa; hon illustrerade det med hjälp av tangenterna på moderns skrivmaskin. Tecknet :-) betydde till exempel »Vi har hittat diamanter«, medan &:-D stod för »Kom vi ska äta och sätta på oss perukerna«. Johanne var, förstod Alf sedan, alltid före sin tid.

Allra bäst trivdes Alf på vintern när ensnåret bildade en hög vit mur men då det fortfarande gick att hitta öppningen som förde ut dem liksom genom en istunnel till kraterväggens rand. Därifrån kunde de studera livet på planeten Europa, hur invånarna även på vintern outtröttligt strävade med att föra ut diamanter ur berget, rådiamanter som måste slipas innan de kunde ätas, enligt Johanne. Ju fler fasetter, desto större delikatesser. Och stenbrottet gav faktiskt en ännu bättre illusion när det var snö, för Johanne kunde berätta att planeten Europa antagligen var täckt av is, med mörka ränder på ytan. Astronomer påstod att den såg ut som ett krackelerat ägg. Allt detta stämde med sceneriet framför dem, de långa spåren som lastbilarna hade gjort. »Europa är ett av de få ställen i solsystemet där forskarna hoppas kunna finna liv«, påstod Johanne. »Vi kan nu tala om för dem att de inte har hoppats förgäves. Påminn mig om att vi ska skriva ett brev till NASA när vi kommer hem.«

Det var något med Johanne och diamanter. En vårkväll fick hon för sig att hon skulle lära Alf Juvelernas spel. Kände han till Kipling? Nej, det hade inte något med tuggummi att göra. Författaren Kipling. Återigen den där minen som om hon hade svårt för att förstå hans okunnighet. Medan hon hämtade en tygpåse från hyllan där hon förvarade sina käraste ägodelar berättade hon därför kortfattat om boken Kim, om Kims äventyr som vid ett tillfälle förde honom till staden Simla norr om Delhi och till Lurgan Sahibs butik med fler underverk än museet i Kims hemstad Lahore. Det var där Kim lärde sig Juvelernas spel. Johanne hällde ut påsens innehåll på ett kopparfat. Alf kände sig förflyttad till en saga om Hamza. Det var stora diamanter i många varianter, kanske tjugofem stycken, till och med Alf begrep att de måste vara konstgjorda, men glansen de gav ifrån sig gjorde dem ändå åtråvärda. När han kände på ett par av dem verkade den gula varm och den vita kall. De kom från Amsterdam, berättade Johanne. Kopior av kända stenar. »Det här är Hope«, sa hon när hon tog upp en. »Inte störst men å andra sidan blå. Från Indien. Man trodde att det var en gåva från en av gudarna. Diamanten satt antagligen som ett öga på en tempelstaty ända fram till 1600-talet. Några påstår att det vilar en förbannelse över den.« Alf lade genast tillbaka den. Johanne uttalade andra magiskt klingande namn: Orlov, Vargas, Jubilee, Excelsior. »Och här är Agra, den rosa diamant som Babur gick omkring med i sin turban.« Alf lyssnade koncentrerat på allt hon sa, hade varit intresserad av ädelstenar och pärlor ända sedan den där dagen då Veras pappa kallade honom »ett barockt barn«.

»Titta noga på dem och försök komma ihåg dem«, sa Johanne. Alf stirrade, stirrade tills de nästan började likna geléfrukter, något som kunde ätas, tills Johanne kanske efter en minut oväntat lade en tidning över fatet. »Få höra. Hur många kommer du ihåg?«

Alf började rabbla upp dem, pekade på var de låg, angav storleken och om de var runda, ovala eller rektangulära. Han klarade ändå bara hälften.

»Inte dåligt«, sa Johanne. Men sedan beskrev hon själv stenarna under täckelset. Allihop. Inte bara namn och färg utan i detalj – »den fantastiska gula Tiffanydiamanten funnen i Sydafrika, troligen 1877, en kuddslipad briljant på 129 karat och med 90 fasetter« – hon citerade till och med en nästan osynlig inskription på en av de största juvelerna.

»Men du kan ju det redan«, försvarade Alf sig med.

»Det handlar i alla fall om träning«, sa hon. »Det är förvånansvärt hur många saker man kan komma ihåg om man bara lyckas fläta in dem i en historia.«

Som för att illustrera, eller för att vidga hela perspektivet, tog hon ner en gyllene metallkrona från hyllan. Från samma butik i Amsterdam, sa hon. Kronan var full med hål och varenda ädelsten på kopparfatet passade på ett bestämt ställe. »Titta här«, sa hon och tryckte den gröna Dresdendiamanten på plats, Hopestenens syster. Alf kom ihåg något liknande, en av sina första leksaker, olikformade klossar som skulle in i sina respektive hål. Ett slags intelligenstest. Han började genast placera in de olika diamanterna i kronans öppningar, fäste dem med ett klick, den päronformiga Star of South Africa här, Koh-i-noor med sina sextiosex fasetter där, behövde inte så mycket tid. Kronan såg nu helt äkta ut, liknade en sådan som han hade sett på bilder från Tower of London. Juvelerna av glas var källsprång av färger, gav ifrån sig ett pulserande ljus, ungefär som glöder.

Johanne satte den högtidligt på hans huvud och proklamerade med tillgjord röst: »Var krönt du – kungen av Europa.« För ett ögonblick, det varade i ett par sekunder, kände Alf sig som en riktig kung. En underbar kraft fyllde honom. Tankarna gick i ovana banor, kanske moturs som månen Triton.

Han saknade i alla fall både krona och dolda krafter nästa gång de låg vid stupet och iakttog livet på planeten Europa. Det var sensommar, de hade badat i Steinbruvannet och måste bara ta en sväng inom sin hemliga zon på hemvägen. För första gången bleknade illusionen. Alf lyckades inte helt förtränga att de tittade ner på grå basalt, tråkigt grus som skulle användas till toppskiktet i asfalt, att det var ordinära grävmaskiner, dumprar och lastbilar, inte robotar. Kanske berodde det på ljuset, eller på vattnet han hade i hörselgångarna. Kanske började de också tröttna på denna lek.

»Det hade varit tufft att sticka dit«, sa han. »Jag menar på riktigt.«

»Vi kan sticka dit«, sa Johanne ivrigt. »Jag ska visa dig Europa.«

»Det tar kanske lite väl lång tid«, sa han, förstod inte vad hon tänkte på. »Fast vi reser med den nyaste Friendshipraketen.«

»Det ligger en halvtimmes resa härifrån. Med buss.«

»Buss på Vintergatan?«

»Buss på Trondheimsveien.«

Samma eftermiddag satt de i den gula och gröna buss 30 på väg ner mot staden. Alf åkte ofta till Storo och Nycoveien men sällan så långt ner som till centrum. Ett par uppsträckta besök i samband med 17 maj. Några turer ner till hamnen för att titta på båtarna. Följde han med mamman till förlaget var han tvungen att hålla sig inomhus, få tiden att gå genom att rita karikatyrer av Harald Grieg på Gyldendals exklusiva brevpapper. På backkrönet vid Sinsenkorsningen gjorde Johanne en talande gest mot fönstret, mot ett centrum som bredde ut sig nedanför dem, som för att säga att Europa närmade sig. De steg av på bron över Møllergata där Henrik Ibsens gate korsade den. Apropå diktaren skulle Alf komma ihåg denna episod på samma sätt som Ibsen kom ihåg ögonblicket när han kom ut ur tunnlarna genom Alperna och med ens befann sig i Italiens värmande ljus. För när Johanne ledde honom bort mot nummer 19, huvudpolisstationen, var det återigen som att ha hittat en hemlig passage. Johanne gick fram till ett räcke av sten, och Alf kände redan på håll att det steg upp ett gnistrande skimmer från det som låg nedanför, och när han ställde sig bredvid henne stod han än en gång liksom på en kraters rand och stirrade ut över något avlägset och främmande i norska sammanhang: ett myllrande folkliv. Pulserande, hektisk aktivitet och det på en vanlig vardag. Han tyckte det var ofattbart mer lockande än stenbrottet vid Hukenveien på Grorud. För första gången skådade han ut över Oslo stads tjusigaste marknadsplats, Youngstorget.

Och på nytt började Johanne beskriva – som om han verkligen befann sig mitt i Europa och behövde en guide. Det splitternya Folkets Hus i backen, ledde det inte tankarna till en nymodig byggnad i Paris? Och titta på det härliga Stensbakhuset i gult tegel och med målad vägg, med granit- och labradorsten, kunde det inte vara ett palats i Wien? Johanne, som ju hade bott i staden, beskrev järnhandeln Ingwald Nielsen på gatan

till höger där nere som ett järn- och stålparadis jämförbart med Sheffield, och Dampkjøkkenet alldeles om hörnet som ett doftande korvmecka jämbördigt med Hamburg eller München. Hon fick honom att för sin inre blick se Stalintårtorna i Moskva genom att peka på den mäktiga röda Folketeaterbyggnaden rakt framför dem, och att höra italiensk opera från passagen som går genom den, för där, tro det eller ej, någonstans mitt inne i denna koloss ligger också Den Norske Opera. Bankerna till vänster nere på Torggata blev City i London. De böjde sig framåt och upptäckte valven i arkaderna nedanför dem, ett helt Bologna i miniatyr, och Alf, vrid på huvudet, hon pekade ner på Møllergata, möbler så långt ögat kunde nå, som en gata i Sevilla. »Och till vänster, du ser det inte men du kan nästan känna bassänglukten, ligger Torggata Bad, bara det ett helt Budapest. Och in där nere till höger har du biografen Eldorado, flottare än något biopalats i Berlin, och bortanför den i sin tur Glasmagasinet, rena rama Venedig!«

Den här gången kände Alf inget behov av att blunda för att illusionen skulle förstärkas, han hängde ut över räcket och försökte ta in alltihop, det finaste var nämligen torget i sig självt, de färggranna taken av tyg, borden fulla med grönsaker och frukt, ädelstenar så långt blicken nådde. Ett ymnighetshorn. De småsprang nerför backen och gick snusande omkring bland torgstånden, Johanne köpte en påse körsbär och en påse plommon som de skulle ha på bussen hem. Alf hade aldrig trott att Oslo kunde vara så sjudande, så doftande, så – vilket var ordet – sagolikt. En väldig basar. Mynt klirrade, papperspåsar prasslade. Folk skrattade, visslade, kom med glada tillrop. Det verkade som om alla kände varandra. Han var glad över att det fanns ett Europa som låg närmare än det Europa de blickade ut över från skogsbrynet på Grorud, ett Europa som det var möjligt att resa till. Han skulle för övrigt tänka tillbaka på denna vattendelare i livet när han många år senare vandrade gata upp och gata ner på Grønland och upptäckte att det fanns ett Asien också mitt i Norge.

De avslutade rundturen med ett besök på den offentliga toaletten i muren framför Folkets Hus. Inte för att gå på toa utan för att väga sig på den röda personvågen i gången utanför det fränt luktande innersta rummet. Och egentligen inte för att ta reda på hur mycket de vägde, utan för att få det kort som spottades ut när de hade stigit upp på fotplattan och stoppat in tioöringen. Det var mer spännande än till och med en tuggummiautomat, där man kunde få en ring på köpet. Johanne fick en pappbit där hon under alla siffrorna kunde läsa följande trösterika kärnord: »Genom motgång går Er väg till medgång.« Vem skrev dessa texter? Samma personer som skrev vitsarna på krokanpyntet? Johanne ansåg att det var ett kodat budskap från Europainvånarna i kratern vid Huken.

Medan de under bussresan hem först mumsade på körsbär rödare än rubiner och gula plommon som fick Johanne att berätta om Florentinaren, diamanten som en gång hade tillhört familjen Medici men som nu var spårlöst borta, satt Alf och läste den levnadsregel han själv hade fått sig tilldelad på vågbiljetten, värdig vilket Delfiorakel som helst: »Använd Ert minne med omsorg och Ni kommer att bli medbjuden på en lång resa.« Han ville gärna tro på det, Europa hade gett mersmak.

HAN FANN ett slags korridor i undervegetationen och kom ut i en liten glänta. Hade Johanne varit här skulle hon ha kallat den Europa, tänkte han.

I Kenwood finns några platser där man är helt och hållet dold för omvärlden, och detta var en av dem. Här slog han läger och använde för säkerhets skull resten av dagen till att fläta kvistar till ett kamouflage över det lilla tältet. Måste göra ett ordentligt arbete. Han hade kommit för att grunda ett litet rike vid namn Veber.

De första dagarna – vädret var också grått – tillbringade han det mesta av tiden på rygg i tältet. En tung slapphet i alla lemmar. Huvudet. Tänk om han verkligen var smittad, som han hade lekt med i tankarna. Angripen av ett virus. Något som förstörde alla kunskaper, all information. Vara en nolla i 00.00.00. Han hade inte letat efter en skog utan efter ett tomrum. För att tomheten i honom själv skulle få utvecklas. Han hade ett I mitt i namnet, en springa han kunde krypa igenom och försvinna. Då och då kände han ett tryck strax under ytan. Gråt? Ett slags grundvatten på väg att sippra fram. Men inte en tår. En tomhet där gråt bara var ett minne. Fantomgråt.

Ta tiden till hjälp. På rygg i ett lågt tunneltält. Befinna sig i en passage. En gång låg han i en MR-apparat för att ta bilder av huvudet. Inne i cirkeln hade han känt ett underligt lugn, som om magnetfältet och radiovågorna masserade hjärnvindlingarna med balsam. Så var det nu också. Ett fridfullt välbehag. Innehållslöst. En känsla av vakuum. Muren av täta järnekar i en hästsko runt platsen gjorde honom märkligt trygg. Några korallröda bär satt fortfarande kvar, gav honom illusionen av att befinna sig mitt i en stor juldekoration. Ibland hördes röster på ganska stort avstånd, det var människor som promenerade på gångarna. Men det fanns stängsel längs alla stigar och folk var laglydiga, klev inte över. Ingen skulle upptäcka tältet. Den nästan djungelliknande vegetationen gav perfekt skydd. Jag ligger i en skyddad vildmark mitt i London. Excellent. Nu förstår jag det, det är inte ensamhet utan osynlighet jag önskar mig.

Då och då åt han av maten han hade köpt i Highgate Village. Förvånansvärt hur lite föda man i själva verket behövde, hur oväsentligt det plötsligt hade blivit. Och hur gott även den enklaste kost smakade när man var hungrig. Dricka vatten. Känna en renad hunger, en renad törst.

Han bläddrade i anteckningsboken. Förvirrande spår. Som ledde till vad? Han hade ett otydligt minne av en plan, en idé som föddes i moderns garage under ett besök på Alunåsen strax före millennieskiftet. Ett nytt större arbete. Anteckningsboken skulle vara grunden. En liten bok vald med omsorg. Med guldkant längst ute på bladen. Mjuk. Mjuk som ett fabeldjur. Svarta pärmar. En miniatyrutgåva av de gamla biblarna. Det skulle också bli en verklig biblos. Något viktigt. Till och med farligt. Marie Curies anteckningsböcker förvarades i blylådor eftersom de fortfarande var radioaktiva. Så skulle det vara. Han hade trott att han snart skulle fylla den men tankarna infann sig sällan. Bara små doser. En dåres filigranskrift på de första sidorna. *Rousseau hade kanske rätt. Vetenskap, litteratur, konst är inget annat än blomsterkransar inflätade mellan järnlänkarna som håller människan bunden.* Han lade den bredvid sig, inget mer att anteckna. Bara ligga på rygg och tänka, tänka på det som föll honom in. Summa summarum: ingenting. Han slöt ögonen, kisade mot solen då och då, såg färgfläckar dansa, tänkte på kalejdoskopet han hade fått av Johanne. Går det att återuppfinna sig själv? Eller kommer det att sluta med att Kungen av Europa förlorar förståndet och blir Kejsaren av Portugallien?

Dagar när det var vackert väder lade han sig på sovsäcken utanför tältet, lät sig överrumplas av alla de djur och fåglar och insekter som kröp och flög runtomkring honom, alla ljuden, lukterna från marken, solljuset som strömmade ner genom flätverket av grenar och träffade huden så märkbart att det var som en beröring. Sinnena måste ha legat i dvala. Han låg orörlig på sovsäcken medan saven steg i varje buske, varje träd runt honom, nästan synligt för blotta ögat. Jag är död men någon ger mig konstgjord andning. Jag är en barock pärla, jag är en sjuk pärla. Charlotte hade rätt. Jag är sjuk. Kanske galen. Matto, matto. Ett medvetande angripet av virus, ett själsliv på väg att krackelera, försvinna bit för bit. Han låg alldeles stilla, försökte öppna varenda por för den läkande kraften kring honom. Och under loppet av dessa dagar gick det upp för honom att han långsamt återupptäckte naturens värde, detta han hade talat så föraktfullt om under lunchen med Anna. Samtidigt påminde det om utflykterna med Johanne i ungdomen, äventyrliga kvällar intill en brasa vid någon tjärn. Uppmuntrad av minnet samlade han ihop lagom tjocka pinnar, tog fram rep ur ryggsäcken och gjorde ett litet lågt bord – närmast inspirerat av japanska möbler – med hjälp av kors- och rundsurrningar. Han blev överraskad över vilken tillfredsställelse detta bagatellartade arbete gav, hur härligt det kändes att fästa samman pinnar med hjälp av en repstump.

Dagarna följde snart samma rytm. På morgnarna, lite stel efter att ha sovit på det ovana, hårda underlaget, slingrade han sig ut ur snårskogen, alltid försiktigt för att det inte skulle väcka uppseende, och kom in i det mer parkliknande området framför Kenwood House. I den gamla stallbyggnaden fanns ett trivsamt kafé, The Brew House, som också hade dagens tidningar, vilka satt uppfästa på träkäppar vid väggen. På den rymliga toaletten kunde han tvätta och raka sig, dessutom hämta vatten. Han bemödade sig om att bibehålla ett yttre som inte avslöjade att han övernattade utomhus. De första dagarna åt han också frukost på kaféet, lunch ibland – de hade en enastående god italiensk grönsakssoppa – men han kom snart underfund med att han borde hushålla med de pengar han hade kvar.

På förmiddagen utforskade han omgivningarna, sa adjö till ugglan i eken alldeles bakom tältet, ett slags vakthund, och promenerade över hela den vida Hampstead Heath, kartlade i huvudet virrvarret av stigar, skogsdungar, kullar och dammar. Ett par gånger rörde han sig in i själva Hampstead men upptäckte att han tyckte bättre om Highgate på andra sidan. Hampstead hade karaktären av småstad, Highgate mer av by. Hampstead kunde skylta med Keats, Highgate med Coleridge. Han hade alltid tyckt bäst om Coleridge, trots opium och drömmar. Å andra sidan hade John Lydon och Sid Vicious skrivit God Save the Queen medan de bodde i Hampstead. Lite Coleridge över det företaget.

Men stora delar av dagen låg han bara på rygg i den lilla gläntan i Kenwoods urskog och stirrade upp på himlen. I love to live so pleasantly, live this life of luxury. Suset av vind i träden. Luftiga harmonier. Då och då en kör av ljusa röster, ibland av mörka, en vind som lika gärna kunde sjunga sopran som bas. Järnekarna hade fått små doftande blommor. Lazing on a sunny afternoon. Dåsa. Befinna sig i ett härligt grönt väntrum. Utan att veta vad man väntade på.

Som omväxling rullade han över på sidan och betraktade livet i närheten av tältet. Hackspettar och nötskrikor, skogsduvor som kom trippande ända fram till honom. Grå ekorrar, många ekorrar. Ett oupphörligt prasslande i urskogen. Oräkneliga insekter han inte kunde namnet på. Minst sex olika skalbaggar. Han försökte teckna av dem i anteckningsboken. Var åter en upplysningsman. De maskliknande fläckarna kunde erinra om skrivtecken. Hade han kommit språket som man talade i det lilla riket Veber på spåren?

Allt eftersom blommor spirade upp ur jorden, särskilt vid tältets ena långsida, föste han undan gamla löv och gjorde en liten trädgård där. Vera. Vera dök alltid upp. Var med honom. Dagarna gav en förnimmelse av långsamhet. Kanske därför att han höll på att dra sig inom sitt skal. Som en snigel. All energi gick åt för att skapa skönhet i skalet man omgav sig med. Året innan han träffade Johanne hade han byggt ett hus av kartonger i skogen bakom Hadrianus villa. Den ena kartongen hade innehållit familjens första TV-apparat. Inuti den klistrade han upp bilder ur veckotidningar, några seriesidor, täckte alla ytor med saker han tyckte om att titta på. Bättre än TV. Men det var skört, regnet förstörde det. *Jean-Jacques Rousseau, denna problematiska, paranoida gestalt.* Han fick lust att skriva något igen. *Rädslan för att vara beroende av någon. Vägrade till och med att hälsa på kungen. Bravo! Men går det att få tag i honom? (Blockflöjtspelaren, notskrivaren.) Kritiserad från alla håll, även av de andra filosoferna. Tillbaka till naturen. Ett missförstått slagord. Tillbaka till skogen? Tillbaka till det goda i människonaturen? Det lilla huset på landet, Montmorency, var knappast någon »hydda i skogen«, men Rousseau föregrep ändå Thoreau och Walden. En outsider men inte en romantiker trots den betydelse han fick för denna riktning. (Är Rousseau en bricka som inte passar in i upplysningsprojektet, ett slags detalj som kan dekonstruera allt?)* På kvällarna när han låg inne i tältet hörde han då och då ett mystiskt fladdrande ljud, förstod att det måste vara en och annan fladdermus som manövrerade sig förbi uppe i luften.

Efter hand utvidgade han området för vandringarna, kom förvånansvärt långt under dessa veckor. Rekognoscerade. Okända stadsdelar, parker, gator. Tittade i butiker, betraktade hus, blev påmind om den engelska lidelsen för trädgårdar. Var ända nere vid London Zoo, studerade pingvinerna och tigrarna. Han kände sig starkare för varje dag, fick också färg i ansiktet. Som en Svält-hjälte kunde han följa tidens gång genom att kasta en snabb blick på den blå urtavlan i tornet på Saint Michaelskyrkan där Coleridge låg begravd. Om kvällarna hamnade han ofta på Parliament Hill, en kilometer söder om tältet. Påminde om utsiktsplatsen vid Kragstatyn, Holmenkollen. Folk flög drakar, tvingade in dem i imponerande loopar, innan de packade ihop och gick hem. Bara han och kanske något förälskat par satt kvar på bänkarna och skådade ut över London. Cityskyskraporna, Saint Paul's, Telecomtornet. En gudomlig utsikt. En utsikt som inte stämde överens med den han hade över sitt eget liv. Därför kunde han också plötsligt uppfatta detta London nedanför sig som något främmande. Det påminde om att sitta vid ett stup och titta ner på en annan planet, ett okänt Europa.

Grindarna till Kenwood stängdes tidigare vid denna årstid, men stängslet var lågt och vem som helst kunde hoppa över det. Att han gjorde något förbjudet föll honom över huvud taget inte in. Efter stängningsdags kunde han också ostört klättra i träden, sätta sig i en klyka och njuta av vinddraget, lukten, barken mot handflatan. Han trivdes fortfarande ypperligt högt uppe i träd. Liksom epifyterna, orkidéerna med rötterna i luften. Tankarna fick slingra sig dit de själva ville, han hoppades att de kanske skulle återvända med ett svar, eller bättre: en fråga. Såvida han inte gjorde vad han ofta misstänkte att han gjorde och som kändes mindre skrämmande när han var omgiven av ett grönt flätverk: lyssnade till tomheten i sitt inre.

Först den tredje veckan besökte han Highgate Cemetery. Han hade passerat flera gånger utan att gå in. Mest för syns skull gick han bort till Karl Marx grav, betraktade det enorma bronshuvudet. Påminde om Aasmund Olavsson Vinjes stenhuvud vid Eidsbugården. Världen som vårt stora fädernesland. Hatten av för det. Han strosade planlöst vidare, tittade på statyer, läste inskriptioner, valde en stig uppför en sluttning, slog sig ner på ett lämpligt murkrön. Blicken gled från den ena graven till den andra tills den stannade vid namnet Mary Ann Evans, en stenyta rakt framför honom. Bättre känd som George Eliot. Han förstod plötsligt varför han hade gått in på kyrkogården. George Eliot var nämligen Johannes favoritförfattare. Dorothea i Middlemarch dök fortfarande upp i saker hon sa. Johanne framhävde alltid den romanen, vad avsåg kvinnor, på bekostnad av alla dem som Anna drog fram. Måste ha nämnt att Eliot låg begravd här och han hade bevarat det i det undermedvetna. Kom han hit för att begrunda Eliot eller för att han trodde att han skulle träffa Johanne?

En gestalt närmade sig långsamt med ljuset i ryggen. En man. Klädd i safarijacka och en mjuk hatt av den typ man förknippade med storviltjägare i Afrika, folk som ville skjuta den perfekta kudun. En inkarnation av imperiet. Samtidigt med en smula nonchalans. Han stannade, försökte inte dölja sin nyfikenhet. Middlemarch, den bästa roman som har skrivits på engelska, sa han. Röst och intonation som hos en professor från Oxford. Jag måste erkänna att jag tyvärr inte har läst den, sa Alf och reste sig, som av artighet eller för att han saknade sällskap.

De började samtala, Alf kom omedelbart att hysa förtroende för mannen. Det kunde bero på den andres påfallande vänlighet. Eller på att han inte hade pratat med någon på länge. De promenerade uppför backen och in i parken, åt lunch på terrassen utanför Lauderdale House. Mannen insisterade på att få bjuda, presenterade sig som Graham McNeil, berättade att han var änkling, ägde och drev ett antikvariat uppe i Highgate Village. Jag och Jasjin, sa han.

Alf följde en ingivelse – utlöst av namnet Jasjin – och frågade om han kunde få ha sin resväska stående hos dem. Han bad om ursäkt för den burdusa förfrågan, sa annars inte mer än han behövde, antydde bara att han hade det lite knapert för tillfället. Mannen ställde inga frågor. Naturligtvis, sa han. Med glädje.

På kvällen låg Alf på rygg utanför tältet och tänkte igenom sin situation. Kunde han, om han bestämde sig för det, leva här resten av livet? Som på en öde ö, ändå mitt i en storstad? Jag har nästan lyckats släpa mig in i Edens lustgård igen, bakvägen så att säga. Hackat mig in. Skapat mig ett litet rike, ett hemligt ställe. In Xanadu did Kubla Khan / A stately pleasure-dome decree: / Where Alph, the sacred river, ran / Through caverns measureless to man / Down to a sunless sea. Varför kom han ihåg sådana strofer? Var det ännu ett exempel på det Mikael kallade en mem?

En plötslig fråga: ville han egentligen dö här. Höll han på att genomföra ett utdraget självmordsförsök? Låta livet lösas upp tills alla maskor, alla tankar, hade reducerats till en lång röd tråd, utan mönster? Bli ett med mullen? *Edward Gibbons analys av Romarrikets undergång, konglomeratet av orsaker. Kunde man tänka sig samma mall lagd till grund för skildringen av en människas fall?*

Dagen efter hämtade han resväskan på hotellet i centrum och förde den till Highgate Village. Antikvariatets exteriör stod i skarp kontrast till den moderna fasaden på Highgate Bookshop längre upp på andra sidan gatan. Han lämnade över väskan till Graham. Antikvariatet låg på första våningen, medan den älskvärde innehavaren bodde på de två översta. Jasjin visade sig vara en svart katt. Alf stod bland hyllorna och såg sig omkring. Inandades den karakteristiska lukten. Böcker. Blev han aldrig färdig med dem?

VAKTEN: FLUGORNAS HERRE

Under tiden efter Veras död var Alf inte bara tyngd av sorg utan också av skuld, och de två känslorna tycktes förstärka varandra. Han hade svikit. Han hade förlorat den som värnade honom. Naturligtvis såg föräldrarna

till honom men det var på ett annat sätt. Vera hade skyddat honom sedan han var liten. Nu var hon borta. Ett säkerhetsnät hade plötsligt dragits bort nedanför honom.

Johanne såg hur Alf led och bestämde sig för att göra något åt det. En dag när de satt hemma hos honom i lägenheten, och sedan Alf, antagligen med inte helt torra ögon, hade visat henne en av de abstrakta blomsterakvareller han hade fått av Vera, ledde Johanne in honom till bokhyllorna i vardagsrummet. Hon *ledde* honom, försiktigt och bestämt på en gång. Hon sa med ett ovanligt högtidligt tonfall att sådana som Alf behövde böcker. Hon kisade koncentrerat mot ryggarna som om det var dörrar och hon visste att en av dem gömde ett hemligt rum, särskilt inrett för Alf och hans behov. Hyllorna, från golv till tak, var fulla med böcker som modern under årens lopp hade fått från förlaget. Johanne läste titlarna tyst. Med ens drog hon i en bok, som i en spak – Alf kom på sig med att lyssna, som för att höra om ett maskineri sattes i gång – innan hon tog ut den helt och gav den till honom. Daniel Defoe, »Robinson Crusoe«. »Det måste bli den«, sa hon.

Alf började läsa romanen samma kväll och han fortsatte nästa dag efter skolan. Johanne hade rätt. Detta var något för honom. Liksom Robinson hade han ett huvud som redan tidigt började jäsa av äventyrliga planer. Alf läste glupskt om sjömannens första resor och om fångenskapen hos den moriske sjörövaren. Men det var först efter att ha läst om flykten därifrån och om livet som plantageägare i Brasilien som Alf började identifiera sig med Robinsons öde, en man som ansåg sig vara född för att förstöra sin egen lycka. Under en seglats där målet var Afrika överraskades man först av en orkan och sedan av en ny storm. Skeppet drev långt bort från alla handelsrutter innan det grundstötte på en sandbank. De fick ut en livbåt men bara Robinson nådde kusten, alla de andra

drunknade. Alf läste förtjust och med stigande upphetsning; han kände igen sig. Liksom Robinson hade han också lidit ett förskräckligt skeppsbrott, förlorat något dyrbart, och liksom Robinson befann han sig nu på en öde ö. Förtvivlans ö. Bokens moral, Defoes avsikt med att skriva den, gick honom fullständigt förbi, han var intresserad av själva historien, levde sig in så starkt i scenerna att han inte ens märkte när Mikael kom in i rummet och lånade mikroskopet som han aldrig hade fått lov att röra.
Särskilt mycket tyckte Alf om att läsa om hur Robinson simmade ut till det grundstötta skeppet och räddade saker och ting i land genom att göra en liten flotte. Om hur han byggde upp en ny tillvaro så att säga med vrakrester. För Alf var detta berättelsens centrala passage, han gladde sig på ett obegripligt sätt, ryste av förtjusning över varenda ny del av lasten som Robinson lyckades rädda i land innan vraket togs av havet. Titta vad jag har hittat! Kex och rom, plankor, skeppskistor fulla med bröd, ris, ostar, torkat getkött, säd – Alf skrev upp alltihop på en lista för att kunna studera det senare – kläder, tågvirke, segelduk, järnbultar, yxor, kikare, pennor, papper, bläck, spikar, vapen, ammunition, krut – och det kanske viktigaste av allt: timmermannens verktygskista. Längre fram i boken fick Alf återigen hjärtklappning av att läsa om hur nitiskt Robinson under loppet av ett år byggde något som liknade en fästning, med palissader och stegar han kunde hissa upp, en trädkoja på marken så att säga. Han förstod mycket väl Robinsons behov av att känna sig säker. Han var ensam, hade ingen som såg till honom.

Alf hade läst några böcker förut, men detta var något nytt. Detta var en av de fem portalupplevelserna i hans liv. Öppna en bok och se den förvandlas till ett landskap man kan träda in i, ett landskap som bara existerar i fantasin men som likväl blir verkligt under läsningens gång och ligger där som något faktiskt när man kommer ut igen. Alf vände blad efter blad i »Robinson Crusoe« och märkte att meningarna absorberades lika mycket genom kroppen som genom huvudet. En härlig lättnad fyllde honom, som om orden var besläktade med de mediciner man kunde köpa från Nyegaard & Co. Alf försökte förmedla något av detta en dag då han plockade kastanjer tillsammans med Johanne. Han hade känt en obehaglig oro i magen. Så stöter han på denna roman och får plötsligt hjälp utan att kunna förklara hur. »Tack«, sa han och gav Johanne alla kastanjer han hade tagit ur skalen, blanka klumpar som av någon orsak såg dyrbara ut. »Tack«, sa han med en innerlighet i rösten som fick Johanne att le men också att titta lite bekymrat på honom under skärmen på lotsmössan.

Han läste boken flera gånger. Sidorna blev solkiga, fulla av fläckar och blyertsstreck och ord han skrev i marginalen. Först nu insåg Alf hur vikti-

ga marginalerna i en bok var. Det vita tomrummet fanns där för att fyllas, utmanade honom att bli medskapande. När han bläddrade i »Robinson Crusoe« såg han hur många tankehjul historien hade satt i gång; han hade skrivit en egen bok i boken.

Sedan Alf så att säga hade återvänt till fastlandet efter sitt öuppehåll tillsammans med Robinson Crusoe stod han allt oftare framför de innehållsrika hyllorna i vardagsrummet och valde ut en bok som han läste. På grund av Robinson, men naturligtvis ännu mer på grund av Veras död, började han också ta kunskap på allvar. För mycket på allvar kanske. Han grämde sig över att han länge hade varit så slö när det gällde skola och läxor, att han inte ens lyckades lösa den gåta som Veras far hade funderat ut och hitta stället där nyckeln låg gömd. Nästan alla i hans ålder och med dåtidens skolgång skulle ha knäckt den koden, en enkel kombination av språk, geografi, matematik, historia, Big Ben, hypotenusan, Korint.

Alf skulle oavbrutet dra växlar på Robinsonerfarenheten. Han hade hamnat på en öde ö, men på sandbanken utanför låg ett stort vrak. Han måste segla ut och bärga saker han trodde skulle komma till nytta. Även ett litet föremål kunde vara avgörande, medverka till att han överlevde. Alf började läsa skolböckerna med ny motivation. Känslan av skuld blev mindre påtaglig när han satt böjd över en läxbok, så småningom också över pappans uppslagsverk, och lade sig till med alltfler bitar av vetande, byggde upp en skyddande fästning med palissader och stegar han kunde hissa upp. Han ville lära sig allt, på alla områden, på en gång. Charlie och Syver Karma tittade in då och då i hans rum, retade honom för att han plötsligt hade slutat läsa Hardyguttböckerna, pekade föraktfullt på faderns tjocka lexikon som Alf hade i famnen, vad skulle han med det skräpet till, ett vetande lika ytligt som det var oanvändbart?

Håll käften, killar, tänkte Alf. Hade jag vetat att det fanns en pelare som kallades korintisk, hade jag kanske kunnat rädda Vera.

Fakta blev en besatthet. Varje gång han fick syn på en upplysning, hur obetydlig den än var, tänkte han att den en gång kunde rädda ett liv. Mamman sa alltid om en granne att han var omättlig när det gällde mat. Alf var omättlig beträffande kunskapsfragment. Pappan behövde inte längre säga något om Bacon under söndagarnas frukostar. Alf skyfflade i sig allt han stötte på.

Det sorgliga var emellertid att han hade så dåligt minne. Han kom bara ihåg en del av det han läste. Han hade inte heller någon aning om varför just de bitarna fastnade. Om han öppnade ett uppslagsverk och tittade på båda sidorna, försökte memorera huvudpunkter under uppslagsorden som om de var smycken i ett Juvelernas spel, mindes han i bästa fall innehållet i en av artiklarna efteråt. Till och med av en bok med den oemotståndliga titeln »Allt du behöver veta« kom han efter en vecka bara ihåg två små detaljer. Å andra sidan satt de kvar för alltid. Och det verkade nästan utan undantag som om hans minne hade en förkärlek för de ovanligaste kunskaperna, kunskaper som ledde tankarna till vissa av de orkidéer som växte högt uppe på trädstammarna. Vackra men utan synbart nyttovärde. Mer besläktade med Askeladdens krumma bockhorn än med Robinsons yxor och spikar. Varför kunde han till exempel inte få namnet på Kongos nye ledare ur huvudet, Sese Seko Kuku Ngbengu Wasa Banga Mobutu? Eller upplysningen om att ett människohjärta slår cirka två och en halv miljard gånger under loppet av ett långt liv. Det hände att han förbannade sitt säregna minne. Liksom mamman gick omkring och kom ihåg schlagrar gick han omkring och kom ihåg fakta som han strängt taget inte hade användning för. En gång pekade pappan ner i sin anatomiska atlas, på en stor bågformig vindling som buktade in i ett av hjärnans hålrum, den så kallade sidoventrikeln. »Hippocampus«, sa han hemlighetsfullt. »Betyder sjöhäst. Den grejen betyder mycket för vårt minne.« Alf tänkte att denna lilla sjöhäst måste ha vuxit till en flodhäst i hjärnan på honom, att det var därför han kom ihåg så många konstiga saker.

Efter ett år med nästan desperat konsumtion av allsköns skönlitteratur, läroböcker och uppslagsverk fick Alf dessutom ett annat problem.

Även om han bara kom ihåg en del av allt han läste, började det hopas en ansenlig mängd fragmenterat vetande. Och eftersom han inte hade någon uppfattning om hur han skulle använda det – det hjälpte inte längre att tänka på att Robinson hade byggt befästningsverk av sina saker – blev faktafragmenten liggande och flöt i minnet, trasslade ihop sig i en stor härva som allt garn på golvet sedan Vera hade repat upp tröjan. Ju mer

han kom ihåg, desto dummare kände han sig. Han började helt enkelt må illa. Situationen påminde om en tidigare erfarenhet. Som liten älskade han konfekt. Få saker kunde mäta sig med högtidsstunden på julafton när pappan öppnade den jättestora Kong Haakon-ask han hade fått i present av Nyegaard & Co. och lät familjen få smaka, men bara en bit var. Ett chokladens smyckeskrin. Läckerbitar serverade på en guldbricka. Konfektbitarna såg ganska lika ut, men Alf visste att de var fyllda med olika ingredienser, att han stod inför ett lexikon i smak, kunde aldrig komma överens med sig själv om vilken han skulle välja. Krokannougat eller äggliför. Den han tog smakade gott, men han tänkte alltid att han skulle ha valt en annan, lät handen prövande närma sig asken på nytt, bara för att se pappan bestämt lägga locket på. En vinter, strax efter jul, hade han varit nere i köpcentret och inhandlat ett stort ritblock som födelsedagspresent till Vera. Han gjorde ett besök i godisaffären, gick långsamt förbi staplarna med Kong Haakon-askar och placerade en av dem bakom blocket han hade under armen. Därefter gick han bort till disken, bad om en Kip och överlämnade tioöringen han höll i beredskap. På kvällen, feberhet av lystnad, gick han ner i ett tomt källarförråd, det han hade hittat Rembrandtboken i, och satte i gång att proppa i sig de bruna smakbomberna, gick formligen amok i asken. I början var det sensationellt härligt. Marsipan, jordgubbskräm, mjuk tryffel. Sedan började han känna sig illamående och det slutade med att han kräktes i ett hörn av källarförrådet. Sådan kände han sig nu också, efter orgien i kunskapsfragment. Han hade förätit sig. Behövde kasta upp. Tömma minnet.

Vad gör vi med allt vi vet?

Han var inte så mycket tillsammans med Johanne under den perioden men visste att hon med växande oro bevittnade hur han långsamt dränkte sig i böcker och oanvändbar information. Det var inte detta hon hade föreställt sig när hon lade »Robinson Crusoe« som en räddningsplanka framför honom. En dag i augusti, året efter Veras död, satt de i Hadrianus villa, uppe på hennes rum, och spelade schack. Johanne hade ett nonchalant spelsätt. Medan Alf grubblade länge över varje drag, använde hon bara några sekunder på sina och det hade inget att göra med att hon lyckades fundera ut smarta drag medan Alf tänkte; det verkade som om det låg i hennes natur. Ändå vann hon nästan alltid. Den dagen, sedan Alf hade suttit med händerna på var sin sida om ögonen, som skygglappar, och grubblat sig fram till ännu en förlust, frågade hon om han för omväxlings skull ville ha något att stoppa i magen i stället för i huvudet. »Jag ska ner till Helly Hansen, hänger du med?«

Johanne hade en underlig förmåga att bli vän med folk, speciellt excentriska personer som få andra kände. Därför fick hon också lov att komma och plocka äpplen i trädgården hos en äldre man som bodde i Ammerudskogen, en man som folk kallade Helly Hansen för att han alltid gick omkring i en orange regnrock oavsett vädret. Några påstod att han var livrädd för atombomben och att han trodde att regnrocken skulle skydda mot strålning och radioaktivt nedfall. Han skulle också ha byggt ett skyddsrum i källaren, proppfullt med konserver. Johanne blev bekant med honom en gång då hon frågade om han var buddist, eftersom han gick klädd i orange. En flicka med lotsmössa och en gubbe med regnrock – de måste ju bli goda vänner. Det mest attraktiva i trädgården var ett träd med stora frukter av den sort man kallade glasäpplen, det var säkert därför Johanne på vägen dit underhöll Alf med sagan om prinsessan på glasberget, om Askeladden och de andra som skulle försöka hämta guldäpplena hon höll i händerna.

Att klättra i fruktträdet var också något sagolikt. Äpplena var gröna, blev gula först när de hade fått hänga lite längre. De plockade de blanka dyrbarheterna och lade dem i gräset intill stammen. En hög jättesmaragder. »Nationalrätten på Mars«, skämtade Alf. Helly Hansen stod i fönstret och skrattade åt deras iver, uppmanade dem att ta så många äpplen som möjligt. »Ät dem medan de är gröna, de är bäst då!« När han drog sig tillbaka till soffan och en eftermiddagstupplur – såvida det inte var för att inspektera skyddsrummet – fick Johanne för sig att de skulle tävla om vem som kunde bära med sig flest äpplen hem. Fick han använda skjortan? frågade Alf. Johanne sa blankt nej. De fick bara lov att använda händerna, fickorna och det de eventuellt hade i fickorna. Alf nickade men var inte dummare än att han förstod att hon hade något i beredskap.

Han fick rätt. Upp ur fickan drog hon en trådspole och något annat, mer mystiskt. »Följ noga med nu så ska jag lära dig ett Robinsonknep«, sa hon. »Det här är en bindnål.« Hon visade honom en handgjord bred och platt tränål med tunga där tråd redan var pålindad. »Och det här«, sa hon, »heter kavel.« Hon höll upp ett trästycke av teak, knappt tio centimeter långt och nästan droppformat sett från sidan. »Det är kaveln som bestämmer maskvidden«, sa hon, skrattade åt hans häpna ansiktsuttryck.

Hon fann en krok i husväggen där hon fäste en snörstump med en ögla i den lösa änden och knöt fast tråden på nålen i den. Därefter gick allting snabbt; det påminde om vad Vera gjorde allra först när hon skulle sticka en tröja. Han kunde se att Johanne hela tiden lade tråden runt kaveln och att hon knöt knutar, mumlade något om stek och omslag, medan cirklarna lade sig tätt efter varandra på trästycket. Men först när hon sköt dem av kaveln upptäckte han att det var maskor, att hon höll på att göra ett garn, eller mer ett nät, eftersom maskorna var stora och tråden grov. Han stirrade som om han fick se ett cirkusnummer, hade alltid tyckt om att vara åskådare när Vera stickade, eller när mamman stoppade strumpor, ersatte ett hål med ett tätt nätverk av trådar. Alf skulle ofta minnas denna halvtimme i äppleträdgården – eller möjligen var det en timme, för tiden försvann medan han stod och beundrade denna tjej som knöt ett nät, lika vackert, lika mirakulöst som när en spindel spann fram en tråd, vävde sitt nät.

Nya rader med maskor kom till under den första raden. Alf uppfattade inte vad för slags knutar hon använde, om det var råbandsknopar eller skotstek eller vad det var. Johanne höll nålen i högra handen och kaveln i den vänstra, hade uppenbarligen gjort detta många gånger förut. Han förstod att det var hon själv som låg bakom väven i taket i hennes rum, nätet med alla de fina sakerna. »Jag har lärt mig det av farfar«, sa hon när arbetet närmade sig slutet. »Han bor i skogen nu men växte upp vid kusten. I trakten av Rana.« Hon sa något till sig själv om att det fick räcka med en kasse som var tio maskor lång och fem varv djup, samtidigt som hon svor för att hon inte lyckades få maskstorleken alldeles lika och nätet därmed jämnt. Han tänkte på Vera igen, hur ofta han hade sett henne med stickningen i händerna. Vad var det med flickor, detta behov av, denna glädje över att foga maska till maska? Kanske, tänkte han och hade sitt eget intresse för kartor i bakhuvudet, var det en form av projektion. En värld som gjordes platt. Kanske var det helt enkelt en världsåskådning.

»Här tror jag att vi har ett rätt användbart redskap att samla äpplen i«, sa Johanne, inte utan en triumferande underton, sedan hon hade fullbordat »avmaskningen« som hon kallade det, fäst en tråd i det lilla garnets kant och slutligen tråcklat ihop det så att det utgjorde en nätkasse. Alf insåg naturligtvis att man nu kunde få betydligt fler äpplen med sig än genom att använda händerna. Det påminde om mammans kasse, oansenlig när den var tom, men en väldig säck när hon kom hem från affären.

Medan Johanne lade äpplen i nätet, tänkte Alf att han inte behövde vara ängslig så länge han kände denna flicka i lotsmössa och för stora kläder. Johanne var en person som kunde skydda honom. På hemvägen, liksom mer avslappnad i huvudet, funderade han på om det kunde finnas en sorts hemlig tunnel mellan sagan om Askeladden som hela tiden hittar saker utmed vägen och sagan om prinsessan med guldäpplena.

Johanne sa aldrig något mer om nätet, men Alf förstod, utan att riktigt förstå varför, att det också antydde en idé, något som kunde hjälpa honom att hantera kunskaperna bättre. Göra honom mindre illamående. För det svåra var kanske inte att samla på sig en mängd lösryckta fakta, utan att pussla ihop några av dessa bitar. Idén kunde användas som ett slags seldon på den sicksacksimmande hippocampusen i hans hjärna. Jo, så var det. Skärvor av vetande fann sina verkliga betydelser först när de sattes in i en helhet, fick verka gemensamt. Som ädelstenar infattade i en krona.

Alf gick in i en ny fas. Även om han fortfarande hade lättast för att komma ihåg lustiga detaljer, blev han också duktigare på att häkta ihop bitar. Då blev det också enklare att komma ihåg dem. Han tog snart igen det mesta av den lärdom han dittills bara hade låtit passera utan att sträcka ut handen efter den. Lärarna lyfte på ögonbrynen och de andra eleverna studsade. Det vill säga efter hand övergick bestörtningen till irritation. Ju mer han briljerade i skolan, desto mer retade sig de andra i klassen. Och än mer om han dessutom ansatte dem med dumheter om Hamzas hjälpare som lyfte en elefant, om Don och Phil Everlys täta sångharmonier eller om norska orkidéer som ingen önskade att få veta något om. Sluta samla på flugor, ropade de efter honom varje gång de fick tillbaka prov där Alf hade nästan alla rätt. De hade just läst en »easy readers«-utgåva av »Lord of the Flies« på engelsklektionerna, en för Alf deprimerande version av »Robinson Crusoe«, och flera av pojkarna började kalla honom Flugornas herre.

En dag överraskade klassföreståndaren dem med ett annorlunda prov, något han hade satt ihop för att kunna bilda sig en uppfattning om deras allmänbildning. Frågorna var hämtade från olika områden. Det påminde om ett slags avancerat Vet Ni detta? När läraren gick omkring och delade ut papperna, böjde sig Floyd, ledaren för klassens mobb, mot Alf och visslade mellan tänder som var äckligt svarta av all lakrits han stoppade i sig: »Om du vågar bli bäst på det här provet också, ska du få en omgång som du sent glömmer, ditt lilla kukhuvud.« Floyd hade en gång med ett förstoringsglas försökt bränna in sitt namn i underarmen på en fiende, på samma sätt som han brände in namnet i sitt bollträ. Alf hade redan vid ett tidigare tillfälle fått stifta bekantskap med Floyds vrede, för att inte säga ondska.

Alf tittade på papperet, såg genast att han kunde svaret på de första frågorna, även om flera av dem verkade vara i svåraste laget för deras nivå, ja, till och med inte hade så mycket med skolkunskaper att göra. Det var frestande att lämna in blankt. Tidigare var han feg. Han var modigare nu. Av pappan hade han lärt sig ett nytt slagord. Harald Veber citerade nämligen inte bara Francis Bacon vid frukostbordet, han kunde lika gärna doppa en sockerbit i kaffet och säga bevekande till sönerna, medan mamman log överseende i bakgrunden: »Kom ihåg vad Horatius skrev: Våga vara vis.« Alf fattade ett beslut, tänkte på Vera, skrev snabbt, lika snabbt som Johanne flyttade pjäserna på schackbrädet. Han kände Floyds ursinniga blick i ryggen när läraren samlade in svaren.

Det var inte bara sant att kunskap gav en makt. Den kunde också ge en stryk. På rasten efter lektionen när läraren hade lämnat tillbaka proven samlades ett gäng runt Alf och drev honom långsamt bort till ett hörn av skolgården där ingen kunde se vad som hände. Alf hade återigen svarat överlägset bäst. Inte svarat på allt men på fler frågor än de andra. »Du har fått en fluga i skallen, ditt fittdass«, morrade Floyd och skickade tre svarta lakritsspottloskor mellan benen på honom. Alf tänkte på det sega flugpapperet i farmoderns hus, en spiral full med döda insekter. Kanske hade de rätt, kanske var hans hjärna sådan. Han såg sig förtvivlat omkring efter en hjälpare i nöden, men Johanne gick på S:ta Sunniva. Ingen såg till honom. Killarna skrek inte, men det låg ett Kill the pig! Kill the pig! i luften. Det grasserade just en knivkastningsfarsot och många hade därför fickkniv med sig. Flera av dem tog nu upp sin kniv och började rispa i luften framför Alf. Hotade honom. Floyd stod bara och hånlog, en ledare som drev sitt band framför sig. Alf trodde inte att de skulle göra något, förrän han plötsligt kände smärta i ena armen och förstod att någon verkligen hade stuckit bladet i honom, att det hade trängt igenom tröjan och skjortärmen och gett honom ett skärsår i huden. Han gjorde ett försök att kasta sig genom muren men trycktes in mot mitten igen. Alf önskade att han hade haft något av Mikaels raseri, då skulle han möjligen ha lyckats skrämma bort pöbeln med mordiska svingar. Knivblad blänkte framför ögonen på honom. Först nu blev han riktigt rädd, skyddade sig med armarna framför ansiktet. Varför var de så arga? Det var ju bara kunskaper som var och en kunde läsa sig till. Han kände sig omgiven av ett surr, tusentals flugor, kände stick på flera ställen på kroppen, också på översidan av händerna, märkte att han började blöda. De kommer att döda mig, hann han tänka innan han hörde en genomträngande visselsignal och höga rop från en lärare.

Cirkeln öppnade sig och rastvakten hittade Alf på marken, med flera synliga sår på händerna och med blodfläckar på kläderna. Läraren hjälpte Alf upp och följde honom in i skolbyggnaden, där någon tvättade rent såren och plåstrade om honom. När de tog av honom skjortan syntes talrika små stick, men inget av dem blödde allvarligt.

På kvällen låg Alf full med plåsterlappar i sängen och lyssnade på

Mikaels jämna sömnandhämtning och tänkte att han inte hade torterats av gänget för att han kunde läxorna. Det som irriterade dem, gjorde dem riktigt ursinniga, var att han satt inne med svar på frågor långt utanför skolkunskaperna. Skenbart betydelselös kunskap, nonsens.

Var det värt det? Hade misshandeln åtminstone gett upphov till en idé? Nej. Alf bestämde sig för att från och med den dagen behålla sina
 insikter, i alla fall i perifera ämnen, för sig själv. Aldrig flagga med dem. Under alla omständigheter hade han också den här dagen hållit tyst om sitt verkliga handikapp – inte det att veta lite om konstiga saker, utan att tro, misstänka, att det fanns en viss släktskap mellan dem, även om han inte fann den, bara anade att de hängde ihop som knutpunkterna i ett nät. Hade de andra killarna fått nys om dessa tankar skulle de inte ha misshandlat honom, då skulle de kanske ha använt knivarna på ett mycket farligare sätt.

I den långa intervju han gav i januari 2001 med anledning av att hans femte soloalbum, Alfa Bravo Charlie, var Norges mest sålda album det föregående året, kom Carl Lee in på Alf I. Veber:

(...) Jag tänker ofta att min viktigaste inspirationskälla har varit en vän, Alf Veber. Det är för sent att tacka honom nu, han dog hastigt och oförklarligt i London nyligen.

På vilket sätt inspirerade han dig?

Vi spelade i samma band i många år. Sedan pojktiden. Jag spelade trummor då. Men det var inte bara det. Det var hans musikaliska smak. Redan i ungdomen upptäckte han band och låtskrivare som lät lite annorlunda. Spencer Davis Group till exempel. Och jag kommer ihåg att jag lyssnade på allt av och med Scott Walker tack vare Alf.

Sjöng du under jordfästningen? »Ingen ser tårarna i mörkret«?

Nej, jag talade med hans bror och han ville hellre att det spelades några sånger i musikanläggningen. Det har ju uppstått en ny sorts psalmer nu, de rocklåtar som folk växte upp med. Vi diskuterade en hel kväll, förlorade oss i minnen, innan vi hittade en del spår vi var nöjda med – spår är just det rätta ordet. »Shine on You Crazy Diamond« med Pink Floyd,

»Heroes« med David Bowie, »I Still Haven't Found What I'm Looking for« med U2, sådana saker. Jordfästningen blev en gripande historia, kan jag lova dig.

Men hur gick det med ert band då?

I den första uppsättningen var vi ganska bra, det måste man få säga. Alf hade en speciell talang: när han hade hört en låt en gång kunde han den, hade hundratals låtar på hårddisken. Han berättade för mig att han som liten var en virrpanna men att han vid en viss tidpunkt hade tränat upp minnet, piskat det till lydighet. Alf skrev förresten flera fina låtar själv. Vi fick skivkontrakt och allting. Men före inspelningen blev Alf förbannad för att skivbolaget vägrade att ta med en av hans kompositioner, en mystisk sak som hette »Delphi«, en massa obegripliga engelska fraser om »Pythagoras hiding deep in the woods« och »bronze bells weeping« och »bleeding orchids making love to Corinthian columns«, mer dravel än i »A Whiter Shade of Pale« och skitlång, dessutom uppbyggd som »A Day in the Life« med ett djävla klimax. På sätt och vis förstår jag skivbolagsfolket. Men Alf flippade ut totalt, rev kontraktet i småbitar innan han lämnade studion. Bandet upplöstes. Efteråt startade vi två på nytt, samma namn men med nya medlemmar. Mindre succé. Höll på i tio år till. Men alltså, som man säger, the first cut is the deepest. Särskilt när jag spelade in min senaste skiva förstod jag vilken skuld jag står i till min gamle vän. Frid vare med honom. Eller som Scott skulle ha sagt: Always Coming Back to You. (...)

AV DET SOM återstod av rullen med tunn tråd knöt han ett nät, fäste ena änden i en gren och använde en lämplig sten som kavel. Bara för ro skull. Återuppfriska konsten som Johanne en gång lärde honom medan hon skrattade och svor om vartannat, tillrättavisade honom å det grövsta, hade aldrig sett så mycket fumlighet. Genom att ta tiden till hjälp lyckades han till och med utan nål göra ett nät med fem gånger fem maskor. Snett och oregelbundet, men ett nät i alla fall. *Kan man föreställa sig Leibniz monader, dessa andliga kraftcentra, som ett slags knutpunkter?* Han snörade ihop det, hängde det i en av tältstängerna. En förvaringsplats. Saknade bara apelsiner. Något sådant. Mitt liv i ett nötskal: bristen på innehåll.

Han låg fortfarande ofta bara på sovsäcken utanför tältet, nynnade på Morning Has Broken. Lyssnade på ljuden, betraktade vegetationen som blev frodigare för varje vecka som gick. Karaktär av regnskog, ett duggregn av liv. Igelkottar, kaniner, till och med en räv. Så småningom fick han det allt bekvämare. Var precis som Robinson Crusoe. Kände sig trygg också. Parkvakterna som höll till i den lilla byggnaden intill Kenwood

House gick sällan eller aldrig in i själva skogen. En urskog skulle just få vara i fred. Också växter som ruttnade. Det perfekta gömstället för en fördärvad människa.

Det hängde spindelväv i buskarna runtomkring. Segel för tankarna. Han tränade på att hålla kvar flera olika ljud samtidigt i medvetandet, hade glömt hur vacker denna polyfoni var, naturmusik, skikt på skikt ovanpå varandra. En av fåglarna åstadkom exakt samma ljud som saxen i luften hos barndomens frisör. Klippte honom som i en film rakt in i minnet. Det första besöket hos en riktig frisör, rocken och kragen som fick en att likna en präst, befrielsen från pappans luggande klippmaskin. Var det kanske sant som någon sa, att vi använde halva livet till att göra minnen och andra hälften till att se tillbaka på dem? Sorgsenheten under de första dagarna började avta. Han hade känt sig som ett söndertrasat nät. En snörpvad. Något hade varit fullt av glittrande saker, möjligheter. Sedan sprack alltihop, bara tomma trasor återstod. Fan ta dig, Anna! Men aggressiviteten dog också bort. Det hjälpte att ligga här. Bland spindelnät och fåglar som lät som saxar. I ett ljus lika påtagligt som duggregn.

En sak blev också annorlunda. Han uppsökte med jämna mellanrum Graham McNeils antikvariat, den smala vita byggnaden på Highgate Highstreet. För att prata med innehavaren, för att låta ett finger glida längs bokryggarna i hyllorna, för att kela med Jasjin, katten. Atmosfären i lokalen, tillsammans med Grahams liksom vårdslösa bildning, fyllde Alf med ett halvt bortglömt välbefinnande. Trots åldern påminde Graham om Graham Nash under dennes tid i The Hollies, hade samma lite sataniska pipskägg. Innehavaren trugade honom alltid till att slå sig ner vid ett slitet runt bord där det i regel också satt ett par andra, ofta i samma slags skrynkliga kläder som Alfs och med händerna kupade om tekoppar.

Antikvariatet var litet men kunde skylta med ett kräset urval böcker.

Det hade kommit till genom att Graham en gång i tiden bestämde sig för att hoppa av en akademisk karriär, den ensamma tillvaron vid ett skrivbord, och därmed sålde alla böcker han hade samlat och köpt medan han skrev på en avhandling om Kung Arthur-historierna och deras betydelse för litteraturen. Ett helt litet bibliotek. Och omfattande ett förvånansvärt stort antal ämnen. Venetiansk glaskonst. Myror. Förstagångsbestigningar av toppar över 7 000 meter. Graham kom knappt ihåg att han hade flera av dem. Men det viktigaste i samband med försäljningen var alla människor som han plötsligt kom i kontakt med, samtalen, inbjudningarna. Därför öppnade han ett antikvariat och kallade det helt enkelt Graham's Grail, eftersom han själv alltid hade varit intresserad av historien om Graal.

Redan efter de första besöken, efter att ha lyssnat på några högst originella diskussioner vid det runda bordet, förstod Alf att namnet var riktigt. Bara det att det var Graham som var Graal. Folk kom för att träffa honom. Mannen med pipskägget och en safarijacka så full med fickor att han aldrig hittade vad han letade efter. Han hade en sällsynt förmåga att få människor, även tafatta och till det yttre något ovårdade kunder, att känna sig värdefulla, intressanta, utan att Alf förstod hur han bar sig åt – bortsett från att lyssna på dem, servera te, ibland scones med diverse hemgjorda sylter, och sprida ut små samtalsöppnande repliker i kretsen runt bordet.

Även stamkunderna var lustigt folk. De kom tydligen från hela London. En man, som till utseendet liknade en huligan, köpte alla exemplar som Graham lyckades uppdriva av Karl von Frischs Bees: Their Vision, Chemical Senses, and Language – enligt kunden världens bästa bok. En annan, en leende och blyg dam, stal varje gång, och på ett hopplöst klumpigt sätt, en bok när hon gick. Alf gjorde Graham uppmärksam på det. Låt henne göra det, sa han bara och tittade ner i sina papper igen.

För Graham själv var antikvariatet alltid ett bibliotek som ännu inte var uppackat. Överallt riskerade man att snubbla över en oöppnad låda. Det var hans största njutning. Sprätta upp pappkartonger. Vända och vrida på varenda bok. Undersöka om den förtjänade en plats i hyllorna, som i en litteraturens Noaks ark. Det händer att jag betraktar mig som en böckernas frälsare, sa han, lät en skalpell skära genom tejpen på ett lock. Ansiktsuttrycket som hos ett barn med fingrarna nere i ett fiskdammspaket. Vad har vi till exempel här, mr Veber? Jösses. De rerum natura av Lucretius. Det må jag då säga. En underkänd provokation. Placera den i fönstret bredvid Walter Scott. Graham satte på mer tevatten, tyckte att de måste fira. Jag hittar lådor i källare och på vindar, sa han. Köper dem

obesedda, billigt, för att sedan syna innehållet i sömmarna, bland allt skräp leta fram de få verk som förtjänar att stå framme i dagsljuset. Befriar dem från deras mörka fångenskap. Jag låter böckerna få fylla sitt syfte: att bli betraktade av ett mänskligt öga.

Trots det fanns det inte något system. Graham var skeptisk till samlare som Karl von Frisch-kunden. Samlare var målinriktade. De sanna sökarna visste inte vad de letade efter. Mina kunder ska inte möta en tröstande ordning, sa Graham, utan en tröstande förvirring. Alf såg sig omkring i den röriga lokalen. Hyllor utmed alla väggar, här och där en stege, böcker på bjälkar uppe under taket, men också bokhyllor som stack ut i rummet så att det bildades smala korridorer där man nästan var tvungen att gå i sidled. Oöppnade kartonger som bruna byggklossar här och där. Hela affären präglades av något kompakt. Oxo. Näringsrikt köttextrakt. På några ställen låg böcker ovanpå varandra, pelare som lutade betänkligt och som ibland dunsade i golvet, bara för att staplas upp igen till ett lika snett torn. En gammal Mac, maken till Alfs första dator, stod och samlade damm i ett hörn, verkade lika antikvarisk som böckerna runtomkring.

Graham hade en kungstanke: antikvariatet skulle innehålla många böcker som överrumplade en därför att man inte hade tillräckligt mycket fantasi för att fråga efter dem. Alla skulle finna ett verk som de hade letat efter i åratal. En bok som betydde något för dem. En som de hade glömt. Som plötsligt bara stod där, mitt i blickfältet. Alf log åt detta, tog det som en bra affärsidé. Men så, en sen eftermiddag då dammets mikrogalaxer blev synliga i det sneda ljuset som föll in genom fönstret, när han snokade i ett hörn han ansåg sig ha undersökt grundligt förut, tilldrog sig en bok hans uppmärksamhet. Tilldrog sig var ordet. Ryggens bokstäver samlade sig nästan till ett nät och kastade sig i vägen för Alfs blick. Heinrich Glück, Die Indischen Miniaturen des Haemzae-Romanes. Utgiven i

Wien 1925. Kunde det vara möjligt? Han började bläddra med en spänd darrning i fingrarna. Och så visade det sig vara samma bok, full med reproduktioner, som Johannes mamma hade använt som stöd för minnet när hon berättade Hamzasagor för dem. Hela sextio bilder. Dessa härliga mogulmålningar, påverkade av persisk, centralasiatisk, indisk och europeisk tradition. Av en händelse slog han upp en av sina favoriter, skurken Zumurrud Shah när denne flydde genom luften sittande grensle över en jättestor urna som kunde flyga. Vilken oväntad glädje! Som att hitta Rembrandtboken bland allt skräp i källarförrådet. Han var tvungen att sätta sig ner, tittade långsamt igenom boken, gladde sig åt återseendet med Hamzas treögda häst, eller stridsscenen som visade en av fienderna på en skräckinjagande noshörning. Trots det blev han nu, som vuxen, mer intresserad av sättet trädens bladverk var målat på, kanske för att han hade studerat det på nära håll i ett par månaders tid. Ett filigranarbete. Imponerande. Likaså de mönster han plötsligt upptäckte i alla bilder, i kläderna, på väggarna, som mosaiker på golven. Fina nät inlagda i bilderna. Återigen nät. Människan och nätet. Något konstitutivt. *Målningarna från åren kring 1600. Av Elizabeth I till exempel. Hermelinporträttet, Armadaporträttet. Ansiktena är påfallande bleka, intetsägande. All energi, konstnärlig kraft, tas i bruk för att framställa kläderna, nätverket av insydda juveler, och särskilt de väldiga kragarna. En ornamenterad krans om huvudena. Ett spindelnät, komplicerat som en proteinkedja. Man får ett intryck av att människan är ett överdådigt mönster, ett broderi, en glittrande slöja.* Han kastade en sista blick på älsklingsbilden, soldaten som lyfter en elefant högt i vädret, innan han ställde tillbaka verket utan att säga något till Graham. Men Graham hade hållit ett öga på honom, tagit upp en blyertspenna ur en ficka på safarijackan, skrev ett pris på insidan av pärmen till en bok, nickade. Liksom: Vad var det jag sa?

Det gick mot sommar, med temperaturer som vissa dagar tillät bara en T-tröja på överkroppen. Rhododendronbuskarna – och det fanns många sådana – stod plötsligt med blommor i intensiva färger. Något hände med honom också. På sina vandringar kom han på sig själv med att samla intryck, memorera. Som om han åter förberedde sig för något. Med Grahams tillåtelse tog han med sig böcker ut, läste dem i parken nedanför Lauderdale House eller på kyrkogården, om han inte låg på sovsäcken utanför tältet »hemma« i Kenwood. Han återupplevde glädjen över att läsa ute. Solen genom bladverket. Läsa i ett ljusmönster. Se en myra krypa över sidan och sätta allting i perspektiv. Känna det dofta från marken, plötsligt höra hur fågelkvittret flätade in sig i associationstrådarna. Han kunde lyfta blicken och se en ekorre komma hoppande mot sig. Någonting i detta förde honom tillbaka till studietiden, parkerna, maj månad före examen. Anna. Skjuta bort det. Det gjorde inte heller så ont. Det rev inte upp något längre.

Antikvariatet påminde verkligen om en litteraturens Noaks ark. De flesta viktiga böcker fanns här. Gamla och slitna men intakta. Hela världen hopvikt. Genom att kliva på stegarna, som om antikvariatet också var ett högt träd, fann han fyra olika utgåvor av Robinson Crusoe. Även dessa fulla av fläckar och marginaler tätt packade med olika läsares klotter, meningar och utrop ovanpå och mellan varandra. Fanns det alltså fler som han, fler som hade funnit tröst i föreställningen om att man kunde bygga upp en ny tillvaro åt sig av vrakrester?

Han följde en impuls en dag och tog med sig John Locke, An Essay Concerning Human Understanding, en bok han hade läst när han skrev uppsatsen i idé- och lärdomshistoria. Locke hade intresserat honom. Locke befann sig i centrum av Alfs upplysningstid. *Ta med något om hur Thomas Jefferson var påverkad av Locke? Spåren av Locke är ju tydliga i den amerikanska oavhängighetsförklaringen. Men viktigt att begränsa sig. Mer än tillräckligt med Europa! Jefferson likväl ett namn som många alltjämt förknippar något med. (Jefferson Airplane var dock inte uppkallat efter honom – vilket jag trodde ända tills Mikael berättade att gruppens namn var ett slangord för pinnen man använde för att röka upp fimpen av marijuanacigarretten.)* I Akbars hov drog Alf alltid fram de engelska filosoferna på bekostnad av de franska och tyska. Bacon, Hobbes, Locke, Hume, Bentham. Royal straight flush. Slog ut allt annat. Enkla, tydliga, eleganta, lättbegripliga. Locke hade högre rang på grund av låsföreställningen i namnet. Öppnade. Han tittade återigen på favoritavsnitten i kapitel 33, i andra huvudstycket, om hur idéer får en att associera till andra idéer, så att man så småningom kan hamna långt bort från utgångspunkten. Han måste sluta. För tungt trots allt. Det angick honom inte längre. Hade gått i baklås. *Struntprat. Att födas som en oskriven tavla, tabula rasa. Locke långt borta från ämnet där. Men hur förhåller det sig med en vuxen? Dessa små tavlor vi lekte med i barndomen. Man skrev något med en plastpinne och när man drog upp en skiva utplånades alltihop. Kan man på samma sätt, mitt i livet, utradera alla minnen? Skapa sig nya?*

Han lånade Middlemarch i stället. Ur ett trasigt kylskåp där Graham förvarade de bästa romanerna. Förfriskningar, som han sa. Jasjin hade sin bestämda plats ovanpå, en slö väktare. Hemma i Kenwood, på sovsäcken utanför tältet, försvann Alf omedelbart djupt in i stoffet. Också därför att Dorothea, huvudpersonen, påminde så starkt om Johanne. Var fanns Johanne nu?

Han hade upptäckt ett annat Highgate Cemetery, ett hemligt Highgate Cemetery. The dark side of the moon. Den västra delen bakom ett våldsamt ingångsparti var bara öppen då och då och aldrig när han råkade passera. En eftermiddag hoppade han helt sonika över muren. Hög men inte för hög. Området innanför såg ut att befinna sig i en tidsficka. Och liksom undanhållet dagsljuset. Den omedelbara ängslan ersattes snart av nyfikenhet. Han lät sig förtrollas och vandrade in mellan statyer på sned eller på marken, övervuxna gotiska kapell, spruckna kopior av grekiska tempel, stenlejon som glodde apatiskt på honom genom buskage och ogräs. Kunde verkligen en kyrkogård, hela detta en gång så överdådiga viktorianska påfund, sluta som ruin? Hur som helst ett perfekt ställe för ockulta ceremonier. Var han kanske själv sådan? Tudelad. En öppen och en sluten del. En överskådlig och en övervuxen del. En Alf, en Ulf. Tänk om han flyttade tältet hit? Skulle det hända något?

Han kom till kyrkogårdens centrala del, en monumental portal dekorerad med något som påminde om egyptiska element. Innanför reste sig en stor cirkelformig anläggning, full av dörrar som ledde in till gravvalv. Fyrtio dörrar? Några till helvetet, några till paradiset? Högst uppe växte det gräs och – Graham hade nämnt det – en mäktig libanonceder. Templet i Jerusalem. Han klättrade ivrigt upp och satte sig under den, tog fram Middlemarch. Omgivningarna passade utmärkt till att läsa om Casaubons storstilade men misslyckade projekt, försöket att finna världsreligionernas bakomliggande grundberättelse, nyckeln till alla mytologier. En

Graal så god som någon! Alf satt med ryggen mot stammen, måste sänka boken flera gånger och kika upp på den väldiga kronan ovanför, le åt denna svärmiska idé, samtidigt som han i Casaubon kände igen något hos sig själv. Sitt eget förflutna. Nyckelsamlare i alla länder, förena er. Han tog fram anteckningsboken, trodde att han skulle skriva något men började i stället klottra ner – var kom det ifrån? – den kemiska formeln för glycerol, $HOCH_2CH(OH)CH_2OH$. Blyertsen dansade av sig själv. Ritade upp molekylmodellen. Påminde om ett träd. Påminde om pappan. Ark fulla med organiska föreningar. Och sedan, ett nytt spår: liknade det inte också kabbalisternas sefirot, ett slags schema över Guds skapande attribut?

Kanske en tanke som Casaubon skulle ha bifallit.

På vägen tillbaka stannade han vid mossbelupna mausoleer och sneda änglar i alla former, inskrifter som inte längre lät sig tydas, men riktigt förvånad blev han först vid en gravplats nära muren mot gatan. Michael Faraday, ett namn han kom ihåg från fysiklektionerna. Hur kunde man begrava en så berömd vetenskapsman här, liksom förvisad till utkanten, det tråkigaste och mest igenvuxna området, en stenduva på ryggen mellan rötter som verkade vilja ta över allt. Var det så? Du påvisar lagar för magnetism och elektricitet, för människosläktet åtskilliga hästlängder framåt – och man finner knappt någon plats åt dig på kyrkogården. En upplysningens man hänvisad till skuggorna.

Alf tog sig ut på samma sätt som han tog sig in. Hoppade över muren. Ingen utmaning för en man med ett förflutet som inbrottstjuv.

UPPLYSNINGEN:
KAN ÄVEN EN IDIOT
KOMMA TILL INSIKT?

Mobbningen i skolan upphörde, men Alf blev ändå en mer inåtvänd person och tillbringade mycket tid ensam. Inte ens Johanne kunde tränga innanför skalet. Glad över att öknamnet Flugornas herre inte fastnade svor Alf på att det skulle dröja länge innan han briljerade med sina kunskaper igen. Ofta hade han lust att avslöja att han visste något som inga andra visste, men lyckades motstå frestelsen. En tid efter den förnedrande episoden på skolgården, knivarna som blixtrade runt honom, kom han till exempel gående förbi kiosken i centret där han hörde några större killar slå vad om att pantern kunde ha en annan färg än svart. Han hade ingen aning om varför de grälade om detta – det hängde möjligen ihop med pojkars eviga förtjusning över rovdjur. I den ena gruppen, de som höll på fler färger, stod både Otto Frantzen och Geirmund Wik, två killar han beundrade och gärna skulle ha hjälpt. Han skulle kanske till och med ha vunnit deras respekt. Alf visste svaret, hade sett det i en bok och lagt kunskapen på minnet, en typisk bisarr detalj som fastnade: panter var ett felaktigt eller mindre exakt namn på leopard, *Panthera pardus.* På grund av den stora utbredningen varierade leoparden både i storlek och i färg. Särskilt i Etiopien och i Sydostasien kunde man ofta se helt svarta leoparder, därför trodde man länge att det var en egen art och kallade den panter. Alf föreställde sig att Otto och Geirmund skulle belöna honom om han talade om detta på ett sätt så att de kunde räcka lång näsa åt de andra. Men vid närmare eftertanke insåg han att han snarare skulle få stryk, av alla, eftersom båda parterna hade fel från början. Han svalde upplysningen och smög sig vidare.

Alf behöll denna inställning under resten av skoltiden, också på Bredtvedt, på gymnasiet. Med åren kom han dessutom underfund med vad som var kunskapernas viktigaste funktion: att vara byggklossar för fantasin. Varför lade skolan inte mer vikt vid det? På kemilektionerna tänkte han ofta på barndomen och pappans små föredrag om kolets häpnadsväckande egenskaper. För efter en söndagsfrukost hände det inte sällan att pappan bytte ut baconfeta tallrikar mot stora vita pappersark. På dem försökte han sedan förklara något om organisk kemi för Alf och Mikael. Det var över huvud taget ett av pappans favoritord, organisk. För att kunna framställa det bästa kontrastmedlet, vätskan som man injicerade innan man tog röntgenbilder av människans inre, måste man nämligen finna den rätta molekylen i organisk kemi. Pappan talade mycket och kärleksfullt om kolatomen, dess enastående förmåga att ingå föreningar och bilda komplicerade molekyler. Han berättade för dem om Linus Pauling, en magiker när det gällde att avslöja hur atomer förenade sig med varandra.

Samtidigt som pappan pratade ritade han på papperet, långa kedjor med förgreningar på förgreningarna, C-n som ingick förening med H-n och O-n och N. »Utan kol«, sa pappan, »skulle grundvalen för liv vara omöjlig. Ovidius kunde ha diktat en hel bok om kolets många metamorfoser.« Ofta slutade dessa seanser med att pappan förlorade sig i tankar, som om han oväntat hade stött på en formel till ett kontrastmedel som kunde avslöja mer av hjärnans hemligheter.

Kol och kunskapsfragment påminde om varandra, tänkte Alf. Små byggklossar med möjligheter att ingå föreningar, bilda något större, till och med något organiskt. Kunde kunskap också betraktas som grundvalen för liv? Alf var osäker. Men att veta mycket var i alla fall en förutsättning för att kunna fantisera, få goda idéer, kanske idéer som ingen hade haft förut. Även om detta höll han tyst. Ingen av lärarna, möjligtvis med undantag av norsklektorn, misstänkte Alf för att vara något annat än en medelmåttigt begåvad elev. Alf trodde inte heller att Isabelle, bibliotekarien, genomskådade honom; hon reagerade nog inte heller på att han kastade så oblygt intresserade blickar på henne vid sina misstänkt frekventa besök på Deichmans Nordtvetfilial under månaderna efter att hon hade hjälpt honom med uppsatsen om »Det okända Norge«. När han kom till disken fick han anstränga sig för att blicken inte skulle dröja sig kvar vid hennes bröst, ett annat slags okänt landskap, två pantrar gömda under åtsmitande svarta tröjor. Men när han så småningom aldrig fann henne där – hon kunde ha börjat på Bibliotekshögskolan, vara upptagen av studierna – besökte han alltmer sällan Nordtvetfilialen. Bilden av henne hade i alla fall fastnat i minnet. En kvinna i svart, en Zorro. Det var bara masken som fattades. Eller det verkade nästan som om hon bar mask, inte hade visat honom sitt verkliga ansikte. Han drömde om att känna de långa ringprydda fingrarna om nacken, om att kunna borra in näsan i hennes mörka lockar, inandas något som han trodde måste ge ett rus betydligt bättre än det Lillebjørn Nilsen fick av hasch i filmen som hade kommit året innan, »Himmel og helvete«.

Alf grubblade aldrig över varför han, under hösten han gick i andra årskursen på gymnasiet, började uppsöka främmande människors hus. Han lade i alla fall märke till att det på något sätt hade läkande kraft. En gång då Johanne hade varit nere – han fick inte veta orsaken – gjorde hon av med alla sina sparpengar på kanariefåglar. Som hon sedan släppte ut ur buren vid Grorudbron. De skulle säkert dö, men hon sa att hon måste göra det. Efteråt var hon glad igen. På sätt och vis förstod han henne, tänkte på händelsen när han bröt sig in hos folk. Det måste ha något med hans förvända inbillningsförmåga att göra. Spänningen? Kanske. Som liten uppfann han en osynlig lekkamrat som hette Ulf, en något mer tvi- velaktig och ondskefullare variant av honom själv, en figur som kunde fresta Alf att göra saker han egentligen inte vågade.

Han bröt sig in på dagen, och i hus eller lägenheter där han visste att folk inte var hemma. Dyrk eller andra verktyg var inte aktuella. Han ville just inte *bryta* sig in. Han var intresserad av det enklaste. Att hitta nyckeln som folk hade gömt på »hemliga« ställen. Säkringsskåpet. Ovanpå dörrkarmen. På garagetaket, under tredje takpannan från vänster. Gissa, leva sig in i folks tankar.

Han kunde riktigt känna hur kreativiteten tog sats när han stod utanför villorna. En utmaning. Studera dörrskylten, färgen på husväggarna, kvaliteten på ytterdörren, se om det antydde något om vissa kopplingar. På samma sätt som folk använde födelsedatum som koder hade också gömställena för nycklar sina arketyper: i brevlådor, på en spik innanför dörren till det olåsta uthuset, under en av brädorna i verandagolvet, vid soptunnan, i någon av de stora keramikkrukorna utomhus, och självklart det enklaste av allt, ändå besynnerligt ofta förekommande: under dörrmattan.

Han kunde inte uttrycka det då, men ansåg senare att denna sysselsättning väckte hans intresse för sociologi. Genom att ta sig in i bostaden hos ett betydande antal norrmän lärde han sig mycket om folks smak, om allt från hur de inredde sina hus till vad de åt. Och det första som slog honom var hur likartat de flesta levde. Villorna och radhusen och flerfamiljshusen var mer särpräglade utvändigt än invändigt. Han tittade till exempel alltid noga i folks bokhyllor, konstaterade att påfallande många ägde samma verk och skönlitterära böcker.

Efter sitt givande möte med »Robinson Crusoe« förstod Alf ännu mindre varför mamman inte läste. Hon kringgick alltid svaret när han frågade. Sedan hade föräldrarna gäster en lördagskväll. Pappan var »den perfekte värden«, som han tyckte om att säga, blandade drinkar så att gästernas hjärnor blev genomskinliga av lycka. Själv blev han mindre eftertänksam, ja, så bekymmerslös att alla rynkorna i ansiktet liksom slätades ut och gav det snart hårlösa huvudet en viss likhet med en av Constantin Brancusis äggformade marmorskulpturer, ett huvud som var ofärdigt och fullkomligt på en gång. Och på grund av mamman gled festen alltid över i timmar med rungande allsång, tidens landsplågor. Fram på kvällen kom hon in på pojkarnas rum för att säga god natt, lite rufsig i Ava Gardner-håret och hes av all sången, »Nordlandsnetter«, »De nære ting«, »En glad calypso om våren«, melodier som Alf senare aldrig skulle lyckas skaka av sig. Mikael sov och Alf tog tillfället i akt att åter en gång fråga om det där med böckerna, om förlaget, om hur hon kunde veta något om böcker utan att läsa några, och kanske på grund av vinet började mamman, nästan fnissande, att berätta. Det stämde att hon inte ens tog i romaner med tång, men å andra sidan läste hon noggrant igenom lektörsutlåtandena, anförtrodde hon sonen. Hon kom ihåg dem, och så småningom, genom saker hon sa eller kunde korrigera hos andra, trodde folk på förlaget att hon hade läst absolut allting de hade gett ut i bokväg. Förlagschefen och redaktörerna betraktade henne som ett slags litterär överdomare. Till och med de mest narcissistiska författarna älskade Erna Veber för att hon i samtal på tillställningar kunde komma med små antydningar om innehållet i romaner de hade skrivit tio år tidigare och själva nästan glömt. I början hade hon nog läst en del av böckerna, i synnerhet dem som lektörsutlåtandena berömde som mästerverk, men blev alltid smärtsamt besviken – uppfattade inte sällan historierna som ett hån av hennes inbillningsförmåga. Hon kom snart underfund med att utlåtandet, med sin uppräkning av persongalleriet och sitt korta referat av handlingen, eller bara återgivandet av idén, några meningar om stilen, öppnade slussarna in till hennes fantasi på ett mycket påtagligare sätt. Att hon var speciellt känd för sitt ofelbara omdöme vad gällde kärlekslyrik berodde på andra saker, helt enkelt att hon hade lyssnat så mycket på Oscar Hammerstein och Lorenz Hart som skrev texter till Richard Rodgers odödliga melodier. Dessutom var hon svag för Cole Porter och Irving Berlin. Dessa enkla, ändå tvetydiga texter, inte minst med sin lättfattliga symbolik, fick en sorts djup, och allra viktigast: sentimentalitet, särskilt när de parades med musiken, som var en underton i all kärlekslyrik, också den som publicerades av allvarliga och självförgudande diktare på norska förlag. Mamman strök honom över håret medan hon höjde ögonbrynen till en icke utsagd mening: Hur godtrogna kan folk inte vara!

Alf tyckte inte om att tänka på mamman och hennes memorerande av lektörsutlåtanden. Det var ju en bluff. Eller först och främst en flykt från de kunskaper en bok gav en. Och den djupa tillfredsställelse som summan av dessa, var för sig bagatellartade, upplysningar gav. Han ville inte leva så. Han ville läsa böckerna från pärm till pärm, sila ut detaljer från dem som när en bardval silade ut små planktondjur från havet. Många gånger var det nämligen detaljerna han fick ut mest av. Att Robinson skar in ett slags almanacka i en grov stolpe formad som ett kors och satte upp den på stranden. Att han gjorde ett tält av seglet han hittade i vraket. Att han bara kunde föra dagbok så länge bläcket varade. Att han i en låda kom över trettiosex pund sterling i silver och guld. Varför just trettiosex?

Att Alf bröt sig in i hus var kanske inte så konstigt, tänkte han. Med en sådan mor. I Alfs ögon var hon också ett slags bedragare, en tjuv. I bästa fall en hopplös romantiker. Om pappan, på grund av sina många veck och rynkor, bar hjärnan i ansiktet, bar mamman själen.

Hur förhöll det sig med honom själv då, resultatet av mötet mellan dessa olika personer? Han hade tidigt frågat mamman vad det stod på den röda ballong han förlorade som liten. »Steen & Strøm«, svarade hon. Ett stort varuhus, två namn. Men Alf uppfattade det också som två ord. En profetia om att han senare i livet skulle slitas mellan något fast, stadigt, och något som flöt. Något hårt och något mjukt.

Under sina räder in i främmande människors hem fann Alf alltså interiörerna nedslående likartade i den bemärkelsen att grundelementen var desamma, soffgruppen, matrumsbordet, lamporna, gardinerna, krukväxterna. Han kom ihåg barnsångens slutmoral: »Men inuti är de lika.« Det tröstade honom att folk visade vilka de var genom detaljerna, särskilt småsaker de hade samlat på. Vid ett av de första besöken i Johannes kråkslott slog hennes mor ut med armen i riktning mot de överfulla rum där hon hade placerat och hängt upp rariteter från sina resor, och berättade för honom om Hadrianus villa, en anläggning som denne romerske kejsare hade planerat så att var och en av de mindre delarna skulle påminna honom om olika platser i hans vidsträckta rike. Byggnader och landskap som han hade sett i Grekland, i Egypten. »Villan med alla kopiorna blev

ett slags stöd för minnet«, sa hon. Just så var det också i många hem som Alf bröt sig in i; folk hade ställt fram föremål som skulle påminna dem om deras liv, om något de hade upplevt eller människor de hade träffat. Allt från handmålade assietter och små skulpturer till Eiffeltorn i brons och skrin med inlagd pärlemor. Egentligen var alla norska hem bakom den tråkiga interiören, och trots suvenirernas kitschaktiga prägel, också en miniatyr av Hadrianus villa. Eller på ett annat plan: ett intrikat kråkslott.

Hoppades han innerst inne att han skulle åka fast?

Alf försvarade inbrotten genom att betrakta dem som gymnastik för inbillningskraften. Av synintrycken försökte han dikta upp historier eller avslöja folks hemligheter. Låsta lådor var alltid upphetsande. Låsta dagböcker. Dagböcker över huvud taget. Han kunde sitta och läsa länge. Då och då blev han besatt av idén om att han skulle påverka dessa människors liv. Han flyttade på några viktiga saker, tänkte att han vred på bitarna i ett stort kalejdoskop. Störde ordningen i en hylla där LP-skivorna stod alfabetiskt. Skulle detta inte kunna sätta de boendes tankar i rörelse? Han kunde skriva in ett nytt möte i almanackan, anstränga sig att härma ägarens skrivstil. Ställa en väckarklocka fel. Städa i ett skåp. Hälla upp mjölk i en skål till katten. Vid andra tillfällen begick han ett slags omvänd stöld. Genom att noggrant studera bohaget, kika på brev, räkningar, anslagstavlor, bildade han sig en uppfattning om dessa personers vardag, frågade sig om de saknade något. Det hände att han återvände. Placerade en bunt fint brevpapper vid telefonen, en ljusstake med ett vitt ljus i fönstret. En ros i en glasburk på nattduksbordet. Oftast hade han böcker med sig. Romaner han hittade hemma i mammans bokhylla, så gott som nya. Lade dem uppslagna på soffan. Han skulle gärna ha varit där när de kom hem, velat veta vad de tänkte, om det hade någon verkan. Kanske märkte de ingenting, tog bara upp boken och satte i gång att läsa.

Vad var det som drev honom? Var det ett slags forskning, en illusion om att han inte gick omkring i rum utan inne i människors huvud, letade efter hemliga kanaler? Han visste bara att det var en mani. Han kunde gå förbi ett hus och plötsligt gripas av en övertygelse om att där, inne i ett av rummen, fanns en avgörande kunskap, något som kunde rädda honom. Han *måste* in i det. Det var som om han, på den nivå han befann sig i utvecklingen, visste att han bara skulle komma till någon insikt av det helt speciella slaget genom en tillfällighet. Han måste söka på måfå. På samma sätt som mamman aldrig fann saker utan planlöst letade i hela huset, öppnade dörrar till alla skåp, tills hon så småningom stötte på det, och på andra ställen än hon trodde att det låg. Han led kanske till och med av en föreställning om att visdom, den allra största visdom, inte var något man hittade utan något man måste tillskansa sig. Under studietiden skulle Johanne berätta för honom om en religiös sekt som försökte skaffa sig kunskap om sin gud genom onda gärningar, genom att synda. De trodde alltså att man bara kunde få upplysning på en negativ väg.

Emellanåt fick han för sig att han tvingades av något demoniskt. Att vartenda motiv han konstruerade var en täckmantel för den faktiska drivkraften: ren ondska.

En tidig eftermiddag före jul, efter att ha skolkat de sista två mattetimmarna, tog han sig in i en villa på Bergensveien, några hundra meter nedanför Badedambakken. Det var viktigt att välja ett hus där uppfarten var skottad så att han inte gjorde några spår. Extranyckeln hade legat under ett fågelbord. Ägaren förtjänade en särskild honnör, det var ett ovanligt gömställe. Som vanligt njöt han av de små klicken när nyckeln, den riktiga nyckeln, gled in i låset, ljudet av metall mot metall, förnimmelsen av små klick, saker som öppnades. Han var säker på att ingen var hemma och strosade därför omkring i rummen som om han bodde där. Han förstod snart att det var ett så kallat kollektiv och att det bestod av unga människor. Romantiker, tänkte han. Hippies. Han fattade ingenting förrän han plötsligt befann sig i hennes rum. Av olika saker – skivsamlingen, ett fotografi av henne och en väninna i Dublin, fackböcker om klassificering – förstod han att han stod i Isabelles rum. Det var flera veckor sedan han hade besökt Nordtvet bibliotek, utan att se henne där.

Här, plötsligt bredvid fem par svarta trosor på ett snöre, en sjörövares upphetsande signalflagga, blev minnet av henne desto starkare.

Först när han lät ett finger glida över tyget i ett av trosparen slog frågan ner i honom: Hade alla dessa inbrott hela detta halvår varit ett enda sökande på måfå efter henne, efter *hennes* rum?

Kunde ens amygdala, det som drev en att göra saker och ting, också ljusskygga och irrationella saker, befinna sig utanför en själv, hos en annan människa?

Han tittade närmare på stereoanläggningen. Led Zeppelin-skivorna stod närmast grammofonen. Till och med omslaget på den senaste, nummer tre, hade hunnit bli slitet. Ändå var det ingen hårdrockares rum. Han kunde inte sätta fingret på det, men något i rummet förde tankarna till en cell i ett kloster. Inte för att rummet var kalt, sparsamt möblerat. Det var mer något med ordningen. Allt verkade ha placerats exakt, rituellt perfekt. Sängen var stramt bäddad. Skorna stod prydligt uppradade längs ena väggen. Var det därför hon var så kall, så otillgänglig? Hon var en nunna, förklädd. Än sen då? Bara ännu mer spännande. Alf hade känt frestelsen själv. Broder Alf.

Han var över huvud taget inte nervös, visste intuitivt att ingen kom, gick omkring och undersökte Isabelles rum, grundligt och nyfiket. På väggen hängde ett fotografi med en text under: »London, Blitzen 1940, Holland House Library.« Byggnaden hade bombats, taket var borta, men tre män i plommonstop stod bland ruinerna och tittade intresserat i böcker. Hyllorna var fortfarande intakta. Det verkade som om bilden också hade något religiöst över sig. Något som Isabelle fann uppbyggligt. På garderobsdörrens insida väntade en överraskning. Där hade hon tejpat upp ett par urklipp om The Beatles och säkert tio tolv fotografier av Paul McCartney. Ett av dem var signerat med kulspetspenna, verkade äkta. Inga porträtt av de tre andra medlemmarna. Under hängde också några bilder från The Magical Mystery Tour-filmen, Paul i valrosskostym. Obegripligt. Paul McCartney, den melodiöse, »snälle«. Denna svartklädda Led Zeppelin-anhängare med ett hår som Medusa. En hemlig dörr in till henne.

Lycklig över sitt fynd gick han tillbaka till entrén och stängde ytterdörren försiktigt bakom sig, lade nyckeln på plats vid fågelbordet. Det var, som Isabelle en gång hade berättat för honom, lättare att ta sig ut ur en labyrint än att finna vägen in.

Alf tänkte att han borde sluta i tid, och han tänkte så ytterligare en gång när han några veckor senare stod utanför en gammal dams hus på Kirkesvingen. Han hoppades halvt om halvt att han inte skulle hitta nyckeln, men den låg på det fjärde stället där han letade, bakom ena portstolpen.
På väg in kom han ihåg sagan i »Tusen och en natt«, palatset med de fyrtio dörrarna, den enda dörren som inte fick öppnas. Var det denna?

I vardagsrummet blev han stående framför ett gammalt väggur, lade handen på pendeln, stoppade det. Hemma hängde två ur av samma typ. Mamman och pappan hade tagit med sig var sitt från barndomshemmet. Det ena saktade sig så att uren aldrig gick likadant. De var inte synkroniserade, sa Johanne. Förhållandet mellan pappan och mamman var inte heller synkroniserat, tänkte Alf. Ett ägg och en panter. Steen & Strøm. Han tyckte inte om de där uren, tickandet från dem var som ett »Kom ihåg att du är dödlig« i stereo. Som ett slags förtvivlad räddningsaktion försökte han alltid ställa klockorna likadant.

Av andra föremål i rummet kunde han sluta sig till att den gamla kom från Stavanger. En bild av staden, torget med domkyrkan bakom, hängde på väggen. I länstolen låg en sliten bok, »Sardinkongen: Eventyret om Christian Bjelland«. Dessutom måste hon ha rest en hel del, eller känt någon som gjorde det. Fjärran Östern. Mission? Sjöfart? Små rariteter som han inbillade sig kom från Kina eller Japan. Han tog upp en liten figur av gulaktig jade. Kunde vara en Buddha eller en vis man. Han stal aldrig något, men den här figuren måste han bara ha, lade den i fickan.

Han skulle just gå då något mörkt fyllde dörröppningen. Något stort och högt. Nu kommer det, tänkte han. Det var en man i uniform. »Ursäkta, men bor du här?« Myndig röst. Säkert från polisstationen på Flaen. Alf föredrog att hålla tyst. För att vinna tid. Tänka. Varför hade han inte låst dörren? Detta var en variant han aldrig hade kalkylerat med. Att möta Minotauros på vägen ut. Ett smart vidunder valde naturligtvis en sådan strategi. Överfalla hjälten när han minst väntade det. Skulle han smita? Slinka förbi och springa allt vad han orkade?

»En granne har ringt och sagt att han såg en främmande person gå in i huset.« Alf tittade ut genom fönstret. En polisbil stod parkerad vid snödrivan utanför infarten.

»Jag är barnbarn till henne som bor här«, sa han kvicktänkt. Nämnde för säkerhets skull hennes namn. »Jag har egen nyckel.« Han visade den.

Polisen såg sig omkring. »Var är hon ifrån, din farmor eller mor-

mor«, frågade han.

»Från Stavangertrakten«, sa Alf, utvidgade för säkerhets skull det möjliga geografiska området. Polisen kunde ju mycket väl känna damen lite.

Konstapeln stegade bort till byrån, granskade ett fotografi, uppenbarligen av tre systrar. Den ena var »mormor«. »Jaså, hon kommer från Stavangertrakten«, upprepade han. »Har du varit där?« Alf nickade. »Naturligtvis«, sa han. Ett barnbarn måste ju ha besökt mormoderns hemstad. Polisen spände ögonen i honom. »Då vet du säkert också vad klostret i bakgrunden på bilden heter?« Alf insåg att detta var en avgörande fråga. Att polisen vacklade i sin uppfattning. Alf tänkte efter. Ett kloster vid Stavanger. För en gångs skull höll han inte inne med sina kunskaper. Detta var ett lämpligt tillfälle. »Utstein kloster«, sa han.

Alf fick intrycket att den andre såg tvärs igenom honom. Att Alf var lika genomskinlig som jadefiguren han hade stoppat i fickan. Att lögnen hade varit lyckad men ändå avslöjat honom. Det var något hos den där mannen. En visdom som hade med erfarenhet att göra. Alf visste att han visste att Alf bluffade. Men att han trots det ville ge Alf en ny chans. Han höll fast Alfs blick. Stod där och talade med bara ögonen, talade allvar med pojken framför sig, till och med skakade honom som en vante utan att säga ett knyst, utan att lyfta ett finger. Sedan log han, gjorde nästan honnör innan han försvann, lika stilla som han hade kommit.

Alf tog detta som en varning. Slutade med att bryta sig in i andras bostäder. Beslutet markerades med en visit hemma hos Veras föräldrar. Han bad att få sitta ensam på hennes rum. Det var första gången han gick in där sedan hon hade dött. Sitta i rum 101. Det värsta i världen. Han blev överraskad över att de hade röjt upp där. Ändå fanns något av Vera kvar. Vaniljlukten. Tusen minnen. Det var förresten inte riktigt sant att han aldrig stal något från de hus han sökte igenom. Han hade tagit alla nycklar han hittade. Inte dörrnycklarna utan alla nycklar han kom över i skålar och liknande, nycklar som ägarna kanske inte använde mer men som låg där i alla fall. Det var förvånansvärt hur många nycklar folk hade liggande här och där, som om de var reminiscenser av något viktigt, ändå bortglömt. Alla möjliga storlekar, alla sorters. Han hade ingen aning om var de passade. Hemma satt han ofta med samlingen framför sig på skrivbordet, betraktade de olika axen på de gamla nycklarna och raden av taggar på de modernare till cylinderlås; han funderade på om det någonstans i världen kunde finnas en bergskedja som exakt motsvarade någon av dessa rader av taggar. Tankspritt lade han nycklarna i olika formationer, lät dem byta plats, bilda andra figurer. En gång upptäckte han att han hade råkat göra en krona.

Nu hällde han ut alla dessa nycklar ur påsen och ner i en tom skål i Veras rum.

Några dagar senare träffade han Isabelle på Nordtvet bibliotek. Han letade efter en bok om Kina. Hon kom bort till honom. Hon brukade aldrig komma bort så. Hennes ögon granskade honom på ett nytt sätt. Som om hon visste. Hade en dold kamera i rummet. Ändå stod hon där mindre ouppnåelig än förut. Paul McCartney. En svag punkt. En ingång. De växlade några meningar. Hon berättade att hon var klar med praktikåret, hade börjat på Bibliotekshögskolan och arbetade bara ibland på Nordtvet. Han visade henne den lilla jadefiguren. Hon tog den i handen, höll upp den mot fönstret. »En leende Buddha«, sa hon. »Vet du vad Buddha betyder?« Det visste han inte. En fråga svårare än Utstein kloster. »Det är sanskrit för 'den uppvaknade'«, sa hon. »Eller 'den upplyste'.« Den lilla figuren lyste verkligen. Ett inre ljus hade tagit sin boning i den. Sådan, tänkte han, sådan skulle man vara. Kunde en idiot också bli upplyst?

»Du kan få den«, sa han. »Den kommer att ge dig tur på skolan.« Hon blev häpen. Sedan glad. »Det menar du inte, den fina figuren?« Han menade det. »Jag hittade den när jag besökte Det okända Norge en gång«, sa han, »ett dolt Shangri-la norr om Stavanger. Jag är ju redan en upplyst man«, sa han och skrattade. »Jag behöver den inte.« Jag vet mer om dig än du tror, tänkte han. I huvudet ljöd Led Zeppelins »Communication Breakdown« i den ena kanalen, Paul McCartneys »I Will« i den andra. The White Album. Blanka papper. Framtiden såg ljus ut. Han skulle träffa Isabelle igen. Skulle kanske till och med få smeka pantrarna hon dolde under tröjan.

230 MUSIK. SÅ MYCKET MUSIK under ett helt liv. Och ändå hade han aldrig hört detta, en näktergal sjunga. Det hände en natt i slutet av maj. Han vaknade ur en absurd dröm om att han höll på att bli gripen och blev långsamt medveten om den egendomliga fågelsången, ett ljud han dittills bara hade upplevt som ord på papper. Han förstod att det måste vara en näktergal. Det var kanske värt alltihop? Hade slumpen fört honom hit till London, in i Kenwood, till ett tält, bara för att han skulle få uppleva detta?

En vändpunkt. Reträtten, vilan eller vad han skulle kalla det, var över. Han märkte det på morgonen. Kände sig mer vaken än tidigare, mer rastlös. Och någonstans i medvetandet hade något återigen börjat svälla, nästan röra på sig, genom all tankeverksamhet: det gåtfulla frö kallat »jaget«. *Upplysningens viktigaste uppfinning är inte ångmaskinen, som snarare är en konsekvens av hela epokens vetenskapliga »tryck«.* (*James Watt får ursäkta mig.*) *Det är helt enkelt jaget. Alltså en uppfinning i början av perioden. En förutsättning. Liksom Johann Gutenberg uppfann boktryckarkonsten uppfann René Descartes jaget. Ett nytt och ambitiöst Själv.* (*Jfr Rousseau: Jag är inte som några andra jag känner.*) Det kunde också bero på att han återigen hade börjat läsa romaner. Ett försummat område i flera år. Bara facklitteratur. Städer i Belgien. Bredvid sovsäcken låg en bok, en duvfjäder instucken mellan sidorna. En roman lånad ur Det allra heligaste, kylskåpet i Graham's Grail. Lånad på grund av en avlägsen föreläsning i Annas sällskap. Tristram Shandy av Laurence Sterne. Han hade läst och skrattat. Glömt att berättelser kunde ha den verkan. Att de kunde väva täta nätverk över gapande hål. Liksom mamman när hon stoppade strumpor. Sterne var ju också på något sätt influerad av John Locke, som han just hade lagt ifrån sig för att framställningen tröttade ut honom. Eller påminde om för länge sedan övergivna byggnader. En huvudport i baklås. Sterne visade honom en öppning in i samma hus, bara från en annan sida. Fann bakdörren. En själsfrände. Författaren vände det som Locke varnade för, olyckliga tankeförbindelser, till en styrka. Fiktionen visade hur idéer kunde leda till associationer beträffande andra idéer, tills man slutade långt ifrån de tankar man började med. Ibland i rent nonsens. Så är det ju. Så har jag själv tänkt. Ja, själv levt.

Han intog en stadig frukost, inklusive Lincolnshire sausages med rabarberchutney, i The Brew House vid själva Kenwoodbyggnaden. Måste högtidlighålla dagen, den svaga lågan han kände i kroppen igen. Kunde en korv smaka så gott? Pengarna började ta slut, men det var ännu ingen fara om han fortsatte att leva lika sparsamt som han dittills hade gjort. Han återvände till tältet, hade just gjort sig klar för dagens promenad när en stor hund kom emot honom. Den måste ha hoppat över stängslet någonstans. En sanktbernhardshund. Svansviftande. Tungan ut ur munnen. Några ropade långt borta, ropade ett namn. Merlin. Ropade de verkligen Merlin? Alf var rädd för att hunden skulle skälla, men djuret kastade bara en bevekande blick på honom innan det lugnt vände sig om och försvann. En tydlig signal. Jag måste bli räddad ur den här tillvaron.

Under sina exkursioner hade han upptäckt en vit byggnad inte långt från huset där Coleridge bodde vid slutet av sitt liv. Highgate Society. Det hände att han gick in, inte för att delta i arrangemangen i det pompösa Lecture Room utan för att konsultera biblioteket. Han hittade något om Laurence Sterne, prästen och författaren, stod länge vid hyllorna. Lågan var fortfarande märkbar. Måste ta itu med något igen. London var ju avsett att vara en nystart. Tillsammans med Anna. Tänk om han skulle göra det på egen hand? Han bläddrade i anteckningsboken, läste vad han dittills hade skrivit, skakade på huvudet men strök inte över något. Ett galet infall molade och malde. Han slog upp den första blanka sidan. Blyertspennan började glida nästan av sig själv. Han måste sätta sig på en bänk vid Highgate Ponds. Det skrivna fyllde snart flera sidor. Tankar stimulerade av Tristram Shandy. Trots det huller om buller. Ingen klar linje. Han saknade övning, orkade inte med längre resonemang. Om han skulle ta och provocera sig själv, försätta sig i en situation där han måste anstränga sig för att haka ihop tankar med varandra till något slags helhet? Inte nödvändigtvis mycket. Men en helhet. Ett sammanhängande argument. Ett nät.

En plan tog form. I flera dagar satt han utanför tältet och förberedde sig, omgiven av fjärilar och nyfikna ekorrar. Han kunde höra saker och ting gro på samma sätt som man påstod att det gick att höra frasandet av nya skott som växte på unga bambubuskar. Allt runtomkring honom blev högre, tätare, grönare. Jag sitter mitt i en gigantisk vävstol. Min blyerts väver också. V-n till W-n. Droppar föll, sedan tätare, tills de blev fina trådar av vatten. Efter regn luktade marken kryddor. Dofter som blev minnen. Utflykterna med Vera. Alla de vilda blommorna. Hennes liljekonvaljställe i skogen bakom flerfamiljshusen. På natten kunde han ligga i halvmörkret, lyssna på näktergalen medan nya idéer lade sig ovanpå och bland dem han redan hade samlat på sig. En av de första söndagarna i juni tog han tunnelbanan in till centrum och klev av vid Marble Arch. Det var fullt av folk vid Speakers' Corner, hörnet av Hyde Park där vilka som helst kunde få säga vad som föll dem in. Några stod på trappstegar och ropade, andra talade mer lågmält men desto mer enträget.

Han blev plötsligt nervös. Liksom första gången han skulle spela för många personer. Hade glömt hur nervös han kunde bli. Bara att vända på klacken. Han stod emot impulsen, ställde sig vid stängslet, fumlade med anteckningsboken. Några punkter, ett slags disposition. Ingen låda att stå på. Han öppnade munnen, sa något. På engelska. Rösten darrade. Han talade lågt utan att titta upp, koncentrerade sig på att formulera meningar som följde efter varandra på ett sådant sätt att de bildade en någorlunda meningsfull åsikt. Tänka på att sticka. Foga maska till maska. Han höll ett slags föreläsning med utgångspunkt i Tristram Shandy, lät idéer och tankar följa idéer och tankar, inspirerad av romanens egen form.

Ingen verkade vara intresserad. Jo, tre duvor. Men så kom ett äldre par och ställde sig framför honom när de förstod att han hade något på hjärtat. På hjärtat eller hjärnan? Snart stannade också några japaner och fotograferade. I deras ögon var han en av de där galna människorna som stod och pratade en massa strunt i parken varje söndag. En religiös svärmare. En politisk fanatiker. En turistattraktion. De lyssnade antagligen över huvud taget inte på vad han sa. Alf hade ingenting emot det. Han kände sig inte tokig. Det löstes inte upp längre. Han stod här och lade den ena biten till den andra. Han stod och spann ihop idéer, funderade högt, kände sig i själva verket väl till mods. Stimulerad. Mer stimulerad än på den tiden då han föreläste i fullsatta auditorier hemma. Det engelska språket bjöd också så pass mycket ovant motstånd att tankarna automatiskt skärptes och fann nya, oväntade kanaler att strömma fram i. Allt som allt blev detta ett slags tillförlitlig föreläsning om Laurence Sterne, faktiskt om John Locke också, och även om ingen hörde på hade han själv glädje av det, märkte hur nya argument dök upp ur orden han uttalade, till och med en tanke om likheten mellan sir John Soanes museum, fullt med rariteter, och Laurence Sternes bok, två olika sätt att bygga ihop något av digressioner. Mycket av nästa föreläsning tog redan form i huvudet. En gång hade han tillsammans med de andra i Akbars hov drömt om att hyra Aulan i Oslo, hålla lysande föredrag där med Munchs sol i ryggen. Och nu stod han här som en clown, med böjt huvud bland de galna med toppluva på sina ölbackar vid Speakers' Corner i London, höll föredrag om en vanvettig roman, i stort sett utan en enda åhörare. Han tänkte efter och kom underfund med att han gillade det.

Den följande veckan sökte han sig ofta till det runda bordet i Graham's Grail, frågade ut de andra, antecknade, fick Graham att föreslå böcker med någon form av anknytning till Tristram Shandy. Rabelais. Burton. Swift. Förkärleken för musik. Teologisk spekulation. Grafiska verkningsmedel. Montaigne naturligtvis, digressionerna. Samma vecka inföll Bloomsday, som Graham firade på tillbörligt sätt genom att servera en smakbit av svinnjurar stekta i smör, samt Guinness och irländsk whisky, och genom att själv läsa inledningskapitlet i Ulysses med hög, mässande röst. Alf lyssnade. Satt med Jasjin i knäet och lyssnade. Att skönlitteratur kunde vara så vackert. Så djuplodande. Tänk om han själv, snart, plötsligt träffade sin Molly, Nora, bara stötte ihop med henne på gatan. Tanken uppstod medan handen strök mjuk päls och medan han betraktade en av stamkunderna, en kvinna med en liten pojke som av Graham fick lov att bygga borgar på golvet av Shakespeares samlade verk och av Richard Burtons Arabian Nights, sextonbandsupplagan.

På kvällarna satt han i tältet och antecknade vidare. Hugskott som stjärnfall genom medvetandet. Likaså på morgnarna, medan insekter fångade av solljuset bildade guldstrimmor tvärs över synfältet. Han kände sig som Rousseau den gången denne måste lägga sig under ett träd på vägen, därför att »skaror av livaktiga idéer« infann sig. *Vad upplysningsideologin ofta saknar men som Sterne har lärt oss att den behöver: avskyn för en rät linje. Humor. Urspårningar, som ofta kan vara insiktsskapande. Irrationella element. Parodier på lärdomar vi tar för givna.* (*Och för att parodiera måste man känna till sin tids vetenskap.*)

Nästa söndag begav han sig på nytt till Speakers' Corner och ställde sig på samma plats, konkurrerade med tjugo trettio till som skrek ut sin livsfilosofi runt honom, till och med muslimer som talade arabiska. Området var fullt av flaggor och plakat. Han talade med normal röst, fäste blicken på träden som om de var de verkliga åhörarna. Den här gången kom i alla fall fler och lyssnade på honom, de kunde vara ett tiotal, och de stod där hela tiden under den halvtimme han höll på, ett slags föreläsning om hur den traditionella berättelsen först vidareutvecklades i en roman som Robinson Crusoe, innan den ytterligare överskreds i Tristram Shandy – kort sagt om hur form vändes till innehåll. Medan han talade hakade sig blicken fast vid den vita båge han skymtade bakom träden. Marble Arch. En port. Igen. Öppningen mot osedda möjligheter. Han kunde ändå inte undgå att lägga märke till en åhörare han kom ihåg från gången innan, en man klädd i tweedkavaj och manchesterbyxor, typiskt engelskt, och som verkade mer nyfiken än de andra, till och med gav ifrån sig en nick emellanåt, som för att ge sitt samtycke.

De började tala med varandra när Alf var färdig, satte sig på en bänk vid ett av de stånd som sålde snabbmat. Mannen berättade att han fann Alfs föredrag ovanligt skarpsinnigt. Tackade. Sällsynt matnyttigt på den här scenen, sa han och slog ut med handen mot en kvinna som ropade medan hon viftade med en bibel. Den andre presenterade sig som Ian Stuart, före detta lärare i secondary school. Historia. Nu sysslade han med något annat, sa inte vad. Alf gissade på konst. Den ganska lediga klädseln kunde tyda på det. De var i samma ålder och sa båda, samtidigt, att de var lika varandra till utseendet. *Fler lärdomar att hämta från Sterne:*

att det går att bryta med förväntningar om hur saker och ting skall framställas, inte minst i romaner. Att vi erkänner våra begränsningar även när det gäller att förstå. Med andra ord: ödmjukhet. En sväng med en käpp, en krumelur i luften, kan säga mer än tusen ord.

Det blev en rutin. De tio söndagar då Alf ställde sig i Speakers' Corner och höll ett slags föredrag med utgångspunkt i olika kapitel i Tristram Shandy, ackompanjerad av skrik och skrål och hånskratt och bruset från lövträd i vind, satte han sig varje gång ner tillsammans med Ian efteråt. Alf tog av reserverna, köpte picknickmat till dem båda. Trekantiga smörgåsar och kaffe. Ian tackade genom att komma med synpunkter på Alfs tolkningar. Hävdade till exempel att Sternes lilla Journal to Eliza utgjorde ett argument mot mycket av det Alf sa om författaren. Alf fann senare boken i Highgate Societys bibliotek och läste den där. *En överraskande sötsliskig affär. En överlägsen kvickhet plötsligt ersatt av en traditionell förälskelse. (Amo ergo sum.) Offrar stilen också. Kan den boken vända upp och ner på hela förståelsen av Sterne?*

En söndag i augusti avslutade Alf föreläsningsserien med att fundera över Pierre Bayles inflytande på Laurence Sterne. Åhörarna var nu uppe i kanske femton personer, däribland en uppenbarligen förvirrad dam som sa emot honom hela tiden – som sidosprången i kommentarerna till uppslagsorden i just Bayles Dictionnaire historique et critique. Efteråt, som en sorts belöning, bjöd Ian Stuart med honom till National Gallery vid Trafalgar Square. Det var något han ville visa. Han drog Alf med sig uppför trapporna och in i ett rum där han pekade entusiastiskt, eller nästan stolt, på en målning som avbildade två gestalter. Alf tänkte att han hade gissat rätt, att den andre, med ett utseende så märkligt likt hans eget, arbetade med konst. Han läste på den lilla skylten bredvid, Ambassadörerna. Det är vi, sa Ian. Vi är ambassadörer för nya viktiga tankar, om idéers inre sammanhang. Aritmetik, geometri, musik, astronomi. Alf tyckte om påståendet, tyckte om att se sig själv som en del av en ny diplomati, helt annorlunda än broderns. Denna bild säger allt om vikten av detaljer, fortsatte Ian. Se på datumet och klockslaget. Alf var fullständigt förvirrad, letade förgäves efter en nyckel i myllret av föremål på den väldiga tavlan. Ian blev otålig och pekade först på det cylindriska, sedan på det mångsidiga soluret bland instrumenten på den översta hyllan. Samma blick som Johanne i barndomen, förvåningen över hans oförstånd. Den 11 april klockan 10.30, sa Ian, stod och trampade. Ja, och vad är det med det då? måste Alf fråga. Jag är född den dagen och vid det klockslaget, sa Ian, stirrade på Alf med ögon som frågade Förstår du nu? Jag sitter här nästan varje dag, sa han. Du håller alltså på att skriva om den här tavlan? försökte Alf. Den andre skakade på huvudet, svarade kryptiskt att han bara önskade förstå den. Det är allt du gör? Det är allt jag gör. Jag vill förstå denna målning helt. Förstår jag den helt och hållet kommer jag också att förstå allting annat helt och hållet. Jag har lyckligtvis några år kvar att leva. Jag är optimistisk.

Ian tog plats på bänken framför tavlan som om de var på bio och föreställningen just skulle börja. Drog sig inom sitt skal. Alf började tvivla, visste plötsligt inte om han skulle ta den andre på allvar, strosade omkring i galleriet på egen hand, lekte med tanken på att han skulle hitta en egen bild. I samma stund kom han oavsiktligt till Rembrandtrummet och blev nästan bländad av den stora målningen på väggen mitt emot fönsterväggen. En bild som gnistrade. Lyste. Något, en kraft, pressade ner honom på en bänk. Han hade sett tavlan förut. Som reproduktion. En dramatisk scen. En handling som verkade frusen, därför att något chockerande, något hinsides, plötsligt hade ingripit. Alf försjönk i minnen av boken han gav till Vera, han tänkte på Hadrianus villa, mötet med Johannes mamma, alla de spår han tidigt fann och som alla ledde till Nederländerna.

FÖRVANDLINGEN: FRÅN ÖVERLAND TILL NEDERLAND

Ända sedan han kom in i källarförrådet och hittade Rembrandtboken, ja, ända sedan han första gången hörde mamman sjunga »Tulpaner från Amsterdam«, hade Alf vetat att han måste resa till Nederländerna. Eftersom området låg så lågt var han inte främmande för att betrakta hela landet som en gigantisk källare, med möjligheter att hitta nya värdefulla saker. Även Akbars hov hade skälig orsak att företa en expedition dit. De behövde ammunition till sitt fortlöpande och överordnade mål: förvandlingen av Norge. De var fortfarande strängt upptagna med att smälta den förödmjukande erfarenheten av monarkiartiklarna. Enligt Mikael var Amsterdam en kammare full med en särskild sorts torrt krut.

Nederländerna hade visserligen nästan fyra gånger så många invånare som Norge men var ändå något av en förebild. För det var ju milt uttryckt tankeväckande att ett land med en så obetydlig yta, dessutom en republik omgiven av monarkier, under en period framstod som en mäktig stormakt. Och mest anmärkningsvärt: även som en kulturell stormakt. På 1600-talet var Amsterdam den viktigaste handelsstaden i världen, dessutom känt för sin tolerans, för villigheten att hysa oliktänkande och för att tillåta motstridiga idéer att blomstra sida vid sida. Med andra ord ett hejdundrande Akbars hov. De fem vännerna hade alla en förhoppning om att en exkursion dit skulle kunna verka stimulerande, ge dem en stärkt tro på att Norge kunde förvandlas till ett mindre inåtvänt och självtillräckligt land. »Detta«, sa Alf till Johanne när de träffades på Østbanen, »är den egentliga resan till Europa. Youngstorget var bara en början.«

Redan första kvällen i Amsterdam insåg Alf att detta också skulle ha varit en plats för pappan, en stad full med kanaler. Han kände sig genomströmmad, genomvattnad, gick över broarna och lade märke till hur tankarna tycktes komma från andra rum i hjärnan. Kunde orsaken till Amsterdams rika kulturliv under tidernas lopp ha något med kanalsystemet att göra? Sedd uppifrån påminde den inre stadens form om en virvel, som i sin tur förde tankarna till en labyrint. Och eftersom han befann sig i ett land där hälften av arealen låg under havsytan inbillade sig Alf att han vandrade omkring i det sjunkna Atlantis, en fantasi som stimulerades ytterligare genom minnet av Platon, Platon som ju i »Kritias« ansåg att denna uppdiktade stads centrum omgavs av cirkelformiga kanaler. Amsterdam skulle ha varit en tripp utan dess like om Alf hade kunnat undvika besöket på Den svarta tulpanen där han fördes så långt utanför sig själv att han – på sätt och vis det enda positiva – upptäckte hur den inre stadens virvel av kanaler också avspeglade Vintergatans yttre form.

När Akbars hov satte sig på tåget förvandlades kupén till ett mobilt kollokvierum. Alf gladde sig över kemin som genast stämde när de fem slog sig ner på sätena, ett fenomen som Harald Veber helt säkert skulle ha förklarat med utgångspunkt i sin kärlek till kolet och vetskapen om

att hälften av människans biomassa, om man bortsåg från vattnet, bestod av detta grundämne. Alf kunde riktigt känna hur hans fyra extremiteter liksom hakade i fyra andra levande varelser. I likhet med kolet försökte kroppen också utnyttja tillfället att ingå föreningar, bli något helt annat. Sträva mot cirklar, spiraler eller vecka sig i komplicerade strukturer. Så snart baken landade på sätet och han kände de fyra andras ögon runt sig var han en knutpunkt, var han ett led i något starkt och mäktigt, i stånd att uppfånga viktiga erfarenheter på ett annat sätt än om han hade varit ensam.

I en tågkupé kunde Akbars hov ta upp vilket tema som helst och ventilera det i timtal, inte minst när fickpluntorna var fyllda med Cragganmore, såvida det inte var Glenmorangie. Genast efter avgång fann till exempel Alf tiden mogen för att framkasta en teori om Nederländerna som en positiv spegelbild av allt det betänkliga hos Norge, Norge som ett överreklamerat Överland. Alf erkände att han under hela sin ungdom i hemlighet hade hejat på de nederländska skridskolöparna för att dessa, i synnerhet utövare som Kees Verkerk och senare Ard Schenk, tog en med storm genom att tala norska. Hade någon norsk skridskolöpare, trots världsrekord, klarat av något liknande? Alf fick en hård, och som hon sa, försenad kram av Johanne för det erkännandet. Under resten av resan var i alla fall litteratur en gemensam nämnare i diskussionerna, som nådde lika många hetsiga höjdpunkter som städer de passerade. Redan före Moss hade var och en av dem tagit fram en bok, men även om alla under större delen av resan satt med den uppslagen i knät som ett slags facit, hann de aldrig fördjupa sig i den mer än ett par minuter åt gången, korta djupdykningar som gjorde argumenten de kom upp med ännu mer andtrutna. Alf njöt av varenda sekund. Fem personer i en kupé med var sin bok. En rullande läsesal. Fem personer som antecknade frenetiskt i marginalerna.

Han upphörde aldrig att förvåna sig över vilken gåtfull port en bok kunde vara. Trots att man gick in genom samma öppning såg man de mest olikartade landskap innanför. Medan Fredrikstad var kuliss utanför kupéfönstret trasslade till exempel Johanne in sig i en långvarig dispyt med Mikael när hon utan krusiduller antydde något om att »Tender Is the Night« var Scott Fitzgeralds bästa bok, mycket bättre än »The Great Gatsby«, vilket i Mikaels öron lät lika horribelt som att påstå att Fitzgerald var en större författare än Hemingway. »Naturligtvis är han det«, sa Johanne med en envishet som Alf kände igen från barndomen och som fick Mikael att bli så irriterad att han bröt den första av många blyertspennor han skulle bryta på resan ner. Merlin och Alf förklarade omgående att de verkligen höll med, och Anna tog lika kategoriskt parti för Mikael. Almanackan visade mars och utanför fönstren försvann snön gradvis ju längre söderut de kom, som om det berodde lika mycket på diskussionens hetta. Strax före Göteborg, efter att ha snuddat vid det mesta av den amerikanska litteraturen, var man lika halsstarrigt oense men samtidigt lika hemligt förtjust i ordväxlingens underhållningsvärde och i de saker man själv hade blivit provocerad till att säga, åsikter som inte sällan verkade originellare än de man hade kommit fram till på egen hand förut. Nya pass med nedtecknande av guldkorn i marginalerna, ett slags alkemistiska tecken som bara den enskilde kunde tyda.

Det låg en fjäder i romanen som Merlin fortfarande hade uppslagen i knät. »Varför använder du en fjäder som bokmärke?« frågade Alf. »Det är inte en *fjäder*«, sa Merlin med en grimas, för detta tillfälle i polotröja och i en av sina många stiliga vindtygsjackor, »det är en stjärtfjäder från en kanariefågel. Den hette Cliff och dog när jag gick i trean. Men som du ser lever den på sätt och vis fortfarande.« Johanne fick genast tårar i ögonen, kom ihåg något från den tiden då hon själv var involverad i kanariefåglarnas väl och ve. Hon drog ner den stora kepsen framför ansiktet. Johanne hade just fått sparken som söndagsskollärare i Rødtvet församling efter att ha illustrerat konflikten mellan Israel och Palestina på flanellografen. Alf satt mitt emot henne i kupén och konstaterade att han i alla år hade varit blind för hennes fascinerande, ja, vackra utseende. Hon var mer än ett smittande leende. Nacken, halsen verkade längre, även smalare och rakare, än på folk i allmänhet, samtidigt som hennes bleka och rödhåriga skönhet hade ett inslag av fjärhet i sig. Detta var året efter att filmen »Annie Hall« plötsligt hade fått många kvinnor att leta fram manskläder, gamla svarta kostymvästar och vita herrskjortor, till och med slipsar, men Johanne hade länge gått klädd sådan, skapade sin egen stil långt innan det blev mode. »Jag gillar stora kläder«, sa hon, »så att jag kan växa, utvidgas.« Alf trodde att hon var förälskad i Mikael under hela studietiden, något som bara gjorde hennes gåtfullhet ännu större. Ibland kunde Johanne påminna om Vera på ett skrämmande sätt. »Jag är en hopplös romantiker«, anförtrodde hon Alf en gång. »Liksom metmasken har jag många hjärtan.«

Metmasken är en av de nyttigaste varelser som finns, hade han lust att säga. Han gjorde det inte. Det var alltid hon som tröstade honom, aldrig tvärtom.

Efter avgången från Köpenhamn lade Anna ifrån sig romanen hon satt och läste, eller försökte läsa, »La Modification« av Michel Butor, lämpligt nog full med tågresor, och berättade att hon drömde om att skriva en ny allmän litteraturhistoria i vilken författarna starkt omvärderades. Det uppstod ett muntert samtal om vilka som borde uppvärderas och vilka som borde nedvärderas. Mycket skratt. Först var alla överens om att de »stora« ryssarna var mogna för en nedgradering. Och att en del tyskspråkiga, särskilt schweizare och österrikare, borde omtalas i betydligt mer positiva ordalag. Max Frisch, Ingeborg Bachmann. Och japanerna. »Vilken skandal att Kawabata och inte Mishima fick nobelpriset«, sa Merlin. »Men Tanizaki är den viktigaste av alla moderna japanska författare«, påstod Johanne. De andra nickade eftertänksamt, eftersom de naturligtvis aldrig hade läst Tanizaki, knappt kände till namnet. Som vanligt, medan de rullade ut från stationen i Hamburg, råkade de i en ilsken kontrovers där det franska stod mot det engelska. Anna och Mikael mot Johanne, Merlin och Alf. »Högtravande dumheter blir inte sannare för att de formuleras på franska«, sa Alf med blicken riktad mot Anna.

»Och det ska du säga«, parerade hon, »en man som anser att 'Robinson Crusoe' är tidernas bästa roman. Vem kan ta dig på allvar! Du ville kanske helst leva på en öde ö, utan kvinnor?« Skärvor av is i Annas skrämmande blå ögon.

Och ändå, hur mycket han än ville, kunde han inte förneka det: han var fortfarande betagen i Anna. Smärtsamt betagen. Det var något med hennes sätt att tala, sättet hon lade benen i kors på, sättet hon viftade med händerna i luften på, sättet hon spände blicken i honom på. Is och ändå eld. Hon hade plötsligt börjat måla naglarna knallröda, de svävade som varningssignaler i luften framför honom.

Först när de närmade sig gränsen till Nederländerna avslöjade Alf en mer personlig bevekelsegrund för resan: C-uppsatsen i idé- och lärdomshistoria. Under ett helt års tid hade han brottats med Spinoza utan att säga något till de andra vid Akbars hov. Kanske därför att han var förvirrad, verkligen ansträngde sig. Varför Spinoza? Därför att han var född samma år som Daniel Defoes fiktive Robinson Crusoe, 1632, och därmed måste vara en samlare, någon man kunde lära sig överlevnadens konst av? Då och då trodde Alf att han kände sig attraherad av den nederländske filosofen bara på grund av namnet. Påminde om spinna. Alf föreställde sig en person som spann fram ett väldigt nät. Senare fick han reda på att Spinozas judiska släkt härstammade från Portugal, kanske från Spanien dessförinnan. Att namnet »de Spinoza« eller »Despinosa« var avlett av det portugisiska *espinhosa* som betydde »från en törnig plats«. Och Spinozas verk var sannerligen ett törnbestrött och svårtillgängligt landskap. Johanne kom med den första reaktionen. »Dimmigt, dimmigt, dimmigt«, mumlade hon. »Tomt prat förklätt till geometri«, sa Merlin kategoriskt. Anna tittade morskt på honom: »Spinoza hävdade att kvinnor var olämpliga att inneha politiska uppdrag. Är du medveten om det?«

Fan också, hur hade hon snappat upp det – en kort utvikning alldeles i slutet av något verk? Typiskt Anna. Vem var fri från tidens fördomar? Men hon såg ingående på honom med en ny respekt sedan han hade berättat om uppsatsen. Han fattade hopp.

Varför Spinoza? Jo, därför att Spinoza *var* upplysningstiden. Själva ryggraden. Spetsen. Alf tänkte först skriva om »Tractatus theologico-politicus«, en skrift så provocerande att en illusionslös Spinoza valde att publicera den *utan* författarnamn och med en uppdiktad förläggare och en falsk utgivningsort angivna på titelsidan. Vilken oerhörd, tilltalande radikalitet! Men i ett anfall av hybris kastade han sig i stället över huvudverket »Etiken«, där Spinozas viktigaste doktriner presenterades i en nästan geometrisk form. En filosofi inspirerad av matematikens stringenta språk. Gripen av en plötslig ambition ville Alf förstå detta kompli-

cerade system, detta halsbrytande flätverk av definitioner, axiom, postulat, restlöst och snarast möjligt, särskilt hur Spinoza med ett skenbart traditionellt teologiskt språk så fullständigt lyckades göra religionen och dess koncept naturliga, trolla bort Gud mitt i allt sitt skrivande om Gud. Efter tolv månaders hårt arbete anade han att ämnesvalet knappast var särskilt klokt. Eller sunt. Han hade visserligen, under något han senare trodde måste ha varit trettio sekunder, glasklart insett att Gud enligt Spinoza inte var något utanför naturen, inte en avlägsen orsak, utan att Gud var den immanenta och bestående orsaken till allt som fanns; under dessa knappa trettio sekunder hade Alf haft en överlägsen uppfattning av förhållandet mellan *Natura naturans* och *Natura naturata* – men sedan var allting plötsligt puts väck och han förstod inte längre ett smack. Han hoppades att någonting i Nederländerna skulle ge honom den nyckel han så innerligt behövde för att komma vidare med arbetet. Han längtade efter en raptus, var lyckligt ovetande om att det skulle bli ett rus, följt av ett bakrus.

Även om deras enkla krypin i De Pijp var trivsamt och han tillbringade de vårliga marskvällarna tillsammans med Akbars hov, guidade av Johanne som hade lokalkännedom, på diverse av stadens talrika krogar, eller när de provsmakade sig igenom ett *rijsttafels* planetsystem av tallrikar, var han faktiskt ensam större delen av tiden. Kände ett behov av det. Kände en sorts högtidlighet över att äntligen vara i Nederländerna. Han drev omkring på gatorna och längs kanalerna, studerade hela alfabetet av olika husgavlar, gick över broar så ofta han kunde, försökte tvinga tankarna till ovana kopplingar. En dag begav han sig också ut på en pilgrimsfärd, tog tåget till Leiden och därifrån buss vidare till Rijnsburg för att titta på Spinozamuseet, ett av de många hus som filosofen, som nästan motsvarade föreställningen om den vandrande juden, hade bott i. Alf gick omkring i det lilla röda huset och såg på Spinozas obetydliga kvarlåtenskap. Återigen: varför Baruch Spinoza? Först och främst därför att hans tänkande gick i spetsen, var så annorlunda att det dröjde länge innan man förstod *hur* långt före sin tid han var. Eller hur djupt han hade nått. Mannen hade verkligen gått till roten och rumsterat om. Till och med försökt avlägsna en del tusentals år gamla rötter. Spinoza var bland de första som genom en utförlig argumentation underminerade de bibliska skrifternas auktoritet, visade att de var författade av människor och bearbetade under en lång tidrymd, och stod därmed i början av en utveckling som förebådade religionens minskande inflytande i väst, vilket fick stora konsekvenser, också politiskt. Han försökte faktiskt – förebildligt för Akbars hov – förvandla sin nation. Sin civilisation. En upplysare av rang. En av dem som banade väg för den sekulära demokratin som man kände den i dag. Ingen skulle komma här och nedvärdera Spinoza. Inte ens Anna Fleischer.

Alf gick andäktigt omkring i museet, tittade på porträtt, faksimil av brev, upprepade för sig själv att kunskap var fantasins byggklossar. Och utan fantasi ingen lösning på problemet som rörde uppsatsen. Han tyckte särskilt mycket om tanken att Spinoza hade varit linsslipare, sysslat med teleskop och mikroskop, delvis också för att kunna försörja sig, även om han levde mycket spartanskt, dessutom stöddes han ekonomiskt av sina många vänner. I början av arbetet med uppgiften tyckte Alf att han genom Spinozas ovanliga linser upptäckte nya månar, nya grundläggande beståndsdelar. Men sedan blev allting gradvis mer otydligt, speciellt efter mötet med de geometriska argumentationsserierna i »Etiken«. Därför var resan till Nederländerna så nödvändig. Därför vandrade han nu omkring i Rijnsburg och sökte inspiration.

Alf visste inte om ruset som infann sig i stället för den efterlängtade klarsynen kom sista dagens kväll eller om det började redan tidigt på eftermiddagen när han såg in i diamanterna. Tillsammans med Johanne, som tilldrog sig många blickar på grund av en liten komisk hatt av den typ som Gene »Popeye« Hackman gick omkring med i »French Connection«-filmerna, hade han besökt en av de största diamantfirmorna, inte minst eggad av tanken på att Spinoza under sin tid som köpman hade utvidgat faderns affärer – åtminstone gissade några det – till att också omfatta handel med diamanter. Alf anade nog att Johanne som teolog kände till Spinozas utläggningar om att Mose inte kunde ha skrivit Moseböckerna, men hon överraskade honom i alla fall på vägen till Nieuwe Uilenburgerstraat genom att fråga om han tänkte använda Spinozas teori om det hebreiska språket. Han stirrade oförstående på henne.

Teorin om substantivets företräde, antydde hon. Han var fortfarande helt oförstående. Hon förklarade lugnt: Som Spinoza såg det var alla verb, adjektiv och andra språkliga element avledda av substantivet. Detta, sa Johanne utan att ändra en min, motsvarade hans metafysiska doktriner, där substans var den grundläggande kategorin.

Naturligtvis, sa Alf.

Naturligtvis, sa Johanne. Och hade Alf uppfattat att Spinoza skrev om känslornas vikt, kroppens betydelse för medvetandet?

Han hade blivit stående och sett på henne, letat i hennes kända och ändå okända blick. »Tänk om jag skulle föreslå att du kysser mig nu som när du ville ha påssjuka?« sa hon. Allvarligt. Som om hon sa: Så skulle kanske något av min intelligens smitta av sig på dig. Eller var det ett leende gömt bakom hennes uttryck? Han förstod sig inte på henne, slog bort det, låtsades som om han trodde hon skämtade.

Även om efterkrigstidens Amsterdam hade förlorat mycket av sitt anseende som diamantcentrum uppskattade Alf att bli visad runt i verkstäderna i den gamla fabriksbyggnaden, se hur man slipade fasetter på stenarna så att allt ljus som träffade diamanten återkastades till ögat. En upplysning, tänkte han, som hade miljoner, kanske miljarder år som sin geologiska förutsättning. Johanne påminde honom om Juvelernas spel, som om hon trodde att han fortfarande hade problem med sitt dåliga minne. Och Alf hade väl inte glömt att han en gång kröntes till Kungen av Europa? Hon såg bekymrat på honom. En läxa. Lika viktig som diamantsutran i buddhismen, tillade hon. Återigen det där leendet. Med starkare gripkraft än kol.

Tillbaka på hotellet fann han en förevändning för att få komma in på Annas rum. Kanske för att han kände sig glittrande glad, bestrålad som han var av ljuset från fyra diamanter. Anna verkade vara på gott humör, tillät sig till och med att flörta. De drack genever, pratade, Abbas »Take a Chance on Me«, en hit just då, hördes från radion vid sängen och Alf, mör av blickarna som Anna gav honom, fann tiden mogen för att ta ett litet initiativ. Uppeggad av Abba, såvida det inte var genevern, lade han handen på hennes lår, dessutom ytterst försiktigt, men i samma ögonblick for hon upp och stängde brutalt av radion. Naglarna som tio röda stoppljus framför honom. Stopp. Ändå som om det var musiken hon reagerade för och inte honom. Han hade märkt det redan när han spelade de gamla Searcherslåtarna i bilen på väg till och från Tyin för flera år sedan. Hon hade inte förmågan att låta sig gripas av eldande popmusik. Trots de fräcka påhitten vilade det ett lite för stort livsallvar över henne. Han kom också ihåg hur hon slet bort nålen en gång då alla i Akbars hov låg på golvet omgivna av levande ljus och spelade Keith Jarretts Kölnkonsert, till och med mitt i ett av de tjusigaste partierna. Hon kunde liksom bara tycka om Beethoven eller Brahms, Mozarts Jupitersymfoni, hade samma ansträngda förhållande till jazz och populärmusik som en Adorno. När han sedan tänkte på kvällens vidare förlopp skyllde Alf på att han var deprimerad i förväg.

Inte överraskande var det Mikael, Dr. Feelgood, som hade hittat kaféet Den svarta tulpanen, en före detta bordell med en skylt utanför där blomman påminde mer om en opiumvallmo. Mikael sa ju på sin tid, med en anspelning på Vera, att han började på farmaci, senare kemi, för att finna en medicin som kunde hjälpa andra, men Alf misstänkte honom länge för att han snarare ville skapa en fantastisk drog åt sig själv. Typiskt nog blev brodern intresserad av litteratur tack vare Aldous Huxley och Carlos Castaneda, och givetvis beatgenerationens författare. Mikaels besök i Köpenhamn, i fristaden Christiania, hade varit fler än vad som var nyttigt. Och Amsterdam var en hel storstad förvandlad till en fristad, insvept i en sursöt lukt. Här, berättade Mikael, på de kaféer som just hade öppnats fanns det krut till deras projekt, krut i form av tjocka cigarretter som också innehöll andra saker än tobak. Alf måste absolut pröva – brodern visade med tummen på en meny som fick Alf att tänka på annonsen för en resebyrå. Merlin satt redan med en salig blick, mumlade något om att vara fylld med kvadrofonisk lycka. Han påstod envist att han just hade hälsat på Ron Lane, låtskrivaren i Small Faces och Faces. »Kom igen, Alf«, hojtade brodern, »vart vill du dra i kväll? Nordafrika eller Mellanöstern?«

Alf satte sig i en av sofforna. Alla lampor med färgat glas i skärmarna gav en känslan av att befinna sig inne i ett flipperspel. Mikael kom tillbaka från disken längst inne i lokalen. Av en liten klump libanesisk hasch

bröt han ett stycke som han värmde upp med tändaren, varefter han smulade ner innehållet i tobaken och rullade cigarretten. Här, sa han, räckte brodern jointen. Alf tvekade. Till att börja med var han skeptisk, tänkte att det omöjligt kunde överträffa ruset man fick av ångorna från en kvinnas kön. Eller bara synen av Annas blonda, otämjda skönhet. Å andra sidan var han nyfiken. Mikael pratade alltid om att bli sned. Och det var något med denna möjliga snedhet – han kom ihåg ordet från beskrivningen av barocken, en oregelbundet formad pärla – som lockade honom. Ett korrektiv till alla briljantslipade diamanter. Dessutom mötte han Annas ögon. De var annorlunda igen. En blick som uppmuntrade honom. Det fällde utslaget. Utsikten till att hon kanske i någon form av rus skulle tillmötesgå honom, erkänna att hon också kände något för honom, att det var på tiden att utforska det närmare, det fanns många billiga hotell i närheten om de ville vara i fred för de andra. Han tog emot, tände jointen som om det var en lunta, början till något som skulle sluta med en extatisk explosion, han och Anna, Anna och han, äntligen. Anna, jag, Alf.

Allting verkade lovande. Han sjönk in i sin egen värld och log mot vännerna i Akbars hov som om han ville ta farväl inför en lång resa. Merlin, i ett par snäva italienska byxor och uppseendeväckande spetsiga skor, knäppte upp den översta knappen i den exklusiva skjortan och pladdrade på alviska, en obligatorisk färdighet för alla som hade läst »Sagan om ringen« framlänges och baklänges. Johanne verkade också påstruken för en gångs skull, ville diskutera möjligheten för att människan skulle kunna förädla sin eros till agape, en kärlek egentligen bara förbehållen Gud. Alf sneglade på Anna. Hon hade en ny glöd i ansiktet, babblade på om skillnaden mellan Greimas och Genette, terminologier som kunde utlösa en mindre hjärnblödning, innan hon plötsligt började sjunga visor från Nordlandet för full hals. Alf måste återigen förvåna sig över hennes spännvidd, franskt snobberi och skamlöshet i det ena ögonblicket, folkliga vitsar och jojk i nästa.

Han hade träffat en äldre man på ett litet värdshus i det gamla judiska kvarteret i närheten av dagens Waterlooplein. Alf hade gått omkring där en regnig eftermiddag, beundrat den väldiga portugisiska synagogan från senare hälften av 1600-talet och letat efter resterna av Houtgracht, platsen där Spinoza växte upp, i närheten av Moses och Aron-kyrkan. Området var numera helt ombyggt. Mr. Visserplein var bara en stor vägkorsning. Det stämde med den betydelse Spinoza hade fått. Även Rembrandt bodde i området ett tag. Kanske hade målaren mött den unge Spinoza på gatan. Spinoza hade varit en begåvad elev i en av de judiska skolorna i stadsdelen innan han tvingades sluta och i stället hjälpte sin far med handelsverksamheten. Alf hade förresten tittat in i Rembrandtsalen på Rijksmuseum, inte för att se »Nattvakten« utan »Den judiska bruden«. Sommaren innan hon dog hade Vera besökt Amsterdam i sällskap med sin pappa, och när hon kom hem påstod hon salvelsefullt att den nämnda målningen, närmare bestämt mannens högra ärm, var konsthistoriens yppersta bedrift. Alf måste hålla med, stod framför tavlan och beundrade det stoffliga i detta gyllene tygstycke, skapat genom att färgen hade anbringats i klumpar, en detalj som det var omöjligt att upptäcka på reproduktioner.

Alf blev hungrig och gick in på ett gammalt värdshus alldeles intill slussen i Jodenbreestraat. Mot slutet av måltiden på matställets andra våning, med utsikt över Oudeschanskanalen ända ner till Montelbaanstoren, hade en äldre man, jude, trodde Alf, skakat av regn från sitt paraply och frågat om han kunde få slå sig ner. Han påminde om den äldre Einstein, med ögonbryn som törnbuskar och bläckfläckar i den vita mustaschen. En människa med ett öde, tänkte Alf omedelbart. Rynkorna som skrift i ansiktet. Det visade sig att han till och med visste en del om filosofi. När Alf avslöjade sitt uppsatsämne antydde främlingen i diffusa vändningar att Spinozas originalitet berodde på kännedomen om de rabbinska skrifterna. Alf kände att han satt tätt intill visdom, att mannen på andra sidan bordet ägde själva nyckeln till förståelsen av Spinoza – Alf saknade bara de rätta frågorna. Han förstod att någon kunde få för sig att pantsätta något av sig själv, en mjälte, en njure, en själ, för att nå den djupaste insikt. I nästa sekund avfärdade han det som en svärmisk fantasi.

Även om det inte handlade om Spinoza, Alf visste inte riktigt, blev han i alla fall oförklarligt upphetsad över något som den gamle berättade till slut, medan han vilade blicken på svanarna som simmade omkring bland husbåtarna som låg förtöjda i kanalen. Om en myt som hävdade att det alltid befann sig trettiosex rättfärdiga människor på jorden. Och på grund av dem lät Gud världen bestå. De trettiosex människorna kände inte till vare sig sin rättfärdighet eller någon av de andra som tillhörde denna avgörande kategori. Alf tänkte genast att så måste det vara. Det lät vackert. Riktigt. Trettiosex dörrar. Trettiosex ödmjuka och sanningstörstande människor höll jorden uppe genom sina tankar och gärningar. Världen vilade så att säga i ett nät med trettiosex knutpunkter. Föreställningen fascinerade honom. Det kunde kanske finnas några extraordinärt starka tankar. Livet gick kanske ut på att komma i kontakt med just dessa bärande idéer.

Alf satt på Den svarta tulpanen och kände sig i härlig form, hade en överblick som en övervakningssatellit kunde avundas honom. Tyckte till och med att dimman började lätta runt Spinoza. Geometrin i »Etiken« framstod som barnsligt enkla räkneuppgifter. Han var hög. Just det. Det var ordet. Runt honom haglade uttalandena, Merlin ville till och med revidera den hustavla man hade gjort i Akbars hov en sommarnatt då de satt på takterrassen ovanför Annas lägenhet på Grønland och kolkade i sig skottarnas nationaldryck. Den här dagen löd reglerna så här: 1. Det finns många sanningar och de låter sig inte förenas. 2. Framtiden kommer alltid att överraska oss, därför skall man skratta åt sina åsikter, oavsett hur allvarligt man framför dem. 3. Det är för tidigt att säga något om konsekvenserna av franska revolutionen. 4. Varje tid kommer att ha sina jesuitiska riktningar kamouflerade som högvärdiga ideologier, med anhängare som ivrar för inkvisition av olika slag, och i dagens Norge är detta AKP (m-l). 5. Man ska blanda sin dry martini i förhållandet 3:14 – tre delar martini till fjorton delar Plymouth gin.

Nu ville Merlin ha in en sjätte levnadsregel som hade med hans älskade primtal att göra – Merlin kunde berätta om primtal för en, »matematikens atomer«, tills man svimmade av utmattning: Man ska bara ha sex på de av månadens datum som är primtal. Förslaget röstades genast ner. Till och med en kanin måste ju vara lycklig över att få para sig så många gånger, ropade Johanne. En dunst av hasch, starkare än Mosselukten, fyllde lokalen. Stora ord, svepande formuleringar flög genom luften. Vanföreställningar jämförbara med Mercators kartprojektion. De svor på att göra Norge till 2000-talets Nederländerna, med blomstrande konster och vetenskaper. »Vår eld ska brinna starkast i Norge!« skrålade Mikael och tände en ny joint. Merlin, som hade börjat klättra på fritiden, påstod att han skulle bestiga de nederländska alperna nästa dag. Alf var ute på golvet och demonstrerade Cruyff-finten med ett småfranska som boll. Allt var strålande, han var sprickfärdig av självförtroende, gick bort till kafépianot och spelade två stycken av Händel till stående applåder. Även Anna signalerade förtjusning, om än bara med ögonbrynen. Han gled över i en ny melodi, skulle visa henne, skulle övervinna hennes motvilja mot populärmusik, mot Alf Veber. Påverkad av eftermiddagen tillsammans med Johanne spelade han »Lucy in the Sky with Diamonds«, fick med folk på rungande allsång, visste i ruset inte om han befann sig långt inne i framtiden eller om han var tillbaka där allting började, med Lucy, den första människan, uppkallad efter Beatlessången. Något började hur som helst gå fel. Han skulle just spela »Venus«, en gammal hit tack vare den nederländska gruppen The Shocking Blue, en upptakt till hans fingrars möte med Annas venusberg, men händerna som skulle hamra ner det snabbt upprepade, feta introackordet, hängde overksamma i luften.

Sedan kom avtändningen. Han förlorade plötsligt sin överlägsna satellitöverblick, sin kapacitet att minnas de märkligaste slagdängor, och blev utkastad i ett våldsamt fall, en riktig nedåttripp, som slutade med att han gick i däck, bara för att skjutas mot randen av en svart avgrund – för ett ögonblick fantiserade han om att han var på väg att knuffas ner från *Natura naturata* i en alltuppslukande *Natura naturans*. Detta var motsatsen till målet med diamantslipning. Allt ljus sögs bort. Han stirrade in i ett hål som började i sidan på honom, där mjälten skulle ha varit, och som blev större och större, utvidgades som man sa att universum gjorde. Han visste att han var en man med stora brister men kom nu så att säga i närkontakt med detta väldiga tomrum som låg på lur i hans inre. Inte Det okända Norge utan Den okände Veber. Mycket skummare. Hjärnans ventriklar utvidgades till att omfatta hela jaget. En jättelik katedral, berövad allt, varje mening. Han var inte längre hög, han var i de lägsta regionerna av Nederländerna, i undervärlden, van Gogh förvandlad till Gog och Magog, var livsfarligt ihålig, fick andningsproblem på samma sätt som Spinoza hade fått. Ett gram hasch. Lika mycket som hans själ vägde. Var det värt att pantsätta något dyrbart för att kunna bli delaktig av den yttersta visdomen? I alla fall inte ens förstånd. Han började kasta stolar omkring sig, slängde bara i väg dem, måste se till att täta det där svarta svalget innan han själv sögs ner. Han kände hur någon tog tag om honom, höll fast honom, han såg Johannes ansikte. A girl with kaleidoscope eyes. Agape, tänkte han. Agape.

Han kom i gängorna. Det var också så det kändes. Något, kanske en av hans kolatomer, gängades fast någonstans, fick liksom tag så att han, hela återstoden av honom, kunde åla sig bort från stupet. Han visste att han aldrig mer fick ge sig in på något sådant. För en person som han, som redan kände tomheten, var sådana experiment direkt farliga. Han kände inget behov av att bevisa att Demokritos och Lucretius hade rätt, att allt var tomhet. Han behövde Spinoza mer än någonsin. En tänkare som rev ner men bara för att kunna bygga upp något nytt.

På tågresan hemåt hamnade han på sätet bredvid Anna. Om inte annat så hade han gjort intryck, utvidgat hennes bild av honom. Hoppades han. När de lutade sig bakåt och skulle försöka sova lät han sin hand söka hennes, som för att tvinga fram en resolut bekräftelse på att de befann sig i inledningsfasen av ett möjligt, alltför länge uppskjutet förhållande. Hon tryckte den en gång, lätt, ett slags försonande gest, och placerade den på hans armstöd. På så vis var Nederländerna ett Nederlag.

DET MÅSTE GÅ att resa sig. För första gången på länge kände han en form av ärelystnad. En lust att skriva. Och något mer än ivriga sentenser. *Fan ta alla kvinnor! Romantiska varelser som får en att lämna kvar hjärnan i ett lufttätt valv och kasta nyckeln!* Berodde det på Tristram Shandy, de trevande talen han hade hållit i Speakers' Corner? Skymten av något mer sammanhängande. Han tog ständigt fram den svarta anteckningsboken, flikade in kommentarer med mindre skrift mellan annat han hade skrivit tidigare, och strax efteråt nyfödda tankar, knappt läsbara meningar inklämda mellan dem i sin tur. Vad höll han på med? Var det kanske ett slags knutpunkter?

Han fick en ingivelse och gick en dag in på ett litet, redan nedgånget internetkafé. Archway Road, nedanför Highgate station. Skärmen verkade märkligt främmande. Något från ett annat liv. Genom att söka på sitt namn, närmast för att se om han var efterlyst, upptäckte han en hemsida där en yngre krets bland norska konstnärer hänvisade till hans bok om barocken. Efter det nedslående mottagandet hade han funnit tröst i något som Robert Musil antecknade i avund över Thomas Manns läsarskaror: Jag skriver för folk som inte är där. Men nu, femton år senare, var det några där. Kanske inte många men uppenbarligen några. De använde avsnitt ur boken som ett slags manifest. Respons. Äntligen. En välbehövlig stimulans. Tänk om jag nu bara kastar mig ut i det, gör något mer med den idé som dök upp innan jag begav mig till London, idén som har legat i bakhuvudet hela tiden. Det var kanske den som också fick mig att säga upp min plats, sälja aktierna, sticka hit, och inte Anna, som jag först trodde. *Viljan att ställa frågor.*

Det var eftersommar och han blev allt angelägnare om att komma i gång med en ny bok. Barocken som ett forts. följer i nästa nr. Upplysningen. Eller något som tillhörde bägge. Före. Efter. Ett verk präglat av ödmjukhet. Inte väldiga brospann. Hellre pelare som andra kunde bygga vidare på, bygga vad de ville. Shareware. Open source. Som de programvaror, till och med operativsystem, man lät cirkulera fritt på internet och som därigenom oavbrutet förbättrades. Det nya mediets fenomenala Talmudkaraktär. Han längtade efter någon att diskutera idén med, letade efter Ian Stuart, läraren som kunde vara hans dubbelgångare, men hittade honom inte vid Speakers' Corner den söndagen han letade. Inte heller när han besökte National Gallery flera dagar i rad. Alf vände sig i stället till dem han kände bäst vid det runda bordet i antikvariatet. Vad har hänt med dig? frågade Graham. Du verkar annorlunda. Ditt ansikte glöder. Och du skrattar mer. Alf slog bort det, drog sig tillbaka till tältet i Kenwood, antecknade. Han saknade musiken som han hade hört under sommarmånaderna, på lördagskvällarna, på avstånd, från utomhusscenen vid Kenwood House. Formuleringarna gled undan, var hala varelser som drog sig tillbaka till sina grottor. Han kunde sitta och skriva en halv dag, men när han läste igenom det var det bara oväsentligheter, något om hur olika vatten smakade beroende på emballaget, glas, plast, papp, frigolit, metall, trä. En fundering om knapparna och rattarna, friktionen, i barndomens stereoanläggning. Lyckan över en ny ABU-rulle. Små struntsaker. Villospår.

Förhållandena han levde under, ett tält i Kenwood, var inte de gynnsammaste. Han behövde ha något inomhus för att skriva ut anteckningarna, ett rum där han kunde lägga ifrån sig uppslagna böcker. Hänga upp pappersark, lappar. Snart blev det dessutom kallare, han visste inte om det var möjligt att ligga ute på vintern också. Borde kanske ha tänkt mer på konsekvenserna av att skänka bort förmögenheten. Kunde inte leva här i Kenwood för alltid. Ville det inte heller. *Är det inte Diderot, med adress till Rousseau, som kritiserar den människa som frivilligt isolerar sig? Den goda människan lever i samhället, säger han, bara den dåliga människan ensam.* (*Men kan man inte ibland dra sig tillbaka som en förberedelse för social handling?*)

De sista veckorna hade det regnat en del och även om tältet höll tätt och propanapparaten värmde kände han sig frusen. Han försökte gå sig varm, vandrade gata upp och gata ner, men hade aldrig varit i en stad där vinden kändes så bitande. *Hur är det med Montesquieus kontroversiella idé, i L'Esprit des lois, om att klimatet är en del av orsaken till att folk i kalla och varma länder tänker och handlar olika? Rent nonsens?* (*Men i så fall är väl också flera av upplysningstankarna bara struntprat?*) Han löste problemet på samma sätt som många hemlösa i London, genom att ta tunnelbanan in till centrum, där han gick över till Circle Line och satt i vagnarna där medan han arbetade med anteckningarna. Särskilt vid hållplatserna. Inget krängande, lättare att skriva. Underbart att inte behöva byta tåg. Bara luta sig bakåt, sitta på ett slags lång visare som använde fyra minuter mer än en timme på att gå runt.

Det gick inte att komma förbi: pengarna tog snart slut. Varje gång han besökte Graham's Grail var innehavaren raskt framme med en kopp te, ett par scones, sylt. Samtidigt sökte han genom de många fickorna i safarijackan och stack till Alf några skrynkliga sedlar. Utan ett ord, utan att fråga om något. Nästan generat. Graham har inte mycket över. Måste hitta ett sätt att livnära mig på. Han började till och med känna sig konstant hungrig. Särskilt inne i centrum när han passerade alla restaurangerna, dofterna. I och för sig en intressant upplevelse, men han visste inte hur länge han skulle finna det intressant. Något hände med kroppen. Han förstod det en kväll då han satt på ett kafé med den billigaste sandwichen. Plötsligt tömde han halva ketchupflaskan på assietten och åt det glupskt bredvid med sked; det fanns mycket näring i ketchup, eller hur? Servitören tittade konstigt på honom. Stirra inte, din idiot. Jag är Robinson. London är min ö. Det gäller att överleva, lära sig knepen.

Tidigt på hösten satt han en förmiddag på en av bänkarna framför Kenwood House, i närheten av Henry Moore-statyn. Ingen blick för konst just nu. *Galileis viktigaste bok, Dialog om de två världssystemen, trycktes 1632. Samma år som Spinoza föddes.* (*Såvitt jag minns föddes Locke då också! Undersök detta.*) Det var kallare, morgnar med dimma och dis över gräsmattorna ner mot dammen. Ännu ett problem hade dykt upp. När han återvände till tältet kvällen innan låg det en lapp på sovsäcken. Från en av parkvakterna. Måste ha banat sig väg in i skogen för att undersöka någonting. Förargligt. Upptäckt till slut. Brevet var artigt, nästan hyggligt. Parkvakten bad ägaren packa ihop sina saker och lämna Kenwood inom en vecka. I annat fall måste han meddela sina överordnade. Vänliga hälsningar, Greg. Alf sände Greg en varm tanke. Måste vara en klok person, en som kanske hade varit i en liknande situation själv. Som förstod.

Var det möjligt att bygga en hydda uppe i det största trädet, osynlig?

Vid Henry Moore-skulpturen. I samma ställning som en mediterande buddhistmunk. Någon hade lämnat en tom frigolitbägare på bänkens andra sida. Kanske berodde det på att han satt med böjt huvud, såg medtagen ut, i alla fall hamnade ett mynt i bägaren vid sidan om honom. Han tittade upp. En äldre kvinna log vänligt, hastade vidare. Hon hade trott att han var en tiggare. Att han, Alf Veber, en entreprenör som för ett år sedan kunde ha fyllt en simbassäng med sådana mynt, var en tiggare. Ser jag så luggsliten och miserabel ut?

Han tänkte först inte mer på det, men på vägen till Graham's Grail hände något annat: i korsningen vid Pond Square kom en liten bil körande med öppet fönster, och från musikanläggningen – han träffades liksom av en fönvind – hördes Needles and Pins med The Searchers. Hans allra första favoritgrupp. Musiken han spelade för Anna i bilen på väg till och från Jotunheimen. Hade fastnat i honom med hjälp av ett beständigt kemiskt lim. Inte minst på grund av kyssen. Fem sekunder. En djup brunn, full med associationer. Ett sound som medförde minnen tillräckligt för fem dagar. Han hade hört präster tala om att få ett kall. Var det så? Plötsligt bli på det klara med något. Denna möjlighet som låg i en sång på två minuter och fyrtio sekunder. Ett innehåll som ett helt lexikon inte kunde fylla. Planen kom till honom ren och klar: dags att ta upp gamla färdigheter. Finna sig en scen igen.

Han glömde Graham's Grail, begav sig direkt till centrum, steg av på Leicester Square och kilade otåligt upp till Macari's på Charing Cross Road, en affär han hade lagt märke till flera gånger, också vid besök tidigare gånger. Legendarisk. Jimi Hendrix hade handlat här, det vill säga då butiken låg på Denmark Street uppe vid Centre Point. Pete Townshend. Jeff Beck. Damon Albarn. På bottenvåningen gick han in i den ljuvligaste skog. Varenda fläck täcktes av akustiska gitarrer, instrument i fyra rader över varandra, också ut i rummet som skiljeväggar. Lika många gitarrer som böcker i Grahams antikvariat. Han fann en trappstege, började ta ner instrument, knäppa på dem. Gitarrer han bara kunde drömma om, fina, dyra. Han hade hundra pund kvar, en reserv som enbart skulle användas i nödfall. Detta var ett nödfall.

En kund satt i en skamfilad soffa och provade en underbar Larrivée-gitarr. Duktig. Briljerade med riff ur Keith Richards repertoar. En tävlingsinstinkt vaknade hos Alf. Han sände en tanke till Isabelle, bibliotekarien, slog sig ner på en trumpall och började spela Paul McCartneys Blackbird. Avancerade grepp. Först trevande, efter hand säkrare. De verkningsfulla dimackorden, de stigande och sjunkande linjerna. Satt fortfarande i fingrarna. På samma sätt som han på ett piano när som helst kunde ta introt till Lady Madonna. Den andre tittade upp, log, lade ifrån sig gitarren och försvann uppför trappan. Besegrad, tänkte Alf. Instrumentet han spelade på var bättre än han hade pengar till. En anställd hade emellertid hört honom. Visslade bifall. Lät honom få gitarren för nittio pund. Ge bort-pris. Plus ett begagnat gitarrfodral.

Han skyndade raka vägen till närmaste tunnelbanestation. Tottenham Court Road. Ett namn med goda associationer. Tottenham hade varit hans favoritlag. The Double -61. Europatriumfen -63. Jimmy Greaves. Bill Brown i mål. Här, nedanför den första, långa rulltrappan, öppnade han fodralet och tog ut gitarren. En barnslig otålighet. Han hade inte funderat på vad han skulle spela, det kom av sig självt. Och det första Alf Veber sjöng i Londons tunnelbana var Waterloo Sunset av The Kinks, och kanske för att detta var en avhållen sång för flera generationer av Londons invånare, och ännu mer för att Alf sjöng den bra, började mynten trilla ner i gitarrfodralet. Han stod på den plats där den ena gången ledde till Northern Line och en lång korridor gick vidare till Central Line. Ett perfekt ställe. Han spelade i två timmar och kunde bege sig hem till Kenwood med trettio pund på fickan, firade dagen med en fish and chips på vägen, och hade plötsligt en bärkasse full med mat i förtältet.

Nästa dag återvände han, valde samma plats. London calling from the underground. Han stod nedanför rulltrappan och spelade den bittra Racing in the Street och den sugande Hungry Heart, det lät faktiskt inte helt olikt Bruce Springsteen, han hade alltid haft den där förmågan att kunna härma. Han njöt av situationen, märkte att det att stå där och sjunga var något han kunde, en färdighet som satt i kroppen, något han till och med kunde bättre än andra. Akustiken i korridorerna var ypperlig, rösten bar långt och lät fint. Som i en studio där man lade på rymdklang. Folk nickade uppskattande till honom, kom med uppmuntrande kommentarer.

Det starkaste minnet från den dagen var en flicka han såg redan långt uppe i rulltrappan. Grön sammetsjacka, kamouflagebyxor. Hon hade börjat sjunga andrastämman till låten han framförde, Tequila Sunrise, The Eagles. Alltihop varade bara en halv minut, men hon var fortfarande på hans näthinna några sekunder efter att hon hade försvunnit. Som när blixtljus dröjer sig kvar en stund i ens öga. Hon hade sett ner medan hon sjöng, inte på honom. Bara när hon passerade tittade hon upp, kastade en blick på honom från sidan, följd av ett underfundigt leende. Han tänkte på henne flera gånger under de närmaste timmarna. Så annorlunda. En utomjordisk skönhet. Kunde man säga så? Dessutom sjöng hon bra. Bättre än han. Han drog till med de inledande ackorden till Mr. Tambourine Man. Gitarren lät plötsligt som en tolvsträngad. Han hade en stark känsla av att livet höll på att förändras. Att han på något sätt hade funnit sin rätta plats. Befann sig i angreppsställning. Ett svultet hjärta.

GROTTAN: KRISTIAN BIRKELAND II

Den italienska resan markerade äktenskapets slut men gav samtidigt knuffen till en offensiv på yrkesfronten. Naturligtvis var det möjligt att lyfta en elefant. Efter mötet med Markuskyrkans golv, den oförklarligt starka påverkan av stenmosaiken som han senare skulle jämföra med mönstret i datorernas kiselplattor, såg han att nischen han hade funnit på Institutionen för medier och kommunikation i själva verket kunde utvidgas till en stor sal, ett virtuellt rum som dessutom utövade en oemotståndlig dragningskraft på massorna. Datorn utgjorde helt enkelt förutsättningen för ett nytt, lovande medium. Förvånansvärt få år senare stod han också på Colosseum, inte olikt en gladiator inför en människomassa som brann av förväntan.

Före Venedig hade Alf funderat på om han skulle bli en modern låssmed, bli specialist på virus och haverier och återskapande av förlorade filer. En gammal dröm: att vara en räddare. Han var nästan skrämd över systemens sårbarhet, var alltid irriterad över hur lite som behövdes för att en halv maskinpark skulle stanna. Ett felplacerat litet obetydligt tecken och allting kokade liksom över. Spinoza hade arbetat som linsslipare, med teleskop och mikroskop. Som expert på datasäkerhet, hackning, kunde Alf vara en hantverkare själv, leva på att dyrka upp dörrar till rum med okänd eller förlorad information, samtidigt som han sysslade med sin egentliga mission: ett verk som på den intellektuella himlen skulle orsaka en solförmörkelse ingen hade väntat sig. Eller åtminstone något som ledde till att en aldrig så liten ny asteroid blev upptäckt.

Nu ändrade han åsikt. Datorn med sin enorma kapacitet att lagra och behandla information skapade oförutsedda möjligheter i sig själv. Vad kunde inte hända om detta jättelika digitala minne kopplades ihop med det mänskliga nervsystemet? Eller till att börja med: människans ska-
pande förmåga. De närmaste åren följde Alf noga den snabba utvecklingen av det som skulle bli en världsomfattande informationsbank, ett nytt sätt att kommunicera på. Han stod i kontakt med grundarna av Oslonett, lade introduktionen av World Wide Web-systemet på minnet och var närvarande när den grafiska webbläsaren Mosaic första gången demonstrerades på Blindern hösten 1993. Halvvägs in i årtusendets sista decennium erbjöd sig internet på allvar som ett användbart verktyg för vanliga medborgare. Tusentals nya sidor och tjänster dök upp varje dag, och möjligheten att kunna leta sig fram och styra bland dem blev allt bättre. Alf hade en känsla av att leva i en period som motsvarade åren omedelbart efter James Watts presentation av ångmaskinen. Det är omöjligt att bortförklara det, tänkte han. Min tid har kommit.

Och ändå hände det att han ångrade sig, var rädd för att han hade valt fel. Fel liv. Särskilt de gångerna han träffade Charlotte – Charlotte som hade flyttat in i en av sin fars många lägenheter sedan hon generöst hade låtit Alf ta över den på Inkognitogaten: »Du tycker ju så mycket om utsikten bort mot Kristian Birkelands villa«, sa hon. Och inte ironiskt. Charlotte var fortfarande lika bländande, hade börjat gå omkring med Brøggerturbaner och hade skaffat sig en dalmatiner i stället för en ny manlig ledsagare. Alf började alltid tvivla när han fick syn på henne. Eller mer när han talade med henne. Märkte vad han hade förlorat. Han borde kanske hellre ha ansträngt sig för att rädda ett samliv än att vinna en kartprojektion. En projektion som dessutom kanske förvrängde verkligheten till något farligt enkelt i och med att den slätade ut allting till ett plan bestående av nollor och ettor.

Alf insåg nämligen snabbt, och klarare än de flesta, vad som var nätmediets huvudproblem. Genom att trycka på några tangenter kunde man finna den sällsammaste information, men man visste varken vilken annan information man kunde ha frågat om eller vilka av de ofta tusentals resultat sökmotorerna gav en som man borde se närmare på. Problemet erinrade om det han stötte på när han började memorera vetande efter Veras död: han förmådde inte skilja väsentliga och oväsentliga upplysningar från varandra, kom inte heller underfund med hur han skulle rangordna eventuellt viktiga kunskaper. Om han på sätt och vis hade hästminne, liksom mamman, var det oftast så, att saker och ting han inte ville komma ihåg fastnade i minnet, på samma sätt som allt från barr och hundskit till vantar och smörgåspapper klibbade fast vid den äckliga smörja han vallade skidorna med för att överleva vårens isiga spår.

Han saknade en form av *hierarki*, ett försök att ordna upplysningarna efter kvalitet. Isabelle, bibliotekarien, hade presenterat ordet för honom på sin tid och han kom snart underfund med att ordet för många i samtiden verkade lika skrämmande som vitlök på Dracula.

Alf förstod aldrig riktigt hur han fick idén. En marsdag råkade han promenera i gamla trakter, gick från Tøyen ner mot Grønland, när han plötsligt – det kan ha varit ansiktet hos en gammal man med vita mustascher, eller alla främmande inslag i gatubilden – kom ihåg resan till Nederländerna. Detta ledde tankarna vidare till det faktum att norrmän just, för andra gången, hade röstat nej till att vara med i en europeisk union, något som i sin tur fick honom att minnas den olympiad som nyligen var överstånden i Norge och som hade slutat med ett självförhärligande och en självbelåtenhet utan motstycke i nationens historia. Man var plötsligt bäst. Alf fortsatte att gå och grubbla, med det resultatet att han, samma dag som promenaden på Grønland ägde rum, bestämde sig för att kartlägga ett nytt grottsystem, kanske en guldgruva; och återigen var det Europa, men denna gång jordens Europa och inte Jupitermånen, som stod i centrum för hans uppmärksamhet. Alf ville göra en så kallad webbplats där han samlade adresser som kunde föra den nyfikne direkt till det bästa i Europas kultur. Han tänkte invitera norrmännen att sitta på en bildskärms rand och titta ner på ett virtuellt Europa, inte bara för att få dem att resa dit utan för att visa upp Europa som en nödvändig bakgrund för en egen norsk inbillningsvärld.

Han allierade sig tidigt med Merlin, som visste mer om TCP/IP-protokoll och routrar och HTML-programmering och tekniska finesser än de flesta andra, särskilt sedan han också hade extraknäckt för en webbyrå och stått bakom flera omtalade cd-rom-utgivningar. Dessutom knöt Alf till sig en yngre kvinna, Gro Brox, som han handledde när hon skrev en C-uppsats om »Dataspel som multimedium« och som senare hade viss anknytning till institutionen. Hon var för övrigt den enda som på sin tid
hade tagit sig igenom hela Adventure, Grottspelet.

Alfs vision var att göra bildskärmen till en infallsport, en port genom vilken man kunde promenera ut i Europa. När han skulle förklara idén om en sådan tjänst använde han intuitivt – och som det senare visade sig: som den förste i världen – ordet portal. Planen var att de tre, Merlin, Gro och han, skulle söka ute på världsnätet efter goda webbplatser och att de därefter skulle förteckna dem under olika kategorier i sin egen portal så att personer som önskade få reda på vad som fanns att se, vilka kulturella begivenheter som pågick i Europa, helt enkelt skulle kunna gå till deras hemsida. Alf tänkte på Markuskyrkan. Med denna virtuella plats skulle de göra något liknande: sätta ihop ett nytt Europa, skapa ett golv av kunskapsfragment innanför portalen, en mosaik som användarna kunde gå ut på.

Därmed kastade de sig in i arbetet, tillbringade hela sin fritid med att sitta och söka på nätet efter platser de ansåg kunde bygga den plattform som Alf hade skisserat. Skrev in sökord i AltaVista och finkammade resultaten, som ofta var fullständigt ointressanta. Följde länkar, gick ofta helt vilse. De satt i sina respektive arbetsrum och använde ohämmat universitetets utrustning, antecknade, klickade sig från startsidor vidare neråt i nivåerna, fann ofta saker genom att leta på måfå, fyllde hela papper med adresser följda av korta kommentarer. De var nätjägare. De kartlade Europa, hittade bitar och knöt ihop dem, förtecknade viktiga kulturminnesmärken, museer, gallerier, konserthus, bibliotek, framträdande arkitektur, återkommande festivaler av olika slag. »Vi ska helt enkelt skapa en katalog över det bästa i Europa«, upprepade Alf flera gånger, »ett minne för nyfikna människor, en plats de kan gå till när de vill bli påminda om det viktigaste.« Och skulle norrmännen få tillgång till det värdefullaste i europeisk kultur måste portalen också ge dem länkar till de förnämsta tidningarna, tidskrifterna och magasinen. Alf ville skapa en genväg till kontinenten, en sådan genväg han så innerligt önskade finna och känna till när han var barn.

Först när han upptäckte att folk, särskilt de på Blindern men också andra, använde denna tjänst, att de fick alltfler träffar, insåg Alf att det också kunde vara en bra affärsidé. Merlin hade rätt. Man kunde tjäna pengar på detta. Ansenliga summor. Vetande hade blivit en vara. I sitt stilla sinne kallade Alf projektet för Birkeland II. Han ville göra samma sak som Kristian Birkeland var med om att göra i början av seklet och som var så viktigt för norsk industri: han ville skapa värden av luft. Han ville ta upp arvet efter den nya tidens Norsk Hydro: Norsk Data. För även om äventyret dessvärre slutade sorgligt fick man inte glömma att Norsk Data i några år var världens tredje mest lönsamma företag i sin bransch. Deras valspråk var beundransvärt: We make bits of the future. Applåd. Alf ville visa att det måste vara möjligt att lyckas på nytt inom den informationsteknologiska industrin. Ge norrmännen självförtroende på ett område som inte grundade sig på olja, på naturresurser, utan på kreativt tänkande.

Detta tänkte han säga till publiken på Colosseum. Detta var elefanten han tänkte lyfta.

I början träffades de för ett slags brainstorming hemma hos Merlin, som fortfarande levde ogift och ännu logerade hos fastern i en av villorna alldeles ovanför Blindern. Sedan hennes barn hade flyttat ut fick han ett av rummen i huset men uppehöll sig fortfarande mest i den överdådiga husvagnen som farbrodern hade köpt strax innan han dog och som stod oanvänd men så småningom lite sliten mellan äppleträden och husväggen, innan Merlin drog in en elkabel och installerade en massa apparater. Därmed fick den invändigt en atmosfär som ett laboratorium eller bryggan på ett rymdskepp, allting verkade kompakt och funktionellt. Alf upplevde sig vara i rörelse när han satt och diskuterade inne i husvagnen, som om de verkligen var på väg i det Europa de långsamt byggde upp bakom sin portal. Efter hand blev detta själva basen. Här kunde de också diskutera med varandra medan de sökte och prövade förslag på tre olika datorskärmar. Webbplatsens Europa fick alltfler koordinater. Alf upplevde något av samma maktkänsla som när han ritade kartor i barndomen, fyllde papperna med tecken. Trots det hårda arbetet kände han en fröjd som hade varit försvunnen i alltför många år. I bakgrunden gick ofta Merlins ljudband med artister han hade negligerat hela den långa tid då han bara lyssnade på modsgrupper. The Band. Eller den gåtfulle Syd Barrett, den första LP-n med Pink Floyd och de två säregna soloplattorna innan han försvann in i sig själv. Eller Tom Waits, speciellt albumet »Swordfishtrombones«, ett slags musikalisk skräpkammare. Som om några satt på en soptipp och gjorde musik av skrotet de hittade där. En trädkoja av ljud. Eller det kunde vara Robin Trower, gitarristen som hoppade av Procol Harum. De fyra första LP-na med Trower på 70-talet var konstverk präglade av ett melodiöst och egenartat gitarrspel som enligt Merlin inte alls var någon kopia av den sene Hendrix.

Alf döpte portalen till euroway.no. Inte för att ge förebud om ett alternativt namn på Norge utan för att antyda något om en ny trafikåder. Nästan i form av ett krav: Ny Europaväg nu! Alf kom ihåg hur stolt han var när han i ungdomen hade kört på Mosseveien sedan den fått beteckningen E 18. Det var lättare att förstå att Oslo och Alunåsen var en del av något större när man efter bara några minuter i bilen befann sig på en Europaväg; man var odiskutabelt delaktig av ett kontinentalt nätverk. Som logo valde Alf Svinesundsbrons kontur, de vackra valven på denna mest kända norska bro vid en gräns. Därigenom föregrep han också eurosedlarna som kom flera år senare, sedlar som alla avbildade en nationell bro på baksidan.

Om de skulle förvandla portalen till en kommersiell tjänst behövde de mer resurser, det räckte inte med tre personer och en husvagn som kontor. De bildade ett bolag. Compendium. Ett namn som anspelade på en samling av något. En sammanfattning. Alf visade Merlin och Gro det astronomiska kompendiet, kopian han fick i present av Johanne sedan han hade kraschat med lådbilen. Ett föremål han fortfarande höll mer kärt än det mesta. Ett mässingsinstrument ungefär lika stort som ett fickur, fullproppat med försök att orientera sig i världen, skivor som kunde hjälpa en att ta reda på något om tid, väderstreck, datum, stjärnor, månfas, tidvatten, breddgrad. Bakom namnet Compendium låg en vink om att man även på nätet kunde ha glädje av kortfattade råd, att utmaningen låg i navigationen. De skulle så att säga stå vid gränsen och dela ut karta och kompass till norrmän som önskade resa ut, om det så bara var på det mentala planet.

De tre eldsjälarna inledde fasen med att få folk att investera pengar i

företaget. Det unika var, förklarade de för intressenterna, att Europaportalen bara önskade innehålla det bästa. Den skulle vara något helt annat än en sökmotor. Man ville kvalitetssäkra länkarna. Portalen skulle i förväg välja ut det yppersta åt användarna. Vaska fram guldet ur allt skräp. »I euroway ska man inte stöta på information i alla dess skiftningar, man ska först och främst träffa på viktiga tankar«, sa Alf gång på gång. »Portalen ska föra användaren till de bästa idéerna Europa har att erbjuda.« Han var inte idéhistoriker för ingenting.

På så kort tid att det överraskade dem själva hade de allt de behövde: en uppfattning om antalet användare, de nödvändiga investerarna, en bra affärsmodell, och kanske det viktigaste av allt: villiga annonsörer. Att allting gick så lätt hade naturligtvis också en del att göra med Gro Brox och hennes makalösa förmåga att göra folk, särskilt finansmän, intresserade. Gro Brox förkroppsligade nämligen det som många norrmän tyckte bäst om: skidsport och TV. Vid mitten av 80-talet var hon ett känt längdåkningsnamn och var bland annat med om att ta en stafettmedalj i ett VM. Hon tillhörde de få i landet som titulerades »guldtjej«, även på grund av håret som alla kunde beundra när hon halvvägs i loppet kastade av sig mössan, en överdådig ljus hårman som såg gyllene ut i solskenet. Dessutom började hon några år senare arbeta på ett av NRK:s distriktskontor och blev snart programledare i Norge Rundt. Gro Brox var helt enkelt guld värd för Compendium, inte minst genom att de använde hennes ansikte i inbjudningarna till den sista sträckan i etableringsstafetten: ett offentligt möte för att introducera bolaget på marknaden, få ännu fler att teckna aktier. Ingen orsak att vara blygsamma. För sin kick off hyrde de en av salongerna på biografen Colosseum.

Hela startfasen, inklusive förberedelserna för denna avgörande presentation, skulle bli en av de underligaste perioderna i Alf Vebers liv, en tid som han senare skulle se tillbaka på med något som liknade vemodig längtan. I motsats till ett övermätt Norge som låg på soffan och rapade, ett samhälle där IT-skräcken och arbetsskyggheten och drömmen om en evig oval helg bredde ut sig, jobbade Alf nästan dygnet runt. Han sov inte mycket, tog aldrig semester, och var framför allt fylld av en entusiasm som utplånade de flesta hinder. Det gällde att få så många användare som möjligt, och de konkurrerade om den knappaste resursen av alla: uppmärksamhet. Compendium var inställt på att bli en av de segrande i denna kamp. De satt så länge och tätt intill bildskärmen att de kände hur ljuset påverkade dem, att de trädde ut i kvällen med en gloria om huvudet. »Vi är den nya tidens helgon«, skrattade Gro. »Du menar ikoner«, sa Alf. Särskilt Merlin arbetade hårt, samtidigt som han bevisade att ens arbete kan vara lika lustfyllt som ens mest omtyckta hobby. Inte sällan fann Gro och Alf honom sovande bland Kvikk Lunsj-papper och tomma kexpaket på golvet i husvagnen, medan Robin Trowers gitarrer fortfarande sjöng i musikanläggningen. Han låg alltid med ett lycksaligt leende på läpparna, som om glädjen över arbetet följde honom också i drömmarna.

Utan att någonsin tala om det började de till och med klä sig likadant, i samma sorts lediga kläder, fleecetröjor och anoraker. Som om det gemensamma projektet var en expedition, eller bättre: en avkopplande fritidssysselsättning. När de var hungriga lämnade de bara äppleträdgården och gick bort till Kinokroa i byggnaden överst i den långa backen på Sognsveien, där spårvagnen gick i en slinga innan den återvände till centrum. Där satt de, ofta med en soppa, och diskuterade vidare. Alf fann stället inspirerande, en soppstation i slutet av ett spårvagnsspår som gick söderut, mot Europa. Det var här de kom på idén – de var alla beresta – att få bekanta, folk som bodde i kontinentens huvudstäder, att göra en personlig lista över det främsta i sin stad, också saker och ting som vanligtvis blev föga omtalade. På längre sikt skulle detta också föda tanken på att invitera en berömd person i varje europeiskt land att välja ut en målning, ett fotografi, en person, en text, en sång, en dikt, en maträtt, en plats, en historisk händelse som sa så mycket som möjligt om vederbörandes nation – en idé som för övrigt skulle stjälas många år senare av flera ledande skandinaviska tidningar. Så blev husvagnen en barack utanför något som höll på att byggas, en osynlig jättekonstruktion, ett arkitektoniskt underverk.

Anmälningarna till presentationen, möjliga aktieägares nyfikenhet, var överväldigande. Även andra medier anmälde sitt intresse, en skock journalister. De var tvungna att flytta seansen till den stora salongen på Colosseum, en hörsal med tusen platser. Merlin och Gro stod i dörröpp-

ningen och tog emot, representativa på var sitt sätt: Merlin i bergsklättrarutrustning och Guld-Gro i en åtsittande svart dräkt som fick den manliga delen av publiken att tänka dels på Cat Woman, dels på den skiddräkt de hade sett henne i när TV följde hennes dans i spåren. Alf satt på första raden, upptagen med att memorera talet samtidigt som han tänkte på alla de storstilade filmer han hade sett på denna tjusiga biograf. Han kom särskilt ihåg »Star Wars«, det kanske mest populära eposet efter andra världskriget. Tanken fick honom att glädjas, för det han nu skulle lansera var lika överraskande som att se ett rymdskepp komma inglidande på en jättelik duk, ovanifrån. En chock. Man hade varit lika oförberedd på nätet. Plötsligt var det överallt, det hade bara sänkt sig ner.

Showen började med att belysningen i salongen dämpades och med att en enda kort mening stod skriven i blått på den väldiga duk där folk i decennier hade sett allt från romerska hästkapplöpningar till Formel 1-bilar i Grand Prix: Sapere aude, stod det. Som för att anslå ett seriöst tema och samtidigt hylla folks förmåga att fortfarande kunna tyda något på latin. Från den romartid namnet på lokalen anspelade på. Innan översättningen kom: Våga vara vis.

Alf trädde fram på podiet med bygelmikrofon och en T-tröja med påtryckt brologo, tog plats i en talarstol som stod bredvid duken, ett blankt och löftesrikt jätteark. En vit vidd, en framtidens kontinent, där norrmän nu hade tillfälle att göra nya spår, andra spår än dem man gjorde med skidor på fötterna. Han såg ut över församlingen, spända men samtidigt lite osäkra ansikten rad i rad uppåt. Han kände sig som en verklig webmaster, Alf I. Veber, Alf Indra, beredd att kasta ut sitt nät, fånga dem, förtrolla dem med de reflexer som blev verkan när man hade fogat samman utvalda föremål på ett överraskande sätt: »Mina damer och herrar, vi förfogar nu över ett mäktigt nytt medium« – han sände

Johanne en tanke när han fortsatte – »vi kan öppna en dörr och plötsligt vara i Europa. Louvren är bara ett klick borta. Saint Paul's Cathedral. Vatikanmuseet.«

Och han använde samma knep mot åhörarna som Johanne använde mot honom den gången då de låg vid branten ovanför stenbrottet som hon genom sin beskrivning förvandlade till en avlägsen planet, eller när de senare stod på avsatsen vid Youngstorget och hon fick ett färgstarkt, sjudande Europa att breda ut sig framför honom. Han utnyttjade överdriftens konst som samtidigt var överskridandets konst; han bredde på så mycket att folk kunde se de mest spännande scenarier för sin inre blick, han anade till och med möjligheten att det lite loja och likgiltiga norska folket skulle välja euroway som sin startsida, inleda sina dagliga sökningar så att säga med ryggen mot Norge och med ansiktet vänt ut mot världen. Våga vara vis.

Naturligtvis understöddes inledningen till Alfs tal av bilder och videoklipp som dansade över duken bakom honom. Louvren, Saint Paul's Cathedral, Vatikanmuseet. Alf hade känt sig frestad att visa några av de portaler han själv hade tagit så starkt intryck av – bågen vid ingången till Köpenhamns Tivoli, ingångspartiet till fysikinstitutionen som man passerade på väg in till universitetsområdet på Blindern – men det skulle bli alltför privat. Han visade i alla fall något som härrörde från hans upplevelse av boken som portal, en bild av Michelangelos mäktiga, nästan barocka trappa in till en av de första offentliga boksamlingar man kände till, Laurenzianabiblioteket i Florens, en trappa som symboliserade uppstigningen från helvetet till paradiset, det senare alltså representerat av en läsesal. Vi stod inför något oanat, en svindlande vindeltrappa, sa Alf, påpekade att man hade ett gyllene tillfälle att vara tidigt ute. Han påminde dem om den norske forskaren Sven Furberg, som efter att ha forskat i England reste hem till Norge 1949, så att säga med nyckeln till DNA-strukturen i handen – utan att använda den, kanske för att forskningsmiljön i Norge var alltför lite stimulerande.

Men nu, med hjälp av alla dessa människor i bänkraderna på Colosseum, hade Compendium chansen att skapa något innan andra hade hunnit komma i gång ordentligt. Ett kolossalt försprång. »Vi står inför en ny spiraltrappa. En ny chans.« Alf flörtade, vädjade till det sinne för innovation som han visste fanns hos denna församling, lockade dem med möjligheten att institutioner ute i Europa skulle kontakta dem, att det skulle bli attraktivt, räknas som en kvalitetsstämpel att vara katalogiserad på euroway.no. Med andra ord skulle nätverket växa kontinuerligt, men under överinseende av personer, ett team webbredaktörer, med sinne för det bästa. »Det är inte otänkbart att La Scala-operan kommer att ringa«, sa Alf, »hänvisa till sin nya hemsida och tigga och be om att få komma med.« I bakgrunden hördes plötsligt musik, och publiken såg en bild från en av Puccinis operor, från en uppsättning i just Milano.

Han blev avbruten av applåder, påfallande kraftiga. Det överrumplade till och med honom, trots att han anade att han hade funnit sitt ögonblick i historien, den stund då begåvning och möjlighet sammanföll. Genom en lyckträff hade han äntligen snubblat över sitt V, fått tillgång till en gigantisk vävstol. Folk var ändå imponerade; man befann sig ju också i en fas av utvecklingen då de flesta inte visste så mycket om saken. Alf förstod att framgången redan var inom räckhåll, att detta började utvecklas till ett väckelsemöte, ett väckelsemöte där pengarna brände i fickorna. I sin svarta T-tröja kände han sig nästan som den karismatiske Steve Jobs, den ene grundaren av självaste Apple. Och det handlade verkligen inte om gröna glasäpplen den här gången, utan om äpplen i alla regnbågens färger – ett mentalt brospann med en skattkista i änden. Det fanns ett fotografi av honom i en tidning dagen därpå och bildtexten löd kort och gott: Kungen av Europa.

Alf avrundade med att visa några provsidor från portalen. En enkel och överskådlig startsida ledde till huvudsidor där redaktionen hade placerat de ställen man ansåg vara de allra bästa och mest intressanta för tillfället. Där öppnade sig möjligheten att gå vidare neråt i hierarkin och få alltfler alternativ inom de olika områdena. Grafiken var sober och användarvänlig, ändå så smakfull att folk visslade till.

Som avslutning sa Alf något om euroways möjliga sidoeffekter. Man kunde inte utesluta att det skulle påverka hela den norska mentaliteten. Öka nyfikenheten. Stimulera norrmännen att bli gränsöverskridare. Förebygga ett bakåtsträvande och intolerant ötänkande. Idémässig inavel. Compendium AB hade för länge sedan valt ett motto: Vi ska inspirera människor. Det var tal om att inspirera genom kunskap i alla former, i synnerhet den kunskap som kunde betraktas som idéer. »Utmaningen i dag är inte bara att kunna skilja viktig information från oviktig, utan att kunna bearbeta den till något användbart och stort«, sa han till sist. »Därför är det inte tal om en informationsportal utan en inspirationsportal.«

Som om detta inte var tillräckligt visades det en bild på duken bakom honom under hela avslutningen. En tvåhundrakronorssedel med porträttet av Kristian Birkeland, mannen bakom det förra initiativet som utvann guld ur luften. På det sättet ville Alf visa att det också låg en ekonomisk vinst, kanske till och med på ett oväntat plan, i detta projekt, och det inte bara i form av möjligheten att införa annonser.

Föredraget var långtifrån perfekt, det påminde inte alls om en glamorös lansering av ännu ett strömlinjeformat och slätstruket företag. Det var just den liksom pionjäraktiga och stökiga multimedieshowen och Alfs något virriga associationer och framhävande av det ofullbordade som gjorde det charmerande och aptitretande för investerarna som satt i salongen – ett erbjudande om att utvinna guld ur ingenting, ur ett tomrum – och som senare fick dem att köpa aktier så att även de mest optimistiska förväntningar kom på skam. Som om de redan var européer, tänkte Alf.

När han bugade sig vällde applåderna över honom med en sådan styrka och en sådan värme att han var rädd för att kupolen skulle implodera och rasa in så som den hade gjort under den famösa branden drygt trettio år tidigare. För ett ögonblick kände sig Alf som en gladiator på arenan i det gamla Colosseum, omgiven av människor som gjorde tummen upp. Med sitt häpnadsväckande nät hade han besegrat allt motstånd.

IV. MODET

Allting såg ljusare ut. Men den tredje dagen då han begav sig ner i tunnelbanan var platsen upptagen. Bara att vänta på avstånd, lyssna på den andre. Bra men inte avskräckande bra. Studenttyp, såg ut som Donovan. Tolvsträngad gitarr. Imagine av John Lennon. Turn! Turn! Turn! The Byrds. Den förra inbringade flest mynt trots att killen framförde Byrds betydligt bättre. De var en fast grupp av musikanter, »buskers«, som höll till här, förklarade han senare för Alf. Egentligen var det inte tillåtet att spela i tunnelbanan över huvud taget, men stationschefen på Tottenham Court Road var tolerant och lät folk spela, väl att märka om de inte störde, och ännu viktigare, om de höll en viss musikalisk standard. Det fanns andra ställen också; Alf lade stationernas namn på minnet. Men du har tur, sa Donovan-klonen, för en av våra fasta har just rest hem till Paris, du kan få hans plats – om du kan spela och inte skämmer ut kollegerna. Han kastade en blick på Alfs simpla gitarrfodral, den inte helt rena klädseln. Reagerade kanske på Alfs ålder. Snart femtio och gatumusikant? Killen visade honom en knappt synlig tabell nedklottrad på en reklamaffisch i närheten. Ett kodsystem. Här kunde han se när det fanns lediga tider, skriva upp sig. Den andre stannade tillräckligt länge för att höra Alf stämma upp Don't Look Back in Anger, Oasis, nickade uppskattande innan rulltrappan förde honom utom synhåll. Alf valde sången med vilja. Gröngölingen skulle ta mig fan inte tro att han bara kunde 60-talslåtar. Alf följde med sin tid, uppdaterade ständigt repertoaren, eftersom han hade lett allsången, mycket framgångsrikt, på olika institutions- och firmafester på 90-talet, spelat gitarr så att de kvinnliga anställda var tvungna att helt och hållet omvärdera sin syn på honom. Dessutom var det en härlig sång, en uppmaning att ösa på med feta, öppna ackord och höja röstvolymen, låta den fungera som en säkerhetsventil för ackumulerad aggression. Som skapt för att sjungas i tunnelbanan av en man som hade slängt sin dator i Themsen.

Han var överraskad över hur mycket han tyckte om att spela. Hur snart allting kom tillbaka, grepp han inte kom ihåg att han kunde, invecklade riff, rytmiska finesser, basgångar, inledningen till Here Comes the Sun, ackordglidningarna i The Wind Cries Mary, fingrarna tänjdes tre gånger under loppet av Ma-a-ry. Han gled spontant över till James Taylor, Fire and Rain, rena psalmen. Folk reagerade, särskilt människor i hans egen ålder, de stannade, gick tillbaka och kastade några mynt i gitarrfodralet, log på ett bisarrt sätt, läpparna gick nästan i sicksack, som för att visa att de var införstådda. De hade också sett eld och regn. De hade också upplevt ensamma tider men alltid bevarat hoppet. Märkligt. Att enkla sånger kunde fungera så. Han försökte med Joan Osborne, den underfundiga One of Us. Ett yngre skikt av de förbipasserande började treva i fickorna redan på håll, log snett, nynnade när de lade ner pengarna, What if God was one of us, nickade som om han var en vän, en agent som hade gett dem rätt kodord. Han gled vidare in i Song for the Asking, Simon and Garfunkel, krävande, han fumlade lite, missade harmonier, måste improvisera, pröva sig fram, övade och sjöng offentligt på en gång, alltfler ord och rader dök upp, han spelade den lika svåra som vackra kompositionen flera gånger tills den satt på fjärde försöket, till och med ackorden, i alla fall i en något förenklad version. En kvinna kom fram och kramade om honom, såg på honom med tårar i ögonen, stack till honom en fempundssedel, skyndade därefter vidare. Vad var detta? Hade han äntligen hittat något han dög till?

En dag efter arbetspasset fick han en av de anställda på Macari's att vakta gitarren innan han satte kurs diagonalt genom Soho. Tänkte gå till Bond Street, ville undersöka spelmöjligheterna i tunnelbanan där. Vid Hannover Square kom ett Hare Krishna-följe dansande, samtidigt som de sjöng en av sina enkla men ändå suggestiva hymner, ackompanjerade av små trummor och fingercymbaler. George Harrison. Lustigt. Att man i min generation tänker på en rockmusiker varje gång folk sjunger Hare Krishna och dansar med rörelser som om det är dagisbarn på utflykt. Dessa förenklingar. *Upplysningstiden försöker i själva verket påfallande sent förklara en livsfilosofi som hinduismen. Självfallet flera reseskildringar och underrättelser om livet i Indien under 1600-talets mogulstyre, men utförliga redogörelser för religionen saknas. Några år före franska revolutionen blir för första gången en sanskrittext översatt till ett europeiskt språk. Å andra sidan var det Bhagavadgita.* Blyertspennan stannade, han måste tänka. *Och inte förrän 1810 kommer en bok som presenterar det hinduiska panteon, med bilder av Ganesha och de andra gudarna. Är detta en svaghet hos Upplysningen, trots religionskritiken? Alla dessa planscher med växter och djur från fjärran länder – men inte en enda bild av Krishna?* Sedan fick han syn på henne. Tjejen från rulltrappan, tjejen som sjöng så fint. Japansk look. Frisyren. Tjockt, svart, halvlångt hår som glänste i solskenet. Hon hörde knappast hemma i Hare Krishna-följet, hade vanliga kläder på sig – lång kjol och Doc Martenskängor – de andra i vita och orange klädnader, men hon dansade mitt i flocken och sjöng med för full hals. En nimbus starkare än någon annans. Också rösten skilde sig, gav den enkla hymnen en kvalitet utöver det vanliga. Hon bar på ett gitarrfodral.

Ett begär vaknade. Länge sedan nu. Frestande. Lägga an på denna uppenbarligen naiva men söta tjej. Ett ligg. Sedan var det bra med det. Som att klia sig i skrevet. Mikaels metod. Hon kommer säkert inte att ta skada av det. I yngsta laget kanske.

Plötsligt skuttade hon ut ur flocken, som ur en slänggunga, och närmade sig, måste ha känt igen honom. Andfådd. Röd om kinderna. Smilgropar. Ett barn. Sött. Smilgropar. Hon frågade, utan inledning, om han fortfarande spelade. Han nickade. Bara Eagles? En spjuveraktig blick. Alldeles nyss sjöng jag Loser av Beck, svarade han, höll upp anteckningsboken som om det skulle vara ett bevis. Hennes ögon miste inte den retsamma gnistan. Jag spelar också i underjorden, sa hon. Han skulle just fråga men hon var redan på väg bort, gick baklänges medan hon skrattade, vände sig om och sprang efter Hare Krishna-gruppen. Något, kanske de snabba pulsslagen, talade om att han önskade tala mer med henne. Väldigt gärna.

En kort episod. Men den dröjde sig kvar. Länge efter att hon hade försvunnit. En domning i kroppen. Smaken av något sött på tungan.

Hans liv började förändras igen. För bara ett år sedan tedde sig framtiden som en av de där långa raksträckorna på motorvägen. Och nu bodde han under en ek i London, livnärde sig på slagdängor han hade lagrat i minnet. Nästan varenda dag spelade han nere på Tottenham Court Road-stationen, hade flyttat sig till änden av den långa korridor som man måste passera genom efter rulltrappan om man skulle åka med Central Line. Han trivdes också nere i Piccadilly Circus, speciellt vid pelaren där rulltrapporna till både Bakerloo och Piccadilly Line kom ner, och där gångarna som förde folk från perrongerna kom upp alldeles intill. Som att stå, sjunga, i en väldig vägkorsning. Han började lägga märke till människorna på väg ner i rulltrappan, kunde så småningom gissa sig till vem som skulle skänka och vem som inte skulle skänka pengar. Till och med vem som skulle lägga ett helt pund, åstadkomma det där härliga, tunga ljudet när myntet träffade sammeten i gitarrfodralet. Många kom med kommentarer, de lustigaste saker, oftast angenäma. En dag drog han utan att tänka på det igenom Smells Like Teen Spirit, Nirvana, från Nevermind, lade återigen märke till hur några blickar genast vaknade uppe i rulltrappan, personer i ungefär samma ålder, mycket yngre än han, som om det var en generationshymn, en del av en viss åldersgrupps kollektiva undermedvetande. Drömmande ögon. Hare Krishna. Händer som utan vidare slet upp allt de hade av småpengar ur fickor och handväskor, öste det i hans gitarrfodral som om det var en önskebrunn. Men varför valde han den låten just då? Teen spirit? Står jag själv här och drömmer om den där tjejen med det japanska håret?

Han fick plötsligt en smula kapital i händerna igen. Samtidigt fann Graham McNeil, utan att vara medveten om det, en lösning på hans huvudproblem. De satt ensamma vid det runda bordet i antikvariatet. Te, scones, hallonsylt, till och med grädde. Jasjin låg ovanpå kylskåpet, klippte med ögonen. Regndroppar i luften utanför. Då frågade Graham nästan försiktigt, prövande, som om det skulle stöta Alf, om han kunde tänkas vara intresserad av att flytta in i en lägenhet närmare centrum. Den tillhörde Grahams bror. Han skulle bo i Botswana några år, reste ut som lärare för Fredskåren. Idealismens tid är inte förbi, sa Graham med ett småleende. Några tror fortfarande att Graal ligger gömd långt borta.

Jag har inte råd, sa Alf.

Det kostar dig inte en penny, tillade Graham snabbt. Min bror vill ogärna hyra ut, han har något värdefullt där, jag vet inte riktigt vad, och han bad mig att se efter lägenheten. Det är omständligt för mig att resa in till stan hela tiden. Jag är säker på att det är i sin ordning för Sean. Han skulle gilla dig. Du är som han, en särling. Samtidigt kan man lita på dig. Och ta det lugnt, jag tar hand om alla fasta utgifter.

Årstiden fick Alf att tacka ja, även om han uppskattade antydan till kyla i luften, det överjordiska eftermiddagsljuset strax före skymningen. Han monterade ner tältet och städade samvetsgrant lägerplatsen, sände en vänlig tanke till parkvakten som hade låtit honom vara i fred och som säkert skulle bli glad för att slippa anmäla någon. Alf gick bort och lade händerna mot eken med ugglan, betraktade det runda området mellan de låga järnekarna, en tydlig fyrkant där tältet hade stått. Cirkelns kvadratur. En plats där det omöjliga hade fått sin lösning. Skulle han sakna detta liv? De sista nätterna hade en tilldragande måne haft lika många färger som diamanterna i Juvelernas spel – den var rosa, gul, ljusblå, vit. En fantastisk boplats. Inte sedan Uranienborg terrasse, kungalägenheten, hade han bott så bra. Ändå en form av sömn. En Törnrosa omgiven av en stickig häck. Inte någon kyss. Är det därför jag bryter upp? För att själv uppsöka den kyssen?

I utkanten av Hampstead Heath, strax före backen upp till Highgate Village, stod några killar vid den närmaste dammen. Fjärrkontroller i händerna. Modellbåtar mitt ute i dammen. Själv kom han inte längre än till att leka med barkbåtar i barndomen – å andra sidan rena rama fullriggarna. Av flera orsaker kom han bättre ihåg sjön de gjorde det på än de små farkosterna. Sjön och en gammal roddbåt. Ombord: en pojke och en flicka.

TRÄDKOJAN: VENUSPASSAGEN

De hade funnit det perfekta trädet till slut. Det stod inne i en klunga storväxta björkar i en svag sluttning hundra meter öster om Bjørntjern, en avsides belägen sjö i Lillomarka, några kilometer norr om Alunåsen.

Det var verkligen inte lätt att hitta några jättar som samtidigt växte i tät skog, gömda för nyfikna fiender; träd behövde öppen rymd runt sig för att bli majestätiska. Det var ändå något speciellt med detta, en grov björk med dubbelstam. En krona med myriader fläktande smaragder. En verklig Kungabjörk. »Jag får nästan lust att lägga mig ner på knä«, sa Johanne, »böja mig för det.« Alf förstod vad hon menade. Trädet tycktes vara

en representant för något, någonting som stod för visdom. Den vita och svarta barken gjorde intryck av att vara hud, att tillhöra en levande varelse. De hittade det på våren, och marken runtomkring var täckt av vitsippor, *Anemone nemorosa*, en av Veras älsklingsblommor. Alf tolkade det genast som ett gott tecken. Pappan hade berättat för honom att om man gjorde ett snitt genom lillhjärnans vita substans, såg man ett mönster som erinrade om ett träd. Det kallades därför för *arbor vitæ*, livets träd.

Hela våren och försommaren gick åt till förberedelser, att kartlägga terrängen och att rita av förgreningarna i björken och träden intill – de planerade en gedigen koja med stöttor mot andra stammar också. Med föräldrarnas tillåtelse övernattade de flera gånger vid tjärnen. På den tiden var man inte orolig för att låta större barn ligga ensamma ute; de två var dessutom vana vid friluftsliv. De slog alltid läger på samma ställe, en flat klippa som stack ut i sjön. Mitt på fanns en fördjupning som de fyllde med granbarr så att de kunde lägga sovsäckarna på en mjuk madrass. De låg under bar himmel, brydde sig inte om att resa något vindskydd. Alf hade aldrig sovit bättre, drömt mer spännande, än här i en Ajungilakkokong tätt intill Johanne. Och han var aldrig rädd. Utom den gången då han tvingades ut på en bro av glödande kol.

I en röjning på andra sidan sjön fanns en gammal timmerstuga som ingen använde längre. Nedanför den låg ett fallfärdigt båtskjul och i det hittade Alf och Johanne en roddbåt. Genom att sjösätta den upptäckte de att den fortfarande höll tätt, det vill säga den blev tät efter några dagar. De använde den ofta, låtsades att det var en flotte och att de seglade på Mississippi precis som Huckleberry Finn. De varmaste dagarna bytte Johanne ut lotsmössan mot en trasig halmhatt. Hon påstod att den, liksom de rutiga flanellskjortorna och snickarbyxorna fulla av hål som hon gick omkring med, var kläder man använde i Huck Finns värld. Alf visste inte, läste fortfarande bara tecknade serier, Johanne måste återberätta historierna när de låg i sovsäckarna på kvällen. Vid andra tillfällen fick hon honom att tro att de reste med en av de märkliga farkoster som Jules Verne beskrev i sina böcker. Med hjälp av båten undersökte de tjärnen och landskapet runtomkring, fyllde millimeterpapper efter millimeterpapper med kojor, egenhändigt uppfunna tecken och mystiska namn. De kom underfund med att de fick mer fart på det hela när de drack ur flaskorna med Bitter Lemon. Enligt Johanne var Bitter Lemon också bra mot myggbett. »Tack vare kininet, din dumbom! Vet du ingenting?« De lade flaskorna till kylning där vattnet var precis så djupt att de lyckades dyka ner till dem. Medan han drack tänkte Alf att han var släkt med pappan, som ville se bakom skallbenet med hjälp av kontrastmedel, kartlägga det som låg *under*.

Johanne var mer intresserad av det som fanns *ovanför*. Molnfria kvällar, innan de skulle sova och brasan hade reducerats till en hög med glöder, rodde de ut på sjön. Mitt ute på tjärnen tog de in årorna och lade sig på rygg på bottnen av båten, tittade upp på stjärnhimlen. Länge. Så att de verkligen fick ett intryck av att stjärnhimlen långsamt vred sig runt. »Du kan säga vad du vill om kalejdoskopet som jag gjorde till dig«, sa Johanne, »men ingenting slår det här.« Hon försökte alltid hitta det rätta stället, bad Alf lägga båten stilla där linjen från timmerstugan till udden med sovsäckarna korsade linjen från björken i sluttningen till en hög, tydligt urskiljbar tall på motsatta sidan av tjärnen. Därifrån hade de en särskilt gynnsam infallsvinkel mot himmelstecknen, påstod Johanne. »Stjärnorna är kanske också glöder«, sa hon. »Glöder från det jättestora bål som gudarna satt omkring när de berättade historier för varandra.«

»Det finns kanske en Huckleberry Finn för gudarna också«, sa Alf, som tyckte att han måste bidra till funderingarna.

Det var dessa nattliga roddturer han skulle komma ihåg bäst från utflykterna i Lillomarka, Johannes små föredrag om stjärnbilder och planeter. Hon drog verkligen inte skam över Tandbergnamnet; hon, en flicka som nätt och jämnt hade kommit i puberteten, var full av vetande, även om mytologiska varelser och historier som var knutna till dem. En kväll på sensommaren, när kojan var halvfärdig, sköt de som vanligt ut

båten i det mörka vattnet. Mitt ute på tjärnen, sedan Johanne hade tagit sina sedvanliga noggranna krysspejlingar, lade de sig på bottnen av båten och stirrade upp i luften. En påtaglig lukt av tjära och gammalt lack. Vatten som kluckade mot borden. Alf fick för sig att det var magiskt. Stora björnen och Lilla björnen speglade sig i Bjørntjern. Och plötsligt var himlen ett träd, alla ljuspunkter delar av ett gigantiskt bladverk.
 Tänk om det var möjligt att bygga ett slags trädkoja där uppe också?

Det var annars den här natten, under ett stjärnmyller som Alf aldrig skulle se maken till, inte ens i öknar, som Johanne berättade för honom om Jupiter, jätteplaneten med en massa trehundra gånger större än jordens. Det vill säga alltihop mynnade ut i berättelsen om Jupiters fyra starkast lysande månar. Alf kände bara till Europa, nu fick han höra talas om de andra tre också, Io, Callisto och Ganymedes, uppkallade efter varelser som Zeus, eller i romarnas mytologi: Jupiter, hade varit så betagen i. »Även om det var någon annan som föreslog namnen var det Galileo Galilei, den nyfikne och jättemodige italienaren, som upptäckte månarna tack vare de linser han satte ihop till ett teleskop«, sa Johanne.

Lång tystnad. Bara vattnet som smekte skrovet. »Jag har en överraskning till dig«, sa hon sedan. Han trodde att hon hade sparat en baconsmörgås. Det var nämligen hans favoriträtt, de tjocka baconskivorna som hon stekte i ett litet järn över träkolen, baconskivor som de sedan helt enkelt lade mellan två brödskivor och mumsade i sig så att fettet rann nerför hakan på dem. Bättre än allt annat. En måltid för kungar. Johanne reste sig halvt om halvt upp mellan tofterna och tog i stället upp en kikare ur ryggsäcken. Hon höll den länge för ögonen innan hon gav den till honom och förklarade var han skulle titta. »Jupiter befinner sig ungefär mitt i Fiskarna. Leta först upp Pegasusfyrkanten och kika nedanför den.« Alf gjorde som hon sa, fann planeten och för första gången urskilde han nu månarna med egna ögon, åtminstone tre av dem, pyttesmå ljus på en linje som korsade Jupiter.

Medan han låg på båtens botten med kikarlinserna som glasögon, berättade Johanne mer om planeterna. På den tiden då de upptäcktes fanns det inte så många tillförlitliga instrument för att navigera till sjöss. Inte minst saknade man klockor som tålde rörelserna ombord på ett fartyg. »Man behöver nämligen en klocka som går exakt för att kunna bestämma längdgraden«, förklarade Johanne. Han låtsades förstå men lyssnade inte så mycket på orden som på hennes röst, njöt av den ungefär så som han njöt av skvalpandet mot skrovet. Därför hade Galilei funderat på om dessa månar, på något sätt, kunde fungera som ett slags klocka på himlen, fortsatte hon. Då kunde man också mer exakt bestämma var man befann sig på haven.

Johanne var intresserad av navigation. Till och med här, i en roddbåt på en liten tjärn mitt i en skog. Kanske för att hon var halvholländsk. Han uppfattade bara en bråkdel av det hon låg och babblade om, alla dessa onyttiga kunskaper. Han var mer fängslad av närheten till kroppen bredvid honom, värmen som märkbart kom krypande från hennes kropp och in i hans, i den något kyliga natten. På sätt och vis var spänningen, gravitationsfältet, mellan dem mer svindlande än tanken på det oändliga universum, stjärnvirvlarna. Men samtidigt, eller kanske just därför, fick han inte nog av det, att ligga där på rygg i båten, i lukten av tjära, och låta blicken glida över de lysande mönstren på valvet ovanför honom, låta båten driva så att Vintergatans lysande band låg parallellt med linjen mellan ögonen. Stirra in i den galax man själv var en del av, samtidigt veta, åtminstone om Johanne hade rätt, att allt detta bara var en stjärnö i ett hav av tom rymd. Och om han stirrade tillräckligt länge sänkte sig slöjan ner mot honom, som om han verkligen var i en farkost med full fart in i Vintergatan. Och hela tiden ljöd hennes behagliga röst tätt intill örat på honom. Som att ligga bredvid en spinnande katt. Han brydde sig inte om vad hon sa, han ville bara vara intill detta surr av ord, intill denna mjukhet.

Ändå var det ibland något hos Johanne som gjorde honom orolig. Något med hennes ögon. En farlig glöd. Den natten hon utmanade honom att gå över gropen med träkol såg han den röda pulsen spegla sig i hennes pupiller. Men efteråt var glöden fortfarande där, som om en låga alltid brann bakom hennes blick, antydde en intensitet, en form av mission.

Planerna på att bygga den finaste trädkoja som hade skådats i Norge förlorade Alf aldrig ur sikte, men han hade inte dåligt samvete för att de alltid sysslade med helt andra saker medan de var vid Bjørntjern, skar in runor i döda trädstammar, undersökte häxringar av svamp, myrstackarnas arkitektur, molnens språk, som var besläktat med indianernas röksignaler, enligt Johanne. Kojan började trots det ta form, det var länge sedan de första gången klättrade i björkarna och gjorde försiktiga märken med slidkniven i stammarna där golvbjälkarna borde fästas, samtidigt som de diskuterade om björkar och zebror djupast sett var släkt med varandra. Ändå måste de fortfarande bära med sig material som de hittade på soptippen eller på byggplatser, gick i en tvåmanskaravan genom skogen, vaggade också lite som kameler i det mjuka ljus som silade ner mellan träden och vilket Alf som vuxen skulle inse bara fanns på nordliga breddgrader, i landskap där solen stod mer snett och skuggorna inte blev så hårda. De kunde också få för sig att sjunga, särskilt Kjell Lunds barntimmessånger, som båda kunde utantill. Så småningom hade de gått så många gånger fram och tillbaka att det uppstod en antydan till stig, vilket särskilt bekymrade Alf, eftersom det kunde leda till att andra hittade kojträdet. En gång upptäckte de att Floyd och några till kom smygande efter men fick dem att tappa intresset genom att ta en annan väg, låtsas som om målet var Ole Høilands grotta, ett ställe som för övrigt ofta satte Alfs fantasi i rörelse, gav honom lust att bli en mästertjuv. Också en avundsjuk Mikael var nu med i Floyds gäng, förstod att han hölls utanför något spännande. Floyd, egentligen Roy Petterson, hade fått namn efter tungviktsmästaren i boxning på grund av sin ganska breda näsa och tjocka läppar – öknamnet uttryckte mer beundran än omedveten rasism. Floyd hade ingenting emot det, han beundrade också Louis Armstrong eftersom han spelade kornett, bra till och med, i ungdomsorkestern. På en Spela själv-kväll hade han imponerat på alla med Louis Armstrongs »West End Blues«, spelad med ett så extatiskt ansiktsuttryck och så fint att folk i gymnastiksalen trodde att de befann sig i New Orleans eller däromkring. »Jag vill vara en nigger«, sa han respektlöst efter framträdandet och stoppade fem lakritskarameller i munnen på en gång, som om han trodde att det skulle göra susen. Det låg alltid ett spår av karamellpapper efter Floyd. Det gick också rykten om att han en gång hade boxat en vattenmelon till slarvsylta efter att först ha målat ögon, mun och näsa på den. Floyd var en baddare på kornett men annars en djävul; han borde med andra ord inte få nys om kojstället.

»Du ska inte vara så rädd för Floyd«, sa Johanne en natt då de låg på båtens botten med blickarna riktade uppåt. Och som om det skulle förminska hans rädsla övergick hon till att berätta om Indra, en indisk krigsgud som använde regnbågen som pilbåge och red på en vit elefant med tre huvuden. Indra hade ett nät som inte bara var ett vapen han kunde fånga fiender med, det kunde också användas som prydnad. Nätet hängde under taket i Indras boning i himlen. Vid varje knutpunkt satt en strålande juvel och var och en av juvelerna reflekterade alla de andra juvelerna. På grund av dessa reflexer var det också ett så kraftfullt vapen – det snärjde in motståndarna i illusioner. »Detta fantastiska nät måste ha sett ut ungefär så här«, sa Johanne och pekade uppåt. Stjärnorna liknade knutar, knutar av ljus. Man kunde nästan ana trådarna.

»I Brasilien hittade man en gång en diamant som kallades för Sydstjärnan«, sa Johanne, som om det stödde hennes teori. »Och den ryska kronan har en briljantslipad skönhet som heter Polstjärnan.«

Medan han låg där på bottnen av båten som flöt på den mörka tjärnen, och kände gravitationskraften mot hennes kropp, samtidigt som han funderade på allt det obegripliga hon berättade – Indra, Jupiters månar – kunde han inte låta bli att fråga: »Varför är du vän med mig?« Underförstått: hon kunde vara vän med vem som helst, Alf kände till flera som hade försökt bli vän med henne men som hon avvisade.

Först ville hon inte svara. Vred lite på sig. »För att du är annorlunda«, sa hon sedan. »Du är märkligt funtad. Du är full av dolda möjligheter.«

Alf låg och stirrade på ljuspunkterna ovanför. Glöder, juveler, knutar. Han förstod inte vad hon menade.

»En man som hette Michelangelo gjorde skulpturer av män som bara är halvvägs ute ur marmorn. Du är som de. Därför.«

Han blev inte klokare av detta.

»Och för att du är en räddhare«, sa hon, mer retsamt. »Du behöver någon som kan lära dig att bli modigare.« Själv hade Johanne mod för två. Hon dök från Dödsklippan, kysste grodor och ringde på hos Tuffe Tom, Alunåsens farligaste granne.

Trots det försökte de undgå Floyds uppmärksamma blickar när de fortsatte sin hemliga byggverksamhet, och även om det gick långsamt insåg Alf att allt detta, omvägarna, avledningsmanövrerna, kartläggningen av terrängen, seglatserna på tjärnen, var nödvändiga, att allt detta, inklusive stjärnhimlen, var ett sätt att söka inspiration till en tjusig design. Deras koja skulle bli något utöver det vanliga. Något barockt. Också brasorna denna långa sommar vid Bjørntjern hade något med design att göra, att forma ett slags byggnadsverk ända från grunden, skapa den optimala stapeln av bark, kvistar och kubbar. En pyramid som sedan, när man satte en tändsticka till, kunde förvandlas till eld, lågor som fräste och spottade, ett skådespel, en form av dans han aldrig tröttnade att se på. Det var något med platsen, udden i vattnet, som gjorde att Alf senare i livet, i ett skede som präglades av bokdoftande tweedkavajer, tänkte tillbaka på dessa brasor med längtan – inklusive de tjocka baconskivorna i stekpannan över glöderna. En tid då tröjorna var fulla med kardborrar och barr och lukten av bål. När han stirrade in i elden kunde han ibland tro att han stirrade in i en ädelsten, att lågorna egentligen var hårda, var gnistrandet i en gul jättediamant. De hade alltid en liten såg och en bra yxa med sig. Johanne påstod att det var en underskattad konst att göra, tända och hålla en stor brasa vid liv, de lade därför ner mycket tid på lägga upp en stor hög med tunna och grova grenar, kartlade också alla gamla tallstubbar som kunde ge värdefullt töre. En gång då det hade regnat mycket dagarna innan och de inte hittade någon torrved för att tända med hämtade Johanne några urgamla skidor som låg instuckna under taket i båthuset och sågade genast upp dem innan hon högg dem till pinnved. »Skidor måste också kunna användas till något nyttigt«, sa hon. Det sprakade till lite extra när hon sedan tände eld, gnistorna regnade över dem som om de hade förbrutit sig mot något heligt.

»Vad menar du med att jag saknar mod?« frågade Alf en natt då de låg i var sin sovsäck och stirrade in i de sista flammorna från något som hade varit ett stort bål. Fullmånen hängde över höjden där deras träd stod. Den verkade mjuk och marshmallowvit. Han tänkte att hon kanske syftade på den gången då de skulle hoppa i Ravnkollbakken. Johanne avskydde längdåkning men tyckte om att hoppa. Båda hade sett till att låna skidor med tre ränder under, skidor som gjorde kraftiga spår i snön, rena motorvägen. De var ensamma i backen, alltför stor för dem, men förhållandena var perfekta, spåret i övre delen fint. Johanne hoppade kort, blev ändå stående utan problem och vinkade uppmuntrande till honom nerifrån slätmarken. Alf, livrädd på nedersta avsatsen innan han började glida utför, stod på näsan med besked och kanade nerför hela nedslagsområdet. Johanne ville ha honom att hoppa igen, i alla fall stå nerför nedslagsområdet, få rädslan ur kroppen. Han protesterade, mörbultad och med skrubbsår i ansiktet. »Det är för brant! Det är ju nästan ett stup!« sa han och spottade blod. Hon hade fnyst åt honom då. Sett på honom med den där glödande blicken, som om de var ute på något uppdrag och han förstörde det.

»Jag ska visa dig«, sa hon. Men hon låg lugnt kvar. När han skulle fråga igen höll hon upp en hand, visade att han skulle ha tålamod. Efter en stund kröp hon ut ur sovsäcken och tog en gaffelformig kvist. Hon spred ut glöderna från jättebålet så att de bildade en cirka tre meter lång matta. Lysande, pulserande bärnstensklumpar. »Låt oss kalla det för Venuspassagen«, sa hon. »Ett sällsynt tillfälle. Ta av dig strumporna.« Hon stod redan barfota själv. »Det är ingen konst att gå på de här glöderna«, sa hon. »Du måste bara få ditt huvud att förstå att det inte är farligt, fast det gör lite ont. Titta inte ner. Tänk på något annat. Tänk på vår trädkoja.«

Hon började gå på glöderna, med små steg, ganska sakta. Han tyckte att han kunde höra hur det fräste – som baconet i stekpannan – såg i alla fall tydligt att hennes ansikte förvreds i smärta, även om det inte kom ett ljud över läpparna. Ute på klippan tog hon bort en glöd som hade fastnat mellan tårna. Hon fortsatte lugnt ner till kanten och stack fötterna i vattnet.

»Nu är det din tur«, sa hon utan att vända ansiktet mot honom. Rösten lät ändå retfull.

Han stirrade på mattan av glöder framför sig. Svarta och vita träbitar som då och då glimmade till, en röd och orange puls. En liten stjärnhimmel på marken. Stora björnen och Lilla björnen. Om han gick snabbt skulle han antagligen inte känna någonting alls. I värsta fall skulle smärtan inte hinna ifatt honom förrän han var på den andra sidan.

»Kom igen!« sa Johanne. »Det gör inte ont. Du måste bara koncentrera dig, tänka de riktiga tankarna.«

Men vilka var de riktiga tankarna? Att ha en stark tro? En tro på att man kunde klara det? Han hade blivit lite ängsligare efter olyckan med lådbilen, kunde inte koppla ifrån allt det hemska som kunde hända. Det skulle säkert brännas så in i helvete. Men det var inte långt. Fem sex steg.
 Mod. Han saknade mod. Tänk om glöderna också skapade en eld i honom. Och elden förvandlades till mod.

Han var torr i munnen, tom i huvudet. Första steget. Det värmde märkbart från kolbädden. Som från en kokplatta påslagen för fullt. Han lyfte benet, fast besluten att påbörja den korta vandringen. Men trots hjärnans kommando, trots att han manade fram Ulf-sidan i sig, ändrade benet riktning i luften och foten hamnade på berget några centimeter utanför passagen av glöder. Han kände ett styng av smärta trots att huden inte hade varit i kontakt med värmen. Smärtan berodde på skammen.

Han tassade ner till stranden, sjönk ihop bredvid Johanne.

Hon grälade inte på honom, lade bara en arm om axlarna på honom. »Det kommer«, sa hon. »Din tid kommer.«

Sjön svart. Stilla. Två Bitter Lemon på bottnen. Han orkade inte bada nu.

»Jag hade tänkt ge dig den här«, sa hon och tog fram något som liknade en jättediamant, till och med större än Cullinan som Alf tack vare Johanne visste hade slipats i Amsterdam. Den här var av glas. »Du får den i alla fall. Du behöver den.« Det var ett hål i sidan. »I andra länder använder man sådana här som dörrhandtag«, förklarade Johanne. »Men den här«, sa hon och blinkade till honom, »har suttit i Indras nät. Du kan sätta den på couronnekön därhemma, låtsas som om det är den spira du får när du blir tillräckligt modig, blir kung.« Alf vände och vred på den, fick för sig att den var mandelformig. Som amygdala, tänkte han sedan, något som hörde hemma i huvudet på honom.

Tjärnen låg mörk och utan en krusning framför dem. Alf kände sig både glad och ledsen. Han trodde att det måste gå att se stjärnorna i vattenspegeln, ansträngde ögonen men fick inte syn på någonting. Ytan förblev helsvart. Stjärnorna hade en vampyregenskap i kväll, tänkte han, gav ingen spegelbild. Eller var det för att universum utvidgades, som Johanne sa. Blev allt tommare. Alla dessa stjärnbilder, alla dessa historier. Alla dessa glöder. Ett skydd mot tomhet. Och tomhet gav ingen spegelbild.

HAN STOD PÅ Bethnal Green Road, i Tower Hamlets i östra London, med allt sitt pick och pack. Såg plötsligt sig själv ovanifrån. Såg hur obetydlig han var. Framför allt komisk. Mitt i en storstad, utan en enda klar tanke om riktningen i livet. Ryggsäck och tält på ryggen, resväskan i den ena handen, gitarrfodralet i den andra. En nyckel i fickan. Lägenheten är bara en enkel trerummare, hade Graham sagt. Inte mycket att skryta med men den borde duga. Underförstått: den är säkert bättre än bostaden du har nu. Men Alf stod kvar utanför adressen. Något måste vara fel. Det var nämligen en kyrka. En vacker viktoriansk tegelkyrka med vita kanter. Det dröjde en stund innan han förstod att helgedomen var ombyggd till lägenheter. Ändå på ett sådant sätt att alla kyrkfönster var intakta. Han hade hört talas om kyrkor som blev diskotek men aldrig om före detta tempel som hade blivit bostäder.

Lägenheten låg i höjd med läktaren, i tornets nedre del, och det lilla vardagsrummet vette ut mot Bethnal Green Road. Vad hade det varit för rum? Kantorns tjänsterum? Kanske bara en trappuppgång. Jag bor i en trappa. Varför inte. Kort väg till svindeln. En obestämbar doft. Honung? Från vardagsrumsfönstret kunde han titta ner på butikerna, skyltar som var skrivna på bengali också. En livlig gata, en kontinuerlig ström av människor. Sovrummet vette mot en tyst bakgård. I praktiken var det en tvårumslägenhet. Ett rum var stängt. Låst. Sean McNeil samlade på någonting. Inte ens Graham visste vad, bara att brodern var mycket rädd om samlingen. Förutom dörrlåset satt det ett bastant kodlås i dörren, ett sådant med tre hjul som skulle ställas in på vissa siffror. Utan att veta vad den innehåller vaktar jag en skattkammare. Kombinationen är kanske 00, 00, 00.

Badrummet. Något vitare och mer opersonligt hade han knappt sett. Sovrummet och vardagsrummet var också nästan nakna. Inga gardiner, inga mattor, inga växter. Bara det allra nödvändigaste. Några få, väl använda möbler. Sängen en ram med en hård madrass. Det slog honom: en cell. Han hade kommit till ett Athos. Mitt i staden. Han insåg plötsligt vad han var. En munk. En munk som skulle se till att viktiga idéer inte gick under. Det enda han visste något om – om han visste någonting över huvud taget – var en kort period av historien, ett stycke av 1600-talet, ett stycke av 1700-talet. Min uppgift nu är att värna om den. Bevara elden

från denna brasa på samma sätt som man under mänsklighetens första tid tog vara på glöderna när man vandrade vidare till nya lägerplatser. Liksom munkarna på medeltiden bevarade gamla böcker genom att skriva av dem. Han gick omkring och pysslade, packade upp, ordnade, beredde sig på en ny tillvaro. Var han kanske också en Robinson med tjugoåtta år i ensamhet framför sig? Vetskapen om de miljoner potentiella Fredagar som gick förbi nedanför fönstren fick spekulationen att avdunsta.

Något efterlängtat rörde på sig. En glömd iver. Samma iver som när han gick uppför backen till universitetet den första terminen. Om han i Kenwood hade kommit barndomen på spåren, var detta en möjlighet att återuppleva studietiden. Det intellektuella modet. Vilken tur. Att kunna bo här, arbeta flitigt med något nytt. Som student. Munk. Hade han glömt att han var en sökare, bar på ett tomrum som måste fyllas? Paulus hade en törntagg i köttet, jag har ett hål. *Tänk om det är så? Vi skapar inte vår identitet av det vi har utan av det vi saknar. Insikten om vår okunnighet som vår främsta insikt.*

En anteckningsbok redan halvfull med fragmentariska tankar. Måste kunna använda något av det. Våga. Väva ihop lösa trådar, kanske ta upp tanken om de trettiosex. Upplysningstiden som trettiosex idéer. Trettiosex gnistor. Orsaken till att världen bestod. En rest av planen som antog sina första former strax före millennieskiftet. Han hade suttit i moderns garage och sjösatt en stolt skuta i tankarna: en bok om trettiosex personer, däribland upplysningens främsta filosofer, kanske också kombinerade med händelser, begivenheter som hade satt sin stämpel på eftervärlden. Anna – om det var Anna – hade sänkt den skutan. Eftertryckligt. Välförtjänt. Hopplöst omständlig. Han öppnade anteckningsboken igen, lät blicken glida över några av styckena. Vrakrester. Men kanske ändå en grundval för något mer sammanhängande. En liten skrift. Och medan jag arbetar med detta kan jag försörja mig på musiken. Som Spinoza livnärde sig på att slipa linser. En bok. En liten bok. Ändå ur en överraskande vinkel. Ett V till V-et i Veber.

Allt han saknade i lägenheten kunde han köpa på marknaden längst uppe på Brick Lane, på sidogatorna där, i gallerian under järnvägslinjen. Skrivbord, läslampa, brödkniv, sax, diskborste. Inte långt ifrån trettiosex. Bruksföremål. Ett korrektiv. *Spannet i en människa. Faserna i ett liv. Dagar då behovet av ett klädstreck kan vara viktigare än längtan att förstå djupsinniga tankar, omfattande teorier.* (*Som – jag kommer ihåg hur det upptog mig en gång – naturforskaren Buffons djärva sammanställning av fysik och biologi.*) Han bar hem allting, fick gå flera vändor. Sista gången, med ett täcke och ett par skjortor under armen, gick han in på Beigel Bake och smakade på den berömda beigeln med saltat oxkött på. En gång hade området här dominerats av judar som arbetade i konfektionsindustrin, satt i de långsträckta tegelbyggnaderna och sydde. Nu var det mest asiater man såg. Tidens metamorfoser. Kyrkor som blev bostäder. Portalgrundare som blev vävare.

Återigen hittade han en rutin. Först skriva. Vita papper framför sig. En penna i höger hand, anteckningsboken i vänster. Hade glömt det behagliga i att slå sig ner vid en pulpet tidigt på morgonen när grått ljus sipprade in mellan persiennerna, liksom filtrerat, ett ljus mer för hjärnan än för huden. Han unnade sig ägg till frukost igen. Ibland ägg och tidning också. Ägg och The Guardian, köpt i en affär med sitar och tabla i luften, en doft av rökelse. Sedan ut, ett pass som gatumusikant, ett par timmar i tunnelbanan. Han hade plötsligt all djärvhet i världen, hade funnit ett nytt Nederländerna, ett rike under jorden. Var kung Midas, förvandlade sång till guld, klingande mynt. Spelade Back in the Chain Gang, Pretenders. Brass in the Pocket. Chrissie Hynde skulle ha varit stolt. Det svängde som bara den med bara en gitarr. Och folk gillade det tydligen, skänkte pengar så att det förslog. Ännu mer när han sjöng Everybody Hurts, R.E.M. Ju mer han spelade, lade märke till gensvaret hos de förbipasserande, desto starkare blev tron på att memer var en realitet. Han kunde glida in i en refräng, Come on, baby, light my fire, för sin egen del tänka på Johanne, på en brasa vid en tjärn, men samtidigt se hur stroferna också väckte minnen till liv hos människorna som passerade honom. Nådde långt ner i privata källare, så djupt att folk kom fram och ville prata med honom, bjuda på en öl. Och när han tackade nej, artigt, gick de vidare, nynnande på samma melodi.

På eftermiddagarna gick han och flanerade i London. En kringvandrande munk. Upptäckte centrum på nytt. Kvarter för kvarter. Stod utanför tygaffärerna på Duke Street. Tittade på papperslappen med den handskrivna texten till Lennon och McCartneys Ticket to Ride – inte så långt ifrån Leonardos anteckningsbok – på det nya British Library. *Tänk om jag skrev ett litet opus om trettiosex detaljer från 1600- och 1700-talen. Krukskärvor, men innehåller nycklar. Trettiosex oumbärliga bitar från en tid jag vet mycket om. Kunskaper som riskerar att bli bortglömda, drunkna i allt informationsskräp.* Han strosade sökande omkring i Waterstone's bokpalats, före detta Dillons, på Gower Street. Letade nyfiket igenom travarna med highlife-musik från Ghana och Nigeria i Honest John's på Portobello Road. Stod och skakade på huvudet vid fontänen i den arabiska hallen i Leighton House i Holland Park. Gick in i den fränt luktande ostaffären vid Neal's Yard. Betraktade fasaderna bredvid varandra på Brook Street, Georg Friedrich Händel i ett hus, Jimi Hendrix i det andra. När allt kom omkring var det kanske inte så lång väg från Fireworks Music till Purple Haze.

Han tyckte om att gå i vimlet, gladde sig åt den starka lukten av människoliv på gatorna, lät sig berusas av trängseln, jäktet, trafiken, den oöverskådliga storstaden. Mycket av det han såg, hörde, luktade, smakade – ett plommon, ett grönt glasäpple – framkallade också minnen, minnen som rentav kunde paralysera honom, därför att det inne i ett minne kunde ligga nya minnen. Inte sällan vaknade han upp i ett gathörn och funderade på hur länge han hade stått där, förlorad i tankarnas förgreningar. Även på natten kunde han ibland vandra omkring, eftersom han då upptäckte detaljer, särskilt på byggnader, som han inte såg på dagen. I mörkret verkade fasaderna i diamantkvarteret inte längre så anonyma, Charterhouse Street nummer 2 och 17 formligen lyste av de hemligheter som bara pansarklädda fordon avslöjade att de innehöll. Eller han kunde plötsligt se mönstret i ett gatunät som han inte upptäckte när det var fullt av folk där. Systemet av gångbroar vid Barbican Centre blev plötsligt

vackert, framtidsinriktat. Öppna platser avslöjade sig när de låg övergivna, de annars så livligt frekventerade pizzabutikerna i det nya Broadgatekomplexet vid Liverpool Street blev tomma öknar på natten. Ibland fann han liksom luckor till zoner han aldrig hade varit i, metropolen kändes som en enda lång passage som ledde honom allt längre bort, mot något han inte kände till. Från de stora parkerna – då och då måste han hoppa över en stängd grind – kunde han till och med se stjärnhimlen. Han fann
Andromedagalaxen, erinrade sig historien som Johanne berättade för honom en gång då de låg på rygg i en roddbåt på en liten sjö om natten. Hon hade pekat ut stjärnbilder som hörde ihop med Andromedamyten – Kassiopeia, Kefeus, Perseus, Pegasus, Cetus – som om det var illustrationer på en jättelik duk. Ibland var han tvungen att använda kikare. När hon var färdig låg de tysta länge innan hon plötsligt sa: »Jag är kanske lite som Andromeda. Behöver bli räddad.« Alf hade inte vetat vad han skulle svara, men där han stod i Regent Park, mitt i natten, förstod han att han skulle ha kysst henne. Att han inte hade hört vad hon sa.

Något hos dessa vandringar fick honom att förkasta föreställningar och teorier han hade sedan tidigare. Någonting i storstaden, friktionen när han gick och drev gata upp och gata ner, alla ansikten, fick honom att skifta hamn. Eller snarare slet av honom något gammalt än gav honom något nytt. Sinnena mottog intryck på ett ovanligt sätt. Fötterna förde honom runt i London på måfå. En natt förvillade han sig in på bakgatorna i närheten av Westminster Abbey, stod plötsligt framför en uppenbarelse till kyrka på Smith Square, Saint John's. Ännu mer gripande i mörkret. Genom denna och andra saker han såg blev han påmind om de bombastiska meningar han kastade ur sig i sin barockbok, om Rubens, om Cervantes, om Ridley Scott och Ricardo Bofill, om kyrkor, trädgårdar, teaterkulisser och tankefigurer. Var hade jag den tvärsäkerheten ifrån, alla orden, adjektiven, logiken? *Purcell, begravd i Westminster Abbey, kan möjligen fortfarande användas.* (*Dido och Aeneas?*) Turerna runtomkring i London fick honom att känna sig gåtfullt ren, ungdomlig. Även om han kunde tillryggalägga stora avstånd låg han kvar som på bottnen av en båt som långsamt drev omkring på en stilla tjärn, stjärnhimlen märkligt nära, perspektiv på saker och ting. *Vad jag behöver: en ny projek-*

tion. Mål: en flik av det oförklarliga utvikt till något begripligt. Mötet med Graham. Med Ian. Lägenheten i en kyrka. Lukten av bonvax, honung. En ny chans. Men vad gjorde han, nu när han så att säga fick leva om sitt liv? Använda sin tomhet. Det tydligaste av allt under promenaderna. Den förvånansvärda tomheten. Snart femtio år och fylld av ett hålrum större än någonsin. Men till skillnad mot tidigare insåg han nu att det

var en styrka. Utan denna hålighet kunde inte saker, fenomen, idéer, människor, finna resonans i honom. Han gick otåligt omkring och väntade på intryck som kunde framkalla klanger. Ord, meningar.

National Gallery, med gratis inträde, var en fast hållplats. Samma procedur varje gång: raka vägen upp till Rembrandtrummet. Sätta sig på bänken några minuter för att koncentrera sig helt på sin målning. Belsassars gästabud. Den babyloniske kungen när han ser skriften på väggen. Då han på sätt och vis står på personvågen och får ett kort med dålig text: Vägd och befunnen för lätt. Alf tröttnade inte på att studera det inre ljuset i tavlan. Skräcken skriven i ansiktet på kungen. En dag upptäckte han att händerna om kungens huvud bildade en cirkel, han kom att tänka på en kolring. På liv. Han försökte anteckna lite, men orden gled undan. Då och då måste det räcka med att sitta stilla, bara låta bilden sjunka in, låta den skapa ett avtryck.

Ofta träffade han Ian Stuart, sin dubbelgångare, i rum 4, på träbänken framför Sändebuden. Utan anteckningsbok men ändå som om han antecknade. Holbeintavlan påminde Alf alltmer om moderns garage, särskilt hyllorna fulla med föremål, saker som hade vidgat människans horisont. Nederst en jordglob, vinkelhake, passare, en bok om aritmetik. Lutan med en brusten sträng. Ian var mycket intresserad av detta, grubblade på vad det kunde betyda. En brusten sträng. Och psalmboken uppslagen på Kom, Helge Ande, en latinsk psalm översatt av Martin Luther. Fodralet med flöjter. Ibland gick de tillsammans ner i källarvåningen, till kafeterian, där de kunde tala mer ostört. Alf bjöd på något ätbart, studerade den andre. Alltid orakad. Alltid samma tweedkavaj, smutsig, men full av små streck. Alltid lite för ivrig att få berätta något nytt om sin tavla. Som att han plötsligt, genom att använda lupp – vakten tilltalade honom strängt när han böjde sig framåt över repet – hade upptäckt att även Magalhães seglats fanns utmärkt på jordgloben i hyllan. Det är just vad målningen är, sa Ian. En världsomsegling för tanken.

Hemma började Alf klistra upp saker på väggen, urklipp, lappar, andra föremål han hittade här och där. Försiktigt, med små tejpbitar. En artikel om Tristram Shandy ur The Guardian, ett kort med en reproduktion av Rembrandts tavla, ett porträtt av Händel, en bild av Lloyd's byggnad i City – som om han försökte spinna trådar mellan dem. Eller betraktade det som inspiration att skriva ihop något helt av brottstyckena han hade klottrat ner i anteckningsboken. Lyckades han med det skulle han möjligen skapa något nytt, något liknande Lloyd's byggnad på tankeplanet, ett arkitektoniskt verk som han hade beundrat flera gånger på kvällen. Han tyckte om att komma gående genom de övergivna galleriorna på Leadenhall Market, där romarnas forum en gång låg, och se de sista solstrålarna gnistra i det chockerande främmande föremål som Lloyd's-byggnadens stålkonstruktioner och torn utgjorde mellan Citys gamla hus, en fabrik på en annan planet, infrastrukturen lagd utanpå som ornament, glashissar som gick upp och ner på tre ställen, försedda med gröna, blå respektive röda ljus. Förbindelser. Häromdagen kom han till exempel på att Händel hade komponerat ett oratorium om Belsassar, samme kung som Rembrandt hade målat. En upphetsande, hemlig passage. Var det löjligt? Sitta här i ett slags munkcell. En fyrtiosju år gammal norrman, en gång en centralgestalt i en framtidsinriktad industri, nu intensivt upptagen med att skriva ner, bara med bläck på papper, insikter om något som hade inträffat flera hundra år tidigare. För att vi nu befann oss i en liknande situation, hade möjlighet att skapa en ny upplysningstid? Han visste inte. Han visste bara att han brann för denna »forskning« som han kallade det, kanske med pappans arbete vid Nyco i bakhuvudet. Famlande var ett bättre ord. Skriva, grubbla, medan han såg ut genom fönstret ner mot Bethnal Green Road, rakt in i Kashmir Saree Centre, specialist på bröllopssarier. Samtidigt minnet av den där tjejen. Två sammanträffanden. Ett intryck som en tequilashot. Han väntade så smått på att hon på nytt skulle uppenbara sig i rulltrappan och sjunga andrastämman. En jacka av sammet grön som mossa, något att lägga kinden mot, lukta på. Something stupid. Tvåstämmigt.

Det hände på ett annat sätt. En dag då den fasta spelplatsen i tunnelbanan vid Tottenham Court Road var upptagen länge bestämde han sig för att pröva Oxford Circus. I samma ögonblick han steg av på Central Line-perrongen hörde han tydligt musik, en kvinna som sjöng, ackompanjerad av en gitarr. Lät som en Alanis Morissette-låt. Bättre än originalet, även vildheten i tonerna var ett strå vassare. Han försökte gå åt det håll som rösten kom ifrån, men kunde inte hitta henne trots att han hörde sången hela tiden. Han irrade omkring, tog rulltrappor upp och ner, halvsprang genom långa korridorer, hittade henne inte. *Piranesi. Arkitekten. Upplysningstid men med en stämning av gotiska romaner. Kopparsticken av de imaginära fängelserna. En arkitektur som påminner om den man finner i Londons tunnelbana. Alla dessa trappor, diagonalt kors och tvärs men som också försvinner inåt i bilderna, mäktiga pelare och valv, gallergrindar och kättingverk, ett eget universum, lika fantasieggande som klaustrofobiskt. En utsiktspunkt men över återvändsgator.* (*Påminner om Adventure, Grottspelet, även om moderna datorspel.*) *En drömvärld. Är hela upplysningstiden ett tuppfjät från en mardröm?* Han gick, sprang, efter den lockande rösten, den jublande, vilda sången, men hittade inte flickan. Är detta fel, ett tecken på något riskabelt, att jag inte bör leta efter henne? Riskerar jag att förlora mig i ett oöverskådligt fängelse? Fötterna förde honom i cirklar, tillbaka till samma ställe där flera korridorer korsade varandra. Han hade gått fullständigt vilse i labyrinten, rösten hördes än svagare, än starkare. Till slut stod han ute på gatan. Men hon var fortfarande där nere, någonstans, stod där och sjöng, lockade.

VAKTEN:
HJÄRNAN OCH HJÄRTAT
LIGGER VÄGG I VÄGG

Han hade varit under jorden förut, krupit omkring i farliga labyrinter. Sommaren året efter att han hade lärt sig att knyta garn, lärt sig att handskas med kunskapsfragmenten, blev Alf ombedd att följa med till Nordlandet. En belöning, sa Johanne, påminde honom om viktkortet han fick på Youngstorget en gång: »Använd Ert minne med omsorg och Ni kommer att bli medbjuden på en lång resa.« Då kom det alltså något gott ut av allt pluggandet, tänkte Alf, även om jag fick stryk av Floyd och hans gäng efter provet i skolan.

Johanne skulle hälsa på sin farfar. De tog nattåget från Oslo till Trondheim, hade hela sovkupén för sig själva. Alf låg i den översta, Johanne i den nedersta av de tre smala kojerna, men även med så mycket luft emellan kunde han känna värmen från hennes kropp. Tillsammans med den dunkande rytmen skapad av rälsen fyllde det honom med oro, en oro som inte gjorde honom rädd utan förväntansfull.

Alf hade lånat med sig en bok från Johannes hylla ifall han inte skulle kunna sova på tåget. Av en tillfällighet valde han »Till jordens medelpunkt« av Jules Verne. Han kände sig lockad av författarnamnet eftersom det förde tanken till verbet värna. Skydda. Rädda. Ett ideal han inte hade förmått leva efter. Vera. Dagen i skogen när han svek. Han föreställde sig att resten av livet var för kort för att han skulle kunna gottgöra det. Ibland tänkte han att detta också hade varit ett utslag av feghet, att det hade något att göra med att inte våga gå på glödande kol. Kanske just därför tyckte han om berättelser som handlade om mod. Om personer som vågade utmana okända områden. På nattåget låg han i överkojen med den lilla lampan tänd och läste några passager högt för Johanne. Särskilt från det ställe i boken där huvudpersonerna, på ett bestämt datum och ett bestämt klockslag, befinner sig i vulkankratern på Island, eftersom skuggan av en av topparna runtomkring just då kommer att avslöja hålet, ingången till jordens inre. Så underbart finurligt. Alf märkte hur inbillningskraften sattes i rörelse på ett särskilt sätt, som om orden var vad pappan kallade »enzymer«. Han skulle just läsa vidare då Johanne flög upp ur underkojen och slet boken ur händerna på honom. Innan han hann säga något öppnade hon kupéfönstret och slungade av all kraft ut boken i mörkret. »Ibland tycker jag att du lever för lite i denna världen«, sa hon. »Jag borde aldrig ha gett dig 'Robinson Crusoe'. Du har en fantasi som snarare borde bromsas än uppmuntras. Nu måste vi sova.«

Först senare förstod han att hennes plötsliga aggressivitet kunde ha en annan orsak också. Hon ville inte att boken skulle ta ifrån henne ett överraskningsmoment.

På morgonen steg de på tåget som förde dem till Mo i Rana där farfadern väntade på stationen och körde dem vidare i sin gamla Volvo PV. Han bodde ett stycke nordväst om Mo, och det var där han hade hittat den lilla sten som Johanne nu hade och som var fastsatt i nätet i hennes rum. Alf trodde att det var en vanlig sten, men det visade sig vara en bit av en meteor. Farfadern hade sett den falla, en vertikal rispa på natthimlen, och hittade den nästa dag på isen på en sjö. Chansen att hitta en sådan sten var oerhört liten, och Johanne betraktade den som något magiskt. »Den kommer kanske ända från Europa«, sa hon.

Alf studerade ingående den gamle mannen. På tåget hade Johanne berättat att han läste högt för sin katt varenda dag. Ett stycke ur Bibeln. De var där en långhelg med ljusa nätter, och farfadern berättade mycket om platsen, om järnverket i Mo, om fjorden som fisken hade försvunnit från, men ingenting av detta kunde jämföras med det som Johanne visade honom en dag då de var ute och lekte, snokade omkring i skogen alldeles nedanför en brant åskam. Titta här, sa hon, och lyfte bort en häll från en öppning bakom några buskar. Den flata stenen liknade en av de lämmar med mässingsring som man stötte på i sagor ur »Tusen och en natt«. Hon hade hittat ingången för flera år sedan, när hon följde efter en räv. Ingen kände till den här grottan, bara hon. Och nu han.

Fanns det fortfarande räv där?

Hon trodde inte det. Var han rädd för en räv?

Men det var ju bara en pytteliten öppning, sa han, märkte genast att han hade avslöjat sig igen: han saknade mod. Var det någon mening med att gå in, det kunde inte vara mycket grotta att tala om. Och skulle inte farfadern baka bullar, borde de inte gå tillbaka?

Små hål kunde gömma stora hemligheter, sa hon. Och hade han redan glömt att Robinson Crusoe också hittade öppningar som han kröp in genom?

Alf förstod att detta var planerat. Tidigare på dagen hade de lekt med en boll på gårdsplanen. Det gjorde de ofta. Kastade en tennisboll till varandra. Alf tröttnade aldrig på att ta emot. Ta en lyra. Särskilt inte efter

Vera. Ju längre och svårare Johanne kastade, desto härligare var det att ta emot. Rädda bollen. Hindra den från att röra vid marken. Plötsligt avbröt hon leken och bad honom ta på sig några fula kläder och ett par gummistövlar som stod i ett skåp i uthuset. Farfadern hade många barnbarn, en del kläder och skor blev alltid liggande kvar. Johanne var likadant klädd. Hon bar också på en säck, utan att säga vad hon skulle ha den till. Nu tog hon upp två pannlampor, gav Alf den ena. »Dags att jämföra verkligheten med böckerna«, sa hon och vek ut en karta. Eller i alla fall något som liknade en karta. Över något mystiskt. Något hos fantasifullheten i de slingrande strecken fick nästan Alf att skämmas över sina enkla kartförsök. Av allting liknade det faktiskt lite de fotografier som pappan brukade visa då och då, röntgenbilder som visade blodådrornas förgreningar i hjärnan. De mest intrikata motorvägsslingor intrasslade i varandra. På flera ställen stod det något skrivet med Johannes snirklade handstil, en stil hon hade utvecklat genom att studera faksimilutgåvan av originalhandskriften till »Kongeriget Norges Grundlov« från 1814. Hon påstod att denna gamla skrift utstrålade en säregen kraft och frihetslängtan. Något värt att efterlikna. Skissen utmynnade i streck försedda med frågetecken, kanske en parallell till äldre tiders kartor där det i utkanten stod skrivet: Här bor det monster. »Columbus hade också en missvisande karta när han upptäckte Amerika«, sa Johanne som svar på Alfs bekymrade blick.

Hon såg att han tvekade lite i alla fall. »Jag vet att du är rädd för mörkret«, sa hon. »Jag är inte alls rädd«, svarade han. »Det vet jag att du är«, sa hon, »men den här pannlampan är bra. Bara en sak hjälper mot mörker: ljus.«

Hon tände lampan och kröp in genom det lilla hålet, måste nästan skruva sig in. Alf hade sett en skymt av en slidkniv i säcken, frågade vad hon skulle med den till. Å, den kunde man alltid få användning för, svarade hon. Farfadern hade en gång hittat kraniet av en björn i en annan grotta. Alf följde efter, kände sig olustig till mods, men gladde sig ett ögonblick åt pannlampan när han såg hur bra den lyste upp ihåligheten de kom in i, en förhållandevis smal korridor där de måste gå dubbelvikta de första meterna. Han tänkte tillbaka på alla fina lampor han hade ägt, från de små av metall till de nya av plast, från lampor med ett fyrkantigt batteri till stavlamporna med fyra runda batterier, ljusstrålen som träffade husväggar klart och tydligt flera hundra meter bort. Det gav honom en triumferande känsla av makt, som om han förfogade över ett ljussvärd, ett vapen som inga mörka makter kunde försvara sig mot.

De forcerade trånga gångar, klev upp, hoppade ner, innan de kom in i ett parti där grottan utvidgades till en väldig hall med ett golv som sluttade brant neråt. Johanne stod som på en scen och kastade sig in i en vers av »Crying in the Rain«, det lät som om hon sjöng i en ljudanläggning. Alf förstod först nu att han befann sig inne i något mäktigt, något i en skala han inte hade en aning om. De var på väg mot jordens medelpunkt.

De gled över stora, flata stenar, »rasblock« som Johanne kallade dem. Det luktade starkt av jord, av gammal källare. Det var också kyligt, kanske två tre grader. Vart skulle de, frågade Alf, han såg bara en kompakt vägg framför sig, men när de var nere på bottnen lyste Johanne på en knappt synlig spricka. Vägen vidare, sa hon och smög sig in. Alf tvekade men vågade inte heller stå kvar ensam, följde efter, var försiktig, kände sig för, slog ändå huvudet i taket på flera ställen. Borde ha haft hjälm. Lite längre in kunde de gå raka, även om det fanns en djup springa i marken, så att de var tvungna att gå bredbent när de skulle vidare. Gången hade nyckelhålsprofil, docerade Johanne. Hon visste uppenbarligen ett och annat om kalkstensgrottor. Alf gillade ordet. Som om han hade hittat nyckeln till något som var stängt. Eller som om hela detta grottsystem *var* en gigantisk nyckel. Han famlade, upptäckte att det var annorlunda att gå här inne än att leka kurragömma i mörker hemma i Alunåsen. Där fanns det i regel en ljuskälla inom synhåll. Och himlen syntes alltid. Här inne var det helt svart och de såg bara små partier av gången. Det var omöjligt att veta vad som väntade där framme och mörkret slöt sig bakom dem som ett blixtlås.

»Vad ska vi göra egentligen?«

»Hitta diamanter«, sa hon.

Naturligtvis, tänkte han.

På ett ställe delade sig korridoren i flera mindre och större gångar, som i en labyrint. »Här gäller det att hålla tungan rätt i mun«, sa Johanne bakåt, bländade honom ett ögonblick med pannlampan. Visste han förresten att labyrinten på Kreta kanske bara var ett stenbrott, med ett komplicerat system av gångar inne i berget? Han ville hellre veta hur de skulle hitta tillbaka. Borde de inte lägga ut ett spår av vita stenar som de gjorde i sagan om Hans och Greta, mumlade han. Sluta bekymra dig, din vekling, sa Johanne. Hon tvekade inte, visste vilken av passagerna de skulle välja, men Alf tyckte att det började bli kusligt, tänkte att det kunde finnas ett stup alldeles bredvid honom, utan att han såg det i mörkret.

Efter en korsning blev tunneln fuktigare. Ett lager med fin sand täckte golvet. De kom ut i ett större rum. Alf förstod att detta var färdens mål. De hade krupit och kravlat och ålat sig fram i en hel timme. Han lyfte huvudet så att ljuskäglan kunde svepa över väggarna. Det blänkte om marmor och andra stenarter, väggarna verkade vara bearbetade, som gjorda av människor, utsmyckade. Johanne visade honom att tre andra, lika stora rum var förbundna med detta.

De slog sig ner i den största kammaren. Omgivna av släta, matt skinande ytor. Alf såg sig storögt omkring. Detta var inte en grotta, det var ett tempel. Fanns det kanske inte grottempel runtomkring i världen? Han studerade de fält som ljuset från lampan fångade in. Man såg tydligt hur bergväggen bestod av olika skikt. Johanne berättade att hon hade lust att bli geolog. Kunde något ämne ge mer grundläggande kunskaper?

Medicin kanske, föreslog Alf. Själv ville han bli läkare. Utforska de vita fläckarna på den anatomiska kartan.

Johanne slog ut med handen mot hallen de satt i och mot de andra rummen han hade kikat in i. »Det här stället kallar jag Hjärtat«, sa hon, visade honom kartskissen där namnet var inskrivet vid de fyra kamrarna. Hon kröp bort till väggen och tog fram en metallåda. Hon petade upp locket med slidkniven, tog upp något som var inslaget i vaxpapper. Det visade sig vara en stor klump kandisocker. »En diamant«, sa hon belåtet. »En gåva från undersåtarna till kungen av Europa.«

Klumpen påminde om glasdiamanten han hade fått av henne en gång. Nu förstod han vad hon skulle ha kniven till. Hon satte eggen mot sockret och bröt av en bit, gav den till honom. »En ätbar diamant«, sa hon. »Precis som på planeten Europa.«

De satt och sög på var sin bit. Alf trodde att han skulle vara rädd, men han kände glädje. »Kommer du ihåg att jag berättade om Orfeus i underjorden«, sa Johanne. Det hade varit en stjärnklar natt vid Bjørntjern, hon hade pekat ut Lyran. »Vad tror du han sjöng där nere?« Utan att vänta på svar stämde hon i med Kjell Lunds »Vi är två små fina damer«. Alf sjöng med. Det var en av de saker de hade gemensamt, ett levande minne av Kjell Lunds barnprogram i radio. De gick ofta, inte bara i karavanerna

in i skogen, utan också senare, och skrålade dessa fantasifulla texter och lättlärda melodier. Nu satt de långt inne i berget och sjöng, vaggade i takt, medan Johanne skar av mer kandisocker. Efteråt tog de den mer krävande »Torsteinens lastbil«: »Här kommer Dickdick Lingling Ades Pallops Frinn Dahl Torsteinsen – haha hehe hoho hihi – vi är ena skojare vi ...« Det lät ännu roligare i stenhallen. Johanne tog fram kartan. Alf studerade de buktande linjerna, alla förgreningarna. Ett slags torrlagd fjord inne i berget.

Hans ljuskägla fångade något mörkt. Alf kravlade bort till väggen, upptäckte ett hål. »Det finns mer grotta här«, sa han.

»Ja, men det är inte värt att utforska det vidare. Vi har ingen utrustning. Jag har aldrig gått längre än hit. Den gången kan föra oss rakt ut i avgrunden.«

Hon kom krypande och satte sig intill honom, visade honom pappret, pekade på en pil och ett frågetecken till höger om det rum de befann sig i. Hon fingrade på en kompass, antecknade något som Alf inte förstod. »Få saker är svårare att kartlägga än grottor«, sa hon. Hon började prata om system som man hela tiden bara anade några kvadratmeter av men som kunde sträcka sig tusentals meter framför och bakom en, i våningar över och under en. Mörkret i sig självt var en av utmaningarna. När Alf som vuxen inlät sig på något nytt projekt jämförde han det ofta med att kartlägga en sådan grotta.

»Släck lyset«, sa hon. Det gjorde han. »Har du någonsin varit med om ett sådant mörker?« Nej, det var verkligen svart. Tryckande. Som när Vera dog. Mentalt mörkt. En övertygelse om att sitta djupt inne i ett berg. Vara hjälplös utan ljus.

Han tände lampan, började åla sig in genom öppningen. »Var det inte du som en gång sa att jag saknade mod?«

»Gör det inte, Alf. Snälla du. Det kan vara farligt.«

För sent. Var inte nyfikenhet en form av mod? Krävdes det inte mer mod att gå in här än att gå på glödande kol? Han hade redan pressat kroppen genom den smala springan. Innanför utvidgades gången. Han kände sig upprymd. Glad trots rädslan. Han befann sig på en plats i Norge där ingen hade varit. Hans lampa lyste upp något som dittills inte hade blivit upplyst. Efter att ha svängt smalnade emellertid gången betänkligt och han måste krypa. Johannes rop försvann. Tankar infann sig. Andra tankar än vanligt. Funderingar. Allt märkligare för varje meter han kravlade. Sedan kunde han gå rak. Det var ännu finare här än i de andra korridorerna de hade gått igenom. Renare. Fler färger. Kristaller som gnistrade i lampans sken. Han hörde vatten, vände på huvudet så att ljuset föll ner i en förgrening. En bäck porlade förbi, flöt så att säga fram direkt ur berget och fortsatte mot en mörk damm, som verkade avsluta en återvändsgränd. Fanns det liv i dammen, långt inne i berget? Virus? Han snubblade vidare, allt längre inåt. Han var den första människa som satte sin fot här. Nästan som att vara på en främmande planet. På universitetet skulle han ägna månader av sitt liv åt Adventure, Grottspelet. Han antog att förtjusningen i den utmaningen bottnade i ungdomens grottupplevelse i Rana.

Han försökte memorera vägen. Grottan var helt rentvättad, stövlarna satte inte spår. Han kom till en ny större sal. Praktfull. En säregen formation. Golvet bildade två tydliga fördjupningar ett stycke från varandra, två halvklot med ett slags stenbro mellan sig. Sidorna i fördjupningarna var ojämna men släta, som insidan av valnötsskal, verkade också på något mystiskt sätt marmorerade. Han lyste runtomkring. Det gnistrade om ytorna. Två hälfter med en bro mellan sig. Fulla med gnistor. Det påminde om något. Om hjärnan. Om allt pappan hade berättat om detta organ. Corpus callosum, hjärnbalken. Han längtade efter att få visa Johanne stället, ville genast återvända. När han vände sig om upptäckte han att väggen bakom hade tre öppningar, lika stora. Vilken hade han kommit ifrån?

Han lyssnade. Tyckte att han hörde röster. Förstod att det var vatten, en rännil.

Han hade gått vilse.

Han ropade. Inget svar. Ljudet kunde ju också ta de underligaste vägar och verka desorienterande om någon hörde det. Av någon orsak började han tänka på Vera. Att detta hade något med Vera att göra. Att hela grottan hade något med Vera att göra. En gång tog hon honom med sig till Emanuel Vigelands mausoleum. Han skulle aldrig glömma detta dunkla rum med målade väggar, intrycket av att se en hjärna inifrån. Han gick bort till den mellersta av gångarna, trodde att det måste vara den han kom ifrån. Men ett litet stycke in höll han på att fastna. Vilken tanke. Hans skelett funnet av grottforskare efter nästa istid.

Han lyckades vrida sig loss och kröp tillbaka till hallen. Släckte lampan. Som om mörkret kunde ge en ledtråd. Han ropade på nytt. Högt.

Ett ljus tändes. En strimma, en repa av en meteorit över en mörk himmel. Ett ljusskenivden ena väggen. Han tände lampan och kröp dit, märkte att det var en spricka. »Johanne«, sa han. Det lät som en innerlig bön. Hennes röst svarade alldeles intill fast på andra sidan. Hon måste ha suttit i mörker, sparat på batteriet, sedan tänt lampan. Han hade gått i en slinga, befann sig intill hallen hon satt i. Rämnan var bara några centimeter bred, ett brevinkast, omöjlig att ta sig igenom. Han såg en skymt av hennes ansikte. Något fuktigt på kinden.

Han förstod att han måste ta öppningen till höger, kände snart igen sig också, små jättegrytor han hade passerat, bäcken med den mörka dammen inne i sidogången. Han kom fram till den största av hjärtkamrarna, där Johanne satt och väntade med ett outgrundligt leende på läpparna. Hon sa ingenting, bröt nya bitar av diamanten, klumpen med kandisocker.

Han kröp tätt intill henne, så tätt att hon måste flytta sig lite. »Hittade du något«, frågade hon. »Ja«, sa han. »Jag hittade något. Eller upptäckte något.« Han ville krama henne, men huvudet ändrade riktning strax före beröringen med hennes hud, precis som hans fot hade vikit undan bara ett par centimeter från de glödande kolen vid Bjørntjern. Han låtsades att han behövde sträcka på nacken. Det fanns inga spår av tårar kring ögonen på henne, kanske var det något han hade inbillat sig. Hon visste kanske mer om grottsystemet än hon låtsades om. Han småfrös, fann hennes hand, tryckte sig intill en flickkropp. Om han hade blivit överraskad i tågkupén, rådde det nu inget tvivel: han kände värmen från kroppen. En tydlig ström. Han hade hört folk berätta om ögonblick då tid och rum försvann. Och det hände honom nu, när han satt med ryggen mot en tunn vägg mellan två kammare, tätt intill en flicka. Under några sekunder, kanske för första och sista gången i livet, hade en motsats upphävts. Steen & Strøm.

De satt kvar en lång stund. Fortfarande hand i hand. Han var inte rädd för att de inte skulle komma ihåg vägen ut igen, inte ens tanken på labyrinten skrämde honom. Han visste att de skulle hitta ut, visste att hon, denna flicka, skulle hitta nästan vilken väg som helst.

Då började hon plötsligt gråta. Det var enda gången Alf såg henne gråta öppet. »Gå inte ifrån mig«, sa hon. »Du kommer att gå ifrån mig. En gång.«

»Nej, där tar du fel«, sa han.

»Jag vet det, du kommer att gå ifrån mig«, sa hon. »Och så kommer du att gå vilse. Kanske dö.«

Efter jordfästningen av Alf I. Veber, under minnesstunden på Helsefyr Hotell, reste sig Syver Karmø och yttrade följande:

»Det finns kanske några här som inte vet det men jag är – var – barndomsvän till Alf. Vi växte upp på samma ställe, i Alunåsen. Det var också han som gav mig det där öknamnet, eller rättare sagt smeknamnet, som jag har fått behålla sedan dess: Syver Karma. Han ansåg att det måste vara något speciellt med mig, eftersom jag är född den 25 november 1953 då Ungern, till och med på bortaplan, spelade den sensationella 6–3-matchen mot England, den match där också Puskas briljerade och gjorde två mål. Nog om det. Men det säger väl också något typiskt om Alf – att han redan som pojke gick omkring och visste sådant.

Vi spelade fotboll tillsammans under hela barndomen och ungdomen, ända tills jag bytte lag. Alf var en gudabenådad målvaktstalang, jag vet inte varför han plötsligt slutade. Det är lika obegripligt som ... Ursäkta tårarna. Vad var det jag skulle säga – jo, något om fotboll. För jag lärde mig massvis av Alf, inte minst om vikten av att ha en respektlös inställning. Ett par saker fick jag också användning för i landslaget. Särskilt det han avslöjade om en målvakts akilleshäl. De flesta målvakter, sa han – säkert av erfarenhet – har en tendens att sätta sig på baken när en anfallare kommer ensam mot dem och skjuter. Eftersom kroppen handlar på egen hand, vill undvika en boll i ansiktet. Därför fintade jag alltid ett hårt skott, fick ner dem på ändan, innan jag elegant lobbade bollen över dem. Mitt varumärke så att säga. Någon kommer säkert ihåg att jag gjorde ett par avgörande landslagsmål på det sättet. Men nog om mig.

Jag minns Alf på grund av många saker. Till exempel en uppsats han skrev; det kan ha varit i femte eller sjätte klass. I den argumenterade han för att Norge och Sverige skulle slås samman igen. Varför? Beklagar att jag ler ... Jo, därför att kartkonturerna skulle bli så mycket snyggare då! Där har ni Alf. Men det var inte alla som hade sinne för det förslaget. Några busar i klassen låste in honom i en källare som straff. Under ett höghus. Han satt där en hel natt i mörkret. Ingen visste något. Föräldrarna efterlyste honom, polisen var inkopplad. Resultatet blev en mörkrädhet som jag inte har upplevt maken till. Länge måste vi följa honom hem från kvällsträningen på höstarna. Men vad jag skulle säga: lustigt det där med Sverige. Som någon kanske känner till så har vi, firman jag äger, just gått ihop med en större svensk aktör. Till förmån för båda parter. Såtillvida kunde man nästan säga att jag har följt Alfs råd.

Det jag bäst kommer ihåg Alf för är i alla fall hans trädkojor. Rena konstverken. Högt uppe mellan stammarna. Och långt inne i skogen. Jag kommer särskilt ihåg en modell han gjorde i slöjden – jag vet inte om den blev byggd. Helt makalös. En blandning av ett kinesiskt tempel och ett biplan. Fullt med detaljer. Till och med vår alkoholiserade lärare var mållös. Nu vet jag det: det var i det ögonblicket jag bestämde mig för att bli entreprenör. Men detta ska inte handla om mig, jag vill bara berätta hur mycket han betydde, utan att han kanske visste det själv. Eller så visste han det kanske, för han bjöd senare in mig, sedan han hade gift sig med en gallerist, till en privat utställning, ett slags installation. Den visades bara en kort tid, under ett höstlov. Utställningen bestod mest av kolonistugor från tjugo olika europeiska länder. Små modeller som Alf själv hade byggt. Alla upplysta på ett förtrollande sätt. Jag vet inte om de var kopior av kolonistugor som faktiskt existerade. Jag uppfattade det mer som fantasier, en lek med stilar och särdrag, och jag ansåg bestämt att jag kunde se viktiga element från de olika länderna. På sätt och vis var det som om var och en av stugorna representerade en nationell idé.

Jag hade just startat eget och efter den upplevelsen blev jag inspirerad att leda in min verksamhet på ett annat verksamhetsområde än planerat: monteringsfärdiga stugor. Jag tror att jag kan säga det: Tack vare Alf är jag i dag leverantör av Norges mest populära stuga, den stuga som man ser flest exemplar av i den norska fjällvärlden. Men nog om det. Låt mig hellre få citera något som Alf sa redan som pojke: Livet är lika bräckligt som en trädkoja.

Tack Alf, för din fantasi. Och även om du inte räddade denna sista boll, skruvad upp i krysset av Döden själv, är du den bästa målvakt jag har sett.«

SÅ SMÅNINGOM FANN han vägen ut ur korridornätet, hamnade desorienterad på Oxford Street med den betagande kvinnorösten fortfarande i örat. Koncentration. Upp med tunnelbanesystemet i medvetandet. Han hade ju spelat här själv, borde veta var hon stod. En snabb inre överblick. Sedan sprang han till hörnet och ner till huvudstationen vid Oxford Circus, där han efter spärrarna tog rulltrappan vidare ner mot Victoria- och Bakerloolinjerna. Alldeles riktigt. Där stod hon. Tjejen som sjöng andrastämman i Tequila Sunrise, hon som dansade med Hare Krishna-följet, hon som hade fastnat på hans hjärnbark, ställt till oreda i hans tankar.

Han höll sig på avstånd, njöt av de utsökta ackord hon tog på gitarren, av den vanliga kvaliteten i rösten. Gav ett annat intryck nu, så nära. Sensualitet. Lite Björk, eller kanske mer Rickie Lee Jones. Då och då ett latent skrik i sången, men bara latent. Okända låtar. Kunde vara egna kompositioner. Av sättet hon spelade på, inlevelsen, glädjen, fick man inget intryck att hon gjorde det för att tjäna pengar, utan för att få framföra musiken. Hon hade på sig en keps nu, en sådan där stor mjuk keps som samlade ihop hela hennes hår. Verkade ännu yngre. Alltför ung.

Tre nummer till, sedan packade hon ihop. Han trodde inte att hon hade sett honom, men det hade hon. En signal att han skulle vänta. De slog följe ut, blev stående på en tvärgata till Oxford Street och utbytte erfarenheter om spelställen. Var och en med sitt gitarrfodral på trottoaren. Han berömde hennes sång. Smilgropar, blicken i marken. Eftersom hennes hår var samlat i mössan upptäckte han plötsligt hur vackra öron kunde vara. Små konstverk. Smilgropar och öron som smycken. När han sa vad han hette skrattade hon: Alf? Var han en varelse från världsrymden? Ja, tänkte han. Ja, det är jag. Var bor du i London, frågade hon. Bethnal Green Road, sa han. Då kan du möta mig på Spitalfieldsmarknaden i morgon, sa hon. Det är något jag ska leta efter. Tolv. Vid kiosken som säljer thaimat. Hon vickade i väg gatan fram, halvt om halvt dansande, brydde sig inte om att vänta på svar. Han visste inte ens vad hon hette.

Naturligtvis infann han sig. En natt med lite sömn på den hårda madrassen. Dålig aptit. Få ord på papperet på förmiddagen. Motföreställningar. Men självfallet stod han där. En halvtimme för tidigt. Väntade vid raden av stånd som sålde mat från all världens hörn, trodde inte att hon skulle komma. Men hon kom. Precis klockan tolv. En lång öppen jacka, ett supergirlsläp efter sig. När hon stannade framför honom pekade han skrattlystet på hennes T-tröja, bilden av Astérix på bröstet. Varför skrattar du, sa hon. Jag är en liten stjärna. Hon slog upp jackan och visade honom tatueringen av en asterisk på överarmen. Ett pärlemorvitt hajfeneplektrum satt som prydnad i vardera örsnibben. Bruna ögon. Så mörka att han nästan inte såg pupillerna. Felfri hud, friska färger. Återigen: ung, oförskämt ung. Gå, skyll på något, försvinn. Huvudet ville åt ett håll, benen åt ett annat. Han följde efter när hon ålade sig in bland alla försäljningsborden i den kolossala hallen, ett Youngstorget med tak över, människor i trafikstockning där gångar korsade varandra. Det visade sig att hon var på jakt efter plattor. Musik från 70-talet, musik som hennes pappa hade spelat när hon var liten. Och hon ville ha det på vinyl, höra knastrandet, gärna uppblandat med ett hack eller två. Han måste skratta åt ivern, de raska fingrarna som bläddrade igenom pappkartong efter pappkartong med LP-skivor. Samtidigt var det en period av hans eget liv hon rotade i. Fodralen som blixtrade förbi gjorde honom en smula vemodig, vart och ett av dem var en ögonblicksbild full med minnen.

Hon hette Io. En förkortning antagligen. Io Vaugh. Hon köpte tre LP. En med Todd Rundgren – A Wizard, A True Star, ett mästerverk, sa hon – en av de tidigaste med The Police och en samlingsplatta med Motown-soul. Jag är en fan till låtskrivarteamet Holland, Dozier, Holland, sa hon om den sista. Mycket underskattade kompositörer. Han nickade, höll faktiskt med, förstod bara inte hur hon kunde veta sådant. Vill du se hur jag bor? Frågan slank ur honom vid utgången från marknadshallen. Ett infall. Inte alls typiskt för honom. Ett desperat försök att ge tillfälligheterna en handräckning. Överraskande nog hade han hittat en gammal skivspelare och musikanläggning från 60-talet i Grahams brors enkla lägenhet. Bara en skiva. For Certain Because, The Hollies. En gåta. För att brodern, Graham, liknade Graham Nash? Alf hade spelat den ett par gånger, lett åt hur ung och ofullkomlig musiken lät. Och just därför: hur oändligt vacker.

Io tittade på klockan, en repad Swatch. Hon gick några steg åt sidan och tog upp mobiltelefonen. Ett kort samtal. Åsynen av hennes rygg, tanken på att han kanske besvärade henne, gjorde honom osäker. Sedan var hon där igen, rakt framför honom: Jag vill gärna se hur du bor, sa hon. En ära. Smilgropar. De vek in på Fournier Street, förbi Christ Church, den vita Hawksmoorkyrkan från alla filmerna om Jack the Ripper, och valde Brick Lane i nästa korsning. Io, tydligen hemmastadd i området, pekade på hörnbyggnaden, berättade att den först hade varit en kyrka för hugenotter, därefter synagoga, och nu en moské. Ch-ch-ch-ch-changes, sjöng hon, parodierade David Bowie så att han måste skratta. De passerade fönster fulla med sarier i grönt och guld, väggar med affischer som annonserade om filmer från Pakistan eller Bangladesh, boklådor med muslimska böcker, affärer som var proppfulla med sötsaker som Alf inte visste namnet på. Io gick snabbt in på ett litet matställe och köpte med sig några pakoras, samosas och chicken tikka masala rolls, två burkar Cola. Även på Bethnal Green Road, ja, i hela Tower Hamlets, var inslaget av muslimer påtagligt. Ett väldigt Akbars hov. De första dagarna var detta just vad Alf uppskattade mest. Att han inte förstod något. Det var faktiskt en befrielse att inte förstå. Han såg folk göra saker eller bete sig på vissa sätt, och förstod inte varför. En del klädesplagg fyllde honom med för-

våning. Han hade ägnat halva livet åt att gå till botten med olika fenomen. Nu tyckte han om att gå omkring i ett område fullt med mysterier, saker han bara skulle fatta helt ytligt. Han slappnade av, övade sig i ödmjukhet, tolerans, promenerade fram och tillbaka på gatan han bodde på, en gata full med skyltar med okända skrivtecken, förutom Regal Fish Bar, kinesiska medicinska centra, traditionella pubar, affärer proppfulla
 med indiskt guld, stinkande skinnjackor, kebab take away från Paradise Cottage. Alltihop vägg i vägg. Det inspirerade honom i skrivandet. Han var inte lika angelägen att få sina idéer att passa ihop, lät saker och ting stå bredvid varandra. Knutpunkter, tomrum, men med trådar emellan. Under hela universitetstiden hade han varit monoteist. London lärde honom polyteism, konsten att ha många gudar.

Hon skrattade högt när de kom till kyrkan, och då han öppnade dörren för henne till den spartanskt möblerade tornlägenheten klappade hon förtjust i händerna. Jag visste det, du är eremit, sa hon. En tallrik torkade gräshoppor, tack.

Eftermiddagen blev en uppiggande historia. De spelade skivor och åt maten från Brick Lane. Hon sjöng med i flera av låtarna, blundade, trivdes. Det förvånade honom att hon kunde de sånger han lyssnade på i sin ungdom. Hon berättade att pappan, en musikfantast, hade bemödat sig om att spela all den bästa musiken för dottern, att det var ett led i hans barnuppfostran.

Det får mig att tänka på min mamma, sa Alf.

Genom samtalet, genom att ställa slumpartade frågor av olika slag, förstod han att Io var vad man kallade en enkel människa. Ett slags naturbarn. Och ändå: hennes ögon bebådade något komplicerat. Pupiller som såg ut att kunna utvidgas oberoende av ljuset. Hon var engelska men hade vuxit upp i Skottland, föräldrarna bodde kvar i Edinburgh. Intellektuella problem verkade inte intressera henne det bittersta, men hon himlade imponerat med ögonen när han nämnde att han arbetade på en bok om upplysningstiden, eller med hans ord: ett litet anakronistiskt astronomiskt kompendium som vände sig till alla som trots samtidens hypermoderna navigationsinstrument var strandsatta på en öde ö. »Ett alternativ till GPS«, sa han. »Låter tjusigt«, sa hon. Visste hon vad GPS

var? Hon gick bort till väggen, tittade på lapparna han hade klistrat upp, såg på det översta arket i manuset, läste, gav honom en blick han tolkade som ett utslag av överdriven respekt. Kanske är hon till och med lite dum, tänkte han. Dessutom verkade hon späd, hade något av den Twiggy-karaktär han mindes från Vera. Sårbarhet. Parad med dumdristighet. Hade spelat fotboll. Såg alla fotbollsmatcher som gick på TV. Underbart att efter Anna träffa en kvinna som hellre pratade om Zinedine Zidane
än om Simone de Beauvoir. Hon såg ut som en artonåring men var kanske tjugo, hade just blivit av med körkortet för andra gången. Ett litet krutpaket till en Audi, pappans. Jag gillar att köra fort, sa hon. Jag älskar fart. En asterisk tatuerad på armen. Den märkbara lukten från stolen där hon satt. Doften av ung flicka. Tuggummi och för söt parfym. Lukten av bomullstrosor. Slappna av, Alf. Tänk inte på det ens.

Det låsta rummet gjorde henne nyfiken. Hon ville veta vad som dolde sig där inne. Har ingen aning, sa han. Hedersord. Samurajrustningar? Hon gissade snarare på plattor. Alla män samlade på gamla skivor. Eller pornografi. Hon skrattade, satte på Motown-LP-n en gång till, Baby, I need your lovin'. Hans tankar kretsade kring kodlåset på dörren. Tänk om rummet inte innehöll något fint, utan något dåligt. Rum 101 i George Orwells roman 1984, ett rum som innehöll »det värsta i världen«. Han kom ihåg Veras rum som stod låst i alla år efteråt. Io fick honom att sluta grubbla genom att ta hans gitarr, spela Alfie, titelsången från filmen med samma namn med Michael Caine i huvudrollen, Burt Bacharachs melodi och Hal Davids text. En knepig sak som hon inte desto mindre framförde med ett allvar och en intensitet som gjorde honom förlägen, som om den var avsedd för honom. What's it all about, Alfie? Och samtidigt var hon i sin egen värld när hon sjöng, hängde liksom en slöja runt sig. Inte minsta spår av tillgjordhet. Efteråt klagade hon på hans dåliga gitarr. Hur lyckas du spela på ett så dött instrument?

Hon satt i alla fall kvar och lekte med ackord, grepp han inte kunde, nynnade, som om hon höll konsert för honom och samtidigt övade. Han lyssnade förtjust. Förvirrad. Han hade alltid fallit för flickor, kvinnor, som visste mycket. Eller utstrålade styrka. Isabelle. Anna. Charlotte. Nu kände han sig attraherad av denna purunga, spröda tjej för att hon inte visste något. Eller för att hon visste saker på ett annat sätt. Snarare hade färdigheter än kunskaper. Vågade köra för fort. Kunde Joni Mitchell-grepp på gitarren. Han blev inte bara betagen för att hon hade de vackraste ögonbryn han hade sett, vinklade som en crawlares arm, en krökning före tinningarna. Han blev betagen därför att hon sjöng Big Yellow Taxi helt felfritt. Eller rättare sagt: i hans öron lät hon bättre än Joni Mitchell. Hon behöver verkligen inte sjunga Help me, I think I'm falling. Här sitter jag med ett hjärta som klappar som en skenande metronom.

Sedan reste hon sig plötsligt, log och försvann. Ett adjö. Ingen kram. Bara en blick. Lämnade honom kvar i djupa tankar, djupa förhoppningar, djupa anfäktelser. En törntagg i köttet. En påle i skötet. Han tänkte på vänner, kolleger, som inledde ett förhållande med betydligt yngre kvinnor, så patetiska, så vansinnigt inbilska de framstod. Behärska dig, Alf. Glöm henne. Du *måste* glömma henne. Naturligtvis. Vad gick det åt honom. Vansinne. Matto, matto.

Återigen följde han den vanliga rutinen. Började med frukost. Hade till och med kostat på sig en brödrost nu. Rostat bröd och marmelad. Man var ju i England. Frukosten var beledsagad av den fantastiska The Guardian. Den väktare han själv aldrig blev. Näringslivsdelen berättade med all tydlighet att dot-com-eran var slut. De ekonomiska lagarna hade i alla fall inte upphävts trots att förvånansvärt många verkade ha inbillat sig det. Den så kallade bubblan sprack medan han låg omgiven av fågelkvitter i Kenwood i sitt 00.00.00. Några hade tagit ut IT-åldern farligt mycket i förskott. Trott sig ha hållit en Graal som sedan plötsligt upplöstes i händerna på dem. Aktierna i travelwell.com var i stort sett värdelösa. Han blev betänksam ett ögonblick. Kunde det ha något med hans virus att göra? Nej, alltihop var en logisk utveckling. Han hade trots allt varit smart. Nyårsaftonen i snögrottan, Anna, resan till London, var bara svepskäl. Han hade sett varningssignalerna långt innan. Euforin. Han räddades av sitt förnuft, fick till slut användning för den rationalitet han studerade i samband med upplysningstiden. Finansbubblor och girighet hade förmågan att kortsluta alla kritiska tankar. Kursfallen måste komma. Därför sålde han i tid. Och fick senare möjligheten att göra några humanitära organisationer rikare. *Många, radikaler också, har varit fascinerade av föreställningen om det upplysta enväldet. Men är det inte snarare den upplysta demokratin som är intressant? Hur skall man kunna överföra några av idealen från det upplysta enväldet till demokratin? Den upplysta majoriteten.*

Ett liv med förnuftet i högsätet. Är Io, det jag upplever nu, känslornas och kroppens hämnd? Eller har jag vetat det hela tiden: sårbarheten, inte intellektet, är det viktigaste hos människan.

Efter frukost satte han sig ner med manuskriptet, var en munk i sitt skriptorium, arbetade med att vidareutveckla tankar från anteckningsboken. Rädda idéer från civilisationens vrak. C-n som kunde bilda molekyler. *Kom ihåg pappa: kol är livets ryggrad.* Därefter tunnelbanan. Minst ett par timmar. Han var inne i en Neil Young-period, sjöng Heart of Gold, Helpless, Cinnamon Girl. Ändå med affärssinne nog att glida över i Wonderwall, Oasis fina hit, eller Country House med Blur, Writing to Reach You med Travis, om han på avstånd såg en grupp yngre människor närma sig. Han fick ett allt bättre förhållande till de underjordiska kakelklädda tunnlarna, föreställde sig att det intrikata systemet av gångar var en form av vardagskyrka där han själv stod för psalmsången, strofer som påminde folk om deras lyckligaste ögonblick. En snutt av en känd melodi och man började tänka på meningen med livet.

Därefter staden, vandringar kors och tvärs. Han återupptäckte välkända platser. Blomsterparadiset på Columbia Road. Tegelfasaden på Saint Pancras Station, det före detta Midland Grand Hotel. Partiet av Heddon Street som var avbildat på David Bowies Ziggy Stardust-skiva. Fann nya saker. En orgelfabrik vid Saint Peter's Square. Den stora moskén på Whitechapel Road. En gatstump kallad Weaver Street. På nätterna kunde han fortfarande få för sig att hoppa över stängslet till någon park, klättra upp i ett högt träd. En krona var inte något man hade på huvudet, det var något man kunde sitta under och ändå känna sig majestätisk. Eller tog han långa nattliga promenader, letade efter kanalerna från Regent's Park till Victoria Park, försökte följa vattenvägarna därifrån ner till Themsen, sedan floden ända tillbaka till City och Tower of London, som i strålkastarskenet liknade något som var byggt av papier-maché, en barnleksak. Ofta avslutade han vandringarna vid Smithfield Market, en mycket tidig frukost på Fox & Anchor. En av ungdomens gåvor återvände långsamt. Nyfikenheten. Förmågan att bli förvånad över det han såg, hörde, upplevde. Han måste plötsligt bort och röra vid träden utmed trottoarerna, de stiliga platanerna som mirakulöst nog trivdes överallt, mitt i stan. Skyltfönster med de senaste mobiltelefonerna fick honom att tänka på trilobiter, att det fanns en släktskap, att mobilerna – om några år – skulle te sig lika fossila. Att stå med hörlurar inne i Tower Records var som att simma med cyklopöga, lyssna på valsång. *Upplysningstidens revolt mot all övertro. Mot kyrkans och den religiösa ortodoxins strupgrepp på människan. Men vilken är vår övertro? Vad är det som hånar vårt förstånd i dag? Vi ser det antagligen inte därför att det är så självklart för oss, så inarbetat i allt vårt tänkande. Såvida det inte är vår enorma konsumtion. Kommersialismen. Pengarna som alltings måttstock.* Återigen var han en sökare. Gick omkring och letade, visste inte efter vad. Samlade upp saker han såg, fragment av samtal han hörde, ord folk sa till honom vid tillfälliga möten. Några tecken nedklottrade bland all graffiti på Abbey Road-gatuskylten. Han kunde vandra i timmar, plötsligt stå vid William Booths grav på Abney Park-kyrkogården. Ett slags eko av Marx på Highgate. En omvänd armé. En sen kväll upptäckte han att han befann sig ända ute vid motorvägsringen. Grubblerier i cirklar, hela solsystem i huvudet. Påminde om pappan, jakten på de hemliga kanalerna. Alltid så när han blev varse att medvetandet körde en massa olika program på en gång, samtidigt som olika tankeprocesser liksom upprättade kontakt, försökte öppna sig för varandra.

Ändå saknade han allt oftare ord. När han vandrade omkring i City och beundrade Christopher Wrens arkitektur – den måste ju kunna sägas tillhöra upplysningstiden – undandrog den sig beskrivning. Trots att han hellre besökte, studerade, de små Wrenkyrkorna än den överväldigande, nästan monstruösa Saint Paul's Cathedral. Han stod till exempel i flera timmar utanför Saint Stephen Walbrook, denna lilla juvel till kyrka där Wren prövade idéer som han sedan använde i större skala i Saint Paul's, och bara lät konturerna sjunka in. Förenklad barock. Han tecknade skisser över många av de omkring trettio kyrkor som Wren stod bakom i City. Christopher Wren var egentligen utbildad astronom, betraktade arkitekturen nästan som en hobby. Det var kanske därför som Alf så småningom bara tecknade av tornets övre del med spiran. För att de var ett slags stjärnor. Eller snöflingor. Lika men ändå olika. *Betraktade tillsammans kan de påminna om ett teckensystem, ett nytt alfabet.*

Sedan stötte han på Io igen. Låtsades att det berodde på en ren tillfällighet men visste att han hade letat, gått in och ut på olika stationer i flera dagar. Hon stod vid Leicester Square, i tunneln som ledde till Piccadilly Line, och sjöng Dolly Partons I Will Always Love You, mest känd i Whitney Houstons version. När Io väl sjöng coverlåtar gjorde hon det på ett förnämligt sätt, till och med detta örhänge lät fräscht, nytt. Äkta. Fick honom att glömma Wrens kyrkor. Flera män stannade ofrivilligt till, som om någon hade anropat dem med deras namn, sökte i fickorna efter mynt, till och med sedlar, innan de nästan rodnande hastade vidare.

Hon blev glad när hon upptäckte honom, pekade på utgången till tecken på att hon tänkte sluta. De hittade ett kafé längst nere i Soho, hon pratade om allt och ingenting, gjorde grimaser och hade upptåg för sig, men vid ett tillfälle – bara en gång – strök hon honom över handen. Kanske oavsiktligt. Io såg ut som en tonåring men hade en kvinnas händer. Långa fingrar, naglar som kunde användas i reklam. Alf hade samma förhållande till händer som kineserna hade till fötter. Omärkligt kittlade det i magen av glädje när Io gestikulerade, de mjuka handlederna, fingrar som en hel dockteater. Och nu gled de över baksidan på hans hand. Ilningar åt alla håll. Han blev skrämd av sin egen kropps reaktioner. Länge sedan någon har rört vid mig. På detta sätt. Något glömt. Han var tvungen att urskulda sig, sa något om ett möte, rusade ut ur kaféet, flydde in i strömmen av människor på Old Compton Road.

De närmaste dagarna ansträngde han sig desto mer att länka in tankarna på nya banor. Tillbaka till Christopher Wren. Trehundratrettio år bakåt. Det var ofta gratiskonserter i de små kyrkorna i City. En onsdag hade han valt ut den så kallade lunchmusiken i Wrenkyrkan Saint Anne & Saint Agnes. Klaversviter av Händel på programmet. Han väntade sig piano men man hade ställt upp en cembalo. När konserten började blev han glatt överraskad. Musiken lät skarp, lät spröd, lät både tät och genomskinlig. *Är det sant som några påstår*, skrev han, *att vi finner barock-*

musiken så behaglig därför att den har en takt på 60–70 slag i minuten, vilket är identiskt med hjärnans alfavågor? Men varför upplevs den då som hjärtats musik? Cembalons toner vävde fram något i hans inre, ett nät av vibrerande trådar och knutpunkter, juveler. Indras nät. Allt reflekterade allt. Han satt i bänkraden och märkte att han blev belyst. *Händel är självskriven som gnista. Hittills har jag hållit på Music for the Royal Fireworks eller ett av*

de nyskapande och populära oratorierna, men fönstret in till Händels geni är naturligtvis dessa pianostycken. Små detaljer som öppnar allt. (*Kom ihåg vad Svjatoslav Richter skriver i sin dagbok: Det är svårare att spela Händel än Bach.*) *Denna musik är upplysning. Ljus som kastas in i öronen och som finner vägen in i annars mörka och avlägsna områden av medvetandet.* (*Leta upp det allra enklaste stycket.*) Händel. Inga ord. Musik som mer träffade huden än tankarna. Trots det började han se bilder för sin inre blick, förstod varför när han sneglade på programmet och uppfattade att cembalisten var mitt i sarabanden från den elfte sviten, d-moll, den saraband som var det genomgående temat i Stanley Kubricks bedövande vackra Barry Lyndon, en historia från 1700-talet. Några enkla tonföljder och en hel film dansar fram i medvetandet. Kvinnor. Musiken i mitt liv. Det har varit mycket musik.

UPPLYSNINGEN: THE FOOL ON THE HILL

Han borde naturligtvis ha fått idén tidigare, men först när han upptäckte Paul McCartney-bilderna på insidan av Isabelles skåpsdörr, under inbrottet i villan på Bergensveien, förstod han att denna skenbart kyliga bibliotekarie kanske kunde erövras i alla fall. Alf hade börjat spela gitarr ett par år tidigare, ungefär när familjen flyttade. Det var bara tal om att flytta några hundra meter, till ett av de nya atriumhus som OBOS hade låtit bygga i Alunåsen, i sluttningen ovanför hyreshusen. Det var inte orimligt att dessa kritvita vinkelformade hus, speciellt när man betraktade dem nerifrån huvudvägen – ungefär tvåhundra hus hophakade till en labyrint – gav upphov till öknamnet Arabbyn, i likhet med området ett stycke därifrån, i Ammerud. Alf hade ingenting emot det. Han hade äntligen fått eget rum, satt på bäddsoffan och lärde sig greppen, fingerspel, att använda plektrum, sedan mer riffartat spel, olika rytmiska verkningsmedel. Snart köpte han sin första elektriska gitarr, kopplade den till en gammal radio innan han lyckades spara till en liten ordentlig förstärkare plus de nödvändiga mystiska boxarna och pedalerna. Det blev många timmar i rummet, ett tålmodigt slit, fingrarna positionerade i ständigt nya och ständigt mer avancerade ackordgrepp. Dessutom oräkneliga kvällar med öronen riktade mot högtalarna, skivor som gick runt runt på tallriken, för det visste ju alla: för att bli en skicklig musiker måste man lyssna på mycket musik. Dygnet runt. Lära. Planka. Stjäla. Vara ett läskpapper som sög i sig allt. Genom trial-and-error komma fram till att Beatles använde ett Dsus4-ackord i »We Can Work It Out« och ett fint Am7add13 i »Happiness Is a Warm Gun«.

Så småningom träffade han också tre likasinnade i Arabbyn, killar som övade fingrarna såriga och rösten hes i sina rum, plus Charlie, som tränade i källaren därför att han spelade trummor. Egentligen hette han Karl Lie men därifrån var det inte långt till Charlie, särskilt inte när Charlie Watts var förebilden, en fyrtaktsmotor som fick en att förstå hur sugande långt in i själen man kunde komma med vanlig enkel rhythm'n'blues. Vimmelkantiga av allt övande tumlade The Hamlets in på scenen på fritidsgården, och var ett exotiskt inslag på skolfester. Namnet var Alfs idé, inte så mycket för att »hamlet« betydde en liten by, oftast arabisk, som för att de just hade läst ett utdrag ur »Hamlet« i klassen och Alf mest av allt uppfattade Hamlet som en rockstjärna. Johanne berättade att det en gång fanns ett band med namnet The Hamlets i Nederländerna men att det hade upplösts för länge sedan. Alf tyckte bara att namnet passade ännu bättre då. Han beundrade Nederländerna och tyckte om att höra att gruppen en gång hade varit förband åt hans favoritgrupp, The Kinks.

Men detta var alldeles i början av 1970-talet. Andra tider. Musiken var mer flaxig och uppsluppen och i stil med de färggranna plagg många iklädde sig, lila batiktröjor och byxor som från någon basar i Marrakech, typiskt nog lite försenat i Norge jämfört med hippierörelsen och Woodstock. The Hamlets hade det redan historiska norska bandet Dream som förebild, utsvävande LSD-rock med långa solon, inte helt olikt Cream, inklusive Ginger Bakers hämningslösa trumspel. Alf visste mycket om Dream. Orsaken var att han vid den tidpunkten fick tillfälle att köpa Terje Rypdals gamla elgitarr. Rypdal spelade i The Vanguards före Dream men hade redan nu försvunnit in i jazzmusiken. Gitarren var en ganska skamfilad fiestaröd Stratocaster. »Den har karma«, sa Rypdal när han räckte den till Alf med en rörelse som om han överlämnade en stafettpinne. Alf trodde att det var sant, han spelade mycket bättre på nyförvärvet. Kanske Fendergitarren kunde bli nyckeln till en lika lovande karriär som Terje Rypdals. Alf isolerade sig på rummet, övade sig på psykedelisk blues, på överstyrning och feedback, att använda ekomaskin, pedaler; man måste träna för att det inte skulle spåra ur helt, bli ett kaos av wah-wah, fuzz, phaser. När The Hamlets fick erbjudande om att spela på självaste 17 maj och ända nere i Grorud, på idrottsplatsen, bestämde sig Alf i alla fall för att göra ett par ändringar i den annars så respektlösa repertoaren. Inte minst för att han ville bjuda in Isabelle. Bakom musiken spökade hela tiden Isabelles svartklädda gestalt. Hon var fortfarande själva Målet.

Dessutom tillkom något annat. En höstkväll ett och ett halvt år tidigare, inte långt efter det första försöket att hitta Isabelle bakom virrvarret av dörrar i höghuset, hade Alfs pappa dött. En saknad till. Ännu ett tomrum. Pappan hade inrett ett »laboratorium«, som han kallade det, i det nya atriumhusets källare. Varje kväll drog han sig tillbaka till det, då och då för att klottra pappersark fulla med kemiska formler, fantasifulla kolföreningar, men mest för att läsa i någon av alla de fackböcker han staplade upp i sitt lilla krypin, en form av isolering mot den kyliga tegelväggen. På sätt och vis liknade det Helly Hansens skyddsrum, bortsett från att det var fullt med böcker, inte konserver. Alf visste vad pappan gjorde där nere i källaren. Han letade. »Vi får aldrig ge upp tron på att det finns okända passager i våra huvuden«, sa han ofta till Alf, som för sin del försökte efterforska dessa via tre pickuper på en gitarr och en alltmer drömmande musik.

Pappans död kom plötsligt. Han hade visserligen känt sig vissen, klagat över en huvudvärk som varade längre än vanligt, och stannade hemma från arbetet. Den sista dagen steg febern och Harald Veber kröp till kojs.

Trots det verkade det inte så allvarligt, det trodde inte pappan heller, nöjde sig med att ta två Globoid. Alf trodde att pappan var på bättringsvägen när han från sin egen säng sent på kvällen hörde denne komma ut från sovrummet och tassa ner i källaren. Eller verkade stegen kanske ostadigare än vanligt? Alf låg och grubblade på sitt, kunde inte somna, men när pappan verkade bli kvar i källaren blev Alf ängslig och smög sig ner. Där i sitt laboratorium satt pappan med pannan nere i en bok. Alf trodde först att han sov men förstod snart att pappan inte levde. Han skulle just springa upp när han upptäckte att pappans ansikte inte vilade mot en anatomisk atlas utan mot en helt annan typ av avbildning av människokroppen, mot ett pornografiskt fotografi. En skrivbordslåda var utdragen, en låda som alltid var låst, och i den låg det en hög med liknande bilder. Tillsammans med en ask Globoid och en flaska Nyco Fruktsalt. Alf tog först bort högen i lådan, sedan fotografiet under pappans ansikte, så att det nu vilade mot en kemibok, ett uppslag som visade strukturen i hemoglobin, en molekyl bestående av tiotusen atomer. Han gömde de anstötliga bilderna på ett säkert ställe i källaren innan han rusade upp och underrättade mamman och Mikael.

Trots pappans kännedom om kemi i allmänhet och hjärnans beskaffenhet i synnerhet, skulle Harald Vebers bortgång aldrig ha varit någon stor nyhet i Norge. Till och med på Nycoveien, på arbetsplatsen, glömdes pappans sorgliga ändalykt snart bort i den villervalla som uppstod när man från Stockholm, bara några timmar efter dödsfallet, meddelade att Odd Hassel hade fått nobelpriset i kemi. Inte bara det, Ragnar Frisch hade fått nobelpriset i ekonomi. Båda delade visserligen priset med en annan. Men i alla fall. Två norrmän fick nobelpriset samma år för sin forskning. Utom Holberg, som man måste dela med danskarna, hade Norge lite att hänvisa till under upplysningstiden. Men nu – trehundra år senare! Man bedrev faktiskt vetenskap i Norge också! Alf kom ihåg hur entusiastiskt pappan hade talat om Odd Hassel, om hans arbete med molekylers rumsliga uppbyggnad och möjligheten att en molekyl inte alltid antog en och samma form. Mitt i sorgen tänkte Alf att pappan skulle ha varit stolt över att dö samtidigt som en norsk forskare, för första gången, tog hem ett nobelpris i kemi.

Alf skulle emellertid bekymra sig över orsaken till att pappan slutade med pannan i skrivbordsskivan. Pappan hade lyckats med sin föresats i sällskapslivet: att vara den perfekte värden. Det visade sig att ett herpes simplex-virus hade framkallat inflammation i hjärnan på honom. Viruset angrep temporalloberna, ledde till hög feber, därefter medvetslöshet. Tyvärr hade pappan sjunkit ihop i en så olämplig kroppsställning att luft-
 vägarna blockerades av tungan. Alf funderade länge på detta. En man som dog genom en olycklig kombination av de två saker han intresserade sig mest för: hjärnan och virus. Pappan hade rätt: det fanns inget farligare än virus. Eller något mer fascinerande. Osynliga partiklar som kunde golva vem som helst med rekordfart.

Även andra saker kom fram. Efter jordfästningen bekräftade mamman något som Alf i och för sig hade förstått för länge sedan. Pappan hade ingen universitetsutbildning. Han började på Nyco närmast som vaktmästare men hade sedan tack vare sin iver och sitt intresse blivit mer indragen i miljön som ett slags assistent med allt större ansvar för det praktiska arbetet i laboratorierna. Alf fattade det inte. Hur kunde någon som visste så mycket bara vara vaktmästare? För det var sant som hans kollega hade sagt en gång: pappan gjorde verkligen intryck av att komma ihåg en miljon fakta, av att vara ett universalgeni. Alf tänkte på episoden då han fick så mycket stryk för att han kunde svara på alltför mycket – då han lovade sig själv att aldrig mer flagga med sina kunskaper. Pappan hade valt rakt motsatt strategi, ville uppmuntra sönernas vetgirighet genom att låta dem tro att han hade en hög utbildning, satt inne med de mest avancerade insikter, att han till och med arbetade med något viktigare än han i själva verket gjorde. Kanske, tänkte Alf, hade också detta något med mod att göra. Sapere aude!

Alf berättade inte för en levande själ om pappans samling av pornografiska bilder, detta kompendium gömt i en låst låda som om det tillhörde hans dyrbaraste ägodelar. De flesta fotografierna var närbilder av kvinnor som skrevade med benen så att underlivet låg fullständigt blottat, bilder besläktade med Courbets berömda målning med den talande titeln »Världens ursprung«. Alf funderade på om dessa fotografier i sig själva representerade ett virus som kunde ha angripit pappans centrala nervsystem. En gång hade Alf lyckats komma över Mikaels »dagbok« som utanpå gav alla signaler om att vara viktig. »Låt bli!« stod det. »Får bara öppnas av Mikael!« Men inuti fann Alf bara en ensam siffra under varje datum. Det gick några sekunder innan han begrep koden. Siffrorna, 4, 3, 7, 2 och så vidare, stod för antalet gånger Mikael hade onanerat respektive dag. Men det var ju lätt att fatta. En tonåring under pubertetens kliande gissel. En vuxen man var något helt annat. Många år senare skulle Johanne, närmast som en utvikning från en diskussion, berätta för Akbars hov om den högt ansedde och tongivande teologen Paul Tillich, om hur hustrun i en bok hade avslöjat hans böjelse för pornografi, till exempel för bilder som visade nakna människor på kors. Vad var det med dessa hemliga rum alla hade? Onani som tillvarons »ultimate concern«?

Bilderna förblev ett mysterium och gjorde förlusten av pappan ännu tyngre att bära. Alf började bryta sig in i folks hus, som om han trodde att det skulle hjälpa, och grep spontant efter musiken som parallell terapi. På samma sätt som mamman gick omkring i köket och tacklade sin sorg genom att nynna med i den aldrig sinande strömmen av melodier från Sveriges Radios P3, »Jag skulle äga miljoner om tårar vore guld«, satt han på rummet och lät fingrarna fara fram över greppbrädet, tänjde strängarna och skapade blå klagande toner, spelade tills fingertopparna värkte, samtidigt som han var förtvivlad över att han aldrig hade fått ge uttryck åt sin kärlek till denne märklige, tunnhårige tänkare som lät sönerna få all bacon till frukost. När Alf hittade honom i källaren, trodde att han sov fridfullt, var alla rynkor i ansiktet utslätade, precis som när han och mamman hade fest, så att han liknade ett barn, något som befann sig alldeles i startfasen. På ett sätt stämde det, pappan fick aldrig börja. Från den natten då Johanne i roddbåten på Bjørntjern pekade ut Vega och stjärnbilden Lyran, hade Alf varit fängslad av myten om Orfeus förmåga att förtrolla allt och alla med sitt spel. Ibland när han övade, lät gitarren tjuta genom högtalaren, tänkte han själv i sådana banor. När han blundade stod han med Stratocastern i en underjord och försökte spela tillbaka pappan från döden.

Om inte annat förstod han musikens orfiska kraft. Han kunde sitta med en akustisk gitarr på en klassfest, sjunga och se hur flickor plötsligt

klippte med ögonen, förtjusta, när han växlade från dur till moll. Han blev populär, hade plötsligt flicktycke tack vare sex strängar och lite fingergymnastik, såg förväntansfullt fram emot konserten på idrottsplatsen den 17 maj, då halva stadsdelen skulle komma och lyssna. Plus Isabelle. The Hamlets övade flitigt, så småningom nervöst också, i Charlies källare inför det viktiga uppträdandet. Charlie klagade över att han inte kun-
 de ha två bastrummor på samma sätt som Keith Moon i The Who. »Du vill kanske ha en Rolls Royce att köra ner i simbassängen med också«, retades Alf. Charlie fick glömma Moon the Loon och i stället glädja sig över att de fick tillgång till en helproffsig PA-anläggning, monitorer, ett enormt mixerbord och grejer. Alf föreslog, och fick det att låta som ett ögonblickets infall, att de förutom sin fasta repertoar skulle ta med ett par coverlåtar som skilde sig från den musik de annars spelade. Vilka? »Nowhere Man« och »The Fool on the Hill«. En sång av Lennon och en av McCartney. De andra tyckte detta var tufft, satte genast i gång att experimentera med melodierna. Alf slapp uppge sina skäl. Det var kanske något med dessa låtars anknytning både till den tecknade filmen »Yellow Submarine« och det märkliga företaget »Magical Mystery Tour« som omedelbart fick de andra att inse att de passade till The Hamlets image av drömmande, konstnärliga rockmusiker.

För Mikael var 17 maj, detta år som alla andra år, en dag då han kunde tjäna massor av pengar på att samla in och panta flaskor. För Alf var denna 17 maj en dag för att samla beundrande blickar, en dag i Orfeus tecken. För en gångs skull var det till och med solsken och på eftermiddagen strömmade lokalbefolkningen till i stora skaror på gräskullarna nedanför själva idrottsplatsen på Grorud, ackompanjerade av kinapuffar och en butter blåsorkester, lukten av nykokta wienerkorvar och Teddy, allas vän. Ganska många tjejer, i sin finaste stass och sminkade som till en filminspelning, stod redan uppställda nära scenen, några höll till och med upp plakat, när ordföranden i arrangemangskommittén introducerade stadsdelens nya stolthet The Hamlets, iförda solglasögon med blå glas och med fladdrande hår och pannband präktigare än någon folkdräktsdetalj.

Alf kände nervositeten när han gick in på scenen. Fendergitarren vilade inte mot höften. Han tyckte om att ha den högre upp. Som en sköld.

Eller som om Fendern verkligen var en fender, skulle skydda honom mot alltför hårda sammanstötningar, värna hans sårbara punkt, en borttagen mjälte. Meterna bort till mikrofonen var liksom täckta med glödande kol. En akut vägran infann sig. Han blev en Hamlet. Särskilt när han genast upptäckte Isabelle, till och med bland tusen andra. Han hade först nyligen avslöjat att han var med i ett band, var inne på biblioteket på Nordtvet och berättade om 17 maj, sa dessutom att han skulle spela en låt för henne. Han visste att hon skulle komma, visste att det fanns en ömsesidig attraktion, även om hon tvekade att följa den, kanske för att han var flera år yngre. Men hon kom, svartklädd som vanligt, dock i klänning och med en bröstnål som blänkte till. Glöder där också. Det var Charlie som väckte honom, gav honom en knuff i ryggen med trumpinnarna. »Face the music, man!« Alf fick bukt med förlamningen och klev fram, var medveten om varje steg innan han satte kontakten i gitarren och stod beredd, tog ett Zeppelin-riff, »Whole Lotta Love«, kände sig som Jimmy Page, som Alf Indigo, innan han presenterade första låten och de drog i gång på ett sådant sätt att de äldsta åhörarna ofrivilligt tog flera steg bakåt, samtidigt som de grimaserade.

De spelade bra, han fick en massa otvetydiga blickar från tjejraderna längst fram, ett slags våt beundran, och det blev inte sämre när de mot slutet kastade sig in i »Nowhere Man« med ren, verkningsfull flerstämmig sång och med en dansande bas i bakgrunden. Alf spelade den kompositionen till pappans ära. En man han aldrig hade förstått. En man i sin egen värld, i lampskenet, böjd över en uppslagsbok, ett »det bränns« på läpparna. Alf tvekade att fördöma pappersharemet, kunde inte förmå sig att tro att pappan hade onanerat till bilderna. Kanske var alltihop ett led i ett experiment. Något som, på samma sätt som masturbation, hade med fantasi att göra. Harald Veber funderade alltid högt: »Tänk om någon kunde uppfinna ett piller för att öka sexlusten hos äldre?« sa han en gång vid söndagsfrukosten utan att skämmas över att sönerna hörde det. »Man kunde färga det blått och forma det som en diamant, för det skulle betraktas som något oerhört värdefullt.« Hans ansikte lade sig i djupa veck som på en shar pei-hund. »Kemisterna bakom ett sådant piller måste ju bli stormrika.«

Den sista tiden innan han dog såg Alf honom ofta sitta och bläddra i sin anatomiska atlas. Alf hade tittat på den senare, upptäckte att pappan hade ritat på planscherna som visade hjärnans uppbyggnad, markerat nya gångar och vägar, förbindelser som antagligen bara han såg – eller kanske också en kines utbildad i akupunktur. »Golden Gate« stod det med blyerts vid akvedukten som förbinder tredje och fjärde ventrikeln genom mitthjärnan. På flera ställen, vid olika framställningar av hemisfärerna, hade pappan dragit två parallella streck och skrivit »Panamakanalen« bredvid. Han hade talat mycket om Panama, sagt att han ville resa dit, studera broarna över kanalen, det säregna hos en plats som förband två hav och två världsdelar. Hade pappan möjligen experimenterat med denna medvetandets Panamamöjlighet, hoppats att han med hjälp av bestämda visuella stimuli skulle kunna locka fram förnimmelsen av en ny passage för tankarna?

Alf bestämde sig för att hålla fast vid en sådan förklaring – bilderna som en språngbräda, ett slags drog. Ett högst säreget navigationsinstrument. Harald Veber uppfattade möjligtvis en kvinnas kön som öppningen till en grottformation, något som kunde egga honom till att ta reda på mer om det system av håligheter som vi bar med oss under skallbenet. Alf hade alltid tänkt att även pappan letade efter ett v. En vinkel att sätta in i efternamnet så att han blev en sann Weber. Kanske var dessa vulvor inte något annat för honom än sådana v-n? För övrigt skulle det inte dröja många år förrän Alf såg parallellen i sitt eget liv. Inget tvivel om att han var sin fars son. Under långa perioder låg han själv nästan oavbrutet framför olika kvinnors kön och blev stimulerad. Det fanns stunder då han absolut inte var främmande för att betrakta rummet mellan två lår som ett trångt laboratorium där han försökte spåra upp de elektriska och kemiska processerna i hjärnan, neuronerna som avfyrades, neurotransmittorer som hoppade över mellanrummet mellan synapserna. Såvida han helt enkelt inte jagade något som kunde kallas livets logo, förkroppsligad av den kvinnliga formen. Det hände att han, med rusets dimmiga syn, såg blygdläpparna och klitoris förvandlas till något som liknade både Mitsubishimärket och Mercedesstjärnan.

Det han minst gillade att tänka på var möjligheten att pappan också hade dukat under för något irrationellt. Att han var en romantiker liksom mamman, en man som på morgonen, vid rullgardinen, sa »Varde ljus!« men som på kvällen kröp in i ett laboratorium och med hjälp av en bild öppnade luckan ner till en mörk källare. Dr. W och Mr. V.

Där Alf stod på scenen och spelade gitarr, lade in ett solo med överstyrning mitt i »Nowhere Man«, fick flickornas ögonfransar att fladdra lika mycket som ändarna på pannbandet bakom honom för vinden, kunde han se tornet på Groruds kyrka och nedanför det ana kyrkogården där pappan låg begravd. Han vände sig åt det hållet och spelade för pappan, vrängde tonerna, fick gitarren att gråta, jämra sig, men förstod i alla fall att musiken, hur suggestiv den än lät, var maktlös. Genom de blå glasen i solglasögonen var det ingen som såg tårarna. Femhundra tjejer stod vimmelkantiga av längtan framför honom, småhoppade av idoldyrkande kåthet, men han skulle aldrig kunna förändra verkligheten, föra tillbaka en död far, inte ens få ner en tonföljd i jorden, ett tungt riff som berättade något om en sons respekt, om tacksamheten över att ha haft en pappa som hela livet hade liknat ängeln på bilden från söndagsskolan, något osynligt som alltid vakade över honom. Även med alla de svimfärdiga tjejerna framför sig, säkert beredda på vad som helst efteråt, var detta det ögonblick då Alf oåterkalleligen klart insåg att musiken inte innehöll den kraft han sökte, inte kunde öppna den dörr han ville öppna på vid gavel. Det måste ha varit i de sekunderna han i stället valde orden, idéerna. Han letade fortfarande efter en nyckel, men en annan nyckel än G-klaven.

I själva verket var detta en paradox, för nästa nummer bevisade hur kraftfull musik kan vara. Även det var en minnessång om pappan, »The Fool on the Hill«, en sång om en outgrundlig pappa i sitt obegripliga laboratorium uppe i Alunåsen. Men balladen var först och främst avsedd för Isabelle, som hade flyttat sig närmare scenen, stod där i svart klänning och blixtrande brosch och med armarna i kors. Lockar som hängde ner framför ansiktet. Han såg att hon blev osäker. Att något i hennes svarta apparition rämnade. Denna McCartney-sång, färglagd med Dreamharmonier och klagande gitarrsolon, rubbade hennes cirklar. Dittills hade han inte lyckats göra ett avgörande intryck, men nu nådde han fram till henne via en dold passage, hennes hemliga kärlek till Paul McCartney.

Han stod och lät en fiestaröd Stratocaster tala, såg betänkligheterna rinna av henne. Han hade försökt med ord och argument och ögonkast, men först denna melankoliska melodi smälte bort allt motstånd, fick henne att ge efter för hans frieri. Han höll fast henne med blicken medan han sjöng. Till det yttre var hon oförändrad, svart, med armarna i kors, i sitt inre var hon ett sjumilasteg närmare honom.

Det haglade erbjudanden om spelningar efter framträdandet men det viktigaste resultatet för Alf var att Isabelle kontaktade honom, att det var hon som tog initiativet. Hon hade flyttat från kollektivet på Bergensveien till en egen lägenhet i det nya bostadsområdet på Romsås, längst upp i Ravnkollbacken, inte långt från hoppbacken och nedslagsområdet där han föll så illa i barndomen. Han besökte henne flera gånger under sommaren innan han skulle börja i tredje årskursen på gymnasiet. Därifrån var det också nära till Steinbruvannet där de låg på en av badbryggorna och pratade om böcker, om skolan, om bandet. Eller roade sig med att svara på »Vet Ni detta?« i olika veckotidningar. Hon slog honom alltid, retade honom och kallade honom dum. De diskuterade musik också. Hon ville veta varför han spelade på en Stratocaster och inte på en Gibson Les Paul som Jimmy Page gjorde. Because, sa han och kastade sig djärvt in i den komplicerade sången från den nyss utkomna »Abbey Road«-skivan, nämnde trots det ingenting om kompositören, Paul McCartney, ville för allt i världen inte avslöja att han hade varit i hennes rum en gång. Eller något om en åtrå som närmade sig smärtgränsen. Inte sällan, om de låg på rygg och solade, bara sa något då och då, kunde han försiktigt sätta sig upp och i smyg, med blicken dold av solglasögonen, betrakta hennes atletiska kropp, den gyllene strimman av korta hårstrån som gick neråt från naveln, känna en lust som tvingade honom att dyka i vattnet.

Hon uppfattade snart hans trauma, sorgen över en far som dog i en källare, ensam. Och under detta en ännu djupare källare: Vera. Ibland kände Alf en sårbarhet eller meningslöshet som han inte förmådde beskriva. Parad med en lust att lämna allting. Det var nästan så att han önskade gå i kloster. En gång när de låg på badbryggan vid Steinbruvannet och han stammade fram något om detta brast han plötsligt i gråt.

Hon lade en hand på hans solvarma rygg, smekte honom, var klok, sa ingenting, smekte honom bara.

Efter begravningen hade Alf uppsökt en plats som bättre än kyrkan kunde få honom att minnas pappan. Han gick till Grorud Apotek, köpte en ask Globoid och satte sig ner med en tablett mellan fingrarna. Han vände och vred på den, kom ihåg pappans lovprisande av den vackra formen. »Och vilken uppfinning, Alf! En liten oval måne med kraft nog att ta bort smärta, feber, huvudvärk!« En berättelse om beskydd. Alf tog två. Väntade. Det hjälpte. Förvånansvärt nog. Det hjälpte. Han satt kvar i alla fall. Tänkte att detta, inte kyrkan, var pappans tempel. Han kom ihåg det första apoteket på Grorud, i en schweizervilla à la den som Johanne bodde i. Den bedövande lukten. Den bruna inredningen. Hur pappan hade slagit ut med armarna mot de många lådorna och skåpen. Stolt. Som om man stod framför väldiga kartotek på ett bibliotek, befann sig i en lokal som kunde ge en tillträde till stor visdom. Möjligheten att bli en ny Odd Hassel.

Dagen efter händelsen vid Steinbruvannet tog han tunnelbanan till Tøyen i sällskap med Isabelle och promenerade vidare därifrån ner mot Grønland. Det var något hon ville visa honom. Isabelle stannade utanför en förhållandevis låg tegelbyggnad på Enerhaugen, omgiven av fyra höghus, ett Ammerud i miniatyr. De befann sig bara några stenkast från det hus där Anna skulle komma att bo under studietiden och hysa Akbars hov. Vad var det för speciellt med det här, frågade Alf. Han stod framför en byggnad ritad av Lund och Slaatto, berättade Isabelle.

»Är du intresserad av arkitektur?«

»Jag drömmer om en tjänst på Norske Arkitekters Landsforbunds bibliotek«, sa hon. »Du känner kanske till Kjell Lund från det där barnprogrammet?«

Alf blev överraskad. Var det han? Han hade kanske hört det, att denne barnprogramsfarbror var arkitekt också. Alf kunde fortfarande de flesta av Kjell Lunds visor utantill, inte bara »Her kommer guttemusikken«, utan »Godmorn godmorn«, »Katta til fru Haugen«, »Har du en hobby«. Han stämde upp en av dessa sånger nu: »Kan du spille på slurva, ja spille på slurva / blblblblbl-blblblbl ...«

»Det är ett kloster också«, sa Isabelle, »Franciskaner. S:t Hallvard.«

Alf blev förvirrad, som om han hade hädat. Men byggnaden liknade inte ett kloster särskilt mycket. I alla fall inte av samma slag som Utstein, klostret som hade räddat honom ur klorna på en polis ett halvår tidigare. De ringde på en dörr. En ung man öppnade. I brun munkkåpa, ett rep om livet. En glimt av medeltid mitt bland moderna hus. Såg för övrigt normal ut. Han log och kramade om Isabelle. »Det är min bror«, sa hon. »Ivar. Här heter han broder Ivar.« Alf förstod att det måste vara han som hade orienterat Isabelle om de invandrare som började befolka området och som var orsaken till att Alf skickats till Urtegata, alldeles nedanför, när han var på jakt efter det okända Norge.

Munken visade omkring dem, de kom till själva kyrkorummet. Alf fann sig genast till rätta, stod i en cirkel inne i en fyrkant, iakttog den sparsamma dager som silade in, liksom genom springor; och han blev särskilt förtjust i taket, format som en skål sedd från undersidan. En omvänd Colosseum bio-kupol. För att indikera att man här såg filmerna i sitt inre, tänkte han. Det stora rummet låg i halvmörker. Han förstod utan problem att det måste kunna hjälpa en sökande att se ljuset bättre. Byggnaden gav en känsla av att man befann sig i en grotta igen, i rum som hade både med hjärtat och med hjärnan att göra. En enkel kub utifrån sett, en skulptur av ljus inifrån. En brunn av stillhet. Den dunkla salen berättade en komplicerad historia utan ett ord, gick rakt in i kroppen. Alf skulle aldrig ha trott det, men Kjell Lunds byggnad var faktiskt lika bra som hans barnprogram.

»Du kan prata med honom – Ivar«, sa Isabelle på hemvägen.

»Det är pinsamt.«

»Det menar du inte. Du menar kanske att det krävs ett visst mod«, sa hon. »Men om du vågar stå på en scen, måste du väl också våga tala med någon om ett problem?«

Han tvekade.

»Gör det för min skull«, sa hon. »Jag vill att du ska må bra.« Hon sa det på ett sätt som gladde honom. Gjorde honom varm. För att det avslöjade en djupare önskan som låg under.

Alf bestämde sig för att följa Isabelles råd när han fick höra att S:t Hallvard under lång tid hade haft nederländska patrar, att dagens kyrkoherde också var nederländsk. Det var ett av hans många möten med Nederländerna, ett helt komplex av föreställningar som redan tidigt utgjorde en sund motvikt till Norge.

Resten av sommaren och frampå hösten sökte han regelbundet upp broder Ivar i det som Alf kallade Upplysningens grotta på Tøyen, ett slags nederländsk koloni i Oslo. De satt och pratade i broder Ivars cell på andra våningen, ett enkelt möblerat rum, tegelväggar och furu. Några Graham Greene-böcker i en hylla. En reproduktion av Rembrandts »Den förlorade sonens återkomst« på väggen. Isabelles bror hade studerat teologi och konverterade till katolicismen när han var klar. Alf kom underfund med att det lustigt nog hade något med »La dolce vita« och den fylliga Anita Ekberg att göra, det vill säga indirekt, för filmen fick honom på sin tid att resa till Rom, där andra tillfälligheter väntade. Så var det, tänkte Alf. En dam med yppig barm i den ena änden, ett kloster i den andra. Var inte pappans källarrum, inklusive den låsta lådan, också en munkcell?

Alf frågade inte mer om orsakskedjan, ville ändå gärna höra något om det där med celibat – så långt ifrån »det ljuva livet«. Han stirrade alltid på de tre knutarna på repet om den andres munkkåpa: fattigdom, lydnad, kyskhet. Även med ett begär i kroppen, lusten till Isabelle, kunde han utsträcka tanken till att förstå att det var möjligt att finna något som till och med ställde den sexuella njutningen i skuggan. Kände han själv en dragning mot detta?

Hur det än förhöll sig med den saken: genom samtalen löstes knutar upp. Alf visste inte vad det var broder Ivar sa som hjälpte honom, men det hjälpte. Som en Globoid för själen. Och det hjälpte att sitta ensam i det dunkla kyrkorummet där kupolen vette neråt, eller nästan inåt, och där han kunde höra t-banan i tunneln under, som en signal om grottsystem i djupet under honom också. Sitta i ett tomt rum och läka ett tomrum. Minnas en pappa som tyckte om att få en rullgardin att fara upp med en smäll. Minnas alla de gånger pappan hade hållit om honom som fadern på Rembrandts bild »Den förlorade sonens återkomst«. Det tunga i hans inre perforerades, blev lättare. Det hängande taket, springorna av ljus, fick tegelväggarna att förändras, fick honom att tänka att han satt i ett tält. Att han var en nomad. Inte kunde bära på allt.

En eftermiddag strax före jul tog Isabelle och Alf en promenad tillsammans upp till TV-masten på Røverkollen. Spänningen mellan dem hade ökat utan att något hade hänt. Snövallarna låg höga längs vägen, masten stod som något upphämtat ur en nedisad frysbox. Just när solen

försvann och snökristallerna runtomkring ändå lyste intensivt i några sekunder, ett slags soleko, böjde hon sig mot honom och kysste honom. För första gången. Det var en sådan kyss som uppfyllde alla drömmar om hur en kyss skulle vara. Sammansatt. En återglans. Ljus. Alf insåg att han var arton år innan han upplevde något sådant. Det var fint. Han hade inte väntat förgäves. Hon kysste honom flera gånger här uppe på toppen med utsikt över Lillomarka och Oslo. »Du är konstig«, sa hon. »Vet du vad du är just nu? En fool on the hill.«

Han började sjunga sången från »sees the sun going down«. Orden kom direkt ur hjärtat, lät starka och klara i vinterluften. Ord som på grund av kylan blev synliga i luften framför munnen. Hon tog av honom den ena handsken, fattade hans hand och förde in den i sin vante så att hans fingrar flätade sig samman med hennes ringprydda fingrar. Hon höll kvar hans hand inflätad i sin hela vägen ner till hyreshusen på Romsås. Två sammanflätade händer. Alf tänkte på pappan, tänkte att detta enkla, två sammanflätade händer, var något oändligt komplicerat, jämförbart med proteinbindningar. Samtidigt funderade han på vad han skulle säga när de kom hem till henne. Var det nu det skulle ske?

KVINNORS ATTRAKTION. Hur motstå frestelsen? Han försökte undvika Io, men hon var plötsligt överallt. På gatorna. I tunnelbanan. Miljontals människor och nog skulle han stöta på henne var och varannan dag. Eller var det självbedrägeri? Letade han? Streta emot. Ett par repliker. Skylla på något. Gå. Springa. Vid ett tillfälle såg han ingen annan utväg, måste tacka ja till att följa med in på en bar, skamsen och samtidigt lycklig. Under småpratet över ett glas vin nämnde hon något om en lägenhet men sa inte mer, eller – ett önsketänkande – bjöd honom att följa med dit. Varför skulle hon göra det? Varför ödslade hon över huvud taget tid på mig? Något intellektuellt hon kan beundra? Några veckor. Tills det blir tråkigt. Sedan ajöss.

Tidigt en kväll träffades de nedanför ljusreklamen vid Piccadilly Circus. Det var bestämt. Han stod där när hon kom upp från tunnelbanan med gitarrfodralet i ena handen. Bländande. Full av liv. Helgummiboll. Hon kramade om honom. Första gången hon hälsade på det viset. En överraskande, kort förnimmelse av hud. Och en upphetsande lukt. Inte parfym. Visste inte vad det var. Kanske just inte parfym. Bara något vitalt, energiskt, helt enkelt den naturliga kroppslukten hos en flicka klockan sex på kvällen. Bakom allting, nästan osynlig i allt jäkt runtomkring dem: skymten av den lilla statyn mitt i korsningen, en svävande Eros med bågen spänd.

Västerut längs Piccadilly. Hon serverade roliga episoder från dagens spelning. Små sketcher framförda med ljus och mörk röst. Dramatisk talang. Nästan hundratusen personer passerade genom stationen varje dag, ett eldorado för en gatumusikant. Vid Hatchards, den välrenommerade bokhandeln, tittade hon på klockan, sa att hon ville visa honom något. Saftblandarundret på Fortnum & Mason, tänkte han, men hon fattade hans hand och drog honom otåligt med sig in i Burlingtongallerian. Upper class-butiker på båda sidor. En passage. Merlin berättade en gång för honom om Walter Benjamins Passagearbetet, att han använde det som inspiration när han programmerade. Io höll honom fortfarande i handen. Levande inspiration. Genomgång till något nytt. Omprogrammering. Ändå skrämmande. Så ofärdig. Vet ingenting. Bara hur man studsar, hur man skrattar. Skratt som mem. Skratt som smittar.

Cork Street. Hon släpade honom raka vägen in på ett av gallerierna. En vernissage. Lukten av vin, lukten av tung parfym, ett sorl av röster blandat med dämpad jazz. Stora abstrakta dukar, starka färger med glasskärvor och grus, såvida det inte var asfalt, insmorda i färgen. Han blev förlägen. Planka vid hans ålder. I alla fall en smula uppror, vilket han saknade. Io gick ogenerat bort och hämtade ett glas vitt vin åt honom, ett åt sig själv, började förse sig hämningslöst av snittarna, tog många, som om spelandet i tunnelbanan hade gjort henne hungrig. Munnen full av mat, skrattlysten. Eliza Doolittle. En ung man, strikt klädd, gick fram till henne. Nu blir det bråk. Men han omfamnade henne som om de var ett kärlekspar. Alltså var de knappast ovälkomna. Io presenterade mannen. Konstnären, sa hon, pekade samtidigt på väggarna i den öppna, luftiga lokalen. Den unge mannen såg inte ut som en målare, såg inte heller ut som en musiker i ett framgångsrikt rockband, ett band som låg på listorna. Han hasplade ur sig några kvicka fraser och försvann. Vad tycker du, ärligt talat, frågade hon, nickade i riktning mot tavlorna. Fruktansvärt, fick Alf erkänna. Som collage från förskolan. För billigt. Allt detta, sorlet, de snobbiga minerna, de vita rummen, påminde också om Charlotte. Hans tid som alibi för en galleriägare. Ja, eller hur, instämde hon. Usch, det här blev fel, vi går. Hon rakade åt sig en handfull snittar på vägen, fnissade, räckte honom en.

Var detta också en del av henne, vänner i konstkretsarna, en attraktiv kvinna för unga målare. Varför skulle det komma som en överraskning för honom? Går jag omkring och är svartsjuk?

En annan väg tillbaka mot Piccadilly Circus. Någonstans bakom Royal Academy of Arts gjorde hon honom uppmärksam på en fasad utsmyckad med skulpturer. Se, John Locke, sa hon och pekade på en staty i en av nischerna. Han stannade häpen, frågade hur hon visste det, hon, en så pass ung människa. En så enkel själ, tillade han i tankarna. Om han nämnde författaren Ralph Waldo Emerson, skulle hon tro att han talade om organisten i rockgruppen Emerson, Lake and Palmer. Io gillade uppenbarligen inte hans tonfall. John Locke råkar faktiskt vara en av mina hjältar, sa hon. Jag är tjugotvå år, varför skulle jag inte veta något om John Locke. Hon tittade konstigt på honom, en smula aggressivt. Jag känner också några i Oates, där Locke bodde under sina sista år. Jag har till och med besökt hans grav vid High Lever Church, sa hon stött.

Men har du läst något av honom, tänkte han fråga, men svalde det, ville inte göra henne generad.

Tunnelbanan till Aldgate East, Brick Lane upp mot Bethnal Green Road. Gatlopp mellan högljudda personer som ville fresta dem att gå in på något av de otaliga currymatställena. De kom fram till det gamla Trumanbryggeriet, numera omgjort till ett kontors- och kaféområde för unga, innovativa själar, blandat med butiker för organisk mat och retromöbler, skateboardkläder och vespor. Häftig musik från en lokal till vänster, en bas som dunkade genom allt. Io tog hans hand igen, spontant, och drog honom med in genom en dörr. Hela tiden var det så, hon tog initiativet. De befann sig plötsligt på Vibe Bar, där Io genast gled in i dansen tillsammans med de andra på golvet framför en DJ med headset. Något drivande, funk från 70-talet, James Brown. Hon vinkade energiskt på honom, han avslog bestämt. Förlägenhet. Ville inte göra sig till åtlöje inför de unga människorna i lokalen, en halvgammal man med en narraktig självuppfattning. Och därför att han ville se henne dansa på håll, se henne mot väggen av bildskärmar. En sugande njutning. Sättet på vilket hennes kropp rörde sig. Avundsvärt. Påminde om Vera. De tog en öl i baren efteråt. Sedan hem till honom. En kittling i bröstet, i fingrarna, i tankarna. Hon kastade sig ner på den slitna soffan. Vad hände nu? Plötsligt detta ansikte så distraherande nära, de mörkbruna ögonen rakt i nyllet på honom.

Återigen: Vad såg hon i honom? En far? En mentor? Han hade ett tomrum i sitt inre. En hålighet. Och här satt hon, Io, mitt emot honom. Femtiofem kilo eller så. Sextio? Sextio fasta kilon. Sextio kilo friska tankar. En spiralfjäder till kropp. Mycket ögonfransar. Här, ett litet bidrag, sa hon och fiskade upp ett konstkort. Från ett museum i Amsterdam. Det passar i din samling, sa hon och pekade på väggen, alla urklipp och lappar som han hade satt upp. Jackson Pollock, sa hon. Reflections of the Great Dipper. Han fäste det på väggen. Hon kan alltså en del om konst. Och hur vet hon att jag har ett förhållande till Stora björnen? Han hade också köpt en present till henne. En LP. The Searchers. Hon hade inte hört The Searchers. Är det möjligt? Vara så ung att man inte har hört The Searchers. Felande länken i pappans samling. På huk vid skivspelaren kände hon genast igen några av låtarna. Fint sound, sa hon, verkade uppriktigt glad över gåvan. Han betraktade henne medan hon lyssnade, gungade i takt, fortfarande på huk, ett sensuellt leende strax under ytan. Nej, nej, nej. En röst inne i huvudet. Gå inte i den fällan. Världens största kliché. Fanns det något liderligare? Han skyllde på arbete, något han måste ha färdigt. Han visste inte om han skulle känna sig lättad eller ledsen när hon trodde honom och gick en stund senare, nynnande på Needles and Pins.

Han slog sig ner vid pulpeten, bläddrade planlöst i anteckningsboken. Ertappade sig själv med att bläddra, inte läsa. Ios ansikte på näthinnan. Måste försöka arbeta. Pennan framför honom påminde om visaren på en klocka som hade stannat. Inte en rörelse över papperet. Inte ett ord.

Inte heller nästa förmiddag. Inte heller ute på gatorna infann sig några nya meningar, idéer. Inte ens i parkerna som han tyckte så mycket om, särskilt när det blåste hårt och han vandrade i ett konfettiregn av stora gula och orange flingor. Först på National Gallery, på bänken framför Rembrandttavlan, lyckades han samla tankarna. Kom ihåg förtjusningen första gången han såg tavlan, boken han hittade i källarförrådet. Kung Belsassars uppspärrade ögon. Det var i alla fall något helt annat att sitta här, vara centimeter ifrån den verkliga målningen, tydligt se skikten av färg, särskilt i textilierna. Tjocka stråk, fläckar, som på avstånd förvandlades till pärlor och juveler. De lysande bokstäverna på väggen måste läsas vertikalt för att ge mening. En rabbi skulle ha hjälpt Rembrandt med detta. De hebreiska tecknen förde tankarna till Spinoza. C-uppsatsen i idé- och lärdomshistoria. Så avlägset. Ett annat liv. Då och då vred han på huvudet och betraktade de andra tavlorna, särskilt självporträttet. Även i Kenwood House hängde ett självporträtt. Han hade stått framför det och beundrat sättet på vilket Rembrandt hade avbildat handen och penslarna. En trollkonst. Bara några grova streck som ändå, på ett par meters håll, blev en tydlig hand, tydliga penslar. Så förunderligt. Hur det ofullkomliga kunde bearbetas till något igenkännligt via människans öga, hjärna. *Alla Rembrandts självporträtt*, skrev han i anteckningsboken. *Det starkast tänkbara korrektivet till högrenässansens stabilitet. Ett försök att byta roller. Återuppfinna sig som person. Visa att människan är mångfasetterad. Har många liv. Just därför också skröplig, bristfällig. Är detta kanske upplysningstidens sanna människobild, bakom allt tal om framsteg? Eller utgör det helt enkelt förutsättningen för att kunna tala om framsteg?*

På väg ut stack han in huvudet i Rum 4, hade inte träffat Ian på flera veckor, men nu satt han där, på sin vanliga bänk framför Sändebuden. Samma välanvända, grova tweedkavaj. Samma manchesterbyxor, slitna på knäna. Rak i ryggen. Blicken koncentrerad på olika fält av den stora duken. Ansiktsuttrycket som hos en läkare när denne flyttar omkring stetoskopet på kroppen. Han fick syn på Alf, vinkade honom till sig, var eld och lågor över en ny upptäckt på Holbeins målning. På kaféet i den undre våningen förklarade han att det gällde golvmosaiken, bildens nedre del – Alf hade också lagt märke till detta. Påminde om Markuskyrkan. Om en uppenbarelse. Alla visste att Holbein hade kopierat golvet i sanktuariet i Westminster Abbey, sa Ian, men nu hade han varit där och han hade – tro det eller ej – upptäckt ett fel, ett ytterst obetydligt fel hos ett par av plattorna. Nu skulle han undersöka vad det kunde betyda. Bjuder du mig på en kopp kaffe till?

Alf hade en allt starkare känsla av att sitta mitt emot en person som tänkte de mest geniala tankar men som inte gjorde något med dem. Bara hade dem i sitt eget huvud. Kunde nästan jämföras med de där konsttjuvarna som stal ett mästerverk, inte för att sälja det utan för att själva äga det, kunna njuta av anblicken, varenda dag. Ian liknade på sätt och vis Johanne.

Han skulle just gå då Ian berättade att han tänkte resa till Delfi i Grekland. Varför, frågade Alf, var på vippen att avslöja något om sitt eget förhållande till Delfi. Därför att det är Apollons plats, sa Ian. Därför att det är jordens medelpunkt. De gamla grekerna trodde åtminstone det. Jag är övertygad om att jag kommer att förstå intentionen bakom Sändebuden när jag sitter där, låter allting jag har ackumulerat i huvudet flyta ihop till en hejdundrande katharsis. Alf var tvungen att skratta. Den andre förblev allvarlig. Det är inget att göra narr av, sa han. Jag menar det. Medan han pratade – kanske var det något med de gnistrande pupillerna – tänkte Alf att Ian kunde vara en av de trettiosex rättfärdiga.

Den andre hade emellertid ett problem. Hans pass hade gått ut. Han kunde inte resa till Grekland utan ett nytt pass. Ville Alf låna honom pengar? Sextio pund. Så mycket? sa Alf. Om jag vill ha det snabbt, och det vill jag, sa Ian. Har du inga släktingar, föreslog Alf. Inga släktingar i livet, sa Ian. Jag är den siste av ätten Stuart, sa han med ett skratt. Skrattet gick över i hosta. Det var kyligt ute. Alf hade inte spelat på ett par dagar, saknade kontanter, men greps av en samaritisk tanke. Jag har en bättre idé, sa han. Vi kan byta pass, vi ser ju nästan likadana ut. Han hade alltid velat vara en räddare. Kunde åtminstone lämna ifrån sig ett pass.

Ian tackade, tackade så rörd att Alf blev förlägen. Du är en sann vän, sa Ian. De bestämde när de skulle träffas.

Strax efteråt stötte han på Io. Än en gång lyckades han inbilla sig att det var en tillfällighet. En man hade lagt två teaterbiljetter i hennes gitarrfodral, kanske för att han plötsligt hade blivit förhindrad att använda dem själv. Eller för att hon, bara med hjälp av ett akustiskt instrument, piskade fram Aretha Franklin-låten Spirit in the Dark på ett sådant sätt att han inte hade något val. Io föreslog genast att Alf skulle följa med. Det är en order, sa hon. Därigenom såg de King Lear på kvällen, på Old Vic, på Themsens södra strand. Alf kände igen huvudrollsinnehavaren från en rad filmer och TV-serier. Efter föreställningen måste han le åt Ios kommentarer, hennes förtrytelse över en far som inte förstod att en av döttrarna älskade honom. Io grät nästan av raseri, slog Alf på armen för att han log åt henne, sprang i riktning mot Waterloo Station utan att säga adjö.

Hemma på Bethnal Green Road, med blicken riktad mot de härliga tygerna i saributiken, tänkte han igenom situationen. Han hade aldrig haft så lite pengar men aldrig upplevt så mycket. Det vill säga på det kulturella området. Nästan dagligen skådade hans ögon några av konsthistoriens mest kända målningar. Han lyssnade på outslitlig musik i vackra kyrkor. Han läste Fielding, en billig begagnad utgåva av den litterära milstolpen Joseph Andrews, på bänkar vid Covent Garden och Russell Street, i närheten av lokaler där flera av upplysningstidens berömda kaffehus hade funnits. Han satt på en legendarisk teater och gladde sig åt hur några av Englands bästa skådespelare levandegjorde en av världens mest uppskattade pjäser, även om han inte förstod mer än hälften av deras teaterengelska, utspottad med största perfektion. Break, heart; I prithee, break! Medan fem lik låg utspridda på scenen. Så skulle teater vara. *Shakespeare är ju barockförfattaren par excellence. Han föregriper i alla fall hela smörjan. Överdrifterna. Högarna med lik. Blandningen av högt och lågt. Människor som kommer till insikt genom att prata med sig själva. Allt är skevt och kastas fram ur ovanliga vinklar. (Finns det inte en korrespondens mellan gestalten som får ögonen utstuckna i King Lear och Rembrandts tavla som visar hur Samson får ögonen utstuckna?)*

Och mitt uppe i allt detta: Io. Hennes hungriga uppmärksamhet. Det behag hennes engelska språk skapade. Som att sitta mitt emot Kate Winslet, vilken ung, vacker, engelsk skådespelerska som helst med perfekt intonation. Vad skulle han göra? Omöjligt att veta vart det skulle leda. Visste bara att underlivet började bli oroligt. Sädesceller som viftade på svansen vid åsynen av henne. Vibe Bar. Dansrörelserna. Skam blandad med frestelse. En outsäglig frestelse. *Apropå Simson som blir bländad:* *om jag tar med något om John Milton (republikan!) – bättre att använda något ur hans sista verk, Samson Agonistes, än något ur Paradise Lost!*

Han spelade åter dagligen i tunnelbanan. Trivdes fortfarande med den verksamheten. Med London Underground över huvud taget, detta kakelklädda underverk av gångar och rulltrappor och korridorer kors och tvärs under storstadens gatunät, en civilisationens labyrint utan något monster i mitten. Det var också något med de främmande omgivningarna, något med akustiken, något med de nästan outhärdligt sköna sångerna som i flera sekunder kunde få honom att tro att han stod i kontakt med en annan värld. Han spelade Maggie May och Knockin' on Heaven's Door och My Aim Is True, behärskade en repertoar som ganska många kunde avundas honom. Folk ryckte till. Som om de trodde att han var Rod Stewart eller Bob Dylan eller Elvis Costello. En gåva. Hans förmåga att härma. Det fanns en bläckfisk i tropikerna som kunde imitera former, även färger. Den efterliknade fiskar och växter i sin omgivning, föreställde en flundra, vattenorm, drakfisk, krabba, havsanemon. Han var en sådan varelse, liknade något som de förbipasserande kände igen, stod och sjöng samtidigt som han slingrade sina armar runt dem, drog upp pengar ur fickorna på dem.

Och bakom, under, över, här och där, hela tiden: Io.

Men han var en munk. En som såg till att viktiga idéer överlevde. Han svor på att skriva färdigt den bok han hade haft i huvudet i snart ett år. Inte så stor men mångfasetterad. Europa. Ett stycke 1600-tal, ett stycke 1700-tal. Var hon en musa för honom? Var det så enkelt? Knappast. Hon skulle ändå inte förstå, inte ha någon glädje av det. Det måste snarare vara London, det att kunna gå omkring på gatorna här. London var en musa, det kunde han acceptera. Ett manus började växa fram. Trettiosex juveler. Ett urval detaljer, ändå knutpunkter i samma nät. Detaljer som representerade, ledde till viktiga historier eller synvinklar eller tankar. Ett slag föreställde han sig ett av kapitlen bara som skisser av Christopher Wrens kyrktorn i City, utan någon som helst förklarande text.

Han satt ofta hemma i sitt eget kyrktorn, vänd mot väggen och lät tankarna finna underliga beröringspunkter mellan fragmenten han hade klistrat upp. En sällsynt rik utsikt. Gluggar med svindlande landskap bakom. Vera berättade att Rembrandt samlade på föremål från världens alla hörn, hade ett stort rum fullt av rariteter som kunde inspirera honom. Alf höll också på med något liknande. Klistrade upp notpapper, botaniska planscher, små kort av instrument tillverkade på 1700-talet, inträdesbiljetter från museer, bitar av reklamblad och annonser, rubriker från The Guardian, några kemiska formler han hade lärt sig av pappan och fortfarande kom ihåg, matsedlar från Curry & Sweet, en bild av Samarkand Hotel i Landsdowne Crescent där Jimi Hendrix dog. Ett alternativt uppslagsverk. Än en gång.

FÖRVANDLINGEN: DIDEROTS MAN I NORGE

Han hade redan arbetat länge på uppslagsverket när de fem vännerna i Akbars hov träffades på stan veckan efter Operation Tull. Eftersom de var mer hungriga än törstiga var målet för en gångs skull inte Annas lägenhet utan översta våningen i Folketeaterbyggnaden, det vill säga Stratos, vid den tidpunkten ett ganska vanligt matställe med ganska vanlig norsk husmanskost, helt i stil med de Arbeiderpartipolitiker som då och då också slog sig ner vid borden där uppe. Uppe på Stratos beställde samtliga i Akbars hov alltid samma rätt: pyttipanna.

De tog hissen till elfte våningen i den röda, tempelliknande tegelbyggnad där man i några decennier tillbad den inofficiella norska religionen, socialdemokratin, för att sedan gå uppför spiraltrappan, av Mikael döpt till DNA-trappan, till översta våningen innan de befann sig i det som på 50-talet var en nobel restaurang, samtidigt med ett oslagbart läge på ett av

stadens vackraste tak. De satt vid fönstren som vette mot Youngstorget, ett torg som åtminstone Johanne och Alf hade ett nära förhållande till, ett torg som de flera gånger hade återvänt till under försöken att spåra upp den gamla röda personvågen som spottade ut visdomsord bättre än någon spågumma eller ordrik politiker, men den var spårlöst försvunnen. De pratade humoristiskt om behovet av att få ett nytt viktkort med en devis som när alla ideologier svek kunde leda dem vidare genom livet.
»Le mot världen och världen kommer att le mot Er« eller »Efter regn kommer solsken«. Tack, det var just det vi behövde nu.

Alf inandades doften från den bräddfyllda tallriken, där ett stekt ägg låg och flöt ovanpå bitar av stekt potatis, kött och hackad lök. Panoramat var ägnat att göra gästerna till lokalpatrioter. Domkyrkan, en skymt av rådhuset, regeringsbyggnaden, Trefoldighetskirken och Margaretakyrkan. Holmenkollen långt bakom med hoppbackens vita båge tydligt framträdande, en månskära som hade satt sig fast i åsen. På Stratos fick Alf alltid en känsla av att verkligen befinna sig uppe i stratosfären, på en höjd där han också klart insåg hur knuten han var till dessa vänner. Just här tänkte han på dem som ett slags Jupiters fyra månar, fyra planeter som var till hjälp när han ville navigera genom tillvaron. Trots det kände han saknad. Saknade en flickvän. En sådan som Anna.

April. Varmt och en laber vind. Laber stämning vid bordet. Mikael, kanske inspirerad av att sitta på toppen av socialdemokratins högborg, sa något syrligt om den norska passionen för jämlikhet, om att det var därför som varje originell föreställning nivellerades, som om man opererade med ett slags maximihöjd för tankarnas nivå. Han hade bytt ämne igen – hoppade från den ena institutionen till den andra ungefär som när man reste från ö till ö i Egeiska havet – hörde numera hemma på statsvetenskapliga institutionen, ansåg att framtiden borde se ljus ut för en som behärskade både kemi och statsmannakonst, en Lavoisier som samtidigt var en Machiavelli. De andra nickade synkront men utan entusiasm, skadskjutna som de var efter Operation Tull och Svinesund, medan de skyfflade in ägg och stekt potatis. Johanne hade redan ätit färdigt, satt där i sin stickade rastafarimössa, samma färger som Alf förknippade med romantikens flagga, och ritade i ett block hon ofta hade bredvid sig, ritade medan hon följde med i den sparsamma replikväxlingen och ibland kom med sarkastiska kommentarer. Alf betraktade henne, denna nära vän som han hade tappat en del av kontakten med i sextonårsåldern då hon plötsligt var en kvinna. Bara hennes fräkniga händer, fingrarna, förblev liksom ett barns, igenkännliga. Det speciella med Johanne uppstod kanske genom en bortslösad talang, tänkte Alf. I hans ögon var hon

ämnad till något stort. Hon var en Leonardo men hade avsiktligt lagt locket på anlagen. Figurerna, som hon placerade i rutor, förde tankarna till en tecknad serie. En exotisk serie, besläktad med de japanska. »Jag har alltid tecknat«, sa hon en gång då Alf frågade om hon hade börjat teckna. Och strax efteråt: »Jag vet att du också tecknar. Varför inte göra det mer öppet?« Han förstod inte hur hon hade fått nys om det, något han sysslade med i hemlighet. »Konstigt«, sa hon. »Konstigt att jag vet så mycket om dig – och du så lite om mig.« Jo, det var mycket han inte visste om henne. En teolog som hade velat bli geolog. Han hörde i alla fall att hon hade fått toppbetyg på en uppsats om Qumran-fynden, de judiska textrullarna, flera tusen år gamla, som låg gömda i grottor i öknen.

De högstämda diskussionerna om att kunna förvandla Norge tillhörde det förflutna. Flammorna brann fortfarande i dem men på sparlåga, i synnerhet efter föregående veckas bravader. De hade till och med planerat aktionen grundligt, begav sig ner till Svinesund på förmiddagen, åkte i Annas gamla Roland Barthes-Citroën, rullade över den storslagna bågbron och gick långsamt och demonstrativt från den svenska sidan av gränsen tillbaka till brons mitt; de saknade bara de där flaxande kapporna man brukar se i västernfilmer. Här, ur ryggsäcken, tog Johanne upp en stor banderoll som de vek ut och fäste på broräckets utsida. »Bort med tullen på idéer!« stod det. Detta var nämligen grundtanken: Akbars hov hade, efter strapatsfyllda seglatser genom Oslos Nordvästpassage av barer, kommit underfund med varför Norge var så renons på visioner, varför Norge var ett charlatanernas paradis. Det berodde helt enkelt på att nya föreställningar och teorier inte kom in i landet, att de på ett eller annat sätt blev stoppade eller starkt förändrade vid gränsen. Ett »systemfel« enligt Merlin. Alltså måste man undanröja hindret: den skandalöst höga tullbarriären mot främmande idéer.

Efter att ha ställt upp flera mindre plakat på bron övergick de till planens besvärligare del. Ur Merlins och Alfs ryggsäckar fiskade de upp grova kättingar och kedjade fast sig så att de satt i en rad tvärs över bron och spärrade av båda körbanorna. Det bildades genast köer. Folk tutade. Man skällde och svor så att det osade. På minst två språk. De hade planerat att de skulle kunna sitta där fastkedjade vid varandra i flera timmar, eftersom de också hade fäst kättingen i båda räckena. De hade varskott en huvudstadstidning, väntade sig att ett litet flygplan när som helst skulle dyka upp för att ta bilder av den långa kön på båda sidor om gränsen, samt av banderollen som hängde utanpå räcket: »Bort med tullen på idéer!« Utmed gångbanan stod plakaten: »Fritt flöde av memer!«, »Kultur är samhällets programvara!«, »Riv krympinrättningen vid gränsen!«, »Låt Svinesund dö!« Det sista var ett omvänt föregripande av slagordet i Alta några månader senare.

»I kväll är vi med i TV-nyheterna«, sa Anna belåtet genom det tutande infernot. »De kommer att kalla oss för länkgänget.«

En vecka efter aktionen hade de reducerats till tänkgänget, satt buttra över resterna av pyttipannan och grubblade på karriären, på hur de skulle bli färdiga med studierna. Eller för Mikaels vidkommande, han låg ju långt efter de andra, på vilket ämne han egentligen skulle satsa på. »Men du är vårt alibi, Alf«, sa brodern plötsligt, pekade på honom med gaffeln. »Du kämpar ju för oss alla nu för tiden, en ställföreträdande kamp mot Bøygen, självaste Store Norske.«

Ett skämt. De mobbade honom fortfarande för att han hade den där bisysslan vid sidan om studierna. Flera eftermiddagar och kvällar i veckan arbetade han med jesuitisk iver på Kunnskapsforlaget, närmare bestämt med första upplagan av Aschehougs och Gyldendals lexikon, själva kunskapsverket i Norge. Alf gillade det begreppet: kunskapsverk. Lät som »kraftverk«. Turbiner i djupet. Energi till de norska hemmen. Inför AKP-arna på Blindern skröt han över att han hade självproletariserat sig: »Jag jobbar på golvet i kunskapsindustrin.« Sedan tidigare hade han ett gott förhållande till lexikon, kom ihåg synen av pappan, kväll efter kväll i lampskenet – liksom förgylld – böjd över tjocka böcker. Detta var också under glansperioden för sådana utgivningar, en epok då mer än tvåhundratusen uppsättningar såldes, en epok då det gav högre status att ha ett kunskapsverk på en framträdande plats i vardagsrummet – nästan som det altare man såg hos en del asiatiska folkslag – än en hylla full med grälla kokböcker. Det var en fas i Norges historia då befolkningen kände ett större behov av låt oss säga att kunna jämföra längden på Amazonfloden och Yangtsekiang, eller ta reda på något om kejsar Marcus Aurelius,

än att lära sig hur man lagade en pesto eller en kyckling garam masala, för att inte tala om vilket vin man skulle välja till maten – man befann sig ännu i början av den trettioårsperiod då vinkonsumtionen i Norge skulle öka med vanvettiga sjuhundra procent. Alf kände att han hade fått tillgång till något viktigt, ett företag som behövde just hans speciella begåvning. Han hade ännu inte vågat säga något till de andra i Akbars hov, men för honom var arbetet på lexikonet en lika oväntad som uppenbar möjlighet att bidra till förvandlingen av Norge. Han satt i en trojansk häst, kunde angripa själva nervcentret inifrån. Dessutom var extraknäcket inte ovidkommande för studierna, C-uppsatsen. Han visste ju att den stora franska Encyclopédie var ett slags kulmination på upplysningstiden; många uppfattade rentav detta heroiska verk – eftersom kunskaperna i det var riktade mot det som *skulle bli* – som en av orsakerna till franska revolutionen och därmed det moderna Europa. Att arbeta med Store Norske var med andra ord liktydigt med att kunna förändra det viktigaste av allt: folks sätt att tänka. Lägga grunden för radikala framtida omvälvningar.

I ett litet arbetsrum i Gyldendals byggnadskomplex satt Alf Veber som ett slags allt i allo – kanske något som motsvarade den tjänst pappan hade haft i Nyco – i skärningspunkten mellan redaktörerna och centralgruppen och dataavdelningen. De första banden var redan färdigtryckta, och verket, stolt kallat Norges nationella minne, skulle vara komplett om två år. Alfs uppgift bestod i att färdigställa manuskript som kom in från olika fackmän och experter, samt att läsa korrektur. Efter hand blev han också vad chefen på skämt kallade en registerslav. Allt kunde nämligen inte få egna artiklar. Men eftersom användaren kanske letade efter något specifikt borde vissa ord, titlar, namn placeras i en så kallad nyckeldel, längst bak i varje band. Man sökte »Hamza-nama« i huvuddelen därför att man var nyfiken på de historierna eller bilderna, och hittade ingenting. Men slog man upp det i registret där bak fördes man vidare till uppslagsordet »Indien, konst«. Dessutom kunde det vara nödvändigt att mitt i en artikel göra läsaren uppmärksam på en annan artikel, där ett begrepp som i det sammanhanget knappt omnämndes fick sin fullständiga förklaring. Därmed satt Alf, samtidigt som han läste korrektur, och markerade med gul tusch ord som borde komma in i registret, och med röd tusch ord som borde få hänvisningar till andra uppslagsartiklar. Särskilt det sistnämnda var en utmaning. Det var ju enkelt att markera att ordet »nervcell« i artikeln om »hjärnan« måste få en hänvisning till det egna uppslaget om »nervcellen«, men man skulle vara observant för att se att ett avsnitt i artikeln om »elefanter« borde ha en hänvisning till »Ganesha«, den hinduistiska gudomen. Han glömde aldrig den fina pannlampan som Johanne hade lånat honom när de undersökte grottan i Rana. Sedan dess hade han ofta en känsla av att gå omkring med en lampa i pannan, lysa runtomkring sig, finna överraskande förgreningar. Som när han nu satt i sitt arbetsrum, så att säga nere i det norska urberget, och letade efter uppslagsord till registret. Möjliga sidogångar till huvudartiklar. En kväll blev allting konkret. Han läste plötsligt korrektur på en liten artikel om ett annat Store Norske, ett Store Norske som verkligen var en gruva, full av schakt och gångar, nämligen Store Norske Spitsbergen Kulkompani.

I början kom han med frimodiga förslag om saker som borde vara uppslagsord, saker som redaktörerna inte ansåg var viktiga nog, inte ens för att hamna i registret längst bak. Varför inte ta in mer om Kjell Lunds sånger? De hade ju präglat en hel generation. Och varför ingenting om memer? »Ursäkta att jag påpekar det, men är det inte en mindre skandal att det saknas en artikel om amygdala?« Å andra sidan kunde en del slopas; till exempel var hälften av de norska biografierna bortkastad spaltplats. Skulle man bara ha med drygt hundratusen uppslagsord om hela vår verklighet, måste man ta mig fan vara mer kräsen. Redaktörerna såg förvånat på honom, bad honom artigt att vara snäll och hålla sig till sitt jobb, leta efter ortografiska fel, använda den gröna pennan. Han tog åt sig kritiken men var inte nöjd. Han saknade mest av allt en vilja att häkta ihop dessa artiklar, eller kanske ännu mer: ett försök att visa användarna vad i hela friden all denna kunskap kunde leda till. Han tänkte fortfarande på pappan. Föreställde sig uppslagsorden som kolatomer, fantiserade om att de väntade på andra grundämnen, ord, för att kunna skapa liv eller för att kunna bilda organiska föreningar, just den cirkel av kunskap som ordet encyklopedi antydde. Pappan hade rätt. Kunskap, information, var på väg att bli lika viktigt som naturtillgångar. Men kunskap var också en råvara. Den måste bearbetas.

Akbars hov satt församlat på taket till en byggnad som en gång hade symboliserat en av de viktigaste samhällskrafterna i landet. »Se bara till att placera ett Store Norske i varje hem, ni«, sa Alf kryptiskt, »så ska jag ta hand om resten.«

De skrattade. Men de förstod inte vad han syftade på. En revolution i kungariket.

Sedan var tallrikarna tomma och en påtaglig tystnad sänkte sig. De kunde ha behövt var sin whisky, ett glas där en gyllene eld dansade inne i vätskan. Ingen lyckades få i gång någon diskussion. De var skadskjutna. Operation Tull hade varit en katastrof. Enligt planen skulle de sitta hopkedjade i timmar, triumferande spärra vägen, stå bakom en aktion som skulle bli omskriven och omtalad i veckor, och inte minst hyllad, men en bil från polisstationen i Halden kom snart till platsen och förstörde alltihop. Med en väldig tång, kanske avsedd för att avlägsna nummerplåtar på bilar, klippte de storvuxna poliserna av kättingarna som om de var mjuk silvertråd. Det förargade Alf att Merlin inte hade fått tag i en starkare kätting. »Typiskt dig«, morrade han, »vara noga med att kättingen ska vara blank, inte att den är härdad!« Merlin å sin sida var mest förtörnad över att han fick en ful reva i sin välstrukna modsjacka när någon brutalt släpade bort honom från körbanan. Mikael blev omhändertagen när han började slåss med en svensk Saabförare som sa att de borde pallra sig i väg hem till trampbilsfabrikerna i Norge. Inga tidningar kom, inga flygplan tog bilder av bron och banderollen. Köerna de åstadkom var minimala och böterna de fick var maximala. »Rätt åt er när ni går över gränsen till den milda grad«, sa jourhavande på Halden polisstation, utan att själv höra dubbeltydigheten. En föga välkommen åderlåtning av studielånet. Till råga på allt startade inte Annas Citroën när de kom tillbaka till Svinesund. De måste lämna kvar den – som en hopsjunken, livlös fransk idé – på andra sidan gränsen och lifta hem. Merlin svor ve och förbannelse över att han inte hade kört vespa.

Alf satt på toppen av Folketeaterbyggnaden, sneglade åt Annas håll, lät bekymren glida över från det kollektiva till det individuella planet. Denna ständigt provocerande närvaro. De tvetydiga ögonkasten. Ett eldigt, mörkt djur kamouflerat som kylig blondin. Jackan med vadderade axlar fick henne att se ut som en officer. Han glömde aldrig att hon var skeppardotter. Hade kanske det i sig. Stå på en brygga, föra ett fartyg genom hårt väder, genom smala sund, tryggt i hamn. Och brösten. Dessa svällande former som kunde få vilken man som helst att sätta saliven i vrångstrupen. Store Norske. Alf trodde att han skulle förflyttas till en annan plats om han fick röra vid dem. Att de motsvarade de två prickar, planeterna, som Anna hade insisterat på när hon i ungdomen kallade sig Anaïs. Varför gjorde han inte fler framstötar? Golvytan mellan dem fylld av glödande kol. Bara att bita ihop tänderna, gå över. Hon hade också gjort ett mindre självsäkert intryck på sistone, mer sökande. Merlin avledde hans tankar genom att fråga om konserten nästa kväll. Drammen. Räknade Alf med att det skulle komma många groupies? De andra flinade, till och med Johanne frågade med pipig röst om han kunde skriva autografen på hennes arm.

Det var sant. Han spelade på sätt och vis i två kvintetter, en intellektuell och en musikalisk. The Hamlets hade ännu inte sett sista akten, även om bara han och Charlie var kvar av den ursprungliga besättningen – Charlie, som nu jobbade i en musikaffär och kunde skaffa utrustning billigt. De hade fått med sig tre garvade musiker, folk som hade rytmfiguren i »Honky Tonk Women« i kroppen, som utan vidare kunde dra gitarrsolot i »Hotel California«, behärskade den ganska intrikata flerstämmiga sången i »How Deep Is Your Love«, folk som trots utmattningen efter ett uppträdande kände en egendomlig glädje över att sitta med en omelett och en öl hemma i Charlies trånga lägenhet på Kampen klockan fyra på morgonen och diskutera i två timmar om David Bowie i »Life on mars« sjunger »Now the workers have struck for fame, 'cause Lennon's on sale again« eller »'cause Lenin's on sale again«. Eller om det inledande ackordet i »A Hard Day's Night«, ett av popens stora mysterier, var ett G7sus4 eller ett Fadd9 eller något annat. Med tillhörande argument spelade på gitarren. De fem skrev fortfarande egna sånger då och då, men var först och främst ett habilt coverband som tog ner allting från Everly Brothers via Allman Brothers till Doobie Brothers på en lite simpel men

absolut inte dålig The Hamlets-nivå. På samma sätt som Alf lade märke till kvintettfunktionen i Akbars hov, att fem genomsnittligt begåvade personer höjde varandras tankeförmåga genom hetsiga ordväxlingar, upplevde han något motsvarande i The Hamlets: deras gemensamma musikprestationer lät bättre än man skulle kunna tro när man hörde de fem var för sig. När Alf drog i gång riffet, denna lilla musikaliska kolvstång, från The Rolling Stones »The Last Time« var det en dragmotor som snart fick de andra att göra sitt yttersta, förvandla bandet till ett oemotståndligt rytmlokomotiv, en musikalisk kraft som gav åhörarna gåshud.

Den vuxna bandkarriären började lovande med att de gick långt i ett så kallat Norgemästerskap i rock. De hade varit fulla av självsäkerhet på den första stora spelningen, en festkväll i källaren på Chateau Neuf arrangerad av studentkåren. För Alf var det uppbyggligt att tänka på att han återigen befann sig i en grotta ritad av det team som omfattade Kjell Lund, favoritbarnprogramledaren och mannen bakom klostret på Tøyen. Han gladde sig åt att spela, gladde sig åt att se alltfler av dessa lite för politiskt väckta ungdomar släppa alla dogmer och kasta sig ut i dansens virvlar, hoppa omkring som om de hade klipulver i underkläderna. Han kunde inte få nog av att stå bredbent på scenen i suget skapat av samspelet mellan trummisen och basisten, sjunga för full hals medan han med säker hand delade ut riff och ackord via elgitarren. Spela »Long Distance Love«, Little Feat-mästerverket, lyckas med synkoperingarna på ett sådant sätt att folk nästan snubblade. Spela Steely Dans ballad »Dirty Work« så att de dansande ögonblickligen som i trans gled emot varandra och in i längtansfulla omfamningar. Han hade för länge sedan slutat tro att han skulle uträtta något kraftfullt med sin Fender Stratocaster, allt som betydde något var att få spela. Sjunga. Han skulle nästan ha betalt för att få känna den rusliknande glädjen när de flätade in o-lalala, o-lalala-kören mellan vokalistens rader i Beatleslåten »You Won't See Me«. Han vågade aldrig erkänna det för någon, men han var fullkomligt lycklig, flera gånger funderade han på att sluta studera, börja som dansmusiker på heltid. Strunta i både Spinoza och Store Norske. Det fanns stunder, kanske mer under en repetition än under ett uppträdande, då han trodde att en följd av ackord kunde säga mer än ett lexikon med hela sin register-apparat. Han skulle ha gett mycket för att kunna få spela på en fest där de satt nu, på Stratos, ovanpå Folketeaterbyggnaden. »I see the light come shining, from the west coast to the east.« Utsikten över staden måste ta sig ännu bättre ut då, med en gungande och sjungande folkmassa framför en, en kör av människor som i några sekunder var samstämmigt sorglösa: »I shall be released.«

April och ljust. Vid horisonten låg moln som en hägring av det vinterlandskap i Jotunheimen som han en gång hade suttit i tillsammans med Anna. En efter en gick de andra hem. Merlin fingrade på en av sina utsökta manschettknappar – köpta i Brighton! – och sa att han ville dricka sig stupfull. »I kväll känner jag ett oemotståndligt behov av software, av att förväxla hårddisken med bardisken.« Bara Alf och Anna stannade kvar. En upprepning. Åter på toppen av Utsikten. Och som om hon kom ihåg något om apelsiner började Anna prata om mandariner. Hon arbetade hårt för att bli färdig med sin licentiatavhandling, hade just formulerat en ny titel: »En mandarin möter en samuraj, Simone de Beauvoir läst genom Julia Kristeva« – utan att veta att hon därmed föregrep den sistnämndas karriär. Alf måste skratta: »Det låter som om det skulle kunna bli en spännande film i regi av Akira Kurosawa«, sa han.

Alf köpte kaffe åt dem. De satt på var sin sida av bordet, lika stumma, tittade på Nr 19, som fängslade av ett fängelse. Nedanför korsade folk ett torg som nu verkade betydligt mindre livligt än när Alf såg det första gången. Inte minsta spår av Europa. Parkerade bilar hade tagit över. Genom sina egna vemodiga tankar hörde han Annas röst: »Jag har aldrig legat med någon.« Han trodde att han måste ha missuppfattat det. Hon upprepade meningen. Han lät det tränga in. Kunde det vara sant? Hon var tjugosex år gammal. Hur var det med alla hennes friare? Han hade trott att hon hade legat med en massa killar och män. Och varför detta plötsliga förtroende?

Kaffekoppen upp till ansiktet som en mask. Ett avgörande ögonblick. Han kunde gå bort till henne, ta hennes hand. Finna en förevändning, föra ut henne. Hennes knallblå ögon gav honom blodbrus i öronen, men han förmådde inte resa sig.

Golvet mellan dem fullt av glödande kol. Venuspassagen.

Han ryckte på axlarna, som om det inte angick honom. Var en bagatell. »Livet är inte alltid som i romanerna«, lyckades han få fram, darrade lätt på handen när han på nytt förde koppen till munnen. Sedan, igen, rena dravlet: »Allt har sin tid.« Och i kväll, skrek det i honom, i kväll är tiden inne. Tonight's the night.

Livet var sannerligen inte som i romanerna. Han tänkte på mamman. Mamman som avskydde fiktion, aldrig öppnade en roman. Som om hon för allt i världen ville undvika att läsa om brinnande kärlek. Om revolution. Förvandlingar. Hellre för evigt invagga sig i schlagertröstens »Det som sker det sker«.

På grund av deltidsarbetet på Kunnskapsforlaget träffade han plötsligt mamman en hel del, i alla fall om han kom till Gyldendal tidigt på eftermiddagen. Det hände att de tog en kopp te tillsammans i förrummet, där hon njöt av de sista åren av sin regeringstid på samma sätt som en firad diva vid teatern. Tack vare hårfärgningens konst var hennes Ava Gardner-utseende fortfarande intakt, och Alf lät sig alltjämt överraskas av den artighet, nästan vördnad som mamman var föremål för, också av den majestätiska ton som hennes röst fick innanför dessa väggar. »Nej, om vi har refuserat ert manus, så har vi refuserat det. Men ge inte upp, unge man. Fortsätt skriva!« Telefonluren tillbaka på sin plats. Ett leende och en blinkning åt Alf. Något helt annat än den mjuka, drömmande röst som nynnade »Man ska leva för varandra« hemma i Alunåsen.

Just i en sådan situation, medan de satt som portvakter utanför avdelningen för norsk skönlitteratur, bortsett från att de flesta hade gått hem för dagen, anförtrodde sig mamman åt Alf. Hon hade varit otrogen mot pappan en gång i tiden. Alf lyfte ofrivilligt upp händerna som för att skydda sig. Men hon fortsatte. »Jag ångrade mig aldrig, började ångra mig först sedan han hade dött.« Alf visste inte hur han skulle bete sig, hade både lust och inte lust att höra detta. Han bad om en kopp te till, satt kvar.

Under den första tiden på Gyldendal – och innan hon fick barn – hade mamman uppvaktats av en av förlagets mest betydande författare. Hon nämnde namnet. Alf hade själv läst en av hans romaner, »Jag ger dig månen«. Han var speciellt känd för sina skildringar av en kärlek som aldrig lät sig knäckas, som var starkare än döden. Framför allt en kärlek utan svek. Han träffade Erna Veber på en av Gyldendals stilfulla fester i Rokokosalen på Grand, och han lade ögonblickligen och eldigt an på henne. »Men det var hans böcker som fick mig att ge efter«, anförtrodde hon Alf. »Jag visste att jag inte skulle försöka ta ner månen, men det var så vackert, det var just något sådant jag längtade efter att få uppleva. En eld som brann. Romantik. Det som jag till min sorg hade upptäckt att din pappa saknade. När smekmånaden tog slut.«

Förhållandet pågick i flera år. Ingen visste om det, inte heller någon på förlaget. Sedan, utan förvarning, övergav han henne till förmån för en ung skådespelerska. Mamman kunde inte förstå att ett så berikande och lidelsefullt förhållande kunde vara över under loppet av några minuter. Senare upptäckte hon att han också hade haft kärleksförbindelser med minst två andra kvinnor medan han var tillsammans med henne.

Detta, berättade hon, var orsaken till att hon aldrig läste en skönlitterär bok igen. Den gränslösa avskyn för en människa som trampade på de värden han skrev om. Vad hjälpte det om en man hade inbillningskraft när det gällde kärlek, om han inte förmådde överföra detta till sina fingrar, till sin egen kropp? Hon visste att det var orättvist, men hon kände plötsligt ett bottenlöst förakt för alla författare. Idioter som fyllde böcker med fiktion, lögner, i bästa fall med bara obestämbara förbindelser till verkligheten. Som Alf visste tog ingen skada av att hon inte läste mer: hon hittade sina metoder för att få andra att tro att hon kände till varenda bok förlaget publicerade. Men det gick ut över pappan. Det var det hon såg desto tydligare nu. Deras erotiska förhållande dog trots att de fick två barn. Ett par år efter Mikaels födelse slutade de att ligga med varandra.

Alf var på väg upp med händerna igen. Nu räcker det. Mamman bad om ursäkt. »Jag måste berätta det för någon.« Hon stod med kappan över armen. »Tack, det var underbart«, sa hon. »Nästan som att få bikta sig.«

»Hur gick det med pappa då?«

»Han fick reda på det när förhållandet tog slut. För att jag var så led-

sen. Han tog det hårt. Valde ändå att stanna kvar i äktenskapet. Han var på väg att fullborda de studier som han hade avbrutit under kriget. Men han orkade inte ta examen, började på Nyegaard & Co. i stället, fick en underordnad befattning.«

»Men varför blev du då förtjust i pappa, första gången du träffade honom, alltså?« måste Alf fråga till sist. Han väntade sig: Därför att han var så intelligent. Men mamman svarade: »Därför att han kunde sjunga. Jag blev förälskad i honom på en fest. En fest som han bjöd mig med på sedan våra koftor hade fastnat i varandra. En kvinna spelade piano. Han stod lutad mot pianot med en grogg i handen och sjöng 'Bewitched'.« Mamman började nynna: »I'm wild again, beguilded again, a simpering, whimpering child again ...«

»Kunde pappa sjunga?«

Mamman såg skeptiskt på Alf. »Det är tydligen mycket du inte vet om din pappa.«

Mammans bekännelse gav Alf en förklaring på ett gåtfullt fenomen i barndomen. Varje gång stiftet på skivspelaren kom till Irving Berlins »Reaching for the Moon« eller Frank Sinatra nådde fram till »Fly Me to the Moon«, stängde mamman plötsligt av. Men viktigare: för Alf kastade historien också ett möjligt nytt ljus över Harald Vebers pappersharem i källarlådan. Anta att det helt enkelt var en tröst, ett sätt att överleva ett erotiskt dött förhållande på, utan att han gick till en annan kvinna. I så fall var det heroiskt. Onani som lim, något som höll ihop äktenskapet och därmed familjen. Det kunde alltså finnas en förbindelse mellan mammans och pappans hemligheter. En dold kanal.

I detta skede var sådana spekulationer inte främmande för Alf. På arbetsrummet i Store Norske blev han alltmer intresserad av att finna sammanhang. Han kom ihåg hur han som liten ritade streck mellan punkter som hade en siffra bredvid sig, och hur de vackraste bilder växte fram. På samma sätt satt han nu och drog osynliga trådar mellan olika artiklar och uppslagsord, trådar som gick kors och tvärs och bildade en fin väv. Hans gamle modersmålslärare hade rätt, det var hans största begåvning i livet: förmågan att avslöja mönster, se korrespondenser. Se att uppslagsordet om Tenochtitlán måste kopplas ihop med uppslagsordet om Mexiko och detta lands historia. Men också med den nuvarande huvudstaden Ciudad de México, och vidare med Hernán Cortés, med azteker och med Montezuma. Ibland grubblade han på vilket »organ« han använde i detta arbete. För det var snarare intuitionen än förnuftet. Descartes hade ju lokaliserat medvetandet till tallkottkörteln i huvudet. Kanske fanns det något motsvarande för förmågan att se korshänvisningar och dolda beröringspunkter. Amygdala? Såvida det inte var hans avlägsnade organ som gav honom talangen. Just hans saknad. I det tomrummet låg hans styrka.

Samtidigt slet han med studierna, med att fullborda något han hoppades skulle bli en originell uppsats om Spinoza. Framför allt provocerande. Besläktad med ämnet, en filosof som visste att han skrev så farligt att det inte skulle vara tillrådligt att publicera »Etiken« så länge han levde. Och till och med efteråt var han så känd, bland alla som betydde något, att enbart initialerna, B.D.S., räckte som författarnamn när boken utgavs postumt. Alf hade ventilerat infallsvinklar och poänger med de fyra andra i Akbars hov vid flera tillfällen, bett om råd, också fått goda inlägg, särskilt från Johanne, men ville inte nämna något om det nu. Försitta ett gyllene tillfälle. Bara han och Anna kvar. Visserligen en trumpen Anna. Fnasigt nagellack. Ovårdad i håret. Var det möjligt? Hade hon aldrig legat med någon? Levde hon i ett slags celibat? Vad betydde det mot all världens Spinozor. All världens mandariner. Anna var jungfru. Han fick nästan lust att lyfta händerna, värja sig, som när mamman anförtrodde sig. Samtidigt blev han nyfiken. Vilken var orsaken? Motsatsen till mammans? Anna hade kanske avvisat verkligheten, livet, till förmån för böckerna. Men varför säga det till honom, och just nu? Var det en uppmaning? Ville hon att han trots allt skulle bli den förste? Vågade han fråga. Eller skulle det vara att gå över gränsen. En ny misslyckad Operation Tull.

The Hamlets spelade i Drammen nästa kväll, inte precis i Drammenshallen, utan på Hawk Club. »Kan du inte komma och lyssna«, sa han till Anna. En omväg. »Vi kunde ju hitta på något efteråt?« Hon log ansträngt. »Det blir säkert för sent«, sa hon. Han uppfattade det tvetydiga i svaret. Alla de andra hade lyssnat på The Hamlets en gång eller två, dansat till och med. Aldrig hon. Återigen: denna gåtfulla brist på musikalitet. Hur kunde han vara så betagen i en omusikalisk kvinna? Jelly, jelly, jelly.

De tog hissen ner tillsammans, skildes vid Operapassagen, utanför Erling Moes fiskaffär. Hon kysste honom torrt på kinden, sa något om att ses på måndag. Det syntes inte minsta spår av någon invitation i blicken. En missbrukad chans. Släckta glöder. Stormy, stormy rain, I'm as lonesome as a man can be.

De närmaste veckorna försökte han sublimera, uteslutande koncentrera sig på att formulera sin uppfattning om Spinoza med någorlunda klara meningar. Innerst inne lekte han fortfarande med tanken på att uppsatsen skulle leda till något som motsvarade det Spinoza upplevde tidigt i livet, redan innan han hade gett ut någon skrift: att bli utstött, exkommunicerad ur sin judiska församling i Amsterdam.

Om han över huvud taget var i närheten av något sådant hände det i alla fall på ett sätt som han inte hade kunnat förutsäga. En kväll kom nämligen redaktionschefen på Kunnskapsforlaget helt oväntat in i rummet där Alf satt och jagade nyckelord som om det gällde att lösa, eller låsa upp, tillvarons stora Enigma. Alf var i en upprymd sinnesstämning, kom ihåg de epokgörande timmarna på Nordtvet bibliotek då han satt och letade efter Det okända Norge, även då med en tuschpenna i handen. Han hade just dragit sina sista intensivt röda och gula streck i artikeln om upplysningsmannen Kristian Birkeland. Det blev mycket rött och gult. För var det någon vars biografiska data han behärskade så var det Kristian Birkeland, forskaren som förvandlade luft till guld. Orsaken fanns i en fez, en sådan där märklig hatt av röd yllefilt som folk i Mellanöstern gick omkring med, en fez som han redan i ungdomen hade fått i julklapp av Johanne. På grund av sitt intresse för huvudbonader hade hon kommit underfund med att detta var hatten för Alf, eftersom Birkeland, den norske fysikern, använde en sådan när han gjorde sina experiment. Sporrad av denna gåva tog Alf på egen hand reda på allt om Kristian Birkelands liv, en norrman som inte strävade efter att ta sig till någon geografisk pol utan till en idéernas pol, och det var därför Alf nu hade föreslagit att Halddetoppen och terrella och Birkelandströmmar och The Norwegian Aurora Polaris Expedition 1902–03 måste in i nyckelregistret och att artikeln borde ha hänvisningar till elektromagnetisk kanon, norgesalpeter, zodiakalljus, Hulwan i Egypten och till Tokyo, där Birkeland dog på Hotell Seiyoken av en överdos veronal.

Utan att så mycket som kasta en blick på det färdiga arbetet förklarade chefen i vänliga ordalag – man tog hänsyn till att modern var en respekterad person i ett av ägarförlagen – att Alf måste sluta. Sagt mer brutalt: Han fick sparken. Men varför, harklade Alf fram, fortfarande med en röd och en gul tuschpenna i var sin hand, ett barns fantasivapen. Jo, fick chefen förklara, och nu utan att dölja sin irritation, han hade tittat på Alfs arbete den senaste månaden och kunde knappt tro sina ögon. Alf höll på att spränga registren längst bak. »Du ser ju för fan nyckelord överallt! Hänvisningarna i ett enda litet uppslag för ju folk till universitetsstudier innan de har läst färdigt. Och alla dessa korsförbindelser! Inte ens jag förstår hälften av dem. Du är väl inte Laurence Sterne, för tusan? Du ska hjälpa läsarna med att finna det som de letar efter, inte dikta upp underliga idékombinationer. Och till råga på allt missar du helt elementära ortografiska fel. Vad är det med dig? Sitter du och jobbar i ett haschrus?«

Alf insåg att han inte skulle komma särskilt långt med en redogörelse för sina motiv. Var han verkligen den ende som var knuten till detta omfattande projekt som frågade sig själv hur man skulle kunna förvandla alla dessa fakta till visdom? Om så många norrmän hade Store Norske i sina hem, varför kom då kunskapen inte till sin rätt? Som Alf såg det satt norska folket, genom denna anhopning av uppslagsverk, på en enorm outnyttjad potential. Med sina korshänvisningar, sina nycklar, ville han därför seriekoppla alla dessa verk. Och orsaka tidernas explosion. Eller revolution. I alla fall en radikal metamorfos. Norge från ett Överland till ett Nederland.

Vad gör vi med allt vi vet?

Eftermiddag efter eftermiddag, kväll efter kväll, hade Alf suttit i Kunnskapsforlagets arbetsrum med en röd och en gul machete och letat efter hemliga passager i djungeln av skenbart obesläktade textfragment. En kväll när samtliga uppslag på skrivbordet sammanföll på ett insiktsfullt vis, tänkte han på sagan han hade burit med sig ända sedan den gången då Johanne smittade honom med påssjuka, en saga som hade påverkat hans liv lika mycket som en arvssubstans: »Prinsessan som ingen kunde göra svarslös.« Han satt i arbetsrummet på Kunnskapsforlaget och ropade invärtes Jag har det, jag har det, medan han såg hur den ena upplysningen egendomligare än den andra passade in i en större helhet.

Var det inte en form av mod: våga vara vis. Här, i ett litet rum på ett stort norskt förlag, försökte han efter fattig förmåga uppmuntra folk till verkligt vetande, det vetande som härrörde från att man plötsligt såg sammanhang, förstod att fakta inte var något man kunde placera i separata fack från A till Ö. Store Norske fällde en regering en gång, nu fick det honom på fall. Alf fick sparken för att han som en elektriker hade kopplat ett stort system fel. Typiskt. I Norge var rättstavning viktigare än idéer. Man skrev ursinniga läsarbrev om man upptäckte ett felstavat ord i en tidning men reagerade aldrig på att artiklarna så tragiskt saknade ett minimalt mått av innehåll. Att idéerna faktiskt låg kvar vid Svinesund.

Fan ta detta tanketomma skitland! skrek det i honom medan han packade ihop. En kort stund kände sig Alf besläktad med Spinoza, han hade blivit exkommunicerad, kastats ut ur den Stora Norska församlingen, med en lika harmsen motivering: detta var en villolära. När Alf med släpande steg gick över Sehesteds plass, en arbetslös på väg hem, funderade han på vad man skulle med ett sådant uppslagsverk som Store Norske i dag. »Sätt fyr på hela konkarongen«, mumlade han när han lämnade torget. »Enda sättet det kan kasta en smula ljus på.«

DE FÅ GÅNGER han saknade ett uppslagsverk begav han sig till Whitechapel Library, vägg i vägg med en av nedgångarna till Aldgate East-stationen. Så fantastiskt! Försjunka i Britannicas korshänvisningar. Skulle han kontrollera något som gällde någons levnadslopp, låt oss säga David Humes, satt han snart fördjupad i en artikel i macropædia-delen om

Skottlands historia. Inget lexikon kunde mäta sig med Britannica. Varför hade ingen fått sparken där? Bodde han bara i fel land?

Så småningom glömde han sitt egentliga ärende och lät sig hellre förtrollas av det gamla, tämligen nedslitna bibliotekets atmosfär. Eller satt kvar och bläddrade i någon av de böcker han läste som ung. Gullivers resor. Robinson Crusoe. Juveler i nätet han bar i sitt inre. Whitechapel Library – och Bethnal Green Library, ännu närmare hans kyrka – påminde om Nordtvet bibliotek. Vad var Det okända England? Ofta lät han bara en bok ligga uppslagen framför sig, kanske på gurjati eller urdu, en bok av Tagore på bengali, något han hade råkat ta fram, medan han hellre iakttog aktiviteten i lokalen, söp in en obestämbar lukt, bokdamm, tvål, kroppslukter. Hjälpsamma bibliotekarier vägledde livliga skolbarn av alla raser, pojkar med konstiga hattar, flickor med huvudduk, till och med slöja, lärde mörkhyade smättingar att spela schack. Ett verkligt upplysningsprojekt. En port in till väst för flera generationer invandrare. Inget tvivel: detta smutsiga, snart nedlagda bibliotek var lika mycket värt som British Museum och Barbican Centre. *Hur förhöll det sig med Österlandet vid tiden kring år 1700? Kunde överväga att ta med något om den imponerande konsolideringen av kinesisk kultur under Qingkejsaren Kangxis långa regeringstid.* (*Eller nej, jag bör hålla mig till Europa.*)

Flera dagar utan en skymt av Io. Han gick omkring och pjoskade med en dragning, kanske till och med en längtan, som dels fick honom att skratta, dels skrämde vettet ur honom. Han undvek att titta efter henne, men kom på sig själv med att ständigt spana efter små presenter. Ett par begagnade Asterixtidningar. En diktsamling av Michael Ondaatje. Ett miniatyrpositiv som spelade All You Need Is Love. Han visste ingenting om henne. Föreställde sig henne bara som naivitet. Oskuld. En person liksom utan svar, en människa som bara ägde melodier. Var melodi. Något man inte kunde få ur huvudet.

Han träffade Ian Stuart på National Gallery, kaféet. Gav honom sitt pass. Utställt strax före laminatpassens tid, ett pass av den typ där man också hade en rubrik för »särskilda kännetecken«: Removed the spleen, stod det. Ärr i bukens mittlinje. Passet varade bara ett år till. Tillräckligt för Ian, märkbart tacksam och uppspelt. Han gav Alf sitt eget pass. Också av det gamla slaget, den gången då de var blå i England. Alf kontrollerade det. Allting likt. Längd, hårfärg, ögon. Och var det möjligt: under »special peculiarities« upplystes det att även Ian hade fått mjälten borttagen. Samma ärr. De var identiska, två själar med allvarliga brister i en av världens storstäder.

Alf hade med sig en rock, den han hade rest i från Oslo. Ta den, sa han till Ian. Jag behöver den inte längre.

På väg ut mot Trafalgar Square granskade Alf den andre mer ingående än vanligt, lade märke till de små tecknen. Naglarna, håret, de skrynkliga kläderna. Han hade länge förstått att Ian var uteliggare. Inte en av de typiskt utstötta och förnedrade i samhället. Trots det uteliggare, långt borta från livet som historielärare, den tid då han undervisade om skillnaden mellan korintiska och doriska pelare.

Alf konfronterade honom med detta. Ian vände bort blicken, stirrade på duvorna. Övernattade han på gatorna runt The Strand, som många andra gjorde, ville Alf veta, med sträng röst. Ian berättade motvilligt att han visserligen hade hållit till där en gång, under ett av valven på baksidan av Shell Mex-byggnaden, bredvid Savoy Hotel, men att han nu hade förtur till ett bra ställe i en fotgängartunnel under Park Lane, inte långt från Speakers' Corner. Det var därför jag lyssnade på dig, sa han. Bara undantagsvis gick han ner till Strand eller Lincoln's Field Inn för att man delade ut varm dryck och smörgåsar där. Man kunde också få kläder och yllefiltar. Han ville lämna tillbaka rocken, verkade ändå ledsen över att behöva släppa ifrån sig ett tjockt plagg av så hög kvalitet. Behåll den, sa Alf.

Det smärtade honom att höra denna beundransvärda person berätta om ett sådant liv. Ville han inte bo i kyrkan tillsammans med Alf? Var inte så bekymrad, sa Ian. Jag är en Pessoa, bortsett från att jag inte skriver under fyra namn, men lever fyra liv. Att vara uteliggare är bara ett av dem. Du vet ingenting om mig. Alf stod kvar och smakade länge på den sista repliken. Jag har det bra, jag har aldrig haft det så bra, tillade Ian. Få råttor. Fin adress, vet du väl. Tidigare var det Savoy, nu Dorchester Hotel. Jag har lärt mig knepen efter hand. Jag har just skaffat mig en ny, varm sovsäck genom Frälsningsarmén. Och nyligen tagit det pneumokockvaccin jag måste ta vart tredje år. Annars finns det mottagningar där jag kan tvätta och raka mig. Om jag vill. Tänk inte på det. För mig är friheten viktigare än allt. Han hostade. Alf tyckte inte om det, misstänkte att Ian drack också. Kanske inte mycket, men han drack. Ian hostade igen. Bara ett virus, sa han, förstod inte varför Alf grimaserade av den anmärkningen.

Men hur ska du skaffa pengar för att kunna resa till Grekland, frågade Alf.

Jag kommer nog på någonting, sa Ian. Se bara hur det ordnade sig med passet. Han log och klappade sig på innerfickan. Plötsligt fick ansiktet ett hänfört uttryck: Jag glömde berätta att jag har upptäckt något nytt: Dinteville, mannen till vänster på Holbeins målning, har en silverskalle i mössan. Ett tecken. Ett medvetande om skröplighet, att man snart ska dö. Han såg triumferande på Alf. En min som sa: Vad mer var livet, vad mer kunde man önska sig, än att komma underfund med sådana gåtfulla saker?

Alf spelade långa pass i tunnelbanan de kommande dagarna, tänkte samtidigt på det förbluffande avståndet mellan hans gamla och nuvarande jag. Och han var bekymrad för Ians skull! Han spelade No Milk Today, den gamla Herman's Hermits-hiten, flera gånger, hade glömt hur härligt det var att sjunga den. Detsamma gällde I'm a Believer, skriven av Neil Diamond men känd genom The Monkees. En lisa att sjunga. I thought love was only true in fairy tales, meant for someone else but not for me. En pärla. Och folk älskade det, skänkte pengar så snabbt att det lät som tamburinackompanjemang. Han sjöng Proud Mary och Ruby Tuesday och Silence Is Golden, alla dem som han hade sjungit hundratals gånger förut, de dök upp som kära, länge inlåsta vänner från minnet, låtar framförda på de mest olika scener i Norges land, säkra fullträffar, han stormtrivdes, hade sällan sysslat med något trevligare, och samtidigt kunde han inte undgå att se det: avståndet mellan de sökande idéerna i anteckningsboken och de banalt enkla sångerna i tunnelbanan. Borde han skämmas? Absolut inte. Det var sunt. En urladdning. En del lade sig på en soffa och pratade med en psykolog. Han stod här och sjöng för full hals, kände att han berättade om sina djupaste hemligheter, att alla runtomkring honom var terapeuter som fick honom att känna sig bättre dag för dag.

Han gjorde faktiskt också något för dem. Spelade en roll i andras liv. En kväll kom ett ungt par bort till honom och gav honom en flaska vin, sa att det var tacken för att han hade sammanfört dem; de hade träffats av en händelse en månad tidigare, i den mosaikklädda korridoren på Tottenham Court Road-stationen, efter att ha stått och lyssnat på Bangleslåten Eternal Flame, en sång som betydde något speciellt för dem båda.

Det var ändå lite märkligt hur avlägsna böcker hade blivit. Han tittade då och då in i en Borders- eller Waterstone's-filial där författare hade uppläsning eller samtalade med varandra. Satt bara och lyssnade. Förstod knappt vad de sa. Tyckte trots det om att studera dessa berömdheter på nära håll, se vad för slags skor de använde, vad för slags penna. Det hände annars att han letade bland rara böcker från obskyra ämnesområden i de små, smutsiga rummen på Foyles' övre våningar, kanske på grund av ett par rader, en hänvisning, som han hade kastat ner i anteckningsboken, men han köpte aldrig något, glömde det liksom mitt i letandets process. Eller kom på att han måste försöka sjunga I Shot the Sheriff i tunnelbanan, en låt han hade tyckt särskilt mycket om att spela, reggaetakten, med The Hamlets.

En dag då han hade suttit och njutit av höstsolen, trädens förvandlingsnummer, i Paddington Street Gardens – allt plötsligt guld, allt plötsligt en förgyllning av tillvaron – vandrade han återigen Marylebone High Street fram, vilket han inte hade gjort sedan den där vårdagen och besöket i den katolska kyrkan. Utanför den inbjudande fasaden på Daunt Books greps han av en stark aning om att något väntade på honom i affären. Han gick in, hade knappast varit i en vackrare bokhandel förut. Patina. Första ordet som slog honom. Något slitet som framhävde värdigheten. Woody Allen-bokhandel. Gröna väggar. Klockformade lampor. Ett stort välvt fönster i väggen längst borta. Två våningar högt. Rembrandtljus ner genom glasluckor i taket. Sakral stämning. Bortsett från att bokhandeln hade specialiserat sig på reseböcker. Inte kyrka. Avgångshall. Han hittade en bok om Delfi, tänkte ge den till Ian.

Då upptäckte han Io uppe i det ena av de två gallerierna i det höga rummet. En stöt i kroppen så att han nästan miste balansen. Hon hade inte sett honom ännu, stod i sin egen värld och läste i en bok bakom ett räcke av mörkt trä. Skotskrutig kjol, annars i svart. Han blev stående och betraktade henne. Så förhäxande annorlunda. En outsider. Glansen i håret. En måne. En individ i en bana långt ifrån massan. Till och med på avstånd kunde han känna livskraften. Och verkan. Det slog honom: hans pappa hade på sätt och vis fel. Den dolda kanalen, den som kunde öppna, låg inte inne i honom, den låg utanför. I form av en annan människa.

Han vägde för och emot, gick sedan upp i galleriet. Hon verkade inte överraskad. Jag hade en känsla av att du var i närheten, sa hon, visade honom vad hon läste i, en guidebok om Norge. Gammal. Bara antikvariska böcker här uppe. Out of print. Jag blev nyfiken, sa hon. Då var hon alltså intresserad av honom? Om han tolkade boken i hennes händer rätt. Ville veta något om Norge. Men sa Norge något om Alf Veber? När hon bläddrade såg han att halva lillfingret på högra handen var borta. Hon saknade också något. En led. Upptäckten gjorde honom omtumlad, varm. Han läste på några av ryggarna inom synhåll. The Monks of Qumran, Bliss in Java – The Island of Taboos. Han tittade tankspritt i den sistnämnda, log mot golvet.

Under jackan hade hon en gammaldags väst. Plötsligt drog hon upp ett fickur. Guld. Tjock länk. Inte någon Swatch i dag. Mumlade något om att hon måste gå. En guldcirkel i handen. Påminde om det astronomiska kompendium han fick av Johanne. Något att navigera med. Farfars, sa hon när hon såg hans ansiktsuttryck. Arvegods. Jag ville bli urmakare när jag var liten. Ett stort leende. Sheryl Crow-leende.

Spänningen. Ännu tydligare än förut. Kunde tända en glödlampa. Men det var något mer. Lust helt enkelt. Nästan så att han föll omkull. En längtan att hålla henne hårt intill sig, knulla henne. Han såg sig stirrande omkring i den vackra lokalen, de mörka hyllorna med böcker om all världens länder, som efter hjälp. Men det lät sig inte bortförklaras. Här stod han, en avdankad, förvirrad man, och kände något som liknade förälskelse. Inte bara det. Ett begär. En längtan att få släcka lågan i underlivet genom att trycka sig mot, in i, personen framför honom – en visserligen musikalisk, visserligen annorlunda, men i alla fall hopplöst naiv kvinna, hälften så gammal som han själv, Alf Veber, en människa på sätt och vis out of print. Han var generad. Rädd. Upprymd.

Han såg sig förtvivlat omkring. The Island of Taboos. Till sist på henne. På den gamla boken om Norge hon hade i händerna, uppslagen på en bild av en knuttimrad byggnad. Har du sett spöken? sa hon.

GROTTAN: BERGMANN

Alf kom till det knuttimrade byggnadskomplexet relativt sent och tänkte sarkastiskt, eller kanske snarare bittert, att den kalla januarikvällen och de snötäckta omgivningarna fick allting att verka extra strålande och förföriskt. Bilar körde fortfarande fram till trappan genom en allé av facklor och släppte av festklädda gäster – de mest celebra och kändisarna kom sin vana trogna sist. Vid ingången väntade ett koppel fotografer och på skämt lade Alf armen om en ung skådespelerska som vid den tidpunkten hade sina månader i rampljuset. Alla linser riktades genast mot dem. Var man dum nog – eller kommersiell nog – skulle det stå något om ett nytt par i tidningarna nästa dag. I rummet innanför hovmästarens pulpet log Alf urskuldande mot sitt offer och lät henne gå. Han tog en överblick över batterierna av champagneglas, terrasserna med mat på borden invid väggen. I bakgrunden hördes överjordisk musik av Sissel Kyrkjebø, såvida det inte var Enya eller en kör av älvor. Det var länge sedan firman Compendium firade ett bra arbetspass med soppa på Kinokroa.

Alf måste bana sig väg bland gästerna, vinkade till Merlin som för detta tillfälle ställde upp i sin bästa snäva italienska modskostym från 60-talet. Såg ut som om han kom från ett annat sekel. Sylvasst elegant. Skor så iögonfallande att folk instinktivt backade undan. Alf stannade till ett slag hos ett par av de största norska investerarna, som båda ville trycka hans hand innan de fortsatte en animerad diskussion om australiska viners förbluffande kvalitetsförbättring under de senaste åren. Vilken utveckling, tänkte Alf igen: Norrmän som för bara ett par år sedan knappt kunde känna skillnad på sött och halvtorrt vitt vin var numera oenologer. Han trängde sig vidare mot Gro Brox, som talade högröstat med en grupp webbdesigners, myndigt, ihärdigt, som om arbetsdagen

ännu inte var slut. Gro hade, »i affärssyfte«, tagit på sig en dräkt med röd jacka från Øst-Telemark, anförtrodde Alf att hon tyckte om att bära den, inte för att det hade något med hennes rötter att göra, med en mor från Bø, utan för att det var den sexigaste av alla de vackra norska folkdräkterna. Alf måste ge henne rätt: hon var en syn. Den skinande vita skjortan, sammanhållen av en halsring och två stora broscher, ett liv med tre par blänkande maljor. Det breda bältet framhävde den smärta midjan.
Kjolen, som var full av broderier, och som dessutom var av det kortare slaget, gjorde att man fick en skymt av det mest dekorativa av allt: Gro Brox underben, som hade visat hela världen att skidsportens vagga faktiskt stod i Telemark. Alf var till slut Askeladden, hade kommit till kungens gård. Och här stod prinsessan, väntade som en utmaning. Hon var en sådan. Gjorde män mållösa. Guldgult hår. En galjonsfigur. Representerade bolaget på ett sådant sätt att manliga kunder korsade benen av fröjd. »Värd femtio miljoner bara som reklam«, sa en tung investerare.

»Stiligt«, sa hon och nickade åt honom. Alf hade medvetet valt en svart Nehrujacka med hög krage som en viss kontrast till evenemanget de skulle jubla åt. »Det blir vi två i kväll«, sa hon, tillgjort konspiratoriskt, trots det allvarligt. »Som du vet är jag singel för närvarande.« Hennes styrka och svaghet. Självsäkerheten. Hon kastade en blick genom fönstret, ut över Bogstad och Oslo, som om det var hennes kungarike. En digitaliserad storstad omgjord till en folksaga. »Skål«, sa hon. »Skål för ytterligare en framgång.« Alf höjde glaset, kände samtidigt spänningen mellan dem. Som inte bara berodde på något oförlöst erotiskt, utan också på en konflikt.

Euroway var redan en saga blott. Festen markerade lanseringen av en ny portal och de befann sig som sig bör på toppen av världen, på Holmenkollen Park Hotell. Man hade inte sparat på något, hade hyrt hela den gamla delen i drakstil – en förvuxen Hadrianus villa – både restaurangen De fem stuer och de mindre sällskapslokalerna på första och andra våningen. Alf hade föreslagit att de skulle arrangera partyt på Fornebu, som hade stängts som flygplats hösten innan. En av hangarerna där skulle åtminstone ha gett firandet ett tycke av vision, av moderna tider, antytt en önskan om att vara en ny tids knutpunkt, en alternativ ramp för utresor. Men alla de andra ville vara här, i närheten av Holmenkollen, en symbol för Norge som ett skidparadis, dessutom landets mest besökta attraktion, och på denna sagokungsgård till hotell, en arkitektur som också tjänade som modell när de rikaste norrmännen, samtidens gullgossar, lät bygga fritidsbostäder, stugkomplex, med så stora utrymmen att de kunde hysa samtliga familjer i ett höghus på Ammerud.

Alf tog med sig ett nytt glas champagne och fann vägen genom salongerna ut till den inglasade veranda som kallades Grevens utsikt, skådade ut över staden och hamnområdet 350 meter nedanför, tänkte med stolthet på pionjärprojektet, på euroway-portalen. Eftersom de först av allt såg till att hemsidan fungerade gnisselfritt på det tekniska planet hade affärsidén nämligen visat sig vara vattentät. Kunskap av hög kvalitet säkerställde ett tillfredsställande antal besökare och därmed intäkter från nöjda annonsörer. Samtidigt steg aktievärdet. Compendium AB hyrde några rum i det väldiga Havnelageret vid Vippetangen. Alf tyckte det var passande, man låg gynnsamt till för att kunna ta emot varor från kontinenten. Ett slott vid vattnet, omgjort till kulturhus. Arbetsrummen var rymliga men återhållsamt inredda. Själv höll han till i ett av tornen, inbillade sig ibland att han satt högt uppe i en trädkoja.

De första månaderna hade de arbetat av alla krafter för att öka den tillgängliga mängden information i portalen, och eftersom kvaliteten hade satts i högsätet måste de fiska selektivt i ett hav av lösryckta upplysningar, samtidigt som fångsten organiserades vertikalt, så att säga med kräsen människohand, i nivåer av betydenhet. Personligen strävade Alf mest med att skapa stimulerande korrespondenser. Äntligen kunde han göra vad han inte fick lov till i Store Norske. Han gjorde till exempel en pekare från Aten och Akropolis till London och British Museum, The Elgin Marbles, marmorrelieferna som engelsmännen hade stulit från Parthenon. Från Pradomuseet i Madrid och El Grecos målningar smidde han en omvänd kronologisk länk via Toledo, Rom och Venedig tillbaka till Kreta, konstnärens födelseplats. För att inte tala om vad han gjorde med alla de gotiska katedralerna i Europa. Som få andra vid denna tid insåg Alf den största fördelen med internet – att hela nätet grundades på inbördes förbindelser, släktskapen mellan saker och ting. Den nya virtuella världen var i grund och botten ett väldigt grottsystem som bara väntade på att bli utforskat. Samtidigt hotade en fara: det var ohyggligt lätt att gå vilse.

Han kunde sitta i Havnelagerets massiva torn och minnas sommarnätterna tillsammans med Johanne, den gången då de låg på rygg i en gammal roddbåt och tittade upp på stjärnorna. Under en tidig övernattning, när de tände en av sina första stora brasor tillsammans, berättade Johanne om Prometheus, gestalten som stal elden från gudarna och gav den till människorna och därför betraktades som en kulturbringare. Hon var tyst länge medan hon såg in i lågorna som hörbart slickade veden. Kunde man finna något lika viktigt att komma med till mänskligheten i dag, fick Alf för sig att fråga. »Ett nytt navigationsinstrument«, svarade Johanne snabbt, som om hon bara väntade på att få säga det. »Inte för att användas i geografin, utan i djungeln av åsikter.«

Gro och Alf diskuterade kontinuerligt möjligheten att utvidga euroway, om de också skulle förteckna anmälningar av de viktigaste europeiska böckerna, både fack- och skönlitteratur, recensioner av europeiska filmer, konstnärer och utställningar, kompositörer och konserter och så vidare. Alf var rädd för att de skulle tvingas ge upp alla anspråk på kvalitetskontrollen, men som ett experiment, ett försök att öka tillgången på råmaterial, gjorde de en satellitsida, kallad Planet E, som skapades genom ett nät av frivilliga och obetalda bidragsgivare, i synnerhet studenter, även utländska, som fick skriva på engelska. Dessutom öppnade euroway ett Forum E, där användarna med hjälp av pekare i portalen kunde berätta om platser de hade besökt i verkligheten, och där man också kunde föreslå nya länkar som webbredaktören borde lägga ut på huvudsidorna.

Från sitt arbetsrum, fyllt med Frank Zappa-musik, ledde Merlin arbetet med att göra tjänsten mer användarvänlig, få sidorna ännu enklare, samtidigt som det visuellt aptitväckande bevarades. Portalen skulle vara »sticky«, hålla kvar folk. Det skulle vara en glädje att navigera i euroway – Merlin delade Alfs minne av den jublande känsla man fick när man i ungdomen hittade skärmarna på orienteringstävlingarna. Samtidigt insåg alla att det de nu ansåg som datorgrafiska mästerverk om några år skulle te sig som grottmålningar. Att man självfallet befann sig i den digitala tidsålderns barndom.

Parallellt med allt detta arbetade särskilt Gro hårt med att göra webbplatsen ekonomiskt mer lukrativ, skaffa ännu fler annonsörer, fresta dem genom att visa andra företags effektiva banners. Tillsammans med Alf intensifierade hon också arbetet med att göra utländska kunder uppmärksamma på portalen. Alf trivdes i Gros sällskap, trivdes på arbetet, kom först och gick sist från kontoret i Havnelageret, betraktade sig som en handelsman, anställd på ett modernt ostindiskt kompani, med en station i varje hamn.

När det såg som ljusast ut blev Compendium uppköpt av ett penningstint internationellt IT-bolag med huvudkontor i London, visserligen med en norrman som chef. Alf hade stött beslutet, hade trott att det skulle ge ännu rikare möjligheter. Aktievärdet på den grå marknaden steg då också omedelbart.

Alf vände sig bort från fönstren, smuttade på en champagne som egentligen inte smakade honom, gick mellan träväggarna tillbaka till Oscarstuen där Gro höll på att avsluta ett spirituellt tal. Applåder. Unga människor som ropade och visslade bifall. Också flera berömdheter, »levande ikoner« i det norska kulturlivet. Arrangemanget gick vidare utan program. Dunsterna av renat brännvin och öl bredde ut sig under de konstfärdigt målade taken. Folk vimlade kring borden med spicket kött och lax i alla varianter, stora bålar där akvavitflaskorna låg som en Fram inkilad mellan isbitarna. Gro stod ett stycke bort men kastade sina blickar på honom. Frågande. De ljusa lockarna vällde nerför axlarna på henne, hölls inte riktigt i styr av hårbandet. Det blänkte om dräktsilvret. På avstånd kunde man tro att hon hade smyckat sig med sina mästerskapsmedaljer. Som för att säga att detta också var en tävling. Fick hon honom på kroken i kväll skulle hon samtidigt avgå med segern, tolka det som att han trots allt gav henne rätt. Han tog sikte på trappan som ledde till de mindre lokalerna där uppe. Någon ny norsk grupp hördes från högtalarna, jazz blandad med elektroniska effekter och sfärisk sång. En antydan till något asiatiskt, till ett djungelaktigt Angkor, ett sound som passade anmärkningsvärt bra in här i utkanten av den norska snötäckta vildmarken. Ett ljudspår till ett scenario där någon, malplacerat, försökte lyfta en elefant.

Compendium var ett av de få bolag i dot-com-branschen som hade tjänat pengar på sin tjänst, på euroway. Men detta var under de sista euforiska åren av 90-talet, och mycket ville ha mer. Eftersom euroway ingav små förhoppningar om den önskade ekonomiska intäkten – en vision baserad på de utopiska föreställningar som rådde – hissade de nya ägarna snart signaler om en helt ny idé om portalens innehåll; man gjorde om euroway till en Norgeportal. Alf protesterade skeptiskt och förtvivlat, detta var perspektivlöst. Ren och skär vandalism. Glaspärlor i stället för ädelstenar. Han stod ensam. Även Gro och Merlin accepterade omläggningen. Gro blev ny portalchef. Alf satt nedstämd och tänkte att det var typiskt norskt, en sådan vändning som norrmän ofta gjorde på vintern, ett par höga svängande kast med skidorna, ett knep för att kunna vända 180 grader i djup snö, en sådan där plötslig vändning som Alf aldrig hade lyckats prestera i barndomen.

I och med den nya satsningen, norwayportal, anställde Compendium fler personer och flyttade in i större lokaler på Skøyen, en ståtlig tegelbyggnad som tidigare hade inrymt en känd mekanisk verkstad, ett av dessa sällsynta norska företag som hade förmått göra något annat än att bara leverera halvfabrikat. Det passade bra, för Compendium och Norgeportalen skulle vara lokomotivet för en ny industri. En framtidsfabrik. Byggnaden kallades av de anställda för Det norska huset efter en omdiskuterad metafor på den tiden. Arbetsrummen ändrade karaktär, hade nu samma futuristiska stil som vartenda IT-bolag med självrespekt, öppna landskap uppbrutna av tankeplatser, glasväggar in mot spel- och musikrum – kallade funroom. Egen filmsal. Klättervägg. Diskokula på toaletten. Dryck- och matautomater för varje tänkbar jordisk, nästan galaktisk smak. Det var så att man hörde »chill out«-musiken utan att den fanns där. Verkligen på ljusårs avstånd från den husvagn där Grateful Dead utgjorde ljudkulissen.

Som namnet angav var den nya tjänsten avsedd för européer, eller hela världen; den skulle vara en port in i Norge. Inte ett litet utan ett stort stycke Norge. Vikingarna och 17 maj, Lofoten och norrskenet. Samtidigt var inte avsikten att lära ut något om landet, utan att locka folk att semestra där. Portalens flaggskepp, det man alltid lyfte fram vid demonstrationer, var sidan om fjordarna, speciellt Geirangerfjorden. Använde man söktjänsten på startsidan, slutade man liksom alltid längst inne i Geirangerfjorden.

För Alf var det som att se något friskt och originellt angripas av ett virus och bli förstört. Han kom ihåg hur det slutade för Prometheus, bunden och med en örn som hackade honom i levern. Alf kände ett styng

där mjälten skulle ha suttit, en fantomsmärta som han ibland kallade hjärtvärk.

På ett gammalt ingenjörskontor i sidobyggnaden på Skøyen, nästan förvisad, tänkte han ofta på den sista av det han kallade sitt livs portalupplevelser, en händelse som inträffade strax efter att han hade börjat vid Institutionen för medier och kommunikation. Merlin ringde och bad honom komma dit fortare än kvickt – deras institutioner låg båda i Forskningsparken. På sätt och vis började upplevelsen flera år tidigare när Alf första gången satte sig vid en Macintoshdator och på skärmen inte längre bara såg en svart yta med grön skrift, utan något som liknade ett skrivbord. Han fick känslan av att kunna krypa in och ta plats i ett konstgjort rum. Vid denna tidpunkt hade Merlin också för länge sedan berättat för honom om ett språk, ett nytt program, som tillät användarna att hoppa mellan olika textfragment med hjälp av »länkar«, ord man kunde klicka på. »Och håll nu i dig«, sa Merlin. »Han som utvecklade det här använde en maskin från Norsk Data.«

Men nu, denna dag tidigt på 90-talet, ville Merlin visa honom den första webbläsaren, ett verktyg som verkligen öppnade, gjorde väven av texter där ute i den elektroniska rymden tillgänglig för den stora allmänheten. Alf skulle finna det helt naturligt att den webbläsare som de flesta stiftade bekantskap med några år senare hette Navigator och att logon i de tidiga versionerna var ett skeppsroder och en stjärnhimmel. Nu, i Merlins arbetsrum, blev Alf sittande och klickade, fick ständigt nya fönster att öppna sig på skärmen. Genom en fingerrörelse fördes han till ett annat ställe. Som att gå in genom en port, in i ett aldrig tidigare skådat landskap, en alternativ värld fylld av oanade möjligheter. Alf hade en gång stått omtumlad vid Gateway of India i Bombay, vid ingången till en för honom okänd kontinent. Detta var ännu mer lovande. Som att genom en springa se in i framtiden, en överraskande utvidgning. Han förstod genast att han stod inför sitt livs chans, att detta var en öppning han måste försöka ta sig genom.

Och så skulle han alltså sluta här, bland snödrivorna på Holmenkollen. Hans idémyllrande kulturhus förvandlat till ett isslott. Alf visste inte vad eller vem han letade efter – ville kanske bara, som en vanmäktig protest, vara i rörelse – vacklade nerför trappan igen och in i de fem salongerna, höll upp champagneglaset som en nödraket och gick i sicksack mellan allt muntrare gäster som åt mat med fingrarna och tappade akvavitglas i golvet, kom tillbaka till Grevens utsikt, stirrade ut över Sørkedalen och staden, kände sig inte i feststämning, tänkte på vilket tillfälle som nu hade slösats bort. Det påminde kanske lite om TV. Avståndet mellan visionerna på 50- och 60-talen och hur det hade blivit. Hundra kanaler. Som alla hette Kanal Banal. Merlin tittade in, hade knäppt upp den nästan metalliska kostymkavajen, verkade exalterad, dunkade Alf i ryggen. Sjöng en strof ur »I Can't Explain« av The Who. Alf gömde sig när han förstod att Gro jagade honom. Hon virvlade omkring på golvet så att kjolen lyftes och blottade ännu mer av de smäckra, spänstiga benen. Han var inte blind för att han kanske var en tjurskalle som lät bli att tacka ja till hennes oförställda inviter. Möjligen skulle ett samliv med Gro Brox vara det bästa som kunde hända honom. Å andra sidan representerade hon något han måste kunna motstå om han skulle undvika att sluta som en fullständig förlorare. Det fanns en sak han inte hade gett efter för. En munvig prinsessa i folkdräkt.

När Gro tog över ledningen hade han aggressivt och desillusionerat föreslagit att de skulle använda en bild av skulptursalen i Nasjonalgalleriet som startsida. Den sa allt. Bortsett från Munch var ju Norge ett land som helt saknade världskonst. Som barn, tillsammans med Vera, hade Alf själv haft en klaustrofobisk upplevelse bland alla de smutsiga gipskopiorna i skulptursalen. Men sådant var Norge. Ett land fullt med kopior.

Senare, eftersom han fortfarande var ett slags kreativ ledare, bestämde han sig för att rädda i alla fall några av kungstankarna bakom euroway. Om de nu skulle syssla med Norgereklam kunde de väl för tusan hitta något som förtjänade att visas upp, något som utlänningar inte kände till, så att säga Det okända Norge, inte bara Norge som ett evigt Lillehammer-OS. Han lyckades tillkämpa sig en sida om nyare arkitektur, med Snøhetta som spjutspets; planerade något liknande om framstående unga formgivare, modeskapare, koreografer. Han såg också till att lägga in länkar till vissa företag som kanske sa något oväntat om näringslivet. Stokke Møbler. Håg. Trio-Ving. Jotun. Dyno. Kongsberg Subsea. Norsk

Hydro. Inte minst Opera Software – en webbläsare skapad av norrmän! Han skulle gärna ha tagit med Nycomed, men det var nu i utländsk ägo. Liksom Freia. Till sidan om traditionell norsk mat lyckades han i alla fall göra ett tillägg som presenterade norska kökschefer i Michelinstjärnklassen.

Till slut tjänade det inte längre någonting till att undvika Gro i lanseringsfestens tumult, de stod plötsligt mitt emot varandra vid matborden i Oscarstuen, rakt under ett absurt älghuvud på väggen. »Fin halsring«, sa han i brist på något annat att säga. Och för att undvika att tvingas sänka blicken mot hennes bröst. »Det kallas hornring«, sa hon retsamt. Broscherna nedanför klirrade svagt. Hon lade smeksamt fingrarna över dem. »Du vet säkert inte att det heter buckla och ormsölja«, sa hon. »Förgyllt och oxiderat silver.« Buckla. Ordet fick honom att tänka på en bula, något som buktade ut i byxorna. Förgylla kuken.

»Var inte så sur«, sa hon och släpade med honom in i Chr. Michelsenstuen, ett chambre séparée. »Jag vet att du tycker att du arbetar i motvind. Titta hellre på allt du har fått gjort. Portalen går ju hur bra som helst.«

»Tack vare kungen«, sa han och pekade på fotografierna på väggarna runt dem. Statsminister Michelsen som tog emot kung Haakon och hans familj 1905. Gamla porträtt av Haakon, Maud och Olav. För att få fler träffar hade man bland annat skapat en sida om statsöverhuvudet och hans familj, inklusive en översikt över berömda norska kungar, i synnerhet från sagatiden. För Alf var detta något av det mest försmädliga.

»Du vet hur viktigt det är«, sa Gro med tröstande stämma. Hon ville tydligen att han skulle trivas på festen. »Inte bara tyskarna, utan också japanerna är mycket intresserade av detta. Och norrmännen.«

Hon hade rätt. Det mest smärtsamma för Alf var att euroway, trots sin lönsamhet, aldrig nådde det riktigt stora besöksantalet, medan Norgeportalen genast blev omåttligt populär. Och besöktes av fler norrmän än utlänningar. Speciellt sidorna om kungahuset. Folk verkade omättliga när det gällde material och bilder från Slottet. Alf borde ha vetat det: att slåss mot monarkin var en bortkastad sak.

Folk strömmade skrålande förbi i korridoren utanför. Spolingar med aktier värda lika många miljoner som de hade finnar i synen. Festen började få en viss likhet med ett rejvparty. Alf hade också sett mycket knark i alla former på sin vandring genom de övre gemaken. Ett slags hädelse. Narkotika i rum som bar namn efter rakryggade idrottshjältar. Oscar Mathiesen, Gjermund Eggen, Grete Waitz. Från maltdricka till ecstasy på två tre generationer. Var kom det ifrån? Alla dessa snygga människor. Han kände sig förflyttad till Amsterdam igen, Den svarta tulpanen. Men kanske klädde det Norgeportalen, det de firade här. Ett helt land på en nedåttripp kamouflerad som Det ljuva livet.

»Du har väl ändå ingenting emot att vi kopplar in fiskeindustrin på ett starkare sätt«, fortsatte Gro. »Det finns en massa pengar där. Plus att vi visar Norge som en attraktiv marknad för utländska investerare.« De hade förflyttat sig ut i den gamla entrén, stod vid foten av den eleganta trappan. En doft av Norsk folkemuseum. I närheten av dem hängde »Haugtussdans«, en stor målning av Theodor Kittelsen, någonting från »Peer Gynt«. Han såg på Gro. En tjej han en gång hade handlett. Som hade tagit sig igenom hela Grottspelet. En kvinna som gick in i eurowayprojektet driven av lidelse och idealism men som nu verkade vara mer motiverad av girighet. Eller tog han fel? Var han bara sur? Avundsjuk på Gros duglighet?

»Varför så moloken?« sa hon när han inte svarade. Hon var överförfriskad, skrattade lite för mycket. Den ena handen lekte med silvret i skärpspännena, som om hon gott kunde tänka sig att öppna dem. Öppna allt. Hon glömde affärerna, böjde sig i stället närmare och föreslog med låg röst att de skulle ta en taxi, smita i väg. »Vill du se på min prissamling?« sa hon. »Jag saknar bara en trofé. Kungapokalen. Den tänker jag vinna i kväll.« Hon skrattade avväpnande. Tänder till guld.

Han hade inte lust. Tanken på portalen plågade honom. Eftersom den primära målgruppen nu var utländska turister blev sidorna snart en enda lockande reklam för norsk turisttrafik. Man brydde sig inte om att differentiera, uppskatta värdet av varje sida, placerade i stället hundratals saker bredvid varandra, skapade en overkill av självskryt. Kvalitet och europeiska idéer hade ersatts av kvantitet och norska folkdräkter – sidan om dräkterna irriterade Alf om möjligt ännu mer än den om kungahuset.

Portalen påminde snart om papperet om mjölkchokladen. Fullständigt likgiltigt. Ingen över, ingen bredvid. Ingen under. Med andra ord: frånvaro. Tomhet.

Han tappade gnistan, gav mer eller mindre upp. Satt för det mesta på kontoret och spelade på en av de två gitarrer han hade stående där, en sex- och en tolvsträngad. Drömde sig bort. Eller tänkte att han kanske kunde få användning för det en dag.

Trots det gjorde han en kraftansträngning då och då. Smugglade in vad han kunde av kultur. Men ägarna ville ha kitsch, ville hellre ha dagens dagsländepopstjärnor och dito sportutövare än det lilla vi hade av konst; de ville ha sommarland och pittoreska fiskare och ekonomisk vinst. För Norgeportalen var först och främst en bra affär. Det vill säga den strukturerades alltmer som ett shoppingcenter, med länkar till platser där man kunde köpa allting från lusekoftor till norsk rökt lax, men naturligtvis allra mest turistprodukter, skräddarsydda paket till varenda plats och för varenda smak. A Pure Escape.

Alf slet sig lös från Gros fuktiga blick, tog trappan upp till andra våningen för att leta efter Merlin, ett korrektiv, någon som var nykter. Mervin Os från Nord-Odal. Han kikade in i flera av de mindre sällskapsrummen, hamnade i The Explorers Suite, rum med namn som Fridtjof Nansen, Thor Heyerdahl, Roald Amundsen, Helge Ingstad. Ingen Merlin. Ingen trollkarl från Oz. Ingen som kunde ge Alf en hjärna. Ett hjärta. Mod. Han kände sig tömd på alla idéer. Försvagad. Tom. En mjälte – mitt kungarike för en mjälte. Han banade sig väg, måste nästan använda våld för att ta sig igenom myllret av människor på andra våningen och komma ut på balkongen. Silhuetten av Kolsåstoppen i fjärran. Den friska luften gjorde gott. Huset hade ursprungligen uppförts som sanatorium. Verkligen något att tänka på. Blicken fann fjorden. Där ute någonstans låg Slemmestad. Som inte fanns i portalen. Men för ett par år sedan hade han kört dit för att vara närvarande vid invigningen av landets första hindutempel. I ett före detta Folkets Hus. Ett uppbyggligt minne. En märkesdag för Det okända Norge.

Han vacklade ner, slingrade sig fram mellan människorna, stötte plötsligt ihop med Gro igen, rakt framför den öppna spisen i Gamlestuen. Hon stod med ett litet snapsglas i handen. »Skål«, sa hon. »Skål för Norges Absolut.« Hon var tydligen mer än salongsberusad. »Som jag, Absolute Fabulous.« Hon blinkade, trots allt inte utan självironi. Och alls inte utan charm. Hon upprepade att hon var nöjd, att allt var så bra, upprepade flera gånger att de fick alltfler träffar. Att ägarna var nöjda. Att allt var rosenrött. Rosenskimrande. Hon tog på honom hela tiden medan hon pratade, strök honom över armen. Och nu planerade hon en kampanj som skulle göra Norgeportalen till en bättre och mer känd märkesvara. Alf tyckte först och främst att man borde överväga att byta själva märket. De hade nu en borrplattformssilhuett som logo. Det norska huset liksom förvandlat till en borrigg i havet. Det såg ut som om man blev inbjuden att gå mellan benen på en spindel.

»Vi skulle kanske redan nu planera något till 2005-jubileet«, sa hon. Alkoholen avtrubbade tydligen bara delar av hennes hjärna, inte dem som gällde jobbet.

»Är det inte lite tidigt«, sa han. »Vem vet om Norge fortfarande är en självständig nation år 2005, vi är kanske uppköpta av USA?« Det värmde besvärande från brasan i den öppna spisen. Han vände bort huvudet, spanade efter hjälp. Merlin?

»Var inte så butter«, sa hon med tunga ögonlock. »Glöm Europa, tänk på fäderneslandet, var lite chauvinist. Guldet finns här, alldeles under fötterna på oss, inte utanför gränserna.«

För ett ögonblick tyckte han att hon sa »mellan benen på mig«.

»Då är vi överens«, sa hon sedan. »Nachspiel hos mig. Bara vi två.« Det lät inte som en fråga.

Varför inte ge efter? Varför stod han här och ville krusas? Gro Brox var utan tvivel festens stiligaste kvinna.

»Jag hade tänkt mig en tur in i Nordmarka«, sa han, kände ett nästan barnsligt trots. »För att plocka orkidéer. Snöleopardorkidén. Träna på skidor, träna på lappkast.«

»Kan du inte följa med hem till mig«, sa hon. Mer bedjande nu. Som om det var något hon verkligen önskade. Längtade efter. På väggen mitt emot hängde Gerhard Munthes målning »Bondefrieriet«.

»Jag trodde att du hade nog av träffar.«

 Han såg att han sårade henne.

»Var inte elak«, sa hon. »Följ med. Är det omöjligt att vilseleda en gammal vägledare?«

»Jag ska bara hämta skidorna först«, sa han. »Jag kan bara älska med dig om jag har skidor på fötterna. Och om du lovar att inte ta av dig folkdräkten.«

Förstummad. Hon snyftade, snurrade runt på klacken så att kjolen fladdrade upp, och försvann.

Några hade satt i gång med karaoke inne i det största rummet. Norska melodifestivalsbidrag. Tänk om han skulle gå lite amok. Krossa apparaten med den osynliga orkestern. Hellre se till att komma i väg. Kanske upp till Kragstatyn. Vänta på vargtimmen, på dimman.

På vägen ut träffade han äntligen Merlin, men Merlin var inte speciellt lämpad som ett nyktert korrektiv. Han var stupfull, berättade kvävd av gråt att han hade sålt alla sina aktier i bolaget. Var det dumt? Säkert inte, sa Alf. Och sedan tänkte han att detta var en av de få vackra egenskaperna hos Norgeportalen, att en fattig pojke som Merlin, innan allting gick åt helvete, blev stenrik, mycket välförtjänt, på sitt goda huvud och sina tekniska kunskaper.

»Det var bättre musik när du hade gitarren med dig och ledde allsång«, sa Merlin, pekade med tummen in i karaokerummet.

»Tack«, sa Alf innan han kom på en sak. Merlin hade haft ansvaret för att visa omkring en grupp utländska notabiliteter på skidmuseet. Hade han nyckeln kvar? Och larmet var fortfarande av, eller hur?

Merlin fumlade fram en TrioVing-nyckel. »Sorry, Alf«, sa han när han överlämnade den, som för att be om ursäkt för euroways öde. »Jag har åtminstone druckit mig full på engelskt gin och inte på norsk akvavit.« Ett snörvlande skratt. Alf klappade honom på axeln, hämtade rocken och började gå i riktning mot Holmenkollbacken, inte mot hopptornet utan mot hoppkanten och skidmuseet. Det var för en gångs skull goda snöförhållanden i januari.

Inne i museet gick han direkt upp till avdelningen där legendariska skidor var utställda. Han undersökte kung Haakons urgamla askskidor. De var för långa, obegripligt långa. Han tittade kärleksfullt på kung Olavs Landsemskidor med röd Rottefellabindning – de skidor han hade med sig när man tog den där berömda bilden av kungen som tog spårvagnen – men de stod i en monter och Alf ville trots allt inte krossa något. Hur skulle det vara med Magne Myrmos skidor från 1974, de sista träskidor som plöjde spåren mot ett VM-guld? Det fanns bara en skida där, det skulle bli för svårt. Sedan föll hans blick på Arnfinn Bergmanns hoppskidor från 50-talet. Alf kom raka vägen från Holmenkollen Park Hotell, där ett av de mindre sällskapsrummen var uppkallat efter Arnfinn Bergmann. Alf hade studerat bilderna som hängde på väggen, visste att Bergmann vann OS-guld i Holmenkollen 1952, ja, att han vann alla tävlingar han ställde upp i den säsongen. Kanske med de här skidorna. Lyckoskidor. Pjäxorna satt kvar i bindningarna. Perfekt. Bara att sticka fötterna i dem.

Med hjälp av en liten Swiss Army-kniv som han alltid gick omkring med i rockfickan lyckades han lossa de fyra skruvarna i klämmorna som höll klenoden på plats. Med de tunga hoppskidorna under armen lämnade han byggnaden och gick bort till backen, fick för sig att han kunde behöva en hjälm, åtminstone en röd fez. Han insåg klart vad han måste göra, tvekade inte att öppna grinden i staketet och gå uppför de branta trappstegen bredvid nedslagsområdet, bar skidorna över axeln som när han var pojke.

Han kom upp till krönet och lade skidorna i snön nedanför hoppkanten. Hela den storslagna anläggningen badade i strålkastarljus. En norsk olymp. De nationella gudarna härstammade härifrån. Han ville helst ha hoppat. Med fackla. Det bästa minnet från Lillehammer-OS. Mannen som svävade genom luften med facklan. En gnista i minnet. Han fick nöja sig med nedslagsområdet. Fortsätta från det ställe där han hade fallit så illa den där barndomsdagen tillsammans med Johanne. Fullfölja. I kostym, i Nehrukavaj och överrock. Men det var brant. Det var så in i helvete brant. En gång hade han varit Kungen av Europa, trott att hans tid var kommen. Men nu. Kung av en plats som inte fanns och en tid som redan var över. Om jag lyckas stå kommer jag att överleva trots allt, tänkte han. Till och med överleva Norgeportalen. Han sparkade av sig skorna, lossade remmarna och snörena i pjäxorna och stack i fötterna, gladde sig åt att ha samma skonummer som Arnfinn Bergmann, OS-mästaren. Han kontrollerade att de gamla härliga Kandaharbindningarna fortfarande höll. Rätade på sig. Han var klar. En europé, en kosmopolit, förklädd till norrman. Till norsk OS-vinnare. Han gav sig i väg utför, förvånad över sin djärvhet. Eller kanske inte. Hade han inte i hela sitt liv velat vara en Bergmann, en grottman, en orädd utforskare av trånga passager? Det kittlade vilt i magen. Rockskörten flaxade intensivt. Nästan som att falla. Falla genom en tunnel. Trycket i kroppen längst ner där backen planade ut måste likna det som en flygare upplevde i en loop. Alf pressades bakåt men lyckades hålla sig på benen. Ute på slät mark, badande i strålkastarsken och med tårar i ögonen, sträckte han händerna över huvudet, som efter en stor seger. Det var alldeles tyst, inga på läktarna. Aldrig någon som tog emot.

V. MÅLET

HAN STOD I rulltrappan och nynnade, på väg upp. Gitarrfodralet i handen. Ett väldigt lyckat pass. Applåder till och med. Det var måndag. Därför hade han spelat I Don't Like Mondays. Dessutom regnade det, därför tröstade han förbipasserande med Crowded House: Everywhere you go you always take the weather with you. De var förtjusta, klappade i händerna, fyllde gitarrfodralet med mynt. Han stod och log vid tanken på folks reaktioner. Nästa stopp Io. Inte fjärilar utan larver i magen. Kunde bli vad som helst. Han nynnade fortfarande på den sista refrängen, Oh, baby, baby, it's a wild world. Den effektiva gitarrlinjen hade suttit i fingrarna, till och med efter så många år utan övning, ett slags fängslande spår lagrat i musklerna. Cat Stevens. Hade gått den omvända vägen, blivit muslim, slutat spela. Jag har blivit munk och börjat sjunga igen.

Mötet förde honom till Streatham Street, Bloomsbury. En liten restaurang. Ios förslag. Ett lustigt ställe, en våning ner från gatuplanet. Påfallande unga gäster. Mat från Fjärran Östern. Wagamama. Lät som ett stridsrop. Wagamama! Liknade en gammaldags matsal. Vitmålade väggar, fyrkantiga pelare. Träbänkar och långbord. Utmed hela ena sidan var det öppet in i köket, kockarnas vita jackor mot blanka stålytor. Hon satt där redan, fingrar som vinkade, fingrar som dansade. Höghalsad svart tröja, svarta jeans, plötsligt existentialist. Håret i kort hästsvans. Han tog plats mitt emot, måste fästa blicken vid pappersduken, plötsligt förlägen. Hennes dragningskraft. Ännu mer påtaglig. Io, en Panamakanal. Möjligheten till en gedigen genväg.

Menyn var också ovanlig. Hennes språk. Välj du, sa han för att dölja sin okunnighet. Hon beställde snabbt av en ung servitör med trådlös mikrodator. Maten kom nästan omedelbart, som om den stod klar på ett löpande band ute i köket. Chicken katsu curry. Io hade valt en stor skål med något. Underlig atmosfär. Framtid. Positive eating, positive living. Kedjan öppnade ständigt nya restauranger, kunde Io berätta, sörplade i sig nudlar så ohämmat att han nästan hyssjade, som på ett barn. Det här var den första. Ur-Wagamama. Stället klädde hennes lite japanska look. Hennes egensinnighet. Oskuld. Han måste fortfarande skratta åt henne. Som när hon erkände att hon länge hade trott att King Crimson var en riktig kung. Som om det bara fattades att hon skulle tro att Crosby, Stills, Nash & Young var en advokatfirma. Åt hon ofta här, ville han veta. Alltid, sa hon. Jag studerar ju alldeles i närheten. UCL. Hans ätpinnar korsades, kycklingbiten föll ner på tallriken. Du studerar? Det sista han hade tänkt om henne. Hon granskade honom med en blick som fick honom att tänka på Johanne, alla de gånger hon utbrast: Det är mycket du inte vet om mig. Io berättade sedan att hon studerade historia, att hon för närvarande arbetade med en större uppsats om upplysningstiden. Han kunde inte tro det. Denna tjej. Som kunde vissla trettio reklamjinglar på stående fot. Som satt och drack ur sin skål med nudlar, smackade högt och ljudligt av glädje, fick honom, tillsammans med träbänkarna och långborden, att tänka på daghemmet. Upplysningstiden. Mitt område. Alltså inte så konstigt att hon vet något om John Locke. Detta naturbarn. Smilgropar och öron som smycken. Bachelor of Art. University College London. Han blev så häpen att han inte kom på något att säga. Varför misstar jag mig hela tiden på folk.

Han behövde luft, skulle just urskulda sig, tacka för en trevlig måltid, en intressant måltid, när hon frågade om han ville följa med henne hem. Helt plötsligt. En kopp te. I förvirringen, en dubbel förvirring, tackade han ja, hakade på, tankarna urkopplade, Northern Line till Victoria, District Line vidare och av på West Kensington. Utanför stationen passerade de en pub med iögonfallande art déco-fönster mot gatan, Famous 3 Kings. Jag jobbar här ibland, sa hon. Passar ju bra, tänkte han. Jag är King Crimson, kungen av Europa. Uppträder? frågade han. Servitris, sa hon. Plus att jag får se mycket fotboll.

Hennes lägenhet, det vill säga den stod i faderns namn, låg på andra våningen. En av de där långa husraderna som man såg överallt. Tegelfasader på båda sidor om gatan. En känsla av déjà vu när hon öppnade ytterdörren och han steg över tröskeln. Öppna en dörr. Ett mentalt jättesprång. Plötsligt vara på en annan planet.

Ingen katt. Hade nästan väntat sig det. Kallad Shiva eller något i den stilen. Tre katter som alla hette Sam. I stället vilade en lysande grön mountainbike mot väggen i hallen. Ett helt alfabet av joggingskor. En affisch med Schroeder vid miniflygeln från den tecknade serien Snobben. Få möbler i vardagsrummet. Påminde i själva verket om hans eget vardagsrum i kyrkan. Också här ett låst rum, men pyttelitet: ett kassaskåp, en grå kub i ett hörn. Io slamrade med burkar, krukor och koppar. Ingen vägg mellan vardagsrummet och köket, han kunde se henne hela tiden. Tekokning som ritual. Dansande rörelser. Ingen sa något. LP och cd längs ena väggen. Travar med dvd. Sista tangon i Paris. Barry Lyndon. En ensam låg hylla full med olika snäckor. Vackra, hemlighetsfulla. En hängmatta på motsatta sidan. Jag ligger där och lyssnar på musik, sa hon ute i köket, som om hon kunde läsa hans tankar. Hon hade berättat att Chicago var hennes favoritgrupp, de första sex albumen, eftersom pappan, trombonist under studietiden, hade spelat dem så ofta när hon var liten. Chicago. Måste vara lika avlägset för henne som Duke Ellington för mig. Täta blåsarrangemang. Oerhört långt ifrån den musik hon själv spelar. Gör. En Ovation, en Martin, två dyrbara akustiska gitarrer på stativ, strax intill något han trodde var inspelningsutrustning. Använde tydligen inte dator som andra unga musiker. I en vrå låg en tamburin, ett par flöjter, munspel. Inga bokhyllor. Inga böcker. På soffbordet ett Gameboy, senaste modellen. Återigen den smärtsamma påminnelsen om åldersskillnaden. Det oanständiga i att han satt här, beundrade hennes långsamma danssteg vid köksbänken. Så ung att hon tar allt det jag betraktar som nytt för givet: video, kanalmyllret på TV, dataspel, mp3, mobiltelefonen, krockkuddarna i en bil.

Det var när hon kom med en kopp i vardera handen, servitrispose, som den sista resten av försvar föll. Inte längre möjligt att bortförklara. Han var lika upp över öronen förälskad som när han var sexton. Och det var sant: blodet brusade. Han hade hört folk påstå att fenomenet kunde upplevas även sedan man hade passerat fyrtio, men alltid skrattat överseende åt det, inte trott att det var möjligt. Mitt i virrvarret av känslor, skamsenhet, glädje, märkte han också ett slags blyghet. Att allt detta gjorde honom generad. Mållös. En blick på samlingen av snäckor. Låt det gå långsamt. Långsamt.

De sa inte så mycket. Han kämpade fortfarande med att acceptera erkännandet. Och smälta att hon var akademiker, eller att hon åtminstone studerade. Måste vara ett skämt, ett infall, inte något hon menar på allvar. Hennes huvud verkade inte vara inrättat för sådana saker. Hon hade kanske just börjat, befann sig på grundnivån.

Vad är det för titel på uppsatsen du jobbar med, frågade han. Också för att dölja sinnesrörelsen, tillståndet att vara en löjlig, förälskad man.

Den franska Encyclopédies betydelse för revolutionen, sa hon. Sa det liksom i förbigående, som om det var en bagatell, vilket ämne som helst. Han blev nästan arg, det var ju närapå stöld, hans egen tanke. Återigen: han kunde inte tro det. Denna tjej. Denna fjädrande gång. Sörplandet av nudlar. Och samtidigt inbegripen i kamp med ett av de stora problemen. En av de mest värdiga frågorna över huvud taget. Men varför inte. *Har aldrig tänkt på det*, skrev han i anteckningsboken samma kväll. *Encyclopédie är i grund och botten en typisk senbarockform, besläktad med principerna i barockkonsten.* (*Måste fördjupas.*) *Finna några uppslag som visar detta. Använda banden med illustrationer. Tänka på det som barock bildkonst. Ett nytt sätt att se. Teckningar där snarare detaljer än helheten framhävs. Kanske något anatomiskt, sällsynta djur.* (*Tänder, klor.*) Hon nämnde att hon arbetade hårt med uppsatsen, eller extended essay som det hette. Att hon alltid hade varit intresserad av idéers betydelse. Att hon med detta arbete hoppades kunna få sin tro bekräftad, tron på kultur som en politisk kraft, på att kunskap, rätt förvaltad, kunde utlösa en revolution. Som det var i dag, avslutade hon med att säga, försatt vi ju varje tillfälle att dra slutsatser av de kunskaper som redan fanns.

Sättet hon sa »revolution« på. Vad för slags revolution, hade han lust att fråga. Syftade hon på något mer än politik? Han höll tyst.

Men nu, genom att studera epoken närmare, hade hon förlorat tron på det, sa hon, nästan arg. Du gillar chai? Han nickade. Chai? Naturligtvis. Se bara hur det gick med den skitrevolutionen, fortsatte hon. Huvuden som föll och tillbaka till vanstyret. Upplysning plötsligt bara vilja till makt.

Jag är rädd för att vi är inne i en sådan tid nu också, sa hon, såg honom rakt i ögonen, en blick som borrade sig igenom alla hans mentala barrikader och tankar om anständighet. En upplysning som skenar i väg. Slutar med att människan avgudar sig själv. Ett förnuft som inte erkänner några gränser. Nästa anhalt något totalitärt. Han sa ingenting. Satt bara och var förundrad. Eller njöt. Njöt av sin missbedömning. Njöt av sin förälskelse.

Kan för mycket upplysning blända? Eller rentav skapa mörker?

Hon drog upp benen under sig i stolen, höll koppen med båda händerna. En skymt av naken hud mellan strumporna och kanten på byxbenen. Han var tvungen att lägga band på sig. Satt och dyrkade dessa anklar. Kände något som gränsade till smärta. Ett begär som plötsligt skrek efter att bli tillfredsställt. Maximalt olämpligt i ett sammanhang där hon avslöjade dessa nya sidor av sin person. Trots det: tankar på hur länge det var sedan han hade älskat, blivit älskad, fysiskt. Tankar på hennes underliv. Olja. Extra Virgin. Han och hon i hängmattan. Älska i draget från Chicagos feta blåsarrangemang, Make Me Smile. Stopp, gör något, avled fantasin. Ursäkta, kan jag få låna toaletten? På vägen dit passerade han en fågelbur. Jag släppte ut den, sa hon, utan att vända sig om, måste ha hört att han stannade. På bottnen låg ett par brev, hennes namn på kuverten, såg ut att vara en mans handstil. Han ville inte snoka, lät bli att öppna sidodörrarna vid spegeln i badrummet. En lukt av citron och mynta. Kunde ändå inte undgå att se böckerna i badkaret. Dels som avfall, dels som något kärkommet. Något man doppade hela kroppen i. Alltså ingen boklös bostad. Höga travar, ett helt Manhattan. Flera band av George Eliot utgjorde toppen av en skyskrapa. Tillbaka i soffan frågade han om kassaskåpet i hörnet. Inga hemligheter här, sa hon, log. Gick bort och öppnade det. Det enda värdefulla jag äger. Hon viftade med ett tunt häfte. Mina låtar. Jag måste skriva dem för hand, får inte till det annars. Och jag har dåligt minne, glömmer dem med en gång. Hon pekade på bordet, ett block med A4-ark och en penna. Det översta arket var fyllt med något som liknade en vers, besiffringen markerad mellan raderna. Detta häfte är kanske guld värt, sa hon skrattande och lade tillbaka det i kassaskåpet.

Han drack av teet. Starkt. Det var ingefära i det. Vilken oväntad vändning i livet. Sitta här och dricka chai, betrakta denna unga kvinna i smyg.

Anklarna. Konturerna av brösten under tröjan, ännu mer distraherande när hon ställde sig upp. Baken, halvkloten under de snäva jeansen. Hon måste ha lagt märke till det, för hon vände sig om och log. Hon hade satt på en cd med Magnetic Fields. En behaglig musik, okänd för honom. Hon visade omslaget, 69 Love Songs. Han svalde varmt, starkt chai, försökte negligera spänningen i luften. Magnetfältet. Något började stiga i

honom, närmade sig en kritisk punkt. Kunde inte vara här. Outhärdligt. Lockelsen. Hallucinationer om en annan form av 69. Han kom på en halvt plausibel ursäkt, reste sig, måste ta sig samman för att inte gå bort till henne, tätt intill henne, kände hennes lukt på två meters håll. Starkare än chai, starkare än ingefära. Starkare än allt.

Omöjligt att veta om hon vill att jag ska stanna eller gå. Omöjligt att fråga. Måste gå. Sätt lite fart. Gå, tveka inte. På vägen ut upptäckte han en stor diamant. Det vill säga handtaget på den dörr som måste vara hennes sovrumsdörr, en sådan där kula som liknade en fasettslipad diamant. Kristall eller något syntetmaterial. I tankarna höll han redan på, närmast paniskt, att sublimera. *Tänk om jag skulle låta mina trettiosex fragment vara ett slags fasetter.* (*Saker och ting måste stå i den rätta vinkeln i förhållande till varandra.*) *Det var ju inte heller* en *Upplysning, utan flera. Till och med en konservativ. Mål: skriva något som fångar ljuset och som sedan återkastar det förstärkt.* Något pappa har satt dit, sa hon. Han är svag för krimskrams. Diamanthandtaget utlöste ett skred av minnen hos honom. En annan dörr. In till ett av de viktigaste rummen i livet. Det blev ännu tydligare när han stod utanför på gatan och tittade upp. Ett stort träd utanför husväggen. Hennes lägenhet kunde tas för en bostad uppe i kronan.

TRÄDKOJAN: SISYFOS

De hade byggt på kojan hela sommaren, burit bjälkar och plankbitar, släpat på luckor och verktyg som tålmodiga packdjur genom skogen upp till dungen av björkar i sluttningen öster om Bjørntjern. Det mest krävande var naturligtvis att få bottenplattan på plats, fästa bärbjälkarna som golvet skulle vila på. Eller vad, frågade Johanne, kallade man ett fundament som befann sig högt upp i luften? En sak var säker: tankarna de tänkte när de låg på detta golv och tittade på flätverket av grenar som bildade en genomskinlig bubbla runt dem – dessa funderingar blev annorlunda än de nere på marken.

Målet hade varit att bygga tidernas trädkoja, med många rum och antydningar till flera våningar, även om mycket bara markerades med en låda utvändigt här och där, en planka plötsligt rakt upp i luften. Byggnadskroppens delar förbands genom ett slags bro. Arkitekturen – Alf stod för ritningarna – var inspirerad av pappan och den anatomiska atlasen som han lät Alf bläddra i. »Kojans två största enheter föreställer 'hemisfärer'«, förklarade Alf högtidligt, »och hängbron är liksom balken mellan dem, *corpus callosum*.« Johanne tittade för en gångs skull imponerat på honom.

På några partier av taket låg det korrugerad plåt, på andra tjärpapp, och ett av fönstren hade riktigt glas. Repstegen ner till marken påminde om något från riggen på ett segelfartyg. De sparade inte på eleganta detaljer. Många av sakerna de hade hittat på soptippen och i lagret i källaren till Hadrianus villa kom nu till användning i kojans inredning. På väggarna satte de guldramar, spegelbitar och tapetrester med de finaste medaljongmönster. Bucklig och trasig köksutrustning hängdes på krokar. De måste ha gått fram och tillbaka mellan sluttningen och Alunåsen, lekt karavan, minst femtio gånger. Mellan två grenar längre ner mot marken spände de upp en hängmatta som Johanne hade gjort åt Alf, så att de kunde vila sig efter de svåraste strapatserna. Och hela tiden måste de se till att inte bli förföljda, för säkerhets skull tänka ut täckoperationer. Fick Floyd och hans banditer nys om kojan var det slut med alltihop. »Du är alldeles för oförsiktig«, sa Alf upprepade gånger till Johanne, »och dessutom sölar du så infernaliskt. Kan du inte skynda dig lite?«

Överallt stod det lådor som föreställde bord och stolar, samt plåtburkar med blommor i. De hade snickrat ihop hyllor där de lade ut tecknade serier och ett par extra roliga leksaker som skulle dras upp, bland annat ett flygplan som kunde göra saltomortaler. Alf hade tagit med sig det förstörda dörrhandtaget han hade fått av Johanne, kulan av kristall som påminde om Cullinan, jättediamanten på drottningen av Englands spira. Han satte fast den på ytterdörren, en plywoodskiva, men med gångjärn och allting. På golvet i det största rummet låg en gammal sliten persisk matta – en inflyttningspresent från Johannes mamma. Utanför hängde lövverket som de finaste gardiner, paljetter som svängde och lyste i alla tänkbara gröna nyanser.

Alf föreställde sig ofta att kojan hade något med en upptäcktsfärd att göra. Illusionen blev inte mindre av att de också ställde en rad halv- och enliters glasburkar på hyllorna, burkar som de efter hand fyllde med saker de hittade eller gjorde. Fjädrar av alla de slag. Spräckliga stenar. Origamifigurer som Johanne vek. Skallen av en ekorre, lagd på bomull. Det såg faktiskt ut som om de befann sig på en expedition till någon avlägsen plats och var tvungna att se till att få med sig hem så många prover som möjligt till laboratoriet. Som husdjur valde de en makaonfjäril som de fångade i slutet av maj, med en vingbredd på nio centimeter. De tyckte det passade eftersom kojan, med de två flyglarna och hängbron i mitten, kunde påminna lite om formen på denna dagfjärilarnas kungsörn.

Apropå örn kallade ju barn ofta sin trädkoja för Örnnästet och sådana saker. I början grälade de lite, men eftersom Alf hade vunnit förståelse för sina arkitektoniska idéer tillät han Johanne att ge kojan namn. Därmed fick den i överensstämmelse med deras tidigare Jupiteräventyr heta Callisto, efter en av de många månar som Galilei hade upptäckt; och eftersom den grekiska mytens Callisto förvandlades till en björn kallade Johanne de två största rummen för Stora björnen och Lilla björnen – det passade för övrigt bra på ett byggnadsverk som låg vid Bjørntjern. Alf tyckte det lät utmärkt; det bekräftade sambandet mellan hjärnan och stjärnorna.

Han tyckte om att vara i kojan. Kroppen tyckte om det. När han klättrade upp gick han ombord på något. Han var inte i en koja som var fastspikad utan var på väg någonstans. Ombord på en zeppelinare. Johannes lotsmössa, ett plagg som hon bara undantagsvis tog av sig, fick henne att se ut som en pilot. När det ösregnade och de spelade den vackra »Crying in the Rain« på den batteridrivna skivspelaren sa hon att de var ombord på Den flygande holländaren. Julen innan hade Alfs föräldrar fått en lampa av Johannes mamma, en suvenir från Nederländerna, en träsko med segel, där seglet var lampskärmen. Kojan påminde också om något liknande, en luftig farkost med ett lysande grönt segel, något som bara de som hade fantasi kunde uppskatta. Alf tassade omkring i rummen, varm inombords av stolthet. Han visste att han aldrig, inte ens som vuxen, skulle skapa något finare. Inte ens de mest avancerade lådbilar kunde jämföras med detta. Såvida kojan inte var en lådbil byggd uppe i träden.

Lycka. Upplevelsen av att allt var fullbordat. Allt. I några minuter. Sedan var rastlösheten där igen. Detta var den viktigaste erfarenheten av hela företaget. Att inte ens något så härligt överdådigt, uppfyllelsen av en så långvarig, levande dröm, var tillräckligt.

En dag strax efter sommarlovet glömde de att vara försiktiga. För att spara in förlorad tid sedan Johanne hade sölat ned middagen – enligt Alf »tuggat på varenda munsbit längre än en idisslande kossa« – tog de den farliga genvägen över den väl synliga höjden framför skogsbrynet. Just då kom Floyd och några andra från musikkårsträningen med små svarta väskor i händerna, väskor som Alf alltid föreställde sig snarare innehöll vapen än instrument. Han hoppades att varken Floyd eller andra skulle rikta blicken mot skogen, ville springa men hade flera tunga plankor på axeln. Johanne kom efter med två kannor att ha vatten i. För sent, strax före Bjørntjern, upptäckte de förföljarna. Det var ju en av barndomens krävande konster: att smyga, att i hemlighet följa efter folk utan att bli upptäckt, och Floyd var en mästare. Han var förresten också upphovsman till en vits Alf avskydde från första stund: Livet är som ett hjärta. Slag på slag.

Johanne och Alf kastade ifrån sig sina bördor och spurtade sista biten, hann precis dra upp repstegen innan Floyd och de andra stod arga men hånleende mellan trädstammarna nedanför dem. Floyd tog upp en lakritskaramell och åt den demonstrativt, spottade en svart loska i bärriset. Alf hade kapat av de nedersta grenarna för att det skulle vara besvärligt att klättra upp utan stegen. »Låt oss få komma upp och titta, era dummerjönsar«, vrålade Floyd. »Vi vill bara se hur det ser ut inuti. Skitfin koja, förresten.« De andra skrattade, tyckte tydligen att kojan var mer komisk än fin.

Floyd försökte dra sig uppför stammen, Alf kom ihåg hur fruktansvärt skickligt han klättrade i repen på gympalektionerna. De hade förberett ett försvar, även om de inte trodde att de skulle få användning för det. Alf tog av locket på en av de små burkarna med grön färg i och hällde ut innehållet, så att det hamnade i håret på Floyd, inte så mycket, men tillräckligt för att det också skulle rinna ner i ansiktet på honom. Han klamrade sig fast, svor. Johanne bombarderade honom med mer grön färg. Han vrålade till, släppte taget om stammen och dunsade i backen. Några svavelosande eder följde. Sedan ändrade han taktik, lyckades skratta. »Säkert kul att leka med tjejer, Alf. Djävligt kul.«

»Du är bara grön av avundsjuka«, sa Alf, stolt över repliken. Floyd fräste av ursinne, spottade svart, hötte med näven, fick de andra med sig och försvann.

Johanne och Alf tog inga risker och väntade länge innan de klättrade nerför repstegen. De sa inte mycket. Alf stirrade ilsket på Johanne. Det var hennes fel, hennes förbannade sölighet. »Ta av dig den där dumma mössan«, sa han plötsligt, visste inte varför han sa så. Han såg att hon blev ledsen. »Du skäms bara för ditt röda hår«, fortsatte han, munnen pratade av sig själv. »Du ser ju ut som en idiotisk fackla.« När hon försökte le gav han henne en örfil. Handen agerade självständigt. Hon blev allvarlig men sa ingenting. Han gav henne en så hård knuff att hon föll omkull, kastade sig över henne och slet av henne mössan. »Du avskyr säkert ditt fula brandbilshår«, skrek han, kastade den stora huvudbonaden långt in i blåbärsriset som om det var ett äckligt, dött djur. Hon reste sig, hämtade mössan, och nu svarade hon rasande: »Jag skäms inte. Drottning Elisabet av England hade rött hår. Du vet ingenting.«

De stod och stirrade åt var sitt håll. Båda andades tungt. De började gå, sa inte ett knäpp. Strax före Alunåsen vände han sig om. Hon hade satt på sig mössan igen. »Förlåt«, sa han. Ville säga något mer men hittade inte orden. »Beklagar att jag sölade«, sa hon.

»Ska vi hålla vakt i natt?« sa han.

Hon skakade på huvudet. »Vi kan ju ändå inte hålla vakt hela tiden.«

De visste att allting var förlorat. När de kom till sluttningen vid Bjørntjern nästa eftermiddag var Floyd och hans hejdukar redan i full gång med att vandalisera kojan. En vissling som från onda dvärgar. Dessa killar hade uppenbarligen inte tillräckligt med fantasi för att upptäcka att de befann sig i en farkost eller ett laboratorium. De var mer i Tarzans värld, uppförde sig som ett gäng irriterade gorillor med ett enda mål för ögonen: att förstöra.

Johanne och Alf rusade fram. Tiggde och bad dem att sluta. Bad vackert. De blev bemötta med hånskratt. Alf upptäckte att även Mikael deltog, att brodern, den avundsjuka skitstöveln, var en av de ivrigaste att slita sönder saker och ting. Det regnade plankor runtomkring dem. Det blänkte om knivar och yxor och kofötter. Av någon orsak var det ingen av de andra som såg dörrhandtaget, den stora diamanten, förrän det var för sent, förrän skivan rycktes bort från gångjärnen och vräktes ut i luften. Bara Floyd hade sett en skymt av något, var snabbt nere och gick mot dörren. Alf handlade resolut, tog hängmattan som låg på marken och slängde den över Floyd. Han blev så perplex att han genast trasslade in sig ännu mer i nätet, så att Alf hann kasta sig över skivan och vrida av handtaget, innan Floyd rasande lyckades slita av sig hängmattan. Alf kramade glasdiamanten som om den var äkta, värd en förmögenhet. För honom var den själva grundstenen, kojans magiska punkt. Varje gång han lade handflatan mot den för att gå in i kojan fick han en signal om att han nu trädde in i en annan sfär.

Fortfarande liggande i bärriset såg han tunga, smutsiga skor närma sig ansiktet. Floyd vädrade att Alf gömde något, tog upp en planka med två utstickande spikar i ena änden, lyfte den hotfullt. Johanne hoppade på honom bakifrån och lyckades dra undan den, men rispade sig illa på spikarna. »Stick upp en grankotte i ändan på honom!« ropade någon. Utan vapen vräkte sig Floyd över Alf med hela sin ansenliga kroppstyngd. »Vad har du i handen? Få se. Ge mig det!« Alf vägrade. De andra ställde sig i en ring runt dem. Floyd tryckte tummarna mot bröstet på honom och satte i gång med ett slags tortyr. Alf lyckades inte hejda tårarna som trängde fram, men höll tillbaka alla ljud. Någon av de andra – inte Mikael – bad nästan vackert Alf att släppa handtaget, de såg tydligt att detta var smärtsamt, gjorde för ont för att de skulle vilja vara delaktiga i det. Alf höll ett krampaktigt grepp om sin skatt, tänkte på de gånger han hade suttit med diamanten i handen och låtit solskenet träffa den, hur regnbågar och ljusreflexer plötsligt fyllde hela rummet, blev ett Indras nät. Floyd såg sig omkring, som efter plankstumpen med spikar i. »Pst, jag ska berätta en hemlighet för dig«, stönade Alf då. Han kom på att Floyd fyllde år på självaste 17 maj och kom samtidigt ihåg något som mamman hade berättat en gång. Floyd böjde sig närmare, inte ointresserad. »Visste du att Louis Armstrong också är född den 17 maj? Alltså på USA:s nationaldag, den 4 juli.« Floyds smärtsamma grepp lossnade och han satt stilla. Som om han också var glad över att kunna avbryta tortyren. »Och precis som du spelade han kornett i en blåsorkester som marscherade på gatorna i New Orleans.« Alf visste inte vad som hände inne i Floyds huvud, men det verkade som om kornettblåsaren i Floyd fick övertag över busen i Floyd. Det hade nämligen hänt något den 17 maj det året. Eftersom Floyd var duktig på kornett skulle han spela nationalsången solo medan man hissade flaggan i bostadsområdet på morgonen. Allt gick bra, födelsedagsbarnet Floyd spelade med bravur och med ett lyckligt ansiktsuttryck, men alldeles mot slutet var det något som hände med honom och han gled över i en blues, om möjligt ännu vackrare, men ganska opassande som ackompanjemang – en vild, nästan primitiv ton – till en ceremoni där folk stod med bröstet svällande av fosterlandskärlek. Det var »Potato Head Blues«, en melodi som Floyd hade övat in hos spelläraren och som var känd just genom Louis Armstrong. »Det är min dag«, sa Floyd bara efteråt, och med ett snett leende, nästan lycklig trots allt käbbel.

»Vi lägger av med det här nu«, sa Floyd till de andra och reste sig. Efter ett par steg ångrade han sig uppenbarligen att han hade låtit Alf slippa så lindrigt undan; han tog några av de små burkarna och hällde ut färgskvättar över den liggande gestalten, färgade Alf röd, gul och grön. Sedan försvann de, visslande och svärande om vartannat.

Alf låg med ansiktet neråt i bärriset, kände trots allt att Louis Armstrong, eller rättare sagt mammans musikintresse, hade räddat honom, även om han misstänkte att det där med den 4 juli var en bluff, något som trumpetaren hade hittat på. Hur som helst: räddad av en detalj. Johanne satt bredvid, lade försiktigt en hand på hans rygg. Alf undrade om hon gråt, hoppades att hon grät, det skulle nästan vara värt det stryk han hade fått. Han tittade upp. Hon grät inte. »Är du generad för att ditt hår är rött«, sa hon, satt beredd med repliken. »Vill du låna min mössa?«

»Din dumbom«, sa Alf, »det här är inte något att skratta åt.« Han reste sig och vacklade bort till kaoset av byggnadsmaterial bland träden: lådbilar som hade kraschat mot stammarna. Överarmarna värkte efter Floyds knän. Han hade samma färger som en Kvikk Lunsj. Ändå – mitt i besvikelsen, synen av plankorna runtomkring på marken, de sönderslagna lådorna, det krossade glaset, upplevde Alf inte detta som ett fiasko. Det var en lärdom men inget fiasko.

Johanne satt och virade ett provisoriskt bandage om sin ena hand. Alf lyckades gnida bort det mesta av färgen med sin näsduk, tog fram dörrdiamanten och kastade den tanklöst upp och ner i luften. En gnista. Han mötte Johannes blick, såg att hon tänkte detsamma som han. »Vi bygger upp den igen«, sa de nästan samtidigt.

Hela sensommaren gick åt till att bygga en ny koja, en förbättrad kopia av den gamla, i en skogsdunge ett långt stycke därifrån och på andra sidan åsen. Den här gången bar de dessutom med sig ett par stegar som de hade hittat på tippen, stegar som de placerade på ett sådant sätt att de ledde till andra träd, vilket tillsammans med ett par räcken som de satte upp utanför kojans huvudrum gav konstruktionen en spännande visuell karaktär. Minnena av detta skulle dyka upp när Alf i framtiden mötte skogsmånen Endor i en av »Star Wars-«filmerna, byn uppe i träden, för att inte tala om universumen i alla dataspelen. Ännu stiligare blev byggnadsverket när Johanne fick för sig att pryda taket med stänger och vimplar. Genom sin mamma fick hon tag i några stuvbitar som liknade kinesiskt silke, med drakar på. Det såg imponerande ut, särskilt när det blåste, då tygstyckena dessutom smällde i vinden.

Innerst inne visste de att det inte tjänade någonting till, men de hade lika stor glädje av företaget som förra gången. Ännu större. Först i början av hösten var kojan klar. Rum fulla med uppfinningsrika lösningar, kompakta och genomtänkta som på en segelbåt. Till sist satte Alf, liksom ceremoniellt, fast diamanthandtaget på ingångsskivan. De firade fullbordandet med en äpplemåltid inne i kojan: de hade fått en hel påse glasäpplen av Helly Hansen. De mumsade på frukt och beundrade sitt verk, en miniatyrby högt uppe i träden. Det var något mer än en koja, det var en plattform där allt tänkbart kunde påbörjas. De satt stilla bredvid varandra, såg drömmande på lövverket, allt det gröna som var på väg att förvandlas till det som Johanne kallade höstens bladguld. På senaste tiden hade Alf känt en påtaglig darrning i kroppen när han satt intill Johanne. Det började en kväll när de större barnen lekte kurragömma bland flerfamiljshusen i Alunåsen; han hittade ett gömställe tillsammans med Johanne, under en låg balkong. Mörkt. Tätt intill. Något konstigt. På sätt och vis hade de gömt sig nu också. Lekte kurragömma med världen.

Nästa dag var kojan riven. Allting sönderslaget. I duggregnet verkade landskapet grått. Dags för Crying in the Rain. Pappersfyrkanter från lakritskarameller låg som visitkort på marken. Alf kunde nästan höra Floyds röst: »Livet är som ett hjärta. Slag på slag.« Den här gången var diamanten borta.

»Vi bygger upp den igen«, sa Johanne genast.

»Nej«, sa Alf. Han orkade inte. Eller klarade det inte. Han kände sig plötsligt svag, var rädd för att han vid det här tillfället hade förlorat något som var värdefullare än mjälten. Att han hade förlorat ett handtag till fantasin.

»Då gör jag det ensam«, sa hon, böjde sig energiskt och lade några bjälkar över axeln.

»Vi hinner inte före vintern«, sa han men tog snart upp några våta vimpelrester, började hjälpa henne. Den här gången byggde de bara upp den provisoriskt, nästan som en skiss, en skugga av den förra kojan. Mest på trots. De höll på ett par helger. Även om det kanske bara blev skelettet av något, eller kanske just därför, blev det användbart. Något annat. En bräcklig flotte bestående av allt möjligt. De tänkte att kojan skulle få vara i fred, i alla fall till nästa vår. De trodde att till och med pöbelhopar måste beundra denna viljestyrka. Till och med pojkars ondska hade en gräns.

När de kom gående över åsen helgen därpå, i slutet av november, var kojan raserad. Dessutom hade materialet förstörts efter bästa förmåga och spritts ut över ett stort område. De hade till och med försökt bränna upp några grova bjälkar, som nu låg och flöt i den lilla bäcken i närheten.

Alf satte sig i riset och mosade några hopskrumpna blåbär med fingrarna. »Ska vi bygga upp den igen?« sa han.

Hon slog ut med armarna. Det fick räcka. Han kände ett slags lättnad.

Johanne fiskade upp en av de förkolnade bjälkarna ur bäcken, kom tillbaka och satte sig bredvid honom. Tätt intill. »Mamma har berättat för mig om de tibetanska munkarna«, sa hon. »Vid särskilda högtider gör de något som heter en mandala. En fyrkant med cirklar inuti. De lägger ner många dagar på det, strör fin, färgad sand i ett väldigt detaljerat mönster på golvet i templet. Till slut ligger mandalan där, färdig. Nästan som teckningen av ett ... en fantasifull koja.«

»Och sedan då?«

»Sedan, under en ceremoni, förstör de den. Efteråt sopar de upp sanden och strör den i en flod.«

Alf skulle just fråga vad hon menade när Johanne reste sig. »Det var toppen att se på när du kastade nätet över Floyd«, sa hon. De var tvungna att skratta, satt länge i bärriset och skrattade innan de kom på benen. Johanne blev allvarlig, stod med ryggen mot honom och tittade upp på trädstammarna där kojan hade varit. På tillbakavägen trodde han att hon var sur, men hon tog honom i handen, ledde honom som så många gånger förut. Till och med på den smala stigen höll de varandra i hand ända tills de kom hem. Det var Alf som släppte hennes hand när de kom inom synhåll från Alunåsen.

Vid Hadrianus villa vände hon sig mot honom. Hennes ansikte närmare hans än vanligt. »Vi ska alltid vara vänner«, sa hon.

»Så klart«, sa han, ville protestera för att hon sa det på ett anklagande sätt.

»Vi ska alltid vara vänner«, sa hon. »Alltid. Lova mig det.«

HAN LOVADE SIG SJÄLV att aldrig mer träffa henne. Aldrig! Men han var chanslös. Stod plötsligt framför henne och kunde inte komma på några undanflykter när hon spontant föreslog saker de skulle göra. Men, men, men, sa han. Kom hit, sa hon. Och hon föreslog mycket, uppskattade uppenbarligen tillfället att kunna visa omkring en utlänning i London.

Därför kunde han inte heller förmå sig till att tacka nej när hon en kväll bad honom följa med ut på en av de där restaurangerna som tiden hade utpekat som extra populär, Pharmacy i Notting Hill-området. Hon ville överraska. Kom ihåg att han hade nämnt pappan, ett jobb på »Nyco«, senare Nycomed, numera Amersham. Alf blev rörd. Hennes uppmärksamhet. Och interiören var verkligen häpnadsväckande, skapad av en känd engelsk konstnär. Ställde man sig alldeles intill tapetmönstret kunde man upptäcka små bilder av mediciner. Han kisade men hittade inte Globoid. *Kunde ta med något om farmacin på 1600-talet, studiet av drogerna som också fick följder för kemin*, skrev han på kvällen. *Men samtidigt primitivt. Den nästan religiösa besattheten av kvicksilver.* (*Som i det gamla Kina.*) *Användes bland annat för att bota syfilis.* Väggdekorationerna utgjorde en underlig kontrast. Stora färgade glasskivor med svärmar av fjärilar bakom. Han letade. Ingen makaonfjäril.

Trots en pratglad, upprymd Io, trots de läckra omgivningarna, fylldes han av vemod. Plus förlägenheten över att hon vid tillfällen som detta insisterade på att få betala, förstod att han hade ont om pengar. Jag får pengar hemifrån hela tiden, sa hon när han protesterade. Han skämdes. Åtminstone i början. En man på snart femtio. Driva omkring nästan utan pengar. Efter hand blev han emellertid också nyfiken på en kvinna som inte verkade uppfatta detta som något negativt, en kvinna som alltså måste uppskatta hans sällskap av andra skäl. Flera gånger var han på vippen att berätta om sin tidigare rikedom, skryta, men hejdade sig. Han nämnde över huvud taget så lite som möjligt om sitt förflutna. Men när han satt tillsammans med henne på den här restaurangen, dekorerad med manshöga modeller av molekylföreningar och med väggmontrar fulla med farmaceutiska produkter, som på ett apotek, blev minnet av pappan så starkt att han mitt i en tugga synnerligen väl tillagat lammkött brast i gråt och måste dölja ansiktet i servetten. Efteråt, som en gummiboll, slog han över i den motsatta ytterligheten, pladdrade på om allt och ingenting, skrattade bullrande, hade sällan haft så trevligt med någon människa någonstans.

Vad hände? Börja lipa för ingenting. Pinsamt ur balans. Måste vara en reaktion. Något som hade utlösts av Io, en purung kvinna i svart klänning med ett svart mönster som man bara såg om hon vred på kroppen.

Vad är det med mig? Hela Londonresan, försöket att börja om, är på väg att bli en sentimental journey.

Ändå gav han inte upp tanken på ett nytt, originellt verk. Kanske publicerat bara med initialerna A.I.V. som författarnamn. Han och Spinoza. Under de här veckorna klistrade han upp fler saker på den vita väggen i rummet där han arbetade. Urklipp, kanske bara en rubrik, delar av kartor, etiketter han hade hittat, årets sista blomma, nu torr, från en rabatt i Archbishop's Park, ett ölunderlägg, några citat från Amelia av Henry Fielding, en nyckel upphittad på trottoaren utanför Euston Station, flera skisser från promenaderna. Ju mer han stirrade på detaljerna, desto tydligare såg han fler korsande trådar än själva detaljerna. *Finns det inte vissa buddhister*, skrev han, *som efter asketiska övningar kan se ett helt landskap i en böna?* Enskildheter som fascinerade honom drog till sig fragmenten runtomkring, så att de blev som månar kring planeter. Den lilla bilden av Lloyd's byggnad fick honom att tänka på Floyd.

Skrift på väggen. Ett budskap. Kanske mer till honom än till andra. Kontemplationen på bänken i National Gallery hade inte varit förgäves. Rembrandts lysande tavla. Likaså Holbeins målning, Sändebuden. Alla bitar där som skulle tolkas. Han förstod mer av Ians ambition. Hur gick det förresten med Ian? Hade han redan rest till Grekland? Alf tyckte inte om tanken på att vännen fortfarande sov ute. Vädret blev allt kallare och fuktigare. Veckan efter passbytet stötte Alf på Ian en sista gång, erbjöd honom på nytt att flytta in i kyrkan. Slappna av, sa Ian. Jag har just satt upp en ny vägg av papp runt madrassen. På fliken som är vänd utåt kan man läsa: Fragile, do not drop. Han hade skrattat. Hostat. Alf gillade det inte. Det bästa skulle vara om Ian nu promenerade omkring i Delfi, letade efter den spricka i jorden som inte fanns, hörde orakelsvar som löste allt. Den optimala nyckeln.

Kväll i början av november. På väg till Victoria Park, inte så långt från kyrkan på Bethnal Green Road. Planen var att titta på ett påkostat offentligt fyrverkeri. I sällskap med Io. Hans förslag för en gångs skull. När han ringde från kiosken utanför kyrkan måste han le åt meddelandet på hennes telefonsvarare, fullt av humor och musik. Lyckades nästan inte lämna ett meddelande. Och på hennes mobil hördes gitarrintroduktionen till Beatleslåten I Feel Fine som ringsignal. Säger ju allt om folk i dag. Vilken signal de väljer. Hon måste ha lyssnat på meddelandet, för hon stod och trampade otåligt i det aktuella gathörnet. Tjock jacka, halsduken tre varv om halsen. Kan det vara sant? Står denna oemotståndligt vackra varelse och spanar efter mig?

Innanför grinden väntade en hel liten nöjespark. Io köpte genast en stor påse smågodis, mumsade i sig saker han absolut inte kände till. Till och med hennes sötsaker fick honom att känna sig gammal. Eller hennes förmåga att glädja sig åt bagateller. Hon stannade hos en spågumma och betalade, önskade att Alf skulle bli spådd. Damen lät fingrarna glida längs linjerna i hans hand. Han ville dra bort den. »Jag ser tre stora kärleksupplevelser i ditt liv«, sa hon innan han hann agera. Han ryckte till. Ett eko från barndomen. Men hon tillade: »Och den tredje är den sanna.« Han blev rädd men lyckades prestera ett leende, drog med sig Io vidare in mot platsen, varifrån raketerna skulle skjutas upp. Nonsens. Får inte lyssna på sådana dumheter. Dumheter som dessutom kan tolkas hur som helst. Ett orakelsvar.

Det var ett imponerande fyrverkeri, i en skala han aldrig tidigare hade bevittnat. Öronbedövande. Omöjligt att prata. Trettio minuter under en himmel full av explosiva tecken. *Var det spanjoren Luis de Góngoras diktning som blev beskylld för att bara vara ett fyrverkeri av ord?* (*Återigen: Varför denna avsky för barocken?*) Formationer som mest av allt påminde om en färgrik korallvärld, havsanemoner som kom flytande emot en, undervattenspalmer. Vimplar av strålande ljus. Rött, gult, grönt. Romantikens flagga. Krutlukt. Io var så förtjust att hon höll om honom, ropade mot himlen, pekade. Mot slutet kom hennes mun farligt nära hans ansikte. En doft av något sött. Hans blick plötsligt fastlåst i hennes. Ljudet av sprakande fyrverkeri över dem. Fyrverkeri i hennes pupiller. Lockelsen. Starkare än någonsin. Allt hon representerade. Motsatsen till en ensam nyårsafton i en snögrotta. Ackompanjerad av en blå raket. När han utan att vilja det drogs mot hennes läppar, hans hand nästan fattade hennes, kände han att det var perfekt. På samma sätt som när en pianostämmare närmar sig ett instrument med all sin lyssnande koncentration och bara genom att slå an några toner, nätt och jämnt röra vid det, kommer underfund med att instrumentet är perfekt. Allt stämde, i dubbel bemärkelse. En ung kvinna. Måste till och med ha tillräckligt med kraft för att kunna kyssa bort rynkor. Tio centimeter. Fem centimeter. Som när man på film ser läppar närma sig varandra, långsamt, dröjande, läppar som alla vet kommer att mötas. Inte. Rycka upp sig ur hypnosen. Lyfta huvudet mot himlen och peka, säga något fullständigt malplacerat. Lättad. Besviken. Så nära. Så nära en kyss. Så nära något helt oförutsägbart.

Han motstod impulsen att bjuda hem henne.

Hon frågade om han ville titta på fotboll på en pub, nästa dag. Han hittade på en ursäkt.

Samma kväll, framför spegeln i badrummet. Han kunde svära på att särskilt den bekymrade fåran ovanför det ena ögonbrynet inte var så djup som vanligt. Kanske hade den där nästan-kyssen ändå varit en Törnrosakyss, något som väckte honom, en man som hade tillbringat många månader på en sovsäck i en cirkel av järnekar.

Under de följande dagarna hände något förvirrande: hellre än att arbeta på sitt opus vid skrivbordet, mobilisera det han fortfarande hade i behåll av sitt intellekt, ja, hellre än att spela i tunnelbanan, gled han bort till gitarren i soffan. Fingrarna trevade fram ackord. Nästan av sig själva. Många. Han fattade pennan med större beslutsamhet än på veckor. Idén till en sång. Av alla saker var detta nu hans högsta önskan: att kunna skriva en sång till Io. Under tiden med bandet komponerade han en del, betraktades till och med som talangfull. Ådran måste finnas kvar. Nästan utan att tänka, bara genom att knäppa, ta prövande grepp, föll bitar av en melodi, brottstycken av en text, ner i hjärnan på honom. Han hade ingen aning om var han fick det ifrån, det låg liksom färdigt. Han klottrade ner textrader, besiffring, strök, fann nya harmonier, nya ord, fraser som kunde betyda allt och intet, blev sittande i flera timmar, var plötsligt full av musikaliska infall, originella formuleringar, strofer som lätt fastnade. Det påminde om ungdomen. När han var förälskad kom också en rad sånger. I ett par undantagsfall hade han till och med lyckats komponera något, åtminstone refränger, som folk inte lyckades skaka av sig. Han hade stått nöjd medan de packade ner utrustningen efter en spelning och hört berusade gäster gnola på några rader när de försvann ut i natten.

Bara en melodi, ett par lyckade ackordsövergångar, och ändå som om han hade varit i närheten av något magiskt.

Io tog initiativet igen. En solvarm söndag sent på hösten begav de sig till Kew Gardens, promenerade omkring i flera timmar på detta jätteområde fullt med palatsliknande växthus, små tempel, kinesiska pagoder och japanska trädgårdar, för att inte tala om de sällsynta, gamla träden,

några ända från 1700-talet. Sinnet för växter vaknade hos honom. Även Io tyckte om plantor, var kunnig, hade som tonåring arbetat i en blomsteraffär. Han var förvånad över hur mycket det var som stod i blom även vid den här årstiden. Vid anblicken av de röda bären på järnekarna utmed flera av gångarna kände han en särskild glädje, kom nästan i julstämning.

Och sedan, plötsligt, medan de satt i närheten av Palmhuset och åt matsäcken hon hade gjort i ordning, smörgåsar med jordnötssmör och druvsylt på, puffade hon honom i sidan och pekade på en hassel: Har du någonsin älskat uppe i ett träd, medan det susar i lövverket runt dig?

Han kom inte på något svar. Hon skrattade, påstod att hon skrattade åt hans ansiktsuttryck. Skrattet var i alla fall annorlunda, en hes underton. Det är orkidéerna jag vill visa dig, sa hon som för att avleda. Det högra lillfingret. Återigen märkligt närvarande. Toppen som saknades. Fråga inte. Jag vet lite om orkidéer, sa han, men nämnde inget om Vera. Hon lyste upp när han berättade om orkidéarter i de norska skogarna, hade roligt åt hans överdrivna berättelse om strapatserna för att hitta en guckusko. Samtidigt lotsade hon dem fram till Princess of Wales Conservatory, beklagade att det inte var högsäsong ännu, men det fanns i alla fall tillräckligt att beundra här i världens äldsta orkidésamling. Han såg hellre på henne. Svart sidenkjol och svarta strumpor, lågskor, sliten jeansjacka och orange sjalett. Hår så mörkt att han funderade på om det var färgat. Io. Bubblande. Denna sprittande livsglädje. Det var snart jul men hon var vår, nonstop, en vår full av knoppar. Och hon hade något han saknade: sensibilitet. Förutom kunskaper. *Hela denna anläggning är ju ett upplysningsprojekt. Den vansinniga ambitionen. En trädgård som skall innehålla alla jordens kända växter*. De befann sig vid ett litet porlande vattenfall i den varmaste av de två avdelningar som innehöll orkidéer. Ett nytt fyrverkeri.

Epifyterna. Blommor som växte i luften, uppe i träd. Hon sa något om Darwin, något om orkidéer och insekter. Uppfattade det inte. Rummets fuktiga klimatzon och den tropiska yppigheten hos växterna gjorde honom yr. Orkidéernas former, läppen, påminde honom mer och mer om kvinnliga könsorgan. Kew Gardens. Key Gardens. Hon stod böjd över staketen, riktade hans uppmärksamhet på den ena osannolikt vackra växten efter den andra, bladkransar som samtida konstverk. Hennes bak. Den yppiga rundningen under sidentyget. Fuktigheten i drivhuset. Hon jämförde blommorna med allt möjligt, smycken, insekter, små rymdskepp från andra planeter. Han tänkte bara fitta, fitta, fitta. Var yr, farligt lätt. Var besläktad med orkidéerna uppe på stammarna, var en varelse med rötter i luften. Eremit i en trädkoja. Återigen dök tanken upp: möjligheten till en ny början. Io som ett handtag, en dörr in till passager som förde honom vidare. Lika snabbt: tvivlet. Fruktan för att han bara begärde hennes ungdom, hennes livskraftiga entusiasm. Lammkött.

Hur var det med henne då? Hade hon älskat uppe i ett träd?

Eller hade han hört fel. Hade hon frågat om något annat? Om han hade försökt sjunga till suset i lövverket?

Han tvingade sig till att vara ärlig. Lodade dolda motivs grums. Nej. Det är något mer. Annat. Hon hetsar inte bara upp min kropp, hon spårar mina tankar. Genom att exempelvis ta mig med hit. *Hellre koncentrera sig på bara en växt, undret att man här, mitt i London, kan betrakta Macodes petola, en orkidé som växer på Java. Och detaljen: bladen är täckta av metalliska ådror som liknar skrivtecknen på Java. Förr i tiden smorde de infödda saft från bladen på ögonlocken på alla dem som ville lära sig läsa och skriva. Vackert. Blommor som idé, blommor som upplysning.* (*Kan en vagina betraktas på samma sätt? Slem man kan smörja in sig med. Förvandlas av.*)

De gick ut och tillbaka mot huvudingången. Bländande låg sol. Han upptäckte en bänk och satte sig. Hittade på en förevändning. Måste sätta sig. Som för att vila. Som för att låta hjärtat vila. Förhindra att mer blod pumpades ut i kuken. Han kände sig andfådd, utan orsak. Bländad, bländad. Ingen sa något. Io nynnade. Några pojkar sparkade boll på en av gräsmattorna. De mjuka dunsarna. Minnen. Bolltiden. Andra bollar.

VAKTEN: DET LEVANDE NÄTET

Alf hade spelat mycket fotboll som barn, tyckte om att leka med läderkulan som på den tiden också måste knytas till konstfullt med ett snöre sedan man hade blåst upp gummiblåsan inuti. Men först när han var

tretton fjorton år fick någon upp ögonen för hans målvaktstalanger, hans frenetiska iver att hugga tag i alla bollar som skickades i väg mot målet. Få skulle trots det ha förstått något om Alf hade avslöjat knepet för dem – eller det var mer den faktiska orsaken till hans mest akrobatiska prestationer: han såg ett ansikte i läderkulan, tänkte att varje boll var en fallande människa. Något han måste rädda. Han berättade inte för någon om Vera.

Alf spelade fotboll i SF Grei, som väl att märka inte hade något att göra med den så småningom mer kända »killklubben Grei«, tillsammans med bästa vännerna Syver Karma och Karl Lie; den senare skulle också komma med när Alf startade ett band. Att denne på grund av Charlie Watts snart övergick till att kalla sig Charlie gav ännu större utdelning i slutet av decenniet när Charlie George började göra sig gällande i Arsenal. Både Alf och Charlie hade dyrkat sporten ända från den dag då någon lät en boll rulla ut på gräsmattan mellan husen i Alunåsen, men de kunde båda tidsbestämma när det blev en mer seriös sysselsättning. Det var då Johanne, som också spelade fotboll, kom med två egenhändigt tillverkade nät och fäste dem bakpå de små målen de hade snickrat ihop i källaren. Från och med då var det roligare att göra mål, sätta bollen i kassen, som man sa, vara Denis Law eller Jimmy Greaves, men efter Veras död blev det för Alf ännu mer givande att hindra någon från att göra mål, rädda bollen innan den träffade nätet med ett svisch – ett ljud som alltid påminde honom om en lie som skar genom högt gräs.

Deras barndomsantagonist Floyd föredrog att spela med Grorud, eftersom Grorud ansågs vara ett bättre lag. Floyds musikaliska talang lät sig tydligen överföras till dribblandets konst, och den explosiva kraft han hade i armarna fanns också i benen. Grei och Grorud möttes ständigt och jämt i olika serier och turneringar, och det fanns inga skott som Alf jublade mer över att ta än dem som avfyrades av Floyds obehagliga högerfot sedan han hade tråcklat sig igenom Greis långt ifrån prima försvar. Höjdpunkten inträffade när de spelade final i en turnering för P 14 mot just Grorud och motståndarna fick en straff strax före slutsignalen. Det stod 1–0 till Grei. Floyd, lagets »brasse« och bäste skytt, stegade fram för att lägga den. Alf intalade sig själv att bollen inte var en boll utan en nyckel, och att den skulle försvinna för alltid om han inte lade vantarna på den. När Floyd sköt, inte särskilt hårt men oerhört välplacerat i det ena hörnet och på den svåraste höjden, en meter ovanför marken, var Alfs reaktion så snabb och språnget så långt och exakt att han höll bollen i ett fast grepp när han landade och rullade runt. Äntligen kunde han hämnas vandaliseringen av trädkojan. »Tugga i dig en lakritskaramell, din skit«, mumlade han ohörbart. I stället för att göra sin vanliga segergest, två snabba boxningsslag mot en osynlig motståndare, måste Floyd nu vända sig slokörad om mot de skeptiska lagkamraterna som skulle rusa fram och bära honom i gullstol. Ingen fattade att någon kunde rädda den bollen. Det allra högsta jubelvrålet kom från sidlinjen. Där stod Johanne i en uppseendeväckande baseballkeps, och det var långt innan sådana kom på modet. »Du är bäst«, skrek hon. »Du är kungen, Alf.«

Snart skulle de också konfirmeras. Hela nästa vår träffades de för kvällsundervisning nere i den nya Ammerud skola, eftersom Rødtvet kyrka ännu inte stod färdig. Komministern, en förhållandevis färsk teolog, presenterade sig som Dag Elgem, och eftersom han var lång och smal fick han naturligtvis genast öknamnet Pastor Älg. Han var faktiskt en ivrig idrottsman och älskade skogen, så namnet passade – dessutom påminde det om den långbenta skulpturen av en älg på skolgården utanför fönstren. Konfirmanderna från Alunåsen hade i många avseenden att göra med en ungdomspräst av det nya, oemotståndliga slaget, i stickad väst och med gitarren på bröstet, radikal i det mesta, bortsett från när det gällde sexualmoral och kyrkans syn på föräktenskapliga förbindelser. När det gällde sådana frågor tycktes det finnas en viss likhet mellan komministerns meningar och oblaten han visade när de talade om nattvarden: de verkade lika tunna och torra. Dag Elgem accepterade inte att man blev förvisad till öster om Eden. Dialekten avslöjade att han kom från Bergen, och en kväll berättade han, visserligen med ett ironiskt flin, att han hade vuxit upp i stadsdelen Paradis.

För Alf var detta underliga månader, en tid då tankarna splittrades och gick både till det metafysiska och till det erotiska. Särskilt pojkarna satt uppspelta av hormonfyrverkeriet i kroppen och sneglade på flickorna, översminkade och mycket mer utvecklade än de, medan de med ett

halvt öra lyssnade på prästens genomgångar. Efter en långdragen kväll då Pastor Älg hade malt på om det sjätte budet och den kristna sexualetiken gick pojkarna på hemvägen och pratade om motsatsen, var fulla av någonting som måste ut, på samma sätt som när de efter att ha druckit en flaska läsk var tvungna att rapa för att bli av med gasen. I denna fas av livet började det bli viktigt att spänna på, i betydelsen att ligga med någon för första gången. I alla fall få den nödvändiga och statusgivande närkontakten. Så viktigt kunde det vara att så att säga hänga en skalp vid sitt bälte att ett par otåliga sökte upp två beryktade tjejer på Kaldbakken, så lätta på foten att de i folkmun hette Sodom och Gomorra. De två nämnda jägarna hamnade mycket riktigt i skamvrån hos hälsovårdsnämnden, där starka saker måste till för att deras egna skalper skulle räddas.

Enligt Harald Veber small startskottet för puberteten i en liten vrå av hjärnan som hette hypothalamus. »Den är här«, sa han och visade Alf en plansch i den anatomiska atlasen, hans vägvisare i de flesta av livets frågor, »strax under thalamus, som betyder 'inre kammare'.« Alf kunde förstå namnet, såg för sin inre blick detta nervcentrum som ett litet kassaskåp som innehöll nyckeln till människans mysterium. I nyktra ögonblick måste han le åt allt fantiserande. Ett slags ideal för den perfekta fittan gick till exempel under kodnamnet Møns Klint. På en semester i Danmark hade Charlie nämligen träffat en underbar tjej vid namn Lykke. Redan det var ju nästan outhärdligt: en tjej som hette Lykke. En kväll visade hon honom Møns Klint och samtidigt fick han känna på henne. Dessa fantasier blev inte sämre sedan Syver Karma, som hade morföräldrar i Sverige, kunde berätta att ordet fitta kom av svenskans fittja som betydde våt strandäng. Så var det: tjejer som hette Lykke och som hade en våt strandäng mellan benen.

När fotbollslaget började träna utomhus igen kunde Alf gudskelov sublimera mycket av vårkåtheten i rovdjurssprång mellan stolparna, i steppliknande fotparader och djärva utrusningar, bollar boxade halvvägs till heklefjäll. I många bemärkelser följde han det gamla rådet att ta sig en kall dusch. De höll till på Greis plan, som på den tiden var en grusplan och hård att landa på för en målvakt. På mattorna inomhus hade Alf lärt sig den nödvändiga tekniken för att inte slå sig fördärvad när han kastade sig efter bollarna: man måste landa på axeln, rulla runt – men det flöt alltid lite blod, och dagen efter matcherna hände det fortfarande att han vaknade med sängkläderna fastklibbade vid diverse skrubbsår. Vid Greis plan satt den glesa publiken ofta i en brant bergssluttning som gick utmed ena långsidan, upp mot Vesletjern, så att Alf lika mycket som att spela fotboll hade känslan av att uppträda på en grekisk amfiteater, dansa på mållinjen i sin svarta dräkt, på samma sätt som Vera hade dansat, vara med i dramer av stor betydelse för lokalbefolkningen. Som en god skådespelare höll han också på med systematiska övningar, tränade på att förflytta sig snabbt i sidled som en krabba, tränade på reflexräddningar, tränade på att ta bollar som studsade obehagligt rakt framför honom, tränade på att kasta sig från sida till sida, tränade på utsparkar. Ingenting gick upp emot att fullfölja en spektakulär räddning med ett långt utkast eller en lång utspark. En vacker båge över alla motspelare. En härlig urladdning. Alf kände ett skönt lugn sekunderna efteråt. Men han retade sig ofta på att ingen tog emot, eller att bristen på teknik hindrade lagkamraterna från att dra nytta av fördelen han skapade.

Från första stund valde Alf Lev Jasjin som förebild, Jasjin som spelade i Dynamo Moskva och även stod i mål i Sovjetunionens landslag. Orsaken till att Alf visste att pantern egentligen var en svart leopard berodde på att han en gång måste slå upp det, eftersom just Lev Jasjin kallades Den svarta pantern. Jasjin fick smeknamnet därför att han nästan alltid spelade i svart mundering. Och därför att hans fenomenala reaktionsförmåga och smidighet, särskilt när han räddade straffar, var på gränsen till det mänskligt möjliga. Jasjin stod i mål även om han blev skadad, skulle en gång – åtminstone enligt Charlie – till och med ha gjort viktiga räddningar med en spricka i ryggen.

Avslutningen av konfirmationsförberedelserna sammanföll med en vårsäsong som skulle bli Alfs dittills bästa, också därför att laget var ganska dåligt och han hade mycket att göra mellan stolparna, fick många tillfällen att briljera. Liksom andra målvakter på den tiden använde han stickade tumvantar. Knepet var att doppa dem i vatten före matchen så att bollen liksom sögs fast vid händerna. När de andra spelarna var på motståndarnas planhalva tyckte han om att studera yllevantarna, kände att även stickmönstret hade något med förmågan att rädda att göra. Han gillade uttrycket folk använde: Alf vaktade buren. Och Alf vaktade den nitiskt, han tålde inte att en boll hamnade bakom honom. Efter matcherna råkade han ofta höra kommentarer som fick honom att stöna av glädje: »Det såg illa ut men Alf räddade oss igen.« Han var nu så skicklig, också på att läsa spelet, varje gång stå rätt placerad, att kamraterna och hemmapubliken började kalla honom Det levande nätet. De stickade vantarna fungerade som magneter på bollen. Varje gång lokaltidningen omnämnde honom inleddes meningen på följande sätt: »Alf Veber, också känd som Det levande nätet ...« Han var ett nät framför nätet.

Alf visste att allt detta, på något invecklat sätt, hade något med Vera att göra. En kväll under konfirmationsundervisningen hade de läst något i Första Mosebok, Kain som frågar Gud: »Skall jag ta vara på min broder?« Med sin vanliga näsa för möjligheten att så några bibliska frön gick komministern efter lektionen bort till Alf. Han hade uppsnappat att Alf var en lovande målvakt. Visste Alf att den engelska översättningen av Kains fråga löd: Am I my brother's keeper? »Det är viktigt att vara en bra vakt«, sa han och lade en kamratlig hand på Alfs axel. Uttalandet malde i Alfs huvud på hemvägen. Det lät som en livssyn. Hittills har jag svikit, tänkte han. Men jag kan kanske bli det. En vakt.

Annars använde han som målvakt det mesta av tiden till att bryta mot Pastor Älgs förmaningar. Han var kontinuerligt trolös. Gjorde sidosprång på sidosprång. Visade lätthet. Trotsade tyngden som prästen försökte lägga på dem. I en match på Bislett, i slutminuterna, lyckades han rädda ett kanonskott och därmed oavgjort mot stadens bästa klubb. Just genom den räddningen upplevde han glädjen över språnget starkare än någonsin. Känslan av att sväva, av att »hänga« i luften. Han inbillade sig att dessa räddningar var ett uttryck för viljestyrka. Alf var närmare Gud, en upplevelse av något religiöst, under de få sekunder han befann sig i luften, tyngdlös, än när prästen mässade på under vårkvällarna i Ammerud skola. Kanske därför att han förmådde, genom att mobilisera okända krafter i sitt inre, förneka gravitationen, uppskjuta fallet. Just det, att uppskjuta fallet. Såvida det inte var hans gamla längtan efter att stanna kvar i ett tomrum.

Johanne följde konfirmationsundervisningen tillsammans med Alf.
Hon hade också urtråkigt på lektionerna, satt och klottrade med blyertspennan, fyllde det ena arket efter det andra med lustiga porträtt, sa att hon ville bli antropolog liksom mamman. Eller meteorolog. Det var nästan som att bli präst, menade hon. Låtsas veta något säkert om fenomen som var högst osäkra. Och det skulle alldeles säkert komma en tid då televisionen behövde kvinnor, inte bara män, för att tala om vädret i Norge, ett land mer fixerat vid vädret än vid religion. Annars var Johanne inte främmande för metafysiska grubblerier: »Om universum expanderar«, sa hon till Alf en kväll på hemvägen, »måste då inte människan också utvidgas. Eftersom människan är en del av universum. Måste inte människan åtminstone utvidgas mentalt?«

Trots sin teologiska ämbetsexamen var Pastor Älg inte tillräckligt begåvad för att kunna tackla sådana frågor. En kväll då han försökte redogöra för kyrkans syn på abortfrågan, på vad ett liv var, frågade Johanne om han kunde hålla med om att det fanns en likhet mellan Brueghels målning av Babels torn och den spiral som DNA-t bildade. Komministern kom inte på något svar och avledde uppmärksamheten genom att stirra ner på sina något för långa och något för välansade naglar, varefter han skalade bananen han hade med sig i dokumentportföljen som ett slags nödproviant, eftersom han inte alltid hann äta middag innan.

Annars försökte Elgem tappert få konfirmanderna att delta i församlingens ungdomsverksamhet, men Johanne och Alf behövde bara några minuter i de lokalerna innan de vände på klacken. Det var något med denna ytliga idyll av bordtennis och knäppande på nylonsträngar, »Ungdomens frälsare« och dramagrupper, som förebådade ett leende förtryck, inte minst av flickorna, och en latent sexualitet som ingen vågade erkänna. Det fanns en sötaktig lukt av övermogna bananer i hela lokalen. Man kunde ana att här, i kvava kvällsstunder efter andakterna, var sträckan kort från själasörjande till petting. Den hypervänliga atmosfären dolde ett hot, ett slags maktutövning, som skrämde Alf. Något av detta var också närvarande i konfirmationsundervisningen. Alf led fortfarande, ibland fruktansvärt, vid tanken på Veras död, kände fortfarande skuld och skulle gärna ha diskuterat kristendomen, Guds existens,

meningen med livet, möjligheten till förlåtelse – dessa grottgångar man behövde en vägledare i – men prästen lät honom aldrig komma till tals. Upplägget hade inte plats för frågor, bara facitsvar. Komministern var en ångvält kamouflerad med mjuka stickade västar. Undervisningen tycktes ha ett enda mål: att få dem att vara sexuellt avhållsamma. Att förlora sin dygd var att förlora sin själ. Det var vad en nyfiken och till en viss grad längtande Alf hade som behållning av alla dessa kvällstimmar: att för kyrkan var underlivet viktigare än livet.

Trots det – på detta område var prästen typiskt modernt öppen och personlig, berättade för ungdomarna om sitt äktenskap, om sin stiliga fru – det var förresten hon som stickade alla västarna till honom – inte minst om hur lycklig han hade varit för att de väntade med det första samlaget tills de var gifta. Han upprepade det: lycklig. Han var ju, skämtade han, från Paradiset, med andra ord mycket van vid det. Därefter följde, så överraskande att konfirmanderna knappt hann stänga öronen eller rodna, en prosaisk beskrivning av prästens egna äktenskapliga sexuella erfarenheter. Och som för att maximera sin öppenhjärtighet, såvida det inte var av rädsla för att ha gått för långt, påstod komministern till slut att sex var överreklamerat. Han fingrade lite på ett bananskal på katedern. Alf vägrade acceptera den varianten av lycka. Hans tankar gick i stället till en dansk flicka vid namn Lykke, möjligheterna att tumla runt med henne vid Møns vita, branta klint, dra fingrarna genom något som kändes som en fuktig strandäng. Det kunde omöjligt vara överreklamerat.

På konfirmationssöndagen hände något oförutsett. När de infann sig i Grorud kyrka för att ta på sig de vita dräkterna utanpå finkläderna saknades en. Anja. Eller hon var där, hon låg inne på toaletten och kräktes. Inte bara kräktes, hon låg och grät. Hon var i det värsta bakrus Alf hade sett. Klockan närmade sig elva, och historien om Anjas lördagskväll började läcka ut. Tack vare två av de tjejer som kunde andrastämman till alla ungdomspsalmerna fick även prästen reda på det. Anja, en flicka med problem både hemma och i skolan, hade som vanligt varit på fest och druckit sig full, hon hade också legat med två killar efter varandra, även om någon påstod att hon hade protesterat högljutt båda gångerna. Hon ville ändå konfirmeras, trotsade en alkoholiserad och ateistiskt övertygad ensamstående mamma som försökte låsa in henne, hoppade ut genom ett fönster och släpade sig till kyrkan. Men när prästen fick se henne komma utraglande från toaletten, med sminket förstört av tårar och med fläckar av spyor på den vita manteln – det fattades liksom bara spermafläckar – sa han att det fanns gränser. Han var visserligen en modern präst. Trots kragen. Tolerant. Men det måste vara måtta i allt. Han ville inte, han kunde helt enkelt inte konfirmera henne när hon var i det tillståndet. Han fick det att låta som om han fattade beslutet av ren osjälviskhet, av hänsyn till Anja. »Du får vänta till hösten«, sa han liksom full av omsorg, lade en arm alltför närgånget om ryggen på henne. Han bad församlingsdiakonen att ta hand om det förkrossade flickebarnet, sätta sig med henne inne på kontoret tills högtidligheten var över. Alf mötte Anjas blick. Och han såg något där, något som inte ens han kunde bortförklara: om hon blev fördömd på detta sätt skulle hon glida in i något mörkt. Som varken Globoid eller Nyco fruktsalt hjälpte mot.

Först när han låg vid altarringen hade detta arbetat tillräckligt länge i kroppen på honom för att han skulle veta vad som måste göras. Tanken gick också till Lev Jasjin, världens bästa målvakt, som visserligen påstods ha laddat upp inför matcherna med en drink och en cigg. Ingen bra konfirmationskandidat med andra ord. Alf stirrade på nyckelhålet i dörren till sakristian, ett ord som enligt prästen betydde »heliga saker«. Att ta vara på någon var heligt, eller hur? Han visste vad han måste göra, lade ihop några enkla saker på samma sätt som man kunde lägga ihop Big Ben och hypotenusan och Korint och därigenom finna en nyckel. Prästen var alldeles i närheten, delade ut handpåläggningar och mumlade förböner. En svag doft av nattvardsvin och sötaktigt rakvatten låg i luften. Det var Alfs tur. Han såg prästens hand närma sig i slowmotion, samtidigt som han visste att denna hands tyngd skulle trycka ner honom, genom golvet,

ge honom ett oläkligt sår, mycket värre än att sakna ett ynka inre organ. Hindra honom från att vara en vakt. Alf handlade, lyfte armen. Fingrarna avskar prästens hand i luften, en reflex så snabb att Elgem ryggade tillbaka. Efteråt tänkte Alf att han hade tagit ett av sitt livs svåraste skott. En fruktansvärt skruvad boll. Därefter viskade han lågt, men ändå så högt att de andra vid altarringen hörde det, att om Elgem inte gick in
 och hämtade Anja och konfirmerade henne med en gång, skulle han resa sig och gå ut i mittgången och tala om för församlingen att Elgem, en präst, hade fördömt en människa. En människa som till och med inte ville konfirmeras för presenternas skull utan hade kommit till kyrkan så att säga frivilligt och mot alla odds. Som om detta inte var tillräckligt viskade Alf ett trumfkort till avslutning mellan tänderna, samtidigt en fråga som visade att han var en värdig konfirmand: »Vad tror du Jesus skulle ha gjort?«

Det var antagligen något i Alfs blick, i handen som fortfarande darrade i luften – den kunde ha tillhört en asiatisk kampmunk – som fick prästen att inse att han inte hade något val, att det för en gångs skull vore lättare att se mellan fingrarna med ett flickebarns irriterande bevis på bristande respekt för kristna normer än att förorsaka att en konfirmand ställde sig upp och ropade ut oerhörda beskyllningar från kyrkans kor. Han hämtade Anja. En Anja som såg om möjligt ännu mer härjad ut, men som när hon föll på knä och tog emot förbönen gav Alf ett ögonkast som värmde honom mer än bifallet från publiken efter en enhandsräddning ända uppe vid ribban, en räddning då man till och med roterade lite i luften.

När de äntligen stod utanför kyrkan igen, beredda att bli förevigade av högtidsstämda föräldrar, sa Johanne: »Vi måste ha bättre präster än den där. Vi borde sätta upp ett av de där trafikmärkena utanför hans arbetsrum: Fara! Älg!«

»Är han egentligen någonting att bry sig om?« frågade Alf.

»Sanna mina ord«, sa Johanne. »Långt avstånd mellan liv och lära. Flera mil. Den mannen tycker för mycket om bananer.« Hon rättade till Alfs slipsknut, rynkade på näsan åt hans bristfälliga färdigheter.

»Vi vet ju inte särskilt mycket om hans liv«, sa Alf. »Bara att han är lycklig med sitt sexliv.«

»Vägen är inte lång från Paradis till Place Pigalle i Paris«, sa Johanne.

På måndagseftermiddagen ringde det på dörren i atriumhuset uppe i Alunåsen. Det var Alf som öppnade. Utanför stod Anja. Hon ville inte komma in, men hon tog honom i hand och neg. Neg så som han hade sett prinsessor niga. Djupt. Därefter räckte hon fram en bukett, en bukett sammansatt av de vilda blommor man kunde hitta ute i markerna runtomkring. Många av dem var gula. Det var den vackraste blomsterbukett Alf hade sett – minst lika vacker som orkidéer. »Tack«, sa Anja. »Du räddade mitt liv.«

Alf fortsatte med fotbollen, fortsatte att trivas. Märkligt nog var det först när han började spela för Skeid, ett topplag, som han frågade sig själv om fotboll var en värdig aktivitet i längden. Om målet han stod i var målet. Tidigare, när han räddade skott placerade högt uppe i krysset, hans mest sårbara punkt, tänkte han att målvaktstillvaron hade något att göra med den vinkel han letade efter, V-et han saknade i efternamnet. Även om alla skröt över honom och sa att de aldrig hade sett en sådan målvaktstalang, började han få onda aningar. Då och då tränade han med flera bollar samtidigt, fick också tre fyra killar att skjuta mot honom på en gång, som om han var rädd för att han i sin jakt eller att bara fånga en boll i taget var på väg att bli monoman.

Tvivlen blev inte färre efter en viktig landskamp på pojknivå, spelad mot Norges ärkerival och på självaste Ullevi i Göteborg. Svenskarna var bättre men Norge ledde med 1–0, mycket tack vare Alf Veber, som också på denna höga nivå stod i en klass för sig och fortfarande kallades för Det levande nätet, precis som Lev Jasjin kallades för Spindelmannen. Strax innan domaren skulle blåsa av matchen spelade en pressad norsk back oväntat bakåt, skickade i väg en förfärlig boll mot stolproten till höger om Alf. Det skulle vara typiskt, hann Alf tänka, en efterlängtad seger bortslarvad genom ett självmål.

Det vill säga han tänkte det efteråt. För när en målvakt överträffar sig själv, gör de mest övermänskliga räddningar, händer det bortom allt tänkande. Man vet inte hur man klarar det. Inte heller Alf visste hur han skulle rädda denna hopplösa bakåtpassning, han kastade sig bara med all kraft han hade. Satsade allt. Det räckte precis. Den fingertopp som rörde vid bollen, med den yttersta tråden i mönstret på den stickade vanten, hindrade självmålet. Det var också det sista han kom ihåg. För även om bollen gick stolpe ut, gick hans huvud stolpe in. En väldig smäll. Kalejdoskopiska skärvor. Sedan svart.

Tankarna återvände. Verkade annorlunda. Som om kollisionen med stolpen kunde ha öppnat nya passager i hjärnan på samma sätt som en dynamitladdning kunde avslöja nya förgreningar i ett grottsystem. Solstrimmor. Lukten av blod och gräs. Han hörde röster, fötter som trampade. Han tänkte på Jasjin. Att han måste upp, det spelade ingen roll om han var skadad, det kunde komma en ny markkrypare. Han kunde inte. Han hade våldsamma smärtor i huvudet. Ändå var han lycklig. Han hade vaktat buren, bevisat att han var Norges bäste målvakt i sin klass. Sedan började ljuset slockna igen. Han hann tänka att detta var ett varsel innan han sjönk, föll, samtidigt som allting gick i svart.

I samband med Alf I. Vebers bortgång stod följande dödsruna i en av Oslotidningarna:

Alf Veber är död. Alf Veber – idéhistorikern, medievetaren, portalgrundaren, dansmusikern, schackspelaren, aktivisten, reseledaren, Amnestymedlemmen, karikatyrtecknaren, ordföranden i Filmklubben Novecento – är död, 47 år gammal. Vid hans bortgång lider hans vänner och den kreativa miljön i Norge en stor förlust.

Alf Veber föddes 1953 och växte upp i förorten Alunåsen nordost om Oslo. Han tog studentexamen på Bredtvet gymnasium 1972 och studerade därefter vid universitetet i Oslo, först kortvarigt sociologi, därefter idé- och lärdomshistoria. Efter avslutade 60-poängsstudier knöts Alf Veber till Institutionen för idé- och lärdomshistoria, men gick över till en nyinrättad tjänst vid Institutionen för medier och kommunikation i slutet av 1980-talet. Halvvägs in i nästa decennium grundade han Compendium AB, ett IT-bolag som senare blev uppköpt av en större aktör.

Den röda tråden i Alf Vebers liv är idérikedomen. Han var på många sätt en idéhistoriker in i det sista och det är betecknande att han dog med en guide till Delfi i fickan. Hans viktigaste verk är »Den nya barocken«, en bok som blev missförstådd och feltolkad när den utkom, men som med tiden har fått en allt större betydelse, inte minst bland programmerare. Också i innovations- och entreprenörkretsar studeras den nu som ett slags lärobok. »Den nya barocken« handlar inte om postmodernism, som många ville ha det till strax efter utgivningen, utan om möjligheten att flytta gränsen mellan det verkliga och overkliga, att tänka tvärtemot tiden och att se överraskande förbindelser. Den som läser denna bok glömmer inte så lätt sammanställningen av de överdådiga takmålningarna i Palazzo Barberini i Rom och Federico Fellinis filmer, eller av Spegelsalen i slottet i Versailles och Carlos Fuentes roman »Terra Nostra« – för att inte tala om den linje som Alf Veber drar från 1600-talets nya kartor, stimulerade av de stora upptäckterna, till tidspassagerna och kartan i Terry Gilliams film »Time Bandits«.

Jag kommer att sakna Alf även av personliga skäl, speciellt hans många fantasifulla initiativ. Jag var närvarande när han spikade upp »95 teser för en metamorfos av Norge« på Stortingets ingångsdörr, och jag fick också delta i de första Portalresorna han arrangerade, den till Pergamonmuseet i Berlin för att se på rekonstruktionen av Ishtarporten i stadsmuren runt det gamla Babylon, och en händelserik färd till Kambodja där huvudmålet var att beskåda södra porten till det väldiga Angkor Thomområdet, ett sandstenstorn täckt med orkidéer och andra växter och krönt av kolossala ansikten som är vända mot var sitt väderstreck, förutom Indra på sin trehövdade elefant som sockel i varje hörn.

Trots de giftiga – och mycket omtyckta – karikatyrerna som han under pseudonym tecknade i tidningen Universitas i tjugo år var Alf på alla sätt en generös och givmild person. Också när det gällde lån av pengar. Det är helt och hållet Alfs förtjänst att man lyckades etablera det för närvarande flitigt omskrivna bioteknologiska bolaget Carbon Kingdom. För alla som arbetar där är Alf en skyddsängel.

Alf var en tankeinspiratör. En av de meningar han tyckte om att citera stämmer också om hans alltför tidiga bortgång: dödens obegriplighet är livets största triumf.

Mervin Os

LONDON GLED IN i ett julrus, förvandlades till ett enda väldigt Harrods med tända ljus och bjällror överallt. Io reste hem till föräldrarna i Edinburgh. Följden: han återupptäckte sin sårbarhet, vilken längtan som slumrade i hans inre. Tänk om hon nu var förlorad för alltid? Borde han ändå inte ha avslöjat sina känslor för henne? Julrushen fick honom att hålla sig inomhus, arbeta i kyrkan, försöka skapa sin egen högtid, mer blå

än röd. I've got a sweet little angel, I like the way she spreads her wings.

Det händer inte ofta att det faller mycket snö i London, men under mellandagarna år 2000 drabbades större delen av England av minusgrader och avsevärda nederbördsmängder i form av snö. London Eye, pariserhjulet från millennieskiftet, stod stilla, täckt av is. Flera personer miste livet, huvudsakligen i trafiken på grund av det dåliga väglaget. *Någonting med Voltaire och naturkatastrofer, Voltaire och jordbävningen i Lissabon? Pessimismen som infinner sig under upplysningstiden, tvivlet på framsteget? Hellre släppa hela Voltaire! Vad skulle han ha varit utan Locke och Newton! Bara en popularisator, någon som konsoliderar redan framförda tankar. Återigen: skit i Frankrike. Min upplysningstid är England och Nederländerna. Det pragmatiska, inte det dogmatiska.* (*Men svårt att komma ifrån: Candide är och förblir ett mästerverk.*)

En liten tidningsnotis kunde berätta att också en norrman miste livet i London strax före nyår. Alf upptäckte det av en tillfällighet men visade aldrig notisen för någon. Det var nämligen Alf I. Veber som var död. Liket låg i mittrabatten på självaste Park Lane, inte långt från Dorchester Hotel, under några buskar alldeles invid nergången till en av de gångtunnlar som leder till Hyde Park. Liket påträffades först då snön smälte efter ett par dagar. Polisen hade ingen annan förklaring än att norrmannen måste ha varit påverkad av alkohol och lagt sig att sova under buskarna när snövädret satte in. Inga tecken på våld. Inte heller obduktionen avslöjade något annat än död på grund av kyla. Saken tillhörde i alla fall en av de mer mystiska och notisen innehöll därför fler detaljer än vanligt. Identiteten var klarlagd, skrev journalisten. Av det gammaldags passet fick man till och med upplysning om ett karakteristiskt ärr efter en operation. Norrmannen Alf I. Veber hade frusit ihjäl inte långt från Speakers' Corner. Med hundra pund och – ännu en gåta – en bok om Delfi i fickan.

Omslagets baksida visade de tre olika grekiska pelartyperna, och någon hade ritat en ring runt den korintiska.

Alf läste morgontidningen i en ombyggd kyrka, medan ägget kallnade bredvid honom. Frukosten fick vänta. Han lade sig på soffan. Steg upp och hämtade anteckningsboken, lade sig igen. Skrev trots det inte ett enda ord. Timmarna gled förbi. Påtagligt och absurt som när han i barndomen ställde sig mellan mammans och pappans väggur i vardagsrummet, klockor som aldrig lät sig synkroniseras, ett stereofoniskt tickande som träffade en som knappnålsstick. På kvällen gick han ner till Weavers Fields, inte långt från kyrkan. Snövädret hade upphört, men plötsligt, i några minuter, dalade det åter flingor i luften. Han iakttog hur de hakade fast i varandra, bildade liksom större figurer. Som tankarna i huvudet på honom. Det var något speciellt med snö som föll på natten. Ett eget element. Tungt och lätt på en gång. Synligt och osynligt. Han var död. Förklaringen var naturligtvis enkel. Ian hade Alfs pass i fickan, och de två tre dagarna i snön hade gjort hans ansikte ännu mer likt Alfs mer än tio år gamla passfoto. Coroners Court kunde inte ha använt mycket tid på att avkunna sin dom. Sedan identitet och dödsorsak fastslagits hade norska ambassaden sörjt för hemsändandet. Så småningom skulle Alf få reda på att få var närvarande vid bisättningen. Mikael och Anna hade precis hunnit hem från Japan.

Kungen är död. Leve kungen.

Han var i en märklig stämning när han träffade Io vid Leicester Square några dagar efter nyår. Till hans lättnad höll hon vad de hade avtalat före jul. Staden hade fortfarande slagsida av för många strålande glödlampor. Bara sörja återstod av snön, men det var alltjämt kallt och blött, ångan slog ut från kaféer med luckor mot gatan. Io var grinig. Hade spelat nere i gången mot Northern Line men blivit jagad av polisen, lyckades med knapp nöd prata sig ifrån kännbara böter. Djävla fascister. Lyckligtvis gick det rykten om att det ordningsfixerade London Underground snart skulle tillåta ett visst antal musiker att spela på valda ställen. Nu hade hon bara tjänat fem ynka pund. Fyra av dem fick jag när jag spelade skitlåten Love Is All around Me, sa hon. Det är så att man kan spy. Hon svor. Gillar du inte The Troggs, frågade han. The Troggs?

Är det inte Wet Wet Wet som har gjort den? Återigen: hennes ungdom. Född i går.

Hon kånkade fortfarande på gitarrfodralet och ville hem. När de kom till West Kensington visade hon ändå inte ett tecken till att stiga av, föreslog i stället att de skulle ta tåget ett par stationer vidare, promenera ett slag. Det skadade lillfingret strök flera gånger ofrivilligt över det ena crawlarögonbrynet. Hon såg hårdare ut än annars, tyngre sminkad, ögonen lite tvättbjörnsaktiga. En gammal skinnjacka. De steg av på Hammersmith. Hon ringde till Famous 3 Kings från mobilen, sa att hon inte orkade jobba på puben om kvällarna den veckan. Han såg att hon var förvirrad men hade ingen aning om varför. Hon brukade sprudla av livsglädje, nu låg det något mörkt över henne, något han aldrig hade sett förut. En led som saknades. Hon förde honom under den planfria korsningen, in på gatorna som ledde ner till floden. Kallt. Snöbyar i luften.

Han bar hennes gitarr. Hon hade en väska över axeln, verkade osäker, ole dole, gick oväntat uppför en trappa så att de plötsligt stod på Hammersmith Bridge. Ungefär halvvägs ute på den grönmålade bron klättrade hon upp på räcket, började gå balansgång. Gör inte det, bad han. Du kan ramla. Hon svor utan att han uppfattade orden. Översta delen var inte särskilt bred, femton centimeter, dessutom lite rundad. Varför utsatte hon sig för den risken? Floden flöt grågrön och iskall nedanför henne, ända in till stränderna och ganska strid. Flygplanen seglade lågt över dem med förvånansvärt korta mellanrum, väldiga jumbojet som skulle landa på Heathrow, man kunde se tre fyra på en gång, på rad efter varandra, en konvoj i luften, ganska skumt. *Resandet som ökar under 1600- och 1700-talen. Kunde välja ut en av dessa resor, eller expeditioner, och ta en enda sak från denna färd i sin tur.* (*En av mässingssextanterna som James Cook använde på sin första vetenskapliga expedition i Stilla havet?*) Medan Io koncentrerade sig på att hålla balansen berättade hon att hon hade fått tillbaka en demo, tio egna sånger. Satans skivbolag. Talanglösa fittslickare. Följebrevet meddelade att det var långt kvar. Lovande men inte tillräckligt bra. Bla bla bla. Djävla mansgrisar. Hon var frustrerad. Alf sa att han alltid hade vetat att hon var för bra för att sjunga i tunnelbanan. Stå på dig bara, försök på ett annat skivbolag, sa han. Io verkade otröstlig, hade gråten i

halsen, sa att hon inte dög, sa att hon tänkte sluta. Jag vill inte bli som alla andra. Något vanligt. Professor i historia. Servitris på någon pub. Hellre då ... Han fick för sig att detta inte bara berodde på avslaget från ett skivbolag. Att det låg djupare. Att hon kunde hoppa när som helst. Att hon hade detta farliga mörker i sig som fick en del att göra sådant. Var Ians död ett självmord? Varför hade han inte sökt skydd i gångtunneln? Var den kanske stängd just vid jul? Och Io. Likadan. Han kände till dem.
Känslomänniskor. Originella kvinnors dragning till pillerburkar, till floder och stenar i fickorna.

Plan efter plan mot horisonten, mot Heathrow. Underligt tyst. Glidflygplansaktigt. *Möjligen: Hans Sloane och hans femton månaders vistelse på Jamaica 1687–88. Zooma in på den förhållandevis anspråkslösa samlingen av växter. Vid Sloanes död hade den vuxit till en kolossal samling av allt möjligt, en samling som blev början till British Museum. En resa – och man lägger grunden till ett av världens mest kända museer!* (*Vilken var den första växten i herbariet från Jamaica? En orkidé?*) Han kom inte på något att säga, stirrade desperat på den märkliga brokonstruktionen. Delar sammanfogade med jätteskruvar och muttrar. Fick honom att tänka på Mikael. Meccano. Broderns ingenjörsdrömmar. Förvandlade till bioteknologi under de första studieåren. Och därefter till något helt abstrakt: diplomati. En ordens ingenjörskonst. Broar byggda av ord. Vad skulle han säga till Io? Sedan började han sjunga för henne i stället. Det fanns bara där: Always look on the bright side of life. Lade till och med in visslandet. Vem skulle kunna tro att han kom från det humorfria Norge, där Monty Python-filmen som sången var hämtad från blev förbjuden på sin tid. Pastor Elgemmentaliteten. Han såg inte om hon log, men hon hoppade ner. Hoppade mot honom som om han var ett brandsegel. Han föll nästan omkull. En omfamning och ett angrepp på en gång. Både mjukt och aggressivt. Skit, sa hon. Det är inte *så* lätt. Hon slog honom lätt på överarmen med knytnäven. De promenerade tillbaka, ner, fortsatte på gångvägen längs floden.

Hon var avgjort ur gängorna. Butter. Twiggy-karaktären kom tydligare fram. Bräckligheten. Det var inte slut ännu. Hon sneglade på honom. Blank i ögonen. Förtvivlan skriven i ansiktet igen. Han gick avsiktligt ytterst, intill den låga muren. Themsen på andra sidan. Högvatten. Ett stycke bort låg låga husbåtar förtöjda i långa rader. Det är så förbannat meningslöst, sa hon och gick ifrån honom, vrängde samtidigt av sig axelremsväskan, drog av den ena vanten med hjälp av tänderna och fiskade upp en mapp. Häftet med hennes sånger, det hon hade haft i kassaskåpet och visat honom hemma i lägenheten. Handskrivna. Dyrbara. Han såg vad som var på väg att hända och reagerade nästan innan hon gjorde något, som vid straffsparkarna under sin Jasjintid på fotbollsplanen. När hon av alla krafter slungade i väg häftet mot floden hade han redan släppt gitarrfodralet och tagit sats, och i samma ögonblick som häftet lämnade hennes hand kastade han sig raklång. Ett pantersprång av bästa målvaktsmärke. Utan att tänka. Befriad från rationella överväganden. Han låg på sidan i luften, svävade, länge, som på väg mot en boll i krysset, hann se att häftet roterade, hann se något han inte hade sett ute på Hammersmith Bridge, att brohuvudena hade guldornament, innan han kände pärmarna mot handflatan i den ena handsken. Det levande nätet. Han landade illa, trots att han försökte rulla runt, men höll häftet i ett fast grepp, höll det hårt intill bröstet.

När hon kom springande mot honom tillhörde ansiktet plötsligt den Io han hade lärt känna den första tiden. Hur gick det? Hej, Alf, titta på mig. Alf! Bekymmer i rösten. Jag är dåligt tränad, sa han, samtidigt som han försökte dölja smärtan i knät. Sedan skrattade hon, satte sig vid sidan om honom på gången och skrattade. Jag bjuder Arsenals nya målvakt på en öl, sa hon, hjälpte honom upp, borstade av hans byxor och rock och visade vägen in på puben i närheten, Blue Anchor, dekorerad med smäckra roddbåtar i taket och åror på väggarna.

Du räddade mina sånger, sa hon flera gånger då de satt vid bordet. Hon gapskrattade och skakade klentroget på huvudet om vartannat. Hur visste du att jag inte hade några kopior? Det sa du själv, mumlade han. I din lägenhet första gången jag var där. Hon satt bara och flinade. Du skulle ha sett dig själv. Oj, vilken spänst! Hon fick ett skrattanfall igen. De andra gästerna vände sig om, log. Det var tjusigt, sa hon. Kära du, var har du lärt dig det?

Han kom inte på något svar. Naturbegåvning, sa han. Trots det kom tankarna. Rättfärdigades alltså ungdomstidens träning, alla passen, först här? För något sa honom att han inte bara hade räddat ett sånghäfte.

Var det så han vann henne? Han såg sig omkring, gned knät som hade fått en smäll. Förutom roddbåtar var lokalen full av föremål från andra världskriget. Radioapparater, gasmasker, dricksvatten på burk. Livbojar. Han höll fortfarande hennes häfte i handen. Läste på framsidan. Songs. Iris Ophelia Vaugh. Han bläddrade. Kunde vara trettio fyrtio sånger.
Vacker handstil. En sådan handstil som han förknippade med arkitekter eller formgivare. En signal om äregirighet. Sirliga och avancerade besiffringar. Hon höll i ölglaset och betraktade honom. Något nytt i hennes blick. Om hon bara hade flörtat förut, var hon nu tydligt förälskad. I honom. Men han såg också något som, mitt i glädjen, stoltheten, gjorde honom betänksam: ett slags dyrkan.

Stopp, tänkte han. Du kan feltolka. Försiktigt. Inte desto mindre blev värken, längtan, i kroppen ännu påtagligare från och med den stunden på Blue Anchor. Han följde henne hem till West Kensington, bar hennes gitarrfodral, passerade den lilla Audin utanför, orsaken till att hon hade blivit av med körkortet. Han följde med upp till lägenheten. Varsamt. Gör inte något överilat. Men när han återsåg diamantkulan på dörren till hennes sovrum fick han hallucinationer, fantiserade om hur det skulle vara om hon satt ovanpå honom, lät sin spänstiga, unga kropp häva och sänka sig över honom. Utsikten mot de gungande brösten. Bli älskad som om han var en Audi hon överskred hastighetsgränsen med. Han stirrade som efter hjälp på samlingen av snäckor. Långsamt, långsamt. Men när de satt mitt emot varandra och pratade såg han samtidigt i en parallell verklighet hur hon kastade huvudet bakåt i älskogsritten, hennes underbara hals blottad, medan hon öppnade munnen och ropade den första bokstaven i hans namn. Han kunde kanske äntligen få användning för erfarenheterna från samlivet med Charlotte. Plus se till att tillvarata mjukheten, ömheten. En uppfostrare i älskogskonsten. *Jag saknar något om erotiken. Markis de Sade för sen, mer ett resultat av än själv en del av epoken.* (*Om erotiken strider mot det rationella, behöver den väl inte nödvändigtvis sluta i sadism?*) *Är det över huvud taget möjligt att tänka på erotik och upplysning i samma andetag? Måste i så fall vara erotik som en uppfostran av anden, eller som ett led i ett religiöst sökande.*

Hon serverade honom en bit Whisky Dundee cake som hon hade tagit med sig hem från Skottland. Han satt lugnt och talade om Edinburgh men fick kvävningskänslor av åtrå, kom ihåg en gång då han hade hört henne sjunga Madonnas Like a Virgin i tunnelbanan, sjungit nästan parodiskt med små flämtningar inlagda, men samtidigt så fräckt utmanande och upphetsande att han kände sig chockerande kåt. Återigen: han måste se till att komma därifrån. Stick, Alf. Gå innan det är för sent. Du är en munk. Du ska skriva ner viktiga tankar, samla vrakrester. Han for upp så plötsligt att hon ryckte till. Jag beklagar, men jag höll på att glömma ett viktigt möte, sa han, sprang nästan till ytterdörren, gav henne en hastig kram innan han halvt om halvt gled utför trappan. *Skulle kunna titta närmare på John Clelands roman Memoirs of a Woman of Pleasure*, skrev han hemma i kyrkan. *Kom ut vid mitten av 1700-talet. Mera känd som Fanny Hill. Sex som den mänskliga erfarenhetens centrala mysterium. Kommer ihåg något om att ollonet i form och färg sägs likna ett medelstort fårhjärta och att penisen alltid jämförs med en pelare – en pelare av vitaste elfenben med vackert blå ådringar. (Fattas bara att den kvinnliga berättaren delar in de olika männens pelare i doriska, joniska och korintiska.) Erotik som metaforkraft? En metaforkraft som i sin tur är ett indicium på den kreativitet som alltid måste vara drivfjädern i varje upplysningstid?*

Nästa vecka undvek han att gå ut. Ändå utan att röra manuset, söka vidare efter de trettiosex detaljerna. Kanske var alla strävanden i samband med detta påtänkta verk ett självbedrägeri. Vem önskade något sådant? Ett litet säkerhetsnät som samtiden erbjöds. En knippa kunskaper som kunde rädda folk på samma sätt som han själv räddades ur klorna på Floyd därför att han satt inne med en upplysning, kanske till och med falsk, om Louis Armstrong. En naiv dröm? Och var inte allt detta bara en vaktmästares anteckningar? Hur som helst så kom han ingenstans. Åtminstone inte nu. I stället användes tiden till att fila vidare på sången han tänkte ge till Io. Trettiosex ackord. Faran var nämligen inte över. Ios tvivel skulle komma tillbaka. På något sätt måste han lyckas få in henne på en stabil kurs igen. Kanske via musiken.

Sången hade legat ett slag och han var inte så nöjd med den längre. Han prövade sig fram på gitarren, tog blyertspennan och klottrade ner nya ackordsövergångar, textsnuttar. Sedan ett skred. Allting kom samtidigt. Trettio minuter i ett ryck. Melodirader, både vers och refräng, textidén som fick meningarna att bilda en lustig, verkningsfull helhet, till och med på ett sångbart sätt. Trettio minuter. Han kunde aldrig vara säker, men han trodde att han hade lyckats med ett av de svåraste konststyckena över huvud taget: skapa den häpnadsväckande, anslående melodi som fastnade i hjärnan, en parallell till kärlekssången man förälskade sig till, låten som fick alla att köpa samma soundtrack, eller rytmerna som gjorde att dansgolvet exploderade. Sådana sånger som uppstod på ett magiskt vis. Något enkelt som på sätt och vis var lika komplicerat som Spinozas matematiska beviskedjor. Ingen kunde förklara den svåra konsten att lyckas med en svängig vers som ledde fram till refrängen som hoppkanten för hopparen, och sedan: en refräng som infriade suget, var en extatiskt jublande svävning, fullt av luft och en kittlande känsla i magen, kort sagt en så slagkraftig sång att den blev en hit. Plötsligt fanns det bara där i huvudet. En gåva. Såvida det inte var Io. Hans talang för saknad. Något hos henne fick honom att tänka på grottan han utforskade en gång. En tunn vägg som sörjde för osmos mellan hjärna och hjärta.

Några dagar senare satt han hos henne i West Kensington. Apelsiner på ett fat på bordet i vardagsrummet, ett helt solsystem i sig. Han spelade sången för henne. Queen of Jupiter. Texten var uppbyggd av fragment från de märkligaste områden, var en ramsa av mer eller mindre absurda saker, en text besläktad med Lennons Strawberry Fields eller Dylans Highway 61 Revisited. Ändå gav den mening om man lyssnade noga, det vill säga meningen sipprade mer in via mellangärdet än via huvudet: det var en ramsa av förtröstansfulla saker, allt man kunde göra när man var ledsen. Många av idéerna hade kommit genom att han hade tittat på de små saker han hade klistrat upp på väggen i vardagsrummet, en inspirationstavla när han kämpade med sitt lilla opus om upplysningstiden. Bland det sista var en Wunderbaum, utkastad av en arg bilist på Commercial Street, bilder av orkidéer från Kew Gardens och papp från hylsan till en fyrverkeripjäs – på en lapp under hade han klottrat: Händel. Som om han hade samlat underliga detaljer och skapat ett nytt rike av dem. Jag har det, jag har det. Medan han komponerade tänkte han hela tiden på pappans lovsång till kolet, föredragen om hur atomer kunde hakas ihop. C som livets ryggrad. C-dur.

Han hade övat, sjungit Queen of Jupiter i självaste tunnelbanan, på flera av stationerna. Folk skänkte inte så mycket pengar som när han spelade Starman och Bad Moon Rising efteråt, men några ryckte till; det var tydligt att sången hade hooks som gjorde intryck. Speciellt en

sekvens där fyra ackord följde perfekt efter varandra, oförklarligt, liksom bara uppfattade av ryggkotorna. Io blev i alla fall själaglad, tände omedelbart. Queen of Jupiter. En kvinna som hittar märkliga saker, snäckor och tomma fågelburar, och bygger sin egen värld av dem. Påstod att den passade in på henne, att det var något sådant hon hade letat efter. Hon skalade en apelsin så att skalet bildade ett elefanthuvud, höll det skrattande framför ansiktet. Frisk citruslukt fyllde rummet. Hon bjöd honom på en klyfta. Jag måste göra en ny demo, sa hon. Med en gång. Hon fumlade med inspelningsutrustningen på golvet, fick honom att sjunga den igen. Och igen. Tills hon var nöjd.

Efteråt betraktade han henne från soffan. Hon strålade. Var märkbart upphetsad. Otålig att få lära sig sången. Bräckligheten gav vika för intrycket av något mer solitt. Något i situationen gav honom en skymt av en dimmig kausalitet. Som när han låg på rygg i en båt på en liten skogstjärn om natten och såg rakt upp i Vintergatan.

Medan Io studerade papperet med texten och greppen sneglade han återigen på dörren till sovrummet, hade hoppats att det var över. Men trots alla samaritiska motiv glödde begäret fortfarande med en omisskännlig värme i underlivet. Frivola tankar. Synen av henne. Den gamla skinnjackan slängd över stolen. Passade till bilen utanför. En liten snitsig Audi med en Suzi Quatro-motor. Motorcykelskinnjacka. En elbas på höften. Wild Thing. Hon är förälskad, eller hur? Varför tveka? Mer än något annat hade han lust att rycka papperet ur händerna på henne, slita det i stycken, bära in henne till sängen och köra in kuken i det han föreställde sig som världens utan jämförelse mest åtråvärda fitta. Lycka. Glida nerför Møns Klint.

UPPLYSNINGEN:
THE MAGICAL MYSTERY TOUR

Åren efter konfirmationen kände Alf att han nästan mot sin vilja hade präglats av prästens förmaningar om att leva i sexuell avhållsamhet. Som om någon, medan han var nerdrogad, hade opererat in ett överjag effektivare än något kyskhetsbälte. Hans få och kortvariga kärleksförhållanden kännetecknades av en erotisk vägran som förvånade tjejerna; de var vana vid killar som ville innanför troskanten på dem nästan innan de hade hunnit säga vad de hette. Då och då tänkte han att det också hade något med övertro att göra, ett tabu – att om han gjorde det skulle något fruktansvärt drabba honom, en virussjukdom.

Sedan dök Isabelle upp, en flera år äldre bibliotekarie, en kvinna som han länge hade fantiserat om men aldrig hade trott skulle vara åtkomlig. Efter att hon hade varit på The Hamlets konsert på idrottsplatsen den 17 maj, det vill säga hört Alf sjunga Paul McCartney, började hon i alla fall ringa, och han träffade henne flera gånger på sommaren och under hösten medan han gick sista årskursen i gymnasiet. En utopi plötsligt förvandlad till verklighet. Efter kyssen på Røverkollen strax före jul insåg han nästan klentroget att de hade inlett ett förhållande.

De träffades inte så ofta. Han hade ett arbetsamt halvår kvar av gymnasiet, hon höll på att avsluta en utbildning, samtidigt som hon vikarierade på en biblioteksfilial. De träffades i första hand om helgerna. Någon gång följde hon också med när The Hamlets hade en av sina inte alltför vanliga men trots allt lyckade spelningar. Han blev inspirerad av att se hennes svartklädda gestalt slingra sig mystiskt nere på dansgolvet, medan bandet gled in i sina Creamliknande musikaliska utsvävningar.

Allra bäst tyckte han om att leda henne vid handen, lägga sin hand i hennes ringprydda hand, fläta samman fingrarna, följa med hem till hennes nya lägenhet på Romsås, längst uppe i Ravnkollbakken, där de slog sig ner i soffan vid vardagsrumsfönstret på åttonde våningen och såg ut över Oslogrytan, fjorden och Nesoddtangen. Vardagsrummet hade inga bokhyllor. Det överraskade honom: en bibliotekarie utan hyllor. I en lägenhet där det annars rådde pedantisk ordning, där svarta kläder låg prydligt hopvikta, måste man gå genom ett virrvarr av böcker i travar på vardagsrumsgolvet, ett horisontalt bibliotek skenbart utan system, deckare instoppade mellan delarna av ett verk om norsk historia, en bok om arkitekten Louis Kahn ovanpå »Histoire d'O«. Trots det kunde travarna ge illusionen av en labyrintisk stadsplan, ett sjunket Atlantis.

Hon hade en gitarr med nylonsträngar och det hände att han tog

instrumentet och satte i gång att spela en av Led Zeppelins låtar. Han kände hennes beundran, särskilt när han valde någon av de lugnare sångerna, inledningen till bluesballaden »Babe I'm Gonna Leave You«, den melodiska »Tangerine«. Ett helt annat intresse än när han trodde att han sa något uttrycksfullt, använde ord. Men ingenting hade större verkan än när han liksom av en tillfällighet gled över i en Paul McCartney-komposition som »If I Fell in Love with You« eller »Hey Jude«. När han sjöng så mjukt han kunde och lät dämpade nylonsträngsackord klinga i bakgrunden såg han, trots att hon försökte dölja det, något som liknade begär, respekt blandad med längtan, i hennes blick. Att det slog ut vad som helst av de teorier han kunde ha om Det okända Norge. Och det hände inte sällan efter dessa ögonblick att hon lade honom försiktigt ner på golvet i vardagsrummet, mitt i en labyrint, och kysste honom, begravde honom i ett hav av mjuka lockar, som ett korrektiv till myllret av skrivna ord, eller som för att säga att alla dessa böcker hade ett centrum, även för en bibliotekarie, och att det där handlade om detta, doften av en kvinnas hår, hennes mun mot hans, en darrning som fortplantar sig från tungan till hela kroppen.

Det svåra började från och med den punkten. Vad gjorde man efter kyssandet? Hur tygla händer som krävde att få gå på upptäcktsfärd till okända områden när de låg och kavade ovanpå varandra i soffan med kläderna på. Han såg att hon blev överraskad över hans tvekan, hans ovilja mot att hamna i sängen, naken. Mer än allt annat ville han ligga med henne, men samtidigt vägrade han. Ofta slutade det i alla fall inne i sovrummet, där den lilla genomskinliga jadebuddhan som han stulit åt henne hade fått en hedersplats, stod på nattduksbordet och log, pulserade med ett slags inre ljus. I regel låg de då också bara i underkläderna. Hon lät fingrarna glida över det långa ärret efter mjältoperationen. »Jag förstår att du är en sårad man«, sa hon, liksom förstående. »Du behöver tid.« Han var nära Møns Klint. En fuktig strandäng. Omöjligt att inte känna lågan som tändes någonstans i höftpartiet vid synen av det valv som venusberget utgjorde, aningen om glänsande marhalm under tunt svart tyg. Det kröp i fingertopparna. Syver Karma, flipperspelens överman, dessutom känd för sin förmåga att tömma alla myntautomater på flera mils omkrets, blev en gång tillfrågad om varför han var så populär bland kvinnorna. På grund av mina fingrars känslighet, svarade han utan betänkande.

En annan sak oroade också Alf: Isabelle ville aldrig vara åskådare när han spelade fotboll, aldrig höra ett ord om hans träning. Han stod i mål i Skeids juniorlag nu. Alla spådde att han skulle gå långt, kanske rentav bli proffs. Till och med Kjell Kaspersen, bara ett par år tidigare Skeids och landslagets mycket omskrivne målvakt, hade fått upp ögonen för honom. Därför blev Alf besviken när Isabelle vägrade att komma, vägrade att applådera hans akrobatiska uppträdande mellan stolparna. Han var en konstnär, en prins Hamlet i sin svarta dräkt. Om någon av matcherna spelades i Groruddalen hände det emellertid att Johanne infann sig på den murkna läktaren, satt där i någon av sina egendomliga mössor och hejade med stark röst och frejdiga kommentarer. De träffades numera sällan eftersom de gick på var sin skola. Hon hade bestämt sig för att studera teologi. »Trots allt ärligare än meteorologi«, sa hon. Alf visste inte vad han skulle börja med. Fanns det någon linje som gjorde en till målvakt? Ja, jag jobbar på häktet. Vaktar buren.

Trots att hon lyste med sin frånvaro vid planen blev Alf mer och mer förälskad i Isabelle, i ökande omfattning också mer intresserad av vad som dolde sig under troskanten. Han frågade sig om hennes venusdelta utmärktes av samma frodiga lockar som den svarta manen på huvudet. En lördag då han besökte henne på Romsås satte han på TV:n för att titta på fotboll – närmast för att dämpa kåtheten. Hon kom direkt från duschen, flög in i vardagsrummet, med håret spretande åt alla håll, och stängde av. Frottéhandduken som en vit miniklänning. Utan inledning och med illa dold aggressivitet i rösten gav hon honom klart besked om att hon inte ville vara tillsammans med någon som spelade fotboll. Sport var tråkigt. Helt enkelt för dumt. Han försökte säga något men hon avbröt honom, ännu argare, håret medusaaktigt. Förstod han inte? Hon avskydde fotboll, hon föraktade den hjärnförlamande sporten, det djuriska i supportrarnas uppförande. En dusch av saliv flög ur munnen på henne, som man kunde se när skådespelare talade på teatern. »Du får vackert välja mellan fotbollen och mig«, sa hon, lossade handduken, stod

naken och frotterade håret. Han fick ett bra tillfälle att konstatera att fantasierna om hennes skrev inte kom på skam. Efter att ha tänkt sig för preciserade hon det: »Målet eller mig.«

Dagen därpå möttes Skeids och Groruds juniorlag på Grorudvallen. Vid mitten av första halvlek kom Isabelle och fattade posto vid stängslet framför klubbhuset. Hon stirrade oavvänt på honom, även när bollen var på den andra planhalvan. Hon höll fast honom med blicken, som om hon ville utmana honom. Först vinkade han, glad över att han äntligen fick möjlighet att visa upp sig, men när hon inte reagerade bestämde han sig för att koncentrera sig på spelet. Matchen var mycket viktig. För honom också. Ett par ledare från ett annat lag i toppserien hade kommit för att titta på honom. Redan som junior var han attraktiv, ett Lev Jasjin-ämne. Han gjorde flera lysande enhandsräddningar, kanske också för att han visste att Isabelle stod där. Floyd, som fortfarande spelade i Grorud fast han började bli lite korpulent, avlossade flera hårda skott som Alf utan svårighet klistrade – returer kunde vara ödesdigra med Floyd i straffområdet. Vid ett tillfälle gjorde han en djärv utrusning och snappade åt sig en farlig crossboll innan han med en perfekt utspark hittade en medspelare mitt på planen, och när han vände sig om för att inhösta bifall var hon försvunnen.

Han satt för sig själv i pausen. Tänkte. Tvekade. Var en prins Hamlet. Visste att han stod inför ett ultimatum.

Sju minuter in på andra halvlek, medan medspelarna anföll, tog han lugnt av sig de stickade vantarna och kastade dem på marken, som om han sa upp sig från ett jobb eller utmanade någon på duell, och marscherade ut från planen, slank bara in i omklädningsrummet för att hämta väskan. De andra, både medspelare och motspelare, stod gapande kvar och såg efter honom. »Vad fan ska det här föreställa, Alf?« ropade Floyd.

»Det här är sanslöst! Är du fortfarande sur för den där förbannade trädkojan? Har det slagit slint i skallen på dig?«

Det måste kallas tidernas målvaktstabbe, men han vände sig inte om. Alf Veber skulle aldrig mer gå ut på en fotbollsplan. Och mest förvånande av allt: han skulle aldrig ångra sig. Saken kommenterades i lokaltidningen: »Mystisk sorti av Det levande nätet.« Ett fotografi visade målvaktsvantarna på kritstrecket i målet. Som om han helt enkelt hade avdunstat.

Han cyklade uppför backarna till Ravnkollen på rekordtid, hann svettig och utkörd ifatt Isabelle just när hon skulle gå in i trappuppgången. I hissen stod hon med ett litet leende på läpparna, granskade den svarta målvaktsmunderingen, fotbollskängorna fulla av torkad lera. Hon förstod vad som hade hänt, tittade på klockan som för att fråga varför han hade tagit så obegripligt lång tid på sig. Hon ledde in honom i vardagsrummet och lade honom ner på mattan mellan alla travarna med böcker, kysste honom, och kysste honom igen, förde en hand till hans skrev, utanpå byxorna, hade testiklarna i ett fast grepp. Han hade valt henne. Från och med nu kallade han henne detta i tankarna: Målet.

Det andra problemet kvarstod. Hur motstå hennes tydliga invitation att gå längre än till att bara pussas. Han sökte efter undanflykter, förde ofta in samtalet på musik. Sent föregående höst hade Led Zeppelin gett ut sin fjärde LP, som inte hade någon titel, bara fyra symboler. Isabelle hade för länge sedan lärt sig att teckna dem, till och med kommit underfund med vad tre av dem betydde – bara Jimmy Pages tecken förblev en gåta. Hon höll långa föreläsningar för Alf om olika teorier medan han låg med huvudet i hennes knä. Men det gick inte att undvika att kvällarna slutade med kyssar, med flämtande upphetsning, med händer som trevade över bröst och skrev medan Led Zeppelin färgade luften blå i bakgrunden, »You Shook Me«. Han kände hur lusten ökade för varje gång de var tillsammans, förde honom mot gränsen till det katastrofalt imbecilla. Floyd hade rätt. Det *hade* slagit slint för honom. Han hade drabbats av Tourettes syndrom. Kunde nästan inte öppna munnen av rädsla för att säga knulla, knulla, knulla. De låg och kysstes medan Jimmy Pages gitarr tjöt i bakgrunden, lät nästan tungorna slåss med varandra i timmar, tills ansiktet kändes svullet. En gång började det regna utanför, ösregna så att det sprutade från balkongkanten, som om himlen hade spruckit i stället för han. Hon tittade konstigt på honom när han med en desperat underton i rösten mumlade att han måste gå, cykla hem med ett tryck i pungen som gjorde att han inte kunde sitta på sadeln. Knulla, knulla, knulla.

Varför vänta? Ville han spara sig? Var sex något som kunde förbrukas,

en kaka med ett begränsat antal bitar? Var kom denna obegripliga moral ifrån, viljestyrkan? Han kom ihåg när han åt Ha-På första gången. Pappan hade å det strängaste förbjudit detta karamellpålägg i hemmet, men Alf fick smak på det under en skolresa. Det smakade ljuvligt och han förstod inte varför han hade avstått från att äta det förut. Hur skapade man lydnad mot dessa ologiska förbud? Alf var irriterad över att konfirmationsundervisningen antagligen hade gett honom bestående men. Som student sa han till de andra i Akbars hov att även en präst kunde lägga in både ett men och en mem i en.

Året innan skakades den lokala miljön av en skandal, ett avslöjande som gjorde det ännu svårare för Alf att dra ett streck över sina kyskhetslöften. Episoden inträffade till och med strax före julafton och i huvudrollen uppträdde ingen mindre än Pastor Älg, mannen som hade konfirmerat Alf. Dag Elgem, omtyckt, högt respekterad, dessutom auktoritativ lärare i livsåskådningsundervisningen på gymnasiet i Bredtvet, försvann till Nordnorge, som om han inte kunde komma i väg snabbt nog och tillräckligt långt bort. Först väckte det pinsamt uppseende att han lämnade församlingen utan präst inför årets viktigaste högtid. Men detta var ingenting mot uppståndelsen, för att inte säga förargelsen, när orsaken till flykten blev känd. Ordföranden i kyrkorådet hade gripit Elgem in flagrante, som man säger, en eftermiddag när han kom oanmäld till kyrkans provisoriska tjänsterum i Alunåsen. Alf funderade på om det var vid samma tidpunkt som han stod på Røverkollen och kysste Isabelle första gången, eftersom ordföranden nämnde att han hade beundrat en ovanligt vacker aftonhimmel, solens sista strålar, innan han trädde in i församlingens lokaler och råkade kasta en blick in i prästens tjänsterum. Och där – vilken älg i solnedgång. På soffan, där folk satt medan de diskuterade dop och bröllop, tro och tvivel, låg församlingsassistenten naken från

midjan och neråt, och framför henne stod komminister Elgem med glänsande lem och kalsongerna om anklarna. Allt kunde kanske ha passerat i det tysta, lösts internt och i godo, om inte församlingsassistenten, med ett förflutet som au pair i Paris, hade bedyrat sin oskuld för så många att historien kom ut. Hon berättade att Elgem hade tvingat in henne i ett långvarigt förhållande, att han var en sextokig karl som ville göra det överallt, både i kyrkor och i tjänsterum, så snart det fanns en möjlighet,
verkade bli extra upphetsad av det hädiska i situationen. Hon visste ingen levandes råd, var bara en maktlös sekreterare; hon hade försökt stå emot, bett honom tänka på församlingen. Då hade han svarat, nästan skrikit ut något som inte var särskilt lämpligt som vägledning för konfirmander, det vill säga ingen visste egentligen vad han hade sagt, för det påstådda svaret kom liksom efter ett slags kinesisk viskningslek: »Jag ger fan i hela församlingen bara jag får sticka min banan i din honungskruka!« Charlie konstaterade torrt att Elgem nog hade missförstått högtiden. Det handlade inte om att han skulle vara julbock. Innan allting blev känt hade Elgem i all obemärkthet hittat en ny tjänst på en ö norr om polcirkeln. Och sökt skilsmässa.

Alf förstod det inte. Det vill säga han förstod att en man med stånd kunde kläcka ur sig de mest överspända och halvt barocka fraser, och han insåg naturligtvis att en människa kunde rymma lika mycket svaghet som styrka. Men han fattade inte hur Elgem kunde falla för denna inte särskilt vackra men kanske yppiga och franskkunniga församlingsassistent när han hade en så stilig, en verkligen vacker fru. Och, som Elgem själv hade sagt när han imponerade på dem med sin öppenhet under konfirmationsundervisningen: ett så tillfredsställande sexuellt samliv – trots att han strax efteråt, nästan ängsligt, försökt dämpa sitt oblyga erkännande med påståendet att sex var överreklamerat. Var alla hans stickade västar, all denna lycka, en tvångströja? Alf förstod inte hur någon kunde sätta allting på spel för något så ömkligt som att kränga skinnet av ollonet mellan blygdläpparna på en kvinna – hur mycket honung man än fann där.

Några såg det annorlunda. Mikael, som knappt hade satt sin fot i en kyrka, skrev praktiskt taget ett beundrarbrev till pastor Elgem, ett brev i vilket han beklagade att Alunåsen hade förlorat sin andlige vägledare.

Och det var på grund av denna episod som Mikael plötsligt greps av intresse för allt franskt, började läsa Asterix, till och med Jules Verne, på originalspråket. Johannes profetia, med anspelning på Elgems uppväxt i Bergen, gick i uppfyllelse på mer än ett sätt: vägen är kort från Paradis till Paris.

Historien fick i alla fall Alf att rysa av fruktan. Lustans diktatur. Komminister Elgems sorti – det fattades bara att det skulle ligga kvar en prästkrage på kyrkgolvet – talade om för honom att han borde hålla sig borta från sådana frestelser. Ha-På, flamberade bananer, honungsburkar av alla de slag. De förfärligaste konsekvenser väntade, något som han ännu inte hade tillräckligt med fantasi för att kunna föreställa sig. Ett slags virusangrepp av fasansfulla dimensioner. När han sneglade på Isabelle förstod han visserligen inte hur en så härlig kvinna kunde orsaka något ont, men han vågade inte ta chansen. En örnklo i vardera axeln. Fruktan att förlora sin själ om han gav ifrån sig sin säd. Spökade också en tanke på pappan och de pornografiska bilderna i bakhuvudet? Broder Ivar, respekten för ett ideal om celibat? Alf avlade ett privat munklöfte. Han skulle leva sexuellt avhållsamt. Han försökte föreställa sig Isabelles underliv som en avspärrad zon. Tillträde förbjudet. Eller han gjorde ett slags kompromiss: i alla fall tills han blev klar med studenten. Så att han fick bra betyg och kunde komma in på den linje han siktade på. Nämligen medicin. Hjärnan var målet. Han ville förvalta arvet efter pappan, inte på vaktmästar- eller assistentnivå, utan som vetenskapsman. Ett litet tag till måste han klara att leva efter munkarnas devis ora et labora. Hjärnan, inte det glödande järnet mellan benen. Broder Alf.

Ändå kändes åtrån efter Isabelle outhärdlig. Han lyckades med knapp nöd hålla sig i skinnet när de till exempel träffades på Peppes Pizza, en nyöppnad sensation strax bortom Carl Berners plass och Bibliotekshögskolan. Han blev lika yr av hennes ansikte, av böstens mjuka former under den svarta tröjan, som av kocken när denne stod i köket och snurrade den platta, runda degen på fingret som om han var en kinesisk tallriksakrobat. Hon beställde alltid något mer exotiskt än han, med mycket vitlök och så starkt som möjligt, som för att markera att hon var krävande, att hon var het, att hon var annorlunda. Sådana kvällar, avslutade med några timmar i soffan på Romsås, med utdragna kyssar och ett hångel som mer hörde hemma på den avancerade nivån i kristna ungdomsklubbar, gick han hemåt mot Alunåsen med värkande underliv, med körtlar som skrek efter att bli tömda, med testiklar som bönföll att få bli använda till det de var skapade för. Skjuta mål.

Han höll stånd ända till en dag i början av maj, söndagen innan han skulle upp på studentprovet i norska. Hon hade bett honom titta in, ville önska honom lycka till, men han visste redan när hon öppnade dörren i en något för snäv T-tröja och i bara trosorna, att det var nu det skulle hända. Alla omänskliga löften tillhörde plötsligt ett annat liv. »Jag låg bara och vilade lite«, sa hon med beslöjad blick och förde in honom i vardagsrummet, där hon kastade sig över honom med en sådan tyngd att de föll omkull i soffan.

Alla tvivel var som bortsopade. De skulle göra det. Så självklar och införstådd var handlingen att man helt enkelt använde det uttrycket: att göra det. Klart och enkelt. Han slet av sig byxorna, slet av allting. Drog därefter av henne trosorna, för detta tillfälle vita, vita som Møns Klint, eller för att han skulle kunna hålla upp dem och säga »Jag ger mig!«. Med ett plötsligt självförakt genomskådade han sitt löjliga, vidskepliga försvarsverk. Han trodde att hon skulle bli glad, men hon hejdade sig. »Vi borde kanske vänta«, sa hon. En överraskning. Han hade aldrig tänkt tanken att *hon* ville vänta, att det kunde finnas andra människor som han. Hade hon också konfirmerats av komminister Elgem?

»Varför ska vi vänta?« frågade han, hörde att han upprepade den fråga han hade ställt till sig själv hundra gånger den våren. Hon låg tyst, smekte honom på skinkorna. Ritade kanske de fyra symbolerna på den senaste Led Zeppelin-plattans innerfodral, magiska figurer. I alla fall började »Stairway to Heaven« ljuda inne i huvudet, lät sig inte hejdas. »För att du har examensprov i morgon«, sa hon. Omöjligt att veta om det var den egentliga orsaken till hennes betänkligheter. Tänk om hon hade kommit på andra tankar? Jag har kanske försuttit mina chanser, tänkte han oroligt. »Jag ger fan i examen bara jag får älska med dig«, sa han. Kunde en röst verkligen låta uppsvälld?

Sedan slog hon om, förde resolut in honom i sovrummet, var den som dirigerade, visade honom, utan ett ord, vad han skulle göra. Var Vägledare. Äntligen hade han nått Målet. Kåtheten sekunderna innan han gled in i henne var av proportioner han inte trodde fanns, hela kroppen som ett luftskepp fyllt med lustgas. Och vilken lycka – det enda ordet var lycka – när han mötte hennes värme, fördes från fast till vätskeform, fördes in i ett rent flyt. Hans antaganden stämde inte. Samlaget var inte uppdelat i

stötar och olika ställningar, det var ett enda permanent sug. Till och med ejakulationen varade och varade; en lång, accelererande ansats följdes av ett kraftigt språng som resulterade i den ena ryckningen efter den andra, ändå ett flyt, i likhet med ett bra trestegshopp. Hundrastegshopp. Och även om han var man, även om han fyllde henne både med lemmen och med säd, upplevde han det annorlunda. Att det var han som fylldes, att han till sist fann någonting som kunde fylla tomrummet i honom. Taket i hennes sovrum buktade neråt, bildade en omvänd kupol.

Efter att ha älskat två gånger bara avbrutna av en kort paus för att hämta andan låg de omslingrade och slumrade. Hans kropp kändes som om den var fylld av något sött, fick honom att tänka på baklava-kakor, ur vilka det sipprade honung om man tryckte mjukt på dem. Dittills hade Alf mest uppskattat att gå hand i hand med Isabelle, knäppa handen med hennes hand, som om det att gå hand i hand på en väg var en form av bön, eller beviset på en pakt genom vilken man hade lovat varandra skydd. Och det var också hans huvudintryck efter detta sitt livs första samlag, att det påminde om att knäppa händerna, bara att det nu var två människor som lät varandras kroppar förenas. En bön. En pakt.

Halvt i sömnen, medan han låg på rygg, slöt hon sina ringprydda fingrar om hans kuk, som om hon satte en kungakrona på den. Sedan böjde hon sig ner och kysste honom. Han hann fundera på om det var en illusion eller om hon verkligen genom dessa kyssar satte hans sädesledare i svängning, spelade på dem som om de var strängarna i en harpa, innan hon, uppmuntrad av hans reaktion satte sig ovanpå honom och förde in honom i sig på nytt. Han kunde inte få nog av detta, var regelrätt förbannad för att han hade väntat, ville ta igen allt det försummade. Detta, att känna hennes pulsslag om kuken, var mer värt än vilken guldkantad fotbollskarriär som helst. Svävandet han upplevde tillsammans med henne överträffade till och med känslan av att hänga i luften, det han uppskattade allra mest som målvakt. Utanför fönstret, som saknade gardiner, steg en stor fullmåne upp. Tanken på morgondagens examen blev allt mindre plågsam. Han kände sig som en varulv, styrd av naturens mäktiga krafter. Han bara måste. Pulla, pulla. Knulla, knulla. Och när han än en gång kände Isabelles inre muskler klämma mjukt och nästan bedövande upphetsande om lemmen, särskilt ytterst om ollonet, höll han på att förlåta komminister Elgem; han förstod plötsligt hur en man kunde offra allt, sin församling, sin fru, sin framtid, för att uppleva detta.

Att glida in i Isabelles varma öppning var självklart en av hans fem portalupplevelser. Det var den verkliga konfirmationen, en bekräftelse av livet. För att den genomskinliga jadeskulpturen stod på nattduksbordet fick Alf för sig att hennes klitoris liknade en liten leende Buddha, och på grund av den mentala styrka han kunde känna när han gled in i närheten av den inbillade han sig att detta lilla organ också var en del av något som hade med uppvaknande eller upplysning att göra. I några sekunder framstod hela öppningen som ett nyckelhål. En dörr han alltid hade letat efter. Och bakom den: möjligheter han ännu inte förmådde överblicka. Där han låg i månskenet trodde Alf att det långa ärret på hans bröst, detta I, måste lysa. Alf Invigd. Alf Initierad.

Han sov en timme den natten och det var kanske inte så konstigt att han aldrig fick snits på studentuppsatsen, att tankarna var på helt annat håll. Han hade förlorat sin dygd, hade upplevt något epokgörande. Även dagen därpå, för att skriva uppsats på nynorska, infann han sig med drygt en timmes sömn bakom sig. Han började redan strunta i hur det gick med dessa viktiga skrivningar, orkade inte ens repetera formler till de svåra prov i matematik och fysik som han hade framför sig. Varenda kväll och natt den veckan låg han och knullade ända till gryningen på Romsås, som om han skulle upp i en examen i erotik, skulle söka tjänst som Casanova. Hur skulle någonting kunna överträffa denna njutning, hennes smekande slidmuskler, I am the walrus, I am the eggman, I am the fool on the hill, goo goo g'joob. Alf kom ihåg studentdagarna som i en sexdunstande dimma. Folk vände sig om mot honom i skrivlokalen, vädrade skrämda av brunsten. Alla surt förvärvade detaljkunskaper var som bortblåsta, kvar låg ett par tomma målvaktsvantar på en mållinje. Följden skulle bli en usel studentexamen, åtminstone en examen betydligt sämre än alla, inklusive modersmålsläraren och Alf själv, hade väntat sig. Han kunde säga adjö till medicinstudierna, till en forskning kring hjärnans mysterier.

Men han lärde sig något om älskog den veckan, för trots sin tvekan i början var Isabelle uppenbarligen erfaren och han aktade sig noga för att röra i hennes förflutna, försökte hellre njuta av de rika möjligheter hon introducerade för honom. Det var som att gå i land på en ny kontinent och sedan få besöka alla länder där under loppet av några dagar. Hon tar mig inte bara med på en magisk resa, tänkte han ofta i hissen ner. Detta är en bildningsresa. Le Grand Tour. På samma sätt som Isabelle hade en musikalisk spännvidd från McCartney till Led Zeppelin hade hon också en mjuk och en hård sida i sängen, älskade honom än smeksamt och smäktande med läppar och fingertoppar, än vilt och extatiskt med bett och klösmärken, i en blandning av melodisk pop och heavy metal.

Därför var han som fallen från skyarna när hon dumpade honom i början av juni, dessutom efter en natt fylld med mer berusande sex än någonsin. Hon ville säga så lite som möjligt. Men när han tvingade henne att förklara sig, driven av den gåtfulla masochism som man var offer för i sådana situationer, sa hon rent ut att han inte var tillräckligt mogen. I hans öron lät det: inte tillräckligt intelligent. De hade för lite gemensamt; de hade bara kommunicerat genom musiken. »Du är äpple, jag är banan«, sa hon utan att veta att Alf avskydde bananer, och som om alltihop hade varit en lek, Bro, bro, breja. Hon hade plötsligt satt upp håret, klädde sig också mer vuxet, inte bara i ungdomligt svart, som för att understryka åldersskillnaden. Han stod där i sin barnsliga studentmundering, ziggezagge ziggezagge. »Men, men«, sa han förtvivlat, var nära att börja stamma, »men har vi det inte fint tillsammans i sängen? Jag trodde att det här var kärlek?«

Han såg att hon måste bita sig i läppen för att hålla sig allvarlig. »Sätt dig«, sa hon, påminde honom därefter om deras första möte på Nordtvet bibliotek: »Du har använt dig av en kartprojektion som inte gör full rättvisa åt verkligheten. Man kan inte förenkla allting till erotik. Just nu saknar det mesta proportioner för dig, Alf. Du har för stor kropp och för litet huvud.« Han förstod inte vad hon menade, men det skrämde honom i alla fall – det lät nästan som en förbannelse.

Vad gör man när Målet inte vill vara målet? När Målet närmast beger sig i väg?

Han visste inte hur han skulle tackla situationen, gjorde det första som föll honom in, bönföll henne att tänka om. Hon stod och skakade på huvudet. »Du är alldeles för romantisk«, sa hon med ett snett leende, också lite elakt. Svaret fick honom att säga något obetänksamt, som om pastor Elgem hade krupit in i bakhuvudet på honom: »Gud kommer att straffa dig.« Och han tillade, möjligen därför att en tanke på pappans öde slog honom: »Smitta dig med ett fruktansvärt virus.« Isabelle skrattade men blev samtidigt tydligt irriterad över att han kom med denna överspända och svärmiska kliché. Mitt i sorgen blev Alf nästan lite skrämd av att bevittna hur hon började häda Gud med fula ord, uppförde ett helt litet skådespel i vardagsrummet, lade sig på golvet mellan travarna i det Babelliknande biblioteket och vickade på stjärten upp mot taket, bad Gud bestraffa henne som lille Alf sa. Hon kallade honom lille Alf ibland. Han hade aldrig tyckt om det.

Som för att håna honom ytterligare, såvida det inte var för att trösta honom, satte hon på en skiva med Led Zeppelin. Just då verkade musik som salt i såren. Han slet bort skivan, gjorde säkert ett hack, tryckte tillbaka den i fodralet, snappade också åt sig de tre andra Led Zeppelinskivorna och sprang ut, rusade nerför trapporna. Han sprang snabbt ner till Steinbruvannet och vidare in i skogen, stannade inte förrän han stod vid stupet ovanför stenbrottet – han visste fortfarande var öppningen i stängslet fanns. Platsen passade stämningen han var i. Grått i grått nedanför honom. Han befann sig på en annan planet igen, en planet för månadsrasande. Han drog ut alla fyra LP:na, höll dem i vänstra handen. Från branten slungade han i väg vinylskivorna så hårt han kunde, som frisbees, i snabb takt efter varandra, som för att markera att de stod för en kommunikationsmöjlighet som var förverkad. För ett ögonblick hängde de som fyra mystiska svarta månar i luften innan de dök ner i Europas krater, blev liggande på bottnen som sorgliga punkter för en osynlig historia. Ingen som kunde ta emot dem. Europas invånare hade gått hem för dagen. Var detta alltså målet? Randen av ett stup. Iförd en röd pajasdräkt. Han fick plötsligt veckorna med andfått och otyglat sex på avstånd. Var detta allt? Hade det egentligen varit så rikt som han först trodde? Alf gick ända ut till kraterns rand medan en fruktansvärd misstanke började väckas hos honom: pastor Elgem, till och med den galne pastor Elgem som hade blivit ertappad med byxorna nere, kunde ha rätt: sex var överreklamerat. I så

fall: vilken chockerande oförutsedd, vilken smärtsamt desillusionerande möjlighet. Alf stirrade ner i det grå djupet och konstaterade, nästan förvånat, att alla dessa sädesavgångar hade avslöjat ännu ett tomrum i honom, ett så stort tomrum att han tyckte han kunde höra det blåsa där inne.

Var det möjligt att träffa någon annan, bygga upp ett nytt förhållande, återfå tron på samlaget som tillvarons guldkant – på samma sätt som man återuppbyggde en sönderslagen trädkoja?

Inte förrän sent på hösten träffade han Isabelle igen. Hon såg skamset ner i marken, var tydligt förändrad, vissen, och hon visste att han lade märke till det. Hon hade verkligen blivit straffad av Gud, berättade hon. Allvarlig, utan ett leende. Strax efter att det blev slut med Alf hade hon badat i Romstjern, dykt och slagit huvudet i botten, eller en sten, fast det skulle vara säkert att dyka där. Det kunde ha gått värre, men ända sedan dess hade hon plågats av svår migrän, kunde inte sköta sitt jobb så bra som hon önskade.

Av någon orsak var Alf glad över att hon åtminstone inte hade drabbats av något virus.

Om Johanne inte hade börjat studera teologi, skulle jag ha börjat med det själv, tänkte han. Det fick i stället bli sociologi, ett studium av en gigantisk grå krater, Det okända Norge.

GLÄDJEN ÖVER ATT vara på ett universitet igen. Röra sig genom smala passager mellan vördnadsvärda tegelbyggnader. Gå omkring bland unga människor som bar tjocka böcker i händerna. Det var tre veckor sedan han såg Io. Måste ge henne tid. Hon skulle trots allt höra av sig. Trodde han. Ingenting hände. Han hade utläst förälskelse i hennes blick. Omöjligt att ta fel på. Ändå tog hon inte kontakt. Hon visste var han spelade i tunnelbanan, hon visste var han bodde. Ingenting.

Hon måste ha insett det. Att hon inte bör träffa mig mer. Kan jag anklaga henne?

Men sedan en förmiddag stod han vid Gordon Square, vid tarmen in till University College London. Måste bara gå in. Måste. Något inom honom krävde visshet. Han spanade efter skyltar, lyckades spåra upp Department of History. Påminde om Blindern. Samma avundsvärda atmosfär. Blickar utan desillusion. Mjuka hjärnor. Medvetanden i daning.
Hade någon sett Iris Vaugh? Artiga svar. De måste tro att han var hennes pappa. En student föreslog biblioteket, gav honom en liten karta. Biblioteket i mitten. Titta efter henne där. Alltid så. Kvinnor gömda i bibliotek, längst inne i en labyrint. Han stegade raskt i väg medan ögonen konfererade med kartan. En orienteringstävling. Kanske är detta den viktigaste karta jag hittills har befattat mig med, en karta som är oberoende av alla projektioner, en karta över allt jag har längtat efter. Sista skärmen före mål. Den svåraste. Den okände Veber. På flera ställen stod studenter inbegripna i livliga samtal eller bytte papper med varandra, öppnade bärbara datorer, konfererade. Akbars hov. Omöjligt att låta bli att tänka på Akbars hov, den där turbulenta tiden i livet. Full tank. Vitalitet på bristningsgränsen. Och då det var tillåtet att vara blåögd, tro på de stolligaste idéer – som en teori om memer.

Han fann byggnaden där biblioteket var inhyst på andra våningen, sa till vaktpersonalen vid ingången att det gällde ett viktigt meddelande. De släppte förbi honom. Något i hans ansikte? Desperation? Instruktioner att gå uppför trappan och sedan till höger. Hasta igenom en lång korridor, kika in på läsplatser på båda sidor, dörrar med glasrutor. Böcker, böcker, böcker. *Denna benägenhet att ordna, systematisera. Carl von Linné.* (*Såg ingången till The Linnean Society en dag då jag var på Royal Academy of Arts. Vilken upplysningstid har inte svenskarna: Rudbeck, Celsius, Linnaeus!*) *Ett botaniskt kaos plötsligt prydligt grupperat i 24 klasser. Artbeskrivningar, latinsk terminologi, binär nomenklatur. Var fick han den idén ifrån, att ordna växterna efter antalet ståndare och pistiller? Sex? Galenskap upphöjd till vetenskap?* (*Men i så fall en nödvändig galenskap?*) Böcker överallt men ingen Iris Ophelia. En märkbar förtvivlan i magen. En signal. Hon betydde mer än han ville låtsas om. En skylt. Han befann sig på avdelningen för Ancient

History. Fel ställe, gudskelov. Upp en våning till. History. Måste vara här. Sista skärmen. Världens viktigaste historia. Nya långa korridorer. Linoleumgolv som påminde om köket i barndomshemmet. Bokhyllor utmed väggarna. *Är det bara romantiker som när allt kommer omkring verkligen behöver Upplysningen? Därför att bara romantiker hungrar efter kunskap?* Hur gick det i Graham's Grail? Graham hade besökt honom på Bethnal Green Road ett par gånger, ville bara höra om allt var väl, om Alf hade vad han behövde. Samma safarijacka men en tjock höghalsad tröja under. Nyfiken blick på väggen, matrisen av små anslag, en Wunderbaum i mitten. Ett slags juldekoration. Senaste urklippet: teckningen av en man med hjärtat i huvudet. Vid det senaste besöket frågade Alf om det låsta rummet. Graham upprepade att han inte hade en aning om vad brodern samlade på. Kanske något från Afrika. Masker? Sean hade alltid varit intresserad av Afrika. Här, en bok till dig, sa Graham. Det var Karl von Frisch, Bees: Their Vision, Chemical Senses, and Language. Graham, en man att rikligt belöna, en ängel. Skulle han någonsin kunna återgälda honom?

Genom korridoren. Rader av dörrar. Alltid så. Dörr efter dörr. Och bara en av dem var den rätta. Använda sina kemiska sinnen, leta innanför glasrutorna. Unga människor böjda över tjocka böcker. Kunskap. En tro på kunskap. Även om dagens kunskaper kanske var morgondagens sagor. *En fascinerande man, Linné. Trodde att kunskapens frukt var en banan – inte ett äpple. Ett bevis var att man kunde se en miniatyr av Jesusbarnet i fröna i mitten, om man skar en banan på tvären. Vilken underbar associationsförmåga.* (*Har Sigmund Freud skrivit något om Linné?*) Ett surr i luften. Bin. Eller intrycket av att befinna sig i ett slags transformator. Höga spänningar.

Sedan upptäckte han henne vid ett långt bord, strängt upptagen med arbete. Böcker och papper i en halvcirkel runt henne. Han stannade utanför glasrutan i dörren. Som att titta på ett barn i dess egen värld. Ett barn som ritade. Ett barn i full gång med bokstäverna. Den ena handen höll boken öppen, den andra förde pennan raskt över papperet. Det knöt sig i honom av längtan. Denna unga kvinna. Ett väldigt brospann av talanger och egenskaper. Han tänkte på hennes smeknamn, Io. En antydan om att hon innehöll, var, allt. Något framtida. En digital värld. 1 och 0. En människa reducerad till det helt väsentliga i dag. Eller Io: ett streck och en cirkel, det linjära och cirkulära i ett. Något fullkomligt. En oemotståndlig möjlighet. En räddningsplanka.

Han lyckades inte ta ögonen från henne. Den böjda nacken. Det svarta håret. Som skygglappar på båda sidor av ansiktet. En saffransfärgad tröja. Som för att markera att hon hade smak, var dyrbar. En stöt i bröstet på honom. Fantomsmärtan från det ställe där mjälten skulle ha suttit. Det fenomen han kallade hjärtvärk. Det verkade rimligt. Att det kom från ett hålrum i hans inre. Jag bör lämna henne i fred. Det är jag som tränger mig på henne och inte tvärtom. Å andra sidan kunde han betyda skillnaden, vara den som gav henne en avgörande knuff i rätt riktning. Han anade konturerna av en liten tragedi. Två riktiga principer som kolliderade. Konflikten mellan rätt och orätt.

Ett finger mot rutan. Tapp, tapp. Försiktigt. Hon tittade åt hans håll. Ett överraskat leende. Äkta, otvivelaktigt. Ett ljus. Hon var genast ute i korridoren. Vänta, jag måste bara plocka undan lite. Sedan var hon där igen, glad, tog honom under armen, ledde i väg honom genom korridoren. Beklagar att jag inte har hört av mig, sa hon. Jag hade sölat för länge med uppsatsen och hade mycket att ta igen. Kom, så går vi ner i The Flaxman Gallery. Vad har du gjort? Spelat fotboll? Något lag måste väl vara villigt att betala stora summor för din målvaktsspänst. Rösten verkade mer entusiastisk än vanligt.

Trappan förde dem ner till ett runt rum med kupolformat tak. De satte sig på träbänken i mitten, formad som en cirkel runt en skulptur. Han var spänd på musiken, frågade. Hon berättade att ett skivbolag hade tänt på hennes nya demo. Ett annat, mindre bolag. Hon hade varit i kontakt med dem förut. De hade varit avvaktande. Nu var de fulla av lovord. Nästan aggressivt förtjusta. Ringde med en gång. Varför? Därför att hon den här gången också hade med en sång de ansåg kunde bli en hit. Den som Alf hade gjort till henne. Jag har redan varit i studion, sa hon glädjestrålande. Singeln är under produktion. Queen of Jupiter. Allt har gått med rekordfart. Hela lanseringsapparaten har satts i beredskap. De har berättat för mig att ryktena redan surrar i musikkretsar. Hon sa det som om det gällde dem, en gemensam framtid. Som om de var ett team. Mer än ett team.

Du kommer väl ihåg villkoret, sa han, plötsligt betänksam. Hon nickade. Hon hade varit tvungen att lova att bara uppge sig själv som låtskrivare. Jag rättade bara ett par saker i texten, sa hon. Du har ju trots allt inte engelska som modersmål.

Men hur blir det med allt det här då? Han pekade runt sig, på korridorerna fulla med böcker, ett helt universitet, kraftverk, till hennes för-
 fogande. Ville hon verkligen lämna detta, hellre satsa på sångkarriären? Han kom att tänka på sin mamma. Något förspillt. Io svarade att hon hade större möjligheter att påverka människor genom musiken än med sina ord. Hon var ingen utpräglat intellektuell typ. På längre sikt, sa hon, har jag egentligen lust att bli författare. Jag saknar bara ett V i efternamnet. Vaugh till Waugh. En liten vinkel, så har jag det. Kanske är det här, att studera historia, ett blindspår. Dessutom, om allt annat misslyckas kan jag ju börja studera igen när som helst. Hon gjorde en vemodig grimas.

Det var svårt att argumentera emot. Han upptäckte att skulpturen bakom dem föreställde en man, kanske ett helgon, som slåss mot Satan, till hälften människa, till hälften orm. Var det hans skuld att hon spårade ur, lämnade utbildningen? Lämnade denna miljö full med kunskapstörstande jämnåriga? Vid ett tillfälle i hennes lägenhet före jul hade han fått läsa några sidor av hennes essä. Det var bra. Mer än bra. Tanken plågade honom: Ios bana var utstakad tills hon träffade en äldre halvintellektuell man som spelade dålig musik; därigenom hoppade hon av en kanske samhällsnyttig akademisk karriär för att bli artist. Vad är det med mig? Komma här och sabotera. Smitta henne med ett destruktivt virus. Ge henne en besynnerlig idé som samtidigt utplånade allt annat ur hennes medvetande.

Är du säker på att du inte kommer att ångra dig? En gång satsade jag hela min tillvaro på internet, trodde att det var framtiden. Jag misstog mig.

Hon såg nyfiket på honom, han hade aldrig berättat något om detta. En enfaldig analys, sa hon. Hennes hand på hans i några sekunder. Av iver. Du misstog dig kanske om du trodde att den nya informationsteknologin skulle leda till revolution. Men den har kommit för att stanna. I en eller annan form. Integrerad. Ett av många hjälpmedel. Den kommer kanske inte att vara det viktigaste, men nätet är en oumbärlig del av framtiden.

Osynligt men närvarande överallt. Som elektriciteten. Nu när det första ruset är över kan vi börja använda det förnuftigt. Jag har till och med lagt in en lång fotnot om det i min uppsats. Jag ser en parallell till Diderots och hans kumpaners illusioner och desillusioner beträffande den stora Encyclopédie.

Där ser du, du har talanger för att bli akademiker. Du har ett alldeles för gott huvud för att kasta bort det på poplåtar.

Kan jag inte bli bägge delar? En akademiker med hjärta och en sångare med hjärna?

Prinsessan som ingen kunde göra svarslös. Återigen fick han anstränga sig för att hålla tillbaka en lysten blick. En längtande hand.

Kom, vi går ner till Wagamama och äter, sa hon och tog jackan. De reste sig. Plötsligt stod hon tätt intill honom. En doft som av saffran. Hela kroppsytan mot hans. Varenda por täckt. Bara några tunna plagg emellan. Han försökte milt föra undan henne. Lyckades inte. Önskade den tyngden vilande mot sig. Mer än något annat. Han hade ett I mellan sina namn, han behövde bara ett I till för att kunna bilda ett V och därmed bli en Weber.

Jag tycker om dig, sa hon lågt, tätt intill örat på honom. Jag kan se att du undertrycker något. Att du döljer något. Du är annorlunda, hör liksom inte hemma någonstans. Jag gillar det. Vi passar tillsammans. Som portvin och stiltonost.

Vad var det som gjorde det svårt att se? Tårar? Igen? Han vände bort huvudet, men hennes handflata mot hans ryggtavla avslöjade att hon hade märkt reaktionen.

På väg ner till Wagamama på Streatham Street började det regna. Io hittade ett bortkastat trasigt paraply, slog upp det. Bara spröten utan skärm. Skrattade. Blev våt men höll upp det hela tiden, som om det skyddade dem. Hon hade roligt. Alf gick i djupa tankar, såg detta paraply som symboliskt. Kom bara inte på i vilket avseende. Vem var rädd för att bli lite våt?

Samtidigt, bakom oron: begäret. En brunst starkare än allt. *Anton van Leeuwenhoek, nederländaren som under senare hälften av 1600-talet lade det mesta från naturen under sina hemmagjorda mikroskop, hade rätt: säddjur är ett mycket bättre ord för spermierna än sädesceller. Och de är inte bara djur, de är rovdjur.* Önskan att gå i säng med henne. Men inte bara för att ligga med henne. Också för något mer än det, något som hängde ihop med hela hans historia. Det får gå som det går. Se hur det gick. Ge det en möjlighet. Och bakom det i sin tur, svindlande: Tänk att få ett barn med denna unga kvinna. Lämna något efter sig. Inte bara lämna efter sig en sång, en anteckningsbok, ett halvfärdigt manus, men ett barn. Befrukta henne. Äntligen något konkret. Alla fåfänga, himlastormande strävanden ersatta av något pulserande och levande.

FÖRVANDLINGEN: OPERATION ONAN

Sista gången han omfamnade Anna, i avsikt att ligga med henne, var också sista gången de träffades som Akbars hov i en gemensam aktion. Även om de aldrig hade gett upp efter monarkiartiklarna kom debattutspelen alltmer sällan, med fadäsen vid Svinesund som ett tills vidare sista nedslående försök. Det fanns helt enkelt ingen som kunde ta emot, ingen som kunde gå vidare. Han kom ihåg det från målvaktskarriären. Hur försmädligt det var när utsparken var perfekt tänkt och synkroniserad men ingen av lagkamraterna sprang i luckan där bollen hamnade. Fritt fram ända till motståndarnas mål, och inte en käft uppfattade det.

Trots aktionerna hade de inte lyckats med sin överordnade plan: att ge ett väsentligt bidrag till förvandlingen av Norge. Till och med i en tid som präglades av massmedier och omfattande resor förblev Norge det självbelåtna bakvatten det alltid hade varit. Bara undantagsvis, när norrmän dog i katastrofer långt borta, eller ekonomiska problem i avlägsna områden drabbade norska exportvaror, uppstod en förvirrad insikt om större sammanhang. Sedan drog man ner rullgardinen igen och förträngde lärdomen. Akbars hov hade misslyckats. Var och en av medlemmarna insåg också detta men avstod från att säga det högt. Vilken naiv dröm, tänkte Alf, tro att någon i framtiden skulle vallfärda till Norge för att söka andlig inspiration, så som de själva reste till Nederländerna en gång.

Det var en dag i oktober, före frostnätterna. En stämning av december. De stod på Blindern, på universitetsområdet, på gräsmattan vid gångvägen som ledde från Festplassen utanför Frederikke ner mot fysikinstitutionen. De träffades ofta på campus. Men inte som nu, i mörkret vid midnatt. De stod i höjd med Villa Eika, mellan Sophus Lies auditorium och farmacibyggnaden. De bildade en halvcirkel vid ett hål i marken.

Alf hade kastat fram idén en kväll hemma hos Anna på Grønland vid en tidpunkt då stämningen var ganska dämpad trots att en flaska Oban av yppersta sort stod tömd på bordet. Han hade studerat dem i smyg, Johanne, brodern, Anna, Merlin, insåg hur olika de hade blivit, som ett band i vilket medlemmarna med tiden odlade var sin musikalisk smak och fick allt större problem att inordna sig i en grupp. Men de delade fortfarande en grundläggande tanke: för att Norge skulle bli mindre bakåtsträvande behövde man tankar utifrån. Alf kom med förslaget närmast på skämt, men alla tände på idén, eller alla tände för att det skulle kännas befriande med en avslutande markering.

»Vad är det värsta man kan säga om Norge?« frågade Alf.

»Att trångsyntheten har så goda förutsättningar«, föreslog Johanne.

»Fel«, sa Alf. »Det allra värsta är att det råder fantasilöshet.«

Följaktligen skulle deras sista aktion handla om fantasi.

Mörkret suddade ut ansatserna till dekorativa höstfärger, gjorde bladen som dalade genom luften osynliga. De hade turats om att gräva, använda spaden, flickorna också. Merlin i sin modsparkas kastade en ängslig blick på gången, eftersom de befann sig närmast hans fakultet. Ingen skulle komma förbi så sent. Och vad skulle en eventuell nattvandrare tro? Att de grävde efter en skatt? Vederbörande skulle snarare misstänka att de var i full gång med något högtidligt – möjligtvis något ceremoniellt i samband med Blinderns studentbostäder – i synnerhet då de hade märkt ut platsen med fyra facklor, en i vardera hörnet. Deras eld brann kanske inte starkast i Norge, men den brann. För i själva verket var det tvärtom: de skulle inte gräva upp något, de skulle gräva ner något. Det var ett faktum: i och med att Norge, detta karga rike med nittiosex procent ouppodlad mark, måste kunna räknas som en enda stor vildmark, var det svårt att få saker och ting att gro här. Akbars hov hade följaktligen bestämt sig för att hämta utsäde från utlandet, frön som de nu skulle så i Norge, på gräsmattan mitt på universitetsområdet. Det var en symbolisk handling, men vem visste, på outrannsakliga vägar skulle det kanske få något att växa fram. »Detta är bokstavligen talat grundforskning, det som vi mest av allt saknar här bland stenrösena«, sa Merlin när han lade ifrån sig spaden, tyckte att de hade grävt tillräckligt djupt. En gång hade de funderat

på att ha detta som det sjätte budet på sin hustavla: »Investera i framtiden: en procent mer av statsbudgeten till innovation, till grundforskning vid universiteten. Även Norge är ett u-land.«

På bottnen placerade de ett svart skrin. Johanne kallade det en kaba, något som skulle hjälpa dem som var fördrivna ur paradiset, liksom den i Mecka. I skrinet hade de lagt var sitt föremål. Merlin hade bidragit med ett kretskort på vilket det låg ett program skrivet i UCSD Pascal och en mikroprocessor som kunde utföra det – Pascal var ett språk utvecklat av schweizaren Niklaus Wirth, professor i informatik i Zürich. Johanne lade ett nät i skrinet. Nätet innehöll inte stenkulor som de andra trodde, utan glasögon, köpta i en leksaksaffär i Rom – typiskt Johanne att samla på något sådant. Alf kom ihåg nätet med de gröna glasäpplena. »För nyfikenheten«, sa hon. Sträckte på sin långa nacke, det som hon själv stolt betecknade som sin afrikanska hals. »För vidsyntheten. Kom ihåg att det finns en tusenögd Buddha!« Anna, snart klar med licentiatexamen och med planer på att starta ett litet förlag för experimentell litteratur efter mönster av Minuit i Paris, skänkte en bok, »La maison de rendez-vous« av Alain Robbe-Grillet. »Nyskapande litteratur«, sa hon bara. Blont, stålborstat hår. Mikael, som länge höll på att byta ämne ungefär som David Bowie bytte rollfigurer, studerade fortfarande statsvetenskap och bidrog med en bit marmor från Aten – inte från Akropolis utan från en plats i närheten av den gamla Akademin, där Mikael, hjälpt på traven av en haschcigarrett, hade föreställt sig hur Platon kunde ha gått omkring, följd av elever, kanske i full gång med de dialoger som en dag skulle bilda stommen i Mikaels favoritbok, »Staten«. Alf, idéhistorikern, tog fram en liten burk, men utan pillren som en gång hade legat där. På resan till Amsterdam hade han köpt några mjuka blyertspennor i en pappershandel inte långt från den plats där Rembrandt bodde en tid.

Alf tänkte att de kunde vara stimulerande att skriva med. Nu hade han försiktigt delat dem, på längden, och tagit ut grafiten, lagt bitarna i burken. »Kol«, sa han. »Grundämnet som ger tanken den vackraste näring.« De andra skrattade, men Johanne tillade allvarligt: »Vem vet, trycket i jorden här kan kanske förvandla det till diamanter med tiden.«

»Allt som behövs är några miljoner år«, sa Merlin lakoniskt.

I sin keltiska fantasi såg Alf ett nästan lika mirakulöst resultat. Att ett träd sköt upp just här, ett träd som ingen först lade märke till, men som man upptäckte efter några år därför att det bar sällsynta blommor på våren. Alf fantiserade om hur botaniker skulle komma störtande från biologibyggnaden och undersöka, för att därefter skeptiskt konstatera att det var ett mandelträd, håll i hatten nu, ett *Prunus amygdalis*. Stor förvåning. Hur kunde ett mandelträd växa upp här, ur ingenting?

Ett träd. Fanns det något mer inspirerande än ett träd?

De fem stod tysta, var och en med en hand om handleden på den andra armen, böjt huvud. Johanne i basker. Vit. Som om alla hennes mössor under årens lopp hade förenklats till detta. Den klädde också hennes bleka ansikte och röda hår. Hon stod där som en gerillaledare för osynliga intellektuella trupper. Alla blev äldre, bara Johanne såg fortfarande ut som en flicka.

Facklorna som inramade gropen hade tänts med tändstickor från ett kafé strax nedanför Akropolis. Mikael låg bakom detta också, sa något om att Prometheus var befriad, att han nu gick omkring i Norge – sa det med ett så avväpnande tonfall, så svulstigt, att alla återigen måste dra på smilbandet. Alf kom att tänka på den kväll då Mikael och han satt i Nordvästpassagen, i Limelight på Grand, med var sin dry martini – de hade lyckats övertyga bartendern om 3,14-idealets förträfflighet – och Mikael plötsligt började tala om pappan som en modern Prometheus, en som ville lysa upp människan inifrån. Till Alfs överraskning visade det sig att Mikael noga hade följt med i forskningen vid Nyegaard & Co. och han kunde nu berätta för Alf om genombrottet för de icke-joniska kontrastvätskor som pappan hade talat så mycket om. 60-talets inte helt hälsosamma Isopaque hade ersatts av en produkt som revolutionerade världsmarknaden för kontrastmedel: Amipaque. Man hade till sist funnit den molekyl, metrizamid, som pappan var på jakt efter som om det skulle vara de vises sten. Vid ett senare tillfälle lät han Alf få se på kopior som han egenhändigt hade skaffat sig från företaget på Nycoveien, röntgenbilder av huvudet tagna med hjälp av dessa nya produkter. Hjärnan verkade genomskinlig. Det växer ett träd inne i hjärnan, tänkte Alf vid anblicken av alla de fina blodådrorna; en sekund skymtade han också en trädkoja mitt i virrvarret av förgreningar. »Vi har all anledning att vara stolta över pappa«, mumlade Mikael med grötig röst. Alf sa inte emot honom, kände sig för en gångs skull besläktad med brodern.

Anna tog fram en fickplunta, tog en klunk och lät flaskan gå vidare. Den härligaste Glen Scotia. En whiskysmekning. En kortvarig låga. När pluntan hade gått varvet runt hällde hon resten av innehållet i gropen. Slöseri, tänkte Alf. Någon måtta får det vara.

Merlin började kasta tillbaka jorden. Ett hål i marken. En smula komiskt. Men vad skulle man göra. Saker och ting blev mer och mer invecklade. Alf längtade efter den tid då han trodde att Jupiter bara hade fyra månar, den tid då hans tankar frambringade de underligaste bilder efter Johannes påstående att var och en av dem måste kunna ge en unik infallsvinkel till förståelsen av Jupiter. Numera var man uppe i femton månar. Och Alf var rädd för att man skulle upptäcka fler.

Ett hål i marken. Längre kom de inte. En grundsten till framtidens byggnadsverk. För skrinet var ju absolut inte en tidskapsel. De gjorde inte detta för att föremålen skulle bevaras utan för att de skulle absorberas, bli en del av den norska jorden. Det var gödning. Efteråt döpte de gräsmattan till Hoppets åker.

Alf såg sig omkring. Seansen var möjligen värdig, men plötsligt också patetisk. Här stod de, fem personer på natten, inramade av fyra facklor på ett universitetsområde. Fem personer, var och en med den ena handen vilande på den andra armens handled. Fem revolutionärer, visionärer som slutade med att gräva en grop i marken. Humöret sjönk. Han såg hur mycket det påminde om en kultisk handling. Något arkaiskt. Att det på det viset var ett nederlag. Upplysningsambitioner som slutade med en primitiv ritual. Facklor och ett hål i marken. Ett försök att befrukta Norge. Bokstavligen talat genom konstgjord insemination. Ofruktbart var det ord som snarare föll honom in. Han kom att tänka på Onan som spillde sin säd på marken.

Och där stod Anna, världens stiligaste kvinna, snart kanske en inflytelserik förlagschef, och verkade nedstämd. Sorgsen rentav. Anna, som för en tid sedan hade anförtrott honom att hon aldrig hade legat med någon. Ofattbart. Denna starka, tilldragande skeppardotter. En jungfru. I och för sig passande i en fruktbarhetskult. Men det var sorgligt. I stil med hela detta företag, ett nedgrävt skrin. Ingenting blev som de hade tänkt.

»Jag måste erkänna att jag har börjat tvivla«, sa Anna plötsligt, Anna från Øksfjord och Alta i Finnmark. »Varför försöka göra Norge till ett fruktbart land när det är vildmark alla vill ha, utlänningarna också?«

Hon var kanske på väg att välja en ny yrkeskarriär redan då, tänkte Alf senare.

Vad hände med dem? Till och med Mikaels lockar hade förlorat viriliteten.

Alf var den siste som kunde klandra någon. Han spelade fortfarande i dansbandet, reste i väg nästan varenda helg till lokaler som inte precis stod på de firade artisternas turnélistor. Men det var mer än bra nog för The Hamlets. De anspråksfulla planerna på att erövra Billboards listor nivellerades månad för månad. De motsvarade sitt namn, var verkligen ett band som tvekade, ja, som stannade upp helt och hållet, aldrig kom längre än till coverversionsstadiet. De hade för länge sedan slutat spela sina egna kompositioner, insåg att de nådde betydligt större framgång genom att planka andras hits. De kunde kanske locka ut ett par eller två på dansgolvet med Charlies inte oävna »Rhythm Is a Woman«. Men sedan, efter fyra takter av The Box Tops »The Letter«, var golvet proppfullt med folk som också gnolade på texten medan de dansade, »Give me a ticket for an aeroplane ...«. Sjöng med slutna ögon klichéer som förvandlades till visdom när musiken kom till. När de var som bäst var de en garageversion av Sven-Ingvars eller av de skickligaste norska dansbanden och de uppträdde i nästan varenda liten stad i Sydnorge, på alla hotell och arrangemang som band i deras kategori kunde spela på, till och med på det mest attraktiva av alla hippa ställen: Club 7 i Oslo. Men så småningom övade de mindre, drack mer under uppträdandena och sjönk ner på en nivå där de höll till godo med att spela upp till dans var som helst bara de fick betalt för körningen, gratis förplägnad och ett minimalt honorar. Dessutom hängav sig Alf otyglat åt tjejer som ville ha gitarristen med sig hem efteråt. Som om han hade funnit ett alternativt sätt att befrukta Norge på.

Detta fråntog honom inte glädjen över att stå på scenen. Han tänkte inte en sekund på Spinoza när han stod framför ett sjudande dansgolv och drog i gång »All Right Now«, denna odödliga, enkla Free-låt som kunde få vilken ryggrad som helst att krackelera av glädje. Till och med mitt i en populär standardlåt kunde han köra ett solo och fortfarande känna värmen mot magen, kraften mot inälvorna; till skillnad från en Jimi Hendrix behövde han inte tända eld på gitarren för att känna den brinna. Spännvidden hos en människa. Från Spinoza till Spinning Wheel. What goes up, must come down. Koskällerytmen. Från ängel till djur. Han älskade musikens modulationer, glidningen från en tonart till en annan, kunde själv få rysningar utefter ryggen när de kastade sig in i refrängen i en hitlåt och saker och ting stämde som rätt nyckel i rätt lås: »Because the night belongs to lovers, because the night belongs to us.« Heja Patti, heja Bruce! Han älskade att spela coverversionerna, speciellt de bästa av dem – han var helt på det klara med att det var en underskattad konst att skapa en livsduglig popsång – älskade att sjunga för full hals tillsammans med folk i lokalen, förstod till och med mamman alltmer, som under ett halvt liv hade tagit sin tillflykt till slagdängor, till en musik som fick fram de känslor vi inte förmådde uttrycka för varandra med ord. Också under en halvlyckad spelning njöt Alf av stämningen, var inte främmande för att även detta, på ett anspråkslöst plan, var ett bidrag till att förvandla Norge, få upp en tunggumpad nation ur stolarna och ut på dansgolvet, få norrmän att ta en svängom, lägga på en klockren andrastämma, hänge sig åt något helt annat, rytmer och allsång, till och med utan att vara dyngraka.

Men det hände att han blev vemodig vid tanken på att han stod med Terje Rypdals gamla fiestaröda Stratocaster på magen, ett instrument med karma, ämnat till något originellare än att kopiera andras låtar. Skulle ha varit en murbräcka, en Jerikos basun. Alf Veber, som hade haft

Eric Clapton och Jimmy Page som förebilder, slutade som anonym medlem av ett slätstruket dansband. Terje Rypdal, det närmaste Norge hade varit en Hendrix, satt för länge sedan på jazztronen, hade blivit utsedd till årets gitarrist i Europa. Själv stod Alf fortfarande i ölskummande och tobaksstinkande lokaler i Sydnorge och spelade pop-evergreens på sin Stratocaster. Som att ha ett Excalibur och använda det till vedhuggning.

Kanske var det också tanken på detta som nu fick honom att stå med böjt huvud, som i en bön om förlåtelse, vid det svarta hålet i marken, en symbol för de stolta målsättningar som var borta. Höst. Natt. De hade mer eller mindre resignerat allihop. Till och med Johanne. Johanne som påstod att hon hade börjat med teologi för att hon efter den sorgliga historien med pastor Elgem hade lånat Fakkelböcker från Alfs mammas hylla. Fakkelböckerna var en heroisk serie lågprisböcker utgivna av Gyldendal Norsk Forlag, däribland översättningar av viktiga utländska fackböcker, även radikal teologi, Albert Schweitzers »Jesu liv i forskningens ljus«, Rudolf Bultmanns »Mytologi och bibelförståelse«, Heinz Zahrnts »Saken gäller Gud«. Facklor att sticka in i hjärnan, inte ner i marken. På sätt och vis hade de två barndomsvännerna valt ämne på grund av varandras mödrar. Det måste vara vad man kallade korsbefruktning. Alf blev inspirerad av Hadrianus villa och Johannes mamma, sa alltid, också på grund av Spinoza, att han studerade nederländska och inte idé- och lärdomshistoria. Men nu? Dagen innan hade Johanne plötsligt på sitt nyckfulla sätt berättat att hon ville bli missionär. Att hon skulle börja på Missionshögskolan i Stavanger. Eller kanske någonstans i utlandet. Han kunde inte fatta det. En Patmos-uppenbarelse? På sistone hade hon talat mycket om kvinnliga mystiker. Det var ju något. Men nu. Missionär. Var hon kristen över huvud taget? Och så ville hon ut och missionera. »Varför?« frågade han, nästan förtvivlad. »Därför att jag vill utmana språket«, sa hon. »Tvinga det över en gräns, ställa det inför något som jag helt säkert inte skulle förstå med hjärnan.« Han stod och skakade på huvudet. »Kanske för att jag letar efter något«, sa hon, irriterad över någonting. Först och främst honom. »Men går det att finna något?« sa han, hörde hur desillusionerat det lät. »Jag vet inte. Jag vet bara att den dagen vi inte letar efter något är vi döda som människor.« Paus. Han ville inte ge sig. »Och var vill du missionera?« frågade han. »Vet inte«, sa hon. »Någonstans utanför allt. Någonstans där man kan upptäcka en ny måne«, tillade hon. »Missionär!« sa han. »Det är mycket du inte vet om mig«, sa hon, upprepade ett stående uttryck i förhållandet mellan dem. Men i alla fall. Dessa beundransvärda kvinnor, en jungfru och en nunna. Säd spilld på marken.

De bröt upp. Fina droppar fyllde luftrummet, som om de fem hade ägnat sig åt en regnritual. Johanne ledde en cykel. Hon frågade lågt Alf om han ville följa med henne hem. En påfallande glans i hennes ögon. Patos? Han drog på svaret, kom på en ursäkt, valde utan att säga det att göra Anna sällskap. När han besökte Johanne i hennes studentrum veckan innan hade han känt sig besvärad. Därför att hon verkade så intensiv. Eller därför att han hela tiden hade haft intrycket att hon var som en fjärilspuppa som insisterade på att stanna kvar i det stadiet. Han kom inte ihåg så mycket av samvaron. Redan ett hål i minnet. Men det hade hänt något. Något han aldrig skulle bli klok på. Innan han gick hem gav hon honom sin meteoritsten, den hon hade haft i nätet i sitt rum. »Du behöver den mer än jag gör«, sa hon. »Det är kanske en bit av Europa. En impuls från världsrymden.« Också då något i blicken. Något outtalat.

Johanne försvann på cykeln. Han frågade sig om han hade gjort sitt livs mest avgörande val. Sagt nej till att följa med henne hem. Och beslutet vilade enbart på en ingivelse. Han följde henne med blicken, såg hur rak hon var i ryggen, stolt, kysk. Av någon orsak tänkte han på en kvinna som red med gammaldags damsadel så att hon slapp sitta grensle på hästen. Det var sista gången han såg henne.

Fanns det inte någon som ansåg att Graal var en sten?

Mikael skulle hämta en bok om spelteori i husvagnen hos Merlin och slog följe med honom norrut. Anna och Alf promenerade i motsatt riktning, ner mot Majorstua. Äntligen på tu man hand, tänkte han. Av oklara orsaker hade denna smått desperata och smått parodiska aktion gjort honom upphetsad, eller inställd på att få symbolhandlingen omvandlad till en mer jordnära erfarenhet. Om Norge förblev oförändrat och låg i ett slags koma med den nyfunna oljan som intravenös näring, kunde han åtminstone försöka förändra sitt eget liv. Han sneglade på Anna som gick tyst bredvid honom. »Dumt att du hällde ut den där whiskyskvätten«, sa han.

De promenerade förbi barackerna där också idé- och lärdomshistoria höll till. Nej, han hade verkligen ingen orsak att anklaga folk för att inte förverkliga sina drömmar. Han som djupast sett var intresserad av gener och hjärnans märkliga kopplingar och ville börja läsa medicin tvingades på grund av en dålig studentexamen att börja med memer. Idéers förgreningar. Svävande, abstrakta föreställningar. Som målvakt gillade han att ta en svår boll i ett fast grepp. Han kände samma utmaning inför idéer men de gled undan hela tiden, även när han trodde att han hade fått båda händerna på dem. Föregående termin hade han till sist lämnat in den färdigskrivna uppsatsen om Spinoza, nästan till sin egen överraskning. Efter diverse misslyckade försök insåg han det som alla studenter till slut förstår, nämligen att uppsatsen inte fick vara för ambitiös. Ursprungligen hade han ju hoppats kunna skriva något nydanande, kanske till och med uppseendeväckande, i bästa fall farligt. Men det var en sak med Spinozas åsikter från 1600-talet, som att Gud helt enkelt *är* den oändliga substansen och därmed identisk med Naturen – därmed blev han beskylld för ateism – en annan och betydligt mer tandlös sak var att skriva, referera sådana åsikter i dag, i en tid då ytterst få, åtminstone i västvärlden, blev chockerade av ateism, inte ens en ateism där begreppet Gud användes. Därför hoppade han över hela den snåriga »Etiken« och bestämde sig för att följa samma strategi som majoriteten, skriva av sådant som personer före honom hade skrivit, i bästa fall bearbeta det en smula. På samma sätt som det under musikkarriären slutade med att han plankade andras låtar. Ett evigt kopierande: att stjäla från tjuvar.

Därmed vinklade han alltihop lite mer historiskt och nöjde sig med att undersöka en begränsad aspekt. Inspirerad av extraknäcket på Store Norske lexikon koncentrerade han sig på de två artiklarna om »Spinosa« och »Spinosistes« i femtonde bandet av Encyclopédie. Den senare var kort, skriven av Denis Diderot, den förra var inte signerad men var å andra sidan ovanligt lång och kritisk med formuleringar som »ce système monstrueux« om Spinozas filosofi, trots det med en intressant brist på överensstämmelse mellan det som stod på ytan och i undertexten.

Dessutom drog han in moment från Pierre Bayles »Dictionnaire historique et critique«, från artikeln som länge hade befäst en rad missförstånd om Spinoza. Uppsatsen om den dunkle filosofen blev plötsligt betydligt överkomligare. Uttryckt elakare kunde man säga att den hade krympt, precis som i berättelsen om rocken som blev mindre och mindre. Eller idéerna när de passerade Svinesund.

Uppsatsen inhöstade följaktligen applåder; det konstaterades att Alf Veber behärskade en vetenskaplig metod och att framställningen var god och han belönades med ett bra betyg. Ändå var det mest på grund av ett ovanligt briljant muntligt framträdande – tack vare en utdragen Delfiupplevelse med en kvinna föregående kväll – som han uppmanades att söka ett forskarstipendium; det mumlades till och med något om en anställning som forskarassistent. Han visste inte vad han skulle göra. Förmodligen fortsätta, ta vara på invitationerna, även om uppsatsen om Spinoza visade honom att han saknade talang för att brottas med invecklade idéer – och för att treva sig fram i en akademisk värld, alltmer besviken över en kunskap som var och förblev provisorisk.

Han sneglade på kvinnan som travade på så bedrövad och fåordig vid hans sida genom duggregnet. Detta nordnorska fyrverkeri. Som plågad av ett evigt, tröstlöst regnande. Han fylldes återigen av självförtroende, av tro på att han måste kunna göra Anna mer upprymd. Varför skulle hon gå omkring och vara så hård, så kräsen. Eller förnedra sig själv med idiotiska friare. Samt vägra dem intimt umgänge. Han kunde visa henne ett och annat om erotiska fröjder. De delfiska mysterierna. Aktivera mandeln i hennes skrev, få trädet i hennes inre att blomstra. Tiden var mogen för en sista framstöt. Något talade om för honom, ropade med hög röst, att han skulle lyckas den här gången.

Dörrarna till fysikbyggnaden var stängda för natten, de måste gå till höger och runt. På baksidan, när de återigen kom in på gången som ledde ner till Majorstua, stannade Alf. Staden glödde framför dem genom dropparna i luften. De stod på ett slags bro alldeles i närheten av de låga byggnaderna. Ganska mörkt just där. Ett par ljus i några fönster, sparsamt med ytterlampor. Anna undrade vad han ville. Gräva ner en centiliter säd i dig, höll han på att säga. För att vinna tid pekade han på hoppbacken i Holmenkollåsen. Landmärket låg som vanligt och badade i ljus. En okunnig person, en turist utan kännedom om skidsport, måste ju tro att det var något man använde för att skjuta upp saker ifrån. En ramp. Att det var en inrättning för att hoppa upp, inte ner. Ett nationellt monument för uppåtsträvande tankar.

Han visste inte vad för slags tankar han hade. Möjligen en blandning, något som kunde leda både till det höga och till det låga. Han försökte säga allt med blicken, tog först hennes hand, kramade den, som om hon redan genom detta, blicken, handen, skulle förstå allt, ge sig hän åt honom till slut. Förstå efter alla dessa år, inte minst efter sekunderna på toppen av Jotunheimen, denna kyss som så långt i livet faktiskt var det närmaste de, i alla fall han, hade varit en förvandling, att det var de, att allting tydde på att det skulle sluta med dem. Det hade kanske varit långa omvägar, gott om missförstånd, men här stod de, tittade på en ramp, ett nytt liv rakt framför skospetsarna. Han kände sig som en missionär. Han ville frälsa henne. Från hennes ofruktbara existens. Hennes erotiska ångest. Han sträckte ut armen, lade den om ryggen på henne, försökte dra in henne i en omfamning. Hon lät sig inte rubbas. Trots det något konstigt i hennes blick. Omöjligt att tolka. Grönt ljus, rött ljus. Han böjde sig framåt, ville kyssa henne, tänkte att det skulle smälta allt motstånd. Hon vände bort ansiktet. Han gick ett stycke ifrån henne. Hon såg rakt på honom igen. Utmanande. Som om hon ville att han skulle göra något överilat, ville att han skulle förgripa sig. Den något omilda beröringen hade fått hennes jacka att öppna sig, synen av de fylliga brösten under blusen fick plötsligt förnuftet att avdunsta. Han hade alltid vetat att hon hade ett mörkt inre. Temperament. En gång, han var själv närvarande, klippte hon till en kille som satt och hostade under en av de få konserter de hade lyckats locka med henne på, Mozart, bad honom sticka hem och inte gå på konsert när han var förkyld. Lär dig folkvett! Alf ställde sig tätt intill henne igen, handen var på väg mot bluskragen, beredd att med ett ryck göra en större öppning, tacka ja till hennes härligt inbjudande bröst. Återigen den där utmanande blicken, det mörka bakom de blå ögonen, vilket gjorde honom osäker, vilket sa honom att hon aldrig skulle kapitulera, att hon var en Fleischer, att han skulle få ett knä knallhårt i pungkulorna om han böjde sig en centimeter längre framåt. Hans tvekan fick henne att sjuda av raseri. »Du är bara så ... blind«, sa hon. Tårar i ögonvrårna. Hon stod i alla fall kvar som om hon samlade sig, reducerade raseriet till förnuftigt tal. »Du älskar en annan«, sa hon lågt. »Därför«, sa hon.

De stod utanför Fysikum, i skuggan av ett lägre hus. Han stirrade på

tegelväggen, kände ett rött hat, ett rött begär, som inte ens all världens duggregn kunde släcka. Hjärtslag som primitiva trummor i bröstkorgen. Mentalt var han millimeter från att kasta henne i väggen och våldta henne, hon skulle missa med knät, aldrig kunna stå emot, han hade en stenhård lem i kalsongerna, stod och funderade på om han inte skulle ta och göra det, bli färdig med lystenheten på henne, på hennes kropp, bli färdig med Anna Fleischer, få det gjort.

I en glimt såg han åren på Blindern passera revy. Trots åttio poäng i ett ämne visste han ingenting. Tomrummet i hans inre var lika stort nu som när han började studera. Eller nej, Johanne hade rätt, även människan utvidgades, liksom universum utvidgades, därför var tomrummet större nu. Skulle det alltså sluta här, vid den port han en gång hade gått in igenom, sju år tidigare. Hungrig efter vetande. Nu stod han på samma ställe, på väg ut, som om ingenting hade hänt med honom. Han hade använt sju år, kanske de mest dyrbara i livet, på att gå omkring och vara förälskad i en ouppnåelig kvinna. Vilket missbruk. Ge sig i känslornas våld i stället för att odla förståndet. Efter sju år stod han kvar som ett djur, en människa som hade tagit av sig neocortex som en hatt man inte behövde, för att stå där med reptilhjärnans råa alternativ.

En bil kom körande, bländade honom intensivt i samma ögonblick som den svängde in på platsen. Föraren måste ha förstått att han hade hamnat i en återvändsgränd, backade och försvann. När Alf vände sig om stod Anna flera meter bort. Han gned sig i ögonen. Såg ljusfläckar. Den farliga impulsen sjönk undan. Annas blick var fortfarande tvetydig. Hon vände sig om och gick neråt mot Slemdalsveien, sa lågt, ändå så tyst att han hörde det: »Du är ett virus, Alf Veber. Du förstör folk.«

Han ville följa efter, springa efter, kasta henne brutalt till marken, kände en våldsam sprittning i kroppen, en målvaktsreflex, men tvärstannade, lamslagen av skam. Det fanns inte ord för den fruktansvärda insikten. Skammen. Han gick långsamt åt motsatta hållet, rullade ihop sig överst på trappan utanför Fysikum, övernattade där, i skydd för regnet. Hans debut som uteliggare i en stad.

Alf I. Veber. Alf Idiot.

På morgonen när dörrarna öppnades gick han ovårdad in genom porten. Som en avbön. För att kunna få börja om. Famla vidare. Få en ny chans att fullborda sin potential som människa. Projekt Förvandling. Det var kanske möjligt att en gång kunna vända på det där I-et mellan namnen till något horisontalt, skapa ett bindestreck mellan känslorna och intellektet. Mellan att kunna leka i skogen och att läsa på universitetet. Han drack en kopp dåligt kaffe i Frederikke, huttrade. Han bestämde sig för att söka ett stipendium, finna ett begränsat område att arbeta med, något lika bakvänt och överdrivet som hans ego. Kanske barocken.

Ingen visste det då, men det skulle inträffa ett mirakel på gräsmattan där de hade grävt ner skrinet, Hoppets åker, som de kallade den. För just där skulle det nya universitetsbiblioteket växa fram ett par decennier senare, en byggnad som med sin pelarrad framför och den svängda glasfasaden bakom på sätt och vis var lika överraskande som ett blommande mandelträd. Prunus amygdalis. På grund av den kubiska formen och den blanka labradorsten som täckte ytterväggarna kunde byggnaden faktiskt påminna lite om Kaba, något man vallfärdade till. Nästan en svart diamant, tänkte Alf och kom ihåg grafiten han hade bidragit med. Det märkliga var att byggnaden också reflekterade andra saker de hade grävt ner. Romanen »La maison de rendez-vous« kunde betraktas som ett föregripande av själva boksamlingen och ett bygge som var en mötesplats. Inne i byggnaden fanns en stor utsmyckad koppardörr bestående av kvadrater, och varje fyrkant hade figurer som kunde erinra om ett kretskort med elektroniska komponenter. På det sättet förstod studenterna att de befann sig i universitetets hjärta, i en informationsbank. Den väldiga fondväggen i läsesalen var utsmyckad av en konstnär som hade målat 836 tavlor, var och en med ett öga. Golven i de stora samlingslokalerna hade ett mönster som utgjordes av mörk serpentin och ljus marmor, en marmor förvisso från en nordligare breddgrad än Aten. Som

Alf uttryckte det när han första gången trädde in i byggnaden, ungefär samtidigt som han firade ofrivilliga triumfer som grundare av Norgeportalen: Om man inte visste bättre skulle man för ett ögonblick kunna tro att säden från Akbars hov verkligen hade befruktat Norge.

DET GICK NÄSTAN två månader utan att han såg en skymt av Io. Den här gången var han mer inställd på att vänta, visste att hon lade ner all sin tid på att fullborda historieuppsatsen samtidigt som hon förberedde lanseringen av debutsingeln. Men han saknade henne, låg på soffan och kartlade intrycket hon hade gjort. Stod på Primrose Hill om natten och kastade sten mot månen. Svävade i en iosfär. Det var också tankarna på henne som lockade honom till skrivbordet igen. En tro på att det trots allt kunde vara meningsfullt. Att man kunde befrukta världen. Spela en roll. Hennes optimism, i synnerhet hennes iver, fick honom att återuppta arbetet med manuset. Fick honom att se att det fanns möjligheter där, kol, ett tryck.

Ofta blev han ändå sittande och stirrade på väggen framför sig. Som på en altartavla. Alla lapparna. Bitarna, särskilt från de senaste veckorna, hade liksom blivit mindre och mindre. Ibland bara ett ord, utklippt ur ett sammanhang. Också ord han inte förstod. Små små beståndsdelar. Trots det grundläggande. Som pojke hörde han ofta historien om sitt första ord: Nano. Han skulle säga Lano, namnet på tvålen de använde. Mamman kallade honom ett Lanobarn. Nano. En profetia. Om en tidsålder då nanosekunder och nanomillimeter härskade. Allt avgjordes på ett obegripligt litet plan. En miljarddel. *Finns det något man kan kalla nanoinformation? Små små detaljer? Som betyder allt?*

Bara när han var pank spelade han i tunnelbanan. Flera låtar av The Smiths, flera av Teenage Fanclub, speciellt den oemotståndliga Planets, flera av Jayhawks. Gamla örhängen: Across the Universe. Sköna öppna ackord. Bara att ösa på, flyta med musiken. Alltmer sällan tog han sig tid till att vandra omkring i London, leta efter inspiration. Han satt i kyrkan, försökte skriva. Vände och vred på ord. Ibland tänkte han på gamla vänner, särskilt Johanne. Var fanns hon nu? Någonstans där hon gick omkring med en sombrero? Persianmössa? Fez? Ingen visste. Han hade frågat Anna och Mikael när han träffade dem för ett år sedan. De hade inte heller en aning. Kanske den viktigaste människan i mitt liv – och jag vet inte var hon är. Om hon över huvud taget lever.

Sedan återvände Io. Han spelade i tunnelbanan vid Tottenham Court Road – var mitt inne i Nick Lowes smärtfyllda ballad Shelly My Love – när hon kom gående och började sjunga understämman redan på långt håll. En röst som bar, fyllde hela korridoren med välljud, höjde nivån på hans framförande flera snäpp. Samma klädsel som första gången, vida kamouflagebyxor, grön sammetsjacka, samma underfundiga leende, ögon som fångade honom med en sned blick. Du sjunger bra, sa hon efteråt. Verkligen bra. Bono vox. Han rodnade. Han var övertygad om att han aldrig hade rodnat förut men nu gjorde han det.

Hon kom med ett budskap. Jag är klar. Tvetydigt. Sa inte mer, bara: Jag är klar. Och att de skulle fira till helgen, hon och han. Picknick. Greenwich. Han stod bara och nickade, antagligen med ett fånigt leende, sa ja till vad som helst. Träff vid nollmeridianen, sa hon. Lät löftesrikt. Ett slags nollpunkt. En verklig början denna gång.

Lördag förmiddag. De träffades i en av de underjordiska korsningarna vid Westminsterstationen och tog Jubilee Line vidare, det vill säga Io krävde att de skulle gå av vid Southwark och beundra arkitekturen, särskilt glasväggen ovanför rulltrappan, blå trianglar, inspirerad av en gammal kuliss till Mozarts Trollflöjten. Hade Alf sett Trollflöjten? Det hade han gjort. Blivit förtrollad av den. Som av Io nu. Hennes röst ett magiskt instrument. Hon hoppade av igen vid London Bridge, full av liv, drog i honom, småsprang in i en doftande hall alldeles i närheten, ville visa honom Borough Market, mycket bättre än det snobbiga Fortnum & Mason. Se, sa hon, pekade, se, se. Samtidigt införskaffade hon picknickmat, nynnade London Bridge is falling down medan hon köpte ciabatta med grillad chorizo och en flaska vitt vin, innan de tog tunnelbanan vidare till den väldiga stål- och betonghangar som utgjorde Canary Wharf-stationen och där ljuset silade in och ner i djupet som om man befann sig i en katedral för tunnelbanedyrkare. Därefter den enspåriga järnvägen till Greenwich. Alf föreställde sig att han deltog i en andtruten lek. Take a key and lock her up.

Början av april, varmt i luften, redan ett rödrosa och vitt flor överallt. Ios blanka svarta hår fick honom att tänka på Japan och körsbärsblomningen. Hon var glad, yr. Han kunde förstå det. Hennes singel hade just släppts. Han hade varit ovetande. Dagen innan hade han råkat passera en av de gigantiska skivaffärerna på Oxford Street, cd och dvd i flera våningar, och snappat upp något bekant. Förstod först inte vad det var. Något som svängde, skapade ett oförklarligt sinnligt välbefinnande. Han gick in, stod på markplanet i den enorma lokalen, stirrade in i videoväggar och på iögonfallande reklamaffischer och kände plötsligt igen sin egen sång, ett överraskande arrangemang, trots det hans sång, Ios röst som strömmade ut ur högtalarna, en ljudanläggning av yppersta kvalitet, skapad för att ge folk impulsen att rusa bort till disken och köpa skivorna som spelades. Hennes röst verkade ännu mer säregen och sensuell i en så professionell produktion, soundet lät ultramodernt trots sångens karaktär av tidlös hitkaliber. Queen of Jupiter. Basen dunkade märkbart i bröstet på honom. Det lät fantastiskt. Gjorde honom stolt. Ord sammanskruvade med melodi och harmonier på ett sådant sätt att det som inte kunde uttryckas med ord plötsligt uttrycktes i alla fall, uppfattades av lyssnaren. Dessutom något man inte lyckades skaka av sig, strofer som tog plats i minnet, strofer som skulle dyka upp igen vid de besynnerligaste tillfällen senare i livet. Han hade egentligen vetat det, ända sedan han som ung slungade i väg skivor ut i luften: bra låtar var lika sällsynta som flygande tefat.

Ett omtumlande ögonblick. Stå mitt i London, i en så kallad megastore, och höra något han själv hade gjort. Underligt främmande, underligt välbekant. Han som hade drömt om att skapa ett verk, en bok. Som fortfarande gick omkring och samlade på kunskapsfragment som kunde utgöra knutpunkter i ett nät uppspänt som ett skört segel för tanken. I stället hade han gett upphov åt en sång, något som träffade honom i bröstkorgen, spelade på revbenen. Kanske ett nät det också.

Kunde trettiosex riff rädda världen? Riff som vid varje tidpunkt spelades på olika platser världen runt?

Io var inte intresserad av själva Greenwich, gick raka vägen ut i det vidsträckta grönområdet i sluttningen mellan det maritima museet och observatoriet. 50-talssolglasögon, kattaktiga. En randig sjalett i håret, en jacka full med broderier. Ett vandrande ornament. De lade sig på en pläd som hon hade med sig, delade på ciabattan och vinet. Io hade mycket att berätta, episoder från inspelningen, knog med fotnoter till historieuppsatsen. Visste Alf exempelvis att man bara hade lyckats identifiera författarna till tre femtedelar av artiklarna i Encyclopédie? Till och med Diderots asterisk, *, försvann gradvis efter åttonde bandet. Trots det ansågs det att han stod bakom minst femtusen, kanske sextusen uppslag i de sjutton ursprungliga textdelarna. Io rullade med ögonen. Sedan, mer intensivt: Men är det inte skamligt att bara ha en enda kvinnlig bidragslämnare, Marquise de Jaucourt? Alf låg stödd på armbågen och lyssnade på det rastlösa ordflödet, hennes skrattkonvulsioner, låg med ett konstant leende på läpparna, såg på Old Royal Naval College nere vid floden, det verk eller den plan av Christopher Wren som denne själv satte högst, fyra nästan symmetriska barockbyggnader, de två bortersta försedda med var sin kupol. En bit därifrån stod några pojkar med bollträn. Det mjuka ljudet när de träffade ordentligt påminde honom, av allting, om mammans puss på kinden i närheten av örat. Mamman. Alla hans misstag beträffande henne också. Plötsligt landade tennisbollen i närheten av pläden. Io kastade tillbaka den, hårt, med en driven rörelse, samtidigt som hon avslutade en lång historia med att säga att hon var skyldig honom mycket. Dumheter, sa han. Nej, det är sant, sa hon. Om jag inte hade träffat dig hade jag knappast blivit sporrad att slutföra studierna. Och hade i alla fall inte fått kontrakt med något skivbolag.

Omöjligt att ta in. Och ännu omöjligare: hur hennes små beröringar var nära att få honom att darra. Vid ett tillfälle kände hon, liksom på skämt, på hans panna. Du är en kall man, sa hon. I samma sekund tog hon hans huvud mellan sina händer och drog honom intill sig, drog fingrarna mjukt genom håret på honom. Men du har en varm hjärna, sa hon.

Sent på eftermiddagen vandrade de upp till nollmeridianen och observatoriet. Alf gick tankfullt genom rummen i de gamla byggnaderna. Återigen ett möte med upplysningsandan. Alla dessa instrument för att mäta exakt, se bättre. Livet satt i relief. Ett möjligt förhållande till Io. I synnerhet John Harrisons projekt väckte nyfikenheten, de fyra olika försöken att konstruera en kronometer som tålde rörelserna ombord på

ett fartyg, en av dåtidens stora utmaningar vad gällde navigation. *Dessa ur som gjorde det möjligt att beräkna längdgraden när man seglade på havet. Vikten av positionsbestämmelse. Som för mig nu. I livet. Var är jag?* (*Vilka är de olösta uppgifterna beträffande tid i dag? Att stoppa döden? Stjäla ungdom?*) I en monter fick han plötsligt syn på något som liknade det astronomiska kompendiet, eller repliken av ett sådant, som han fick av Johanne på tio-
 årsdagen. Återigen: Var befann hon sig? Någonstans med panamahatt? Hon skulle klä i panamahatt.

En sen kväll några dagar tidigare hade han gått från kyrkan till Victoria Park och hoppat över stängslet. Klättrat upp i det största träd han kunde hitta, en majestätisk kastanj. Satt där halva natten. Tittade på stjärnorna. Han ville tänka över detta med Io, väntade kanske på en insikt som liknade ett nytt fyrverkeri. Plötsligt, efter flera timmar i en klyka med ryggen mot stammen, kom han på sig själv med att tänka på Johanne. *Likheten mellan att stirra in i en brasa, in i en stjärnhimmel och in i en kvinnas ansikte.*

På den öppna platsen utanför observatoriet hände något. Nollmeridianen var markerad med en rand, ett slags skena, mellan gatstenarna. Först demonstrerade Io moonwalk på linjen. Häpnadsväckande. Roligt. Sedan blev hon stående och hoppade från den ena sidan till den andra, liksom skrikande av lycka över att kunna röra sig så snabbt mellan två zoner. Synen gjorde honom betänksam. Återigen: så ung hon var. Nästan ett barn. Var detta ögonblicket? Vändpunkten. Ett spår i marken som också blev en skiljelinje. 00.00.00. Före och efter. Dittills hade glädjen över att ha träffat henne, kommit i beröring med denna vitalitet, lagt en slöja över omdömesförmågan. Något hos hennes livliga skutt, en association till flickor som hoppade hage eller rep, drog bort slöjan. Detta kan inte fortsätta. Det gick upp för honom med en tyngd han inte kunde bortförklara. Förvissningen om att han aldrig skulle kunna vara tillsammans med henne. Att han för allt i världen måste undvika att bli tillsammans med Io. För hennes skull. För denna barnsliga förtjusnings skull. De stod på var sin sida om randen i marken och avståndet mellan dem var himmelsvitt. De befann sig en meter från varandra men i var sin zon. En meter, trots det en oöverstiglig klyfta.

Hon kom tydligen fram till motsatsen. Om hon någonsin hade tvivlat.

Hennes hoppande från den ena sidan till den andra, öst, väst, öst, väst, lät som ett ska, ska inte, ska, ska inte. Och hon hamnade på ett ska. Hon verkade vara trött på uppskjutandet, ville att de skulle gå hem till henne. Sa det. Tog på honom. Placerade en handflata på hans bröst. Vi åker hem till mig. Vad som skulle hända kunde inte missförstås. Otålighet i hennes blick. Beslutsamhet. Hon erbjöd honom nakenhet, hon erbjöd honom all sin värme. Mer än bara fingrar genom håret.

Han måste hålla fast vid insikten. Inte förväxla den vigör han kände med ungdomens vigör. Det han spelade för folk i tunnelbanan, visserligen med betydande energi, var evergreens. Popsånger. Bra sådana. Men evergreens. Allt var förändrat. Ingenting skulle åter bli som första gången han hörde You Really Got Me. När han trillade av stolen. När bröstet var nära att sprängas. När Hendrix gitarr sa mer än hela världslitteraturen. Ingenting skulle åter likna den desperation och iver han kände då han satt på pojkrummet i Arabbyn och övade fingrarna såriga på Jumpin' Jack Flash-riffet. Nycklar som plötsligt kunde öppna dörrar som hade gått i baklås. Allt detta: borta. Borta, borta. Lura inte dig själv. Vakna.

Men denna förälskelse, känslorna för Io, var som förälskelsen i ungdomen. Eller till och med starkare. Omöjligt att förneka det. Vilken gåta. Allt vissnade. Men inte förmågan att bli förälskad.

Han sa ingenting, stod kvar vid nollmeridianen. Ett ben på vardera sidan. Ios rygg redan vid grinden, på väg ut. Tankar både mot öster och mot väster. And never the twain shall meet. Förbannat också. Bro bro breja. Äpple eller banan.

Först hennes säng, sedan resa, lämna London? Varför skulle han alltid rädda någon? Nej, tänk inte tanken ens. Han måste rädda henne. Rädda henne genom att inte rädda henne. Genom att låta henne vara i fred. Om det är riktigt att jag räddade henne den där dagen vid Themsen, nere vid Blue Anchor, får jag inte förstöra någonting nu. Och enda sättet jag kan rädda henne på är att rädda henne från mig. Jag måste försvinna ur hennes liv. Fort. Bakom det i sin tur en oklar tanke: Var också detta när allt kom omkring ett subtilt utslag av egoism? Endast så kunde han också, kanske, rädda sig själv.

Han visste inte hur han skulle få det sagt. Led i det tysta. Först när de steg av på Westminsterstationen för att ta District Line hem till henne förmådde han stanna, ta henne om axlarna och prata. Ögonblicket påminde om att stå överst i Holmenkollbacken, skiträdd, men veta att han måste åka utför. Efteråt kunde han inte komma ihåg vad han hade sagt. En lång monolog och allting var borta. Han mindes bara otydligt hur enfaldiga orden lät och att han i stället för att se henne i ögonen hade

varit tvungen att vända bort huvudet, eftersom han inte uthärdade hennes blick. Tvivlet. Han hade talat och samtidigt sett sig omkring på denna komplicerade knutpunkt till station, rulltrappor som gick kors och tvärs i diagonala tunnlar, folk som fraktades upp och ner som i något slags maskin. En enorm korsning. En valpunkt i livet. Valet mellan rätt och rätt. Valet av det som var mest riktigt, minst fel, även om möjligheten att kunna bevisa att det var riktigt, det minst onda, aldrig skulle infinna sig eftersom man bara levde ett liv, eftersom man var en varelse som obönhörligen fraktades vidare av en tid som aldrig slog samma sekund två gånger. Hela denna halva timme med Io i korridorerna på Westminsterstationen skulle bli ett tomt rum. Något av det viktigaste i livet. Och tomt.

Jag är en simpel människa, tänkte han senare. I mitt vetande finns det lakuner, hål. Lika skräckinjagande som universums svarta hål.

Hon grät inte, vände sig bara om och lät rulltrappan lyfta bort henne från honom. Halvvägs uppe tog hon fram ett litet munspel och blåste en blues som fick det att gå kalla rysningar efter lårens insida på honom. De klagande, melankoliska tonerna hördes fortfarande när hon försvann ur synkretsen, bort genom en korridor, en blues som sa allt, svagare och svagare. I've got a sweet little angel, I like the way she spreads her wings.

Han hade jagat bort henne. Mannen med världens sämsta omdömesförmåga. Vad vet jag om saker som det är värt att veta något om? Rakt ovanför huvudet på honom låg Big Ben. Man måste ta hänsyn till tornets bräckliga fundament när den nya stationen grävdes ut. Tanken på Big Ben fick honom att frukta att han hade svikit något, kommit till korta, igen. Stått nära en nyckel utan att hitta den.

Kärlekens skröplighet. Var det livets mest ogenomträngliga mysterium?

Han tittade upp när han en halvtimme senare kom gående på Bethnal

Green Road, på väg hem till kyrkan. Himlen över London var för en gångs skull enfärgat blå. Ändå ekade Crying in the Rain i huvudet. Han noterade det bara med en axelryckning, som om det skulle vara det naturligaste av allt. Samtidigt var han arg på sig själv. Varför gå här och känna sig sliten mellan hjärta och hjärna? Han visste att det var en konstruerad motsättning, en oacceptabel förenkling. Uppe i vardagsrummet satte han sig på en stol och stirrade in i väggen som var täckt med lappar och små urklipp. Såg dem förändras till vertikala och horisontala linjer, Holbeinhyllor fulla med föremål. En möjlighet till tolkningar i det oändliga.

GROTTAN: RÄDDNINGSFLOTTEN

Han hade ännu inte minsta aning om hyllorna när han ringde på en sen eftermiddag i slutet av november, några veckor före tusenårsskiftet. Ingen öppnade. Synen av den gamla dörrskylten av porslin gjorde honom vemodig. Fyra namn. Som om Alf och Mikael fortfarande bodde i Alunåsen och pappan levde. Han öppnade och fick genast en oförklarlig känsla av att träda in i en frånvaro. I tomhet. Han fann mamman på soffan i vardagsrummet, med en rutig ylleplääd över sig. Hon låg mer och mer men sa själv att det inte var något fel på henne. Han drog fram en stol till soffan, gav henne en hastig kram. »Förlåt att jag inte har hälsat på dig på länge. Mycket att göra.« En halv lögn. Paus. Tickandet från de två vägguren, mammans och pappans, trängde igenom alla tankar och blev fysiskt kännbart, små slag på trumhinnorna.

»Hur är det, pojken min?« Mamman. Denna vardagliga fras. Hur är det? En fråga man sällan tar tillfället i akt och svarar på – bortsett från ett »tack, bra«. Därför blev Alf överraskad av sin egen reaktion, ett behov av att prata, bekänna, få utlopp för sin frustration. Det var inte det: Norgeportalen gick strålande. Mycket tack vare Gro Brox. God ekonomistyrning. Bra trafiksiffror, bra annonsintäkter. Hans tvivel berodde mer på avståndet mellan den ursprungliga idén, euroway, och vad han nu arbetade med: en plattform utan fantasikraft. »Du vet, det som skulle vara en öppning, ett pass, har blivit en instängd dal«, sa han till mamman efter lång klagan, rättade till hennes pläd. »En enastående servicetjänst, tänkt som upplysning, har följt det kända utvecklingsmönstret och mer och mer blivit underhållning.«

Mamman låg på soffan framför honom med halvslutna ögon, men lyssnade. Tog hans hand. Till och med i horisontal ställning utmärktes

hon av en stoicism som han helt och hållet saknade. Smile though your heart is aching, smile even though it's breaking. Ovanför soffan hängde bilder från förlagsfester på 50-talet. Mamman som medelpunkt. En frisyr lika anakronistisk som stjärtpartiet på en amerikansk bil från 50-talet. Fotografier av henne med Sigurd Evensmo, med Johan Borgen, eller med Tarjei Vesaas. Alla snarlika: mamman tittade in i kameran, medan författarna såg beundrande på henne.

Tystnaden, värmen från hennes hand, fick honom att prata vidare, berätta, beklaga sig över att det han hade försökt grundlägga på biografen Colosseum hade blivit vad det ursprungliga Colosseum stod för: bröd och cirkus. Bara pornografin fattades. Det vill säga han hade nyligen snappat upp ryktet om att man ville ha in en dejttjänst. Man drog sig inte för någonting. Allt för Norge. Och det fanns redan en länk till stillbilder från filmer där norska skådespelerskor var nakna eller minimalt påklädda. Detta blev snart en av nätplatsens mest besökta sidor. Jämte länken till folkdräkterna och till kungahuset.

Såja, såja, sa mamman.

Men det var ju för djävligt, nästan skrek han. Något mystiskt, djupt oroväckande virus härjade i landet. Sökandet efter ljus hade ersatts av sökandet efter lust.

Man besöker sin mamma närmast för kutymens skull, och så sitter man plötsligt och jämrar sig, som om man har begått ett brott och äntligen får tillfälle att erkänna. Eller var det för att överrösta det satans tickandet från väggklockorna? En dödsängel som avfyrade skott från två håll. Hur som helst: han pratade på, märkte att han behövde prata med någon, kunna ventilera sin förtvivlan – en förtvivlan han delade med många – över att ha levt livet på ett deprimerande annorlunda sätt än han hade hoppats som ung. Han skulle liksom vara en portvakt, se till saker och ting, och nu låg till och med själva porten krossad. Så småningom gick jeremiaden över i pladder, osammanhängande tal, som när han var liten och sökte tröst, för att några hade varit elaka mot honom där ute. Han böjde sig framåt, sänkte huvudet, väntade sig nästan att mamman skulle börja sjunga, som när hon vyssade dem till sömns med hjälp av George och Ira Gershwins ömma »Someone to Watch over Me«.

Mamman tittade på honom, fick ett ljus i ögonen som han inte hade
sett på länge. Värme. Omsorg. Allt detta som förstörde klichéföreställningen skapad av hennes något fjära, nu gråhåriga Ava Gardner-apparition. Plötsligt var hon bara en mor som under en hel barndom först och främst hade varit lindrande händer, pussar, matpaket och nytvättade kalsonger. »Säg inte så«, sa hon. »Jag har följt med dig, du har ingenting att skämmas över. Och ni män får snart lära er att livet inte bara handlar om att uträtta något titaniskt.« Samma röst som på förlaget när hon besvarade telefonsamtal från refuserade författare. Hon släppte hans hand och strök honom smeksamt över håret som hon gjorde när han var pojke. »Jag ska snart dö«, sa hon, blundade, log svagt.

Det var hans tur att protestera. Han visste att mamman hade blivit skröpligare men var övertygad om att hon hade många år kvar att leva, trots åldern. Hon var åttio. Om en månad gled de in i ett nytt årtusende. Han hade erbjudit sig att fira det tillsammans med henne. Mikael var ju ändå långt borta. »Har du varit hos doktorn?« frågade han.

Hon viftade bara bort det, ögonen var fortfarande slutna, leendet intakt. »Jag har röjt upp«, sa hon, som om det var ett svar. »Jag har använt den senaste månaden till att avlägsna allt överflödigt så att ni slipper ta hand om det. Frälsningsarmén fick det mesta.«

Hon sluddrade, började antagligen bli lite förvirrad. »Alla de här böckerna«, sa hon och pekade, och när han vände sig om upptäckte han det: samtliga bokhyllor var tomma. Ett naket spjälverk av jakaranda täckte hela väggen.

»Men garaget«, sa hon. Han förstod inte. Garaget. Hon verkade svag med ens. »Jag måste vila«, sa hon.

Något överrumplande hände. Hon sträckte upp båda händerna och drog ner honom till sig, myndig och kärleksfull på en gång. Kramade honom. Överrumplande därför att hon så sällan hade gjort det. Sedan han blev vuxen. Hon höll om honom. Två varma handflator mot hans rygg. Sa ingenting. Omfamnade honom bara. Intensivt och länge. En svag doft av den ovanliga och dyrbara parfym hon hade använt hela livet. Sedan mjuknade greppet. Hon sov eller höll på att somna.

Han gick ut i köket och letade upp nyckeln till garaget. En av de få nycklar som han alltid hade vetat var den fanns. I korridoren utanför sovrummen gläntade han på dörren till några skåp. Tomma. Alltså hade hon faktiskt röjt, eller fått någon till att städa upp. Vitrinskåpen som hade bågnat av en aldrig använd servis stod nakna, bortsett från ett par uppsättningar koppar och fat. Till och med i garderoberna hängde bara ett litet urval klänningar kvar av alla de munderingar hon hade uppträtt i när hon härskade i Gyldendals gemak. Han blev nyfiken, gick en sväng i atriumhuset. Det ena rummet efter det andra förvånansvärt välstädat. Alla små prydnadssaker borta. Häri låg förklaringen till den tomhet som hade mött honom. Också den lite sötaktiga ålderdomshemslukten tillhörde det förflutna. Av möblerna stod inte mer kvar än mamman behövde i vardagslag. Och miraklet över alla mirakler: till och med den stora frysboxen var tömd, den som hade varit proppfull med tjugo år gamla kotletter och blåbär från tidernas gryning. Han var imponerad. Mamman tillhörde ju en generation som var känd för sin benägenhet att ta vara på allt, för att anse att det var rena tortyren varje gång man kastade något.

Hur var det med honom själv? Borde inte han också städa lite? Varför gick han omkring och kom ihåg att Raskolnikov hette Rodion i förnamn. Att Zanzibar i drygt en månad på 60-talet var ett självständigt sultanat, med en flagga som avbildade kryddnejlikans blommor. Att man i trädgården Kokedera runt Saihojitemplet i Kyoto kunde påträffa 120 olika mossarter. Han visste att Quetzalcóatl var en gestalt i den mesoamerikanska kulturen. Att Llanfairpwllgwynyll var en by i Wales. Att ongongololo var ett kwanyamaord för tusenfoting. Han hade fortfarande huvudet fullt av griller. Onyttiga saker.

Tillbaka i vardagsrummet hajade han till. De två klockorna på var sin kortvägg visade samma tid. Var plötsligt synkroniserade. Ett mysterium. Såvida inte den ena, mammans, hade saktat sig ett helt dygn, så att klockorna en kort tid visade samma klockslag. Han fick en känsla av att bevittna ett ytterst sällsynt fenomen. Som när planeterna stod mitt för varandra eller Venus passerade solskivan. För ett ögonblick var det också som om klockorna tickade i takt.

Mamman hade trots allt inte somnat. Från entrén hörde han henne sätta på musikanläggningen med hjälp av fjärrkontrollen. En jul några år tidigare hade de gett henne en spelare som kunde ta flera cd så att hon slapp resa sig varje gång hon skulle sätta på en ny. Kanske inte så klokt. Hon låg för mycket, måste se till att komma upp från soffan. Hon borde göra en lång resa, som andra gamla gjorde. En världsomsegling. Med något av de många norska kryssningsfartygen. Karibien, vart som helst. Han kunde ordna det, hade varit rik i flera år utan att berätta det för någon. När de lade om till Norgeportalen tjänade han en mindre förmögenhet. På grund av euroway köpte han tidigt upp en rad domännamn, namn som innehöll ordet Europa. Medan de ännu höll till i husvagnen. Imperialism i infospace. Nu sålde han dem för ansenliga summor. Kände sig nästan generad. Tjäna så mycket pengar utan att göra särskilt mycket mer än att lyfta ett finger i ett par minuter. Han hade förrått sin Europavision. För trettio silverpenningar.

När Alf skulle gå hörde han Erik Bye börja sjunga, nästan majestätiskt, samtidigt melodiskt. »I hägringens timma är det skönt att segla.« Så kraftfullt, så fulländat att något risslade under huden från nacken och ner över ryggen. Han stod kvar i några sekunder i novemberkvällen och såg ner mot de lysande fönstren i hyreshuset där han hade växt upp. Blicken sökte sig automatiskt vidare mot höjden. Inga ljus i kråkslottet. Han stack den lilla nyckeln i låset, hade inte varit i garaget på flera decennier. Mamman hade sålt bilen, en Ford Anglia – med sin barockt vinklade bakruta – när pappan hade dött, och Alf hade ett svagt minne av att hon för en tid sedan hade gett en snickare i uppdrag att klä de tre väggarna med hyllor från golv till tak. Trots det var han inte förberedd när han drog upp garageporten. Först såg han ingenting i mörkret men fick en känsla av att stå vid mynningen av en grotta, en grotta av Ali Baba-karaktär. Handen trevade sig bort till strömbrytaren. En liten chock. En soptipp, en loppmarknad, hyllor som bågnade av skräp. Sedan, långsamt, insåg han att det fanns en sorts ordning i rummet och att det var mamman som låg bakom det.

Han lät garageporten glida ner bakom sig. Ett grottsystem. Ett litet rum men med fantastiska förgreningar. Han gjorde otåligt några stickprov på hyllorna. Leksakspistoler och korkbössor. Mikaels elektriska tåg, några av hans många byggsatser, modeller av båtar och flygplan. Julpynt, stallet med den heliga familjen, vanskapta figurer modellerade i lera av barnahänder. Han upplevde ett oavbrutet »Titta vad jag har hittat!«. Förlorade sig i avlägsna episoder. Kom ihåg pojkdagarnas besök på Steen & Strøms leksaksavdelning, kände något liknande nu, lusten att springa omkring, känna på, pröva allt. Han glömde bort sig fullständigt, smekte den skamfilade gunghästen, en gång ett arabiskt fullblod, sporrat till vilda ritter. Vid ett tillfälle hörde han Erik Bye svagt genom väggen till vardagsrummet, »Så länge skutan kan gå, så länge hjärtat kan slå«. Evert Taube. Livets kryssning. Han hade hört den hundra gånger förut. Men först nu, genom en vägg, hörde han den ordentligt. Denna enkelhet. Denna oförklarliga enkelhet som han förgäves hade försökt värja sig mot, men som nu trängde längre in än något annat.

Han plockade försiktigt och mer systematiskt på hyllorna, lyfte på locket till små och stora askar, hittade gamla album han inte visste att mamman hade, fulla med fotografier från hennes och pappans första år tillsammans och från Alfs och Mikaels barndom. Bröderna såg så komiskt uppsträckta ut. Hade alltid ställt upp sig, var alltid ordentligt klädda i nya koftor eller kavajer. De underligaste leenden. Alf såg sig omkring. Här fanns allt. Portal Veber. I detta rum hade mamman ställt undan saker hon inte ville kasta, skapat ett litet museum för familjens liv. Hans liv också. Pojkböcker. Den sönderlästa »Robinson Crusoe«. Fotbollen med snörning. Det första paret vantar han använde som målvakt. Tröjan han fick av Vera, ett mönster han inte kunde minnas ha sett på någon annan tröja. Vad han än tog i, tittade på, satte det tankar i rörelse. Här inne ligger informationerna lika tätt som i DNA-t, tänkte han.

Han måste ha varit länge i garaget. Svenska fraser hördes genom väggen till vardagsrummet. Säkert Monica Zetterlund, en av mammans favoriter. »Farfars vals«? »Sakta vi gå genom stan«? Han borde kanske gå in till henne. Å andra sidan uppskattade hon nog att han stannade där han var. Detta var något hon delvis hade gjort för hans skull. En present. Kanske också en bön om förlåtelse för att inte ha talat, svarat på frågor hon förstod att Alf hade. Hon hade aldrig varit intresserad av minnen, talade aldrig om gamla tider när hon åt middag med Mikael och honom. Särskilt de senaste åren hade hans intryck av henne som en något tillbakadragen och mentalt begränsad person förstärkts. Han föreställde sig att hon satt i ett narcissistiskt rus i stresslessfåtöljen och gungade sig in i döden medan hon lyssnade på önskekonserten i radio eller följde sitt favoritprogram, Da Capo, på TV. Och så presenterade hon honom i stället för detta magiska rum. Resultatet av en beundransvärd urvalsprocess. Nyckelföremål. Hon hade alltid sett efter honom. Också i bemärkelsen sett efter hans liv.

Han letade nyfiket vidare, tog ner saker, försiktigt, ställde dem på plats igen, hittade tutan från lådbilen han kraschade med, och i ett litet kuvert: viktkortet från det första besöket på Youngstorget. »Använd Ert minne med omsorg och Ni kommer att bli medbjuden på en lång resa.« Strax efteråt stötte han på Kinkssinglarna och ett konfirmationstackkort från Anja, därefter gulnade tidningsurklipp, bland annat antimonarkiartikeln i Dagbladet, och direkt under den, som ett slags motsägelse, reportaget med fotografiet av honom i talarstolen på Colosseumbiografen, en bildtext som lydde: »Kungen av Europa.« Och där – hur var det möjligt? – inte bara en tummad uppsats om Spinoza, utan ett exemplar av »Den nya barocken«, med ett tydligt märke efter en spark och med böjda, smutsiga hörn efter ett omilt möte med asfalt. Han hade alltid undrat vart detta famösa exemplar hade tagit vägen. Hade Charlotte gett det till mamman?

Ett litet bord och en stol hade placerats i ett hörn. Kanske satt hon här ibland, mamman. Reste med hjälp av minnet. För dessa saker behövde tid för att breda ut sig i huvudet, som buljongtärningar när de läggs i kokande vatten. I själva verket påminde garaget om en sådan där Wunderkammer man skapade på 1600-talet, full med bisarra, fantasieggande föremål. Sakerna hörde inte ihop men iakttagaren upptäckte ändå en möjlig släktskap mellan dem. Alf tog fram en leksaksxylofon, spelade lycklig början på »Stairway to Heaven« innan han letade vidare, fann en kartskiss över en grotta norr om Mo i Rana. Den röda ylletråden han fick av Isabelle. Gitarrsträngar i små kvadratiska kuvert. Varje sak som blicken föll på när han lyfte på ett lock bar en händelse i sig. Innehöll de idéer också?

Musik från vardagsrummet trängde nätt och jämnt igenom väggen. Han hörde inte vad det var. Jo, Billie Holiday. »God Bless the Child« till och med. Han visste inte om det var den enorma sentimentaliteten i den

knappt hörbara sången som fick det att trycka bakom ögonen, strupen att snörpas ihop, eller om det berodde på fyndet av ett urval gamla pennvässare. Fingrarna slöt sig om en jordglob som man måste skruva isär när man skulle kasta skräpet. Ett litet föremål men med en pyramids minneskapacitet. Och där, en glasburk full med doftsuddgummin. Han tog av locket. Inte ens en opiumhåla kunde ha fört honom längre in i syner. Hela folkskolan kom tillbaka. Alla möjligheterna. Som nu hade missbrukats. Eller hade de inte det?

För ett ögonblick betraktade han garaget som sitt livs konkursbo. Ett väldigt korrektiv. Allt detta fantasieggande – och han hade blivit en reklamman för Norge. Efteråt tvivlade han inte: det måste ha varit här, i ett garage fullt med laddade föremål, som fröet till ett framtida beslut såddes: att sälja aktierna, säga upp sin plats, resa bort.

Billie Holiday fortsatte sjunga svagt från vardagsrummet, »Don't Explain«. Han hoppades att mamman låg på soffan och gladde sig åt att sonen stannade så länge. En lång utspark. Och någon fanns där som kunde ta emot den.

Han stod mitt i rummet, vred sig långsamt runt. Alla dessa askar. Nästan som att se ett slags familjekrönika eller rekordmånga band av ett uppslagsverk uppställt på den ena hyllan efter den andra, ett alternativt Store Norske. Men med ett innehåll som fick honom att gråta. Var det idealet för verklig upplysning, att den också skulle gripa en i hjärteroten, få en att skaka av komplicerade känslor?

Nederst i ett hörn stod det en låda böcker. Tydligen mammans. Knappt fyrtio böcker. Han såg med en gång, också därför att han under många år hade lyssnat noga på diskussionerna om litteratur i Akbars hov, att det var några av de bästa romanerna som hade kommit ut under hans levnad. Allt från »Blecktrumman« av Günter Grass till »Patriarkens höst« av

Gabriel García Márquez. Tidiga verk av Elsa Morante, Iris Murdoch. Flera böcker från Den gule serie. Och de var fulla med anteckningar, det var tättskrivet i marginalerna, mammans omisskännliga handstil.

Hon hade alltså ljugit. Hon hade varit en läsare. I smyg. Hon hade kanske inte läst allt, men hon hade läst det bästa. Det var detta som var grunden till hennes enastående litterära näsa, blicken för kvalitet. Att ha läst de mest betydande utländska böckerna.

Han bläddrade i Julio Cortázars »Ceremonier«. Full med anteckningar. Som sidor ur Talmud, med kommentarer till kommentarerna. Detta var mammans sanna väsen, allt det skrivna här. Ibland såg han pappans namn, Harald, på flera ställen, som om många av mammans tankar hade kretsat kring honom medan hon läste.

I en annan kartong låg det norska romaner. Han tog upp en, slog upp den. »Till Erna. Med djup respekt. Från Sigurd.« Han tittade på titelbladet: Sigurd Hoels »Stevnemøte med glemte år«.

Han måste gå in i huset igen, in till mamman, brann av frågor. Han kunde ändå inte gå igenom allt, i alla fall inte på en kväll. Bara en sista titt. En liten låda överst i en större. I den: handtaget. Diamanten från dörren till trädkojan. Han visste inte hur den hade hamnat där, om det var Mikael som hade hittat den eller mamman som på omvägar hade fått reda på det och krävt tillbaka den, gått upp till Floyds familj och sagt dem ett allvarsord. Här var den i alla fall. Ett handtag tillbaka till den fantasi han hade förlorat. Glas, trots det något ovärderligt.

Alf sjönk ner på stolen i hörnet, lade handtaget på bordet framför sig. Kände inspirationen som sipprade in i honom. Lusten att göra något. Inte allt han gick omkring och bar på i sitt underliga minne var fullständigt oanvändbart, särskilt inte kunskaperna från hans älsklingsperiod, upplysningen. Tänk om han skulle skriva en ny bok. Här, i denna trädkoja nerflyttad på marken, ett helt kråkslott instuvat i ett garage. Han måste skaffa sig en anteckningsbok, börja med en gång.

Vad ska vi göra med allt vi vet? Bygga en bräcklig farkost. Fantisera ihop det till en räddningsflotte. Så enkelt. Så omöjligt. Så livsnödvändigt.

Tankarna spann vidare. Ett verk präglat av öppenhet. Just det. Idéer som inte först och främst var betydelsefulla i sig själva utan som blev

betydelsefulla genom det nätverk de utgjorde. Som alltså inte bara tog sikte på det förnuftiga utan också hjälpte en att göra de avgörande irrationella valen. Han satt vid det lilla bordet, som en pojke i första klass vid sin bänk, stödde huvudet i händerna som för att ta vara på åtminstone någon av de myllrande tankarna. Genom väggen hördes en sång av Edith Piaf, det lät i alla fall som franska. Jo, det var franska. Mamman förstod
 inte mycket franska. Men hon ansåg bestämt att hon förstod vad Edith Piafs sånger handlade om.

Han måste bara börja. Hur många gånger hade han inte hört talas om gigantiska företag i informationsindustrin som hade påbörjats i ett garage? En anteckningsbok, han måste skaffa sig en anteckningsbok.

Han hade oavsiktligt tagit ner en kartong med brev och kort i, plockat upp ett på måfå, som ett mannagryn. Ett vykort med motiv från Eidsbugården, postat till mamman från en plats närmare Oslo. En hälsning från Alf där han i censurerad form berättade om turen upp till Utsikten med Anna. Det var snart nyårsafton. Han hade erbjudit mamman att hålla henne sällskap, men alla dessa nya tankar överväldigade honom, framkallade en lust att ta reda på mer om det han hade kommit på spåren: kunde inte hans brister, denna sårbarhet han så ofta kämpade med, lika gärna vändas till en styrka, betraktas som en potential? Han kände plötsligt ett obändigt behov av att bege sig till Jotunheimen, fira nyårsafton där, ensam på en topp, dröja vid en möjlig kursändring, dröja vid en kyss som hade präglat halva hans liv.

Han låste garagedörren, tog bara med sig kortet från Jotunheimen. När han öppnade dörren och gick in i huset hörde han att cd-spelaren hade kommit fram till mammans favorit nummer ett. Frank Sinatra stämde i med »I've Got You under My Skin«, Cole Porters pärla. Till och med på avstånd hördes den perfekta timingen, tiondelarna som sångaren väntade innan orden ljöd, suget, genvägen till hjärtat. Alf kände sig omtumlad av frågor, nya idéer. Befruktad. Han slank in i badrummet och tvättade händerna innan han gick in i vardagsrummet till mamman som låg på soffan med slutna ögon och samma leende på läpparna.

Han ville tacka henne, pladdrade på. »Du har ju skapat rena grottemplet där ute, mamma, ett helt Elephanta på egen hand. Lika imponerande

som om du skulle ha lyft en elefant.« Han lyckades inte strukturera meningarna, frågor och framhickade minnen kom huller om buller. »Det enda som saknades var en röd ballong«, sa han skrattande till sist. Ingen svarade. Det dröjde flera minuter innan han förstod att mamman var död. Han föll på knä vid soffan och lade huvudet mot hennes axel. Försvann. Svävade omkring i ett oändligt tomrum. Länge. Sedan kom medvetandet tillbaka och han lät sorgen sprida sig i kroppen utan försök
till motstånd. Utan att stänga av cd-spelaren. Samtidigt, i minnet, hennes sista handling: att hon höll om honom. Lärde honom något. Också om vad kunskap var.

Han måste finna Anna.

På väg bort till telefonen frågade han sig när mamman kunde ha dött. Han hoppades att det var medan Frank Sinatra sjöng »The Best Is Yet to Come«.

SORGEN ÖVER BRYTNINGEN släppte långsamt taget. Men tvivlet fortsatte att mola i kroppen. Det var kanske en sjuk mans påfund. Galenskap. Matto, matto. Göra slut med Io, göra slut med Iris Ophelia Vaugh, denna underbara människa. Eller slut var fel ord. Han hade sett till att deras förhållande inte blev något mer än ett spirande sådant. En antydan. Läppar som hade närmat sig varandra men aldrig möttes. Några dagar efter den himmelsskriande svåra halvtimmen i tunnelbanan vid Westminster bestämde han sig för att resa. Allt han hade sagt till Io, tvingat sig till att säga, krävde ett sådant beslut. Men passet, det engelska han fick i byte av Ian, måste förnyas. En kostnad på drygt sextio pund. Han lade manuset åt sidan, dessa sidor med sökande handstil och otaliga överstrykningar. Satt i alla fall bara och vände och vred på meningarna utan att komma någonvart. I stället spelade han i flera omgångar varje dag, på olika stationer, kände nästan vemod vid tanken på att han skulle överge en syssla han så småningom hade kommit att behärska så väl.

Besöket på passkontoret i Globe House medförde inga problem av något slag. Vad var det Ian hade sagt den där gången då de utväxlade pass på National Gallery? Det är lättare att byta liv än att reparera sitt gamla. Tänk om det var så? Så enkelt? Hur som helst: snart satt han med ett giltigt pass framför sig. Nu återstod bara pengar till biljetten, minimum sextio pund till för att kunna ta tåget till kontinenten.

Under tiden seglade Queen of Jupiter upp som en av årets självklara hitlåtar. Spelades i alla radiokanaler. Och av honom i tunnelbanan och med allt större ekonomiskt utbyte. En triumf. Dra in pengar med sin egen sång. Singeln klättrade på listorna. En tidning berättade att Io skulle uppträda i TV. Jag har banne mig skrivit en slagdänga som kan bli en världshit. Utan att någon vet om det. Trots allt. Till sist en verklig portal. En plattform för miljoner. Något som var och en spann vidare på i sitt eget medvetande. Kanske hela hans famlande liv fann sitt ändamål under de minuter som födde dessa textstycken, denna melodi, ett knippe harmoniövergångar som gladde så många. Härskaror smittade av ett positivt virus. *Kan man kalla någon av Händels sånger för en hit? Till exempel Lascia ch'io pianga ur operan Rinaldo. En skönhet som strömmar ända in i ryggmärgen och fortplantar sig ner till strängen i pungen.* (*Men kan en hit hålla sig i trehundra år? Blir det inte snarare konst då?*) *Sett ur en vinkel måste schlagrarna kunna betraktas som en huvudnyckel till kulturhistorien.*

Nästan tidigare än han hade velat hade han spelat in tillräckligt mycket pengar och meddelade Graham att han tyvärr måste lämna lägenheten. En av de sista dagarna satt han och läste igenom sitt manus, försummat i flera veckor. *Drömmen om att skriva en idéhistoria i fickformat. Och så är det kanske snarare idén som har fickformat?* Det knackade på dörren och han öppnade eftersom han trodde det var Graham. Där stod hon. Han hade försökt jaga bort henne, till och med ljugit, men där stod hon. I en alltför stor vit ylletröja, som om hon frös trots att det snart var maj. Hon satte sig tungt i den enda fåtöljen, stirrade förundrad på väggen bakom skrivbordet, alla de små urklippen och bilderna och föremålen som fortfarande hängde där. Många fler än när hon senast hade besökt honom. Ett periodiskt system. En väv. Den sista notisen som han hade klistrat upp berättade att Jupiter numera hade sextiotre månar. Allting blev mer och mer komplicerat. En kväll tvingade han sig till att välja ut de lappar han ansåg mest väsentliga – själva knutpunkterna. Därefter räknade han dem. Kom till trettiosex. Egentligen ingen överraskning. Av någon orsak kom han ihåg något som Johanne en gång hade nämnt i samband med sitt intresse för tecknade serier: att Hokusai hade gjort en bok med träsnitt som hette De 36 vyerna över berget Fuji. Kunde det stämma?

Han visste inte varför Io hade kommit, var beredd på allt, men huvudet blev ändå varmt när hon utan inledning började tala om kärlek, använde det ordet, säga att det var kärlek. Och han blev inte mindre skräckslagen av att ordet uttalades på engelska. Jag älskar dig, sa hon, gick bort till honom och drog upp honom från skrivbordsstolen, svepte papperen han satt och stirrade på åt sidan. Ställde honom ansikte mot ansikte med henne. Stod och höll i honom, skakade honom. Sa dessa tre ord med en så klichéfri tyngd att han omöjligen kunde bortförklara att hon menade det. Att hon kanske inte ens hade sagt dem till någon annan förut. Själv hade han sagt det till Anna, men hon avvisade honom. Därefter hade han sagt I love you till hela världen och man hade tagit emot. När Io nu stod framför honom och genomborrade honom med blicken och upprepade dessa ord greps han av en fruktansvärd misstanke om att han hade smittat henne också med ett virus. Att hon skulle gå under. Att hon bara kunde bli frisk genom att han reste.

Säg inte så, sa han. Rösten grumlig, orden en enda gröt. Lusten att trycka henne intill sig. Lägga handen om hennes bakhuvud. Dra fingrarna genom det svarta håret. Röra vid hennes nackgrop. Finna ett fäste. Genom att mobilisera mer viljestyrka än när han vägrade att lämna ifrån sig glasdiamanten till Floyd lyckades han avstå. Inte desto mindre: tvivlet. Var det möjligt att fatta ett riktigt beslut och samtidigt handla fel? Ett visst organ våndades. Såvida det inte var ett skrik från hålrummet i bröstet. Hon måste sluta stirra på det sättet. Med det tvivlet. Besvikelsen. Smärtan. En smärta som antydde en redan begynnande saknad. Inte vackla nu. Hon skulle kanske lida men bara i några månader. Veckor. Snälla du, sa han, säg inte så. Vad i all världen ska du med mig till? Han ångrade genast frågan, fruktade att hon skulle säga något som gjorde allting ännu omöjligare.

Var inte så rädd, sa hon. Vad är du rädd för? Allvar? Hon höll kvar hans blick med de mörka ögonen. Bara pupiller. Något svart som ändå brann. Kom, sa hon. Kom så går vi till dammen i Saint James's Park och tittar på pelikanerna. Återigen en skymt av smilgropar, iver. En dry martini i baren på Duke's Hotel efteråt, världens bästa. Hoppfulla ögon. Tyst tiggde han och bad att hon inte fick kläcka ur sig sådana charmerande dumheter. Fresta. Jag vet inte vad jag ska med dig till, fortsatte hon. Jag vet bara att jag vill leva tillsammans med dig några år. Inga stora ord. Ingenting om evigheten. Jag säger bara att jag vill vara i samma rum som du så länge det går. Ett försök, sa hon. Det är väl värt ett försök?

Du har din sångkarriär, du kan bli stjärna, sa han, som om hon måste inse att hon inte kunde komma släpande med en man som var dubbelt så gammal som hon själv, dessutom med ytterst begränsade talanger.

Jag *är* stjärna, sa hon. Och jag skiter i berömmelsen. Jag vill hellre vara tillsammans med dig.

Vilket svärmeri. Vilken enfald. Orden skar i honom. Gladde och smärtade på en gång. Han satte i gång med en tafatt redogörelse men snärjde genast in sig i motsägelser och halva lögner. Det gick inte. Han måste vara brutal. Jag ska ut och resa, sa han. Jag måste resa. Han visade henne biljetten. Hon såg på den. Han trodde att hon skulle spotta på den, riva den i småbitar, men hon stod bara kvar och såg ner samtidigt som hon gjorde några hjälplösa gester, ett slags dirigentrörelser, innan hon började gråta. Tyst. Men strida tårar. Hon stod med böjt huvud och grät, utan ett ljud, medan tårarna rann från nästippen. Ett mönster av droppar på golvet. Och när han minst väntade det ställde hon sig tätt intill honom och höll om honom. Sa ingenting. Och just detta att hon inte yttrade ett ord var det mest outhärdliga av allt. Sedan vände hon sig om, gick bort till rummet där kombinationslåset hängde på dörren. Hon började vrida på de tre hjulen, stod länge och vred. Som om hon ville utmana något. Fick hon de tre hjulen på de rätta siffrorna måste han inse att hon hade rätt. Hon försökte pinsamt länge. Det högra lillfingret blev påfallande synligt. Hjälplöst kort. Som en symbol för någon svaghet i resonemanget om kärlek, tröstade han sig själv. Eller var det önsketänkande. Hon var tvungen att ge upp. Hon gav dörren en hård spark. Rummet förblev stängt. Bevarade sin hemlighet.

Hon samlade sig. Blundade. Öppnade ögonen och såg rakt på honom. Våta ögonfransar. Du har kanske en skarp hjärna, sa hon. Och du är en bra sångare. Men du saknar begåvning för kärlek. Paus. Kan jag få ett glas vatten? Resignerad. Som om hon behövde det för att kunna ta sig hem. Han gick ut i köket. Såg Vera för sin inre blick. Såg Vera som han från en gran hade sett henne genom ett fönster. Ett glas vatten.

Det han mindes bäst från detta möte var inte hennes genomträngande ord och sin egen skam över att sakna svar, inte heller det hjärtskärande sätt hon drack vattnet på, glupskt som om hon ville släcka något – det var hennes ögon, blanka, när hon till sist, strax innan de skildes, sa: Du älskar en annan?

Han satt ensam kvar i stolen, tittade på kombinationslåset. Det gick upp för honom att han hade hört meningen förut. Från andra kvinnor. Men aldrig som en fråga. Han upprepade den, ställde den till sig själv. Och medan blicken vilade på de tre hjulen i kombinationslåset på dörren till rummet, vars innehåll han inte hade en aning om, var det något som öppnades, ett utrymme, och svaret flöt upp till ytan. Han hade både förstått det och inte förstått det. Länge. Tre gånger kärlek. Beslutet att resa var trots allt riktigt. Han måste leta efter någon.

Var det möjligt, om man ansträngde sig ordentligt, att skaffa sig en begåvning man saknade?

Eftermiddagen därpå stod han klar att lämna lägenheten i kyrkan. Han lät resväskan och de saker han inte behövde stå kvar. Tältet, sovsäcken, stormköket. Graham kunde få det. Safariprylar. När han packade sina få ägodelar i ryggsäcken kunde han emellertid inte hitta manuset han hade arbetat på ett halvår. Frukten av ett halvt liv. Måste vara Io. Stuckit in det under tröjan när hon skulle gå. Förtvivlan över förlusten gick förvånansvärt snabbt över. Det var i alla fall ett fåfängt försök, grandiosa idéer som så småningom hade blivit en samling detaljer. Men just därför skulle boken kanske vinna gehör. Uppfattas som trösterik av läsare med besläktade erfarenheter. Eller hade allt detta bara varit ett nödvändigt självbedrägeri? När han stod alldeles vid målet insåg han att det var fel mål. Igen.

Han lät de små lapparna på väggen hänga. Något att grubbla över för Graham. En gåtfull mosaik. Kartan till en Graal.

Kväll. Han stod i kön utanför säkerhetsslussen, med biljetten i handen. Då dök hon upp på nytt. En sista frestelse. Han skulle ta Eurostar train till

Paris, till kontinenten. Vägen är kort från Paradis till Paris. Han lämnade England via den nya högteknologiska Waterloo International Terminal, förstod symmetrin. En vistelse som började med stryk under Wellington Arch, monumentet rest för att markera segern vid Waterloo, och som slutade vid Waterloo Station. Mörbultad igen. Ett år. Men han vägrade att se det som ett nederlag. Jag står inför en ny möjlighet. Tar en genväg.
470 En passage under havet.

Han var alldeles vid säkerhetsslussen, stirrade upp på tavlan full med lysande destinationer, när Io plötsligt stod där och viftade med hans manus. Utan ett ord. En handling som sa: Du får det om du stannar. Du får *allt* om du stannar. Tio sekunders tvivel. Sedan sa han, utan att lämna kön, att hon skulle behålla det. Rösten nästan viskande, som av rädsla för ett uppträde. Om hon en gång skulle bli författare, som hon sa, kunde hon kanske få nytta av det, fortsatte han. Skriva på de blanka baksidorna. Det är i alla fall bara en fiktion, en förvirrad persons fantasi, sa han. En ny ful trädkoja som någon genast kommer att riva ner. Hon bara stod där. En alltför stor, vit ylletröja. Uttryckslös. Plötsligt blek också.

En dam bakom ståldisken sa något till honom. När han vände sig om igen var Io borta. Han fick inte tillfälle att säga att hon alternativt kunde gräva ner manuset i Kenwood. Eller lägga det i en biktstol i Saint James-kyrkan. Då fick han syn på henne. Bakom glasväggen där trappan upp till den gamla stationen slutade. En sista skymt. En vit gestalt. En avlägsen måne.

Han satt på sin plats. Egendomligt lättad. Kroppen fylld med en dämpad smärta, men lättad i alla fall. Blunda, luta sig bakåt, andas lugnt. Minuter som verkade blanka. Men så småningom kände han en vaggande takt i medvetandets djup, ett trösterikt nynnande. Något försonande. Och när han grävde ner sig i myllret av halvt omedvetna tankespår, liksom letade efter det innersta, hörde han något som redan stötvis hade spolats fram i flera minuter, Ray Davies nasala röst, de första stroferna av Waterloo Sunset. Ja, så var det. Dirty old river, must you keep rolling, flowing into the night. Klar för avgång. Han tog fram anteckningsboken utan att öppna den. Kände med fingrarna på pärmarna, mjukt skinn som på ett fabeldjur. Vagnarnas design påminde om flygtåget där hemma.

Han såg fram emot timmarna mellan två stationer, två länder, en ö och en kontinent. Hade ingen aning om vad som väntade på andra sidan tunneln. Hade inte mycket mer i bagaget än en liten svart anteckningsbok full med förvirrade ansatser. Och ett huvud fullt med sällsamma kunskaper. Något om illustrationerna av Hamzasagorna, något om datorvirus, kartografi, konsten att knyta ett nät. Skulle han en dag kunna använda något av detta till något annat än en enkel, anslående sång?

Han var fyrtioåtta år och hade femtio pund i fickan. Allt han ägde låg i en ryggsäck och ett gitarrfodral. Han gick ifrån en ung kvinna som sa att hon älskade honom, och han lämnade – både med lätt och tungt hjärta – ett halvfärdigt manuskript till något som kunde bli det verk han i åratal hade strävat efter att förverkliga.

Och han var död. Officiellt död. Passet i fickan uppgav att han hette Ian Stuart.

Tankarna gick i ett sökande spår. Han var absolut inte missnöjd. Han hade fortfarande sin dyrbaraste talang i behåll: hungern efter att bli upplyst. Och en plötslig dröm om att få återse en viss person.

Söka vidare. En tunnel under en kanal. Han fick börja där den passagen slutade. I Europa. På Europa.